全唐诗

第六卷

[清]彭定求等 编

中州古籍出版社
·郑州·

全唐诗卷五百四十九

赵嘏

赵嘏,字承祐,山阳人。会昌二年,登进士第。大中间,仕至渭南尉卒。嘏为诗赡美,多兴味。杜牧尝爱其"长笛一声人倚楼"之句,吟叹不已,人因目为赵倚楼。有《渭南集》三卷,《编年诗》二卷,今合编为二卷。

汾一作江上宴别一作许浑诗

云物如故乡,山川知异路一作异岐路。年来未归客,马上春色一作欲暮。一尊花下酒,残日水西树。不待管弦终,摇鞭背花去。

书斋雪后

拥褐坐茅檐,春晴喜初日。微风入桃径,爽气归一作生缥帙。频时苦风雪,就景理巾栉。树暖高鸟来,窗闲曙云出。乡遥路难越,道蹇时易失。欲静又不一作未能,东山负艺术。

寄道者

洞庭先生归路长,海云望极春茫茫。别来几度向蓬岛,自傍瑶台折灵草。

虎丘寺赠渔处士

兰若云深处,前年客重过。岩空秋色动,水阔夕阳多。早负江湖志,今如鬓发何？唯思闲胜我,钓艇在烟波。

陪崔璞侍御和崔歊音瓶春日有怀

诗家本多感,况值广陵春。暖驻含窗日,香余醉袖尘。浮名皆有分,一笑最关身。自此容依托,清才两故人。

昔昔盐二十首以薛道衡诗每句为题 垂柳覆金堤

新年垂柳色,袅袅对空闺。不畏芳菲好,自缘离别啼。因风飘玉户,向日映金堤。驿使何时度,还将赠陇西。

蘼芜叶复齐
　　提筐红叶下,度日采蘼芜。掬翠香盈袖,看花忆故夫。叶齐谁复见,风暖恨偏孤。一被春光累,容颜与昔殊。

水溢芙蓉沼
　　渌沼春光后,青青草色浓。绮罗惊翡翠,暗粉妒芙蓉。云遍窗前见,荷翻镜里逢。将心托流水,终日渺无从一作穷。

花飞桃李蹊
　　远期难可托,桃李自依依。花径无容迹,戎裝一作裝未下机。随风开又落,度日扫还飞。欲折枝枝赠,那知归不归。

采桑秦氏女
　　南陌采桑出,谁知妾姓秦？独怜倾国貌,不负早莺春。珠履荡花湿,龙钩折桂新。使君那驻马,自有侍中人。

织锦窦家妻
　　当年谁不羡,分作窦家妻。锦字行行苦,罗帏日日啼。岂知登陇远,只恨下机迷。直候阳关使,殷勤寄海西。

关山别荡子
　　那堪闻荡子,迢递涉关山。肠为一作共马嘶断,衣从泪滴斑。愁看塞上路,讵惜镜中颜。倘见征西雁,应传一字还。

风月守空闺
　　良人犹远戍,耿耿夜闺空。绣户流宵月,罗帏坐晚一作晚风。魂飞沙帐北,肠断玉关中。尚自无消息,锦衾那得同。

恒敛千金笑
　　玉颜恒自敛,羞出镜台前。早感阳城客,今悲华锦筵。从军人更远,投一作报喜鹊空传。夫婿交河北,迢迢路几千。

长垂双玉啼
　　双双红泪堕,度日暗中啼。雁出居延北,人犹辽海西。向灯垂玉枕,对月洒金闺。不惜罗衣湿,惟愁归意迷。

蟠龙随镜隐
　　鸾镜无由照,蛾眉岂忍看。不知愁发换,空见隐龙蟠。那慊红颜改,偏伤白日残。今朝窥玉匣,双泪落阑干。

彩凤逐帷低
　　巧绣双飞凤,朝朝伴下帷。春花那见照,暮色已频欺。欲卷思君处,将啼裛泪时。何年征戍客,传语报佳期？

惊魂同夜鹊
　　万里无人见,众情难与论。思君常入梦,同鹊屡惊魂。孤寝红罗帐,双啼玉箸痕。妾心甘自保,岂复暂忘恩。

倦寝听晨鸡
　　去去边城骑,愁眠掩夜闺。披衣窥落月,拭泪待鸡鸣。不愤连年别,那看长夜啼。功成应自恨,早晚发辽西。

暗牖悬蛛网
　　暗中蛛网织,历乱绮窗前。万里终无信,一条徒自悬。分从珠露滴,愁见隙风牵。妾意何聊赖,看看剧断弦。

空梁落燕泥
　　春至今朝燕,花时伴独啼。飞斜珠箔隔,语近画梁低。帷卷间窥户,床空暗落泥。谁能长对此,双去复双栖？

前年过代北
　　代北几千里,前年又复经。燕山云自合,胡塞草应青。铁马喧鼙鼓一作严阵,蛾眉怨锦屏。不知羌笛曲,掩泪若为听。

今岁往辽西
　　万里飞书至,闻君已渡辽。只谙新别苦,忘却旧时娇。烽戍年将老,红颜日向凋。胡沙兼汉苑,相望几迢迢。

一去无还意

良人征绝域，一去不言还。百战攻胡房，三冬阻玉关。萧萧边马思，猎猎戍旗闲。独抱千重恨，连年未解颜。

那能惜马蹄

云中路杳杳，江畔草凄凄，妾久垂珠泪，君何惜马蹄？边风悲晓—作晚角，营月怨春鼙。未道休征战，愁眉又复低。

送韦处士归省朔方

映柳见行色，故山当落晖。青云知已殁，白首一身归。满袖萧关雨，连沙塞雁飞。到家翻有喜，借取老莱衣。

送权先辈归觐信安

衣彩独归去，一枝兰更香。马嘶芳草渡，门掩百花塘。野色亭台晚，滩声枕簟凉。小斋松岛上，重叶覆书堂—作重拂读书床。

风蝉

风蝉旦夕鸣，伴夜送秋声。故里客归尽，水边身独行。噪轩高树合，惊枕暮山横。听处无人见，尘埃满甑生。

重寄卢中丞

贱子来还去，何人伴使君？放歌迎晚醉，指路上高云。此夜雁初至，空山雨独闻。别多头欲白，惆怅惜余醺。

晓发—作姚鹄诗

旅行宜早发，况复是南归。月影缘山尽，钟声隔浦微。星残萤共映，叶落鸟惊飞。去去渡南渚，村深人出稀。

送友人郑州归觐

为有趋庭恋，应忘道路赊。风消荥泽冻，雨静圃田沙。古陌人来远，遥天雁势斜。园林新到日，春酒酌梨花。

洛中逢卢郢石归觐

不堪俱失意，相送出东周。缘切倚门恋，倍添为客愁。春山和雪静，寒水带冰流。别后期君处，灵源紫阁秋。

赠越客

故国波涛隔，明时心久留。献书双阙晚，看月五陵秋。南棹何当返，长江忆共游。定知钓鱼伴，相望在汀州。

经无锡县醉后吟

客过无名姓，扁舟系柳阴。穷秋南国泪，残日故乡心。京洛衣尘在，江湖酒病深。何须觅陶令，乘醉自横琴。

东归道中二首

平生事行役，今日始知非。岁月老将至，江湖春未归。传家有天爵，主祭用儒衣。何必劳知己，无名亦息机。

未明唤僮仆，江上忆残春。风雨落花夜，山川驱马人。星星一镜发，草草百年身。此日念前事，沧洲情更亲。

旅次商山

役役依山水，何曾似问津。断崖如避马，芳树欲留人。日夕猿鸟伴，古今京洛尘。一枝甘已失，辜负—作惆怅故园春。

长洲

扁舟殊不系，浩荡路才分。范蠡湖中树，吴王苑外云。悲心人望月，独夜雁离群。明发还驱马，关城见日曛。

江边

终日劳车马，江边款行扉。残花春浪阔，小酒故人稀。戍鼓客帆远，津云夕照微。何由兄与弟，俱及暮春—作潮归。

宿灵岩寺即古吴宫

明日溪头寺，虫声满橘洲。倚栏香径晚，移石太湖秋。古树—作老树，—作树老云归尽，荒台—作台荒水更流。无人见惆怅，独上最高楼。

越中寺居

迟客疏林下,斜溪小艇通。野桥连寺月,高竹半楼风。水静鱼吹浪,枝闲鸟下空。数峰相向绿,日夕郡城东。

赠金刚三藏—作许浑诗

心法云无住,流沙归复来。锡随山鸟动,经附海船回。洗足柳遮寺,坐禅花委苔。惟将一童子,又欲过天台。

长安晚秋—作秋望,一作秋夕

云物凄凉—作清拂曙流,汉家宫阙动高秋。残星几点雁横塞,长笛一声人倚楼。紫艳半开篱菊静,红衣落尽渚莲愁。鲈鱼正美不归去,空戴南冠学楚囚。

齐安早秋

流年堪惜又堪惊,砧杵风来满郡城。高鸟过时秋色动,征帆落处暮云平。思家正叹江南景,听角仍含塞北情。此日沾襟念岐路,不知何处是前程。

东望—作草堂

楚江—作练江横在草堂前,杨柳洲西—作边载酒船。两见梨花归不—作不归得,每逢寒食一潸—作云鸟即依然。斜阳映阁山当寺,微绿含风月—作树满川。同郡故人攀桂尽,把诗吟向沇寥天。

长安月夜与友人话故山—作旧山,一作故人

宅边秋水浸苔矶,日日持竿去不归。杨柳风多潮未落,蒹葭霜冷—作在雁初飞。重嘶匹马吟红叶,却听疏钟忆翠微。今夜秦城—作关满楼—作城月,故人相见一沾衣。

题横水驿双峰院松—作横水馆双松

故园溪上雪中别,野馆门—作枕前云外逢。白发渐多何事—作自苦,清阴长在好相容—作从。迎风几拂朝天骑—作盖,带月犹含度岭钟。更忆葛洪丹井畔—作侧,数株临水欲成龙。

发剡中 武德中置嵊州

正怀何谢俯长流,更览余封识嵊州。树色老依官舍晚,溪声凉傍客衣秋。南岩气爽横郛郭,天姥云晴拂寺楼。日暮不堪还上马,蓼花风起路悠悠。

登安陆西楼

楼上华筵日日开,眼前人事只堪哀。征车自入红尘去,远水长穿绿树来。云雨暗更歌舞伴,山川不尽别离杯。无由并写春风恨,欲下郧城首重回。

九日陪越州元相燕龟山寺

佳晨何处泛花游,丞相筵开水上头。双影旆摇山雨霁,一声歌动—作袅寺云秋。林光—作花静带高城晚,湖—作水色寒分半槛流。共贺万家逢此节,可怜风物似—作满荆州。

经汉武泉

芙蓉苑里起清秋,汉武泉声落御沟。他日江山映蓬鬓,二年杨柳别渔舟。竹间驻马题诗去,物外何人识醉游。尽把归心付红叶,晚来随水向东流。

曲江春望怀江南故人

杜若洲边人未归,水寒烟暖想柴扉。故园何处风吹柳,新—作雁南来雪满衣。目极思随原草遍,浪高书到海门稀。此时愁望情多少,万里春流绕钓矶。

上令狐相公

鹗在卿云冰在壶,代天才业奉训谟。荣同伊陟传朱户,秀比王商入画图。昨夜星辰回剑履,前年风月满江湖。不知机务时多暇,犹许诗家属和无。

忆山阳

家在枚皋旧宅边,竹轩晴与楚坡连。芰荷香绕垂鞭袖,杨柳风横弄笛船。城碍十洲烟岛路,寺临千顷夕阳川。可怜时节堪归去,花落

猿啼又一年。

二—作寒食遣怀

折柳城—作矶边起暮愁,可怜春色独怀忧—作羞。伤心正叹人间事,回首更惭江上鸥。鹁鸠声中寒食雨—作酒,芙蓉花外夕阳楼。凭高满眼送清渭,去傍故山山下流。

送僧归庐山

禅栖忽忆五峰游,去著方袍谢列侯。经—作花启楼台千叶曙,锡含风雨一枝秋。题诗片石侵云在,洗钵香泉覆菊流。却忆前年别师处,马嘶残月虎溪头。

赠天卿寺神亮上人师不下寺已五年

五看春光此江渍,花自飘零日自曛。空有慈悲随物—作佛念,已无踪迹在人群。迎秋日色檐前见,入夜钟—作经声竹外闻。笑指白莲心自得,世间烦恼是浮云。

降虏

广武溪头降虏稀,一声寒角怨金微。河湟不在春风地,歌舞空裁雪夜衣。铁马半嘶边草去,狼烟高映塞鸿飞。扬雄尚白相如吃,今日何人从猎归。

平戎 时谏官谕北虏未回,天德军帅请修城备之。

边声一夜殷秋鼙,牙帐连烽拥万蹄。武帝未能忘塞北,董生—作仲舒才足使胶西。冰横晓渡胡兵合,雪满穷沙汉骑迷。自古平戎有良策,将军不用倚云梯。

宿楚国寺有怀

风动衰荷寂寞香,断烟残月共苍苍。寒生晚寺波摇壁—作碧,红堕疏林叶满床。起雁似惊南浦棹,阴云欲护北楼霜。江边松菊荒应尽,八月长安夜正长。

早发剡中石城寺

暂息劳生树色—作日间,平明机虑—作尘事又相关。吟辞宿处烟霞去—作古,心负秋来水

石闲。竹户半开钟未绝,松枝静霁鹤初还。明朝一倍堪惆怅,回首尘中见此山。

寄归

三年踏尽化衣尘,只见—作在长安不见春。马过雪街天未曙,客迷关路—作乡遥云树泪空频。桃花坞接啼猿寺,野竹庭—作亭通画鹢津。早晚相—作粗酬身事了,水边归去一闲人。

献淮南李相公

傅岩高静见台星,庙略当时讨不庭。万里有云归碧落,百川无浪到沧溟。军中老将传兵术,江上诸侯受政经。闻道国人思再入,熔金新铸鹤仪形。

宛陵寓居上沈大夫二首

满耳歌谣满眼山,宛陵城郭翠微间。人情已觉春长在,溪户仍将水共闲。晓色入楼红蔼蔼,夜声寻砌碧潺潺。幽云高鸟俱无事,晚伴西风醉客还。

溪树参差绿可攀,谢家云水满东山。能忘天上他年贵,来结林中一日闲。醉叩玉盘歌袅袅,暖鸣幽涧鸟关关。觞筹不尽须归去,路在春风缥缈间。

淮信贺滕迈台州

凋瘵民思太古风,上贤绥辑副宸衷。舟移清镜禹祠北,路转翠屏天姥东。旌旆影前横竹马,咏歌声里乐樵童。遥知到郡沧波晏,三岛离离一望中。

下第寄宣城幕中诸公

一醉曾将万事齐,暂陪欢去便如泥。黄花李白墓前路—作草,碧浪桓彝宅后溪。九月霜中随计吏,十年江上灌春畦。莫言春尽不惆怅,自有闲眠到日西。

送令狐郎中赴郢州

佐幕才始拜侯,一门清贵动神州。霜蹄晓驻秦云断,野旆晴翻郢树秋。几处尘生随候骑,半江帆尽见分流。大冯罢相吟诗地,莫惜

频登白雪楼。

送卢缄—作缄归扬州

曾向雷塘寄—作静掩扉,荀家灯火有余辉。关河日暮望空极,杨柳渡头人独—作未归。隋苑荒台风袅袅,灞陵残雨梦—作梦雨依依。今年春色还相误,为我江边谢钓矶。

送李裴评事—本无李字

塞垣从事识兵机,只拟平戎不拟归。入夜笳声含白—作素发,报秋榆叶落征衣。城临—作连战垒黄云晚,马渡寒沙夕照微。此别—作别后不应书断绝,满天霜雪有鸿飞。

别麻氏

晓哭呱呱—作呜呜动四邻,于君我作负心人。出门便涉—作作东西路,回首初惊枕席尘。满眼泪珠和语咽,旧窗风月更谁亲?分—作伤离况值花时节,从此东风不似春。

代人赠别

月自斜窗梦自惊,衷肠中有万愁生。清猿处处三声尽,碧落悠悠一水横。平子定情词丽绝,诗人匪石誓分明。会须携手乘鸾去,箫史楼台在玉京。

寒食新丰别友人

一百五日家未归,新丰鸡犬独依依。满楼春色傍人醉,半夜雨声前计非。缭绕沟塍含绿—作景晚,荒凉树石向川微。东风吹泪对花落,憔悴故交相见稀。

李侍御归山同宿华严寺

家有青山近玉京,风流柱史早知名。园林手植自含绿,霄汉眼看当去程。处处白云迷驻马,家家红树近流莺。相逢一宿最高寺,夜夜翠微泉—作松落声。

今年新先辈以遏密之际,每有—作月宴集,必资清谈,书此奉贺

天上高高月桂丛,分明三十一枝风。满怀春色向人动,遮路乱花迎马红。鹤驭回—作尚,一作迥飘云雨外,兰亭—作堂不在管弦中。居然自是前贤事,何必青楼倚翠空。

自遣

晚树疏蝉起别愁,远人回首忆沧洲。江连故国无穷恨,日带残云一片秋。久客转谙时态薄,多情只共酒淹留。到头生长烟霞者,须向烟霞老始休。

浙东陪元相公游云门寺

松下山前一径通,烛迎千骑满山—作川红。溪云乍敛幽—作高岩雨,晓气初高—作开大斾风。小槛宴花容客醉,上方看竹与僧同。归来吹尽岩城角,路转横塘乱水东。

陪韦中丞宴扈都头花园—作楚州宴花楼

门下—作外烟横载酒船,谢家—作公携客醉华筵。寻花偶坐将军树,饮水—作酒方重刺史天。几曲艳歌春色里,断—作数行高鸟—作雁暮云边。分明听得舆人语,愿及行春更一年。

花园即事呈常—作韦中丞—作侍郎

烟暖池塘柳覆台,百花园里看花来。烧衣焰席三千树,破鼻醒愁一万杯。不肯为歌随拍落,却因令舞带香回。山公仰尔延—作留宾客,好傍春风—作城次第开。

宿何书记先辈延福新居

松下有琴闲未收,一灯高为石—作桂丛留。诗情似到山家夜,树色轻含御水秋。小槛提携终—作宜永日,半斑—作年容鬓漫生愁。因君抚掌问时俗,紫阁堆檐不举头。

秦中逢王处士—作先生

万水东流去不回,先生独自负仙才。蕊宫横浪海边别,鹤翅驻云天上来。几处吹箫森羽卫,谁家残月下楼台?春风正好分琼液,乞取当时白玉杯。

江上逢许逸人

是非处处生尘埃,唯君襟抱无嫌猜。收帆

依雁溢浦宿，带雨别僧衡岳回。芳樽稍驻落日唱，醉袖更拂长云开。清秋华发好相似，却把钓竿归去来。

和令狐补阙春日独游西街

左掖初辞近侍班，马嘶寻得过街闲。映鞭柳色微遮水，随—作迎步花枝欲碍山。暖泛鸟声来席上，醉从诗句落人间。此时失意哀吟客，更觉风流不可攀。

广陵答崔琛

棹倚隋家旧院墙，柳金梅雪扑檐香。朱楼映日重重晚，碧水含光滟滟长。八斗已闻传姓字，一枝何足计行藏。声名官职应前定，且把旌麾—作红旌入醉乡。

答友人

诗家才子酒家仙，游宦曾依积水边。窗户动摇三岛树，琴尊安稳五湖船。罗浮道士分琼液，锦席佳人艳楚莲。今日相逢郎吟罢，满城砧杵一灯前。

送张又新除温州

东晋江山称永嘉，莫辞红旆向天涯。凝弦夜醉松亭月，歇马晓寻溪寺花。地与剡川分水石，境将蓬岛共—作接烟霞。却愁明诏征非晚，不得秋来—作乘秋见海槎。

送滕迈郎中赴睦州

郡斋秋尽一江横，频命郎官地更清。星月去随新诏动，旌旗遥映故山明。诗寻片石依依晚，帆挂孤云杳杳轻。想到钓台逢竹马，只应歌咏伴猿声。

送剑客—作薛逢诗

两重江外片帆斜，数里林塘绕一家。门掩右军余水石，路横诸谢旧烟霞。扁舟几处逢溪雪，长笛何人怨—作思柳花。若到—作到日天台洞阳观，葛洪丹井在云涯—作崖。

李先辈擢第东归有赠送—作薛逢诗

金榜前头无是非，平人分得一枝归。正怜日暖云飘路，何处宴回风满衣。门掩长淮心更远，渡连芳草马如飞。茂陵自笑犹多病，空有书斋在翠微。

送同年郑祥先辈归汉南时恩门相公镇山南

年来惊喜两心知，高处同攀次第枝。人倚绣屏闲赏夜，马嘶花径醉归时。声名本是—作自文章得，藩阃—作阃曾劳笔砚随。家去恩门四千里，只应从此梦旌旗。

送沈单作尉江都—作许浑诗

炀帝都城春水边，笙歌夜上木兰船。三千宫女自涂地，十万人家如洞天。焰焰花枝官舍晚，重重云影寺墙连。少年作尉须矜慎，莫向楼前坠马鞭。

送李蕴赴郑州因献卢郎中—作中丞傲

仆射陂西想到—作别时，满川晴色见旌旗。马融闲卧笛声远，王粲醉吟楼影移。几日赋诗秋水寺，经年草诏—作起草白云司。唯君此去人多羡，却是恩深自不知。

送韩绛归淮南寄韩绰先辈

岛上花枝系钓船，隋家宫畔水连天。江帆自落鸟飞外，月观静依春色边。门巷草生车辙在，朝廷恩及雁行联。相逢且—作莫问昭—作扬州事，曾鼓庄盆对逝川。

送薛耽先辈归谒汉南

云绕千峰驿路长，谢家联句待檀郎。手持碧落新攀桂，月在东轩旧选床。几日旌幢延骏马，到时冰玉动华堂。孔门多少风流处，不遣—作许颜回识醉乡。

送陈嘏登第作尉归觐

千峰归去旧林塘，溪县门前即故乡。曾把桂夸春里巷，重怜身称锦衣裳。洲迷翠羽云遮槛，露湿红蕉月满廊。就养举朝人共羡，清资让却校书郎。

送裴延翰下第归觐滁州

失意何曾恨解携,问安归去秣陵西。郡斜杨柳春风岸,山映楼台明月溪。江上诗书悬素业,日边门户倚丹梯。一枝攀折回头是,莫向清秋惜马蹄。

题崇圣寺简云端僧录

暮尘飘尽客愁长,来扣禅关月满廊。宋玉逢秋空雪涕,净名无地可容床。高云覆槛千岩树,疏磬含风一夜霜。回首故园红叶外,只将多病告医王。

越中寺居寄上主人

野寺初容访静来,晚晴江上见楼台。中林有路到花尽,一日无人—作愁看竹回。自晒诗书经雨后,别留门户为僧开。苦心若是酬恩事,不敢吟春忆酒杯。

早出洞仙观

露浓如水洒苍苔,洞口烟萝密不开。残月色低当户后,晓钟声逈隔山来。春生药圃芝犹短,夜醮斋坛鹤未回。愁是独寻归路去,人间步步是尘埃。

题昭应王明府溪亭

靖节何须彭泽逢,菊州松岛水悠溶。行人自折门前柳,高鸟不离溪畔峰。晓渭度檐帆的的,晚原含雨树重重。轩车过尽无公事,枕上一声长乐钟。

赠王先生

太一真人隐翠霞,早年曾降蔡经家。羽衣使者峭于鹤,鸟爪侍娘飘若花。九鼎栏干归—作窥马齿,三山窈窕步云涯。时因弟子偷灵药,散落人间驻—作润物华。

赠道者

华盖飘飘绿鬓翁,往来朝谒蕊珠宫。几年山下阴阳鼎,尽日涧边桃李风。野迹似云无处著,仙容如水与谁同?应怜有客外妻子,思在长生一顾—作诺中。

王先生不别而去

仙翁归袖拂烟霓,一卷素书还独携。厮药满囊身不病,抱琴何处鹤同栖。沾衣尽日看山坐,搔首残春向路迷。树树白云幽径绝,短船空倚武陵溪。

山阳卢明府以双鹤寄遗,白—作伯氏以诗回答,因寄和

缑山双去羽翰轻,应为仙家好弟兄。茅固枕前秋对舞,陆云溪上夜同鸣。紫泥封处曾回首,碧落归时莫回程。自笑沧江一渔叟,何由似尔到层城。

赠李秘书

束带临—作随风气调新,孔门才业独谁伦。杉松韵冷—作静雪溪暗,鸾鹤热高天路春。美玉韫来休问价,芳枝攀去正无尘。莫将芸阁轻科第,须作人间—作词场第一人。

回于道中寄舒州李珏相公

都无鄙吝隔尘埃,昨日丘门避席来。静语乍临清庙瑟,披风如在九层台。几烦命妓浮溪棹,再—作每许论诗注酒杯。从此微尘知感恋,七真台上—作坛畔望三台。

舒州献李相公

野人留得五湖船,丞相兴歌郡国年。醉笔倚风飘涧雪,静襟披月坐楼天。鹤归华表山河在,气返青云雨露全。闻说万方思旧德,一时倾望重陶甄。

成名年献座主仆射兼呈同年

拂烟披月羽毛新,千里初辞九陌尘。曾失玄珠求象罔,不将双耳负伶伦。贾嵩词赋相如手,杨乘歌篇李白身。除却今年仙侣外,堂堂又见两三春。

抒怀上歙州卢中丞宣州杜侍郎

东来珠履与旌旗,前者登朝亦一时。竹马

迎呼逢稚子,柏台长告见男儿。花飘舞袖楼相倚,角送归轩客尽随。独有贱夫怀感激,十年两地负恩知。

山阳韦中丞罢郡因献

笙歌只是旧笙歌,肠断风流奈别何？照物二年春色在,感恩千室泪痕多。尽将魂梦随西去,犹望旌旗暂一过。今日尊前无限思,万重云月隔烟波。

山阳即席献裴中丞

早年天上见清尘,今日楼中醉一春。暂肯剖符临水石,几曾焚笔动星辰。琼台雪映迢迢鹤,蓬岛波横浩浩津。好是仙家羽衣使,欲教垂涕问何人。

西峰即事献沈大夫

松竹闲游道路身,衣襟落尽往来尘。山连谢宅余霞在,水映—作应琴溪—作金鸡旧浪春。拂榻从容今有地,酬恩寂寞久无人。安知不及屠沽者,曾对青萍泪满巾。

杜陵贻杜牧侍御—作题杜侍御别业

紫陌尘—作烟多不可寻,南溪酒熟一披襟。山高—作当昼枕石床隐—作稳,泉落夜窗烟树深。白首寻人嗟—作羞问计,青云无—作何路觅知音。唯君怀抱安如—作闲于,又作安于水,他日门墙许醉吟。

下第后上李中丞

落第逢人恸哭初,平生志业欲何如。鬓毛洒尽一枝桂,泪血滴来千里书。谷外风高摧羽翮,江边春在忆樵渔。唯应感激知恩地,不待功成死有余。

浙东赠李副使员外

妙尽戎机佐上台,少年清苦自霜台。马嘶深竹闲宜贵,花拂朱衣美称才。早入半缘分务重,晚吟多是看山回。名高渐少翻飞伴,几度烟霄独去来。

寄淮南幕中刘员外

郎官何逊最风流,爱月怜山不下楼。三佐戎旃换朱绂,一辞兰省见清秋。桂生岩石本潇洒,鹤到烟空更自由。休向西斋久闲卧,满朝倾盖是依刘。

薛廷范从事自宣城至因赠

少年从事霍嫖姚,来自枫林度柳桥。金管别筵楼—作花灼灼,玉溪回首马萧萧。清风气调真君辈,知已风流满圣朝。独有故人愁欲死,晚檐疏雨动空瓢。

寄浔阳赵校书

帘下秋江夜影空,倚楼人在月明中。不将行止问朝列,唯脱衣裳与钓翁。几处别巢悲去燕,十年回首送归鸿。那应更结庐山社,见说心闲胜远公。

赠李从贵

白马嘶风何处还,鞭梢拂地看南山。珠帘卷尽不回首,春色欲阑休闭关。花外鸟归残雨暮,竹边人语夕阳闲。知君旧隐嵩云下,岩桂从今几更攀。

赠陈正字

鲁儒今日意何如,名挂春宫选籍初。野艇几曾寻水去,故山从此与云疏。吟怜受露花阴足,行觉嘶风马力余。闻说晚心心更静,竹间依旧卧看书。

洞庭寄所思

日断兰台空望归,锦衾香冷梦来稀。书中自报—作空有刀头约,天上三—作频看破镜飞。孤浪漫疑红脸笑,轻云忽似舞罗衣。遥知不语坐相忆,寂寞洞房寒烛微。

代人赠杜牧侍御宣州会中

郎作东台御史时,妾长西望敛双眉。一从诏下人皆羡,岂料恩衰不自知。高阙如天萦晓梦,华筵似水隔秋期。坐来情态犹无限,更向楼前舞柘枝。

旅馆闻雁别友人
路绕秋塘首独搔,背群燕雁正呼号。故关何处重相失,碧落有云终自高。旅宿去缄他日恨,单飞谁见—作讨此生劳。行衣湿尽千山雪,肠断金笼好羽毛。

泊龟矶江馆
风雪晴来岁欲除,孤舟晚下意何如。月当轩色湖—作潮平后,雁断云声夜—作客起初。傍晓管弦何处静,犯寒杨柳绕津疏。三间茅屋东溪上,归去生涯竹与书。

春尽独游慈恩寺南池
竹外池塘烟雨收,送春无伴亦迟留。秦城马上半年客,潘鬓水边今日愁。气变晚云红映阙,风含高树碧遮楼。杏园花落游人尽,独为圭峰一举头。

重游楚国寺
往事飘然去—作竟不回,空余山色在楼台。池塘风—作春暖雁寻去,松桂寺—作树高人独来。庄叟著书真达者,贾生挥涕信悠哉。老僧心地闲于水,犹被流年日—作白发催。

三像寺酬元秘书
官总芸香阁署崇,可怜诗句落春风。偶然侍坐水声里,还许醉吟松影中。车马照来红树合,烟霞咏尽翠微空。不因高寺闲回首,谁识飘飘—作零一塞翁。

献淮南李仆射
早年曾谒富民—作人侯,今日难甘失鹄羞。新诺似山无力负,旧恩如水满身流。马嘶红叶萧萧晚,日照长江滟滟秋。功德万重知不惜,一言抛得百生愁。

江亭晚望
碧江凉冷雁来疏,闲望江云思有余。秋馆池亭荷叶歇,野人篱落豆花初。无愁自得仙翁术,多病能忘太史书。闻说故园香稻熟,片帆归去就鲈鱼。

赠曹处士幽居
勾漏先生冰玉然,曾将八石问群仙。中山暂醉一千日,南苑往来三百年。棋局不收花满洞,霓旌欲别浪翻天。何须更学鸱夷子,头白江湖一短船。

重阳日示舍弟 时在吴门
多少乡心入酒杯,野塘今日菊花开。新霜何处雁初下,故国穷秋首正回。渐老向人空感激,一生驱马傍尘埃。侯门无路提携尔,虚共扁舟万里来。

客至 一作许浑诗
得路逢津更俊才,可怜鞍马照春来。残花几日小斋闭,大笑一声幽抱开。袖拂碧溪寒缭绕,冠敧红树晚装回。相逢少别更堪恨,何必秋风江上台。

全唐诗卷五百五十

赵嘏

岁暮江轩寄卢端公

积水生高浪,长风自北时。万艘俱拥棹,上客独吟诗。路以重湖阻,心将小谢期。渚云愁正断,江雁重惊悲。笑忆游星子,歌寻罢贵池。梦来孤岛在,醉醒百忧随。戍迥烟生晚,江寒鸟过迟。问山樵者对,经雨钓船移。敢叹今留滞,犹胜襄别离。醉从陶令得,善必丈人知。道塞才何取,恩深剑不疑。此身同岸柳,只待变寒枝。

秋日吴中观贡藕

野艇几西东,清泠映碧空。褰衣来水上,捧玉出泥中。叶乱田田绿,莲余片片红。激波才入选,就日已生风。御洁玲珑膳,人怀拔擢功。梯山谩多品,不与世流同。

华清宫和杜舍人一作张祜诗

五十年天子,离宫仰峻一作旧粉墙。登封时正泰,御宇日何一作初长。上位先名实,中兴事宪章。起一作举戎轻甲胄,余地复一作取河湟。道帝玄元祖,儒封孔子王。因缘百司署,丛会一人汤。渭水波摇绿,秦郊一作山草半黄。马驯金勒细,鹰健玉铃锵。一作马头开夜照,鹰眼利星芒。下箭朱弓满,鸣鞭皓腕攘。眈思获吕望,谏只避周昌。兔迹贪前逐,枭心不早防。几添鹦鹉劝,先一作频赐荔枝尝。月锁千门静,天吹一作高一笛凉。细音摇羽一作翠珮,轻步宛霓裳。祸乱基一作振潜结,升平意遽忘。衣冠逃犬房,鼙鼓动渔阳。外戚心殊迫,中途事可量。血一作雪埋妃子艳一作貌,创断禄儿肠。近侍烟尘隔,前踪荜路荒。益知迷宠佞,遗一作唯恨丧贤一作忠良。北阙尊明主,南宫逊上皇。禁清余凤吹,池冷睡一作映龙光。祝寿山犹在,流年水共伤。杜鹃魂厌蜀,蝴蝶梦悲庄。雀卵遗雕栱,虫丝冒画梁。紫苔侵壁润,红树闭门芳。

守吏齐鸳瓦,耕民得翠珰。登年齐醹乐—作昔时饮康乐。讲武旧兵场。暮草深岩翠—作霭,幽花坠径香。不堪垂白叟,行折御沟杨。

下第

南溪抱瓮客,失意自怀羞。晚路谁携手,残春自白头。

到家—作杜牧诗,题作归家。

童稚苦相—作稚子牵衣问,归来何太迟。共谁争岁月,赢得鬓边丝。

春酿

春酿正风流,梨花莫问愁。马卿思一醉,不惜鹔鹴裘。

寒塘

晓发梳临水,寒塘坐见秋。乡心正无限,一雁度南楼。

寄前黄州窦使君

池上笙歌寂不闻,楼中愁杀碧虚云。玉壶凝尽重重泪,寄与风流旧使君。

八月二十九日宿怀

秋天晴日菊还香,独坐书斋思已长。无奈风光易流转,强须倾酒一杯觞。

泗上奉送相公

语堪铭座默含春,西汉公卿绝比伦。今日抱辕留不得,欲挥双涕学舒人。

赠桐乡丞

舟触长松岸势回,潺湲一夜绕亭台。若教靖节先生见,不肯更吟归去来。

哭李进士—作邺

牵马街中哭送君,灵车辗雪隔城闻。唯有山僧与樵客,共舁孤榇入幽坟。

重阳

节逢重九海门外,家在五湖烟水东。还向秋山觅诗句,伴僧吟—作入对菊花风。

重阳日即事

病酒坚辞绮席春,菊花空伴水边身。由来举止非闲雅,不是龙山落帽人。

十无诗寄桂府杨中丞

琴酒曾将风月须,谢公名迹满江湖。不知贵拥旌旗后,犹暇怜诗爱酒无?

东省南宫兴不孤,几因诗酒谬招呼。一从开署芙蓉幕,曾向风前记得无?

遥闻桂水绕城隅,城上江山满画图。为问訾家洲畔月,清秋拟许醉狂无?

日暮江边一小儒,空怜未有白髭须。马融已贵诸生老,犹自容窥绛帐无?

一种吟诗号孔徒,沧江有客独疏愚。初筵尽辟知名士,许到风前月下无?

望断南云日已晡,便应凭梦过重湖。不知自古登龙者,曾有因诗泥得无?

早游门馆一樵夫,只爱吟诗傍药炉。旌旆满江身不见,思言记得颍川无?

孔融襟抱称名儒,爱物怜才与世殊。今日宾阶忘姓字,当时省记荐雄无?

僻爱江山俯坐隅,人间不是便为图。尊前为问神仙伴,肯向三清慰荐无?

膺门不避额逢珠,绝境由来卷轴须。早忝阿戎诗友契,趋庭曾荐祢生无?

寄山僧

云里幽僧不置房,橡花藤叶盖禅床。朝来逢著山中伴,闻说新移最上方。

喜张渍及第

九转丹成最上仙,青天暖日踏云轩。春风贺喜无言语,排比花枝满杏园。

赠张渍榜头被驳落

莫向花前泣—作春风送酒杯,谪仙依旧—作

真个是仙才。犹堪与世为祥瑞,曾到蓬山顶上来。

悼亡二首

一烛从风到奈何,二年衾枕逐流波。虽知不得公然泪,时泣阑干恨更多。

明月萧萧海上风,君归泉路我飘蓬。门前虽有如花貌,争奈如花心不同。

宫乌栖

宫乌栖处玉楼深,微月生檐夜夜心。香辇不回花自落一作发,春来空佩辟寒金。

长信宫一作孟迟诗

君恩已尽欲何归,犹有残香在舞衣。自恨身轻不如燕,春来长绕御帘飞。

广陵城一作孟迟诗

红映高台绿绕城,城边春草傍墙生。隋家不同此中尽,汴水应无东去声。

冷日过骊山一作孟迟诗

冷日微烟渭水愁,翠华宫树不胜秋。霓裳一曲千门锁,白尽梨园弟子头。

下第后归永乐里自题二首

无地无媒只一身,归来空拂满床尘。尊前尽日谁相对,唯有南山似故人。

玄发侵愁忽似翁,暖尘寒袖共东风。公卿门户不知处,立马一作在九衢春影中。

出试日独游曲江

江莎渐映花边绿,楼日自开池上春。双鹤绕空来又去,不知临水有愁人。

题曹娥庙

青娥埋没此江滨,江树飕飕惨暮云。文字在碑碑已堕,波涛辜负色丝文。

题段氏中台

看山台下水无尘,碧箓前头曲水春。独对

一作坐一尊风雨夜,不知家有早朝人。

华州座中献卢给事

送迎皆到三峰下,满面烟霜满马尘。自是追攀认知己,青云不假送迎人。

商山道中一作度商山晚静,又作净

和如春色一作暖净一作静如秋,五月商山是胜游。当昼火云生不得,一溪萦一作分作万重愁。

赠歙州妓

滟滟横波思有余,庾楼明月堕云初。扬州寒食春风寺一作市,看遍花枝尽不如。

赠王明府

五柳逢秋影渐微,陶潜恋酒不知归。但存物外醉乡在,谁向人间问是非?

吕校书雨中见访

竹阁斜溪小槛明,惟君来赏见山情。马嘶风雨又归去,独听子规千万声。

千秋岭下

知有岩前万树桃,未逢摇落思空劳。年年盛发无人见,三十六溪春水高。

歙州道中仆逃

去跳风雨几奔波,曾共辛勤奈若何。莫遣穷归不知处,秋山重叠成旗多。

重阳日寄韦舍人

节过重阳菊委尘,江边病起杖扶身。不知此日龙山会,谁是风流落帽人?

赠薛勋下第

一掷虽然未得卢,惊人不用绕床呼。牢之坐被青云逼,只问君能酷似无。

宛陵望月寄沈学士

一川如画敬亭东,待诏闲游处处同。天竺山前镜湖畔,何如今日庾楼中。

翡翠岩

芙蓉幕里千场醉，翡翠岩前半日闲。惆怅晋朝人不到，谢公抛力上东山。

发新安后途中寄卢中丞二首

楼上风流庾使君，笙歌曾醉此中闻。目前已是陵阳路，回首丛山满眼云。

晚树萧萧促织愁，风帘似水满床秋。千山不碍笙歌月，谁伴羊公上夜楼？

留题兴唐寺

满水楼台满寺山，七年今日共跻攀。月高对菊问行客，去折芳枝早晚还。

广陵道

斗鸡台边花照尘，炀帝陵下水含春。青云回翅北归雁，白首哭途何处人？

茅山道中

溪—作烟树重重水乱流，马嘶残雨晚程秋。门前便是仙山路，目送归—作断寒云—作鸿不得游。

江上与兄别

楚国湘江两渺渺，暖川晴雁背帆飞。人间离别尽堪哭，何况不知何日归。

落第

九陌初晴处处春，不能回避看花尘。由来得丧非吾事，本是钓鱼船上人。

宛陵馆冬青树—作汉阴亭树

碧树如烟覆晚波，清秋欲尽客重过。故—作家园亦有如烟树，鸿雁不来风雨多。

赠五老韩尊师

有客斋心事玉晨，对山须鬓绿无尘。住山道士年如鹤，应识当时五老人。

经汾阳旧宅

门前不改旧山河，破屋曾轻马伏波。今日独经歌舞地，古槐疏冷一作影夕阳多。

寄卢中丞

叶覆清溪滟滟红，路横秋色马嘶风。独携一榼郡斋酒，吟对青山忆谢公。

途中

故园回首雁初来，马上千愁付一杯。惟有新诗似相识，暮山吟处共徘徊。

寄裴澜

绮云初堕亭亭月，锦席惟横滟滟波。宋玉逢秋正高卧，一篇吟尽奈情何。

淮南丞相坐赠歌者虞姹

绮筵无处避梁尘，虞姹清歌日—作白日新。来值渚亭花欲尽，一声留得满城春。

酬段侍御

莲花上客思闲闲，数首新诗到筚关。吟得楚天风雨霁，一条江水两三山。

寻僧二首

台殿参差日堕尘，坞西归去一庵云。寒泉何处夜深落，声隔半岩疏叶闻。

溪户无人谷—作百鸟飞，石桥横木挂禅衣。看云日暮倚松立，野水乱鸣僧未归。

发柏梯寺

一泓秋水千竿竹，静得劳生半日身。犹有向西无限地，别僧骑马入红尘。

西江—作江上晚泊

茫茫霭霭失西东，柳浦桑村处处同。戍鼓一声帆影尽，水禽飞起夕阳中。

南池

照影池边多少愁，往来重见此塘秋。芙蓉苑外新经雨，红叶相随何处流。

江楼旧感—作感怀

独上江楼思渺然，月光如水水如天。同来

望—作玩月人何处,风影依稀似去年。

南园
雨过郊园—作原绿尚微,落花惆怅满尘衣。芳尊有酒无人共,日暮看山还独归。

南亭
孤亭影在乱花中,怅望无人此醉同。听尽暮钟犹独坐,水边襟袖起春风。

赠女仙
水思云情小凤仙,月涵花态语如弦。不因金骨三清客,谁识吴州有洞天。

宜州送判官
来时健笔佐嫖姚,去折槐花度野桥。谁见尊前此惆怅,一声歌尽路迢迢。

宿僧院
月满长空树满霜,度云低拂近檐床。林中夜半一声磬,卧见高僧入道场。

寻僧
斜日横窗起暗尘,水边门户闭闲春。千竿竹里花枝动,只道无人似有人。

经王先生故居
晚波东去海茫茫,谁识蓬山不死乡。弄玉已归萧史去,碧楼红树倚斜阳。

送从翁中丞奉使黠戛斯六首
扬雄词赋举天闻,万里油幢照塞云。仆射峰西几千骑,一时迎著汉将军。

旌旗杳杳雁萧萧,春尽穷沙雪未消。料得坚昆受宣后,始知公主已归朝。

虽言穷北海云中,属国当时事不同。九姓如今尽臣妾,归期那肯待秋风。

牢山望断绝尘氛,滟滟河西拂地云。谁见鲁儒持汉节,玉关降尽可汗军。

山川险易接胡尘,秦汉图来或未真。自此尽知边塞事,河湟更欲托何人?

秦皇无策建长城,刘氏仍穷北路兵。若遇单于旧牙帐,却应伤叹汉公卿。

东亭柳
拂水斜烟一万条,几随春色倚—作醉河桥。不知别后谁攀折,犹自风流胜舞腰。

僧舍二首
只言双鬓未蹉跎,独奈牛羊送日何。禅客不归车马去,晚檐山色为谁多。

溪上禅关水木间,水南山色与僧闲。春风尽日无来客,幽磬一声高鸟还。

新月
玉钩斜傍画檐生,云匣初开一寸明。何事最能悲少妇,夜来依约落边城。

赠皇甫垣
养由弓箭已无功,牢落生涯事事同。相劝一杯寒食酒,几多辛苦到春风。

四祖寺
千株松下双峰寺,一盏灯前万里身。自为心猿不调伏,祖师元是世间人。

听蝉
噪蝉声乱日初瞳,弦管楼中永不闻。独—作争奈愁人数茎发—作鬓,故园秋隔五湖云。

寄远
禁钟声尽见栖禽,关塞迢迢故国心。无限春愁莫相问,落花流水洞房深。

池上
正怜佳月夜深坐,池上暖回燕雁声。犹有渔舟系江岸,故人归尽独何情。

春日书怀
暖莺春舌难穷,枕上愁生晓听中。应袅绿窗残梦断,杏园零落满枝风。

赠别
水边秋草暮萋萋,欲驻残阳恨—作去马蹄。曾是管弦同醉伴,一声歌尽—作断各东西。

灵岩寺
馆娃宫伴千年寺,水阔云多客到稀。闻说春来更—作倍惆怅,百花深处一僧归。

代人听琴二首
抱琴花夜不胜春,独奏相思泪满巾。第五指中心最恨,数声呜咽为何人。

湘娥不葬九疑云,楚水连天坐忆君。惟有啼乌旧名在,忍教呜咽夜长闻。

访沈舍人不遇
溪翁强访紫微郎,晓鼓声中满鬓霜。知在禁闱人不见,好风飘下九天香。

座上献元相公
初蝦尝家于浙西,有美姬,惑之,计偕。会中元鹤林之游,浙帅窥其姬,遂奄有之。明年,蝦及第,因以一绝箴之云。

寂寞堂前日又曛,阳台去作不归云。从来闻说沙吒利,今日青娥属使君。

遣兴二首
溪花入夏渐稀疏,雨气如秋麦熟初。终日苦吟人不会,海边兄弟久无书。

读彻残书弄水回,暮天何处笛声哀。花前独立无人会,依旧去年双燕来。

送李给事—作萧俛相公归山
眼前轩冕是鸿毛,天上人间漫自劳。脱却朝衣独归—作便东去,青云不及白云高。

宿僧舍
高僧夜滴芙蓉漏,远客窗含杨柳风。何处相逢话心地,月明身在磬声中。

吴门梦故山
心熟家山梦不迷,孤峰寒绕一条溪。秋窗觉后情无限,月堕馆娃宫树西。

别李谱
尊前路映暮尘红,池上琴横醉席风。今日别君如别鹤,声容长在楚弦中。

和杜侍郎题禅智寺南楼
楼畔花枝拂槛红,露天香动满帘风。谁知野寺遗钿处,尽在相如春思中。

发青山
凫鹭声暖野塘春,鞍马嘶风—作风高驿路尘。一宿青山又前—作须去,古来难得是闲人。

入蓝关
微烟已辨秦中树,远梦更依江上台。看落晚花还怅望,鲤鱼时节入关来。

落第寄沈询
穿杨力尽独无功,华发相期一夜中。别到江头旧吟处,为将双泪问春风。

送韦中丞
二年恩意是春辉,清净胸襟似者希。泣尽楚人多少泪,满船唯载酒西归。

咏端正春树
一树繁阴先著名,异花奇叶俨天成。马嵬此去无多地,只合杨妃墓上生。

叙事献同州侍御三首
青云席中罗袜尘,白首江上吟诗人。登龙不及三千士,虚度膺门二十春。

平生望断云层层,紫府杳是他人登。却应归访溪边寺,说向当时同社僧。

尊前谁伴谢公游,莲岳晴来翠满楼。坐见一方金变化,独吟红药对残秋。

婺州宴上留别—作婺州宴上留萧员外
双溪楼影向云横,歌舞—作转高台晚更清。独自下楼骑瘦马,摇鞭重入乱蝉声。

别牛郎中门馆
　　整襟收泪别朱门,自料难酬顾念恩。招得片魂骑匹马,西风斜日入秋原。

山中寄卢简求
　　竹西池上有花开,日日幽吟看又回。心忆郡中萧记室,何时暂别醉乡来。

寄梁佾兄弟
　　桃李春多翠影重,竹楼当月夜无风。荀家兄弟来还去,独倚栏干花露中。

同州南亭陪刘侍郎送刘先辈
　　处处云随晚望开,洞庭秋水一作入管弦来。谢公待醉消离恨,莫惜临川酒一杯。

赠馆驿刘巡官
　　云别青山马踏尘,负才难觅作闲人。莫言馆驿无公事,诗酒能消一半春。

赠解头贾嵩
　　贾生名迹忽无伦,十月长安看尽春。顾我先鸣还自笑,空沾一第是何人?

题僧壁
　　晓望一作傍疏林露满巾,碧山秋寺属闲人。溪头尽日看红叶,却笑高僧衣有尘。

沙溪馆一作仙娥驿
　　翠湿衣襟山满楼,竹间溪水绕床流。行人莫一作亦羡邮亭吏,生向此中今白头。前二句一作谿上邮亭气早秋,树边溪色绕床流。

李侍御归炭谷山居,同宿华严寺
　　家在青山近玉京,日云红树一作叶满归程。相逢一宿最高寺,半夜翠微泉落声。

过喷玉泉
　　平生半为山淹留,马上欲去还回头。两京尘路一双鬓,不见玉泉千万秋。

汉阴庭树
　　掘沟引水浇蔬圃,插竹为篱护药苗。杨柳如丝风易乱,梅花似雪日难消。

送王龟拾遗谢官后归沪水山居
　　水边残雪照亭台,台上风襟向雪开。还似当时姓丁鹤,羽毛成后一归来。

宿长水主人
　　白云溪北丛岩东,树石夜与潺湲通。行人一宿翠微月,二十五弦声满风。

寒食离白沙
　　莫惊客路已经年,尚有青春一半妍。试上方垣望春野,万条杨柳拂青天。

将发循州社日于所居馆宴送
　　浪花如雪叠江风,社过高秋万恨中。明日便随江燕去,依依俱是故巢空。

句
　　浮云悲晚翠,落日泣秋风。见《万花谷》。

　　语风双燕立,袅树百劳飞。

　　松岛鹤归书信绝,橘洲风起梦魂香。

　　徒知六国随斤斧,莫有群儒定是非。题秦皇句,宣宗览之不悦。以上见《优古堂诗话》。

　　一千里色中秋月,十万军声半夜潮。钱塘。

　　梁王旧馆已秋色,珠履少年轻绣衣。以上见《主客图》。

全唐诗卷五百五十一

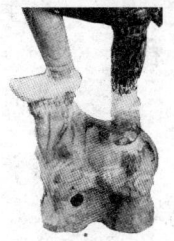

卢肇

卢肇，字子发，袁州人。会昌三年登第，初为鄂岳卢商从事，后除著作郎，迁仓部员外郎，充集贤院直学士。咸通中，出知歙州，移宣、池、吉三州卒。《赋集》八卷，《诗文集》十三卷，今编诗一卷。

汉堤诗并序

上元年秋，汉水大溢，啮襄堤以入。既沉汉郛，遂灭岘趾，栋榱且流，压溺无算，襄之城仅以门免。三日水去，陷为大涂，余民栖于楚山，号不敢下，馁踣相挽，其能全者什六七。上大忧曰："襄惟东南，实胆荆海，若气不息，吾躬曷瘳。今天下灾于有汉，庭垣尽潴，骴骼在浑，有婴坠井，母实号之。今襄人尽坠，吾号尚及哉！咨乃卿士，畴能振之，以易吾乱。"咸以地官范阳公旧理南粤，岛夷率化，甘于民心，俾践于襄，必克底义。上俞以往。公既至，省汉之溺，由旧防之不固几五十载。又询之，汉水之不犯襄郛，惟是甚灾，既鱼士庶，灾或能嗣，孰以过之？募民新汉之堤，食敌其功，资三其食，因故堤之址，广倍之，高再倍之，距襄之郊，缭半百里。明年春，堤成，公具以疏。上大欢，复襄之疲民一祀，赈谷十万斛。民既保字，讴歌怡愉。既而舒苏，不知曩之灾也。昔狄败卫侯于荧泽，齐桓公帅诸侯城缘陵以居之，而卫国忘亡。君子是以称桓公之德。今公之为是堤也，襄有卫人之思焉，而况宣天子之慈以生厥民，曷齐桓之尚哉！噫！五材之生沴也，必极于物，物之既极，天必资明哲以苏之，理之常也。古之人有力保一邑，勇御一寇，谓之有功，尚以金石载之，况捍大灾，救大患，其美若是，岂得无称焉？是宜以声诗播之。登于乐府，惟汉亦有瓠子之歌，是可类之。谨按正考甫作商诗，公子奚斯命太史克请于周，作鲁诗。皆其国之公族也。肇于公为族孙，幸力于文，所不宜默。惟岘之碑曰羊公，惟堤之诗曰卢公，是古今之相光昭也。其谁曰不然？诗曰：

阴沴奸阳，来暴于襄。汩入大郛，波端若铓。触厚摧高，不知其防。骇溃颠委，万室皆毁。灶登蛟蚕，堂集鱣鲔。惟恩若仇，母不能子。洪溃既涸，闬闳其虚。以隳我堵，以剥我庐。酸伤顾望，若践丘墟。帝曰念嗟，朕曰南顾。流灾降愿,天曷台怒。滔滔襄郊,摔我婴孺。于惟余甿,饥伤喘呼。斯为淫痍,孰往膏傅。惟汝元寮,金举明哲。我公用谐,苴茅杖节。来视襄人,噢咻提挈。不日不月,哈乎抃悦。乃泳故堤,陷于沙泥。缺落坳圮,由东讫西。公曰呜呼,汉之有堤。实命襄人,不力乃力。则及乃身,具锸与畚。汉堤其新,帝廪有粟。帝府有缗,尔成尔堤。必锡尔勤,襄人怡怡。听命襄浒,背囊肩杵,奔走蹈舞,分之卒伍。令以麾鼓,寻尺既度。日月可数,登登业业。周旋上下,披岘斫楚。飞石挽土,举筑殷雷。骇汗霏雨,疲癃鳏独。奋有筋膂,呀吁来助。提筐负筥,不劳其劳。杂沓笑语,咸曰卢公,来赐我生。斯堤既成,蜿蜿而平。确尔山固,屹如云横。汉流虽狂,坚不可蚀。代千年亿,与天无极。惟公之堤,昔在人心。既筑既成,横之于南。萌渚不峻,此门不深。今复在兹,于汉之阴。斯堤已崇,兹民获祐。龊童相庆,室以完富。贻于襄人,愿保阙寿。系公之功,赫焉如昼。捍此巨灾,崒若京阜。天子赐之,百姓载之。族孙作诗,昭示厥后。

题甘露寺

北固岩端寺,佳名自上台。地从京口断,山到海门回。曙色烟中灭,潮声日下来。一隅通雉堞,千仞耸楼台。林暗疑降虎,江空想度杯。福庭增气象,仙磬落昭回。觉路花非染,流年景谩催。隋宫雕绿草,晋室散黄埃。西蜀波湍尽,东溟日月开。如登最高处,应得见蓬莱。

江陵府初试澄心如水

丹心何所喻,唯一作为水并清虚。莫测千寻底,难知一勺初。内明非有物,上善本无鱼。澹泊随高下,波澜逐卷舒。养蒙方浩浩,出险一作海每徐徐。若灌情田里,常流尽不如。

风不鸣条

习习和风至,过条不自鸣。暗通青律起一作暖,远傍白蘋生。拂树花仍落,经林鸟自一作讵惊。几牵萝蔓动,潜惹柳丝轻。入谷一作幽涧迷松响一作韵,开一作闲窗失竹声。薰弦方在御,万国仰皇情。

别宜春赴举

秋天草木正萧疏,西望秦关别旧居。筵上芳樽今日酒,箧中黄卷古人书。辞乡且伴一作离山且作衔芦雁,入海终为戴角鱼。长短九霄飞直上,不教毛羽落空虚。

射策后作

射策明时愧不才,敢期青律变寒灰。晴怜断雁侵云去,暖见醯鸡傍酒来。箭发尚忧杨叶远,愁生只恐杏花开。曲江春浅人游少,尽日看山醉独回。

和主司王起一作奉和主司王仆射答周侍郎贺放榜作

嵩高降德为时生,洪笔三题造化名。凤诏伫归专北极,骊珠搜得尽东瀛。褒衣已换金章贵,禁掖曾随玉树荣。明日定知同相印,青衿新列柳间营。

及第一本有后字送潘图归宜春

三载皇都恨食贫,北溟今日化穷鳞。青云乍喜逢知己,白社犹悲送故人。对酒共惊千里别,看花自感一枝春。君归为说龙门寺一作事,雷雨初生电绕身。

将归宜春留题新安馆

东里如今号郑乡,西家昔日近丘墙。芸台四部添新学,秘殿三年学老郎。天外鸳鸾愁不见,山中云鹤喜相忘。犹张皂盖归蓬荜,直谓时无许子将。

竞渡诗一作及第后江宁观竞渡寄袁州刺史成应元

石溪久住思端午,馆驿楼前看发机。鼙鼓动时雷隐隐,兽头凌处雪微微。冲波突出人齐诺,跃浪争先鸟退飞。向道是龙刚不信,果然夺得锦标归。

除歙州途中寄座主王侍郎 一本题上有咸通初恩四字

忽忝专城奉六条,自怜出谷屡迁乔。驱车虽道还家近,捧日惟愁去国遥。朱户昨经新荣戟,风帆常觉恋筆瓢。江天夜夜知消息,长见台星在碧霄。

御沟水

万壑朝溟海,萦回岁月多。无如此沟水,咫尺奉天波。

杨柳枝

青鸟泉边草木春,黄云塞上是征人。归来若得长条赠,不惮风霜与苦辛。

新植红茶花偶出被人移去以诗索之

严—作最恨柴门一树花,便随香远逐香车。花如解语还应道,欺我郎君不在家。

戏题肇初计偕至襄阳,奇章公方有真珠之惑

神女初离碧玉阶,彤云犹拥牡丹鞋。知道相公怜玉腕,强将纤手整金钗。

成名后作

桂在蟾宫不可攀,功成业熟也何难。今朝折得东归去,共与乡间年少看。

登祝融寺兰若 一作登南岳月宫兰若

祝融绝顶万余层,策杖攀萝步步登。行到月宫霞外寺,白云相伴两三僧。

被谪连州

黄绢外孙翻得罪,华颠故老莫相嗤。连州万里无亲戚,旧识唯应有荔枝。

谪后再书一绝

崆峒道士误烧丹,赤鼠黄牙几许难。坠堕阁浮南斗下,不知何事犯星官。

题清远峡观音院二首

清潭洞澈深千丈,危岫攀萝上几层。秋尽更无黄叶树,夜阑唯对白头僧。

风入古松添急雨,月临虚槛背残灯。老猿啸狖还欺客,来撼窗前百尺藤。

喜杨舍人入翰林

御笔亲批翰长衔,夜开金殿送瑶缄。平明玉案临宣室,已见龙光出傅岩。

谪连州书春牛榜子

阳和未解逐民忧,雪满群山对白头。不得职田饥欲死,儿侬何事打春牛。

送弟

去日家无担石储,汝须勤苦事樵渔。古人尽向尘中远,白日耕田夜读书。

牧童

谁人得似牧童心,牛上横眠秋听深。时复往来吹一曲,何愁南北不知音。

嘲小儿

贪生只爱眼前珍,不觉风光度岁频。昨日见来骑竹马,今朝早是有年人。

金钱花

轮郭休夸四字书,红窠写出对庭除。时时买得佳人笑,本色金钱却不如。

木笔花

软如新竹管初齐,粉腻红轻样可携。谁与诗人偎槛看,好于笺墨并分题。

句

君梦浐阳月,中秋忆棹歌。见《岳州府志》。

妙吹应谐凤,工书定得鹅。李群玉善急就章,喜食鹅,肇赠句云云。见《纪事》。

亭边古木昼阴阴,亭下寒潭百丈深。黄菊旧连陶令宅,青山遥负向平心。题绿阴亭。见《临江府志》。

全唐诗卷五百五十二

丁稜

丁稜，字子威，会昌三年进士。是岁，王起再知贡举，卢肇、丁稜、姚鹄以李德裕荐依次放榜。诗二首。

塞下曲

北风鸣晚角，雨雪塞云低。烽举战军动，天寒征马嘶。出营红旆展，过碛暗沙迷。诸将年皆老，何时罢鼓鼙？

和主司王起—作和主司王仆射答华州周侍郎贺放榜作

公心独立副天心，三辖春闱冠古今。兰署门生皆入室，莲峰太守别知音。同升—作飞翰苑时名重，遍历朝端主意深。新有受恩江海客，坐听朝夕继为霖。

高退之

高退之，字遵圣，会昌三年进士第。诗一首。

和主司王起—作和主司王仆射酬周侍郎贺放榜

昔年桃李已滋荣，今日兰荪又发生。菲菲采时皆有道，权衡分处且无情。叨陪鸳鹭朝天客，共作门阑出谷莺。何事感恩偏觉重，忽闻金榜扣柴荆。自注：退之自顾微劣，不敢有叨窃之望，策试之后，遂归盘屋山居，不期一旦选士及第。遣人赍榜扣关相报，方知忝矣。

孟球

孟球，字廷玉，会昌三年进士第。咸通中，检校工部尚书、徐州刺史。诗一首。

和主司王起—作和主司酬周侍郎

当年门下化龙成，今日余波进后生。仙籍共知推丽藻—作则，禁垣同得荐嘉名。桃蹊早茂夸新萼，菊圃初开耀晚英。谁料羽毛方出谷，许教齐和九皋鸣。

刘耕

刘耕,会昌三年进士第。诗一首。

和主司王起—作和主司酬周侍郎

孔门频建铸颜功,紫绶青衿感激同。一簣勤劳成太华,三年恩德仰—作等维嵩。杨随前辈穿皆中,桂许平人折欲空。惭和周郎应见顾,感知大造竟无穷。

裴翻

裴翻,字云章,会昌三年进士第。诗一首。

和主司王起—作和主司酬周侍郎

常将公道选群生,犹被春闱屈重名。文柄久持殊岁纪,恩门三启动寰瀛。云霄幸接鸳鸾盛,变化欣同草木荣。乍得阳和如细柳,参差长近亚夫营。

樊骧

樊骧,字元龙,会昌三年进士第。诗一首。

和主司王起—作和主司酬周侍郎

满朝簪发半门生,又见新书甲乙名。孤进自今开道路,至公依旧振寰瀛。云飞太华清词著,花发长安白屋荣。忝受恩光同上客,惟将报德是经营。

崔轩

崔轩,字鸣山(一作岚),会昌三年进士第。诗一首。

和主司王起—作和主司酬周侍郎

满朝朱紫半门生,新榜劳人又得名。国器旧知收片玉,朝宗转觉集登瀛。同升翰苑三年美,继入花源九族荣。共仰莲峰听雪唱,欲赓仙曲意忄正营。

蒯希逸

蒯希逸,字大隐,会昌三年登第。杜牧有池州送希逸诗。诗一首。

和主司王起—作和主司酬周侍郎

一振声华入紫薇,三开秦镜照春闱。龙门旧列金章贵,莺谷新迁碧落飞。恩感风雷宜—作皆变化,诗裁锦绣借—作惜光辉。谁知散质多荣忝,鸳鹭清尘接布衣。

句

蟾蜍醉里破,蛱蝶梦中残。牛相在扬州,常称之。

山险不曾离马后,酒醒长见在床前。希逸有仆武干,相随十余岁。希逸擢第,乞归养亲。留之不得,以诗送之,士人皆有继和。并见《纪事》。

林滋

林滋,字后象,闽人。会昌三年进士第,与同年詹雄、郑诚齐名,时称雄诗、诚文、滋赋为闽中三绝。官终金部郎中。诗六首。

望九华山

兹山突出何怪奇,上有万状无凡姿。大者嶙岣若奔兕,小者蕰嵬如婴儿。玉柱金茎相拄枝,干空逾碧势参差。虚中始讶巨灵擘,陡处乍惊愚叟移。萝烟石月相蔽亏,天风袅袅猿咿咿。龙潭万古喷飞溜,虎穴几人能得窥?吁予比年爱灵境,到此始觉魂神驰。如何独得百丈索,直上高峰抛俗羁。

春望

春海镜—作接长天,青郊丽上年。林光虚霁晓,山翠薄晴烟。气暖禽声变,风恬草色鲜。散襟披石磴,韶景自深怜。

蠡泽旅怀

谁言行旅日,况复桃花时。水即沧溟—作浪远,星从天汉垂。川光独鸟暮,林色落英迟。岂是王程急,偏多游子悲。

宴韦侍御新亭

烟磴披青霭,风筵藉紫苔。花香凌桂醑,

竹影落藤杯。鸣籁将歌远,飞枝拂舞开。未愁留兴晚,明月度云来。

人日一下有题日二字

春辉新入碧烟开,芳院初将穆景来。共向花前图瑞胜,试看池上动轻苔。林香半落沾罗幌,蕙色微含近酒杯。闻道宸游方命赏,应随思赏喜昭回。

和主司王起一作和主司酬周侍郎

龙门一变荷生成,况是三传不朽名。美誉早闻喧北阙,颓波今见走东瀛。鸳行既接参差影,鸡树仍同次第荣。从此青衿与朱紫,升堂侍宴更何营。

李宣古

李宣古,字垂后,会昌三年进士第。诗四首。

听蜀道士琴歌第五句缺一字

至道不可见,正声难得闻。忽逢羽客抱绿绮,西别峨嵋峰顶云。初排□面蹑轻响,似掷细珠鸣玉上。忽挥素爪画七弦,苍崖劈裂迸碎泉。愤声高,怨声咽,屈原叫天两妃绝。朝雉飞,双鹤离,属玉夜啼独鸶悲。吹我神飞碧霄里,牵我心灵入秋水。有如驱逐太古来,邪淫辟荡贞心开。孝为子,忠为臣,不独语言能教人。前弄啸,后弄嚬,一舒一惨非冬春。从朝至暮听不足,相将直说瀛洲宿。更深弹罢背孤灯,窗雪萧萧打寒竹。人间岂合值仙踪,此别多应不再逢。抱琴却上瀛洲去,一片白云千万峰。

和主司王起一作和主司酬周侍郎

恩光忽逐晓春生,金榜前头忝姓名。三感至公神造化,重扬文德振寰瀛。伫为霖雨曾相贺,半在云霄觉更荣。何处新诗添照灼,碧莲峰下柳间营。

杜司空席上赋

《纪事》云:杜司空悰自忠武军节度使出镇沣阳,宣古数陪游宴,乘醉慢侮,惊欲辱之,长林公主曰:"岂有饮而举人细过耶?"谓宣古请为诗,翼弥缝也。宣古得韵,立成此诗。

红灯初上月轮高,照见堂前万朵桃。觱栗词清银象一作字管,琵琶声亮紫檀槽。能歌姹女颜如玉,解引萧郎眼似刀。争奈夜深抛耍令,舞来授一作接去使人劳。

赋寒食日亥时一作寒食夜

人定朱门尚未一作半开,初星粲粲照人回。此时寒食无烟火一作灯烛,花柳苍苍月欲来。

句

翠盖不西来,池上天池歇。

冉冉池上烟,盈盈池上柳。生贵非道傍,不断行人手。张为《主客图》。

黄颇

黄颇,宜春人。以洪奥文章蹉跎者一十三载,至会昌三年登第,官监察御史。诗三首。

风不鸣条一作舒元舆

五纬一作习习起祥飙,无声瑞圣朝。稍开含露蕊一作萼,才转惹烟条。密叶应潜变一作长,低枝几暗摇。林间莺欲啭,花下蝶微飘。初满沿堤草,因生逐水苗。太平无一事,天外奏虞一作云韶。

和主司王起一作和主司酬周侍郎

二十二年文教主,三千上士满皇州。独陪宣父蓬瀛奏,方接颜生鲁卫游。多羡龙门齐变化,屡看鸡树第名流。千堂何处最荣美,朱紫环尊几处酬。

闻宜春诸举子陪郡主登河梁玩月

一年秋半月当空,遥羡飞觞接庾公。虹影迥分银汉上,兔辉全写玉筵中。笙歌送尽迎寒漏,冰雪吟消永夜风。虽向东堂先折桂,不如宾席此时同。

张道符

张道符,字梦锡,会昌三年进士第。诗一首。

和主司王起—作和主司酬周侍郎

三开文镜继芳声,暗暗云霄接去程。会压—作厌洪波先得路,早升清禁共垂名。莲峰对处朱轮贵,金榜传时玉韵成。更许下—作不才听白雪,一枝今过郄诜荣。

丘上卿

丘上卿,字陪之,会昌三年进士第。诗一首。

和主司王起—作和主司酬周侍郎

常将公道选诸生,不是鸳鸿不得名。天上宴回联步武,禁中麻出满寰瀛。簪裾尽过前贤贵,门馆仍叨旧学荣。看著凤池相继入,都堂那肯滞关营。

石贯

石贯,字总之,会昌三年进士第。诗一首。

和主司王起—作和主司酬周侍郎

重德由来为国生,五朝清显冠公卿。风波久伫济川楫,羽翼三迁出谷莺。绛帐青衿同日贵,春兰秋菊异时荣。孔门弟子皆贤哲,谁料穷儒忝一名?

李潜

李潜,字德隐,宜春人,会昌三年进士第。诗一首。

和主司王起—作和主司酬周侍郎

文学宗师心秤平,无私三用佐贞明。恩波旧是仙舟客,德宇新添月桂名。兰署崇资金色重,莲峰高唱玉音清。羽毛方荷生成力,难继鸾皇上汉声。

孟守

孟守—作宁,字处中。长庆三年,王起主文,尝放及第,为时相所退。至会昌三年,起再知贡举,守龙钟就试成名。诗一首。

和主司王起—作和主司酬周侍郎

科文又主守初时,光显门生济会期。美擅东堂登甲乙,荣同内署侍恩私。群莺共喜新迁木,双凤皆当即入池。别有倍深知感士,曾经两度得芳枝。

唐思言

唐思言,字子文,会昌三年进士第。诗一首。

和主司王起—作和主司酬周侍郎

儒雅皆传德教行,几崇浮俗赞文明。龙门昔上波涛远,禁署同登渥泽荣。虚散谬当陪杞梓,后先宁异感生成。时方侧席征贤急,况说歌谣近帝京。

戈牢 戈,《英华》作左。

戈牢,字德胶,会昌三年进士第。诗二首。

风不鸣条—作章孝标诗

旭日悬清景,微风在绿条。入松声不发,度—作过柳影空摇。长养应潜变—作遍,扶疏每暗飘。有林时袅袅,无树渐—作暂萧萧。慢—作误逐青烟散,轻和瑞气—作树色饶。丰年知有待,歌咏美唐尧。

和主司王起—作和主司酬周侍郎

圣乾文德最称贤,自古儒生少比肩。再启龙门将二纪,两司莺谷已三年。蓬山皆美成荣贵,金榜谁知忝后先?正是感恩流涕日,但思旌旆碧峰前。

金厚载

金厚载,字化光,会昌三年进士第。诗

二首。

风不鸣条

寂寂曙风生,迟迟散野轻。露华摇有滴,林叶袅无声。暗剪丛芳发,空传谷鸟鸣。悠扬韶景静,澹荡霁烟横。远水波澜息,荒郊草树一作木荣。吾君垂至化,万类共澄清。

和主司王起 一作和主司酬周侍郎

长庆曾收间世英,果居台阁冠公卿。天书再受恩波远,金榜三开日月明。已见差肩趋翰苑,更期连步掌台衡。小儒谬迹云霄路,心仰莲峰望太清。

王甚夷

王甚夷,字无党,会昌三年进士第。诗

二首。

风不鸣条

圣日祥风起,韶晖助发生。蒙蒙遥野色,袅袅细条轻。荏弱看渐动,怡和吹不鸣。枝含余露湿,林霁晓烟平。缥缈春光媚,悠扬景气晴。康哉帝尧代,寰宇共澄清。

和主司王起 一作和主司酬周侍郎

春闱帝念主生成,长庆公闻两岁名。有蕴赤心分雨露,无私和气浃寰瀛。龙门乍出难胜幸,鸳侣先行是最荣。遥仰高峰看白雪,多惭属和意屏营。

全唐诗卷五百五十三

姚鹄

姚鹄,字居云,蜀人。登会昌三年进士第。诗一卷。

送李潜归绵州觐省

朱楼对翠微,红旆出重扉。此地千人望,寥天一鹤归。雪封山崦白,鸟拂栈梁飞。谁比趋庭恋,骊珠耀彩衣。

塞外寄张侍御

千里入黄云,羁愁日日新。疏钟关路晓,远雨塞山春。南眺有归雁,北来无故人。却思陪宴处,回望与天邻。

晓发 一作赵嘏诗

旅行宜早发,况复是南归。月影缘山尽,钟声隔浦 一作水 微。残星萤共失,落叶鸟和飞。去去渡南浦,村中人出稀。

题终南山隐者居

开门绝壑旁,蹑藓过花梁。路入峰峦影,风来芝术 一作草 香。夜吟明雪牖,春梦闭云房。尽室更何有,一琴兼一觞。

嘉川驿楼晚望

楼压寒江上,开帘对翠微。斜阳诸岭暮,古渡一僧归。窗迥云冲起,汀 一作天 遥鸟背飞。谁言坐多倦,目极自忘机。

送人归吴

东吴与上国,万里路迢迢。为别晨昏久,全轻水陆遥。湘阴岛上寺,楚色月中潮。到此一长望 一作叹,知君积恨销。

送石贯 一作贾 归湖州

同志幸同年,高堂君独还。齐荣恩未报,共隐事应闲。访寺临湖岸,开楼见海山。洛中推二陆,莫久恋乡关。

送刘耕归舒州

四座莫纷纷，须臾岐路分。自从同得意，谁不惜离群！旧国连青海，归程在白云。弃襦当日路，应竞看终军。

寄赠许璋少府

若说君高道，何人更得如。公庭唯树石，生计是琴书。诗句峭无敌，文才清有余。不知尺水内，争滞北溟鱼。

寄雍陶先辈

知音杳何处，书札寄无由。独宿月中寺，相思天畔—作半楼。露凝衰草白，萤度远烟秋。怅望难归枕，吟劳生夜愁。

寄友人

西风又开菊，久客意如何？旧国天涯远，清砧月夜多。明时难际会，急景易蹉跎。抱玉终须献，谁言恋薜萝？

感怀陈情

恩重空感激，何门誓杀身。谬曾分玉石，竟自困风尘。阴谷非因暖，幽丛岂望春。升沉在言下，应念异他人。

送程秀才下第归蜀

莺迁与鹗退，十载泣岐分。蜀道重来老，巴猿此去闻。晓程侵岭雪，远栈入谿云。莫滞趋庭恋，荣亲只待君。

旱鱼词上苗相公

似龙鳞已足，唯是欠登门。日里腮犹湿，泥中目未昏。乞锄防蚁穴，望水泻金盆。他日能为雨，公田报此恩。

野寺寓居即事二首

南山色当户，初日半檐时。鹤去卧看远，僧来嫌起迟。窗明云影断，庭晓树阴移。何处题新句，连溪密叶垂。

古寺更何有，当庭唯折幢。伴僧青薜榻，对雨白云窗。暝色生前岭，离魂隔远江。沙洲半蘩草，飞鹭白双双。

襄州献卢尚书

立事成功尽远图，一方独与万方殊。藩臣皆—作昔竞师兵略，相国今多揖庙谟。礼乐政行雕弊俗，歌谣声彻帝王都。即随风诏归何处，只是操持造化炉。

将归蜀留献恩地仆射二首

自持衡镜采幽沈，此事常闻旷古今。危叶只将终委地，焦桐谁料却为琴。蒿莱讵报生成德，犬马空怀感恋心。明日还家盈眼血，定应回道即沾襟。

江上长思狎钓翁，此心难与昨心同。自承丘壑—作岳新恩重，已分烟霞旧隐空。龙变偶因资巨浪，鸟飞谁肯借高风。应怜死节无门效，永叹潜怀似转蓬—作冰炭潜怜逐转蓬。

随州献李侍御二首

彩笔曾专造化权，道尊翻向宦途闲。端居有地唯栽药，静坐无时不忆山。德望旧悬霄汉外，政声新溢路岐间。众知圣主搜贤相，朝夕欲征黄霸还。

再刖未甘何处说，但垂双泪出咸秦。风尘匹马来千里，蓬梗全家望一身。旧隐每怀空竟夕，愁眉不展几经春。今朝悦降非常顾，倒屣宁惟有古人。

虢州献杨抑—作大卿二首

盖世英华更有谁，赋成传写遍坤维。名科累中求贤日，苦节高标守郡时。楼上叫云秋鼓角，林间宿鹤夜旌旗。征归诏下应非久，德望人情在凤池。

碧山曾共惜分阴，暗学相如赋上林。到此敢逾千里恨，归家且遂十年心。疏愚只怯膺门险，浅薄争窥孔室深。一顾悦怜持苦节，更令何处问升沉。

赠边将

三边近日往来通,尽是将军镇抚功。兵统万人为上将,威加千里慑西戎。清笳绕塞吹寒月,红旆当山肃晓风。却恨北荒沾雨露,无因扫尽虏庭空。

送费炼师供奉赴上都

缩地周游不计程,古今应只有先生。已同化鹤临华表,又见骖龙向玉清。萝磴静攀云共过,雪坛当醮月孤明。无因相逐朝天帝一作去,空羡烟霞得送迎。

和徐先辈秋日游泾州南亭呈三二同年

多此欢情泛鹢舟,桂枝同折塞同游。声喧岛上巢松鹤,影落杯中过水鸥。送日暮钟交戍岭,叫云寒角动城楼。酒酣笑语秋风里,谁道槐花更起愁。

送一本有同年二字黄颇归袁

莫倦连期在醉乡,孔门多恋惜分行。文章声价从来重,霄汉途程此去长。何处听猿临万壑,几宿一作宵因月一作因宿滞三湘。炉峰若上应相忆,不得同过惠远房。

和陕州参军李通微首夏书怀,呈同僚张裳段群二先辈

公门何事更相牵,邵伯优贤任养闲。满院落花从覆地,半檐初日未开关。寻仙郑谷烟霞里,避暑柯亭树石间。独为高怀谁和继,掾曹同处桂同攀。

玉真观寻赵尊师不遇

羽客朝元昼掩扉,林中一径雪中微。松阴绕院鹤相对,山色满楼人未归。尽日独思风驭返,寥天几望野云飞。凭高目断无消息,自醉自吟愁落晖。

及第后上主司王起

三年竭力向春闱,塞断浮华众路岐。盛选栋梁非一作称昔日,平均雨露及明时。登龙旧美无邪径,折桂新荣尽直枝。莫道只陪金马贵,相期更在凤皇池。

送贺知章入道一本题上有拟字

若非尧运及垂衣,肯许巢由脱俗机。太液始同黄鹤下,仙乡已驾白云归。还披旧褐辞金殿,却捧玄珠向翠微。羁束惭无仙药分,随车一作君空有梦魂飞。

送友人出塞

帝城春色著寒梅,去恨离怀醉不开。作别欲将何计免,此行应又隔年回。入河残日雕西尽,卷雪惊蓬马上来。有思莫忘清塞学,众传君负佐王才。

送僧归新罗

森森万余里,扁舟发落晖。沧溟何岁别,白首此时归。寒暑途中变,人烟岭外稀。惊天臣鳌斗一作起,蔽日大鹏飞。雪入行沙屦,云生坐石衣。汉风深习得,休恨本心违。

奉和秘监从翁夏日陕州河亭晚望

洪河何处望,一境在孤烟。极野如蓝日,长波一作陂似镜年。卷帘花影里,倚槛鹤巢边。霞焰侵旌旆,滩声杂管弦。钟微来叠岫,帆远落遥天。过客多一作烦相指一作访,应疑会水仙。

风不鸣条

吾君理化清,上瑞报时平。晓吹何曾歇,柔条自不鸣。花香知暗度,柳动觉潜生。只见低垂影一作势,那闻击触声。大王初溥畅,少女正轻盈。幸遇无私力,幽芳愿发荣。

书情献知己

日日恨何穷,巴云旧隐一作望空。一为栖寓客,二见北归鸿。有道期攀桂,无门息转蓬。赁居将罄比,乞食与僧同。花月登临处,江山怅望中。众皆轻病骥,谁肯救焦桐?坐惜春还至,愁吟夜每终。谷寒思变律,叶晚怯回风。谒蔡惭王粲,怜衡冀孔融。深恩知一作如尚在,何处问穷通?

和工部杨尚书重送绝句

桂枝攀得献庭闱,何似空怀楚橘归。好控扶摇早回首,人人思看大鹏飞。

全唐诗卷五百五十四

项斯

项斯,字子迁,江东人。会昌四年擢第,终丹徒尉。诗一卷。

寄石桥僧

逢师入山日,道在石桥边。别后何—作无人见,秋来几处禅。溪中云隔寺,夜半雪—作雨添泉。生有天台约,知—作应无却—作再出缘。

送欧阳衮归闽中

秦城几年住,犹著故乡衣。失意时相—作曾识,成名后独归。海秋蛮树黑,岭夜瘴禽飞。为学心难满,知君更掩扉。

古观

置观碑已折,看松年不分。洞中谁识药,门外日添坟。放去龟随水,呼来鹿怕薰。坛边见灰火,几烧祭星文。

题令狐处士溪居

白发已过半,无心离此溪。病尝山药遍,贫起草堂低。为月窗从破,因诗壁重泥。近来常夜坐,寂寞与僧齐。

送僧归南岳

心知衡岳路,不怕去人稀。船里谁—作犹鸣磬,沙头自曝衣。有家从小别,是寺即言归。料得逢春—作寒住,当禅云—作船雪满扉。

宁州春思

失意离城早,边城任见花。初为断酒客,旧识卖书家。寒寺稀无雪,春风亦有沙。思归频入梦,即路不言赊。

山友赠薜花冠

尘污出华发,惭君青薜冠。此身闲未得,终日戴应难。好就松阴挂,宜当枕石看。会须寻道士,簪去绕霜坛。

蛮家

　　领得卖珠钱,还归铜柱边。看儿调小象,打鼓试新船。醉后眠神树,耕时语瘴烟。不逢寒便老,相问莫知年。

早春题湖上顾氏新居二首

　　近得水云看一作云中路,门长侵早开。到时微一作犹有雪,行处又一作已无苔。劝酒客初醉,留茶僧未来。每逢晴暖日,唯见乞花栽。

　　门不当官道,行人到亦稀。故从餐后出,方一作多至夜深归。开箧拣一作收,一作陈书一作诗卷,扫床移褐一作卧衣。几时同买宅,相近有柴扉。

苍梧云气

　　何年化一作尽作愁,漠漠便难收。数点山能远,平铺水不流。湿连湘竹暮,浓盖舜坟秋。亦有思归一作乡客,看来尽白头。

晚春花

　　阴洞日光薄,花开不及时。当春无半树,经烧一作晓足空枝。疏与香风会,细将泉影移。此中人到少,开尽几人知。

宿胡氏溪亭

　　独住水声里,有亭无热时。客来因月宿,床势向山移。鹤睡松枝定,萤归葛叶垂。寂寥犹欠伴,谁为报僧知。

送华阴隐者

　　往往到城市,得非征药钱。世人空识面,弟子莫知年,自说能医死,相期更学仙。近来移住处,毛女旧峰前。

落第后寄江南亲友

　　古巷槐阴合,愁多昼掩扉。独存过江马,强拂看花衣。送客心先醉,寻僧夜不归。龙钟易惆怅,莫遣寄书稀。

欲别

　　花时人欲别,每日醉樱桃。买酒金钱尽,弹筝玉指劳。归期无岁月,客路有风涛。锦缎裁衣赠,麒麟落剪刀。

留别张水部籍

　　省中重拜别,兼领寄一作故人书。已念此行一作程远,不应相问疏。子一作禁城西并宅,御水北同渠。要取春前到,乘闲候起居。

小古镜

　　字已无人识,唯应记铸年。见来深似水,携去重于钱。鸾翅巢空月,菱花遍小天。宫中照黄帝,曾得化为仙。

题太白山隐者

　　高居在幽岭,人得见时稀。写篆肩虚白,寻僧到翠微。扫坛星下宿,收药雨中归。从服小还后,自疑身解飞。

病中怀王展先辈在天台

　　枕上用心静,唯应改旧诗。强行休去早,暂卧起还迟。因说来归处,却愁初病时。赤城山下寺,无计得相随。

鲤鱼

　　似龙鳞又足,只是欠登门。月里腮犹湿,泥中目未昏。乞锄防蚁穴,望水写金盆。他日能为雨,公田报此恩。

子规一作贾岛诗

　　游魂自相叫,宁复记前身。飞过人家月,声连客路春。梦边催晓急,愁外送风频。自有沾花血,相和泪一作露滴新。

边州客舍

　　开门不成出,麦色遍前坡。自小诗名在,如今白发多。经年无越信,终日厌蕃歌。近寺居僧少,春来亦懒过。

赠道者

　　晏来知养气,度日语时稀。到处留丹一作唯开井,终一作经寒不絮衣。病乡多惠药,鬼俗有符威。自说身轻健,今年数梦飞。

边游

古镇门前去，长安路在东。天寒明堠火，日晚裂旗风。一作天晴槐叶雾，日暮苇花风。塞馆皆无事一作箪，儒装亦有弓。防秋故乡卒，暂喜语音同。

夜泊淮阴

夜入楚家烟，烟中人未眠。望来淮岸尽，坐到酒楼前。灯影半临水，筝声多在船。乘流向东去，别此易经年。

远水

渺渺浸天色，一边生晚光一作凉。阔浮一作含萍思一作势远，寒入雁愁长。北极连平地，东一作南流即一作接故乡。扁舟来一作当宿处，仿佛似潇湘。

黄州一作河暮愁

凌澌冲泪眼，重叠自西来。即夜寒应合，非春暖不开。岂无登陆计，宜弃济川材，顾寄浮天外，高风万里回。

晓一作早发昭应

行人见雪愁，初作帝乡一作京游。旅店开偏早，乡帆去未收。灯残催卷席，手冷怕梳头。是物寒无色，汤泉正一作只自流。

赠金州姚合使君

为郎名更重，领郡是蹉跎。官壁题诗尽，衙庭看鹤多。城池连草一作竹堑，篱落带椒坡。未觉旗幡一作旌贵，闲行一作游触处过。

送殷中丞游边

话别无长夜，灯前闻曙鸦。已行难避雪，何处合逢花。野寺门多闭，羌楼酒不赊。还须见一作问边将，谁拟静尘沙。

寄坐夏僧

坐夏日偏长，知师在律堂。多因束带热，更忆剃头凉。苔色侵经架，松阴到簟床。还应炼诗句，借卧石池傍。

寄卢式

到处久南望，未知何日回。寄书频到海，得梦忽闻雷。岭日当秋暗，蛮花近腊开。白身居瘴疠，谁不惜君才？

日东一作本病僧

云水绝归路，来时风送船。不言一作已无身后事一作念，犹坐病中禅。深壁藏灯影，空窗出艾烟。已无乡土信，起塔寺门前。一作要人知是客，白日指生缘。

泛溪

溪船泛渺渺，渐觉灭炎辉。一作溪舟泛数里，便觉少炎辉。动水花连影，逢人鸟背飞。深犹见白石，凉好换生衣。未得多诗句，终须隔宿归。

送顾少府一作送顾逢尉永康

作尉年犹少，无辞去路赊。渔舟县前泊，山吏日高衙。幽景临溪寺，秋蝉织柠一作纻家。行程须过越，先一作应醉镜湖花。

咸阳别李处士

古道自迢迢，咸阳离别桥。越人闻水处，秦树带霜朝。驻马言难尽，分程望易遥。秋前未相见，此意转一作各萧条。

寄流人

毒草不曾枯，长添客健无。雾开蛮市合，船散海城孤。象迹频藏齿，龙涎远蔽珠。家人秦地老，泣对日南图。

华顶道者

仙人掌中住，生一作有上天期，已废烧丹处，犹多种杏时。养龙于浅水，寄鹤在高枝。得道复无事，相逢尽日棋。

酬从叔听夜泉见寄

梦罢更开户，寒泉声隔云。共谁寻归远，独自坐偏闻。岩际和风滴，溪中泛月分。岂知当此夜，流念到江渍。

和李用夫栽小松
　　移来未换叶,已胜在空—作深山。静对心标直,遥吟境助闲。影侵残雪际,声透小窗间。即耸凌空干,翛翛岂易攀。

哭南流人
　　遥见南来使,江头哭问君。临终时有雪,旅葬处无云。官库空收剑,蛮—作山僧共起坟。知名人尚少,谁为录遗文?

经李白墓
　　夜郎归未老,醉死此江边。葬阙官家礼,诗残乐府篇。游魂应到蜀,小碣岂旌贤。身没犹何罪,遗坟野火燃。

春夜樊川竹亭陪诸同年宴
　　相知皆是旧,每恨独游频。幸此同芳夕,宁辞倒醉身。灯光遥映烛,蕚粉暗飘茵。明月分归骑,重来更几春。

送僧
　　灵山巡未遍,不作住持心。逢寺暂投宿,是山皆独寻。有时过静界,在处想空林。从小即行脚,出家来至今。

送苏处士归西山
　　南游何所为,一箧又空归。守道安清世,无心换白衣。深林蝉噪暮,绝顶客来稀。早晚重相见,论诗更及微。

游烂柯山
　　步步出尘氛,溪山别是春。坛边时过鹤,棋处寂无人。访古碑多缺,探幽路不真。翻疑归去晚,清世累移晨。

送友人之永嘉
　　长贫知不易,去计拟何逃。相对人愁别,经过几处劳。城连沙岫远,山断夏云高。犹想成诗处,秋灯半照涛。

巴中逢故人
　　劳思空积岁,偶会更无由。以分难相舍,将行且暂留。路岐何处极,江峡半猿愁。到此分南北,离怀岂易收。

送归江州友人初下第—作送友人下第归
　　名高不俟召,收采献君门。偶屈应缘数,他人尽为冤。新春城外路,旧隐水边村。归去无劳久,知君更待论。

舜城怀古
　　禅禹逊尧聪,巍巍盛此中。四隅咸启圣,万古赖成功。道德去弥远,山河势不穷。停车一再拜,帝业即今同。

送刘道士之成都严真观 严公通《老子》《易》以成道
　　严君名不朽,道出二经中。归去精诚恳,还应梦寐通。池台镜定月,松桧雨余风。想对灵玄忆,人间恋若空。

汉南遇友人
　　此身西复东,何计此相逢。梦尽吴赵水,恨深襄汉钟。积云开去路,曙雪叠前峰。谁即知非旧,怜君忽见容。

游头陀寺上方
　　高步陟崔嵬,吟闲路惜迴。寺知何代有,僧见梵天来。暮霭连沙积,余霞遍槛开。更期招静者,长啸上南台。

送友人游河东
　　停车晓烛前,一语几潸然。路去干戈日,乡遥饥馑年。湖波晴见雁,槐驿晚无蝉。莫纵经时住,东南书信偏。

中秋夜怀
　　趋驰早晚休,一岁又残秋。若只如今日,何难至白头。沧波归处远,旅食尚—作向边愁。赖见前贤说,穷通不自由。

寄富春孙路处士
　　平生醉与吟,谁是见君心?上国一归去,沧江闲至今。钟繁秋寺近,峰阔晚涛深。疏放长如此,何人长得寻。

送客归新罗

君家沧海外,一别见何因。风土虽知教,程途自致贫。浸天波色晚,横笛鸟行春。明发千樯下,应无更远人。

杭州凭江亭留题登眺

处处日驰销,凭轩夕似朝。渔翁闲鼓棹,沙鸟戏迎潮。树间津亭密,城连坞寺遥。因谁报隐者,向此得耕樵。

荆州夜与友亲相遇

山海两分岐,停舟偶似期。别来何限意,相见却无辞。坐永神凝梦,愁繁鬓欲丝。趋名易迟晚,此去莫经时。

送友人游边

方春到帝京一作城,有恋有愁并。万里江海思,半年沙塞程。绿阴斜向驿,残照远侵城。自可资新课,还期振盛名。

题赠宣州兀拾遗

传骑一何催,山门昼未开。高人终避世,圣主不遗才。坐次毂临水,门中独举杯。谁为旦夕侣,深寺数僧来。

姚氏池亭

池馆饶嘉致,幽人惬所闲。筱风能动浪,岸树不遮山。啸槛鱼惊后,眠窗鹤语间。何须说庐阜,深处更跻攀。

送友人之江南

东南路苦辛,去路见无因。万里此相送,故交谁更亲。日浮汀草绿,烟霁海山春。握手无别赠,为予书札频。

彭蠡湖春望

湖亭东极望,远棹不须回。遍草新湖落,连天众雁来。芦洲残照尽,云障积烟开。更想鸱夷子,扁舟安在哉!

闻友人会裴明府县楼

闲阁雨吹尘,陶家揖上宾。湖山万叠翠,门树一行春。景遍归檐燕,歌喧已醉身。登临兴不足,喜有数来因。

归家山行

献赋才何拙,经时不耻归。能知此意是,甘取众人非。遍陇耕无圃,缘溪钓有矶。此怀难自遣,期在振儒衣。

长安书怀呈知己

江湖归不易,京邑计长贫。独夜有知己,论心无故人。一灯愁里梦,九陌病中春。为问清平日,无门致出身。

闻蝉

动叶复惊神,声声断续匀。坐来同听者,俱是未归人。一棹三湘浪,单车二蜀尘。伤秋各有日,千可念因循。

李处士道院南楼

霜晚复秋残,楼明近远山。满壶邀我醉,一榻为僧闲。树簇孤汀眇,帆敧积浪间。从容更南望,殊欲外人寰。

送顾非熊及第归茅山

吟诗三十载,成此一名难。自有恩门入,全无帝里欢。湖光愁里碧,岩景梦中寒。到后松杉月,何人共晓看。

春日题李中丞樊川别墅

心知受恩地,到此亦裴回。上路移时立,中轩隔宿来。川光通沼沚,寺影带楼台。无限成蹊树,花多向客开。

龙州与韩将军夜会

庭绿草纤纤,边州白露沾。别歌缘剑起,客泪是愁添。见月鹊啼树,避风云满帘。将军尽尊酒,楼上赋星占。

途中逢友人

长大有南北,山川各所之。相逢孤馆夜,

共忆少年时。烂醉百花酒,狂题几首诗。来朝又分袂,后会鬓应丝。

送友人下第归襄阳

失意已春残,归愁与别难。山分关路细,江绕夜城寒。草色连晴坂,鼍声离晓滩。差池是秋赋,何以暂怀安?

宿山寺

栗叶重重复翠微,黄昏溪上语人稀。月明古寺客初到,风度闲门僧未归。山果经霜多自落,水萤穿竹不停飞。中宵能得几时睡,又被钟声催著衣。

病鹤

青云有意力犹微,岂料低回得所依。幸念翅因风雨困,岂教身陷稻梁肥。曾游碧落宁无侣,见有清池不忍飞。纵使他年引仙驾,主人恩在亦应归。

梦仙

昨宵魂梦到仙津,得见蓬山不死人。云叶许裁成野服,玉浆教吃润愁身。红楼近月宜寒水,绿杏摇风占古春。次第引看行未遍,浮光牵入世间尘。

古扇

昨日裁成夺夏威,忽逢秋节便相违。寒尘妒尽秦王女,凉殿恩随汉主妃。似月旧临红粉面,有风休动麝香衣。千年萧瑟关人—作人间事,莫语—作话当时掩泪归。

泾州听张处士弹琴

边州独夜正思乡,君又弹琴在客堂。仿佛不离灯影外,似闻流水到潇湘。

赠别

鱼在深泉鸟在云,从来只得影相亲。他时纵有逢君处,应作人间白发身。

对鲙

行到鲈鱼乡里时,鲙盘如雪怕风吹。犹怜醉里江南路,马上垂鞭学钓时。

忆朝阳峰前居

每忆闲眠处,朝阳最上峰。溪僧来自远,林路出无踪。败褐粘苔遍,新题出—作在石重。霞光侵曙发,岚翠近秋浓。健羡机能破,安危道不逢。雪残猿—作僧到阁,庭午鹤离松。此地虚为别,人间久未容。何时无一事,却去养疏慵。

暮上瞿唐峡

自古艰难地,孤舟旦暮程。独愁空托命,省已是轻生。有树皆相倚,无岩不倒倾。蛟螭波数怒,鬼怪火潜明。履道知无负,离心自要惊。何年面骨肉,细话苦辛行。

和李中丞醉中期王徵君月夜同游沪水旧居

醉后情俱远,难忘素沪间。照花深处月,当户旧时山。事想同清话,欢期一破颜。风流还爱竹,此夜尚思闲。

浊水求珠

灵魄自沉浮,从来任浊流。愿从深处得,不向暗中投。圆月时堪惜,沧波路可求。沙寻龙窟远,泥访蚌津幽。是宝终知贵,唯恩且用酬。如能在公掌,的不负明眸。

江村夜泊

日—作月落江路—作村黑,前村人语稀。几家深树里,一—作点火夜渔—作照船归。

落第后归觐喜逢僧再阳

相逢须强笑,人世别离频。去晓—作晓去长侵月,归乡动隔春。见僧心暂静,从俗事多屯。宇宙诗名小,山河客路新。翠桐犹入爨,青镜未辞尘。逸足常思骥,随群且—作自退鳞。宴乖红杏寺,愁在绿杨津。羞—作老病难为药,开眉懒顾—作赖故人。

送越僧元瑞

静中无伴侣,今亦独随缘。昨夜离空室,

焚香净去船。

旧宫人

自出先皇玉殿中,衣裳不更染深红。宫钗折尽垂空鬓,内扇穿—作遮,一作藏,一作摇多减半风。桃熟亦曾君手赐,酒阑犹候妾歌终。如今还向城边住,御水东流意不通。

梦游仙

梦游飞上天家楼,珠箔当风挂玉钩。鹦鹉隔帘呼再拜,水仙移镜懒梳头。丹霞不是人间晓,碧树仍逢岫外秋。将谓便长于此地,鸡声入耳所堪愁。

送宫人入道

愿随仙女董双成,王母前头作—作结伴行。初戴玉冠多误拜,欲辞金殿别称名。将敲碧落新斋磬,却进昭阳旧赐筝。旦暮焚香绕坛上,步虚犹作按歌声。

长安退将

塞晚冲沙损眼明,归来养病住秦京。上高楼阁看星坐,著白衣裳把剑行。常说老身思斗将,最悲无力制蕃营。翠眉红脸和回鹘,惆怅中原不用兵。

遥妆夜

卷席贫抛壁下床,且铺他处对灯光。欲行千里从今夜,犹惜残春发故乡。蚊蚋已生团扇急,衣裳未了剪刀忙。谁知更有芙蓉浦,南去令人愁思长。

送苗七求职

相逢未得三回笑,风送离情入剪刀。客路最能销日月,梦魂空自畏波涛。独眠秋夜琴声急,未拜军城剑色高—作远拜城隍剑气高。去去缘多山与海,鹤身宁肯—作不为飞劳。

山行—作山中作

青枥林深—作疏亦有人,一渠流水数家分。山当日午回—作移峰影,草带泥痕过鹿群。蒸茗气从—作冲茅舍出,缲丝声隔竹篱闻。行逢卖药归来客,不惜相随入岛云。

题永忻寺影堂

不遇修寺日,无钱入影堂。故来空礼拜,临去重添香。僧得名难—作虽近,灯传火已长。发心依止后,借住有邻房。

献令狐相公,时相公郊坛行事回—作赵嘏诗

鹗在卿云冰在壶,代天才业本诇谟。荣同伊陟传朱户,秀比王商入画图。昨夜星辰回剑履,前年风月满江湖。不知机务时多暇,还许诗家属和无。

句

佳人背江坐,眉际列烟树。《庾楼燕》。

马蹄没青莎,船迹成空波。

春风吹两意,何意更相值。《古意》。以上并见张为《主客图》。

更望会稽何处是,沙连竹箭白鹇群。见《吟窗杂录》。

全唐诗卷五百五十五

马戴

马戴,字虞臣,会昌四年进士第。宣宗大中初,太原李司空辟掌书记,以正言被斥为龙阳尉。懿宗咸通末,佐大同军幕,终太学博士。诗集一卷,今编二卷。

校猎曲 第十句缺二字

楚子畋郊野,布罝笼天涯。浮云张作罗,万草结成罝。意在绝飞鸟,臂弓腰镆铘。远将射勾践,次欲诛夫差。壮志一朝尽,他□□繁华。当时能猎贤,保国兼保家。

蛮家

领得卖珠钱,还归铜柱边。看儿调小象,打鼓放新船。醉后眠神树,耕时语瘴烟。又逢衰蹇老,相问莫知年。

春思

初日照杨柳,玉楼含翠阴。啼春独鸟思,望远佳人心。幽怨贮瑶瑟,韶光凝碧林。所思曾不见,芳草意空深。

送从叔一作弟赴南海幕

洞庭秋色起,哀狖更难闻。身往海边郡,帆悬天际云。炎州罗翠鸟,瘴岭控蛮军。信一作消息来非易,堪悲此路分。

江行留别

吴楚半秋色,渡江逢苇花。云侵帆影尽一作落,风逼雁一作鸟行斜。返一作夕照开岚一作峰翠,寒潮荡一作漾浦沙。余将何所往,海一作孤峤拟一作欲营家。

将别寄友人

帝乡归未得,辛苦事羁游。别馆一尊酒,客程千里秋。霜风红叶寺,夜雨白蘋洲。长恐此时泪,不禁和恨流。

客行

路岐长不尽,客恨杳难通。芦荻晚汀雨,柳花南浦风。乱钟嘶马—作鸣鸟急,残日半帆红。却羡渔樵侣,闲歌落照—作溪谷中。

过野叟居

野人闲种树,树老野人前。居止白云内,渔樵沧海边。呼儿采山药,放犊饮溪泉。自著养生论,无烦忧暮年。

答光州王使君

信—作昨来淮上郡,楚岫入秦云。自顾为儒者,何由答使君。蜕风蝉半—作乍失,阻雨雁频闻。欲识平生分,他时别纪勋。

下第再过崔邵池阳居

岂无故乡路,路远未成归。关内相知少,海边来信稀。离云空石穴,芳草偃郊扉。谢子一留宿,此心聊息机。

夕次淮口

天涯秋光尽,木末群鸟还。夜久游子息,月明岐路闲。风生淮水上,帆落楚云间。此意竟谁见,行行非—作悲故关。

落日怅望

孤云与归鸟,千里片时间。念我一何滞,辞家久未还。微阳下乔木,远色隐秋山。临水不敢照,恐惊平昔颜。

早发故山作

云门夹峭石,石路荫长松。谷响猿相应,山深水复重。餐霞人不见—作已往,采药客犹逢。独宿灵潭侧,时闻岳顶钟。

下第别郜扶—作大,一作秋。

穷途别故人,京洛泣风尘。在世即应老,他乡又欲春。平生空志学,晚岁—作节拙谋身。静话归休计,唯将海上—作沧海亲。

寄终南真空禅师

闲想白云外,了然清净僧。松门山半寺,夜雨佛前灯。此境可长住—作往,浮生自不能。一从林下别,瀑布几成冰。

长安寓居寄赠贾岛—作长安赠贾岛

岁暮见华发,平生志半空。孤云不我弃,归隐与谁同？枉道—作羡紫宸谒,妨栽丹桂丛。何如随野鹿,栖止石岩—作在林中。

秋郊夕望

度鸟向栖急,阴虫逢夜多。余霞媚秋汉,迥月濯沧波。蔓草将萎绝,流年其奈何。耿然摇落思,独酌不成歌。

赠越客

故国波涛隔,明时已久留。献书双阙晚,看月五陵秋。南棹何时返,长江忆共游。遥知钓船畔,相望在汀洲。

送顾非熊下第归江南

无成西别秦,返驾江南春。草际楚田雁,舟中吴苑人。残云挂绝岛,迥树入通津。想到长洲日,门前多白蘋。

汴上劝—作款旧友

斗酒故人同,长歌起北风。斜阳—作日斜高垒闭,秋角暮山空。雁叫—作宿寒流上,萤飞薄—作淡雾中。坐来生—作忧白发,况复久从戎。

送狄参军赴杭州

新官非次受,圣主宠前勋。关雪发车晚,风涛挂席闻。海门山叠翠,湖岸郡藏云。执简从公后,髯参岂胜君。

过故人所迁新居

金马诏何晚,茂陵居近修。客来云雨散,鸟下梧桐秋。迥汉衔天阙,遥泉响御沟。坐看凉月上,为子一淹留。

落照—作耿沨诗

照曜天山外,飞鸦几共过。微红拂秋汉,片白透长波。影促寒汀薄,光残古木多。金霞与云气,散漫复相和。

宿崔邵池阳别墅

　　杨柳色已改一作故，郊原日复低。烟生寒渚上一作树上，霞散乱山西一作雾薄乱流西。待月人相对，惊风雁不齐。此心君莫问，旧国去将迷。

楚江怀古三首

　　露气寒光集，微阳下楚丘。猿啼洞庭树，人在木兰舟。广泽生明月，苍山一作葭夹乱流。云中君不降一作见，竟夕自悲秋。

　　惊鸟去无际，寒蛩鸣我傍。芦洲生早雾，兰隰下微霜。列宿分穷野，空流注大荒。看山候明月，聊自整云装。

　　野风吹蕙带，骤雨滴兰桡。屈宋魂冥寞，江山思寂寥。阴霓侵晚一作反景，海树入回潮。欲折寒芳荐，明神讵可招。

远水

　　荡漾空沙际，虚明入远天。秋光照不极，鸟影去无边。势引长云断，波轻一作凝片雪连。汀洲杳难到，万古覆苍烟。

夕发邠宁寄从弟一作寄舒从事

　　半一作饮酣走马别一作白马，别后锁边城。日落月未上，鸟栖人独行。方驰故国恋，复怆长年情。入一作久夜不能息，何当闲此生？

赠别北客一本无别字

　　君生游侠地，感激气何高。饮尽玉壶酒，赠留金错刀。雁关飞霰雪，鲸海落云涛。决去如征鸟，离心空自劳。

夜下一作入湘中

　　洞庭人夜别一作到，孤一作鸣棹下湘中。露洗寒山遍，波摇楚月空。密林飞暗狖，广泽发鸣鸿。行值一作抵扬帆者，江分又不同。

送吕郎中牧东海郡

　　假道经淮泗，樯乌集隼旟。芜城沙茭接，波岛石林疏。海鹤空一作公庭下，夷人远岸居。山乡足一作召遗老，伫听荐贤书。

山行偶作

　　缘危一作巴路忽穷，投宿值樵翁。鸟下山含暝一作影，蝉鸣露滴空。石门斜月入，云窦暗泉通。寂寞生幽思，心疑旧隐同。

巴江夜猿

　　日饮巴江水，还啼巴岸边。秋声巫峡断，夜影楚云连。露滴青枫树，山空明月天。谁知泊船一作帆者，听此不能眠。

送田使君牧蔡州

　　主意思政一作共理，牧人官不轻。树多淮右地，山远汝南城。望稼周一作殷田隔，登楼楚月生。悬知蒋亭下，渚鹤伴闲行。

雀台怨

　　魏宫歌舞地，蝶戏鸟还鸣。玉座人难到一作倒，铜台雨滴平。西陵树不见，漳浦草空生。万恨尽埋此，徒悬千载名。

早发故园

　　语一作论别在中夜，登车离故乡。曙钟寒出岳一作寺，残月迥凝霜。风柳条多折，沙云气尽黄。行逢海西雁，零落不成行。

赠别江客

　　湘中有岑穴，君去挂帆过。露细兼葭广，潮回岛屿多。汀洲延夕照，枫叶坠寒波。应使同渔者，生涯许钓歌。

宿翠微寺

　　处处松阴一作生满，樵开一径通。鸟归云壑一作霜磬静，僧语石楼一作桥空。积翠含微月，遥泉韵细风。经行心不厌，忆在故山中。

霁后寄白阁僧

　　苍翠霾高雪，西峰鸟外看。久披山衲坏，孤坐石床寒。盥手水泉滴，燃灯夜烧残。终期老云峤，煮药伴中餐。

送僧归金山寺

金陵山—作江色里,蝉急向秋分。迥寺横洲岛,归僧渡水云。夕阳依岸尽—作落,清磬隔潮闻。遥想禅林下,炉香带—作对月焚。

新秋雨斋宿王处士东郊

夕阳逢一雨,夜木洗清阴。露气竹窗静,秋光云—作月—作色深。煎尝灵药—作草味,话及—作友故山心。得意两不寐,微风生玉琴。

关山曲二首

金甲耀兜鍪,黄金—作云拂紫骝。叛羌旗下戮,陷壁夜中收。霜霰戎衣月,关河碛气秋。箭疮殊未合,更遣击兰州。

火发龙山北,中宵易左贤。勒兵临汉水,惊雁散胡天。木落防河急,军孤受敌偏。犹闻汉皇怒,按剑待开边。

塞下曲二首

旌旗倒北风,霜霰逐南鸿。夜救龙城急,朝焚虏帐空。骨销金镞在,鬓改玉关中。却想羲轩氏—作代,又作世,无人尚—作说战功。

广漠云凝惨,日斜飞霰生。烧山搜猛兽,伏道击回兵。风折旗竿曲,沙埋树杪—作塞路平。黄云飞旦夕—作云飞日夕,偏奏苦寒声。

广陵曲

葱茏桂树枝,高系黄金羁。叶隐青蛾翠,花飘白玉墀。上鸣间关鸟,下醉游侠儿。炀帝国已破,此中都不知。

送人游蜀

别离杨柳陌,迢递蜀门行。若听清猿后,应多白发生。虹霓侵栈道,风雨—作雨雾杂江声。过尽愁人处,烟花是锦城。

宿无可上人房—作宿翠微寺

稀逢息心侣,细话远—作故山期。河—作云汉秋深—作生夜,杉梧露滴时。风传林磬响—作久,月掩—作萤燎草堂迟。坐卧禅心在,浮生皆不知。

旅次夏州

嘶马发相续,行次夏王台。锁郡云阴暮,鸣笳烧色来。霜繁边上宿,鬓改碛中回。怅望胡沙晓,惊蓬朔吹催。

同庄秀才宿镇星观

的的星河落,沾苔复洒松。湿光微泛草,石翠澹摇峰。野观云和月,秋城漏间钟。知君亲此境,九陌少相逢。

鹳雀楼晴望

尧女楼西望,人怀太古时。海波—作帆通禹凿—作穴,山木闭虞祠。鸟道残虹挂,龙潭返照移。行云如可驭,万里赴心期。

赠淮南将

何事淮南将,功高业未成。风涛辞海郡,雷雨镇山营。度碛黄云起,防秋白发生。密机曾制敌,忧国更论兵。塞色侵旗动,寒光锁甲明。自怜心有作,独立望专征。

寄贾岛

海上不同来,关中俱久住。寻思别山日,老尽经行树。志业人未闻,时光鸟空度。风悲汉苑秋,雨滴秦城暮。佩玉与锵金,非亲亦非故。朱颜枉自毁,明代空相遇。岁晏各能归,心知旧岐路。

湘川吊舜

伊予生好古,吊舜苍梧间。白日坐将没,游波凝不还。九疑云动影,旷野竹成班。雁集兼葭渚,猿啼雾露山。南风吹早恨,瑶瑟怨长闲。元化谁能问,天门恨久关。

送僧归闽中旧寺

寺隔海山遥,帆前落叶飘。断猿通楚塞,惊鹭出兰桡。星月浮波岛,烟萝渡石桥。钟声催野饭,秋色落寒潮。旧社人多老,闲房树半凋。空林容病士—作者,岁晚待相招。

寄远
　　坐想亲爱远,行嗟天地阔。积疹甘毁颜,沈忧更销骨。迢迢游子心,望望归云没。乔木非故里,高楼共明月。夜深秋风多,闻雁来天末。

经咸阳北原
　　秦山曾共转,秦云自舒卷。古来争雄图,到此多不返。野狖穴孤坟,农人耕废苑。川长波又逝,日与岁俱晚。夜入咸阳中,悲吞不能饭。

冬日寄洛中杨少尹
　　黄河岸柳衰,城下度流澌。年长从公懒,天寒入府迟。家山望一作登几遍,魏阙赴何时?怀古心谁识,应多谒舜祠。

浙江夜宿
　　落帆人更起,露草满汀洲。远狖啼荒峤,孤萤溺漫流。积阴开片月,爽气集高秋。去去胡为恋,搴芳时一游。

寄西岳白石僧
　　挂锡中峰上,经行踏石梯。云房出定后,岳月在池西。峭壁残霞照,敧松积雪齐。年年著山屐,曾得到招提。

同州冬日陪吴常侍闲宴
　　中天白云散,集客郡斋时。陶性聊飞爵,看山忽罢棋。雪花凝始散,木叶脱无遗。静理一作里良多暇,招邀惬所思。

答鄜畤友人同宿见示
　　为客自堪悲,风尘日满衣。承明无计入,旧隐但怀归。雪积孤城暗,灯残晓角微。相逢喜同宿,此地故人稀。

题僧禅院一作题兴善寺英律师院
　　虚室焚一作燃香久,禅一作看心悟几生。滤泉侵月起,扫径避虫行。树隔前朝在,苔滋废渚平。我来风雨夜,像设一作照一灯明。

怀故山寄贾岛
　　心偶羡明代,学诗观国风。自从来阙下,未胜在山中。丹桂日应老,白云居久空。谁能谢时去,聊与此生同?

灞上秋居
　　灞原风雨定,晚见雁行频。落叶他乡树,寒灯独夜人。空园白露滴,孤壁野僧邻。寄卧郊扉久,何门致此身?

寄崇德里居作
　　扫君园林地,泽一作涤我清凉襟。高鸟云路晚,孤蝉杨柳深。风微汉宫漏,月迥秦城砧。光景坐如此,徒怀经济心。

河梁别
　　河梁送别者,行哭半非亲。此路一作地足征客,胡天多杀人。金罍照离思一作席,宝瑟凝残一作青春。早晚期相见,垂杨凋复新。一本无末二句。

留别定襄卢军事
　　行行与君别,路在雁门西。秋色见边草,军声闻戍鼙。酣歌一作衔杯击宝剑,跃马上金一作荒堤。归去咸阳里,平生志不迷。

送杜秀才东游
　　羁游年复长,去日值秋残。草出函关白,云藏野渡寒。鸿多霜雪重,山广道途难。心事何人识,斗牛应数看。

怀黄颇
　　有客南浮去,平生与我同。炎州结遥思,芳杜采应空。秦雁归侵月,湘猿戏袅枫。期君翼明代,未可恋山中。

陇上独望
　　斜日挂边树,萧萧独望间。阴云藏汉垒,飞火照胡山。陇首行人绝,河源夕鸟还。谁为立勋者,可惜宝刀闲。

长安书怀

岐路今如此,还堪恸哭频。关中成久客,海上老诸亲。谷口田应废,乡山草又春。年年销壮志,空作献书人。

邯郸驿楼作

芜没丛台久,清漳废御沟。蝉鸣河外树,人在驿西楼。云烧天中赤,山当日落秋。近郊经战后,处处骨成丘。

别家后次飞狐西即事

远归从此别,亲爱失天涯。去国频回首,方秋不在家。鸣蛩闻塞路,冷雁背龙沙。西次桑乾曲,洲中见荻花。

题青龙寺镜公房

一室意何有,闲门为我开。炉香寒自灭,履雪饭初回。窗迥孤山入,灯残片月来。禅心方此地,不必访天台。

全唐诗卷五百五十六

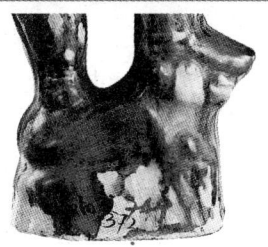

马戴

边城独望

聊凭一作平危堞望,倍一作暗起异乡情。霜落蒹葭白一作寒迥关防绝,山昏雾露生。河滩胡雁下,戎垒汉鼙惊。独树残秋色,狂歌泪满缨。

江亭赠别

长亭晚送君,秋色渡江渍。衰柳风难定,寒涛雪不分。猿声离楚峡,帆影入湘云。独泛扁舟夜,山钟可卧闻。

旅次寄贾岛兼简无可上人

相思边草长,回望水连空。雁过当行次,蝉鸣复客中。壮年看即改,羸病计多同。倪宿林中寺,深凭问远公。

寄剡中友人

故人今在剡,秋草意如何。岭暮云霞杂,潮回岛屿多。沃洲僧几访,天姥客谁过。岁晚偏相忆,风生隔楚波。

送国子韦丞

临水独相送,归期千里间。云回逢过雨,路转入连山。一骑行芳草,新蝉发故关,遥聆茂陵下,夜启竹扉闲。

题吴发原南居

闲居谁厌僻,门掩汉祠前。山色夏云映,树阴幽草连。晴光分渚曲,绿气冒原田。何日远游罢,高枝已噪蝉。

雒中寒夜姚侍御宅怀贾岛

夜木一作树动寒色一作夜来寒色动,雒阳城阙深。如何异乡思,更抱故人心。微月关山远,闲阶霜霰一作雾侵。谁知石门一作桥路,待与子同寻。

征妇叹

稚子在我抱,送君登远道。稚子今已行,

念君上边城。蓬根既无定,蓬子焉用生。但见请防胡,不闻言罢兵。及老能得归,少者还长征。

山中—作到山寄姚合员外

朝与城阙别,暮同麋鹿归。鸟鸣松观静,人过石桥稀。木叶摇山翠,泉痕—作声入涧扉。敢招仙署客,暂此拂朝衣。

中秋月

阴魄出海上,望之增苦吟。冷搜骊领重,寒彻蚌胎深。皓气笼诸夏,清光射万岑。悠然天地内,皎洁一般心。

下第寄友人

金门君待问,石室我思归。圣主尊黄屋,何人荐白衣?年来御沟柳,赠别雨霏霏。

寄广州杨参军

南方春景好,念子缓归心。身方脱野服,冠未系朝簪。足恣平生赏,无虞外役侵。汀洲观鸟戏,向月和猿吟。税驾楚山广,扬帆湘水深。采奇搜石穴,怀胜即枫林。怅望极霞际,流情堕海阴。前朝杳难问,叹息洒鸣琴。

离夜二首

东征辽水迥,北近单于台。戎衣挂宝剑,玉箸衔金杯。红烛暗将灭,翠蛾终不开。

凝夜照离色,恐闻啼晚鸦。前年营雁塞,明月戍龙沙。曾与五陵子,休装孤剑花。

答太原从军—作事杨员外送别下四字—作郎中见寄

君将—作柱海月珮,赠之光我行。见知言不浅,怀报意非轻。反照临岐思,中年未达情。河梁人送别,秋汉雁相鸣。衰柳摇边吹,寒云冒古城。西游还献赋,应许托平生。

送从叔重赴海南从事

又从连帅请,还作岭南行。穷海何时到,孤帆累月程。乱蝉吟暮色,哀狄落秋声。晚路潮波起,寒葭雾雨生。沙埋铜柱没,山簇瘴云

平。念此别离苦,其如宗从情。

送韩校书江西从事

出关寒色尽,云梦草生新。雁背岳阳雨,客行江上春。遥程随水阔,柱路倒帆频。夕照临孤馆,朝霞发广津。湖山潮半隔,郡壁岸斜邻。自此钟陵道,裁书—作相思有故人。

送顾少府之永康

婺女星边去,春生即有花。寒关云复雪,古渡草连沙。宿次吴江晚,行侵日微斜。官传梅福政,县顾赤松家。烧起明山翠,潮回动海霞。清高宜阅此,莫叹近天涯。

幽上—作土留别令狐侍郎

自别丘中隐,频年哭路岐。辛勤今若是,少壮岂多时。露滴阴虫苦,秋声远客悲。晚营严鼓角,红叶拂旌旗。北阙虚延望,西林久见思。川流寒水急,云返故山迟。落照游人去,长空独鸟随。不堪风景隔,忠信寡相知。

襄阳席上呈于司空—作元稹诗

花枝临水复临堤,也照清江也照泥。寄语东君好抬举,夜来曾伴凤皇栖。

宿裴氏溪居怀厉玄先辈

树下孤石坐,草间微有霜。同人不同北—作此,云—作零鸟自南翔。迢递夜山色,清泠泉月光。西风耿离抱,江海遥相望。

集宿姚殿中宅期僧无可不至

殿中日—作殿内臣相命,开尊话旧时。余钟催鸟绝,积雪阻僧期。林静寒光—作声远,天阴曙色迟。今夕复何夕,人谒去难追—作鸣佩出难随。

宿贾岛原居—作寻贾岛原东居

寒雁过原急,渚边秋色深。烟霞向海岛,风雨宿园林。俱住明时愿,同怀故国心。—作共许贫交久,犹嫌外事侵。未能先隐迹—作去,聊—作闲此—相寻。

赠别空公

　　云门一作外秋却入,微径久无人。后夜中峰月,空林百衲身。寂寥寒磬尽,盥潄瀑泉新。履迹谁相见一作重见,松风扫石尘。

府试观开元皇帝东封图

　　俨若翠华举,登封图乍开。冕旒明主立,冠剑侍臣陪。迹类飞仙去,光同拜日来。粉痕疑检玉,黛色讶生苔。挂壁云将起,陵风仗若回。何年复东幸,鲁叟望悠哉。

府试水始冰

　　南池寒色动,北陆岁阴生。薄薄流澌聚,漓漓一作微微翠潋平。暗沾霜稍厚,回照日还轻。乳窦悬残滴,湘流减恨声。即堪金井贮,会映玉壶清。洁白心虽识,空期饮此明。

边馆逢贺秀才

　　贫病无疏我与君,不知何事久离群。鹿裘共弊同为客,龙阙将移拟献文。空馆夕阳鸦绕树,荒城寒色雁和云。不堪吟断边筇晓,叶落东西客又分。

宿王屋天坛

　　星斗半沈苍翠色,红霞远照海涛分。折松晓拂天坛雪,投简寒窥玉洞云。绝顶醮回人不见,深林磬度鸟应闻。未知谁与传金箓,独向仙祠拜老君。

岐阳逢曲阳故人话旧

　　异地还相见,平生问一作分可知。壮年俱欲暮,往事尽堪悲。道路频艰阻,亲朋久别离。解兵逃白刃,谒帝值明时。淹疾生涯故,因官事一作业移。鸡鸣关月落,雁度朔风吹。客泪翻岐下,乡心落海湄。积愁何计遣,满酌浣相思。

赠禅僧

　　弟子人天遍一作满,童年在沃洲。开禅一作禅开山木长,浣衲一作衲浣海沙秋。振一作立锡摇汀月,持瓶接瀑流。赤城何日上,鄙愿从师游。一作常多白云兴,愿结赤城游。

题庐山寺

　　白茅为屋宇编荆,数处阶墀石叠成。东谷笑言西谷响,下方云雨上方晴。鼠惊樵客缘苍壁,猿戏山头撼紫楟。别有一条投涧水,竹筒斜引入茶铛。

题石瓮寺

　　僧室并皇宫,云门辇路同。渭分双阙北,山迥五陵东。修绠悬林表,深泉汲洞中。人烟窥垤蚁,鸳瓦拂冥鸿。薜壁松生峭,龛灯月照空。稀逢息心侣,独礼竺乾公。

谒仙观二首

　　我生求羽化,斋沐造仙一作山居。葛蔓没一作汲丹井,石函盛一作开道书。寒松多偃侧,灵洞遍清虚。一就泉西饮一作岭,云中采药蔬。

　　山空蕙气香,乳管折云房。愿值壶中客,亲传肘后方。三更礼星斗,寸七服丹霜。默坐树阴下,仙经横石床。

送朴山人归新罗一作海东

　　浩渺行无极,扬帆但信风。云山过海半一作畔,乡树入舟中。波定遥天出,沙平远岸穷一作蒙。离心寄何处,目断曙霞东。

题静住寺钦用上人房

　　寺近朝天路,多闻玉佩音。鉴人开慧眼,归鸟息禅心。磬接星河曙,窗连夏木深。此中能宴一作闲坐,何必在云林。

赠杨先辈一作送杨之梁先辈

　　平生闲放久,野鹿许为群。居止邻西岳,轩窗度白云。斋心饭松子,话道接茅君。汉主思一作方清净,休书谏猎文。

酬李景章先辈

　　平生诗句忝多同,不得陪君奉至公。金镞自宜先中鹄,铅刀甘且学雕虫。莺啼细柳临关路,燕接飞花绕汉宫。九陌芳菲人竞赏,此时心在别离中。

赠祠部令狐郎中

官初执宪称雄才,省转为郎雅望催。待制松阴移玉殿,分宵露气静天台。算棋默向孤云坐,随鹤闲穷片水回。忽忆十年相识日,小儒新自海边来。

送册东夷王使

越海传金册,华夷礼命行。片帆秋色动,万里信潮生。日映孤舟出,沙连绝岛明。翳空翻大鸟,飞雪洒—作喷长鲸。旧鬓回应改,遐荒梦易惊。何当理风楫,天外问来程。

送武陵王将军

河外今无事,将军有战名。艰难长剑缺—作阁,功业少年成。晓仗亲云陛,寒宵突禁营。朱旗身外色,玉漏耳边声。开阁谈宾至,调弓过雁惊。为儒多不达,见学请长缨。

赠鄠县尉李先辈二首

同人家鄠杜,相见罢官时。野坐苔生石,荒居菊入篱。听蝉临水久,送鹤背山迟。未拟还城阙,溪僧别有期。

休官不到阙,求静匪营他。种药唯愁晚,看云肯厌多。渚边逢鹭下,林表伴僧过。闲检仙方试,松花酒自和。

边将

玉槛酒频倾,论功笑李陵。红缰跑骏马,金镞掣秋鹰。塞迥连天雪,河深彻底冰。谁言提一剑,勤苦事中兴。

下第别令狐员外

论文期雨夜,饮酒及芳晨。坐叹百花发,潜惊双鬓新。旧交多得路,别业远仍贫。便欲辞知己,归耕海上春。

送春坊董正字浙石归觐

去觐—作省毗陵日,秋残建业中。莎垂石

城古,山阔海门空。灌木寒檐远—作并,层波皓月同。何当复雠校,春集少阳宫。

送和北虏使

路始阴山北,迢迢雨雪天。长城人过少,沙碛马难前。日入流沙际,阴生瀚海边。刀钚向月动,旌纛冒霜悬。逐兽孤围合,交兵一箭传。穹庐移斥候—作冒顿,烽火绝祁连。汉将行持节,胡儿坐控弦。明妃旳回面,南送使君—作臣旋。

摅情留别并州从事

浅学长自鄙,谬承贤达知。才希汉主召,玉任楚人疑。年长惭漂泊,恩深惜别离。秋光独鸟过—作逝,暝色一蝉悲。鹤发生何速,龙门上苦迟。雕虫羞朗鉴,干禄贵明时。故国诚难返,青云致未期。空将感激泪,一自洒临岐。

酬田卿送西游

华堂开翠簟,惜别玉壶深。客去当烦暑,蝉鸣复此心。废城乔木在,古道浊河侵。莫虑西游远,西关绝陇阴。

雪中送青州薛评事

腊景不可犯,从戎难自由。怜君急王事,走马赴边州。岳雪明日观,海云冒营丘。惭无斗酒泻,敢望御重裘。

哭京兆庞尹

神州丧贤尹,父老泣—作哭关中。未尽群生愿,才留及物功。清光沉皎月,素业振遗风。履迹莓苔掩,珂声紫陌空。从来受知者,会葬汉陵东。

路傍树

古树何人种,清阴减昔时。莓苔根半露,风雨—作雪节偏危。虫蠹心将穴,蝉催叶向衰。樵童不须剪,聊起邵公思。

送客南游

拟卜何山隐,高秋指岳阳。苇干云梦色,

橘熟洞庭香。疏雨残虹影,回云背鸟—作雁行。灵均如可问,一为哭清湘。

寄襄阳王公子

君马勒金羁,君家贮玉筝。白云登岘首,碧树醉铜鞮。泽广荆州北,山多汉水西。鹿门知不隐,芳草自萋萋。

集宿姚侍御宅怀永乐宰殷侍御

石田虞芮接,种树白云阴。穴闭神踪古,河流禹凿深。樵人应满郭,仙鸟几巢林。此会偏相语—作忆,曾供—作同雪夜吟。

易水怀古

荆卿西去不复返,易水东流无尽期。落日萧条蓟城北,黄沙白草任风吹。

送僧二首

亲在平阳忆久归,洪河雨涨出关迟。独过旧寺人稀识,一一杉松老别时。

龛中破衲自持行,树下禅床坐一生。来往白云知岁—作我久,满山猿鸟会经声。

赠友人边游回—作薛能诗

游子新从绝塞回,自言曾上李陵台。尊前语尽北风起,秋色萧条胡雁来。

山中作

屐齿无泥竹策轻,莓苔梯滑夜难行。独开石室松门里,月照前山空水声。

出塞词

金带连环束战袍,马头冲雪度临洮。卷旗夜劫单于帐,乱斫胡儿—作兵缺宝刀。

寄云台观田秀才

云压松枝拂石窗,幽人独坐鹤成双。晚来漱齿敲冰渚,闲读仙书倚翠幢。

边上送杨侍御鞫狱回

狱成冤雪晚云开,孥角威清塞雁回。飞将送迎遥避马,离亭不敢劝金杯。

射雕骑

蕃面将军著鼠裘,酣歌冲雪在边州。猎过黑山犹走马,寒雕射落不回头。

高司马移竹

丛居堂下幸君移,翠掩灯窗露叶垂。莫羡孤生在山者,无人看著拂云枝。

赠前蔚州崔使君

战回脱剑绾铜鱼,塞雁迎风避隼旟。欲识前时为郡政,校成上下考新书。

秋思二首

万木秋霖后,孤山夕照余。田园无岁计,寒近忆樵渔。

亭树霜霰满,野塘凫鸟多。蕙兰不可折,楚老徒悲歌。

黄神谷纪事

霹雳振秋岳,折松横洞门。云龙忽变化,但觉玉潭昏。

过亡友墓

忆昨送君葬,今看坟树高。寻思后期者,只是益生劳。

闻瀑布冰折

万仞冰峭折,寒声投白云。光摇山月堕,我向石床闻。

赠道者

深居白云穴,静注赤松经。往往龙潭上,焚香礼斗星。

华下逢杨侍御

巨灵掌上月,玉女盆中泉。柱史息车看,孤云心浩然。

新春闻赦龙阳作

道在猜谗息,仁深疾苦除。尧聪能下听,汤网本来疏。

送李侍御福建从事

晋安来越国,蔓草故宫迷。钓渚龙应在,琴台鹤乱栖。泛涛明月广,边海众山齐。宾府通兰棹,蛮僧接石梯。片云和瘴湿,孤屿映帆低。上客多诗兴,秋猿足夜啼。

酬刑部姚郎中

路岐人不见,尚得记心中。月忆潇湘渚,春生兰杜丛。鸟啼花半落,人—作客散爵方空。所赠诚难答,泠然一雅—作榻风。

送柳秀才往连州看弟

离人非逆旅,有弟谪连州。楚雨沾猿暮,湘云拂雁秋。兼葭行广泽,星月棹寒流。何处江关锁,风涛阻客愁。

晚眺有怀

点点—作默默抱离念,旷怀成怨歌。高台试延望,落照在寒波。此地芳草歇,旧山乔木多。悠然暮天际,但见鸟相过。

山中兴作

高高丹桂枝,袅袅女萝衣。密叶浮云过,幽阴暮鸟归。月和风翠动,花落瀑泉飞。欲剪兰为佩,中林露未晞。

送皇甫协律淮南从事

辟书丞相草,招作广陵行。隋柳疏淮岸,汀洲接海城。楚樯经雨泊,烟月隔潮生。谁与同尊俎,鸡鹙集虎营。

别灵武令狐校书

北风吹别思,落月度关河。树隐流沙短,山平近塞多。雁池戎马饮,雕帐戍人过。莫虑行军苦,华夷道正和。

田氏南楼对月

主人同露坐,明月在高台。咽咽阴虫叫,萧萧寒雁来。影摇疏木落,魄转曙钟开。幸免丹霞映,清光溢酒杯。

送宗密上人

门前九陌尘,石上定中身。近放辽天鹤,曾为南岳人。腊高松叶换,雪尽茗芽新。一自传香后,名山愿卜邻。

白鹿原晚望

浐曲雁飞下,秦原人葬回。丘坟与城阙,草树共尘埃。

失意书怀呈知己

直道何由启圣君,非才谁敢议论文。心存黄策兼丹诀,家忆青山与白云。麋鹿幽栖闲可近,鸳鸾高举势宜分。微生不学刘琨辈,剑刃相交拟立勋。

春日寻泸川王处士

碧草径微断,白云扉晚开。罢琴松韵发,鉴水月光来。宿鸟排花动,樵童浇竹回。与君同露坐,涧石拂青苔。

宿阳台观

玉洞仙何在,炉香客自焚。醮坛围古木,石磬响寒云。曙月孤霞映,悬流峭壁分。心知人世隔,坐与鹤为群。

寄金州姚使君员外

老怀清净化,乞去守洵阳。废井人应满,空林虎自藏。迸泉疏石窦,残雨发椒香。山缺通巴峡,江流带楚樯。忧—作功农生野思,祷庙结云装。覆局松移影,听琴月堕光。鸟鸣开郡印,僧去置禅床。罢贡金休凿,凌寒笋更长。退公披鹤氅,高步隔鹓行。相见朱门内,麾幢拂曙霜。

中秋夜坐有怀

秋光动河汉,耿耿曙难分。堕露垂丛药,残星间薄云。心悬赤城峤,志向紫阳君。雁过海风起,萧萧时独闻。

题镜湖野老所居—作秦系诗

湖里寻君去,樵风往返吹。树喧巢鸟出,

路细葑田移。沤苎成鱼网,枯根是酒卮。老年唯自适,生事任群儿。

题女道士居 不饵芝术四十余年,一作秦系诗。

不饵住云溪,休丹罢药畦。杏花虚结子,石髓任成泥。扫地青牛卧,栽松白鹤栖。共知仙女丽,莫是阮郎妻。

送王道士 一作秦系诗

真人俄整驾,双鹤屡飞翔。恐入壶中住,须传肘后方。霓裳云气润,石径术苗香。一去何时见,仙家日月长。

送道友入天台山作

却忆天台去,移居海岛空。观寒琪树碧,雪浅石桥通。漱齿飞泉外,餐霞早境中。终期赤城里,披氅与君同。

题章野人山居 一作秦系诗

带郭茅亭诗兴饶,回看一曲倚危桥。门前山色能深浅,壁上湖光自动摇。闲花散落填书帙,戏鸟低飞碍柳条。向此隐来经几载,如今已是汉家朝。

江中遇客

危石江中起,孤云岭上还。相逢皆得意,何处是乡关。

期王炼师不至 一作秦系诗

黄精蒸罢洗琼杯,林下从留石上苔。昨日围棋未终局,多乘白鹤下山来。

秋日送僧志幽归山寺 一作秦系诗

禅室绳床在翠微,松间荷笠一僧归。磬声寂历宜秋夜,手冷灯前自衲衣。

句

申胥任向秦庭哭,靳尚终贻楚国忧。

全唐诗卷五百五十七

易重

易重,字鼎臣,宜春人。会昌五年进士第,官至大理评事。诗一首。

寄宜阳兄弟

六年雁序恨分离,诏下今朝遇已知。上国皇风初喜日,御阶恩渥属身时。内庭再考称文异,圣主宣名奖艺奇。故里仙才若相问,一春攀得两重枝覆考第一。

孟迟

孟迟,字迟之一云升之,平昌人,登会昌五年进士第。诗十七首。

发蕙风馆遇阴不见九华山有作

我来淮阴城,千江万山无不经。山青水碧千万丈,奇峰急派何纵横。又闻九华山,山顶连青冥。太白有逸韵,使我西南行。一步一攀策,前行正鸡鸣。阴云冉冉忽飞起,千里万里危峥嵘。譬如天之有日蚀,使我昏沉犹不明。人家敲镜救不得,光阴却属贪狼星。恨亦不能通,言亦不足听。长鞭挥马出门去,是以九华为不平。

寄浙右旧幕僚

由来恶舌驷难追,自古无媒谤所归。勾践岂能容范蠡,李斯何暇救韩非。巨拳岂为鸡挥肋,强弩那因鼠发机。惭愧故人同鲍叔,此心江柳尚依依。

壮士吟

壮士何曾悲,悲即无回期。如何易水上,未歌泪先垂。

徐波渡

晓月千重树,春烟十里溪。过来还过去,此路不知迷。

题嘉祥驿

　　树顶烟微绿，山根菊暗香。何人独鞭马，落日上嘉祥。

怀郑洎

　　风兰舞幽香，雨叶堕寒滴。美人来不来，前山看向夕。

长信宫—作赵嘏诗

　　君恩已尽欲何归，犹有残香在舞衣。自恨身轻不如燕，春来还绕御帘飞。

闺情

　　山上有山归不得，湘江暮雨鹧鸪飞。蘼芜亦是王孙草，莫送春香入客衣。

莲塘

　　脉脉低回殿袖遮，脸横秋水髻盘鸦。莲茎有刺不成折，尽日岸傍空看花。

还淮却寄睢阳

　　梁王池苑已苍然，满树斜阳极浦烟。尽日回头看不见，两行愁泪上南船。

乌江

　　中分岂是无遗策，百战空劳不逝骓。大业固非人事及，乌江亭长又何如。

新安故关

　　汉帝英雄重武材，崇山险处凿门开。如今更有将军否，移取潼关向北来。

广陵城—作赵嘏诗

　　红绕高台绿绕城，城边春草傍墙生。隋家不向此中尽，汴水应无东去声。

过骊山—作赵嘏诗

　　冷日微烟渭水愁，华清宫树不胜秋。霓裳一曲千门锁，白尽梨园弟子头。

吴故宫

　　越女歌长君且听，芙蓉香满水边城。岂知一日终非主，犹自如今有怨声。

兰昌宫

　　宫门两片掩埃尘，墙上无花草不春。谁见当时禁中事，阿娇解佩与何人。

宫人斜

　　云惨烟愁苑路斜，路傍丘冢尽宫娃。茂陵不是同归处，空寄香魂著野花。

句

　　天地有时饶一掷，江山无主任平分。过垓下。见《纪事》。

王铎

　　王铎，字昭范，宰相播之从子。会昌初，擢进士第，咸通时拜相。黄巢之乱，命为行营都统，封晋公。后落职，节度沧景，为魏博节度乐从训所害。诗三首。

和于兴宗登越王楼诗

　　谢朓题诗处，危楼压郡城。雨余江水碧，云断雪山明。锦绣来仙境，风光入帝京。恨无青玉案，何以报高情。

谒梓潼张恶子庙

　　盛唐圣主解青萍，欲振新封济顺名。夜雨龙抛三尺匣，春云凤入九重城。剑门喜气随雷动，玉垒韶光待贼平。惟报关东诸将相，柱天功业赖阴兵。

罢都统守镇滑州作

　　用军何事敢迁延，恩重才轻分使然。黜诏已闻来阙下，檄书犹未遍军前。腰间尽解苏秦印，波上虚迎范蠡船。正会星辰扶北极，却驱戈甲镇南燕。三尘上相逢明主，九合诸侯愧昔贤。看却中兴扶大业，杀身无路好归田。

句

　　华表尚迷丁令鹤，竹坡犹认葛溪龙。见《吟窗杂录》。

郑畋

郑畋,字台文,荥阳人,会昌进士第。刘瞻镇北门,辟为从事。瞻作相,荐为翰林学士,迁中书舍人。乾符中,以兵部侍郎同平章事,寻出为凤翔节度使,拒巢贼有功,授检校尚书左仆射。诗一卷,今存十六首。

中秋月直禁苑

禁署方怀忝,纶闱已再加。暂来西掖路,还整上清槎。恍惚归丹地,深严宿绛霞。幽襟聊自适,闲弄紫薇花。

麦穗两岐

圣虑忧千亩,嘉苗荐两岐。如云方表盛,成穗忽标奇。瑞露纵横滴,祥风左右吹。讴歌连上苑,化日遍平陂。史册书堪重,丹青画更宜。愿依连理树,俱作万年枝。

五月一日紫宸候对时属禁直,穿内而行,因书六韵

朱夏五更后,步廊三里余。有人从翰苑,穿入内中书。漏响飘银箭,灯光照玉除。禁扉犹锁钥,宫妓已妆梳。紫府游应似,钧天梦不如。尘埃九重外,谁信在清虚。

题缑山王子晋庙

有昔灵王子,吹笙遡泬㵳。六宫攀不住,三岛去相招。亡国原陵古,宾天岁月遥。无蹊窥海曲,有庙访山椒。石帐龙蛇拱,云帐彩翠销。露坛装琬琰,真像写松乔。珠馆青童宴,琳宫阿母朝。气舆仙女侍,天马吏兵调。湘妓红丝瑟,秦郎白管箫。西城要绰约,南岳命娇娆。句曲觞金洞,天台啸石桥。晚花珠弄蕊,春茹玉生苗。二景神光秘,三元宝箓饶。雾垂鸦翅发,冰束虎章腰。鹤驭争衔箭,龙妃合献绡。衣从星渚浣,丹就日宫烧。物外花尝满,人间叶自凋。望台悲汉戾,阅水笑梁昭。古殿香残炧,荒阶柳长条。几曾期七日,无复降重霄。嵩岭连天汉,伊澜入海潮。何由得真诀,使我佩环飘。

初秋寓直三首

晓星独挂结麟楼,三殿风高药树秋。玉笛数声飘不住,问人依约在东头。

宿鸟翩翩落照微,石台楼阁锁重扉。步廊无限金羁响,应是诸司扈从归。

幽阁焚香万虑凝,下帘胎息过禅僧。玉堂分照无人后,消尽金盆一碗冰。

夜景又作

铃条无响闭珠宫,小阁凉添玉蕊风。枕簟满床明月到,自疑身在五云中。

杪秋夜直

蕊宫裁诏与宵分,虽在青云忆白云。待报君恩了归去,山翁何急草移文。

禁直寄崔员外

银台楼北蕊珠宫,复与人间路不同。在省五更春睡侣,早来分梦玉堂中。

闻号

陛兵偏近羽林营,夜静仍传禁号声。应笑执金双阙下,近南犹隔两重城。

禁直和人饮酒

卉醴陀花物外香,清浓标格胜椒浆。我来尚有钧天会,犹得金尊半日尝。

下直早出

诸司人尽马蹄稀,紫帕云竿九钉归。偏觉石台清贵处,榜悬金字射晴晖。

金銮坡上南望

玉晨钟韵上一作寮清虚,画戟祥烟拱一作拥帝居。极眼一作目向南无限地,绿烟深处认中书。

酬隐珪舍人寄红烛

蜜炬殷红画不如,且将归去照吾庐。今来

并得三般事,灵运诗篇逸少书。

马嵬坡

肃宗回马杨妃死,云雨虽亡日月新。终是圣明天子事,景阳宫井又何人。

句

圆明青饲饭,光润碧霞浆。见《古今诗话》。

浴殿晴秋倘中谢,残英犹可醉琼杯。紫薇花。见《海录碎事》。

谭铢

谭铢,吴人,登会昌进士第,尝为苏州陁院官。诗二首。

题九华山

忆闻九华山,尚在童稚年。浮沉任名路,窥仰会无缘。罢职池阳时,复遭迎送牵。因兹契诚愿,瞩望枕席前。况值春正浓,气色无不全。或如碧玉静,或似青霭鲜。或接白云堆,或映红霞天。呈姿既不一,恋态何啻千。巍峨本无动,崇峻性岂偏。外景自隐隐,潜虚固幽玄。我来暗凝情,务道志更坚。色与山异性,性并山亦然。境变山不动,性存形自迁。自迁不阻俗,自定不失贤。浮华与朱紫,安可迷心田。

真娘墓

武丘山下冢累累,松柏萧条尽可悲。何事世人偏重色,真娘墓上独题诗。

卢嗣立

卢嗣立,登会昌进士第。诗一首。

望九华山

九华深翠落轩楹,迥眺澄江气象明。不遇阴霾孤岫隐,正当寒日众峰呈。坐观风雪销烦思,惜别烟岚驻晓行。得路归山期早诀,夜来潜已告精诚。

朱可名

朱可名,越州人,会昌进士及第,终长安令。诗一首。

应举日寄兄弟

废刈镜湖田,上书紫阁前。愁人久委地,诗道未闻天。不是烧金手,徒抛钓月船。多惭兄弟意,不敢问林泉。

张良器

张良器,会昌进士第。诗一首。

河出荣光

引派昆山峻,朝宗海路长。千龄逢圣主,五色瑞荣光。隐映浮中国,晶明助太阳。坤维连浩漫,天汉接微茫。丹阙清氛里,函关紫气旁。位尊常守伯,道泰每呈祥。习坎灵逾久,居卑德有常。龙门如可涉,忠信是舟梁。

全唐诗卷五百五十八

薛能

薛能,字太拙,汾州人,登会昌六年进士第。大中末,书判中选,补盩厔尉。李福镇滑,表署观察判官,历御史、都官刑部员外郎。福徙西蜀,奏以自副。咸通中,摄嘉州刺史,迁主客、度支、刑部郎中,权知京兆尹事,授工部尚书,节度徐州,徙忠武。广明元年,徐军戍溵水,经许,能以旧军,馆之城中。军惧见袭,大将周岌乘众疑逐能,自称留后,因屠其家。能僻于诗,日赋一章,有集十卷,今编诗四卷。

新雪八韵—作闲居新雪

大雪满初晨,开门万象新。龙钟鸡未起,萧索我何贫。耀若花前境,清如物外身。细飞斑户牖,干洒乱松筠。正色凝高岭,随流助要津。鼎消微是—作示滓,车碾半和尘。茶兴留诗客,瓜情想成人。终篇本无字,谁别胜阳春。

国学试风化下

霁阙露穹崇,含生仰圣聪。英明高比日,声教下如风。静发宸居内,低来品物中。南薰歌自溥,北极响皆通。蘋末看无状,人间觉有功。因今—作令委泥者,睹此忘途穷。

升平词十首乐府作升平乐

瑞—作正气绕宫楼,皇居信上—作上苑游。远冈连—作延圣祚,平地载神州。会合皆重译,潺湲近八流。中兴岂假问,据此自千秋。

寥沉敞延英,朝班立位横。宣传无草动,拜舞有衣声。鸳瓦霜消湿,虫丝日照明。辛勤自不到,遥见似前程—作生。

处处是—作足欢心—作声,时康岁已深。不同三尺剑,应似五弦琴。寿笑山犹尽,明嫌有阴。何当怜一物,亦遣断愁吟。

曙质绝埃氛,彤庭列禁军。圣颜初对日,龙尾竞缘云。佩响交成韵,帘阴暖带纹。逍遥岂有事,于此咏南薰。

　　一物至周天,洪纤尽晏然。车书无异俗,甲子并丰年。奇技皆归朴,征夫亦服田。君王故不有,台鼎合韦弦—作贤。

　　日日听歌谣,区中尽祝尧。虫蝗初不害,夷狄近全销。史笔惟书瑞,天台绝见妖。因令匹夫志,转欲事清朝。

　　品物尽昭苏,神功复帝谟。他时应有寿,当代且无虞。赐历通遐俗,移关入半胡。鹪鹩一何幸,于此寄微躯。

　　无战复无私,尧时即此时。焚香临极早,待月卷帘迟。端拱乾坤内,何言黈纩垂。君看圣明验,只此是神龟。

　　旭日上清穹,明堂坐圣聪。衣裳承瑞气,冠冕盖—作见重瞳。花木经宵露,旌旗入—作立仗风。何期于此地,见说是神工—作仙宫。

　　五帝三皇主,萧曹魏邴臣。文章惟返朴,戈甲尽生尘。谏纸应无用,朝纲自有伦。升平不可记,所见是闲人。

送冯温往河外
　　琴剑事行装,河关出北方。秦音尽河内,魏画自黎阳。野日村苗熟,秋霜馆叶黄。风沙问船处,应得立清漳。

送从兄之太原副使
　　少载琴书去,须知暂佐军。初程见西岳,尽室渡横汾。元日何州住,枯风宿馆闻。都门送行处,青紫骑纷纷。

送马戴书记之太原
　　一曲大河声,全家几日行。从容长约夜,差互忽离城。镇北湖沙浅,途中霍岳横。相逢莫已讯—作泛,诗雅—作句负雄名。

送友人出塞
　　榆关到不可,何况出榆关。春草临岐断,边楼带日闲。人归穿帐外,鸟乱—作度废营间。此地堪愁—作秋堪想,霜前作意还。

送李溟出塞
　　边城官尚恶,况乃是羁游。别路应相忆,离亭更少留。黄沙人外阔,飞雪马前稠。甚险穹庐宿,无为过代州。

寄终南隐者
　　海日东南出,应开岭上扉。扫坛花入篲,科竹露沾衣。饭后嫌身重,茶中见鸟归。相思爱民—作名者,难说与亲违。

赠隐者
　　自得高闲性,平生向北—作此栖。月潭云影断,山叶雨声齐。庭树人书匣,栏花鸟坐低。相留永不忘,经宿话丹梯。

惜春
　　花开亦花落,时节暗中迁。无计延春日,可能留少年。小丛初散蝶,高柳即闻蝉。繁艳归何处,满山啼杜鹃。

送人自苏州之长沙县官
　　驱马复乘流,何时发虎丘。全家上南岳,一尉事诸侯。茶煮朝宗水,船停调角州。炎方好将息,卑湿旧堪忧。

早春归山中旧居
　　茫茫驱匹马,归处是荒榛。猿迹破庭雪,鼠踪生甑尘。开门冲网断,扫叶放苔匀。为惜诗情错,应难致此身。

麟中—作东寓居寄蒲中友人
　　萧条秋雨地,独院阻同群。一夜惊为客,多年不见君。边心生落日,乡思羡归云。更在相思处,子规灯下闻。

关中送别
　　一行千里外,几事寸心间。才子贫堪叹,男儿别是闲。黄河淹华岳,白日照潼关。若值乡人问,终军贱不还。

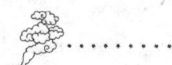

中秋夜寄李溟

满魄断埃氛,牵吟并舍闻。一年唯此夜,到晚愿无云。待赏从初出,看行过二分。严城亦已闭,悔不预期君。

赠禅师

梦想青山寺,前年住此中。夜堂吹竹雨,春地落花风。旧句师—作僧曾见,清斋我亦同。浮生蹇莫问,辛苦未成功。

送禅僧

寒空孤鸟度,落日一僧归。近寺路闻梵,出郊风满衣。步摇瓶浪起,孟夏磬声微。还坐栖禅所,荒山月照扉。

赠隐者

门前虽—作惟有径,绝向世间行。薙草因逢药,移花便得莺。甘贫原—作元是道,苦学不为名。莫怪苍髭晚,无机任世情。

冬日送僧归吴中旧居—本无旧居二字

去扫冬—作东林下,闲持未遍经。为山低凿牖,容月广开庭。旧业云千里,生涯水一瓶。还应觅新句,看雪倚禅扃。

恭禧皇太后挽歌词三首

八月曾殊选,三星固异仪。祔陵经灞浐,归赗杂华夷。旌去题新谥,宫存锁素帷。重泉应不恨,生见太平时。

月落娥兼隐,宫空后岂还。衔哀穷地界,亲涖泣天颜。旧住留丹药—作灶,新陵在碧山。国人伤莫及,应只咏关关。

配圣三朝隔,灵仪万姓哀。多年好黄老,旧日荐贤才。道著标彤管,宫闲闭绿苔。平生六衣在,曾著祀高禖。

送胡澳下第归蒲津

无媒甘下—作不飞,君子尚麻衣。岁月终荣—作容终,—作荣终在,家园近日归。山光临舜庙,河气隔王畿。甚积汤原思,青青宿麦肥。

原注:汤原故地。

春日闲居

权门多见薄,吾道岂终行。散地徒忧国,良时不在城。花繁春正王,茶美梦初惊。赖有兹文在,犹堪畅此生。

题逃户

几世曹—作事农桑,凶年竟失乡。朽关生湿菌,倾屋照斜阳。雨水淹残臼,葵花压倒墙。明时岂致此,应自负苍苍。

郊居答客

傍舍虫声满,残秋宿雨村。远劳才—作之子骑,光—作先顾野人门。败叶盘空蔓,雕丛露暗根。相携未尽语—作语未尽,川月照黄昏。

早春归山中旧居—作寓居有怀呈旧知

绿草闭闲院,悄然花正开。新年人未去,戊日燕还来。雨地残枯沫,灯窗积旧煤。归田语不忘,樗散料非才。

下第后春日长安寓居三首

一榜尽精选,此身犹陆沉。自无功觌分,敢抱怨尤心。暖陌开花气,春居闭日阴。相知岂不有,知浅未知深。

暂屈固何恨,所忧无此时。隔年空仰望,临日又参差。劳力且成病,壮心能不衰。犹将琢磨意,更欲候宗师。

关东归不得,岂是爱他乡。草碧余花落,春闲白日长。全家期圣泽,半路敢农桑。独立应无侣,浮生欲自伤。

春早选寓长安二首

疏拙自沉昏,长安岂是村?春非闲客事,花在五侯门。道僻惟忧祸,诗深不敢论。扬雄若有荐,君圣合承恩。

旧论已浮海,此心犹滞秦。上僚如报国,公道岂无人。岩隐悬溪瀑,城居入榻尘。渔舟即拟去,不待晚年身。

送进士—本无进士二字许棠下第东归

　　长安那不住，西笑又东行。若о贫无计，何因—作因何事有成。云峰天外出，江色草中明。谩忝相于—作知分，吾言世甚轻。

咏岛

　　孤岛—作鸟如江上，诗家犹—作独闭门。一池分倒影，空舸系荒根。烟湿高吟石，云生偶坐痕。登临有新句，公退与谁论。

冬日写怀—作写怀

　　幕府尽平蛮，客留戍阃间。急流霜夹水，轻霭日连山。设醴徒惭楚，为郎未姓颜。斯文苦不胜，会拟老民闲。

和杨中丞早春即事

　　贵宅登临地，春来见物华。远江桥外色，繁杏竹边花。戍客烽楼迥，文君酒幔斜。新题好不极，珠府未穷奢。

闻官军破吉浪戎小而固，虑史氏遗忽，因记为二章

　　一战便抽兵，蛮孤吉浪平。通连无旧穴，要害有新城。昼卒烽前寝，春农界上耕。高楼一拟—作凝望，新雨剑南清。

　　泸水断嚣氛，妖巢已自焚。汉江无敌国，蛮物在回军。越巂通游国—作客，—作骑，苴咩闭聚蚊。空余罗凤曲，哀思满边云。

寒食有怀

　　流落伤寒食，登临望岁华。村毯高过索，坟树绿和花。晋聚应搜火，秦喧定走车。谁知恨榆—作杨柳，风景似吾家。

绵—作锦楼

　　溪边人浣纱，楼下海棠花。极望虽怀土，多情拟置家。前山应象外，此地已天涯。未有销忧赋，梁王礼欲奢。

雕堂

　　丈室久多病，小园晴独游。鸣蛩孤烛雨，啼雀一篱秋。圣主恩难谢，生灵志亦忧。他年谁识我，心迹在徐州。

赠歌人

　　温燠坐相侵，罗襦一水沉。拜深知有意，令背不无心。近住应名玉，前生约—作的姓阴。东山期已定，相许便抽簪。

柘枝词三首《乐府诗集》题作柘枝调

　　同营三十万，震鼓伐西羌。战血粘秋草，征尘搅夕阳。归来人不识，帝里独戎装。

　　悬军征拓羯，内地隔萧关。日色昆仑上，风声朔漠间。何当千万骑，飒飒贰师还。

　　意气成功日，春风起絮天。楼台新邸第，歌舞小婵娟。念破催摇曳，罗衫半脱肩。

咏柳花

　　浮生失意频，起絮又飘沦。发自谁家树，飞来独院春。朝容萦断砌，晴影过诸邻。乱掩宫—作空中蝶，繁—作还冲陌上人。随波应到海，沾雨或依尘。会向慈恩日，轻轻对此身。

一叶落

　　轻叶独悠悠，天高片影流。随风来此地，何树落先秋。变色黄应近，辞林绿尚稠。无双浮水面，孤绝落关头。乍灭诚难觉，将凋势未休。客心空自比，谁肯问新愁。

行路难

　　何处力堪殚，人心险万端。藏山难测度，暗水自波澜。对面如千里，回肠似七盘。已经吴坂困，欲向雁门难。南北诚—作试须泣，高深不可干。无因善行止，车辙得平安。

蔡州蒋亭

　　草径彻林间，过桥如入山。蔡侯添水榭，蒋氏本柴关。静泛穷幽趣，惊飞湿醉颜。恨无优俸买，来得暂时闲。步与招提接，舟临夕照还。春风应不到，前想负花湾。

戏题

闪闪动鸣珰,初来烛影傍。拥头珠翠重,萦步绮罗长。静发歌如磬,连飘气觉香。不言微有笑,多媚总无妆。坐缺初离席,帘垂却入房。思惟不是梦,此会胜高唐。

酬曹侍御见寄

儒道苦不胜,迩来惟慕禅。触途非巧者,于世分沉然。要地羞难入,闲居钝更便。清和挑菜食,闷寂闭花眠。累遭期抛俸,机忘怕与权。妨春愁筦榷,响夜忆林泉。匪石从遭刖,殊膏枉被煎。讨论唯子厚,藏退合吾先。旧制群英伏,来章六义全。休旬一拟和,乡思乱情田。

送赵道士归天目旧山

愚朴尚公平,此心邻道情。有缘终自鄙,何计逐师行。日者闻高躅,时人盖强名。口无滋味入,身有羽仪生。奏乞还乡远一作连,诗曾对御成。土毛珍一作微到越,尘发倦离京。符叱一作咒风雷恶,朝修月露清。观临天目顶一作秀,家住海潮声。道引图看足,参同注解精。休粮一拟问,窗一作急草俟回程。

除夜作

和吹度穹旻,虚徐接建寅。不辞加一岁,唯喜到三春。燎照云烟好,幡悬井邑新。祯祥应北极,调燮验平津。树欲含迟日,山将退旧尘。兰荽残此夜,竹爆和诸邻。祝寿思明圣,驱傩看鬼神。团圆多少辈,眠寝独劳筋。茜旆犹双节,雕盘又五辛。何当平贼后,归作自由身。

桃花

香色一作秀气自天种一作钟,千年岂易逢。开齐全未落,繁极欲相重。冷湿朝如淡,晴干午更浓。风光新社燕,时节旧春农。篱落欹临竹,亭台盛间松。乱缘堪羡蚁,深入不如蜂。有影宜暄煦,无言自冶容。洞连非俗世,溪胸一作尽接仙踪。子熟河应变,根盘土已封。西

王潜爱惜,东朔盗过从。醉席眠英好,题诗恋景慵。芳菲聊一望,何必在临邛?

黄河

何处发昆仑,连乾复浸坤。波浑经雁塞,声振自龙门。岸裂新冲势,滩余旧落痕。横沟通海上,远色尽山根。勇逗三峰坼,雄标四渎尊。湾中秋景树,阔外夕阳村。沫乱知鱼响,槎来见鸟蹲。飞沙当白日,凝雾接黄昏。润可资农亩,清能表帝恩。雨吟堪极目,风度想惊魂。显瑞龟曾出,阴灵伯固存。盘涡寒渐急,浅濑暑微温。九曲终柔胜,常流可暗吞。人间无博望,谁复到穷源。

华岳

簇簇复亭亭,三峰卓杳冥。每思穷本末,应合记图经。发地连宫观,冲天接井星。河微临巨势,秦重载奇形。太古朝群后,中央擘巨灵。邻州犹映槛,几县恰当庭。鹤氅坛风乱,龙藜洞水腥。望遥通北极,上彻见东溟。客玩晴难偶,农祈雨必零。度关无暑气,过路得愁醒。羽客时应见,霜猿夜可听。顶悬飞瀑峻,崦合白云青。混石猜良玉,寻苗得茯苓。从官知一作如侧近,悉俸致岩扃。

秋雨 第二十二句缺一字

宿雨觉才初,亭林忽复徐。簌声诸树密,悬滴四檐疏。省漏疑方丈,愁炊问斗储。步难多入屐,窗浅欲飘书。动蠛苍苔静,藏蚕落叶虚。吹交来禽习,雷慢歇蹰躇。滞已妨行路,晴应好荷锄。醉楼思蜀客,鲙市想淮鱼。径草因缘合,栏花自此除。有形皆霡霂,无地不污潴。境晦宜甘寝,风清□退居。我魂惊晓箪,邻话喜秋蔬。既用功成岁,旋应惨变舒。仓箱足可恃,归去傲吾庐。

春色满皇州一作滕迈诗

蔼蔼复悠悠,春归十二楼。最明云里阙,先满日边州。色媚青门外,光摇紫陌头。上林荣旧树,太液镜一作泛新流。暖带祥烟起,清一

作晴添瑞景浮。阳和如启蛰,从此事芳游。

寄唁张乔喻坦之

何事尽参差,惜哉吾子诗。日令销此道,天亦负明时。有路当重振,无门即不知。何当见尧日,相与啜浇漓。

赠僧

尽日行方到,何年独此林。客归惟鹤伴,人少似师心。坐石落松子,禅床摇竹阴。山灵怕惊定,不遣夜猿吟。

全唐诗卷五百五十九

薛能

春日旅舍书怀

出去归来旅食人,麻衣长带几坊尘。开门草色朝无客,落案灯花夜一身。贫舍卧多消永日,故园莺—作阴老忆残春。蹉跎冠盖谁相念,二十年中尽苦辛。

秋日将离滑台酬—作贻所知二首

身起中宵骨亦惊,一分年少已无成。松吹竹簟朝眠冷,雨湿蔬餐宿疾生。僮汲野泉兼土味,马磨霜树作秋声。相知莫话诗心苦,未似前贤取得名。

灯涩秋光静不眠,叶声身—作峰影客窗前。闲园露湿鸣蛩夜,急雨风吹落木天。城见远山应北岳,野多空地本南燕。明朝欲别忘形处,愁把离杯听管弦。

下第后夷门乘舟至永城驿题

秋赋春还计尽违,自知身是拙求知。唯思旷海为—作无休处—作日,忽—作却喜孤舟似去时。连浦—作夜一城—作程兼汴宋,夹堤千柳杂唐隋。从来此恨皆前达,敢负吾君作楚辞。

秋夜旅舍寓怀

庭锁荒芜独夜吟,西风吹动故山—作人心。三秋木落半年客,满地月明何处砧?渔唱乱沿汀鹭合,雁声寒咽陇云深。平生只有松堪对,露浥霜欺不受侵。

洛下寓怀

胡为遭遇孰为官,朝野君亲各自欢。敢向官—作宦途争虎首,尚嫌身累爱猪肝。冰霜谷口晨樵远,星火炉边夜坐寒。唯有报恩心未剖,退居犹欲佩茝兰。

题平湖

平湖湖畔雨晴新,南北东西不隔尘。映野

烟波浮动日,损花风雨寂寥春。山无俗路藏高士,岸泊仙舟忆主人。那得载来都未保,此心离此甚情亲。

平阳寓怀

晋国风流阻一作沮洳川,家家弦管路岐边。曾为郡职随分竹,亦作歌词乞采莲。北榭远峰闲即望,西湖残景醉常眠。墙花此日休回避,不是当时恶少年。

留题汾上旧居

乡园一别五年归,回首人间总祸机。尚胜邻翁常寂寞,敢嫌裘马未轻肥。尘颜不见应消落,庭树曾栽已合围。难说累牵还却去,可怜榆柳尚依依。

怀汾上旧居

素汾千载傍吾家,常忆衡门对浣纱。好事喜逢投宿客,刘田因得自生瓜。山头鼓笛阴沉庙,陌上薪蒸突兀车。投暗作珠何所用,被人专拟害灵蛇。

送同儒大德归柏梯寺

柏梯还拟谢微官,遥拟千峰送法兰。行径未曾青石断,拂床终有白云残。京尘濯后三衣洁,山舍禅初万象安。薜荔纵多师莫踏,我心犹欲尽一作画图看。

春日使府寓怀二首

一想流年百事惊,已抛渔父戴尘缨。青春背我堂堂去,白发欺人故故生。道困古来应有分,诗传身后亦何荣。谁怜一作言合负清朝力,独把风骚破郑声。

平生无解亦无操,永日书生坐独劳。唯觉宦情如水薄,不知人事有山高。孤心好直迍犹强,病发慵梳养更搔。何事故溪归未得,几抛清浅泛红桃。

许州题德星亭

瀵一作汉水南流东有堤,堤边亭是武陵溪。槎松配石堪僧坐,蕊杏含春欲鸟啼。高树月生

沧海外,远郊山在夕阳西。频来不似军从事,只戴纱巾曳杖藜。

送人归上党时潞寇初平

燕台基坏穴狐蛇,计拙因循岁月赊。兵革未销王在镐,桑蚕临熟客还家。霏微对岸漳边雨,堆阜邻疆蓟北沙。若到长平战场地,为求遗镞辟魔邪。

春日重游平湖

湖上春风发管弦,须临三十此离筵。离人忽有重来日,游女初非旧少年。官职已辜疲瘵望,诗名空被后生传。啼莺莫惜蹉跎恨,闲事听吟一两篇。

并州

少年流落在并州,裘脱文君取次游。携挈共过芳草渡,登临齐凭绿杨楼。庭前蛱蝶春方好,床上樗蒲宿未收。坊号偃松人在否,饼炉南畔曲西头。

相国陇西公南征,能以留务独宿府城作

吾君贤相事南征,独宿军厨负请缨。灯室卧孤如怨别,月阶簪草似临行。高埤撼铎思巴栈,老木嗥风念野营。殊忆好僧招不及,夜来仓卒锁严城。

早春书事

百蛮降伏委三秦,锦晨风回岁已新。渠滥水泉花巷湿,日销冰雪柳营春。何年道胜苏群物,尽室天涯是旅人。焚却蜀书宜不读,武侯无可律余身。

春日书怀

伯牙琴绝岂求知,往往情牵自有诗。垅月正当寒食夜,春阴初过海棠时。耽书未必酬良相,断酒唯堪作老师。多病不任衣更薄,东风台上莫相吹。

投杜舍人

床上新诗诏草和,栏边清酒落花多。闲消

白日舍人宿,梦觉紫薇山鸟过。春刻几分添禁漏,夏桐—作阴初叶满庭柯。风骚委地苦无主,此事圣君终若何。

献仆射相公

清如冰雪—作玉重如山,百辟严趋礼绝攀。强虏外闻应丧—作须破胆,平人相见尽开颜。朝廷有道青春好,门馆无私白日闲。致却垂衣更何事,几多诗句咏—作定关关。

上盐铁尚书 时太庙宿斋

南宫环雉隔嚣尘,况值清斋宿大臣。城绝鼓钟更点后,雨凉烟树月华新。檐前漱晓穿苍碧,庭下眠秋沉瀁津。闻说务闲心更静,此时忧国合求人。

汉南春望

独寻春色上高台,三月皇州驾未回。几处松筠烧后死,谁家桃李乱中开?奸邪用法原非法,唱和求才不是才。自古浮云蔽白日,洗天风雨几时来。

晚春

恶怜风景极交亲,每恨年年作瘦人。卧晚不曾抛好夜,情多唯欲哭残春。阴成杏叶才通日,雨著杨花已汗尘。无限后期知有在,只愁烦—作还作总戎身。

将赴镇过太康县有题

才入东郊便太康,自听何暮岂龚黄。晴村透日垒榆影,晓露湿秋禾黍香。十万旌旗移巨镇,几多—作二三輗軏负孤庄。时人欲识征东将,看取欃枪落太—作大荒。

彭门解嘲二首

鸣鸣吹角贰师营,落日身闲笑傲行。尽觉文章尊万事,却嫌官职剩双旌。终休未拟降低屈,忽遇—作遣使还须致太平。频上—作向水楼谁会我,泗滨浮磬是—作好同声。

伤禽栖后意犹惊,偶向鼙竿脱此生。身外不思簪组事,耳中唯要管弦声。耽吟乍可妨时务,浅饮无因致宿醒。秦客莫嘲瓜戍远,水风潇洒是彭城。

清河泛舟

都人层立似山丘,坐啸将军拥棹游。绕郭烟波浮泗水,一船丝竹载凉州。城中睹望皆丹雘,旗里惊飞尽白鸥。儒将不须夸郤縠,未闻诗句解风流。

新竹

柳营茅土倦粗材,因向山家乞翠栽。清露便教—作纵终夜滴,好风疑是—作自故园来。栏边匠去朱犹湿,溉—作培后虫浮穴暗开。他日会应威凤至,莫辞公府受尘埃。

晚春

征东留滞一年年,又向军前遇火前。画出鹢舟宜被禊,镂成鸡卵有秋千。澄明烟水孤城立,狼藉风花落日眠。赖指清和樱笋熟,不然愁杀暮春天。

题彭祖楼

新晴天状湿融融,徐国滩声上下洪。极目澄鲜无限景,入怀轻好可怜风。身防潦倒师彭祖,妓拥登临愧谢公。谁致此楼潜惠我,万家残照在河东。

汉庙祈雨回阳春亭有怀

南荣轩槛接城闉,适罢祈农此访春。九九已从南至尽,芊芊初傍北篱新。池中水是前秋雨,陌上风惊自古尘。欲召罗敷倾一盏,乘闲言语不容人。

送李倍秀才

南朝才子尚途穷,毕竟应须问叶公。书剑伴身离泗上,雪风吹面立船中。家园枣熟归圭窦,会府槐疏试射弓。相顾日偏留不得,夜深聊欲一杯同。

重游德星亭感事

颍水川中枕水台,当时难别此重来。舟沉

土岸生新草,诗映纱笼有薄埃。事系兴亡人少到,地当今古我迟回。残阳照树明于旭,犹向池边把酒杯。

许州题观察判官厅

三载从戎类系匏,重游全许尚分茅。刘郎别后无遗履,丁令归来有旧巢。冬暖井梧多未落,夜寒窗竹自相敲。纤腰弟子知千恨,笑与扬雄作解嘲。

闲题能镇彭门,时溥、刘巨容、周岌俱在麾下,后各领重镇兼端揆,故作此诗。

八年藩翰似侨居,只此谁知报玉除。旧将已成三仆射,老身犹是六尚书。时丁厚谴终无咎,道致中兴尚有余。为问春风谁是主,空催弱柳拟何如?

送福建李大夫

洛州良牧帅瓯闽,曾是西垣作谏臣。红旆已胜前尹正,尺书犹带旧丝纶。秋来海有幽都雁,船到城添外国人。行过小藩应大笑,只知夸近不知贫。

送李倍巡官归永乐旧居

羡君归去—作处五峰前,往往星河实见仙。麦垅夏枯成废地,枣枝秋赤近高天。山泉饮犊流多变,村酒经蚕味可怜。曾约道门终老—作却住,步虚声里寄闲眠。

赠歌者

一字新声一颗珠,转喉疑是击珊瑚。听时坐部音中有,唱后樱花叶里无。汉浦蔑闻虚解佩,临邛焉用枉当垆。谁人得向青楼宿,便是仙郎不是夫—作虚。

舞者

绿毛钗动小相思,一唱南轩日午时。慢鞚轻裾行欲近,待调诸曲起来迟。筵停匕箸无非听,吻带宫商尽是词。为问倾城年几许,更胜琼树是琼枝。

天际识归舟

斜日满江楼,天涯照背流。同人在何处,远目认孤舟。帆省当时席,歌声旧日讴。人浮津济晚,棹倚沈寥秋。晴阔忻全见,归迟怪久游。离居意无限,贪此望难休。

和曹侍御除夜有怀

有病无媒客,多慵亦太疏。自怜成叔夜,谁与荐相如。嗜退思年老,谙空笑岁除。迹闲过寺宿,头暖近阶梳。春立穷冬后,阳生旧物初。叶多庭不扫,根在径新锄。田事终归彼,心情倦老于。斫材须见像,藏剑岂为鱼。效浅惭尹禄,恩多负辟书。酩知必拟共,勿使浪踟蹰。

华清宫和杜舍人—作张祜诗,一作赵嘏诗。

五十年天子,离宫仰峻—作旧粉墙。登封时正泰,御宇日何—作初长。上位先名实,中兴事宪章。起—作举戎轻甲冑,余地复—作取河湟。道降玄元祖,儒封孔子王。因缘百司署,聚会一人汤。渭水波摇绿,秦山—作郊草半黄。马驯金勒细,鹰健玉铃锵。—作马头开夜照,鹰眼利星芒。下箭朱方满,鸣鞭皓腕攘。眇思获吕望,谏只避周昌。兔迹贪前逐,枭心不早防。几添鹦鹉劝,先—作频赐荔枝尝。月锁千门静,天吹—作高一笛凉。细音摇羽佩,轻步宛霓裳。祸乱基—作根潜结,升平意遽忘。衣冠逃犬虏,鼙鼓动渔阳。外戚心殊迫,中原事可量。血—作雪埋妃子艳—作貌,刃断禄儿肠。近侍烟尘隔,前踪辇路荒。益知迷宠佞,遗—作唯恨丧贤—作忠良。北阙尊明主,南宫逊上皇。禁清余凤吹,池冷睡—作映龙光。祝寿山犹在,流年水共伤。杜鹃魂厌蜀,蝴蝶梦悲庄。雀卵遗雕栱,虫丝冒画梁。紫苔侵壁润,红树闭门芳。守吏齐鸳瓦,耕民得翠珰。登年—作欢康昔醋—作时乐,讲武旧兵场。暮—作春草深岩翠—作霭,幽花坠径香。不堪垂白叟,行折御沟杨。

送浙东王大夫

天爵擅忠贞,皇恩复宠荣。远源过晋史,

甲族本缑笙。亚相兼尤美,周行历尽清。制除天近晓,衔谢草初生。宾客招闲地,戎装拥上京。九街一作衢鸣玉勒,一宅照红旌。细雨当离席,遥花显去程。佩刀畿甸色,歌吹馆桥声。骖衰从秦赐,舻艎到汴迎。步沙逢霁月,宿岸致严更。渤澥流东鄙,天台压属城。众谈称重镇,公意念疲氓。井邑曾多难,疮痍此未平。察应均赋敛,逃必复桑耕。隼重权兼师,鼍雄设有兵。越台随厚俸,剞劂得尤名。近相传搞熟纸名砗。夜蜡一作猎州中宴,春风部外行。香奁扃风诏,朱篆动一作进龙坑。报后功何患,投虚论素精。征还真指掌,感激自关一作开情。旧业怀昏作,微班负旦评。空余骚雅事,千古傲刘桢。

送李殷游京西

立马送君地,黯然愁到身。万途皆有匠,六义独无人。莫怪敢言一作言如此,已能甘世贫。时来贵亦在,事是掩何因。投刺皆羁旅,游边更苦辛。岐山终蜀境,泾水复蛮尘。埋没餐须强,炎蒸一作凉醉莫频。俗徒欺合得,吾道死终新。展分先难许,论诗永共亲。归京稍作意,充斥犯西邻。

长安送友人之黔一作湖南

衡岳犹云过,君家独几千。心从贱游话,分向禁城偏。陆路终何处,三湘在素船。琴书去迢递,星路照潺湲。台镜簪秋晚,盘蔬饭雨天。同文到乡尽,殊国共行连。后会应多日,归程自一年。贫交永无忘,孤进合相怜。

寄李频

长安千万蹊,迷者自多迷。直性身难达,良时日易低。环檐消旧雪,晴气满春泥。那得同君去,逢峰苦爱齐。

赠苗端公二首

繁总近何如,君才必有余。身叹步兵酒,吏写鲁连书。坐默闻謦欬,庭班见雪初。沉碑若果去,一为访邻居。

至老不相疏,斯言不是虚。两心宜一体,同舍又邻居。晓角秋砧外,清云白月初。从军何有用,未造鲁连书。

寄河南郑侍郎一作郎中

三峡一作二陕与三壕,门阑梦去劳。细冰和洛水,初雪洒嵩高。大雅何由接,微荣亦已逃。寒窗不可寐,风地叶萧骚。

蒙恩除侍御史行次华州寄蒋相

林下天书起遁逃,不堪移疾入尘劳。黄河近岸阴风急,仙掌临关旭日高。行野众喧闻雁发,宿亭孤寂有狼嗥。荀家位极兼禅理,应笑埋轮著所操。

寄唐州杨郎中

关睢憔悴一儒生,忽把鱼须事圣明。贫得俸钱还乍喜,晚登朝序却无荣。前年坐蜀同樽俎,此日边淮独旆旌。班列道孤君不见,曲江春暖共僧行。

塞上蒙汝州任中丞寄书

三省推贤两掖才,关东深许稍迟回。舟浮汝水通淮去,雨出嵩峰到郡来。投札转京忧不远,枉缄经房喜初开。西楼一望知无极,更与何人把酒杯。

题盐铁李尚书沪州别业

鹿原阴面沪州湄,坐觉林泉逼梦思。闲景院开花落后,湿香风好雨来时。邻惊麦野闻雏雉,别创茅亭住老师。备足好中还有阙,许昌军里李陵诗。

全唐诗卷五百六十

薛能

送刘驾归京

相逢听一吟,惟我不降心。在世忧何事,前生得至音。蒲多南去远,汾尽北游深。为宿关亭日,苍苍晓欲临。

夏日寺中有怀

亭午四邻睡,院中唯鸟鸣。当门塞鸿去,欹枕世人情。地燥苍苔裂,天凉晚月生。归家岂不愿,辛苦未知名。

夏日蒲津寺居二首

日日闲车马,谁来访此身?一门兼鹤静,四院与僧邻。雨室墙穿溜,风窗笔染尘一作茵。空余气长在,天子用平人。

故国有如一作余梦,省来长远游。清晨起闲院,疏雨似深秋。宿寝书棱叠,行吟杖迹稠。天晴岂能出,春暖未更裘。

北都题崇福寺寺即高祖旧宅

此地潜龙寺,何基即帝台。细花庭树荫,清气殿门开。长老多相识,旬休暂一来。空空亦拟解,干进幸无媒。

题龙兴寺

高户列禅房,松门到上方。像开祇树岭,人施蜀城香。地遍磷磷石,江移子子檣。林僧语不尽,身役一作后事梁王。

题大云寺西阁

阁临偏险寺当山,独坐西城笑满颜。四野有歌行路乐,五营无战射堂闲。鼙和调角秋空外,砧办征衣落照间。方拟杀身酬圣主,敢于高处恋乡关。

舟行至平羌

貙虎直沙嬬,严更护早眠。簇霜孤驿树,落日下江船。暂去非吴起,终休爱鲁连。平羌无一术,候吏莫加笞。

题开元寺阁
一阁见一郡,乱流仍乱山。未能终日住,尤爱暂时闲。唱棹吴门去,啼林杜宇还。高僧不可羡,西景掩—作坐禅关。

凌云寺
像阁与山齐,何人致石—作置是梯。万烟生聚落,一崦露招提。斋—作霁月人来上,残阳鸽去栖。从边亦已极,烽火是沈黎。

石堂溪
三面接—作枕渔樵,前门向郡桥。岸沙崩橘树,山径入茶苗。夜拥军烟合,春浮妓舸邀。此心无与醉,花影莫相烧。

荔枝楼
高槛起边愁,荔枝谁致楼?会须教匠坼,不欲见蛮陬。树瘴无春影,天连觉汉流。仲宣如可拟,即此是荆州。

圣冈
古迹是何王,平身入石房。远村通后径,一郡隔前冈。昼静唯禅客,春来有女郎。独醒回不得,无事可焚香。

蜀州郑史—作使君寄鸟觜茶,因以赠答八韵
乌觜撷浑牙,精灵胜镆铘。烹尝方带酒,滋味更无茶。拒碾乾声细,撑封利颖斜。衔芦齐劲实,啄木聚菁华。盐损添常诫,姜宜著更夸。得来抛道药,携去就僧家。旋觉前瓯浅,还愁后信赊。千惭故人意,此惠敌丹砂。

暇日寓怀寄朝中亲友第六句缺一字
命与才违岂自由,我身何负我身愁。临生白发方监郡,遥耻青衣懒上楼郡南有青衣山。过客闷嫌疏妓乐,小儿憨爱□貔貅。闲吟一寄清朝侣,未必淮阴不拜侯。

春日寓怀
幽拙未谋身,无端患不均。盗憎犹念物,花尽不知春。井邑常多弊,江山岂有神。犍为何处在,一拟吊埋轮。

监郡犍为舟中寓题寄同舍
一寝闲身万事空,任天教作假文翁。旗穿岛树孤舟上,家在山亭每日中。叠果盘餐丹桔地,若—作落花床席早梅风。佳期说尽君应笑,刘表尊前且不同。

江柳
条绿似垂缨,离筵日照轻。向人虽有态,伤我为无情。桥远孤临水,墙低半出营。天津曾此见,亦是怆行行。

寄吉谏议
将迎须学返抽身,合致蹉跎敢效颦。性静拟归无上士,迹疏常负有情人。终凭二顷谋婚嫁,谬著千篇断斧斤。闻说旧交贤且达,欲弹章甫自羞贫。

江上寄情
天际归舟浩荡中,我关王泽道何穷。未为时彦徒经国,尚有边兵耻佐戎。酿黍气香村欲社,斫桑春尽野无风。年来断定知休处,一树繁花一亩宫。

平盖观
臣柏与山高,玄门静有猱。春风开野杏,落日照江涛。白璧心难说,青云世未遭。天涯望不极,谁识咏离骚。

春霁
久客孤舟上,天涯漱晓津。野芳榿似柳,江雾雪和春。吏叫能惊鹭,官粗实害身。何当穷蜀境,却忆滞游人。

春居即事
云密露晨晖,西园独掩扉。雨新临断火,春冷著单衣。榆荚奔风健,兰芽负土肥。交亲不是变,自作寄书稀。

边城寓题

孤蹇复飘零,天涯若堕萤。东风吹痼疾,暖日极青冥。蚕市归农醉,渔舟钓客醒。论邦苦不早,只此负王庭。

春日江居寓怀

归兴乍离边,兰桡复锦川。斫春槎柙树,消雪土膏田。岸暖寻新菜,舟寒著旧绵。临邛若个是,欲向酒家眠。

边城作

行止象分符,监州是戏儒。管排蛮户远,出箐鸟巢孤。蜀人谓税为排户,谓林为丛箐。北向秦何在,南来蜀已无。怀沙悔不及,只有便乘桴。

闻李夷遇下第东归因以寄赠

囊中书是居山写,海畔家贫一作频乞食还。吾子莫愁登第晚,古人惟爱贱游闲。舟行散适江亭上,郡宴歌吟蜡烛间。从此乐章休叙战,汉兵无阵亦无蛮。

留题

茶兴复诗心,一瓯还一吟。压春甘蔗冷,喧雨荔枝深。骤去无遗恨,幽栖已遍寻。蛾眉不可到,高处望千岑。

春日北归舟中有怀

尽日绕盘飧,归舟向蜀门。雨干杨柳渡,山热杏花村。净镜空山一作江晓,孤灯极浦昏。边城不是意,回首未终恩。

初发嘉州寓题

劳我是犍为,南征又北移。唯闻杜鹃夜,不见海棠时。在阆曾无负,含灵合有一作见知。州人若爱树,莫损召南诗。

题汉州西湖

西湖天下名,可以濯吾缨。况是携家赏,从妨半驿程。尝茶春味渴,断酒晚怀清。尽得幽人趣,犹嫌守吏迎。重餐逢角暮,百事喜诗成。坐阻湘江谪,谁为话政声。前安抚副使曾此赋诗,寻自南宫有湘潭之命,因以吟叹。

自广汉游三学山

残阳终日望栖贤,归路携家得访禅。世缺一来应薄命,雨留三宿是前缘。诗题不忍离岩下,屐齿难忘在水边。猿鸟可知僧可会,此心常似有香烟。

三学山开照寺

尽室遍相将,中方上下方。夜深楠树远,春气陌一作柏林香。圣迹留岩险,灵灯出混茫。何因将慧剑,割爱事空王。

雨霁北归留题三学山

远树平川半夕阳,锦城遥辨立危墙。闲思胜事多遗恨,却悔公心是漫忙。灌口阙寻惭远客,峨嵋乖约负支郎。灵龛一望终何得,谬有人情满蜀乡。

行次灵龛驿寄西蜀尚书

北客推车指蜀门,乾阳知已近临坤。太原府有乾阳门,尚书自北都迁蜀。从辞府郭常回首,欲别封疆更感恩。援寡圣朝难望阙,暑催蚕麦得归村。雷公解屩晴冲天气,白日何幸遭戴盆。

雨霁宿望喜驿

风雷一罢思何清,江水依然浩浩声。飞鸟旋生啼鸟在,后人常似古人情。将来道路终须达,过去山川实不平。闲想更逢知旧否,馆前杨柳种初成。

筹笔驿 余为蜀从事,病武侯非王佐才,因有是题。

葛相终宜马革还,未开天意便开山。生欺仲达徒增气,死见王阳合厚颜。流运有功终是扰,阴符多术得非奸。当初若欲酬三顾,何不无为似有鳏。

通仙洞

高龛险欲摧,百尺洞门开。白日仙何在,清风客暂来。临崖松直上,避石水低回。贾椽曾空去,题诗岂易哉。

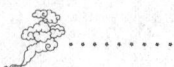

嘉陵驿见贾岛旧题

贾子命堪悲，唐人独解诗。左迁今已矣，清绝更无之。毕竟吾犹许，商量众莫疑。嘉陵四十字，一一是天资。

嘉陵驿—作题嘉陵江驿

江涛千叠阁千层，衔尾相随尽室登。稠树蔽山闻杜宇，午烟薰日食嘉陵。频题石上程多破，暂歇泉边起不能。如此幸非名利切，益州来日合携僧。

嘉陵驿

尽室可招魂，蛮余出蜀门。雹凉随雨气，江热傍山根。蚕月缲丝路，农时碌碡村。干将磨欲尽，无位可酬恩。

西县途中二十韵

野客误桑麻，从军带镆铘。岂论之白帝，未合过黄花。落日投江县，征尘漱齿牙。蜀音连井络，秦分隔褒斜。硖路商逢使，山邮雀啅蛇。忆归临角黍，良遇得新瓜。食久庭阴转，行多屐齿洼。气清岩下瀑，烟漫雨余畲。黄鸟当蚕候，稀蒿杂麦查。汗凉风似雪，浆度蜜如沙。野色生肥芋，乡仪捣散茶。梯航经杜宇，烽候彻苴咩。逗石流何险，通关运固赊。葛侯真竭泽，刘主合亡家。陷彼贪功吠，贻为黜武夸。阵图谁许可，庙貌我揄揶。闲事休征汉，斯行且咏巴。音繁来有铎，辄尽去无车。溢目看风景，清怀啸月华。焰樵烹紫笋，腰簟憩乌纱。杞国忧寻悟，临邛渴自加。移文莫有诮，必不滞天涯。

西县作

三年西蜀去如沉，西县西来出万岑。树石向闻清汉浪，水风初见绿萍阴。平郊不爱行增气，好井无疑漱入心。从此渐知光景异，锦都回首尽愁吟。

分水岭望灵宝峰

千寻万仞峰，灵宝号何从。盛立同吾道，贪程阻圣踪。岭奇应有药，壁峭尽无松。那得休于是，蹉跎亦卧龙。

水帘吟

万滴相随万响兼，路尘天产尽旁沾。源从颢气何因绝，派助前溪岂觉添。豪客每来清夏葛，愁人才见认愁檐。嘉名已极终难称，别是风流不是帘。

褒斜道中

十驿褒斜到处惭，眼前常似接灵踪。江遥旋入旁来水，山豁犹藏向后峰。鸟径恶时应立虎，畲田闲日自烧松。行吟却笑公车役—作使，夜发星驰半不逢。

褒城驿有故元相公旧题诗，因仰叹而作

鄂相顷题应好池，题云万竹与千梨。我嗟已变当初地，前过应无继此诗。敢叹临行殊旧境，惟愁后事劣今时。闲吟四壁堪搔首，频见青蘋白鹭鸶。

题褒城驿池

池馆通秦槛向衢，旧闻佳赏此踟蹰。清凉不散亭犹在，事力何销舫已无。钓客坐风临岛屿，牧牛当雨食菰蒲。西川吟吏偏思葺，只恐归寻水亦枯。

送崔学士赴东川

羽人仙籍冠浮丘，欲作邓侯且蜀侯。导骑已多行剑阁，亲军全到近绵州。文翁劝学人应恋，魏绛和戎戍自休。唯有夜樽欢莫厌，庙堂他日少闲游。

海棠并序

蜀海棠有闻，而诗无闻，杜子美于斯，兴象靡出，没而有怀。天之厚余，谨不敢让。风雅尽在蜀矣，吾其庶几。

酷烈复离披，玄功莫我知。青苔浮落处，暮柳间开时。带醉游人插，连险被叟移。晨前清露湿，晏后恶风吹。香少传何许，妍多画半遗。岛苏涟水脉，庭绽粒松枝。偶泛因沉砚，

闲飘欲乱棋。绕山生玉垒,和郡遍坤维。负赏惭休饮,牵吟分失饥。明年应不见,留此赠巴儿。

咏夹径菊

夹径尽黄英,不通人并行。几曾相对绽,元自两行生。丛比高低等,香连左右并。畔摇风势断,中夹日华明。间隔蛩吟隔,交横蝶乱横。频应泛桑落,摘处近前楹。

碧鲜亭春题竹

竹少竹更重,碧鲜疆—作犹更名。有栏常凭立,无径独穿行。夕月阴何乱,春风叶尽轻。已闻图画客,兼写薛先生。

竹径

盘径入依依,旋惊幽鸟飞。寻多苔色古,踏碎箨声微。鞭节横妨户,枝梢—作苗动拂衣。前溪闻到处,应接钓鱼矶。

新柳

轻轻须重不须轻,众木难成独早成。柔性定胜刚性立,一枝还引万枝生。天钟和气元无力,时遇风光别有情。谁道少逢知己用,将军因此建雄名。

牡丹四首

异色禀陶甄,常疑主者偏。众芳殊不类,一笑独奢妍。颗折羞含懒,丛虚隐陷圆。亚心堆胜被,美色艳于莲。品格如寒食,精光似少年。种堪收子子,价合易贤贤。迥秀应无妒,奇香称有仙。深阴宜映幕,富贵助开筵。蜀水争能染,巫山未可怜。数难忘次第,立困恋傍边。逐日愁风雨,和星祝夜天。且从留尽赏,离此便归田。

万朵照初筵,狂游忆少年。晓光如曲水,颜色似西川。白向庚辛受,朱从造化研。众开成伴侣,相笑极神仙。见焰宁劳火,闻香不带烟。自高轻月桂,非偶贱池莲。影接雕盘动,丛遭恶草偏。招欢忧事阻,就卧觉情牵,四面宜绨锦,当头称管弦。泊来莺定忆,粉扰蝶何颠。苏息承朝露,滋荣仰霁天。压栏多尽好,敌国贵宜然。未落须迷醉,因兹任病缠。人谁知极物,空负感麟篇。

去年零落暮春时,泪湿红笺怨别离。常恐便随巫峡散,何因重有武陵期。传情每向馨香得,不语还应彼此知。欲就—作见欲栏边安枕席,夜深闲共说相思。

牡丹愁为牡丹饥,自惜多情欲瘦羸。浓艳冷香初盖后,好风乾雨正开时。吟蜂遍坐无闲蕊,醉客曾偷有折枝。京国别来谁占玩,此花光景属吾诗。

使院栽苇

戛戛复差差,一丛千万枝。格如僧住处,栽得吏闲时。笋自厅中出,根从府外移。从军无宿例,空想夜风吹。

失鹤二首

偶背雕笼与我违,四方端伫竟忘归。谁家白日云间见,何处沧洲雨里飞。曾啄稻梁残粒在,归翘泥潦半踪稀。凭人转觉多相误,尽道翻然作令威。

华表翘风未可期,变丁投卫两堪疑。应缘失路防人损,空有归心最我知。但见空笼抛夕月,若何无树宿荒陂。不然直道高空外,白水青山属腊—作猎师。

答贾支使寄鹤

瑞羽奇姿踉跄形,称为仙驭过清冥。何年厚禄曾居卫,几世前身本姓丁。幸有远云兼远水,莫临华表望华亭。劳君赠我清歌侣,将去田园夜坐听。

陈州刺史寄鹤

临风高视耸奇形,渡海冲天想尽经。因得羽仪来合浦,便无魂梦去华亭。春飞见境乘桴切,夜唳闻时醉枕醒。南守欲知多少重,抚毛千万唤丁丁。

孔雀
　　偶有功名正欲才,灵禽何事降瑶台。天仙䙬褫毛应是,宫后屏帏尾忽开。曾处嶂中真雾隐,每过庭下似春来。佳人为我和衫拍,遣作傞傞—作婆婆送一杯。

鄜州进白野鹊
　　轻毛叠雪翅开霜,红觜能深练尾长。名应玉符朝北阙,色柔金性瑞西方。不忧云路填河远,为对天颜送喜忙。从此定知栖息处,月宫琼树是仙乡。

早蝉
　　不见上庭树,日高声忽吟。他人岂无耳,远客自关心。暂落还因雨,横飞亦向林。分明去年意,从此渐闻砧。

申湖
　　昔年依峡寺,每日见申湖。下泪重来此,知心一已无。雨霖舟色暗,岸拔木形枯。旧境深相恼,新春宛不殊。方来寻熟侣,起去恨惊凫。忍事花何笑,喧吟瀑正粗。堪忧从宦到,倍遣橐怀孤。上马终回首,傍人怪感吁。

谢刘相—本有公字寄天柱茶
　　两串春团敌夜光,名题天柱印维扬。偷嫌曼倩桃无味,捣觉嫦娥药不香。惜恐被分缘利市,尽应难觅为供堂。粗官寄与真抛却,赖有诗情合得尝。

题后集
　　诗源何代失澄清,处处狂波污后生。常感道孤吟有泪,却缘风坏语无情。难甘恶少欺韩信,枉被诸侯杀祢衡。纵到缑山也无益,四方联络尽蛙声。

秋晚送无可上人
　　半夜觉松雨,照书灯悄然。河声才浙沥,旧业近潺湲。坐滴寒更尽,吟惊宿鹤迁。相思不相见,日短复愁牵。

赠源寂禅师
　　瓶钵镇随腰,怡然处寂寥。门—作师禅从北祖,僧格似南朝。性近徒相许,缘多愧未销。何传能法—作当传去慧,此岸要津桥。

赠禅师
　　嗜欲本无性,此生长在禅。九州空有路,一室独多年。鸣磬微尘落,移瓶湿地圆。相寻偶同宿,星月坐忘眠。

夏日青龙寺寻僧二首
　　帝里欲何待,人间无阙遗。不能安旧隐,都属扰明时。违理须齐辱,雄图岂藉知。纵横悉已误,斯语是吾师。

　　得官殊未喜,失计是忘愁。不是无心速,焉能有自由。凉风盈夏扇,蜀茗半形—作邢,—作铜瓯。笑向权门客,应难见道流。

寄题巨源禅师
　　风雨禅思外,应残木槿花。何年别乡土,一衲代袈裟。日气侵瓶暖,雷声动枕斜。不当扫楼影,天晚自煎茶。

题河中亭子
　　河擘双流岛在中,岛中亭上正南空。蒲根旧浸临关道,沙色遥飞傍苑风。晴见树卑知岳大,晚闻车乱觉桥通。无穷胜事应须宿,霜白兼霞月在东。

逢友人边游回—作马戴诗
　　游子新从绝塞回,自言曾上李陵台。尊前语尽北风起,秋色萧条胡雁来。

春雨
　　电阔照潺潺,惊流往复还。无声如有洞,迷色似无—作巫山。利物乾坤内,并风竹树间。静思来朔漠,愁望满柴关。迸湿消尘虑,吹风触疾—作病颜。谁知草茅径—作者,沾此尚虚闲。

夏雨
　　何处发天涯,风雷一道赊。去声随地急,

残势傍楼斜。透树垂红叶,沾尘带落花。潇湘无限思,闲看下兼葭。

秋夜山中述事

初宵门未掩,独坐对霜空。极目故乡月,满溪寒草风。樵声当岭上,僧语在云中。正恨归期晚,萧萧闻塞鸿。

长安道

汲汲复营营,东西连两京。关嶕古若在,山岳累应成。各自有身事,不相知姓名。交驰兼—作喧众类,分散入重城。此—作路去应无尽,万方人旋—作始生。空余片言苦,来往觅刘桢。

酬泗州韦中丞埇上日寄赠兼次本韵

鲁儒相悟欲成空,学尽文章不见功。官自披垣飘海上,镇从随—作隋岸入山中。尝遭火发瞿云—作昊宅,争得天如老氏弓。何意杜陵怀宝客,也随迷路出关东。

泛觞池

通咽远—作绕华樽,泛觞名自君。净看筹见影,轻动酒生纹。细滴随杯落,来声就浦分。便应半酣后,清冷漱兼云。

全唐诗卷五百六十一

薛能

荔枝诗 有序

杜工部老居两蜀,不赋是诗,岂有意而不及欤?白尚书曾有是作,兴旨卑泥,与无诗同。予遂为之题,不愧不负。将来作者,以其荔枝首唱,愚其庶几。

颗如松子色如樱,未识蹉跎欲半生。岁杪监州曾见树,时新入座久闻名。

丁巳上元日放三雉

婴网虽皆困,褰笼喜共归。无心期尔报,相见莫惊飞。

寓题 一作边城寓题

王泽犹来雅在新,尚词微事 一作征事 可愁人。淫哇满眼关雎弱,犹贺清朝有此身。

望蜀亭

树簇烟迷蜀国深,岭头分界恋登临。前轩一望无他处,从此西川只在心。

游嘉州 一作陵后溪开元观闲游,因及后溪,偶成二韵。

山屐经过满径踪,隔溪遥见夕阳舂。当时诸葛成何事,只合终身作卧龙。

自讽

千题万咏过三旬,忘食贪魔作瘦人。行处便吟君莫笑,就中诗病不任春。

乞假归题候馆 本题首有河东幕三字

仆带雕弓马似飞,老莱衣上著戎衣。邮亭不暇吟山水,塞外经年皆未归。

监郡犍为将归使府登 本有通济二字楼寓题

几日监临向蜀春,错抛歌酒强忧人。江楼一望西归去,不负嘉州只负身。

过象耳山二首

一色青松几万栽,异香薰路带花开。山门

欲别心潜愿,更到蜀中还到来。

到处逢山便欲登,自疑身作往来僧。徒行至此三千里,不是有缘应不能。

圣灯
莽莽空中稍稍灯,坐看迷浊变清澄。须知火尽烟无益,一夜栏边说向僧。

过昌利观有怀
万仞云峰八石泉,李君仙后更谁仙？我来驻马人何问,老柏无多不种田。

蜀路
剑阁缘云拂斗魁,疾风生树过龙媒。前程憩罢知无益,但是驽蹄亦到来。

山下偶作
零雨沾山百草香,树梢高顶尽斜阳。横流巨石皆堪住,何事无僧有石房。

伏牛山
虎蹲峰状屈名牛,落日连村好望秋。不为时危耕不得,一犁风雨便归休。

老圃堂—作曹邺诗
邵平瓜地接吾庐,谷雨干时偶—作手自锄。昨日春风欺不在,就床吹落读残书。

春题
柳莫摇摇花莫开,此心因病亦成灰。人生只有家园乐,及取春农—作浓归去来。

并州寓怀
人多知遇独难求,人负知音独爱酬。常恐此心无乐处,枉称年少在并州。

中秋旅舍—作中秋旅舍书怀
云卷庭虚—作卷尽庭云月逗空,一方秋草尽—作色草鸣虫。是时兄弟正南北,黄叶满阶来去风。

符亭二首并序
东三泉十五里,以飞瀑结茅,虽小,甚胜。诸所记注皆云,前宰符姓所为,俞姓所修。而不识其人,因题曰符亭,旌之也。

符亭之地雅离群,万古悬泉一旦新。若念农桑也如此,县人应得似行人。

山如巫峡烟云好,路似嘉祥水木清。大抵游人总应爱,就中难说是诗情。

秋夜听任郎中琴
十指宫商膝上秋,七条丝动雨修修。空堂半夜孤灯冷,弹着乡心欲白头。

留别关东旧游
我去君留十载中,未曾相见及花红。他时住得君应老,长短看花心不同。

赠出塞客
出郊征骑逐飞埃,此别惟愁春未回。寒叶夕阳投宿意,芦—作萧关门向远河开。

秋溪独坐
黄叶分飞砧上下,白云零莎马东西。人生万意此端坐,日暮水深—作声流出溪。

蒲中霁后晚望
河边霁色无人见,身带春风立岸头。浊水茫茫有何意,日斜还向古蒲州。

宋氏林亭
地湿莎青雨后天,桃花红近竹林边。行人本是农桑客,记得春深欲种田。

云花寺寓居赠海岸上人
暂寄空门未是归,上方林榭独—作独著儒衣。吾师不语应相怪—作问,频惹街尘入寺飞。

关中秋夕
簟湿秋庭岳在烟,露光明滑竹苍然。何人意绪还相似,鹤宿松枝月半天。

西县道中有短亭,岩穴飞泉隔江洒至,因成二首
风凉津湿共微微,隔岸泉冲石窍飞。争得

巨灵从野性,旧乡无此擘将归。

一瀑三峰赤日天,路人才见便翛然。谁能夜向山根宿,凉月初生的有仙。

省试夜—作韦承贻诗

白莲千朵照廊明,一片承平雅颂声。更报第三条烛尽,文昌风景画难成。

过骊山

丹臒苍苍簇背山,路尘应满旧帘间。玄宗不是偏行乐,只为当时四海闲。

曲江醉题

闲身行止属年华,马上怀中尽落花。狂遍曲江还醉卧,觉来人静日西斜。

参军厅新池

帘外无尘胜物外,墙根有竹似山根。流泉不至客来久,坐见新池落旧痕。

太原使院晚出

青门无路入清朝,滥作将军最下僚。同舍尽归身独在,晚风开印叶萧萧。

寒食日曲江

曲水池边青草岸,春风林下落花杯。都门此日是寒食,人去看多身独来。

盏屋官舍新竹

心觉清凉体似吹,满风轻撼叶垂垂。无端种在幽闲地,众鸟嫌寒凤未知。

京中客舍闻筝

十二三弦共五音,每声如截远人心。当时向秀闻邻笛,不是离家岁月深。

铜雀台

魏帝当时铜雀台,黄花深映棘丛开。人生富贵须回首,此地岂无歌舞来。

寿安水馆

地接山林兼有石,天悬星月更无云。惊鸥上树满池水,潋潆一声中夜闻。

雨后早发永宁

春霖朝罢客西东,雨足泥声路未通。独爱千峰最高处,一峰初日白云中。

宿仙游寺望月生峰

公门身入洞门行,出阱离笼似有情。僧语夜凉云树黑,月生峰上月初生。

秋题

独坐东南见晓星,白云微透沉寥清。磷磷甃石堪僧坐,一叶梧桐落半庭。

和友人寄怀

从来行乐近来希,蓬瑗知言与我违。自是衰心不如旧,非关四十九年非。

子夜

嫖姚家宴敌吴王,子夜歌声满画堂。此日相逢眉翠尽,女真行李乞斋粮。

雁和韦侍御

肃肃雍雍义有余,九天鸾凤莫相疏。唯应静向山窗过,激发英雄夜读书。

和府帅相公—作蜀中和府帅相公过安抚崔判官厅不遇之什

竹映高墙似傍山,邹阳归后令威还。君看将相才多少,两首诗成七步间。

又和留山鸡

五色文胜百鸟王,相思兼绝寄芸香。由来不是池中物,鸡树归时即取将。

舟中酬杨中丞春早见寄

锦楼春望忆丹楹,更遇高情说早莺。江上境寒吟不得,湿风梅雨满船轻。

寒食日题

美人寒食事春风,折尽青青赏尽红。夜半无灯还有睡—作不寐,秋千悬在月明中。

杏花
　　活色生香第一流,手中移得近青楼。谁知艳性终相负,乱向春风笑不休。

黄蜀葵
　　娇黄新嫩一作蕊欲题诗,尽日含毫有所思。记得玉人初病起一作枝,道家妆束厌襘时。

春咏
　　春来还似去年时,手把花枝唱竹枝。狂瘦未曾餐有味,不缘中酒却缘诗。

赠欢娘八岁善吹笙
　　一束龙吟细竹枝,青娥擎在手中吹。当时纵使双成在,不得如伊是小时。

戏瞻相
　　失意蹉跎到旧游,见吹杨柳便遮羞。瞻相赵女休相拽,不及人前诈摆头。

赠解诗歌人
　　同有诗情自合亲,不须歌调更含嚬。朝天御史非韩寿,莫窃香来带累人。

赠韦氏歌人二首
　　弦管声凝发唱高,几人心地暗伤刀。思量更有何堪比,王母新开一树桃。

　　一曲新声惨画堂,可能心事忆周郎。朝来为客频开口,绽尽桃花几许香。

加阶
　　二年中散似稽康,此日无功换宠光。唯有一般酬圣主,胜于东晋是文章。

野园
　　野园无鼓又无旗,鞍马传杯用柳枝。娇养翠娥无怕惧,插人头上任风吹。

郊亭
　　郊亭宴罢欲回车,满郭传呼调角初。尚拥笙歌归未得,笑娥扶著醉尚书。

老僧
　　清瘦形容八十余,饱悬篱落似村居。劝师莫羡人间有,幸是元无免破除。

僧窗
　　不悟时机滞有余,近来为事更乖疏。朱轮皂盖蹉跎尽,犹爱明窗好读书。

题平等院
　　十里城中一院僧,各持巾钵事南能。还应笑我功名客,未解嫌官学大乘。

影灯夜二首一作上元诗
　　偃王灯塔古徐州,二十年来乐事休。此日将军心似海,四更身领万人游。

　　十万军城百万灯,酥油香暖夜如烝。红妆满地烟光好,只恐笙歌引上升。

许州旌节到作
　　两地旌旗拥一身,半缘伤旧半荣新。州人若忆将军面,写取雕堂报国真。

重游通波亭
　　十年抛掷故园花,最忆红桃竹外斜。此日郊亭心乍喜,败榆芳草似还家。

戏舸
　　运舸冲开一路萍,岸傍偷上小茅亭。游人莫觅杯盘分,此地才应聚德星。

偶题
　　到处吟兼上马吟,总无愁恨自伤心。无端梦得钧天乐,尽觉宫商不是音。

折杨柳十首并序
　　此曲盛传,为词者甚众。文人才子,各炫其能,莫不条似舞腰,叶如眉翠,出口皆然,颇为陈熟。能专于诗律,不爱随人,搜难抉新,誓脱常态。虽欲弗伐,知音其舍诸。

　　华清高树出离宫,南陌柔条带暖风。谁见轻阴是良夜,瀑泉声畔月明中。

洛桥晴影覆江船,羌笛秋声湿塞烟。闲想习池公宴罢,水蒲风絮夕阳天。

嫩绿轻悬似缀旒,路人遥见隔宫楼。谁能更近丹墀种,解播皇风入九州。

暖风晴日断浮埃,废路新条发钓台。处处轻阴—作轻可惆怅,后人攀处古人栽。

潭上江边袅袅垂,日高风静絮相随。青楼一树无人见,正是女郎眠觉时。

汴水高悬百万条,风清两岸一时摇。隋家力尽虚栽得,无限春风属圣朝。

和风烟树—作雨九重城,夹路春阴十万营。唯向边头不堪望,一株—作林憔悴少人行。

窗外齐垂旭日初,楼边轻暖好—作好暖风徐。游人莫道栽无益,桃李清阴却不如。

众木犹寒独早青,御沟桥畔曲江亭。陶家旧日应如此,一院春条绿绕厅。

帐偃缨垂细复繁,令人心想石家园。风条月影皆堪重,何事侯门爱树萱。

柳枝四首

数首新诗带恨成,柳丝牵我我伤情。柔娥幸有腰支稳,试踏吹声作唱声。

高出军营远映桥,贼兵曾斫火曾—作曾逢兵火一时烧。风流性在终难改—作尽,一作死,一作挫,依旧春来—作风,一作暖日还生万万条。

县依陶令想嫌迁,营畔将军即大粗。此日与君除万恨,数篇风调更应无。

狂似纤腰嫩胜绵,自多情态竟—作更谁怜?游人不折还堪恨,抛向桥边与路边。

柳枝词五首并序

乾符五年,许州刺史薛能于郡阁与幕中谈宾酣饮酷酣,因令部妓少女作杨柳枝健舞,复歌其词,无可听者,自以五绝为杨柳新声。

朝阳晴照绿杨烟,一别通波十七年。应有旧枝无处觅,万株风里卓旌旄。

晴垂芳态吐牙—作芽新,雨摆轻条湿面春。别有出墙高数尺,不知摇动是何人。

暖—作晓梳簪朵事登楼,因挂垂杨立地愁。牵断绿丝攀不得,半空悬着玉搔头。

西园高树后庭根,处处寻芳有折痕。终忆旧—作我游桃叶舍,一株斜映竹篱门。

刘白苏台总近时,当初章句是谁推?纤腰舞尽春杨柳,未有侬家一首诗。自注:刘白二尚书继为苏州刺史,皆赋杨柳枝词,世多传唱。虽有才语,但文字太僻,宫商不高,如可者,岂斯人徒欤?洋洋乎唐风,其令虚爱。

吴姬十首

夜锁重门昼亦监,眼波娇利瘦岩岩。偏怜不怕傍人笑,自把春罗等舞衫。

龙麝薰多骨亦香,因经寒食好风光。何人画得天生态,枕破施朱隔宿妆。

滴滴春霖透荔枝,笔题笺动手中垂。天阴不得君王召,嘲著青蛾作小诗。

钿合重盛绣结深,昭阳初幸赐同心。君知一夜恩多少,明日宣教放德音。

退红香汗湿轻纱,高卷蚊厨独卧斜。娇泪半垂珠不破,恨君瞋折后庭花。

取次衣裳尽带珠,别添龙脑裹罗襦。年来寄与乡中伴,杀尽春蚕税亦无。

画烛烧兰暖复迷,殿帏深密下银泥。开门欲作侵晨散,已是明朝日向西。

楼台重叠满天云,殷殷鸣鼍世上闻。此日杨花初似雪,女儿弦管弄参军。

冠剪黄绡帔紫罗,薄施铅粉画青娥。因将素手夸纤巧,从此椒房宠更多。

身—作自是三千第一名,内家丛里独分明。芙蓉殿上中元日,水拍银台弄化生。

题于公花园

含桃庄主后园深,繁实初成静扫阴。若使

明年花可待,应须恼破事花心。

登城

　　偶作闲身上古城,路人遥望不相惊。无端将吏逡巡至,又作都头一队行。

好客

　　好客连宵在醉乡,蜡烟红暖胜春光。谁人肯信山僧语,寒雨唯煎治气汤。

赠普恭禅师

　　一日迢迢每一餐,我心难伏我无一作心难。南檐十月绳床暖,背卷真经向日看。

赠无表禅师

　　笠戴圆阴楚地棕,磬敲清响蜀山铜。秋来说偈寅朝殿,爽爽一作轻洒杨枝满手风。

彭门偶题

　　淮王西舍固非夫,柳恽偏州未是都。直到春秋诸列国,拥旄才子也应无。

嘲赵璘

　　巡关每傍摴蒲局,望月还登乞巧楼。第一莫教娇太过,缘人衣带上人头。

句

　　百首如一首,卷初如卷终。《北梦琐言》:能以诗自负,还刘得仁卷,题诗云云。

　　坐久仆头出,语多僧齿寒。《南部新书》。

　　西塞长云尽,南湖片月斜。《古今诗话》。

　　李白终无敌,陶潜固不刊。《论诗》,见《郑谷集注》。

　　我身若在开元日,争遣名为李翰林。寄符郎中,见《郑集》。

全唐诗卷五百六十二

刘威

刘威,会昌时人。诗二十七首。

早春

晓来庭户外,草树似依依。一夜东风起,万山春色归。冰消泉派动,日暖露珠晞。已酝看花酒,娇莺莫预飞。

伤春感怀

花飞惜不得,年长更堪悲。春尽有归日,老来无去时。风前千片雪,镜里数茎丝。肠断青山暮,独攀杨柳枝。

闰三月

三年皆一闰,此闰胜常时。莫怪花开晚,都缘春尽迟。节分炎气近,律应蕙风移。梦得成胡蝶,芳菲幸不遗。

早秋游湖上亭

危亭秋尚早,野思已无穷。竹叶一尊酒,荷香四座风。晓烟孤屿外,归鸟夕阳中。渐爱湖光冷,移舟月满空。

宿渔家

竹屋清江上,风烟四五家。水园分芰叶,邻界认芦花。雨到鱼翻浪,洲回鸟傍沙。月明何处去,片片席帆斜。

旅中早秋

金威生止水,爽气遍遥空。草色萧条路,槐花零落风。夜来万里月,觉后一声鸿。莫问前程事,飒然沙上蓬。

早秋西归有怀

求归方有计,惜别更堪愁。上马江城暮,出郊山戍秋。暗销何限事,白尽去年头。莫怪频惆怅,异乡难再游。

冬夜旅怀

寒窗危竹枕,月过半床阴。嫩叶不归梦,晴虫成苦吟。酒无通夜力,事满五更心。寂寞谁相似,残灯与素琴。

塞上作

萧萧陇水侧,落日客愁中。古塞一声笛,长沙千里风。鸟无栖息处,人爱战争功。数夜城头月,弯弯如引弓。

秋日寄陈景孚秀才

征车日已远,物候尚凄凄。风叶青桐落,露花红槿低。心随秦国远,梦到楚山迷。却恨衔芦雁,秋飞不向西。

冬日送友人西归

北风吹别思,杳杳度云山。满望是归处,一生犹未闲。知音方见誉,浮宦久相关。空有心如月,同居千里还。

感寓

海竭山移岁月深,分明齐得世人心。颜回徒恨少成古,彭祖何曾老至今!须向道中平贵贱,还从限内任浮沉。他年免似骊山鬼,信有蓬莱不可寻。

七夕

乌鹊桥成上界通,千秋一作年灵会此宵同。云收喜气星楼晓一作桥满,香一作雨拂轻一作香尘玉一作月殿空。翠辇不行青草路,金銮徒候一作恨白榆风。采盘花阁无穷意,只在游丝一缕中。

晚春陪王员外东塘游宴

水绿山青春日长,政成因暇泛回塘。初移柳岸笙歌合,欲过蘋洲罗绮香。共济已惊依玉树,随流还许醉金觞。一声画角严城暮,云雨分时满路光。

游东湖黄处士园林

偶向东湖更向东,数声鸡犬翠微中。遥知杨柳是门处,似隔芙蓉无路通。樵客出来山带雨,渔舟过去水生风。物情多与闲相称,所恨求安计不同。

题许子正处士新池

坐爱风尘日已西,功成得与化工齐。巧分孤岛思何远,欲似五湖心易迷。渐有野禽来试水,又怜春草自侵堤。那堪更到芙蓉拆,晚夕香联桃李蹊。

旅怀

物态人心渐渺茫,十年徒学钓沧浪。老将何面还吾土,梦有惊魂在楚乡。自是一身嫌苟合,谁怜今日欲佯狂。无名无位却无事,醉落乌纱卧夕阳。

早秋归

数口飘零身未回,梦魂遥断越王台。家书欲寄雁飞远,客恨正深秋又来。风解绿杨三署冷,月当银汉四山开。茫茫归路在何处,砧杵一声心已摧。

欧阳示新诗因贻四韵

冲夏瑶琼得至音,数篇清越应南金。都由苦思无休日,已证前贤不到心。风入寒松声自古,水归沧海意皆深。欲知字字惊神鬼,一气秋时试夜吟。

尉迟将军

天仗拥门希授钺,重臣入梦岂安金。江河定后威风在,社稷危来寄托深。扶病暂将弓试力,感恩重与剑论心。明妃若遇英雄世,青冢何由怨陆沉。

赠欧阳秀才

桐上知音日下身,道光谁不仰清尘。偶来水馆逢为客,旧熟诗名似故人。永日空惊沧海阔,何年重见白头新。权门要路应行遍,闲伴山夫一夜贫。

赠道者

五云深处有真仙,岁月催多却少年。入郭

不知今世事,卖丹犹觅古时钱。闲寻白鹿眠瑶草,暗摘红桃去洞天。时向人间深夜坐,鬼神长在药囊边。

赠道者

道帔轻裾三岛云,绿鬟长占镜中春。高风已驾祥鸾驭,浮世休惊野马尘。过海独辞王母面,度关谁识老聃身?儒生也爱长生术,不见人间大笑人。

遣怀寄欧阳秀才

地上江河天上乌,百年流转只须臾。平生闲过日将日,欲老始知吾负吾。似豹一班时或有,如龟三顾岂全无。古来晚达人何限,莫笑空枝犹望苏。

送元秀才入道

不教荣乐损天机,愿逐鸾皇次第飞。明月满时开道帔,俗尘飘处脱儒衣。只携仙籍还金洞,便与时流隔翠微。空有缄题报亲爱,一千年后始西归。

三闾大夫

三闾一去湘山老,烟水悠悠痛古今。青史已书殷鉴在,词人劳咏楚江深。竹移低影潜贞节,月入中流洗恨心。再引离骚见微旨,肯教渔父会升沈。

伤曾秀才马

买得龙媒越水渍,轻桃细杏色初分。秋归未过阳关日,夜魄忽销阴塞云。吴练已知随影没,朔风犹想带嘶闻。临轩振策休惆怅,坐致烟霄只在君。

李玖

李玖,歙州巡官。诗八首。

喷玉泉冥会诗八首

《纂异记》曰:会昌元年,孝廉许生下第东归,次寿安甘棠馆西,逢白衣叟云:"赴喷玉泉,与三四君子追旧游。至泉所,见四丈夫,有少年神貌扬扬者,有短小气宇落落者,有长大少须髯者,有清瘦言语瞻视疾速者,皆金紫,会泉傍,谓叟曰:'玉川来何迟?'叟曰:'适憩前馆,偶见西楹题诗,晦其姓名,有似为座中一二公者,吟讽少驻耳。'因述其诗,座中皆掩面恸哭。神貌扬扬者曰:'作诗人得非伊水上受我推食解衣之士乎?'久之,各赋喷玉泉感旧游书怀诗。诗成,各自吟讽,长号数四,响动岩谷,惨无言语而别。"按四丈夫,甘露四相也。玉川,卢仝也;伊水受恩之士,玖自谓。喷玉泉在河南寿安县。《传》载云:山水绝胜。太和中,游者始盛。《王涯传》:别墅有佳木流泉。详诗意,墅正在此泉上也。

白衣叟途中吟二首

春草萋萋春水绿,野棠开尽飘香玉。绣岭宫前鹤发人,犹唱开元太平曲。

厌世逃名者,谁能答姓名。曾闻王乐否,眷取路傍情。

白衣叟述甘棠馆西楹诗

浮云凄惨日微明,沉痛将军负罪名。白昼叫阍无近戚,缟衣饮气只门生。佳人暗泣填宫泪,厩马连嘶换主声。六合茫茫皆汉土,此身无处哭田横。

白衣叟喷玉泉感旧游书怀

树色川光向晚晴,旧曾游处事分明。鼠穿月榭荆榛合,草掩花园畦垄平。迹陷黄沙仍未宿,罪标青简竟何名。伤心谷口东流水,犹喷当时寒玉声。

四丈夫同赋

鸟啼莺语思何穷,一世荣华一梦中。李固有冤藏蠹简,邓攸无子续清风。文章高韵传流水,丝管遗音托草虫。春月不知人事改,闲垂光影照洿宫。少年神貌扬扬者。

桃蹊李径尽荒凉,访旧寻新益自伤。虽有衣衾藏李固,终无表疏雪王章。羁魂尚觉霜风冷,朽骨徒惊月桂香。天爵竟为人爵误,谁能高叫问苍苍。短小器宇落落者。

落花寂寂草绵绵,云影山光尽宛然。坏室

基摧新石鼠,潴宫水引故山泉。青云自致惭天爵,白首同归感昔贤。惆怅林间中夜月,孤光曾照读书筵。清瘦瞻视疾速者。

新荆棘路旧衡门,又驻高车会一尊。寒骨未沾新雨露,春风不长败兰荪。丹诚岂分埋幽壤,白日终希照覆盆。珍重昔年金谷友,共来泉际话幽魂。长大少髭髯者。

潘唐

潘唐,会昌时人。诗一首。

下第归宜春酬黄颇饯别

圣代澄清雨露均,独怀惆怅出咸秦。承明未荐相如赋,故国犹惭季子贫。御苑钟声临远水,都门树色背行尘。一从此地曾携手,益羡江头桃李春。

全唐诗卷五百六十三

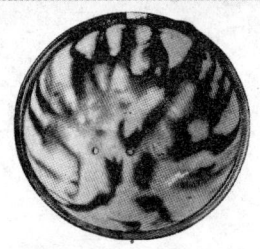

裴休

裴休,字公美,济源人。登进士第,举贤良方正异等,擢累监察御史、兵部侍郎。大中中,拜同中书门下平章事。诗二首。

题泐潭

泐潭形胜地,祖塔在云湄。浩劫有穷日,真风无坠时。岁华空自老,消息竟谁知?到此轻尘虑,功名自可遗。

赠黄蘖山僧希运

曾传达士心中印,额有圆珠七尺身。挂锡十年栖蜀水,浮杯今日渡漳滨。一千龙象随高步,万里香华结胜因。拟欲事师为弟子,不知将法付何人。

令狐绹

令狐绹,字子直,楚之子。举进士,擢累左补阙、右司郎中,出为湖州刺史。大中初,召为考功郎中、知制诰,入翰林为学士,进中书舍人,再迁兵部侍郎,俄拜同中书门下平章事。懿宗嗣位,出为河中节度使,徙宣武、淮南。僖宗时,终凤翔节度使,封赵国公。诗一首。

登望京楼赋

夷门一镇五经秋,未得朝天不免愁。因上此楼望京国,便名楼作望京楼。

夏侯孜

夏侯孜,字好学,亳州谯人,累迁婺、绛等州刺史。宣宗时,自兵部侍郎为同中书门下平章事。懿宗立,进司空,寻罢,以太子少保分司东都。诗一首。

享太庙乐章

于铄令主,圣祚重昌。兴起教义,申明典章。俗尚素朴,人皆乐康。积德可报,流庆无疆。

魏谟

魏谟,字申之,郑公徵五世孙,登进士第。文宗时,为右拾遗,擢谏议大夫。武宗立,贬信州长史。宣宗嗣位,召授给事中,迁御史中丞,兼户部侍郎,俄进同中书门下平章事。大中十年,领剑南西川节度使。上疾求代,拜吏部尚书,寻授检校尚书右仆射。集十卷,今存诗一首。

和重阳锡宴御制诗

四方无事去,宸豫杪秋来。八水寒光起,千山霁色开。

周墀

周墀,字德升,汝南人。擢进士第,辟湖南巡官,入为监察御史、集贤殿学士。李宗闵镇山南,表行军司马,阅岁召还,以考功员外郎兼起居舍人事知制诰。武宗即位,改工部侍郎,出为义成节度使,寻以兵部侍郎召判度支,进同中书门下平章事,俄罢为剑南西川节度使。诗二首。

贺王仆射放榜

文场三化鲁儒生,三十余年振重名。曾忝木鸡夸羽翼,又陪金马入蓬瀛自注:墀初年木鸡赋及第,常陪仆射守职内庭。虽欣月桂居先折,更羡春兰最后荣。欲到龙门看风雨,关防不许暂离营。

酬李常侍景让立秋日奉诏祭岳见寄

秋祠灵岳奉尊罍,风过深林古柏开。莲掌月高珪币列,金天雨露鬼神陪。质明三献虽终礼,祈寿千年别上杯。岂是琐才能祀事,洪农太守主张来。

李景让

李景让,字后己,憕之孙。大中中,历御史大夫、西川节度使,终太子少保分司东都,谥曰孝。诗一首。

寄华州周侍郎墀立秋日奉诏祭岳诗

关河豁静晓云开,承诏秋祠太守来。山霁莲花添翠黛,路阴桐叶少尘埃。朱輶入庙威仪肃,玉佩升坛步武回。往岁今朝几时事,谢君非重我非才。

句

成都十万户,抛苦一鸿毛。见《北梦琐言》。

郑颢

郑颢,字奉正,宰相絪之孙。登进士第,官起居郎,尚宣宗女万寿公主,拜驸马都尉,历礼部侍郎。大中末,检校礼部尚书、河南尹。诗一首。

续梦中十韵并序

去年寿昌节,赴麟德殿上寿回,憩于长兴里第,昏然昼寝,梦与十数人纳凉于别馆。馆宇萧洒,相与联句,予为数联,同游甚称赏。既寤,不全记诸联,唯有十字云:"石门雾露白,玉殿莓苔青。"用杜甫句,私怪语不祥。书之于楹,不敢言于人。不数日,上不豫,废朝会,及宫车上仙,方悟其事,追惟顾遇,续石门之句为十韵云。

间岁流虹节,归轩出禁扃。奔波陶畏景,萧洒梦殊庭。境象非曾到,崇严昔未经。日斜乌敛翼,风动鹤飘一作梳翎。异苑人争集,凉台笔不停。石门雾露白,玉殿莓苔青。若匪灾先兆,何缘思入冥?御炉虚仗马,华盖负云亭。白日成千古,金縢闷九龄。小臣哀绝笔,湖上泣青萍。

刘绮庄

刘绮庄,毗陵人。初为昆山尉,宣宗时官州刺史。集十卷,今存诗二首。

扬州送人

桂楫木兰舟,枫江竹箭流。故人从此去,望远不胜愁。落日低帆影,归风引棹讴。思君折杨柳,泪尽武昌楼。

置酒

酒熟人须饮,春还鬓已秋。愿逢千日醉,得道百年愁。卒卒周姬旦,栖栖鲁孔丘。平生能见日,不及且遨游。

张固

张固,大中中尝为桂管观察使。诗二首。

重阳宴东观山亭和从事卢顺之

乱山青翠郡城东,爽节凭高一望通。交友会时丝管合,羽觞飞处笑言同。金英耀彩晴云外,玉树凝霜暮雨中。高咏已劳潘岳思,醉欢惭道自车公。

独秀山

孤峰不与众山俦,直入青云势未休。曾得乾坤融结意,擎天一柱在南州。

刘皋

刘皋,宣宗时盐州刺史,为监军杨玄价所杀。诗一首。

长门怨

营营孤思通,寂寂长门夜一作夕。妾妒亦知非一作君,君恩那不借一作惜。携琴就玉阶,调悲声未谐。将心寄一作托明月,流影入君怀。

李质

李质,字公干,襄阳人,擢进士第。大中时,官至江西观察使。诗一首。

宿日观东房诗

曾入桃溪路,仙源信少双。洞霞飘素练,藓壁画阴窗。古木愁一作疑撑月,危峰欲堕江。自吟空向寂,谁共倒秋缸?

南卓

南卓,字昭嗣,初为拾遗,因谏出宰松滋。大中时,为黔南经略使。诗一首。

赠副戎

翱翔曾在玉京天,堕落江南路几千。从事不须轻县宰,满身犹带御炉烟。

李讷

李讷,字敦正,赵郡人。大中时,为浙东观察使,终兵部尚书、太子太傅。诗一首。

命妓盛小丛歌饯崔侍御还阙

绣衣奔命去情多,南国佳人敛翠娥。曾向教坊听国乐,为君重唱盛丛歌。

崔元范

崔元范,大中时,以监察御史为浙东幕府。诗一首。

李尚书命妓歌饯有作奉酬

羊公留宴岘山亭,洛浦高歌五夜情。独向柏台为老吏,可怜林木响余声。

杨知至

杨知至,字几之,汝士之子,登进士第。初为浙东团练判官,后以比部郎中、知制诰,终户部侍郎。诗二首。

和李尚书命妓歌饯崔侍御

燕赵能歌有几人,为花回雪似含颦。声随御史西归去,谁伴文翁怨九春?

覆落后呈同年

由来梁雁与冥鸿,不合翩翩向碧空。寒谷谩劳邹氏律,长天独遇宋都风。此时泣玉情虽异,他日衔环事亦同。二月春光正摇荡,无因得醉杏园中。

李明远

李明远,大中中监察御史。诗一首。

送韦觐谪潘州

北鸟飞不到,南人谁去游?天涯浮瘴水,

岭外向潘州。草木春秋暮,猿猱日夜愁。定知迁客泪,应只对君流。

萧缜

萧缜,大中时望江县令。诗一首。

前望江麹令颂德

政绩虽殊道且同,无辞买石纪前功。谁论重德光青史,过里犹歌卧辙风。

卢顺之

卢顺之,字子谟,范阳人,杞之孙,大中时桂管从事。诗一首。

重阳东观席上赠侍郎张固

渡江旌旆动鱼龙,令节开筵上碧峰。翡翠巢低岩桂小,茱萸房湿露香浓。白云郊外无尘事,黄菊筵中尽醉容。好是谢公高兴处,夕阳归骑出疏松。

李善夷

李善夷,与李群玉同时,谪宦沣阳。《江南集》十卷,今存诗二首。

责汉水辞并序

春秋僖公四年,齐桓公合诸侯之师盟于召陵,责楚之苞茅不入,"寡君之罪也,敢不供给"。昭王南征之不复,"君其问诸水滨"。按昭王南征至汉,舟人胶其舟,王遂溺死。杜预曰:"当时汉水未属楚。"杜之注,其为谬哉! 且楚实殷之始封,楚苦县濑乡,在汉水东北六百余里,则汉水于西周之际,岂未属楚乎? 又《诗》云:"挞彼殷武,奋伐荆楚。罙人其阻,裒荆之旅。"郑玄注云:"深入方城之阻也。"方城今在汉水北三百里,岂昭王时未属楚乎? 屈完以齐桓所问之大,不敢他对,但请自问于水滨之人,言我不之知也,汉实属楚久矣。夫山林川泽,天子祀之,心有其神,楚人胶其船而祸其君,神不能福,神之罪也。余过汉,见其波涛溟漾而责其水。词曰:

汉之广兮,风波四起。虽有风波,不如蹄涔元水。蹄涔之水,不为下国而倾天子。汉之深兮,其堤莫量。虽云莫量,不如行潦之汪。行潦之汪,不为下国而溺天王。汉之美者曰鲂。吾虽饥不食其鲂,恐污吾之饥肠。

大堤曲

酒旗相望大堤头,堤下连樯堤上楼。日暮行人争渡急,桨声幽轧满中流。

卢溦

卢溦,浙东处士。诗二首。

金灯

疏茎秋拥翠,幽艳夕添红。有月长灯在,无烟烬火同。香浓初受露,势庳不如风。应笑金台上,先随晓漏终。

和李尚书命妓饯崔侍御

乌台上客紫髯公,共捧天书静境中。桃朵不辞歌白苎,耶溪暮雨起樵风。

赵牧

赵牧,大中、咸通间人。诗一首。

对酒

云翁耕扶桑,种黍养日乌。手挼六十花甲子,循环落落如弄珠。长绳系日未是愚,有翁临镜捋白须。饥魂吊骨吟古书,冯唐八十无高车。人生如云在须臾,何乃自苦八一作七尺躯。裂衣换酒且为娱,劝君朝饮一瓢,夜饮一壶。杞天崩,雷腾腾,桀一作纣非尧一作舜是何足凭。桐君桂父岂胜我,醉里白龙多上升。菖蒲花开鱼尾定,金丹始可延君命。

裴諴

裴諴,闻喜人,晋公度之从子,官历职方郎中、太子中允。诗五首。

献歌子词三首

不是厨中丳,争知胁里心。井边银钏落,展转恨还深。

不信长相忆,抬头问取天。风吹荷叶动,

无夜不摇莲。

　　箬蜡为红烛,情知不自由。细丝斜结网,争奈眼相钩。

新添声杨柳枝词

　　思量大是恶姻缘,只得相看不得怜。愿作琵琶槽那畔,得他—作美人长抱在胸前。

　　独房莲子没人看,偷折莲时命也挤。若有所由来借问,但道偷莲是下官。

全唐诗卷五百六十四

于兴宗

于兴宗,大中时御史中丞,守绵州,后为洋州节度。诗二首。

夏杪登越王楼临涪江望雪山寄朝中知友

巴西西北楼,堪望亦堪愁。山乱江回远,川清树欲秋。晴明中雪岭,烟霭下渔舟。写寄朝天客,知余恨独游。初在左绵时,作此诗,和者李朋、杨牢辈,皆朝中之友也。

东阳涵碧亭 《金华志》:兴宗宝历初令东阳,创此亭。

高低竹杂松,积翠复留风。路剧阴溪里,寒生暑气中。

李朋

李朋,刑部员外郎。诗一首。

奉酬绵州中丞以江山小图远垂赐及兼寄诗

巴江与雪山,井邑共回环。图写丹青内,分明烟霭间。移君名郡兴,助我小斋闲。日想登临处,高踪不可攀。

杨牢

杨牢,字松年,弘农人。父从田弘正,死于赵军。牢走常山二千里,号伏叛垒,求尸归葬,衔哀雨血,时称孝童。年十八,登大中二年进士第,最有诗名。诗二首。

奉酬于中丞登越王楼见寄之什

剑外书来日,惊忙自折封。丹青得山水,强健慰心胸。事少胜诸郡,江回见几重。宁悲久作别,且似一相逢。诗合焚香咏,愁应赖酒浓。庾楼寒更忆,肠断雪千峰。

赠舍弟

秦云蜀浪两堪愁,尔养晨昏我远游。千里客心难寄梦,两行乡泪为君流。早驱风雨知龙圣,饿食鱼虾觉虎羞。袖里镆铘光似水,丈夫不合等闲休。

句

虾蟆欲吃月，保护常教圆。

心明外不察，月向怀中圆。

罗帏若不卷，谁道中无人。牢性情急，累居幕府，主人多不容，同列有谑之者，与之诗，见《语林》。

魁形下方天顶亚，二十四寸窗中月。牢年六岁，母俾就学，误入人家，乃父友也。方弹棋，戏以局为题，命俾赋之，牢应声而作，见《纪事》。

李续

李续，赵郡人，尝为柳公绰幕僚，终曹州刺史。诗一首。

和绵州于中丞登越王楼见寄 时为同州刺史

早年登此楼，退想不胜愁。地远二千里，时将四十秋。续相从东川奏举，过绵州，刺史韦洪皋尚书携登此楼，于今三十七年矣。遭迍多失路，华皓任虚舟。诗酒虽堪使，何因得共游。

李汶儒

李汶儒，太和五年登第，官翰林学士。诗一首。

和绵州于中丞登越王楼作

珍重巴西守，殷勤寄远情。剑峰当户碧，诗韵满楼清。日照涪川阔，烟笼雪嶂明。征黄看即及，莫叹滞江城。

田章

田章，开成四年进士第。诗一首。

和于中丞夏杪登越王楼望雪山见寄

志乖多感物，临眺更增愁。暑候虽云夏，江声已似一作报秋。雪遥难辨木，村近好维舟。莫恨归朝晚，朝簪拟胜游。

薛蒙

薛蒙，考功郎。诗一首。

和绵州于中丞登越王楼作

左绵江上楼，五马此销愁。暑退千山雪，风来万木秋。遭回犹刺郡，系滞似维舟。即有征黄日，名川莫厌游。

李邺

李邺，户部郎。诗一首。

和绵州于中丞登越王楼作

长听巴西事，看图胜所闻。江楼明返照，雪岭乱晴云。景象诗情在，幽奇笔迹分。使君徒说好，不只怨离群。

于瓌

于瓌，字正德，敖之子。大中七年进士第一人。诗二首。

和绵州于中丞登越王楼作二首 时为校书郎

楼因藩邸号，川势似依楼。显敞含清暑，岚一作风光入素秋。山宜姑射貌，江泛李膺舟。郢曲思朋执，轻纱画胜游。

极目郡城楼，浮云拂槛愁。政成多暇日，诗思动先秋。远霁千岩雪，随波一叶舟。昔曾窥粉绘，今愿许陪游。

王严

王严，大中时布衣。诗一首。

和于中丞登越王楼

雉堞临朱槛，登兹便散愁。蝉声怨炎夏，山色报新秋。江转穿云树，心闲随叶舟。仲宣徒有叹，谢守几追游。

刘瞻 一作骘

刘瞻，大中时乡贡进士。诗一首。

题越王楼寄献中丞使君

朱轩迥压碧烟州，昔岁贤王是胜游。山簇剑峰朝阙远，水如巴字绕城流。人间物象分千里,天上笙歌醉五侯。今日登临无限意,同沾惠化自销愁。

李渥

李渥,大中时乡贡进士,后登第。诗一首。

秋日登越王楼献于中丞

越王曾牧剑南州,因向城隅建此楼。横玉远开千嶂雪,暗雷下听一江流。画檐先弄朝阳色,朱槛低临众木秋。徒学仲宣聊四望,且将词赋好依刘。

刘璐

刘璐,尝刺蜀州,代于兴宗为绵州刺史。诗一首。

洋州于中丞顷牧左绵,题诗越王楼上,朝贤继和,辄课四韵

隔政代君侯,多惭迹令猷。山光来户牖,江鸟满汀洲。雅韵征朝客,清词写郡楼。至今谣未已,注意在洋州。

卢栯一作郁

卢栯,弘文馆学士。诗一首。

和于中丞登越王楼作

图画越王楼,开缄慰别愁。山光涵雪冷,水色带江秋。云岛孤征雁,烟帆一叶舟。向风舒霁景,如伴谢公游。

李体仁

李体仁,续之子也,官至江州刺史。诗一首。

飞鸿响远音

漠漠微霜夕,翩翩出渚鸿。清声流迥野,高韵入寥空。旧质经寒塞,残音响远风。紫塞犹类网,避月尚疑弓。弱羽虽能振,丹霄竟未通。欲知多怨思,听取暮烟中。

全唐诗卷五百六十五

韩琮

韩琮,字成一作代封,初为陈许节度判官,后历中书舍人、湖南观察使。诗一卷。

春愁

金乌长飞玉兔走,青鬓长青古无有。秦娥十六语如弦,未解贪花惜杨柳。吴鱼岭雁无消息,水誓一作盼兰情别来久。劝君年少莫游春,暖风迟日浓于酒。

牡丹一作咏牡丹未开者

残花何处藏,尽在牡丹房。嫩蕊包金粉,重葩结绣囊。云凝巫峡一作山梦,帘闭一作开景阳妆。应恨年华促,迟迟侍日长。

兴平县野中得落星石移置县斋

的的堕芊苍,茫茫不记年。几逢疑虎将,应逐犯牛仙。择地依兰畹,题诗间锦钱。何时成五色,却上女娲天。

题商山店

商山驿路几经过,未到仙娥见谢娥。红锦机头抛皓腕,绿云鬟下送横波。伴嗔阿母留宾客,暗为王孙换绮罗。碧涧门前一条水,岂知平地有天河。

风

竞持飘忽意何穷,为盛为衰半不同。偃草喜逢新雨后,鸣条愁一作谁听晓霜中。凉飞玉管来秦甸,暗褭花枝入楚宫。莫见东风便无定,满帆还有济川功。

云

深一作轻惹离情一作愁霭落晖,如车如盖早依依。山头触石应常在,天际从龙自不归。莫向隙窗笼夜月,好来仙洞湿行衣。春风淡荡无心后,见说襄王梦亦稀。

露

　　长随圣泽堕尧天,濯遍幽兰叶叶鲜。才喜轻尘销陌上,已愁新月到阶前。文腾要地成非久,珠缀秋荷偶得圆。几处花枝抱离恨,晓风残月正潜然。

霞

　　应是行云未拟归,变成春态媚晴晖。深如绮色斜分阁,碎似花光散满衣。天际欲销重惨淡,镜中闲照正依稀。晓来何处低临水,无限鸳鸯妒不飞。

颍亭

　　颍上新亭瞰一川,几重旧址敞一作敝幽关。寒声北下当轩水,翠影西来扑槛山。远目静随孤鹤去,高情常共白云闲。知君久负巢由志,早晚相忘寂寞间。

咏马

　　曾经伯乐识长鸣,不似龙行不敢行。金埒未登嘶若是,盐车犹驾瘦何惊。难逢王济知音癖,欲就燕昭买骏名。早晚飞黄引同皂,碧云天上作鸾鸣。

题圭峰下长孙家林亭

　　赵国林亭二百年,绿苔如毯葛如烟。闲期竹色摇霜看,醉惜松声枕月眠。出树圭峰寒压坐,入篱沙濑碧流天。明知富贵非身物,莫为金章堕地仙。

牡丹

　　桃时杏日不争浓,叶帐一作翠幄阴成始放红。晓艳远分金掌露,暮香深惹玉堂风。名移兰杜千年后,贵擅笙歌百醉中。如梦如仙忽零落,暮霞何处绿屏空。

雨

　　阴云拂地散丝轻,长得为霖济物名。夜浦涨归天堑阔,春风洒入御沟平。轩车几处归频湿,罗绮何人去欲生一作惊。不及流他荷叶上,似珠无数转分明。

京一作凉西即事

　　秋草河兰起阵云,凉州唯向管弦闻。豺狼毳幕三千帐,貔虎金戈一作郊十万军。候骑北来惊有说,戍楼西望悔为文。昭阳亦待平安火,谁握旌旗不见勋。

公子行

　　紫袖长衫色,银蝉一作蟾半臂花。带装一作长盘水玉,鞍绣坐云霞。别殿承恩泽,飞龙赐渥洼。控罗青袅一作裹辔,镂象碧熏一作重葩。意气倾一作催歌舞,阑珊走钿车。袖障云缥缈,钗转凤鼓斜。珠卷迎归箔,雕一作红笼晃醉纱。唯无难夜日,不得似仙家。

秋晚信州推院亲友或责无书,即事寄答

　　官信安仁拙,书非叔夜慵。谬驰骢马传,难附鲤鱼封。万里劳何补,千年运添逢。不量横草力,虚慕入云踪。洁水空澄鉴,持铅亦砺锋。月寒深夜桂,霜凛近秋松。宪摘无逃魏,冤申得梦冯。问貍将挟虎,歼蛋敢虞蜂。商吹移砧调,春华改镜容。归期方一作芳晼积,愁思暮山重。仙鼠犹惊燕,莎鸡欧变蛩。唯应碧湘浦,云落及芙蓉。

晚春江晴寄友人一作晚春别

　　晚日低霞绮,晴山远画眉。春青一作青青河畔草,不是望乡时。

凉州词

　　树发花如锦,莺啼柳若丝。更游欢宴地,悲见别离时。

暮春浐水送别一作暮春送客

　　绿暗红稀出凤城,暮云楼阁一作宫阙古今情。行人莫听宫前水,流尽年光是此声。

骆谷晚望

　　秦川如画渭一作柳如丝,去国还家一作乡一望时。公子王孙莫来好,岭花多是断肠枝。

二月二日游洛源

旧苑新晴草似苔,人还香—作乡在踏青回—作开。今朝此地成惆怅,已后逢春更莫来。

柳—作和白天诏取永丰柳植上苑,时为东都留守

折柳歌中得翠条,远移金殿种青霄。上阳宫女含—作吞声送,不忿—作忍先归舞细—作学舞腰。

杨柳枝

梁苑隋堤事已空,万条犹舞旧春风。那堪更想千年后,谁见杨花入汉宫?

杨柳枝词

枝斗纤腰叶斗眉,春来无处不如丝。霸陵原—作桥上多离别,少有长条拂地垂。

全唐诗卷五百六十六

王传

王传,大中三年登第,辟山南观察判官,加授监察御史。诗一首。

和襄阳徐相公商贺徐副使加章绶—作和徐商贺卢员外赐绯鱼

朱紫联辉照日新,芳菲全属断金人。华筵重处宗盟地,白雪飞时郢曲春。仙府色饶攀桂侣,莲花光让握兰身。自怜亦是膺门客,吟想恩荣气益振。

卢邺

卢邺,大中四年登第,为浙东观察副使。诗一首。

和李尚书命妓饯崔侍御

何郎载酒别贤侯,更吐歌珠宴庾楼。莫道江南不同醉,即陪舟楫上京游。

陆肱

陆肱,大中九年,登进士第。咸通六年,自前振武从事试平判,入等,后牧南康郡。诗一首。

松

雪霜知劲质,今古占嘉名。断砌盘根远,疏林偃盖清。鹤栖何代色,僧老四时声。郁郁心弥久,烟高万井生。

崔澹

崔澹,字知之,博陵人。父玙,兄弟八人并显贵,时谓崔氏八龙。大中十三年登第,终吏部侍郎。诗一首。

赠王福娘—作赠美人

怪得清—作轻风送异香,娉婷仙子曳霓裳。惟应错认偷桃客,曼倩曾为汉侍郎。

莫宣卿

莫宣卿,字仲节,封州人。大中间举第一,官台州别驾。诗三首。

答问读书居

书屋倚麒麟,不同牛马路。床头万卷书,溪上五龙渡。井汲冽寒泉,桂花香玉露。茅檐无外物,只见青云护。

百官乘月早朝听残漏

建礼俨朝冠,重门耿夜阑。碧空蟾魄度,清禁漏声残。候晓车舆合,凌霜剑佩寒。星河犹皎皎,银箭尚珊珊。杳霭祥光起,霏微瑞气攒。忻逢圣明代,长愿接鵷鸾。

赋得水怀珠

长川含媚色,波底孕灵珠。素魄生蘋末,圆规照水隅。沦涟冰彩动,荡漾瑞光铺。迥夜一作夜迥星同贯,清秋一作秋清岸不枯。江妃思在掌,海客亦忘躯。合浦当还日,恩威信已敷。

句

我本南山凤,岂同凡鸟群。见《封川志》。

封彦卿

封彦卿,蓨人,大中进士第。咸通中,累官中书舍人,坐于琮,贬司户。诗一首。

和李尚书命妓饯崔侍御

莲府才为绿水宾旧注:庾杲之在王俭幕府,似芙蓉泛绿水,故有此句,忽乘骢马入咸秦。为君唱作西河调,日暮偏伤去住人。

李节

李节,登大中进士第,尝为河东节度卢钧巡官。诗三首。

赠释疏言还道林寺诗有序

会昌季年,武宗大剪释氏,巾其徒且数万人,民隶其居,容貌于土木者沉诸水,言词于纸素者烈诸火。分命御史乘驲走天下,察敢隐匿者罪之,由是天下名祠珍宇,毁撤如扫。天子建号之初,雪释氏之不可废也。诏徐复之。而自湖已南,远人畏法,不能酌朝廷之体,前时焚撤书像,殆无遗者,故虽明命复许创立,莫能得其书。道林寺,湘川之胜游也,有释疏言,警辨有谋,独曰:"太原府国家旧都,多释祠。我闻其帅司空范阳公,天下仁人,我第往求释氏遗文,以惠湘川之人,宜其听我而助成之矣。"即杖而北游。既上谒军门,范阳公果诺之。因四求散逸不成蕴帙者,至释祠而不见焚而副剩者,又command讲丐以补缮缺漏者,未几,凡得释经五千四十八卷。以大中九年秋八月,辇自河东而归于湘焉。喜释氏之助世,既言之矣。向非我君洞察理源,其何能复立之;即既立之,且亡其书,非有疏言识远而诚坚,孰克洪之耶?吾嘉疏言,奉君之令,演释之宗,不惮寒暑之勤,德及远人,为叙其事,且赠以诗。

湘川狺狺兮俗犷且佷,利杀业偷兮吏莫之驯。繄释氏兮易暴使仁,释何在兮释在斯文。

湘水滔滔兮四望何依,猿狖腾拏兮云树飞飞。月沉浦兮烟暝山,樯席卷兮榾床闲。偃仰兮啸咏,鼓长江兮何时还。

湘川超忽兮落日睕睕,松覆秋亭兮兰被春苑。上人去兮几千里,何日同游兮湘川水。

韦蟾

韦蟾,字隐珪,下杜人。大中登进士第,初为徐商掌书记,咸通末,终尚书左丞。诗十首。

和柯古穷居苦日喜雨

贞机澹少思,雅尚防多僻。揽葛犹不畏,劳形同处瘠。头焦讵是焚,背汗宁关炙。方欣见润础,那虞悲铄石。道与古人期,情难物外适。几怀来邸绶,颇旷金门籍。清奥已萧萧,陈柯将槭槭。玉律诗调正,琼卮酒肠窄。衣桁袭中单,浴床抛下绤。黎侯寓于卫,六义非凡格。

岳麓道林寺

石门迥接苍梧野,愁色阴深二妃寡。广殿崔嵬万甃间,长廊诘曲千岩下。静听林飞念佛鸟,细看壁画䭾经马。暖日斜明蟏蛸梁,湿烟散幂鸳鸯瓦。北方部落檀—作泥香塑,西国文书贝叶写。坏栏进竹醉好题,窄路垂藤困堪把。沈裴笔力斗雄壮,宋杜词源两风雅。他方居士来施斋,彼岸上人投结夏。悲我未离扰扰徒,劝我休学悠悠者。何时得与刘遗民,同入东林远公社。

上元—作奉和山灯三首

新正圆月夜,尤重看灯时。累塔嫌沙细,成文讶篆迟。归牛疑燧落,过雁误书迟。生惜兰膏烬,远为隔岁期。

举烛光才起,挥笔势竞分。点时惊坠石,挑处接崩云。辞异秦丞相,铭非窦冠军。唯愁残焰落,逢玉亦俱焚。

多宝神光动,生金瑞色浮。照人低入郭,伴月夜当楼。熏穴应无取,焚林固有求。夜阑陪玉帐,不见九枝留。

梅

高树临溪艳,低枝隔竹繁。何须是桃李,然后欲忘言。拟折魂先断,须看眼更昏。谁知南陌草,却解望王孙。

送卢潘尚书之灵武

贺兰山下果园成,塞北江南旧有名。水木万家朱户暗,弓刀千队铁衣鸣。心源落落堪为将,胆气堂堂合用兵。却使六番诸子弟,马前不信是书生。

题僧壁

一竹横檐挂净巾,灶无烟火地无尘。剃头未必知心法,要且闲于名利人。

赠商山僧

商岭东西路欲分,两间茅屋一溪云。师言耳重知师意,人是人非不欲闻。

长乐驿谑李汤给事题名

渭水秦川拂—作照眼明,希仁—作笑人何事寡诗情。只应学得虞姬婿,书字才能记姓名。

句

争挥钩弋手,竞耸踏摇身。伤颓诋关舞,捧心非效嚬。襄阳风光亭夜宴有妓醉殴赋。见《纪事》。

卢渥

卢渥,字子章,范阳人,大中进士第,历中书舍人、陕府观察使,终检校司徒。诗二首。

赋得寿星见

玄象今何应,时和政亦平。祥为一人寿,色映九霄明。皎洁垂银汉,光芒近斗城。含规同月满,表瑞得天清。甘露盈条降,非烟向日生。无如此嘉祉,率土荷秋成。

题嘉祥驿

交亲荣饯洛城空,秉钺戎装上将同。星使自天丹诏下,雕鞍照地数程中。马嘶静谷声偏响,旆映晴山色更红。到后定知人易化,满街棠树有遗风。

郭夔—作藁

郭夔,大中时江南进士。诗一首。

九华山

岩翠凌云出迥然,岧峣万丈倚秋天。暮风飘送当轩色,晓雾斜飞入槛烟。帘卷倚屏双影聚,镜开朱户九条悬。画图何必家家有,自有画图来目前。

柳珪

柳珪,公绰之孙。大中中,擢进士,杜悰表为西川幕府,后以蓝田尉直弘文馆,迁右拾遗,终卫尉少卿。诗一首。

送莫仲节状元归省

青骢聚送谪仙人,南国荣亲不及君。椰子味从今日近,鹧鸪声向旧山闻。孤猿夜叫三湘月,匹马时侵五岭云。想到故乡应腊过,药栏犹有异花薰。

全唐诗卷五百六十七

郑嵎

郑嵎,字宾先,大中五年进士第。诗一首。

津阳门诗 并序

津阳门者,华清宫之外阙,南局禁闱,北走京道。开成中,嵎常得群书,下帷于石瓮僧院,而甚闻宫中陈迹焉。今年冬,自虢而来,暮及山下,因解鞍谋餐,求客旅邸。而主翁年且艾,自言世事明皇,夜阑酒余,复为嵎道承平故实。翼日,于马上辄裁刻俚叟之话,为长句七言诗,凡一千四百字,成一百韵止,以门题为之目云耳。

津阳门北临通逵,雪风猎猎飘酒旗。泥寒款段蹶不进,疲童退问前何为。酒家顾客催解装,案前罗列樽与卮。青钱琐屑安足数,白醪软美甘如饴。开垆引满相献酬,枯肠渴肺忘朝饥。愁忧似见出门去,渐觉春色入四肢。主翁移客挑华灯,双肩隐膝乌帽欹。笑云饴老不为礼,飘萧雪鬓双垂颐。问余何往凌寒曦,顾翁枯朽郎岂知。翁曾豪盛客不见,我自为君陈昔时。时平亲卫号羽林,我才十五为孤儿。射熊搏虎众莫敌,弯弧出入随欹飞。开元中未有东西神策军,但以六军为亲卫。此时初创观风楼,檐高百尺堆华榱。楼南更起斗鸡殿,晨光山影相参差。观风楼在宫之外东北隅,属夹城而连上内,前临驰道,周视山川。宝应中,鱼朝恩毁之以修章敬,今遗址尚存,唯斗鸡殿与球场逦迤尚在。其年十月移禁仗,山下栉比罗百司。朝元阁成老君见,会昌县以新丰移。时有诏改新丰为会昌县,移自阴盘故城,置于山下。至明年十月,老君见于朝元阁南,而于其处置降圣观,复改新丰为昭应县。廊宇始成,令大将军高力士率禁乐以落之。幽州晓进供奉马,玉珂宝勒黄金羁。安禄山每进马,必殊特而极衔勒之饰。五王扈驾夹城路,传声校猎渭水湄。羽林六军各出射,笼山络野张罝维。雕弓绣镯不知数,翻身灭没皆蛾眉。赤鹰黄鹘云中来,妖狐狡兔无所依。人烦马殆禽兽尽,百里腥膻禾黍稀。申王有高丽赤鹰,岐王有北山黄鹘,逸翮奇姿,特异他等。上爱之,每弋猎,必置于驾前,目为决胜儿。暖山度腊东风微,宫娃赐浴长汤池。刻成玉莲喷香液,漱回烟浪深逶迤。宫内除供奉两汤池,内外更有汤十六所,长汤每赐诸嫔御,其修广与诸汤不侔,甃以文瑶宝石,中央有玉莲捧汤盘,喷以成池。又缝缀绮绣为凫雁于水中,上时于其间泛钑镂小舟以嬉游焉。犀屏象荐杂罗列,锦凫绣雁相追随。破簪碎钿不足拾,金沟残溜和缨绥。上皇宽容易承事,十家三国争光辉。绕床呼卢恣樗博,张灯达昼相谩欺。相君侈拟纵骄横,日纵秦虢多游嬉。朱衫马前未满足,更驱武卒罗旌旗。杨国忠为宰相,带剑南节度使,常与秦、虢联辔而出,更于马前以两川旌节为导也。画轮宝轴从天来,云中笑语声融怡。鸣鞭后骑何躞蹀,宫妆襟袖皆仙姿。青门紫陌多春风,风中数日残春遗。骊驹吐沫一奋迅,路人拥篲争珠玑。事尽载在国史中,此下更重叙其事。八姨新起合欢堂,翔鹓贺燕无由窥。万金酬工不肯去,矜能恃巧犹嗟咨。虢国创一堂,价费万金。堂成,工人偿价之外,更邀赏伎之直,复受绛罗五千段,工者嗤而不顾。虢国异之,问其由。工曰:"某生平之能,殚于此矣。苟不知信,愿得蝼蚁蝽蜴蜂虿之类,去其目而投于堂中,使有隙,失一物,即不论工直也。"于是又以绘采珍贝与之。山下人至今话故事者,尚以第行呼诸姨焉。四方节制倾附媚,夸奢极侈沾恩私。堂中特设夜明枕,银烛不张光鉴帷。虢国夜明枕,置于堂中,光烛一室。四川节度使所进,事载国史,略书之。瑶光楼南皆紫禁,梨园仙宴临花枝。迎娘歌喉玉窈窕,蛮儿舞带金葳蕤。瑶光楼即飞霜殿之北门,迎娘、蛮儿乃梨园弟子之名闻者。三郎紫笛弄烟月,怨如别鹤呼羁雌。玉奴琵琶龙香拨,倚歌促酒声娇悲。上皇善吹笛,常宝一紫玉管。贵妃妙弹琵琶,其乐器闻于人间者,有逻沙檀为槽,龙香柏为拨者。上每执酒卮,必令迎娘歌水调曲遍,而太真辄弹弦倚歌,为上送酒。内中皆以上为三郎,玉奴乃太真小字也。饮鹿泉边春露晞,粉梅檀杏飘朱墀。金沙洞口长生殿,玉蕊峰头王母祠。山城内多驯鹿,流涧号为饮鹿。有长生殿,乃斋服也。有事于朝元阁,即御长生殿以沐浴也。禁庭术士多幻化,上前较胜纷相持。罗公如意夺颜色,三藏袈裟成散丝。上顾崇罗公远,杨妃尤信金刚三藏。上尝幸功德院,将诣七圣殿,忽然背痒,公远折竹枝化作七宝如意以进,上大喜,顾谓金刚曰:"上人能致此乎?"三藏曰:"此幻术耳,僧为陛下取真物。"乃于袖中出如意,七宝焜耀,而光远所进,即时复为竹枝耳。后一日,杨妃始以二人定优劣。时禁中将创小殿,三藏乃举一鸿梁于空中,将中公远之首。公远不为动容。上连

命止之,公远飞符于他处,窃三藏金栏袈裟于箧中,守者不之见。三藏怒,又咒取之,须臾而至。公远复喷水龙符于袈裟上,散为丝缕以尽也。蓬莱池上望秋月,无云万里悬清辉。上皇夜半月中去,三十六宫愁不归。月中秘乐天半闻,丁珰玉石和埙篪。宸聪听览未终曲,却到人间迷是非。叶法善引上入月宫,时秋已深,上苦凄冷,不能久留,归,于天半尚闻仙乐。及上归,且记忆其半,遂于笛中写之。会西凉都督杨敬述进婆罗门曲,与其声调相符,遂以月中所闻为之散序,用敬述所进曲作其腔,而名霓裳羽衣法曲。千秋御节在八月,会同万国朝华夷。花萼楼南大合乐,八音九奏鸾来仪。都卢寻橦诚龌龊,公孙剑伎方神奇。马知舞彻下床榻,人惜曲终更羽衣。上始以诞圣日为千秋节,每大酺会,必于勤政楼下使华夷纵观,有公孙大娘舞剑,当时号为雄妙。又设连榻,令马舞其上,马衣纨绮而被铃铎,骧首奋鬣,举趾翘尾,变态动容,皆中音律。又令宫妓梳九骑仙髻,衣孔雀翠衣,佩七宝璎珞,为霓裳羽衣之类,曲终,珠翠可扫。其厩马,禄山亦将数匹以归,而私习之。其后田承嗣代安,有存者,一旦于厩上闻鼓声,顿挫其舞。厩人恶之,举箠以击之。其马尚为怒未妍妙,因更奋击宛转,曲尽其态。厩恐,以告。承嗣以为妖,遂戮之,而舞马自此绝矣。禄山此时侍御侧,金鸡画障当彤闱。绣裯衣裸日员颠,甘言狡计愈娇痴。上每坐与宴会,必令禄山坐于御座侧,而以金鸡障隔之,赐其箕踞。太真又以为子,时襁褓戏而加之。上亦呼之禄儿,每入宫,必先拜贵妃,然后拜上。上笑而问其故,辄对曰:"臣本蕃人,礼先拜母后拜父,是以然也。"诏令上路建甲第,楼通走马如飞犀。大开内府恣供给,玉缶金筐银簸箕。时于亲仁里南陌为禄山建甲第,令中贵人督其事,仍谋之曰:"卿善为部署,禄山眼孔大,勿令笑我。"至于茅筥簸箕釜缶之具,咸金银为之。今四元观,即其故第耳。异谋潜炽促归去,临轩赐带盈十围。禄山肥博过人,腹垂而缓,带十五围方周体。忠臣张公识逆状,日日切谏上弗疑。张曲江先识其必反逆状,数数言于上,上曰:"卿勿以王夷甫识石勒而误疑禄山耳。"汤成召浴果不至,潼关已溢渔阳师。御街一夕无禁鼓,玉辂顺动西南驰。其年,赐柑子使回,泣诉禄山反状云:"臣几不得生还。"上犹疑其言,复遣使,喻云:"我为卿造一汤,待卿至。"使回,答言反状。上然后忧疑,即ომ军至潼关矣。九门回望尘坌多,六龙夜驭兵卫疲。县官无人具军顿,行宫彻屋居云螭。时郊畿草扰,无御顿之备,上命彻行宫木,宰御马,以飨士卒。马嵬驿前驾不发,宰相射杀冤者

谁。长眉鬓发作凝血,空有君王潜涕洟。青泥坂上到三蜀,金堤城边上九岠。移文泣祭昔臣墓,度曲悲歌秋雁辞。驾至蜀,诏中贵人驰祭张曲江墓,悔不纳其谏。又过剑阁下,望山川,忽忆水调辞云:"山川满目泪沾衣,富贵荣华能几时?不见只今汾水上,唯有年年秋雁飞。"上泫然流涕,顾问左右曰:"此谁人诗?"从臣对曰:"此李峤诗。"复掩泣曰:"李峤真可谓才子也。"明年尚父上捷书,洗清观阙收封畿。两君相见望贤顿,君臣鼓舞皆欷歔。望贤宫在咸阳之东数里,时明皇自蜀回,肃宗迎驾。上皇自致传国玺于上,上欷歔拜受,左右皆泣,曰:"不图今日。"复观两君相见之礼,驾将入开远门,上皇疑先后入门不决,顾问从臣,不能对。高力士前曰:"上皇虽尊,皇帝,主也。上皇偏门而先行,皇帝正门而入,后行。"耆老皆呼万岁,当时皆之。宫中亲呼高骠骑,潜令改葬杨真妃。花肤雪艳不复见,空有香囊和泪滋。时肃宗诏令改葬太真,高力士知其所瘗,在蒐坡驿西北十余步。当时乘舆匆遽,无复备周身之具,但以紫褥裹之。及改葬之时,皆已朽坏,惟有胸际紫绣香囊中,尚得冰麝香。时以进上皇,上皇泣而佩之。銮舆却入华清宫,满山红实垂相思。飞霜殿前月悄悄,迎春亭下风飔飔。飞霜殿即寝殿,而白傅长恨歌以长生殿为寝殿,殊误矣。上皇至明年复幸华清宫,信宿乃回,自此遂移处西内中矣。雪衣女失玉笼在,长生鹿瘦铜牌垂。象床尘凝罨飒被,画檐虫网颇梨碑。太真养白鹦鹉,西国所贡,辩惠多辞,上尤爱之,字为雪衣女。上常于芙蓉园中获白鹿,惟山人王旻识之,曰:"此汉时鹿也。"上异之,令左右周视之,乃于角际雪毛中得铜牌子,刻之曰:"宜春苑中白鹿。"上由是愈爱,移于北山,目之曰仙客。上止华清,罨飒公主尝为上晨召,听按新水调。主爱起晚,遽冒珍珠被而出。及寇至,仓惶随驾出宫,后不知省。及上归南内,一旦再入此宫,而当时罨飒之被,宛然而尘积矣。上尤感焉,温泉堂碑,其石莹彻,见人形影,宫中号为颇梨碑。碧菱花覆云母陵,风篁雨菊低离披。真人影帐偏生草,果老药堂空掩扉。真人李顺兴,后周时修道北山,神尧皇帝受禅,真人潜告符契,至今山下有祠宇。宫中有七圣殿,自神尧至睿宗建案后皆立,衣衮衣,绕殿石榴树皆太真所植,俱拥肿矣。南有功德院,其间瑶坛羽帐皆在焉。顺兴影堂、果老药室,亦在禁中也。鼎湖一日失弓剑,桥山烟草俄霏霏。空闻玉碗入金市,但见铜壶飘翠帷。开元到今逾十纪,当初事迹皆残隳。竹花唯养栖梧凤,水藻周游巢叶龟。会昌御宇斥内典,去留二教分黄缁。庆山污潴石瓮毁,红楼绿阁皆支

离。奇松怪柏为樵苏,童山窅谷亡嵚巇。烟中壁碎摩诘画,云间字失玄宗诗。持国寺,本名庆山寺,德宗始改其额。寺有绿额,复道而上,天后朝,以禁臣取宫中制度结构之。石瓮寺,开元中以创造华清宫余材修缮,佛殿中玉像,皆幽州进来,与朝元阁道像同日而至,精妙无比,叩之如磬。余像并杨惠之手塑,肢空像皆元伽儿之制,能妙纤丽,旷古无俦。红楼在佛殿之西岩,下临绝壁,楼中有玄宗题诗,草、八分每一篇一体,王右丞山水两壁。寺毁之后,皆失之矣。摩诘乃王维之字也。石鱼岩底百寻井,银床下卷红绠迟。当时清影荫红叶,一旦飞埃埋素规。石鱼岩下有天丝石,其形如瓮,以贮飞泉,故上以石瓮为寺名。寺僧于上层飞楼中县辘轳,叙引修筦长二百余尺以汲,瓮泉出于红楼乔树之杪。寺既毁折,石瓮今已埋没矣。韩家烛台倚林杪,千枝灿若山霞摛。昔年光彩夺天月,昨日销熔当路歧。韩国为千枝灯台,高八十尺,置于山上,每年上元夜则然之,千光夺月,凡百里之内,皆可望焉。龙宫御榜高可惜,火焚牛挽临崎岖。孔雀松残赤琥珀,鸳鸯瓦碎青琉璃。寺额,睿宗在藩邸中所题也,标于危楼之上。世传孔雀松下有赤茯苓,入上千年则成琥珀。寺之前峰,古松老柏,洎乎嘉草,今皆樵苏荡除矣。今我前程能几许,徒有余息筋力羸。逢君话此空洒涕,却忆欢娱无见期。主翁莫泣听我语,宁劳感旧休吁嘻。河清海宴不难睹,我皇已上升平基。湟中土地昔湮没,昨夜收复无疮痍。戎王北走弃青冢,虏马西奔空月支。两逢尧年岂易偶,愿翁颐养丰肤肌。平明酒醒便分首,今夕一樽翁莫违。

崔橹 一作鲁

崔橹,大中时举进士 一作广明中进士,仕为棣州司马。《无机集》四卷,今存诗十六首。

春日 一本此下有长安二字 即事

一百五日又欲来,梨花梅花参差开。行人自笑不归去,瘦马独吟真可哀。杏酪渐香邻舍粥,榆烟将变旧炉灰。画桥春暖清歌夜,肯信愁肠日九回。

春晚岳阳言怀二首

烟花零落过清明,异国光阴老客情。云梦夕阳愁里色,洞庭春浪坐来声。天边一与旧山

别,江上几看芳草生。独倚阑干意难写,暮笳鸣咽调孤城。

翠烟如钿柳如环,晴倚南楼独看山。江国草花三月暮,帝城尘梦一年间。虚舟尚叹萦难解,飞鸟空惭倦未还。何以不羁詹父伴,睡烟歌月老潺潺。

过蛮溪渡

绿杨如发雨如烟,立马危桥独唤船。山口断云迷旧路,渡头芳草忆前年。身随远道徒悲梗,诗卖明时不直钱。归去楚台还有计,钓船春雨日高眠。

岸梅

含情含怨一枝枝,斜压渔家短短篱。惹袖尚余香半日,向人如诉雨多时。初开偏称—作已入雕梁画,未落先愁玉笛吹。行客见来无去意,解帆烟浦为题诗。

重阳日次荆南路经武宁驿

茱萸冷吹溪口香,菊花倒绕山脚黄。家山去此强百里,弟妹待我醉重阳。风健早鸿高晓景,露清圆碧照秋光。莫看时节年年好,暗送搔头逐手霜。

述怀

白首成何事,无欢可替悲。空余酒中兴,犹似少年时。

三月晦日送客

野酌乱无巡,送君兼送春。明年春色至,莫作未归人。

华清宫三首

草遮回磴绝鸣銮,云树深深碧殿寒。明月自来还自去,更无人倚玉栏干。

障掩金鸡蓄祸机,翠华西拂蜀云飞。珠帘一闭朝元阁,不见人归见燕归。

门横金锁悄无人,落日秋声渭水滨。红叶下山寒寂寂,湿云如梦雨如尘。

题云梦亭

薄烟如梦雨如尘,霜景晴来却胜春。好住池西红叶树,何年今日伴何人?

有酒失于虔州陆郎中胁,以诗谢之—作酒后谢陆虔州

醉时颠蹶醒时羞,曲蘖推人不自由。叵耐一双穷相眼,不堪花卉在前头。

闻笛—作华清宫

银河漾漾月晖晖,楼碍星边织女机。横玉叫云天似水,满空霜逐一声飞。

山路见花

晓红初—作轻拆露香新,独立空山冷笑人—作春。春意自知无主惜,恣风吹逐马蹄尘。

暮春对花

病香无力被风欺,多在青苔少在枝。马上行人莫回首,断君肠是欲残时。

句

强半瘦因前夜雪,数枝愁向晚天来。《梅花》。以下并见《摭言》。

无人解把无尘袖,盛取残香尽日怜。《莲花》。

一番春雨吹巢冷,半朵山花咽觜香。《山鹊》。

云生柱础降龙地,露洗林峦放鹤天。

菱叶乍翻人采后,荇花初没舸行时。《池上》。见《诗史》。

全唐诗卷五百六十八

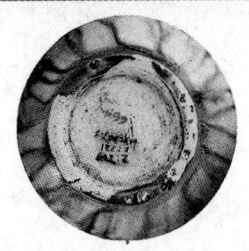

李群玉

李群玉,字文山,澧州人,性旷逸,赴举一上而止,惟以吟咏自适。裴休观察湖南,延致之。及为相,以诗论荐,授弘文馆校书郎。未几,乞假归卒。集三卷,后集五卷,今编诗三卷。

乌夜号—作啼

层波隔梦渚—作时,一望青枫林。有鸟在其间,达晓自悲吟。是时月黑天,四野烟雨深。如闻生离哭,其声痛人心。悄悄夜正长,空山响哀音。远客不可听,坐愁华发侵。既非蜀帝魂,恐是桓—作恒山禽。四子各分散,母声犹至今。

升仙操

嬴女去秦宫,琼笙—作箫飞—作生碧空。凤台闭烟雾,鸾吹飘天风。复闻周太子,亦遇浮丘公。丛箦发天—作仙弄,轻举紫霞中。浊世不久驻,清都路何穷。一去霄汉上,世人那得逢。

雨夜呈长官

远客坐长夜,雨声孤寺秋。请量东海水,看取浅深愁。愁穷重于山,终年压人头。朱颜与芳景,暗赴东波流。鳞翼思风水,青云方阻修。孤灯冷素艳,虫响寒房幽。借问陶渊明,何物号忘忧?无因一酪酊,高枕万情休。

小弟艎南游近书来—作近来书

湘南客帆稀,游子寡消息。经时停尺素,望尽云边翼。笑言频—作凭梦寐,独立想容色。落景无来人,修江入天白。停停倚门念,瑟瑟风雨夕。何处泊扁舟,迢递湍波侧。秋归旧窗竹,永夜一凄寂。吟尔鹡鸰篇,中宵慰相忆。

赠方处士

白衣方外人,高闲溪中鹤。无心恋稻粱,

但以林一作云泉乐。赤霄终得意,天池俟飞跃。岁晏入帝乡,期君在寥廓。

秋怨一作悲

瑟瑟凉海气,西来送愁容。金风死绿蕙,玉露生寒松。所思在溟一作冥碧,无因一相逢。登楼睇去翼,目尽沧波重。虚窗度流萤,斜月啼幽蛩。疏红落残艳,冷水凋芙蓉。岁暮空太息,年华逐遗踪。凝情耿不寐,揽涕起疏慵。

感春

春情不可状,艳艳令人醉。暮水绿杨愁,深窗落花思。吴宫新暖日,海燕双飞至。秋一作愁思逐烟光,空蒙满天地。

山中秋夕

抱琴出南楼,气爽浮云灭。松风吹一作吟天箫,竹路踏碎月。后山鹤唳定,前浦荷香发。境寂良一作长夜深,了与人间别。

将游罗浮登广陵楞伽台别羽客

清远登高台,晃朗纵览历。濯泉唤仙凤,于此荡灵魄。冷光邀一作激远目,百里见海色。送云归蓬壶,望鹤灭秋碧。波澜收日气,天自一作上回澄寂。百越落掌中,十洲点空白。身居飞鸟上,口咏玄元籍。飘如出尘笼,想望吹箫客。冥冥人间世,歌笑不足惜。竭来罗浮巅,披云炼琼液。谢公云岑兴,可以蹑高迹。吾将抱瑶琴,绝境纵所适。

卢溪道中

晓发潺湲亭,夜宿潺湲水。风簧扫一作拂石濑,琴声九十里。光奔觉来眼,寒落梦中耳。曾向三峡行,巴江亦如此。

湖中古愁三首

凉风西海来,直渡洞庭水。翛翛木叶下,白浪连天起。蕙兰委皓雪一作霜,百草一时死。摧残负志人,感叹何穷已。

昔我睹云梦,穷秋经汨罗。灵均竟不返,怨气成微波。奠桂开古祠,朦胧入幽萝。落日潇湘上,凄凉吟九歌。

南云哭重华,水死悲二女。天边九点黛,白骨迷处所。朦胧波上瑟,清夜降北渚。万古一双魂,飘飘在烟雨。

别狄佩 梁公玄孙,旅于南国。

翠竹不着花,凤雏长忍饥。未开丹霄翮,空把碧梧枝。圣人奏云韶,祥风一来仪。文章耀白日,众鸟莫敢窥。郁抑一作菀柳不自言,凡鸟何由知。当看九千仞,飞出太平时。

古镜

明月何处来,朦胧在人境。得非轩辕作,妙绝世莫并。瑶匣开旭日,白电走孤影。泓澄一尺天,彻底寒一作涵霜景。冰辉凛毛发,使我肝胆冷。忽惊行深幽,面落九秋井。云天入掌握,爽朗神魂一作魄净。不必负局仙,金沙发光炯。阴沉蓄灵怪,可与天地永。恐为悲龙吟,飞去在俄顷。

我思何所在

我思何所在,乃在阳台侧。良宵相望时,空此明月色。归魂泊湘云,飘荡去不得。觉来理舟楫,波浪春湖白。烟光浩一作皓楚秋,瑶草不忍摘。因书天末一作冀心,系此双飞翼。

送萧绾之桂林 时群玉游豫章

兰香一作江佩兰人,弄兰一作三弄兰江春。尔为兰林一作陵秀,芳藻惊常伦。灿灿凤池裔,一毛今再新。竹花不给口,憔悴清湘滨。一朝南溟飞,彩翮不可亲。苍梧云水晚,离思空凝颦一作嚬。我亦纵烟棹,西浮彭蠡津。丈夫未虎变,落魄甘风尘。大禹惜寸阴,况我无才身。流光销道路,以此生嗟辛。万里阔分袂,相思杳难申。桂水秋更碧,寄书西上鳞。

感兴四首

子云吞白凤,遂吐太玄书。幽微十万字,枝叶何扶疏。婉娈猛虎口,甘言累其初。一睹美新作,斯瑕安可除。

昔窃不死药,奔空有一作二嫦一作姮娥。盈盈天上艳,孤洁栖金波。织女了无语,长宵隔银河。轧轧挥素手,几时停玉梭。

洞房三五夕,金钉凝焰灭。美人抱云和,斜倚纱窗月。沈吟想幽梦,闺思深不说。弦冷玉指寒,含颦待一作达明发。

朔雁一作雁口衔边秋,寒声落燕代。先惊愁人耳,颜发潜消改。凝云蔽洛浦,梦寐劳光彩。天边无书来,相思泪成海。

将之吴越留别坐中文酒诸侣

秋色满水国,江湖兴萧然。氛埃敛八极,万里净澄鲜。浔浦纵孤棹,吴门渺三千。回一作迴随衡阳雁,南入洞庭天。早闻陆士龙,矫掌跨山川。非思鲈鱼脍,且弄五湖船。暝泊远浦霞,晓饭芦洲烟。风流访王谢,佳境恣洄沿。霜剪别岸柳,香枯北池莲。岁华坐摇落,寂寂一作戚戚感流年。明朝即漂萍,离憾一作恨无由宣。相思空江上,何处金波圆。

大云池泛舟 第五句缺三字

九月莲花死,萍枯霜水清。船浮天光远,棹拂翠澜轻。古木□□□,了无烟霭生。游鳞泳皎洁,洞见逍遥情。渔父一曲歌,沧浪遂知名。未知斯水上,可以濯吾缨。

送友人之 此下一本有巫字峡

东吴有赋客,愿识阳台仙。彩毫飞白云一作雪,不减郢中篇。楚水五月浪,轻舟入暮烟。巫云多感梦,桂楫早回旋。

登宜春醉宿景星寺寄郑判官兼简空上人

晓发碧水阳,暝宿金山寺。松风洒寒雨,淅沥醒余醉。夜中香积饭,蔬粒俱一作具精异。境寂灭尘愁,神高得诗思。皎皎荥阳子,芳春富才义。涨海豁心源,冰壶见门地。碧霄有鸩一作鸿,一作鹓序,未展联行翅。俱一作但笑一尺绳,三年绊骐骥。摧藏担簦客一作客,郁抑胸襟事。名业尔一作两未从,临风嘿舒志一作气。一身渺一作眇云岭,中夜空涕泗。侧枕对孤灯,衾

寒不成寐。粮薪极桂玉,大道生榛刺。耻息恶木阴,难书剑歌意。扬鞭入莽苍,山驿凌烟翠。越鸟日南飞,芳音愿相次。

江楼独酌怀从叔

水国发爽气,川光静高秋。酣歌金尊醁,送此清风愁。楚色忽满目,滩声落西楼。云翻天边叶,月弄波上一作中钩。芳意长一作怅摇落,蘅兰谢汀洲。长吟碧云合,怅望江之幽。

登章华楼

楚子故宫地,苍然云水一作木秋。我来览从一作后事,落景空生愁。伯业没荆棘,雄图成古丘。沈吟问鼎语,但见东波流。征鸿引乡心,一去何悠悠。晴湖碧云晚,暝色空高楼。迢递趋远峤,微茫入孤舟。空路不堪望,西风白浪稠。

骢马

浮云何权奇,绝足世未知。长嘶清一作青海风,蹀躞振云丝。由来渥洼种,本是苍龙儿。穆满不再活,无人昆阆骑。若一作君识跃峤一作跻怯,宁劳耀金羁。青刍与白水,空笑驽骀肥。伯乐傥一见,应惊耳长垂。当思八荒外,逐日向瑶池。

赠方处士兼以写别

天与云鹤情,人间恣诗酒。龙宫奉采觅,颂洞一千首。清如南薰丝,韵若黄钟吼。喜于风骚地,忽见陶谢手。籍籍九江西,篇篇在人口。芙蓉为芳菲,未落诸花后。所知心眼大,别自开户牖。才力似风鹏,谁能算一作弄升斗?无营一作云傲云竹,琴峡静为友。鸾凤戢羽仪,骐骥在郊薮。镜湖春水绿,越客忆归否。白衣四十秋,逍遥一何久。此身无定迹,又逐浮云走。离思书不穷,残阳落江一作红柳。

湘西寺霁夜

雨过琉璃宫,佳兴浩清绝。松风冷晴滩,竹路踏碎月。月波荡如水,气爽星朗灭。皓夜千树寒一作霜,峥嵘万岩雪。后山鹤唳断,前池

荷香发。境寂凉夜深,神思空飞越。

伤思

八月白露浓,芙蓉抱香死。红枯金粉堕,寥落寒塘水。西风团叶下,叠縠参差起。不见棹歌人,空垂绿房子。

送郑京昭之云安

君吟高唐赋,路过巫山渚。莫令巫山下,幽梦惹云雨。往事几千年,芬菲一作芳今尚传。空留荆王馆,岩嶂深苍然。楚水五月浪,轻舟入蘋烟。送君扬楫去,愁绝郢城篇。

送处士自番禺东游便归苏台别业

哑轧暮江上,橹声摇落心。宛陵三千里,路指吴云深。莼菜动归兴,忽然闻会吟。南浮龙川一作舟月,东下敬亭岑。多君一作道咏一作吟逍遥,结萝碧溪阴。高笼华表一作亭鹤,静对幽兰琴。汗漫江海思,傲然抽冠簪。归屿一作欤未云寂,还家一作许应追寻。二陆文苑秀,岩嵓怀所钦。惜我入洛晚,不睹双南金。江左风流尽,名贤成古今。送君无限意,别酒但加斟。

法华微上人盛话金山境胜,旧游在目,吟成此篇

江上青莲宫,人间蓬莱岛。烟霞与波浪,隐映楼台好。潮门一作朝闻梵音静,海日天光一作风早。愿与灵鹫人,吟经此终老。

洞庭入澧江寄巴丘故人

四月桑半枝,吴蚕初弄丝。江行好风日,燕舞轻波时。去事旋成梦,来欢难预期。唯凭东流水,日夜寄相思。

自澧浦东游江表,途出巴丘,投员外从公虔

短翮后飞者,前攀鸾鹤翔。力微应万里一作点,矫首空苍苍。谁昔探花源,考槃西岳一作丘阳。高风动商洛,绮皓无馨香。一朝下蒲轮,清辉照岩廊。孤醒立众醉,古道何由昌。经术震浮荡,国风扫齐梁。文襟即玄圃,笔下成琳琅。霞水散吟啸,松筠奉琴觞。冰壶避皎

洁,武库羞一作差锋铓。小子书代耕,束发颇自强。艰哉水投石,壮志空摧藏。十年侣龟鱼,垂头在沉湘。巴歌掩白雪,鲍肆埋兰芳。骚雅道未丧一作消,何忧名不彰?饥寒束困厄,默塞飞星霜。百志不成一,东波掷年光。尘生脱粟甑,万里违高堂。中夜恨火来,焚烧九回肠。平明梁山泪,缘枕沾匡床。依泊洞庭波,木叶忽已黄。哀砧捣秋色,晓月啼寒螀。复此棹孤舟,云涛浩茫茫。朱门待媒势一作贽,短褐谁揄扬?仰羡野陂凫,无心忧稻粱。不如天边雁,南北皆成行。男儿白日间,变化未可量。所希困辱地,剪拂成腾骧。咋笔话肝肺,咏兹枯鱼章。何由首西路,目断白云乡。

洞庭驿楼雪夜宴集,奉赠前湘州张员外第十二句下缺八字

昔与张湘州,闲登岳阳楼。目穷衡巫表,兴尽荆吴秋。掷笔落郢曲,巴人不能酬。是时簪裾会,景物穷冥搜。误忝玳筵秀,得陪文苑游。几篇云楣上,风雨沉银钩。□□□□,□□□沧洲。童儿待郭伋,竹马空迟留。路指云汉津,谁能吟四愁?银壶傲海雪,青管罗名讴。贱子迹未安,谋身拙如鸠。分随烟霞老,岂有风云求。不逐万物化,但贻知己羞。方穷立一作力命说,战胜心悠悠。不然蹲会稽,钩下三一作二五牛。所期波涛助,焜赫呈吞舟。一本自童儿以下另为一首,题作沧洲。

送郑子宽弃官东游便归女儿

八月湖浸天,扬帆入秋色。岷峨雪气来,寒涨潇湘碧。子真冥鸿志,不逐笼下翼。九女叠云屏,于焉恣栖息。新诗山水思,静入陶谢格一作室。困一作因醉松花春,追攀紫烟客。相逢十年旧,噱笑等欢慼。一饭玉露蔬一作蘇,中肠展堆积。停食不尽意,倾意一作景怅可惜。云水一分飞,离忧洞庭侧。回车三乡路,仙菊正堪摘。寄谢杜兰香,何年别张硕?

长沙九日登东楼观舞

南国有佳人,轻盈绿腰舞。华筵九秋暮,

飞袂拂云雨。翩如兰苕翠—作缓如祥烟泛,婉—作若游龙举。越艳罢前溪,吴姬停白纻。

慢态不能穷,繁姿曲向终。低回莲破—作簇,一作被浪,凌乱雪萦风。坠珥时流盼,修裾欲溯空。唯愁捉不住,飞去逐惊鸿。

龙山人惠石廪方及团茶

客有衡岳隐,遗余石廪茶。自云凌烟露,采掇春山芽。珪璧相压叠,积芳莫能加。碾成黄金粉,轻嫩如松花。红炉爇霜枝,越儿斟井华。滩声起鱼眼,满鼎漂清霞。凝澄坐晓灯,病眼如蒙纱。一瓯拂昏寐,襟鬲开烦挐。愿渚与方山,谁人留品差?持瓯默吟味,摇膝空咨嗟。

宿鸟远峡化—作北台遇风雨

孤鹤长松巅,独宿万岩雨。龙湫在石脚,引袂时一取。惊风折乔木,飞焰猎窗户。半夜霹雳声,高斋有人语。

岳阳春晚

不觉春物老,块然湖上楼。云沙鹧鸪思,风日沅湘愁。去翼灭云梦,来帆指昭丘。所嗟芳桂晚,寂寞对汀洲。

汉阳春晚

汉阳抱青山,飞楼映湘渚。白云蔽黄鹤,绿树藏鹦鹉。凭高送春目—作日,流恨伤千古。遐思—作想祢衡才,令人怨黄祖。

将离澧浦置酒野屿奉怀沈正字昆弟三人联登高第

春月—作日三改兔,花枝成绿阴。年光东流水,浩叹伤羁心。酌桂烟屿晚,鸩—作鶗鸣江草深。良图一超忽,万恨空相寻。上国刘—作列翘楚,才微甘陆沉。无灯假贫女,有泪沾牛衾。衡岳三麒麟,各振黄钟音。卿云被文彩,芳价摇—作倾词林。夫子芸阁英,养鳞湘水浔。晴沙踏兰菊,隐几当青岑。明月—作日洞庭上,悠扬挂离襟。停舸一摇笔,聊寄生今吟。

湘中别成威阇黎

至哉彼上人,冰霜凛规则。游心杳何境,宴坐入冥默。解空与密行,名腊信崇德。吐论驾秋涛,龙宫发胸臆。群迷行大夜,浩浩一昏黑。赤水千丈深,玄珠几人得。持杯挹—作挹溟涨,至理安可测?宁假喻芭蕉,真成嗅薝卜。松声扫白月,霁夜来静域。清梵罢法筵,天香满衣襋—作祴。何方济了岸,祇伏慈航力。愿与十八贤,同栖翠莲国。

别尹炼师

吾家五千言,至道悬日月。若非函谷—作关今,谁注流沙说!多君飞升志,机悟独超拔。学道玉笥山,烧丹白云穴。南穷衡疑秀,采药历幽绝。夜卧瀑布风,朝行碧岩雪。洞宫四百日,玉籍恣探阅。徒以菌蠢姿,缅攀修真诀。尘笼罩浮世,遐思空飞越。一罢棋酒欢,离情满寥泬。愿骑紫盖鹤,早向黄金阙。城市不可留,尘埃秽仙骨。

饭僧

好读天竺书,为寻无生理。焚香面金偈,一室唯巾水。交信方外言—作所交信方外,二三空门子。峻范照秋霜,高标掩僧史。清晨洁蔬茗,延请良有以。一落喧诤竟—作竞涂,栖心愿依止。奔曦入半百,冉冉颓蒙汜。云泛名利心,风轻—作经是非齿。向—作尚为情爱缚,未尽金仙旨。以静制猿心,将虞瞥然起。纶巾与藜杖,此意真已矣。他日云壑间,来寻幽—作庞居士。

赠回雪

回雪舞萦盈,萦盈若回雪。腰支一把玉,只恐风吹折。如能买一笑,满斗量明月。安得金莲花,步步承罗袜。

将之京国赠薛员外

黄叶下空馆,寂寥寒雨愁。平居岁华晏,络纬啼林幽。节物凋壮志,咄嗟不能休。空怀赵鞅叹,变化良无由。所思杳何如,侧身仰—作望皇州。苍烟晦楚野,寒浪埋昭丘。赵壹赋命薄,陈思多世忧。翻然羡鱼鸟,畅矣山川游。薛公龙泉姿,其气在斗牛。南冠束秀一作尧发,白石劳悲讴。圭衮照崇阅一作阔,文儒嗣箕裘。旷然方寸地,霁海浮云舟。澧浦一遗佩,郢南再悲秋。叫阊路既阻,浩荡怀灵修。莫奏武溪笛,且一作是登仲宣楼。亨通与否闭,物理相沉浮。天子坐宣室,夔龙奉谟一作谋猷。行当赐环去,岂作遗贤羞。

送魏珪觐省

木落楚一作秋色深,风高浪花白。送君飞一叶,鸟逝入空碧。猗欤白华秀,伤心倚门夕。不知云涨遥,万里看咫尺。萧萧青枫岸,去掩江山一作上宅。离筵有黄花,节物助凄戚。潇湘入濡桂,一路紫水石。烟萝拂行舟,玉濑锵枕席。多君林泉趣,耽玩日成癖。长啸凌清晖,襟情当雪一作当空涤。登龙屈指内,飞誉甚籍籍。未折月中枝,宁随宋都鹢。曰一作余吞声地,举足伤瓦砾。见尔一开颜,温明乃珠璧。春风到云峤,把酒时相忆。豆蔻花入船,鹧鸪啼送客。飓天与瘴一作嶂海,此去备沿历。珍重春官英,加餐数刀帛。

始忝四座奏状闻荐蒙恩授官,旋进歌诗,延英宣赐言怀纪事,呈同馆诸公二十四韵

两鬓有二毛,光阴流浪中。形骸日土木,志气随云风。冥默楚江畔,萧条林巷空。幽鸟事翔骞,敛翼依蒿蓬。一饭五放箸,愀然念途穷。孟门在步武,所向何由通。只微一作微诸大易言,物否不可终。庶期白雪调,一奏惊凡聋。昨忝丞相召,扬鞭指冥鸿。姓名挂丹诏,文句飞天聪。解薜龙凤署,怀铅兰桂丛。声名仰闻见,烟汉陪高踪。峨峨群玉山,肃肃紫殿东。神飙泛钟漏,佳气浮筠松。自顾珉玞璞,何缘侣圭琮。群贤垂重价,省已增磨礲。天子栖穆清,三台付夔龙。九霄降雨露,万国望时雍。巍巍致君期,勋华将比崇。承天四柱石,嶷若窥衡嵩。日见帝道升,谋猷垂景钟。寰瀛纳寿域,翔泳皆冲融。百神俨云亭,伫将告成功。吾徒事文藻,骧首歌登封。

穆天子

穆满恣逸志,而轻天下君。一朝得八骏,逐日西溟濆。寂漠一作寥崦嵫幽,绝迹留空文。三千阃一作闱宫艳,怨绝宁胜云。或言帝轩辕,乘龙凌紫氛。桥山葬弓剑,暧一作冥昧竟难分。不思五弦琴,作歌咏南薰。但听西王母,瑶池吟白云。

广州重别方处士之封川久约同游罗浮,期素秋而行

楚国傲名客,九州遍芳声一作馨。白衣谢簪绂,云卧重岩扃。长波飞素舸,五月下南溟。大笑相逢日,天边作酒星。七一作十年一云雨,常恨辉容隔。天末又分襟,离忧鬓堪白。愿回凌一作陵潮楫,且著登山屐。共期罗浮秋,与子醉海色。

洞庭遇秋

尘埃老来颜,久与江山一作上隔。逍遥澄湖上,洗眼见秋色。凉波弄轻棹,湖一作湘月生远碧。未减遥客情,西望杳何极。

寄短书歌

骨肉萍蓬各天末,十度附书九不达。孤台冷眼无来人,楚水秦天莽空阔。翔雁横秋过洞庭,西风落日浪峥嵘。三年音信凝鬐外,一曲哀歌白发生。

王内人琵琶引 皓魄翻以下缺

檀槽一曲黄钟羽,细拨紫云金凤语。万里胡天海塞秋,分明弹出风沙愁。三千宫嫔推第一,敛黛倾鬟艳兰室。嬴女停吹降浦箫,嫦一作常娥净掩空波瑟。翠幕横云蜡焰光,银龙吐酒菊花香。皓魄一作腕翻。

醒起独酌怀友

西风静夜吹莲塘,芙蓉破红金粉香。摘花把酒弄秋芳,吴云楚水愁茫茫。美人此夕不入梦,独宿高楼明月凉。

竞渡时在湖外偶为成章

雷奔电逝三千儿,彩舟画楫射初晖。喧江雷鼓鳞甲动,三十六龙衔—作冲浪飞。灵均昔日投湘死,千古沉魂在湘水。绿—作荒草斜—作寒烟日暮时,笛声幽远—作怨愁江鬼。

全唐诗卷五百六十九

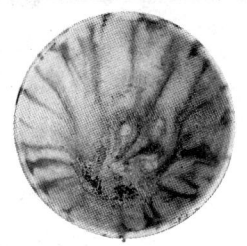

李群玉

新荷

田田八九叶，散点绿池初。嫩碧才平水，圆阴已蔽鱼。浮萍遮不合，弱荇绕犹疏。半在春波底，芳心卷未舒。

初月二首

滟滟流光浅，娟娟泛露—作雾轻。云间龙爪落，帘上玉钩明。桂树枝犹小，仙人影未成。欲为千里别，倚幌独含情。

凝颦立户前，细魄向娟娟。破镜徒相问，刀头恐隔年。轻轻摇远水，脉脉下春烟。别后春江上，随人何处圆。

石潴—作绪

古岸陶为器，高林尽—焚。焰红湘浦口，烟浊洞庭云。迥野煤飞乱，遥空爆响闻。地形穿凿势，恐到祝融坟。

云安

滩恶黄牛吼，城孤白帝秋。水寒巴字急，歌迥竹枝愁。树暗—作倚荆王馆，云昏蜀客舟。瑶姬不可见，行雨在高丘。

石头城

伯业随流水，寒芜上古城。长空横海色，断岸落潮声。八极悲—作皆扶拄，五湖来—作吾家永止倾。东南天子气，扫地入函京。

湖阔—作阁

楚色笼青草，秋风—作光洗洞庭。夕霏生水寺，初月尽—作落云汀。棹响来空阔，渔歌发—作去杳冥。欲浮阑下艇，一到斗牛星。

失鹤

瑶台烟雾外，一去不回—作没还心—作从昔有返心。清—作暗海蓬壶远，秋风碧落深。堕翎留片雪，雅操入孤琴。岂—作不是笼中物，云萝莫更一作更莫寻。

腊夜雪霁一作霁雪,月彩交光,开阁临轩,竟睡不得,命家一作童仆吹笙数曲,独引一壶,奉寄江陵副使杜中丞

　　月华临霁雪,皓采射貂裘。桂酒寒无醉,银笙冻不流。怀哉梁苑客,思作剡溪游。竟夕吟琼树,川途恨一作限阻修。

长沙陪裴大夫登北楼

　　岩嶂随高步,琴尊奉胜游。金风吹绿簟,湘一作湖水入朱楼。朗抱云开月,高情鹤见秋。登临多暇日,非为赋消忧。

登蒲涧寺后二岩三首

　　五仙骑五羊,何代降兹乡?涧有尧年韭,山余禹日粮。楼台笼海色,草树发一作美天香。浩一作吟啸一作笑波一作秋光一作烟波里,浮溟兴甚长。

　　行尽崎岖路,惊从汗漫游。青天豁眼快一作客,碧海醒心秋。便欲寻河汉,因之犯斗牛。九霄身自致一作到,何必遇一作问浮丘。一作扬帆赴飞鸟,一济日边舟。

　　南溟吞越绝,极望碧鸿蒙。龙渡潮声里,雷喧雨气中。赵佗丘垄灭,马援鼓鼙空。退想鱼鹏化,开襟九万风。

早鸿

　　木落波浪动,南飞闻夜鸣。参差天汉雾,嘹唳月明风。野水莲茎折,寒泥稻穗空。无令一行侣,相失五湖中。

旅泊

　　摇落江天里,飘零倚客舟。短篇才遣闷,小酿不供愁。沙雨潮痕细,林风月影稠。书空闲度日,深拥破貂裘。

半醉

　　处俗常如病,看花亦似秋。若无时复酒,宁遣镇长愁。渐觉身非我,都迷蝶与周。何烦

五色药,尊下即丹一作浮丘。

昼寐一作寝

　　筠桂晚萧疏,任人嘲宰予。鸟惊林下梦,风展枕前书。正作庄生蝶,谁知惠子鱼?人间无乐事,直拟到华胥。

晚莲

　　露冷芳意尽,稀疏空碧荷。残香随暮雨,枯蕊堕寒波。楚客罢奇服,吴姬停一作倚棹歌。涉江无可寄,幽恨竟如何。

将之番禺留别湖南府幕

　　本乏烟霞一作霄志,那随鸳鹭游。一枝仍未定,数粒欲何求。溟涨道途远,荆吴云一作暮雪愁。会登梅岭翠,南骛入炎洲。

宵民

　　大雅无忧怨,宵民有爱憎。鲁侯天不遇,臧氏尔何能。惨惨心如虺,营营舌似蝇。谁于销骨地,一鉴玉壶冰。

吾道

　　吾道成微哂,时情付绝言。凤兮衰已尽,犬也吠何繁。轻重忧衡曲,妍媸虑镜昏。方忻耳目净,谁到翟公门?

与三山人夜话一作与濮阳夏侯吴三山人夜话

　　静谈云鹤一作壑趣,高会两三贤。酒思弹琴夜,茶芳向火天。兔裘堆膝暖,鸠杖倚床偏。各厌池笼窄,相看意浩然。

春寒

　　拨火垂帘夕,将暄向冷天。闷斟壶酒暖,愁听雨声眠。处世心悠一作倏尔,干时思一作事索然。春光看已半,明日又藏烟。

广江驿饯筵留别

　　别筵欲尽秋,一醉海西楼。夜雨寒潮水,孤灯万里舟。酒飞鹦鹉重,歌送鹧鸪愁。惆怅三年客,难期此处游。

2966

桑落洲

九江寒露夕,微浪北风生。浦屿渔人火,蒹葭凫雁声。颓云晦庐岳,微鼓辨湓城。远忆天边弟,曾从此路行。

杜门

且咏闲居赋,飞翔去未能。春风花屿酒,秋雨竹溪灯。世路变陵谷,时情验友朋。达生书一卷,名利付春冰。

池州封员外郡斋双鹤丹顶霜翎,仙态浮旷,罢政之日因呈此章

潇洒二白鹤,对之高兴清。寒溪侣云水,朱阁伴琴笙。顾慕稻粱惠,超遥江海情。应携帝乡去,仙阙看飞鸣。

经费拾遗所居呈封员外

云卧竟不起,少微空隙光。唯应孔北海,为立郑公乡。旧馆苔藓合,幽斋松菊荒。空余书带草,日日上阶长。

送秦炼师

紫府静沈沈,松轩思别琴。水流宁有意,云泛本无心。锦洞桃花远,青山竹叶深。不因时卖药,何路更相寻。

湘阴县送迁客北归

不须留薏苡,重遣世人疑。瘴染面如蘖,愁熏头似丝。黄梅住雨外,青草过湖时。今日开汤网,冥飞亦未迟。

九日陆崔大夫宴清河亭

玉醴浮金菊,云亭敞珮筵。晴一作青山低画浦,斜雁远书天。谢朓离都日,殷公出守年。不知瑶水宴,谁和一作制白云篇?近见去年圣制黄菊联句。

送房处士闲游

采一作主药陶贞白,寻山许远游。刀圭藏妙用,岩洞契冥搜。花月一作竹三江水,琴尊一叶舟。羡君随野鹤一作性,长揖稻粱愁。

赠花

酒为看花酝,花须趁酒红。莫一作嗔令芳树晚,使我绿尊空。金谷园无主,桃一作仙源路不通。纵非乘露折一作酒兴,长短尽随风。

洞庭风雨二首

面南一片黑,俄起北风颠。浪泼巴陵树,雷烧鹿角田在青草北。鱼龙方簸荡,云雨正喧阗。想赭君山日,秦皇怒赫然。

巨浸吞湘一作沅澧,西风忽怒号。水将天共黑,云与浪争高。羽化思乘鲤,山漂欲一作长抃鳌。阳乌犹曝翅,真一作直恐湿蟠桃。

临水蔷薇

堪爱一作恨复堪伤,无情不久长。浪摇千脸笑一作泪,风舞一丛芳一作身香。似濯文君锦,如窥一作啼汉女妆。所思云雨外,何处寄馨香?

中秋维舟君山看月二首一本作长律一首

汗漫铺澄碧,朦胧吐玉盘。雨师清浡秒,川后扫波澜。气射繁星灭,光笼八表寒。来从云涨迥,路上碧霄宽。

熠熠游何处,蟾蜍食渐残。棹翻银浪急,林映白虹攒。练彩连河晓,冰晖压树干。夜深高不动,天下仰头看。

桂州经佳人故居琪树一本无琪树二字

种树人何在,攀枝空叹嗟。人无重见日,树有每年花。满一作旧院雀一作蕉声暮,半庭春景一作色斜。东风不知恨,遍地落余霞。

赠元绂

相逢在总角,与子即同心。隐石那知玉,披沙始一作喜遇金。兰秋香不死,松晚翠方深。各保芳坚性,宁忧霜霰侵。

中秋广江驿示韦益

莫惜三更坐,难消万里情。同看一片月,俱在广州城。泪逐金波满,魂随夜鹄一作鹤惊。

支颐乡思断,无语到鸡鸣。

九日越台

旭日高山上,秋天大海隅。黄花罗粔籹,绛实簇茱萸。病久欢情薄,乡遥客思孤。无心同落帽,天际望归途。

中秋越台看月

海雨洗尘—作烟埃,月从空碧来。水光笼草树,练影挂楼台。皓曜迷鲸目,晶荧失蚌胎。宵分凭槛望,应合见蓬莱。

长沙开元寺昔与故长林许侍御题松竹—作石联句

墙阴数行字,怀旧惨伤情。薜荔侵年月,莓苔压姓名。逝川前后水,浮世短长生。独立秋风暮,凝颦隔鄂城。

伤友

玉棺来九天,凫舃掩穷泉。芜没池塘屿—作兴,凄凉翰墨筵。短期存大梦,旧好委浮烟。我有幽兰曲,因君遂绝弦。

法性寺六祖戒坛

初地无阶级,余基数尺低。天香开茉莉,梵树落菩提。惊—作警俗生真性,青莲出淤泥。何人得心法,衣钵在曹溪。

东湖二首

晚景微雨歇,逍遥湖上亭。波闲鱼弄饵,树静鸟遗翎。性野难依俗,诗玄自入冥。何由遂潇洒,高枕对云汀。

雨气消残暑,苍苍月欲升。林间风卷簟,栏下水摇灯。迥野垂银镜,层峦挂玉绳。重期浮小楫,来摘半湖菱。

湖阁晓晴寄呈从翁二首

岭日开寒雾,湖光荡霁华。风乌摇径—作泛柳,水蝶恋幽花。蜀国地西极,吴门天一涯。轻舟栏下去,点点入湘霞。

高秋凭远槛,万里看新晴。重雾披天急,千云触石轻。湖山四五点,湘雁两三声。遥想潘园里,琴尊兴转清。

同张明府游漤—作槎水亭

草色绿溪晚,梅香生縠文。云天敛余霁,水木笼微曛。垂钓坐方—作芳屿,幽禽时一闻。何当五柳下,酤醴吟庭筠。

七月十五夜看月

朦胧南溟月,汹涌出云涛。下射长鲸眼,遥分玉兔毫。势来星斗动,路越青冥高。竟夕瞻光彩,昂头把白醪。

北风

病发干垂枕,临风强起梳。蝶飞魂尚弱,蚁斗体犹虚。瘦骨呻吟后,羸容几杖初。庭幽行药静,凉暑—作景翠筠疏。

游玉芝观

寻仙向玉清,独倚雪初晴。木落寒郊迥,烟开叠嶂明。片云盘鹤影,孤磬杂松声。且共探玄理,归途月未生。

中秋夜南楼寄友人

海月出银—作白浪,湖光射高楼。朗吟无渌酒,贱价买清秋。气冷鱼龙寂,轮高星汉幽。他乡此夜客,对景—作酌饯多愁。

三月五日陪裴大夫泛长沙东湖—作张又新诗

上巳余风景,芳辰集远垧。采舟浮滉荡,绣縠下娉婷。林榭回葱蒨,笙歌转杳冥。湖光迷翡翠,草色醉蜻蜓。鸟弄桐花日,鱼翻谷雨萍。从今留胜会,谁肯—作看画兰亭?

龟

静养千年寿,重泉自隐居。不应随跛鳖,宁肯滞凡鱼。灵腹唯玄露,芳巢必翠蕖。扬尾—作光输蚌蛤,奔月恨蟾蜍。曳尾辞泥后,支床得水初。冠山期不小,铸印事宁虚。有志酬毛宝,无心畏豫且。他时清洛汭,会荐帝尧书。

长沙春望寄洛阳故人

清明别—作前后雨晴时,极浦空颦一望眉。湖畔春山烟黯黯—作点点,云中远树黑—作墨离离。依微水戍闻疏鼓,掩映河桥见酒旗。风暖草长愁自—作似醉,行吟无处寄相思。

金塘路中

山连—作川楚越复吴秦,蓬梗何年是住身。黄叶黄花古城路,秋风秋雨别家人。冰霜想—作怯度商于—作村冻,桂玉愁居帝里贫。十口系心抛不得,每回回首即长颦。

自遣

翻覆升沉百岁中,前途一半已成空。浮生暂寄梦中梦,世事如闻风里风。修竹万竿资阒寂—作洒落,古书千卷要穷通。一壶浊酒暄和景,谁会陶然失马翁?

送于少监自广州还紫逻

鸣皋—作高山水似麻源,谢监东还忆故—作旧园。海峤烟霞轻—作输逸翰,洛州花木待回轩。宦情薄去诗千首,世事闲来酒一尊。明日中书见颜范—作范,始—作如应通籍入金门。

石门韦明府为致东阳潭石鲫—作鱼鲙

锦鳞衔饵—作钓出清涟,暖日江亭动鲙筵。叠雪乱飞消箸底,散丝繁洒拂刀前。太湖浪说朱衣鲋,汉浦休夸缩项鳊。隽味品流知第一,更劳霜橘助芳鲜。

规公业在净名得甚深义,仆近获顾长康月宫真影,对戴安道所画文殊走笔此篇,以屈瞻礼

五浊之世尘冥冥,达观栖心于此经。但用须弥藏芥子,安知牛迹笑东溟。生公吐辩真无敌,顾氏传神实有灵。今日净开方丈室,一飞白足到茅亭。

玉真观

高情帝女慕乘鸾,绀发初簪玉叶冠。公主玉叶冠,时人莫计其价。秋月无云生碧落,素蕖寒—作含露出清澜。层城烟雾将归远,浮世尘埃久住—作驻难。一自—作日箫声飞去后,洞宫深掩—作洞深空探碧瑶坛。

辱绵州于中丞书信

一缄垂露到云林,中有孙阳念骥心。万木自凋山不动,百川皆—作空早海—作水长深。风标想见瑶台鹤,诗韵如闻渌水琴。他日纵陪池上酌,已应难到暝猿吟。渴疾渐加,酒户日减。

送崔使君萧山祷雨甘泽遽降

谢公一拜敬亭祠,五马旋归下散丝。不假土龙呈夭矫,自然石燕起参差。预听禾稼如云语,应有空蒙似雾时—作诗。已向为霖报消息,颍川征诏是前期。

重经巴丘追感开成初,陪故员外从翁诗酒游泛

昔年高接李膺欢,日泛仙舟醉碧澜。诗句乱随青草发—作落,酒肠俱逐洞庭宽。浮生聚散云相似,往事微茫—作冥梦一般。今日片帆城下去—作过,秋风回首泪阑干。

湘阴江亭却寄友人

湘岸初晴淑景迟,风光正是客愁时。幽花暮落骚人浦,芳草春深帝子祠。往事隔年如过梦,旧游回首谩劳—作追思。烟波自此扁舟去,小酌文园—作酗酒联文杳未期。

哭郴州王使君

银章朱绂照云骢,六换鱼书惠化崇。瑶树忽倾沧海里—作苍柏下,醉乡翻在夜台中。东山妓逐飞花散,北海尊随逝水空。曾是绮罗筵上客,一来长恸向春风。

九日巴丘杨公台上宴集—本无上字

凄凄霜日上高台,水国秋深客思哀。万叠银山寒浪起—作去,一行斜字早鸿来。谁家捣练孤城暮,何处题衣远信回?江汉路长身不定,菊花三笑旅萍开。

奉和张舍人送秦炼师归岑公山

仙翁归卧翠微岑,一夜—作叶西风月峡深。松径—作洞定知芳草合,玉书应念素尘侵。闲云不系东西影,野鹤宁知—作伤去住心？兰浦苍苍春欲暮,落花流水怨—作思离琴—作襟。

送陶少府赴选

陶君官兴本萧疏,长傍青山碧水居。久向三茅穷艺术,仍传五柳旧琴书。迹同飞鸟栖高树,心似闲云在太虚。自是葛洪求药价,不关梅福恋簪裾。

寄张祐 祐亦未面,频寄声相闻。

越水吴山任兴行,五湖云月挂高情。不游都邑称平子,只向江东作步兵。昔岁芳声到童稚,老来—作年佳句遍公卿。如—作知君气力波澜地,留取阴何沈范名。

寄长沙许侍御

三—作二年文会许追随,和遍南朝—作江南杂体诗。未把—作以彩毫还郭璞,乞留残锦与丘迟。竹斋琴酒欢成梦,水寺烟霞赏—作相对谁？今日秋风满湘浦,只应—作只令搔首咏琼枝。

望月怀友—作寄人

浮云卷尽看—作月朦胧,直出沧溟上碧空。盈手水—作冰光寒不湿,流天素彩—作影静无风。酒花荡漾金尊里,棹影飘飘玉浪中。川路正长难可越,美人千里思何穷。

和吴中丞悼笙妓

雨质仙姿烟逐风,凤皇声断吹台—作楼空。多情草色怨还绿,无主杏花春自红。堕珥尚存芳树下,余香渐减—作灭玉堂中。唯应去抱云和管,从此长归阿母宫。

薛侍御处乞靴

越客南来夸桂麂,良工用意巧缝成。看时共说荣英皱,著处嫌无鹦鸲鸣。百里奚身悲甚似,五羊皮价敢全轻。日于文苑陪高步,赢得芳尘接武名。

九子坡—作坂闻鹧鸪

落照苍茫秋草明,鹧鸪啼处远人行。正穿诘—作屈曲崎岖路,更听钩辀格磔声。曾泊桂江深岸雨,亦于梅岭阻归程。此时为尔肠千断,乞放—作定是今宵白发生。

凉公从叔春祭广利王庙

龙骧伐鼓下长川,直济云涛古庙前。海客敛威惊火斾,天吴收浪避楼船。阴灵向—作迴作南溟主,祀典高齐五岳肩。从此华夷封域静,潜熏玉烛奉尧年。

长沙紫极宫雨夜愁坐

独坐高斋寒拥衾,洞宫台殿窅沈沈。春灯含思静相伴,夜雨滴愁更向深。穷达未知他日事,是非皆到此时心。羁栖摧—作催剪平生志,抱膝时为梁甫吟。

送人隐居—作卢逸人隐居

棋局茅亭幽涧滨,竹寒江静远无人。村梅尚敛风前笑,沙草初偷雪后春。鹏鷃喻中消日月,沧浪歌里放心神。平生自有烟霞志,久欲抛身狎隐沦。

江楼闲望怀关中—作内亲故—作知

摇落江天欲尽秋,远鸿高送一行愁。音书寂绝秦云外,身世蹉跎楚水头。年貌暗随黄叶去,时情深付碧波流。风凄日冷江湖—作湘光晚,驻目寒空独倚楼。

请告南归留别同馆 中元作

一点灯前独坐身,西风初动帝城砧。不胜庾信乡关思,遂作陶潜归去吟。书阁乍离情黯黯,彤庭回望肃沈沈。应怜一别瀛洲侣,万里单飞云外深。

仙明洲口号

长爱沙洲水竹居,暮江春树绿阴初。浪翻

新月金波浅,风损轻云玉叶疏。半浦夜歌闻荡桨,一曲幽火照叉鱼。二年此处寻佳句,景物常输楚客书。

送萧十二校书赴郢州婚姻

蓬莱一作山才子即萧郎,采眼青书一作春卜凤皇。玉佩定催红粉色,锦衾应惹翠云一作芸香。马穿暮雨荆山远,人宿寒灯郢梦长。领取和鸣好风景古乐府有凤兮归故乡,石城花月送归乡。

送隐者归罗浮

春山一作天杳杳日迟迟,路入云峰白犬随。两卷素一作黄书留贳酒,一柯樵斧坐看棋。蓬莱道士飞霞履一作札,清远仙人寄好诗。自此尘寰音信断,山川风月永相思。

献王中丞时有除拜

登仙望绝李膺舟,从此青蝇点遂稠。半夜剑一作愤吹牛斗动,二年门掩雀罗愁。张仪会展平生舌,韩信那惭胯下羞。他日图勋画麟阁,定呈肝胆始应休。

哭小女痴一作凝儿

平生未省梦熊罴,稚女如花坠一作堕晓枝。条蔓纵横输葛藟,子孙蕃育羡螽斯。方同王衍钟情切,犹念商瞿有庆迟。负尔五年恩爱泪,眼中惟有洞泉知一作眼中惟洞更无知。

醉后赠冯姬

黄昏歌舞促琼筵,银烛台西见小莲。二寸横波回慢水,一双纤手语香弦。桂形浅拂梁家黛,瓜字初分碧玉年。愿托襄王云雨梦,阳台今夜降神仙。

广州陪凉公从叔越台宴集

一径松梢踏石梯,步穷身在白云西。日衔赤浪金车没,天拂沧波翠幕一作笠低。高鸟散一作四飞惊大斾,长风万里卷秋鼙。玉钩挂海笙歌合,珠履三千半似泥。

留别马使君

俱来海上叹烟波,君佩银鱼我触罗。蜀一作泾国才微甘放荡,专城少年岂蹉跎。应怜旅梦千重思,共怆离心一曲歌。唯有管弦知客意,分明吹出感恩多。

将欲南行陪崔八宴海榴亭

朝宴华堂暮未休,几人偏得谢公留。风传鼓角霜侵戟,云卷笙歌月上楼。宾馆尽开徐孺榻,客帆空恋李膺舟。漫夸书剑无归处,水远山长步步愁。

湖寺清明夜遣怀

柳暗花香愁不眠,独凭危槛思凄然。野云将雨渡微月,沙鸟带声飞远天。久向饥寒抛弟妹,每因时节忆团圆。饧餐冷酒明年在,未定萍蓬何处边。

九日

年年羞见菊花开,十度悲秋上楚台。半岭残阳衔树落,一行斜雁向人来。行云永绝襄王梦,野水偏伤宋玉怀一作才。丝管阑珊归客尽,黄昏独自咏诗回。

同郑相并歌姬小饮戏赠一作杜丞相惊筵中赠美人

裙拖六幅湘江水,鬓耸巫山一段一作千朵云。风格一作貌态只应天上有,歌声岂合世间闻。胸前瑞雪灯斜照,眼底桃花酒半醺。不是相如怜赋客,争一作肯教容易见文君。

秣陵怀古

野花黄叶旧吴宫,六代豪华烛散风。龙虎势衰佳气歇,凤皇名在故台空。市朝迁变秋芜绿,坟冢一作垄高低落照红。霸业鼎图人去尽,独来惆怅水云中。

黄陵庙

小姑一作孤,一作袁洲北浦云边,二女容华一作啼妆,一作明妆自一作共俨然。野庙向江春寂寂,古碑无字草芊芊。风回日一作东风近暮吹芳芷,月落—作落日山深哭杜鹃。犹似含颦望巡狩,九疑愁断—作如黛,一作愁绝隔湘川。

送唐侍御福建省兄

桂枝攀尽贾家—作贤才,霄汉春风棣萼开。世掌—作事纶言传大笔,官分鸿序压霜台。闽山翠卉迎飞旆,越水清纹散落梅。到日池塘春草绿,谢公应梦惠—作阿连来。

送秦炼师归岑公山

紫泥飞诏下金銮,列象分明世仰观。北省谏书藏旧草,南宫郎署握新兰。春归凤沼恩波暖,晓入鸳行瑞气寒。偏是此生栖息者,满衣零泪一时干。

浔阳观水

朝宗汉水接阳台,唅呀填坑吼作雷。莫见九江平稳去,还从三峡崄巇来。南经梦泽宽浮日,西山岷山劣泛杯。直至沧溟涵贮尽,深沉不动浸昭回。

滴仙吟赠赵道士

汗漫东游黄鹤雏,缙云仙子住清都。三元麟凤推高座,六甲风雷闻小壶。日月暗资灵寿药,山河直拟—作常值化生符。若为失意居蓬岛,鳌足尘飞桑树枯。

长沙陪裴大夫夜宴

东山夜宴酒成河,银烛荧煌照绮罗。四面雨声笼笑语,满堂香气泛笙歌。泠泠玉漏初三滴,滟滟金觥已半酡。共向柏台窥雅量,澄陂万顷见天和。

宝剑

雷焕丰城掘剑池,年深事远迹依稀。泥沙难掩冲天气,风雨终思发匣时。夜电尚摇池底影,秋莲空吐锷边辉。自从星坼中台后,化作双龙去不归。

人日梅花病中作

去年今日湘南—作西寺,独把寒梅愁断肠。今年此日江边宅,卧见琼枝低压墙。半落半开临野岸,团情团思醉韶光。玉鳞寂寂飞斜月,素艳亭亭对—作带夕阳。已被儿童苦攀折,更遭风雨—作雪损馨香。洛阳桃李渐撩乱,回首行宫春景长。

全唐诗卷五百七十

李群玉

静夜相思
山空天籁寂,水树延轻—作清凉。浪定一浦月,藕花闲自香。

桂州经佳人故居
桂水依旧绿,佳人本—作今不还。只应随暮雨,飞入九疑山。

放鱼
早觅为龙去,江湖莫漫—作浪游。须知香饵下,触口是铦钩。

莲叶
根是泥中玉,心承露下珠。在君塘下—作上种,埋没任春浦。

客愁二首
客愁看柳色,日日逐春深。荡漾—作浩荡春风起,谁知历乱心?

客愁看柳色,日日逐春长。凭送湘流水,绵绵入帝乡。

洞庭干二首
借问蓬莱水,谁逢清浅年?伤心云梦泽,岁岁作桑田。

朱宫紫贝阙,一旦作沙洲。八月还平在,鱼虾不用愁。

病起别主人
益愧千金少,情将一饭殊。恨无泉客泪,尽泣感恩珠。

火炉前坐
孤灯照不寐,风雨满西林。多少关心事,书—作画灰到夜深。

古词
一合相思泪,临江洒素秋。碧波如会意,却与向西流。

嘲卖药翁
劚尽春山土,辛勤卖药翁。莫抛破笠子,留作败—作贩天公。

伤小女痴—作凝儿
哭尔春日短,支颐长叹嗟。不如半死树,犹吐一枝—作半边花。

青鹞
独立蒹葭雨,低飞浦屿风。须知毛色下—作异,莫入鹭鸶丛。

池塘晚景
风荷珠露倾,惊起睡鸡鹩。月落池塘静,金刀剪一声。

投从叔
可惜出群蹄,毛焦久卧泥。孙阳如不顾,骐骥向谁嘶。

恼自澄
常闻天女会,玉指散天花。莫遣春风里,红芳点袈裟。

读贾谊传
卑湿长沙地,空抛出世才。已齐生死理,鹏鸟莫为灾。

寄人
寄语双莲子,须知用意深。莫嫌一点苦,便拟弃莲心。

寄韦秀才
荆台兰渚客,寥落共含情。空馆相思夜,孤灯照雨声。

春日寄友—作春日南台初晴望寄友
晴气熏樱蕊,丰蒙雪满林。请君三斗酒,醉卧白罗岑。

题竹
一顷含秋绿,森—作春风十万竿。气吹朱夏转,声扫碧霄寒。

怀初公
不见休上人,空伤碧云思。何处开宝书,秋风海光寺。

龙安寺佳人阿最歌八首
团团明月面,冉冉柳枝腰。未入鸳鸯被,心长似火烧。

见面知何益,闻名忆转深。拳挐荷叶子,未得展莲心。

欲摘不得摘,如看波上花。若教亲玉树,情愿作蒹葭。

门路穿茶焙—作灶,房门映竹烟。会须随鹿女,乞火到窗前。

不是求心印,都缘爱绿珠。何须同泰寺,然后始为奴。

既为金界客,任改净人名。愿扫琉璃地,烧香过一生。

素腕撩金索,轻红约翠纱。不如栏下水,终日见桃花。

第一龙宫女,相怜是阿谁?好鱼输獭尽—作画,白鹭镇长饥。

野鸭
鸂鶒借毛衣,喧呼鹰隼稀。云披菱藻地,任汝作群飞。

题二妃庙
黄陵庙前春已空,子规啼血滴松风。不知精爽归何处,疑是行云秋色中。

寄友二首
野水晴山雪后时,独行村落—作路更相思。无因一向溪头—作桥醉,处处寒梅映酒旗。

花落轻寒酒熟迟,醉眠不及落花期。愁人相—作想忆春山暮,烟树苍苍播—作拨谷时。

桃源
我到瞿真—作童上升处,山川四—作西望使人愁。紫雪白鹤去不返,唯有桃花—作溪溪水流。

题王侍御宅
门向沧江碧岫开,地多鸥鹭少尘埃。绿阴十里滩声里,闲自—作去,一作即王家看竹来。

闻湘南从叔朝觐
长沙地窄却回时,舟楫骎骎向凤池。为报湘川神女道,莫教云雨湿旌旗。

汉阳太白楼
江上层—作晴楼翠霭间,满帘春水满窗山。青枫绿草将愁去,远入吴云暝不还。

送客
沅水罗文海燕回,柳条牵恨到荆台。定知行路春愁里,故郢城边见落梅。

醴陵道中
别酒离亭十里强,半醒半醉引愁长。无端—作人寂寂春山路,雪打溪梅狼藉香。

校书叔遗暑服
翠云—作芸箱里叠橚棇—作梳楤,楚葛湘纱净似空。便著清江明月夜,轻凉与挂—作致一身风。

赠魏三十七
名珪字玉净无瑕,美誉芳声有数车。莫放焰光高二丈,来年烧杀杏园花。

酬崔表仁—作臣
昨日朱门一见君,忽惊野鹤在鸡群。不应长啄潢污水,早晚归飞碧落云。

旅游番禺献凉公
帝乡群侣杳难寻,独立沧洲岁暮心。野鹤栖飞—作飞栖无远近,稻粱多处是—作则恩深。

长沙元门寺张璪员外壁画
片石长松倚素楹,儵然云壑见高情。世人只爱凡花鸟,无处不知梁广名。

请告出春明门—本无请告二字
本不将心挂名利,亦无情意在樊笼。鹿裘藜杖且归去,富贵荣华春梦中。

引水行
一条寒玉走秋泉,引出深萝洞口烟。十里暗流声不断,行人头上过潺湲。

移松竹
龙髯凤尾乱飕—作飔飕,带雾停风一亩秋。待取满庭苍翠合,酒尊书案闭门休。

叹灵鹫寺山榴
水蝶岩蜂俱不知,露红凝艳数千枝。山深春晚无人赏,即是杜鹃催落时。

黄陵庙—作李远诗
黄陵庙前莎草春,黄陵女儿茜裙新。轻舟短—作小棹—作榉唱—作随歌去,水远山长愁杀人。

北亭
斜雨飞丝织晓空,疏帘半卷野亭风。荷花向尽秋光晚,零落残红绿沼中。

送客往湔阳
春与春愁逐日长,远人天畔远思乡。蘋生水绿不归去,孤负东溪七里庄。

寄友人鹿胎冠子
数—作散点疏星紫锦斑,仙家新样剪三山。宜与谢公松下戴,净簪云发翠微间。

江南
鳞鳞别浦起微波,泛泛轻舟桃叶歌。斜雪北风何处宿,江南一路酒旗多。

答友人寄新茗

满火芳香碾曲尘,吴瓯湘水绿花新。愧君千里分滋味,寄与春风酒渴人。

峡山寺上方

满院泉声水—作山殿凉,疏—作殿帘微雨野松香。东峰下视南溟月,笑踏金波看海光。

秋登洛阳城—作楼二首

万户砧声水国秋,凉风吹起故乡愁。行人望远偏伤思,白浪青枫满北楼。

穿针楼上闭秋烟,织女佳期又隔年。斜笛—作汉夜深吹不落,一条银汉—作浪挂秋天。

钓鱼

六尺青竿一丈丝,菰浦—作将叶里逐风吹。几回举手抛芳饵,惊起沙滩水鸭儿。

酬魏三十七

静里—作裹寒香触思初,开缄忽见二琼琚。一吟丽句风流极,没得弘文李校书。

赠琵琶妓

我见鸳鸯飞水上,君还望月苦相思。一双裙带同心结,早寄黄鹂孤雁儿。

落帆后赋得二绝

平湖茫茫春日落,危樯独映沙洲泊。上岸闲寻细草行,古查飞起黄金鹗。

水浮秋烟沙晓雪,皎洁无风灯影彻—作影澄澈。海客云帆未挂时,相与缘江拾明月。

赠人

曾留宋玉旧衣裳,惹得巫山梦里香。云雨无情难管领,任他别嫁楚襄王。

赠妓人

谁家少女字千金,省向人间逐—作触处寻。今日分明花里见,一双红脸动春心。

山榴

洞中春气蒙笼暄,尚有红英千树繁。可怜夹水锦步障,羞数石家金谷园。

鸂鶒

锦羽相呼暮沙曲,波上双声戛哀玉。霞明川静极望中,一时飞灭青山绿。

沅江渔者

倚棹汀洲沙日晚,江鲜野菜桃花饭。长歌一曲烟霭深,归去沧江—作浪绿波远。

题金山寺石堂

白波四面照楼台,日夜潮声绕寺回。千叶红莲高会处,几曾龙女献珠来。

戏赠魏十四

兰浦秋来烟雨深,几多情思在琴心。知君调得东家子,早晚和鸣入锦衾。

和人赠别

颦黛低红别怨多,深亭—作停芳恨满横波。声中唱出缠绵意,泪落灯前一曲歌。

宿巫山庙二首

寂寞高堂别楚君,玉人天上逐行云。停舟十二峰峦下,幽佩仙香半夜闻。

庙闭春山晓月光,波声回合树苍苍。自从一别襄王梦,云雨空飞巫峡长。

伤柘枝妓

曾见双鸾舞镜中,联飞接影对春风。今来独在花筵散—作上,月满秋天一半空。

题樱桃

春初携酒此花间,几度临风倒玉山。今日叶深—作声黄满树,再来惆怅不能攀。

恼从兄

芳草萋萋新燕飞,芷汀南望雁书稀。武陵洞里寻春客,已被桃花迷不归。

紫极宫斋后
紫府空歌碧落寒,晓星寥亮月光残。一群白鹤高飞上—作散,唯有松风吹石坛。

春晚
思乡之客空凝睇—作辇,天边欲尽未尽春。独攀江村深不语,芳草落花愁杀人。

喜浑吉见访
公子春衫桂水香,远冲飞—作霏雪过书堂。贫家冷落难消日,唯有松筠满院凉。

索曲送酒
帘外春风正落梅,须求狂药解愁回。烦君玉指轻拢捻,慢拨鸳鸯送一杯。

山驿梅花
生在幽崖独无主,溪萝涧鸟为俦侣。行人陌上不留情,愁香空谢深山雨。

重阳日上渚宫杨尚书
落帽台边菊半黄,行人惆怅对重阳。荆州一见桓宣武,为趁悲秋入帝乡。

书院二小松
一双幽色出凡尘,数粒秋烟二尺鳞。从此静窗闻细韵,琴声长伴读书人。

劝人庐山读书
怜君少隽利如锋,气爽神清刻骨聪。片玉若磨唯转莹,莫辞云水入庐峰。

言怀
白鹤高飞不逐群,嵇康琴酒鲍昭文。此身未有栖归处,天下人—作之间一片云。

闻笛
冉冉生山草何异,截而吹之动天地。望乡台上望乡时,不独落梅兼落泪。

晓宴—作妆
金波西倾银汉落,绿树含烟倚朱阁。晓华胧胧—作晓晓闻调笙,一点残灯隔罗幕。

将游荆州投魏中丞
贫埋病压老巉岏,拂拭菱花不喜看。及恐无人肯青眼,事须凭仗小还丹。

二辛夷
狂吟乱舞双白鹤,霜翎玉羽纷纷落。空庭向晚春雨微,却敛寒香抱瑶萼。

题龙潭西斋
寂寞幽斋暝烟起,满径西风落松子。远公一去兜率宫,唯有面—作门前虎溪水。

中秋寄南海梁侍御—本无梁字
海静天高景气殊,鲸睛失彩蚌潜珠。不知今夜越台上,望见瀛洲方丈无。

戏赠姬人—本此下有赋尖字韵四字,一作张祜与杜牧联句诗。
骰子巡抛裹手拈,无因得见玉纤纤。但知谑道金钗落,图向人前露指尖。

大庾山岭别友人
篝笃无子鸳雏饥,毛彩凋摧不得归。谁念火云千嶂里,低身犹傍鹧鸪飞。

石门戍
到此空思吴隐之,潮痕草蔓上幽碑。人来皆望珠玑去,谁咏贪泉四句诗?

文殊院避暑
赤日黄埃满世间,松声入耳即心闲。愿寻五百仙人去,一世清凉住雪山。

南庄春晚二首
连云草映一条陂,鸂𫛶双双带水飞。南村小路桃花落,细雨斜风独自归。

草暖沙长望去舟,微茫烟浪向巴丘。沅江—作湘寂寂春归尽,水绿蘋香人自愁。

湘妃庙
少将风月怨平湖,见尽扶桑水到枯。相约杏花坛上去,画栏红紫斗菖蒲。

全唐诗卷五百七十一

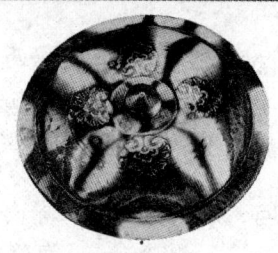

贾岛

贾岛,字浪—作阆仙,范阳人,初为浮屠,名无本。来东都时,洛阳令禁僧午后不得出,岛为诗自伤。韩愈怜之,因教其为文,遂去浮屠,举进士。诗思入僻,当其苦吟,虽逢公卿贵人,不之觉也。累举不中第。文宗时,坐飞谤,贬长江主簿。会昌初,以普州司仓参军迁司户,未受命卒。有《长江集》十卷,《小集》三卷,今编诗四卷。

古意

碌碌复碌碌,百年双转毂。志士终—作中夜心,良马白日足。俱为不等闲,谁是知音—作者目。眼中两行泪,曾吊三献玉。—作别来两泪尽,谁向荆山哭。

望山

南山三十里,不见逾一旬。冒雨时立望,望之如朋亲。虬龙一掬波,洗荡千万春。日日雨不断,愁杀望山人。天事不可长,劲风来如奔。阴霾—作霭—以扫,浩翠写国门。长安百万家,家家张屏新。谁家最好山,我愿为其邻。

北岳庙

天地有五岳,恒岳居其北。岩峦叠万重,诡怪浩难测。人来不敢入,祠宇白日黑。有时起霖雨,一洒天地德。神兮安在哉,永康我王国。

朝饥

市中有樵山,此—作北舍朝无烟。井底有甘泉,釜中乃空然。我要见白日,雪来塞青天。坐—作立闻西床琴,冻折两三弦。饥莫诣他门,古人有拙言。

哭卢仝

贤人无官死,不亲者亦悲。空令古鬼哭,更得新邻比。平生四十年,惟著白布衣。天子未辟召,地府谁来追?长安有交友,托孤遽弃移。冢侧志石短,文字行参差。无钱买松栽,自生蒿草枝。在日赠我文,泪流把读时。从兹加敬重,深藏恐失遗。

剑客 一作述剑

十年磨一剑,霜刃未曾试。今日把似一作示,一作事君,谁为一作有不平事?

口号

中夜忽自起,汲此百尺泉。林木含白露,星斗在青天。

寄远

别肠多郁纡,岂能肥肌肤。始知相结密,不及一作若相结疏。疏别恨应少,密离一作别恨难袪。门前南流一作去水,中有北飞鱼。鱼飞向北海,可以寄远书。一本无此句,多此情复何如。欲剪衣上襟,裁作寄远书三句。不惜寄远书,故人今在无。一作华山岩峣形,遥望齐平芜。况此数尺身,阻彼万里途。自非日月光,难以知子躯。

斋中

眈静非谬一作伪为,本性实疏索。斋中一就枕,不觉白日落。低扉碍轩簪,寡德谢接一作然诺。丛菊在墙阴,秋穷未开蕚。所餐一作食类病马,动影似移岳。欲驻迫逃衰,岂殊辞绠缚。已见饱时雨,应丰蔬与药。

感秋

商气飒已来,岁华又虚掷。朝云藏奇峰,暮雨洒疏滴。几蜩嘒一作蕃飞凉叶,数蛩思阴壁。落日空馆中,归心远山碧。昔人多秋感,今人何异昔。四序驰百年,玄发坐成白,喧喧徇声利,扰扰同辙迹。傥无世上怀,去偃松下石。

玩月

寒月破东北,贾生立西南。西南立倚何,立倚青青杉。近月有数星,星名未详谙。但爱杉倚月,我倚杉为三。月乃不上杉,上杉难相参。眙眄子细视,睛瞳桂枝劖。目常有热疾,久视无烦炎。以手扪衣裳,零露已濡沾。久立双足冻,时向股腓淹。立久病足折,兀然黐胶粘。他人应已睡,转喜此景恬。此景亦胡及,而我苦淫耽。无异市井人,见金不知廉。不知此夜中,几人同无厌。待得上顶一作顶上看,未拟归枕函。强步望寝斋,步步情不堪。步到竹丛西,东望如隔帘。却坐竹丛外,清思刮幽潜。量知爱月人,身愿化为蟾。

辞二知己

一双千岁鹤,立别孤翔鸿。波岛忽已暮,海雨寒蒙蒙。离人闻美弹,亦与哀弹同。况兹切切弄,绕彼行行躬。云飞北岳碧,火息一作思西山红。何以代远诚,折芳腊雪中。

义雀行和朱评事

玄鸟雄雌俱,春雷惊蛰余。口衔黄河泥,空一作去即翔天隅。一夕皆莫归,晓晓遗众雏。双雀抱仁义,哺食劳劬一作忘劳劬。雏既迤迤一作众雏既俪飞,云间声相呼。燕雀虽微类,感愧诚不殊一作燕感雀深恩,雀愧扬不殊。禽贤难自彰,幸得主人书。

宿悬泉驿

晓行沥水楼,暮到悬泉驿。林月值云遮,山灯照愁寂。

辩士

辩士多毁訾,不闻谈己非。猛虎恣杀暴,未尝啗妻儿。此理天所感一作慼,所感一作慼当问谁?求食饲雏禽,吐出美言词。善哉君子人,扬光掩瑕玼。

不欺

上不欺星辰,下不欺鬼神。知心两如此,然后何所陈。食鱼味在鲜,食蓼味在辛。掘井须到流,结交须到头。此语诚不谬,敌君三万秋。

绝句

海底有明月,圆于天上轮。得之一寸光,

可买千里春。

寓兴
莫居暗室中，开目闭目同。莫趋碧霄路，容飞不容步。暗室未可居，碧霄未可趋。劝君跨仙鹤—作竹，日下云为衢。

游仙
借得孤鹤骑，高近金乌飞。掬河洗老—作古貌，照月生光辉。天中鹤路直，天尽鹤一息。归来不骑鹤，身自有羽翼。若人无仙骨，芝术徒—作无烦食。

枕上吟
夜长忆白日，枕上吟千诗。何当苦寒气，忽被东风吹。冰开鱼龙别，天波殊路岐。

双鱼谣 时韩职方书中以孟常州简诗见示
天河堕双鲂，飞我—作来庭中央。掌握尺余雪，劈开肠有璜。见令馋舌短，烹绕邻舍香。一得古诗字，与玉含异藏。

易水怀古
荆卿重虚死，节烈书前史。我叹方寸心，谁论一时事？至今易水桥，寒风兮萧萧。易水流得尽，荆卿名不消—作凋。

早起
北客入西京—作凉，北雁再离北。秋寝独前兴，天梭星落织。耽玩余恬爽，顾盼轻痾力。旅途少颜尽，明镜劝仙食。出门路纵横，张家路最直。昨夜梦见书，张家厅上壁。

客喜
客喜非实喜，客悲非实悲。百回信到家，未当身一归。未归长嗟愁，嗟愁填中怀。开口吐愁声，还却入耳来。常恐泪滴—作滴泪多，自损两目辉。鬓边虽有丝，不堪织寒衣。

延寿里精舍寓居
旅托避华馆，荒楼遂愚慵。短庭无繁植，珍果春亦浓。侧庐废—作发扃枢，纤魄时卧逢。耳目乃廓井，肺肝即岩峰。汲泉饮酌余，见我闲静容。霜蹊犹舒英，寒蝶断来踪。双屦与谁逐，——作欲寻青瘦筇。

赠智朗禅师
上人分明见，玉兔潭底没。上人光惨貌，古来恨峭发。涕辞孔颜庙，笑访禅寂室。步随青山影，坐学白塔骨。解听无弄琴，不礼有身佛。欲问师何之，忽与我相别。率赋赠远言，言惭非子曰。

送沈秀才下第东归
曲言恶者谁，悦耳如弹丝。直言好者谁，刺耳如长锥。沈生才俊秀，心肠无邪欺。君子忌苟合，择交如求师。毁出疾夫口，腾入礼部闱。下第子不耻，遗才人耻之。东归家室远，掉鞚时参差。浙云近吴见，汴柳接楚垂。明年春光别，回首不复疑。

酬栖上人
夜久城馆闲，情幽出—作只在山。新月有微辉，朗—作亦朗空庭间。处世虽—作不识机，伊余多掩关。松姿度腊见，篱药知春还。静览冰雪词，厚为酬赠颜。东林有踯躅，脱屣期共攀。

冬月长安雨中见终南雪
秋节新已尽，雨—作林疏露山雪。西峰稍觉明，残滴犹未绝。气侵瀑布水—作冰，冻著白云穴。今朝瀍浐雁，何夕潇湘月。想彼石房人，对雪扉不闭必结切。

寄孟协律
我有吊古泣，不泣向路岐。挥泪洒暮天，滴著—作每滴桂树枝。别后冬节至，离心北风吹。坐孤雪扉夕—作久，泉落石桥时。不惊猛虎啸，难辱君子词。欲酬空觉老，无以堪远持。岩峣倚角窗—作窗角，王屋悬清思。

和刘涵
京官始云满，野人依旧闲。闭扉一亩居，中有古风还。市井日已午，幽窗梦南山。乔木覆北斋,有鸟鸣其间。前日远岳僧,来时与开关。新题惊我瘦,窥镜见丑颜。陶情惜清澹,此意复—作共谁—作群攀。

明月山怀独孤崇鱼琢

明月长在目,明月长在心。在心复在目,何得稀去寻。试望明月人,孟夏树蔽岑。想彼叹此怀,乐喧忘幽林—作森。乡本北岳外,悔—作每恨东夷深。愿缩地脉还,岂待天恩临。非不渴隐秀—作季,却嫌他事侵。或云岳楼钟,来绕草堂吟。当从令尹后,再往步柏林。

投张太祝

风骨高更老,向春初阳葩。泠泠月下韵,一一落海涯。有子不敢和,一听千叹嗟。身卧东北泥,魂挂西南霞。手把一枝栗,往轻觉程赊。水天朔方色,暖日嵩根花。达—作遥闲幽栖山,遭寻种药家。欲买双琼瑶,惭无一木瓜。

咏韩氏二子

千岩一尺璧,八月十五夕。清露堕桂花,白鸟舞虚碧。

送别

丈夫未得意—作志,行行且低眉。素琴弹复弹,会有知音知。

携新文诣张籍、韩愈途中成

袖有新成诗,欲见张韩老。青竹未生翼,一步万里道。仰望青冥天,云雪压我脑。失却终南山,惆怅满怀抱。安得西北风,身愿变蓬草。地祇闻此语,突出惊我倒。

上谷送客游江湖

莫叹迢递分,何殊咫尺别。江楼到夜登,还见南台月。

重酬姚少府

隙月斜枕旁,讽咏夏贻什。如今何时节,虫飓亦已蛰。答迟礼涉傲,抱疾思加涩。仆本胡为者,衔肩贡客集。茫然九州内,譬如一锥立。欹暗少此怀,自明曾沥泣。量无趑勇士,诚欲戈矛试。原阁期跻攀,潭舫偶俱入。深斋竹木合—作多,毕夕风雨急。俸利沐均分,价称烦嘘噏。百篇见删罢,一命嗟未及。沧浪愚将还,知音激所习。

投孟郊

月中有孤芳,天下聆薰风。江南有高唱,海北初来通。容飘清冷余,自蕴襟抱中。止息乃流溢,推寻却冥蒙。我知雪山子,谒—作渴彼偈句空。必竟获所实,尔焉遂深衷。录之孤灯前,犹恨百首终。一吟动狂机,万疾辞顽躬。生平面未交,永夕梦辄同。叙诘—作诗谁君师,讵言无吾宗。余求履其迹,君曰可但攻。啜波肠易—作未饱,揖险神难从。前岁曾入洛,差池阻从龙。萍家复从—作徙赵,云思长萦萦—作蒿。嵩海—作海嵩每可诣,长途追再—作难穷。愿倾肺肠事,尽入焦梧桐。

代边将

持戈簇边日,战罢浮云收。露草泣寒霁,夜泉鸣陇头。三尺握中铁,气冲星斗牛。报国不拘贵,愤将平虏雠。

寄刘栖楚

趋走与偃卧,去就自殊分。当窗一重树,上有万里云。离披不相顾,仿佛类人群。友生去更远,来书绝如焚。蝉吟我为听,我歌蝉岂闻?岁暮傥旋归,晤言桂氛氲。

寄丘儒

地近轻数见,地远重一面。一面如何重,重甚珍宝片。自经失欢笑,几度腾霜霰。此心镇悬悬,天象固—作囚回转。长安秋风高,子在东甸县。仪形信寂蔑,风雨岂乖间。凭人报消息,何易凭笔砚。俱不尽我心,终须对君宴。

送陈商

古道长荆棘,新岐路交横。君于荒榛中,寻得古辙行。足踏圣人路,貌端禅士形。我曾接夜谈,似听讲一经。联翩曾数举,昨登高第名。釜底绝烟火,晓行皇帝京。上客远府游,主人须目—作月明。青云别青山,何日复可—作同升—作并。

送张校书季霞

从京去容州,马在船上多—作赊。容州几千里,直傍青天涯。掌记试校书,未称高词华。义往—作枉不可屈,出家如入家。城市七月初,热与夏未差。饯君到野地,秋凉满山坡—作坨。南境异北候,风起无尘沙。秦吟宿楚泽,海酒落桂花。暂醉即远醒,彼土生桂茶。

寄友人

同人半年别,一别寂来音。赖有别时文,相思时一吟。我常倦投迹,君亦知此衿。笔砚且勿弃,苏张曾陆沉。但存舌在口,当冀身遂心。君看明月夜,松桂寒森森。

答王参

寸晷不相待,四时互—作去如竞。客思先觉秋,虫声苦知暝。霜松积旧翠,露月团—作圆如镜。诗负属景同,琴孤坐堂听。相期黄菊节,别约红桃径。每把式微篇,临风一长咏。

延康吟

寄居延寿里,为与延康邻。不爱延康里,爱此里中人。人非十年故,人非九族亲。人有不朽语,得之烟山春。

戏赠友人

一日不作诗,心源如废井。笔砚为辘轳,吟咏作縻—作縻绠。朝来重汲引,依旧得清冷。书赠同怀人,词中多苦辛。

寓兴

真集道方至,貌殊妒还多。山泉入城池,自然生浑波。今时出古言,在众翻为讹。有琴含正韵,知音者如何。一生足感激,世言—作颜忽嵯峨。不得市井味,思响—作向吾岩阿。浮华岂我事,日月徒蹉跎。旷哉颍阳风,千载无其他。

怀郑从志

西风吹阴云—作雪,雨雪—作云半夜收。忽忆天涯人,起看斗与牛。故人别二年,我意如百秋。音信两杳杳,谁云昔绸缪。平明一封书,寄向—作来东北舟—作州。翩翩春归鸟,会自为匹俦。

易州登龙兴寺楼望郡北高峰

郡北最高峰,巉岩绝云路。朝来上楼望,稍觉得幽趣。朦胧碧烟里,群岭若相附。何时一登陟,万物皆下顾。

送郑山人游江湖

南游衡岳上,东往天台里。足蹋华顶峰—作峰顶,目观沧海水。

就峰公宿

河出鸟宿后,萤火白露中。上人坐不倚,共我论量空。残月华晻暧,远水响玲珑。尔时无了梦—作寤,兹宵方未穷。

刘景阳东斋

松阴连竹影,中有芜苔井。清风此地多,白日空自永。景阳公干孙,诗句得真景。劝我不须归,月出东斋静。

对菊

九日不出门,十日见黄菊。灼灼尚繁英,美人无消息。

送集文上人游方

来从道陵井,双木—作去求溪边会。分首芳草时,远意青天外。此游诣几岳,嵩华衡恒泰。

题岸上人郡内闲居

静向方寸求,不居山—作千嶂幽。池开菡萏香,门闭莓苔秋。金玉重四句,秕糠轻九流。炉烟上乔木,钟磬下危楼。手种一株松,贞心与师俦。

游子

游子喜乡远,非吾忆归庐。谁知奔他山,

自欲早旋车。朝赏暮已足,图归愿无余。当期附鹏翼,未偶方踌躇。

寄山中王参

我看岳西云,君看岳北月。长怀燕城南,相送十一作千里别。别来千余日,日日忆不歇。远寄一纸书,数字论白发。

送汲鹏

淮南卧理后,复逢君姓汲。文采非寻常,志愿期卓立。深江东泛舟,夕阳眺原隰。夏夜言诗会,往往追不及。

寄令狐相公一作赴长江道中

策杖一作马驰山驿,逢人问梓州。长江那可一作日到,行客替生愁。

全唐诗卷五百七十二

贾岛

哭柏岩和尚

苔覆石床新,师曾占_{一作吾师去}几春。写留行道影,焚却坐禅身。塔院关松雪_{一作路},经房锁隙尘。自嫌双泪下,不是解空人。

山中道人

头发梳千下,休粮带瘦容。养雏成大_{一作老鹤},种子作高松。白石通宵煮,寒泉尽日舂。不曾离隐处,那得世人逢。

就可公宿

十里寻幽寺,寒流数派分。僧同雪夜坐,雁向草堂闻。静语终灯焰,余生许峤云。由来多抱疾,声不达明君。

旅游

此心非一事,书札若为传。旧国别多日,故人无少年。空巢霜叶落,疏牖水萤穿。留得林僧宿,中宵坐默然。

送邹明府游灵武

曾宰西畿县,三年马不肥。债多平_{一作凭}剑与,官满载书归。边雪藏行径,林风透卧衣。灵州听晓角,客馆未开扉。

题皇甫荀蓝田厅

任官经一年,县与玉峰连。竹笼拾山果,瓦瓶担石泉。客归秋雨后,印锁暮钟前。久别丹阳浦,时时梦钓船。

赠王将军

宿卫炉烟近,除书墨未干。马曾金镞中,身有宝刀瘢。父子同时捷,君王画阵看。何当为外帅,白日出长安。

下第_{一本有别人二字}

下第只_{一作惟}空囊_{一作鬓毛苍},如何住_{一作装}回悬帝乡。杏园啼百舌,谁醉在花傍?_{一作莺声}

寒食后,人醉曲江傍。泪落故山远,病来春草长。知音逢—作酬岂易—作岂易别,孤棹负—作复三湘。

寄贺兰朋吉

往往东林下,花香似火焚。故园从小别,夜雨近秋闻。野菜连寒水,枯株簇古坟。泛舟同远客,寻寺入幽云。斜日扉多掩,荒田径细分。相思蝉几处,偶坐蝶成群。会宿曾论道,登高省议文。若吟遥可想,边叶向纷纷。

忆吴处士

半夜长安雨,灯前越容吟。孤舟行一月,万水与千岑。岛屿夏云起,汀洲芳草深。何当折松叶,拂石剡溪阴。

哭孟郊

身死—作没声名在,多应万古传。寡妻无子息,破宅带林泉。冢近登山道,诗随过海船。故人相吊后,斜日下寒天。

送崔定

未知游子意,何不避炎蒸。几日到汉水,新蝉鸣杜陵。秋江待得月,夜语—作话恨无僧。巴峡吟过否,连天十二层。

寄白阁默公

已知归白阁,山远晚—作晓晴看。石室人心静,冰潭月影残。微云分片灭,古木落薪干。后—作夜夜谁闻—作风飘磬,西峰绝顶寒。

雨后宿刘司马池上

蓝溪秋漱玉,此地涨清澄。芦苇声兼雨,菱荷香绕灯。岸头秦古道,亭面汉荒陵。静想泉根本,幽崖落几层。

送朱可久归越中

石头城下泊,北固暝钟初。汀鹭潮冲—作冲潮起,船窗月过—作过月虚。吴山侵越众,隋柳入唐疏。日欲躬调膳,辟来何府书。

送田卓入华山

幽深足—作入暮蝉,惊觉石床眠。瀑布五千仞,草堂瀑布边。坛松涓滴露,岳月沈寥天。鹤过君须看,上头应有仙。

送董正字常州觐省

相逐一行鸿,何时出碛中。江流翻白浪,木叶落青枫。轻楫浮吴国,繁霜下楚空。春来欢侍阻,正字在东宫。

酬姚少府

梅—作海树与山木,俱应摇落初。柴门掩寒雨,虫响出秋蔬。枯槁彰清镜,孱愚友道书。刊文非不朽,君子自相于。

送无可上人

圭峰霁色新,送此草堂人。尘尾同离寺,蛩鸣暂别亲—作秦。独行潭底影,数息树边身。终有烟霞约,天台作近邻。

送李骑曹—作胄

归骑双旌远,欢生此别中。萧关分碛路,嘶马背寒鸿。朔色晴天北,河源落日东。贺兰山顶草,时动卷帆—作旆风。

送乌行中—作有还字石淙—作琮别业

寒水长绳汲,丁泠数滴翻。草通石淙脉,砚带海潮痕。岳色何曾远,蝉声尚未繁。劳思当此夕,苗稼在西原。

送觉兴上人归中条山兼谒河中李司空

又忙西岩寺,秦原草白时。山寻樵径上,人到雪房迟。暮磬—作壑潭泉冻,荒林野烧—作火移。闻师新译偈,说拟对旌麾。

寄无可上人

僻寺多高树,凉天忆重游。磬过沟水尽,月入草堂秋。穴蚁苔痕静,藏蝉柏叶稠。名山思偏往,早晚到嵩丘。

南池

萧条微雨绝,荒岸抱清源。入舫山侵塞,分泉稻—作道接村。秋声依树色,月影在蒲根。

淹泊方难遂,他宵关梦魂。

寄龙池寺贞空二上人
受请终南住,俱妨去石桥。林中秋信绝,峰顶夜禅遥。寒草烟藏虎,高松月照雕。霜天期到寺,寺置即前朝。

送贞空二上人
林下中餐后,天涯欲去时。衡阳过有伴,梦泽出应迟。石磬疏寒韵,铜瓶结夜澌。殷勤讶此别,且未定归期。

送裴校书
拜官从秘省,署职在藩维。多故长疏索,高秋远别离。天寒泗上醉,夜静岳阳棋。使府临南海,帆飞到不迟。

升道一作丹阳精舍南台对月寄姚合
月向南台见,秋霜洗涤余。出逢危叶落,静看一作益众峰疏。冷露常一作寻时有,禅窗此夜虚。相思聊怅望,润气遍衣初一作裾。

即事
索莫对孤一作寒灯,阴云积几层。自嗟怜一作邻十上,谁肯待三徵?心被通人见,文叨大匠称。悲秋秦塞草,怀古汉家陵。城静高崖树,漏多幽沼冰。过声沙岛鹭,绝行石庵僧。岂谓一作为旧庐在,谁言归未曾?

黄子陂上韩吏部
石楼云一作雪一别,二十二三春。相逐升堂者,几为埋骨人。涕流闻度一作染瘴,病起喜一作贺还秦。曾是令一作今勤道,非惟邮在沌。疏衣蕉缕细,爽味茗芽新。钟绝滴残雨,萤多无近邻。溪潭承到数,位秩见辞频。若个山招一作中隐,机忘任此身。

投李益
四十归燕字,千一作十年外始吟。已将书北岳,不用比南金。

吊孟协律
才行古人齐,生前品位低。葬时贫卖马,远一作逝日哭惟妻。孤冢北邙外,空斋中岳西。集诗应万首,物象遍曾题。

送人适越
高城满夕阳,何事欲沾裳。迁客蓬蒿暮,游人道路长。晴湖胜镜碧,寒柳似金黄。若有相思梦,殷勤载八行。

送僧游衡岳
心知衡岳路,不怕去人稀。船里犹鸣磬,溪头自曝衣。有家从小别,无寺不言归。料得逢寒住,当禅雪满扉。

送路一本有某从军三字
别我就蓬蒿,日斜飞伯劳。龙门流水急,嵩岳片云高。叹命无知己,梳头落白毛。从军当此去,风起广陵涛。

洛阳道中寄弟
趋走迫流年,惭经此路一作地偏。密云埋二室,积雪度三川。生类梗萍泛,悲无金石坚。翻鸿有归翼,极目仰联翩。

登江亭晚望
浩渺浸云根,烟岚没远村。鸟归沙有迹,帆过浪无痕。望水知柔性,看山欲倦魂。纵情犹未已,回马欲黄昏。

送耿处士
一瓶离别酒,未尽即言行。万水千山路,孤舟几月程。川原秋色静,芦苇晚风鸣。迢递不归客,人传虚隐名。

过唐校书书斋
池满风吹竹,时时得爽神。声齐雏鸟语,画卷老僧真。月出行几步,花开到四邻。江湖心自切,未可挂头巾。

送杜秀才东游
东游谁见待,尽室寄长安。别后一作夜叶

频落,去程—作登途山已寒。大河风色度,旷野烧烟残。匣有青铜镜,时将照鬓看。

送天台僧
远梦归华顶,扁舟背岳阳。寒蔬修净食,夜浪动禅床。雁过孤峰晓—作晚,猿啼一树霜。身心无别念,余习在诗—作文章。

怀紫阁隐者
寂寥思隐者,孤烛坐秋霖。梨栗猿喜熟,云山僧说深。寄书应不到,结伴拟同寻。废寝方终夕,迢迢—作沈沈紫阁心。

雨夜同厉玄怀皇甫荀
桐竹绕庭匝,雨多风更吹。还如旧山夜,卧听瀑泉时。碛雁来期近,秋钟到梦迟。沟西吟苦客,中夕话兼思。

秋暮
北门杨柳叶,不觉已缤纷。值鹤因临水,迎僧忽背云。白须相并出,清—作暗泪两行分。默默空朝夕,苦吟谁喜闻?

哭胡遇
夭寿知齐理,何曾免叹嗟。祭回—作葬时收朔雪,吊后—作罢折寒花。野水秋吟—作吟秋断,空山暮影—作影暮斜。弟兄相识遍,犹—作那得到—作见君家。

送丹师归闽中
波涛路杳然,衰柳落阳蝉。行李经雷电,禅前漱岛泉。归林久别寺,过越未离船。自说从今去,身应老海边。

送安南惟鉴法师
讲经春殿里,花绕御床飞。南海几回渡—作过,旧山临老归。潮摇蛮草落,月湿岛松微。—作触风香损印,沾雨磬生衣。空水既如彼—作云水路迢递,往来消息稀。

题李凝幽居
闲居少邻并,草径入荒园。鸟宿池边—作中树,僧敲月下门。过桥分野色,移石动云根。暂去还来此,幽期不负言。

送韩湘
挂席从古—作中路,长风起广津。楚城花未发,上苑蝶来新。半没湖波月,初生岛草春。孤霞临石镜,极浦映村神。细响吟干苇,余磬动远蘋。欲凭将一札,寄与沃洲人。

寄董武
虽同一城里,少省得从容。门掩园林僻,日高巾帻慵。孤鸿来半夜,积雪在诸峰。正忆毗陵客,声声隔水钟。

宿赟上人房
阶前多是竹,闲地拟栽松。朱点草书疏,雪平麻履踪。御沟寒夜雨,宫寺静时钟。此时—作室无他事,来寻—作多不厌重。

访李甘原居
原西居处静,门对曲江开。石缝衔枯草,查根上净—作渍古苔。翠微泉夜落,紫阁鸟时来。仍忆寻淇岸,同行采蕨回。

题山寺井
沈沈百尺余,功就岂斯须。汲早僧出定,凿新虫自无。藏源重嶂底,澄翳大空隅。此地如经劫,凉潭会共枯。

僻居无可上人相访
自从居此地,少有事相关。积雨荒邻圃,秋池照远山。砚中枯叶落,枕上断云闲。野客将禅子,依依偏往还。

送李余及第归蜀
知音伸久屈,觐省去光辉。津渡逢清夜,途程尽翠微。云当绵竹叠,鸟离锦江飞。肯寄书来否,原居出亦—作甚稀。

荒斋
草合径微微,终南对掩扉。晚凉疏雨绝,初晓远山—作蝉稀。落叶无青地,闲身著白衣。

朴愚犹—作由本性，不是学忘机。

夜喜贺兰三见访
漏钟仍夜浅，时节欲秋分。泉聒栖松鹤，风除翳月云。踏苔行引兴，枕石卧论文。即此寻常静，来多只是君。

题青龙寺镜公房
一夕曾留宿，终南摇落时。孤灯冈—作龛舍掩，残磬雪风吹。树老因寒折，泉深出井迟。疏慵岂有事，多失上方期。

送陈判官赴绥—作天德
将军邀入幕，束带便离家。身暖蕉衣窄，天寒碛日斜。火烧冈断苇—作草，风卷雪平—作和沙。丝竹丰州有，春来只欠花。

送唐环归敷水庄
毛女峰当户，日高头未梳。地侵山影扫，叶带露痕书。松径僧寻药—作庙，沙泉鹤见鱼。一川风景好—作人境别，恨不有吾庐。

原东居喜唐温琪频至
曲江春草生，紫阁雪分明。汲井尝泉味，听钟问寺名。墨研秋日雨，茶试老僧铛。地近劳频访，乌纱出送迎。

送敫法师
度岁不相见，严冬始—作知出关。孤烟寒色树，高雪夕阳山。瀑布寺应到，牡丹房甚闲—作寒。南朝遗迹在，此去几时还。

寄钱庶子
曲江春水满，北岸掩—作枕柴关。只有僧邻舍，全无物映山。树阴终日扫，药债—作诗价隔年还。犹记听琴夜，寒灯竹屋间。

原上秋居
关西—作山又落木，心事复如何？岁月辞山久，秋霖入夜多。鸟从井口出，人自洛—作岳阳过。倚杖聊闲望，田家未剪禾。

夏夜
原寺偏邻近，开门物景澄。磬通多叶罅，月离片云棱。寄宿山中鸟，相寻海畔僧。唯愁秋色至，乍可在炎蒸。

冬夜
羁旅复经冬，瓢空盆亦空。泪流寒枕上，迹绝旧山—作溪中。凌结浮萍水，雪和衰柳风。曙光鸡未报，嘹唳两三鸿。

送厉宗上人
拥策背岷峨，终南雨雪和。漱泉秋鹤至，禅树夜猿过。高顶白云尽，前山黄叶多。曾吟庐岳上，月动九江波。

寄李存穆
闻道船中病，似忧亲弟兄。信来从水路，身去到柴城。久别长须鬓，相思书姓名。忽然消息绝，频梦却还京。

赠无怀禅师
身从劫劫修，果以此生周。禅定石床暖，月移山树秋。捧盂观宿饭，敲磬过清流。不掩玄关路，教人问白—作到头。

寄武功姚主簿
居枕江沱北，情悬渭曲西。数宵曾梦见，几处得书披。驿路穿荒坂，公田带淤泥。静棋功奥妙，闲作韵清凄。锄草留丛药，寻山上石梯。客回河水涨，风起夕阳低。空地苔连井，孤村火隔溪。卷帘黄叶落，锁印子规啼。陇色澄秋月，边声入战鼙。会须过县去，况是屡招携。

题刘华书斋
白石床无尘，青松树—作桥有鳞。一莺啼带雨，两树合—作各从春。荒榭苔胶砌，幽丛果堕榛。偶来疏或数，当暑夕胜晨。露滴星河水，巢重草木薪。终南同往意，赵北独游身。渡叶司天漏，惊蛰远地人。机清公干族—作疾，也莫卧漳滨。

送卢秀才游潞府

雨余滋润在,风不起尘沙。边日寡文思,送君吟月华。过山干相府,临水宿僧家。能赋焉长屈,芳—作他春宴杏花。

送南康姚明府

铜章美少年,小邑在南天。版籍多迁客,封疆接洞田。静江鸣野鼓,发缆带村烟。却笑陶元亮,何须忆醉眠。

送友人弃官游江左

羡君休作尉,万事且全身。寰海多虞日,江湖独往人。姓名何处变,鸥鸟几时亲。别后吴中使,应须访子真。

雨中怀友人

对雨思君子,尝茶近竹幽。儒家邻古寺,不到又逢秋。

寄远

家住锦水上,身征辽海边。十书九不到,一到忽经年。

南斋

独自南斋卧,神闲景亦空。有山来枕上,无事到心中。帘卷侵床月,屏遮入座风。望春春未至,应在海门东。

早春题友人湖上新居二首—作项斯诗

近得云中路—作看,门长侵早开。到时犹有雪,行处已无苔。劝酒客初醉,留茶僧未来。每逢晴暖日,惟见乞花栽。

门不当官道,行人到亦稀。故从餐后出,多是夜深归。开箧收诗卷,扫床移卧衣。几时同买宅,相送—作近有柴扉。

送雍陶入蜀

江山事若谙,那肯滞云南。草色分危磴,杉阴近古潭。日斜褒谷鸟,夏浅巂州蚕。吾自

疑双鬓,相逢更不堪。

张郎中过原东居

年长惟添懒,经旬止掩关。高人餐药后,下马此林间。对坐天将暮,同来客亦闲。几时能重至,水味似深山。

答王建—本无建字秘书

人皆闻蟋蟀,我独恨—作叹蹉跎。白发无心镊,青山去意多。信来漳浦岸,期负洞庭波。时扫高槐影,朝回或恐过。

送李余往湖南

昔去候温凉,秋山满楚乡。今来从辟命,春物遍浔阳。岳石挂海雪,野枫堆渚樯。若寻吾祖宅,寂寞在潇湘。

偶作

野步随吾意,那知是与非。稔年时雨足,闰月暮蝉稀。独树依冈老,遥峰出草微。园林自有主,宿鸟且同归。

过雍秀才居

夏木鸟巢边,终南岭色鲜。就凉安坐石,煮茗汲邻泉。钟远清霄半,蜩稀暑雨前。幽斋如葺罢,约我一来眠。

寄顾非熊

知君归有处,山水亦难齐。犹去潇湘远,不闻猿狖啼。穴通茆岭下,潮满石头—作城西。独立生遥思,秋原日渐低。

送神邈法师

柳絮落蒙蒙,西州道路中。相逢—作留春忽尽,独去讲初终。行疾遥山雨,眠迟后夜风。绕房三两树,回日—作去叶应红。

送慈恩寺霄韵法师谒太原李司空

何故谒司空,云山知几重。碛遥来雁尽,雪急去僧逢。清磬先寒角,禅灯彻晓烽—作峰。旧房闲片石,倚著最高松。

送知兴上人

久住巴兴寺，如今始拂衣。欲临秋水别，不向故园—作山归。锡挂天涯树，房开—作闲岳顶扉。下看千—作万里晓，霜海日生微。

送惠雅法师归玉泉

只到—作向潇湘水，洞庭湖未游。饮泉看月别，下峡听猿愁—作浮。讲不停雷雨，吟当—作曾近海流。降霜归楚夕，星冷玉泉秋。

忆江上吴处士

闽国扬帆去，蟾蜍亏—作还复团。秋风生渭水，落叶满长安。此地聚会夕，当时雷雨寒。兰桡殊未返，消息海云端。

题张—作章博士新居

青枫何不种，林在洞庭村。应为三湘远，难移万里根。斗牛初过伏，菡萏欲香门。—作斗移亭北榭，莲照水边门。旧即湖山隐，新庐葺此原。

石—作百门陂留辞从叔谟

幽鸟飞不远，此行千里间。寒冲陂水雾，醉下菊花山。有耻长为客，无成又入关。何时临涧柳，吾党共来攀。

送朱兵曹回越

星彩练中见，澄江岂有泥。潮生垂钓罢，楚尽去樯西。碛鸟辞沙至，山鼯隔水啼。会稽半侵海，涛白禹祠溪。

怀博陵故人

孤城易水头，不忘旧交游。雪压围棋石，风吹饮酒楼。路遥千万里，人别十三秋。吟苦相思处，天寒水急流。

夕思

秋宵已难曙，漏向二更分。我忆山水坐，虫当寂寞闻。洞庭风落木，天姥月离云。会自东浮去，将何欲致君？

寄河中杨少尹

非惟咎囊时，投刺诣门迟。怅望三秋后，参差万里期。禹留疏凿迹，舜在寂寥祠。此到—作致杳难共，回风逐所思。

孟融逸人

孟君临水居，不食水中鱼。衣褐唯粗帛，筐箱只素书。树林幽鸟恋，世界此心疏。拟棹孤舟去，何峰又结庐？

晚晴见终南诸峰

秦分—作下积多峰，连巴势不穷。半旬藏雨里，此日到窗中。圆魄将升兔，高空—作虚欲叫鸿。故山思不见，碣石沇寥东。

宿池上

泉来从绝壑，亭敞在中流。竹密无空岸，松长可绊舟。蟪蛄潭上夜，河汉岛前秋。异夕—作日期深涨，携琴却此游。

喜姚郎中自杭州回

路多枫树林，累日泊清阴。来去泛流水，翛然适此心。一披江上作，三起月中吟。东省期司谏，云门悔不寻。

送郑长史之岭南—本题作送郑史

云林颇重叠，岑渚复幽奇。汨水斜阳岸，骚人正则祠。苍梧多蟋蟀，白露湿江蓠。擢第荣南去，晨昏近九疑。

送李溟谒宥州李权使君

英雄典宥州，迢递苦吟游。风宿骊山下，月斜灞水流。去时初落叶，回日定非—作无秋。太守携才子，看鹏百尺楼。

永福湖和杨郑州

积水还平岸，春来引郑溪。旧渠通郭下，新堰绝湖西。嵩少分明对，潇湘阔狭齐。客游随庶子，孤屿草萋萋。

题长江—本有厅字

言心俱好静，廨署落晖空。归吏封宵钥，

行蛇入古桐。长江频雨后,明月众星中。若任迁人去,西溪〈一作浮〉与剡通。

泥阳馆

客愁何并起,暮送故人回。废馆秋萤出,空城寒雨来。夕阳飘白露,树影扫青苔。独坐离容惨,孤灯照不开。

送徐员外赴河中

原野正萧瑟,中间分散情。吏从甘扈罢,诏许朔方行。边日〈一作月〉沉残角,河关截夜城。云居闲独往,长老出房迎。

送贺兰上人

野僧来别我,略坐傍泉沙。远道擎空钵,深山蹋落花。无师禅自解,有格句堪夸。此去非缘事,孤云不定家。

全唐诗卷五百七十三

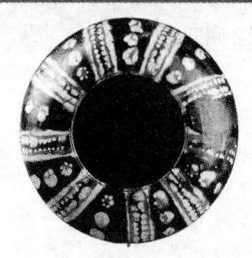

贾岛

送令狐绹—作无绹字相公

梁园趋戟节,海草几枯春。风水难遭便,差池未振鳞。姓名犹语及,门馆阻何因?苦拟修文卷,重擎献匠人。吟看青岛处,朝退赤墀晨。根爱杉栽活,枝怜雪霰新。缀篇嗟调逸,不和揣才贫。早晚还霖雨,滂沱洗月轮。揠苗方灭裂,成器待陶钧。因板思回顾,迷邦辄问津。数行望外札,绝句握中珍。是日荣游汴,当时怯往陈。鸿春乖汉爵,桢病卧漳滨。岳嶅五千仞,云惟一片身。故山离—作心未死,秋水宿经旬。下第能无恧,高科恐有神。罢耕田料废,省钓岸应榛。慷慨知音在,谁能泪堕巾?

寄沧州李尚书

沧溟深绝阔,两岸郭东门。弋者罗夷鸟,桴人思峤猿。威棱高腊冽,煦育极春温。陂淀封疆内,蒹葭壁垒根。摇鞭边地脉,愁箭虎狼魂。水县卖纱市,盐田煮海村。枝条分御叶,家世食唐恩。武可纵横讲,功从战伐论。天涯生月片,屿顶涌泉源。非是泥池物,方因—作应雷雨尊。沉谋藏未露,邻境帖无喧。青冢骄回鹘,萧关陷吐蕃。何时霖岁旱,早晚雪邦冤。迢递瞻旌纛,浮阳寄咏言。

逢旧识

几岁阻干戈,今朝劝酒歌。羡君无白发,走马过黄河。旧宅兵烧尽,新宫日奏—作奉多。妖星还有角,数尺铁重磨。

崇圣寺斌公房

近来惟一食,树下掩禅扉。落日寒山磬,多年坏衲衣。白须长更剃,青霭远还归。仍说游南岳,经行是息机。

送李傅侍郎—作御剑南行营

走马从边事,新恩受外台。勇看双节出,

期破八蛮回。许国家无恋,盘江栈不摧。移军刁斗逐,报捷剑门开。角咽猕猴叫,鼙干霹雳来。去年新甸邑,犹滞佐时才。

别徐明府—作甫
抱琴非本意,生事偶相萦。口尚袁安节,身无子贱名。地寒春雪盛,山浅夕风轻。百战余荒野,千夫渐耦—作遍耕。一杯宜独夜,孤客恋交情。明日疲骖去,萧条过古城。

岐下送友人归襄阳
蹉跎随泛梗,羁旅到西州。举翮笼中鸟,知心海上鸥。山光分首—作手暮,草色向家秋。若更登高岘,看碑定泪流。

送友人游蜀
万岑深积翠,路向此中难。欲暮多羁思,因高莫远看。卓家人寂寞,扬子业凋残。唯有岷江水,悠悠带月寒。

送郑少府
江岸一相见,空令惜此分。夕—作溘阳行带月,酌水少留君。野地初—作多烧草,荒山过雪云。明年还调集,蝉可在家闻。

子规—作项斯诗
游魂自相叫,宁复记前身。飞过邻家月,声连—作怜野路—作寺春。梦边催晓急,愁处送风频。自有沾花血,相和雨滴新。

送僧归天台
辞秦经越过,归寺海西峰。石磵双流水,山门九里松。曾闻清禁漏,却听赤城钟。妙宇—作字研磨讲,应齐智者踪。

让纠曹上乐使君
战战复兢兢,犹如履薄冰。虽然叨一椽,还似说三乘。瓶汲南溪水,书来北岳僧。戆愚兼抱疾,权纪不相应。

赠友人
五字诗成卷,清新韵具—作少得偕。不同狂客醉,自伴律僧斋。春别和花树,秋辞带月淮。却归登第日,名近榜头排。

送雍陶及第归成都宁亲—作觐
不唯诗著籍,兼又赋知名。议论于题称,春秋对问精。半应阴隲与,全赖有司平。归去峰—作岩峦众,别来松桂生。涨江流水品—作凸,当道白云坑。勿以攻文捷—作健,而将学剑轻。制衣新濯锦,开酝旧烧罂。同日升科士,谁同膝下荣?

谢令狐绹—本无绹字相公赐衣九事
长江飞鸟外,主簿跨驴归。逐客寒前夜,元戎予厚衣。雪来松更绿,霜降月弥辉。即日—作入调殷鼎,朝分是与非。

送金州鉴周上人
地—作池必寻天目,溪仍住若耶。帆随风便发,月不要云遮。极浦浮霜雁,回潮落海查。峨嵋省春上,立雪指流沙。

送谭远上人
下视白云时,山房盖—作挂树皮。垂—作雪枝松落子,侧—作佛顶鹤听棋。清净从沙劫,中终未日敧。金光明本行,同侍出峨嵋。

新年
嗟以龙钟身—作貌,如何岁复新。石门思隐久,铜镜强窥频。花发新移树,心知故国春。谁能平此恨,岂是北宗人。

送僧
出家从丱岁,解论造玄门。不惜挥谈柄,谁能听至言?中时山果熟,后夏竹阴繁。此去逢何日,峨嵋晓复昏。

送姚杭州
白云峰下城,日夕白云生。人老江波—作鱼江钓,田侵海树耕。吴山钟入越,莲叶吹摇旌。诗异石门思,涛来向越—作远迎—作阔上迎。

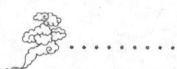

夜集田卿宅

朗咏高斋下，如将古调弹。翻鸿向桂水，来雪渡桑乾。滴滴玉漏曙，翛翛竹籁残。曩年曾宿此，亦值五陵寒。

寄山友－作中长孙栖峤

此时气萧飒－作瑟，琴院可应关。鹤似君无事，风吹雨遍山。松生青石上，泉落白云间。有径连高－作嵩顶，心期相与还。

酬厉玄

我来从北鄙，子省涉－作度西陵。白发初相识，秋山拟共登。邻居帝城雨，会宿御沟冰。未报见－作君贻作，耿然中夜兴。

送刘式洛中觐省

晴峰三十六，侍立上春台。同宿别离恨，共看星月回。野莺临苑语，河棹历江来。便寄相思札，缄封花下开。

送空公往金州

七百里山水，手中榔栗粗。松生师坐石，潭涤祖传盂。长拟老岳峤，又闻思海湖。惠能同俗姓，不是岭南卢。

赠绍明上人

来住青云－作龙室，中秋独往年。上方嵩若－作古寺，下视雨和－作如烟。祖岂无言去，心因断臂传。不知能已后，更有几灯然。

赠弘泉上人

洗足下蓝岭，古师精进同。心知溪卉长，居此玉林空。西殿宵灯磬，东林曙雨风。旧峰邻太白，石座雨苔蒙。

送宣皎上人游太白

剃发鬓无雪，去年三十三。山过春草寺，磬度落花潭。得句才邻约，论宗意在南。峰灵疑懒下，苍翠太虚参。

病起

高－作嵩丘归未得，空自责迟回。身事岂能遂，兰花又已开。病令新作少，雨阻故人来。灯下南华卷，祛愁当酒杯。

送殷侍御赴同州

冯翊蒲西－作连郡，沙冈拥地形。中条全离岳，清渭半和泾。夜暮－作久眠明月，秋深－作新至洞庭。犹来交辟士－作由来交臂者，事别－作事偃林扃。

送沈鹤

家楚婿于秦，携妻去养亲。陆行千里外，风卷一帆新。夜泊疏山雨，秋吟捣药轮。芜城登眺作－作后，才动广陵人。

秋夜仰怀钱孟二公琴客会

月色四时好，秋光君－作吾子知。南山昨夜雨，为我写－作寄清规。独鹤耸寒骨，高杉韵细飔。仙家缥缈弄，仿佛此中期。

赠李金州

绮里祠前后，山程践白云。溯流随大旆，登岸见全军。晓角吹人梦，秋风卷雁群。雾开方露日，汉水底－作与沙分。

酬姚合－本无合字校书

因贫行远道－作道远，得见旧交游。美酒易倾尽，好诗难卒酬。公堂朝共到，私第夜相留。不觉入关晚，别来林木秋。

送独孤马二秀才居明月山读书

濯志俱高洁，儒科慕冉颜。家辞临水郡，雨到读书山。栖鸟棕花上，声钟砾－作栎阁间。寂寥窗户外，时见一舟还。

病蝉

病蝉飞不得，向我掌中行。拆翼犹能薄，酸吟尚极清。露华凝在腹，尘点误侵睛。黄雀并－作兼鸢－作乌乌，俱怀害尔情。

青门里作

燕存鸿已过，海内几人愁。欲问南宗理，将归北岳修。若无攀桂分，只是卧云休。泉树一为别,依稀三十秋。

卢秀才南台
居在青门里,台当千万岑。下因冈助势,上有树交阴。陵远根才近—作辨,空长畔可寻。新晴登啸处—作月,惊起宿枝禽。

寄李辂侍郎
终过盟津书,分明梦不虚。人从清渭别,地隔太行余。宾幕谁嫌静,公门但晏如。榴鞭干霹雳,斜汉湿蟾蜍。追琢垂今后,敦庞得古初。井台怜操筑,漳岸想丕疏。亦翼铿珉佩,终当直石渠。此身多抱疾,幽里近营居。忆漱苏门涧,经浮楚泽潴。松栽侵古影,荤断尚芹菹。语嘿曾延接,心源离滓淤。谁言姓琴氏,独跨角生鱼。

寄令狐绹—本无绹字相公
驴骏胜赢马,东川路匪赊。一缄论贾谊,三蜀寄严家。澄彻霜江水,分明露石沙。话言声及政,栈阁谷离斜。自著衣偏暖,谁忧雪六花。裹褰留阔襆,防患与通茶。山馆中宵起,星河残月华。双僮前日雇,数口向天涯。良乐知骐骥,张雷验镆铘。谦光贤将相,别纸圣龙蛇。岂有斯言玷,应无白璧瑕。不妨圆魄里,人亦指虾蟆。

再投李益常侍
何处初投刺,当时赴尹京。淹留花柳—作木变,然诺肺肠倾。避暑蝉移树,高眠—作登高雁过城。人家嵩岳色,公府洛河声。联句逢秋尽,尝茶见月生。新衣裁白苎,思从曲江行。

积雪
昔—作省属时霖滞,今逢腊雪多。南猜飘桂渚,北讶雨交河。尽灭平芜色,弥重古木柯。空中离白气,岛外下沧波。隐者迷樵道,朝人冷玉珂。夕繁仍昼密,漏间复钟和。想积高嵩顶,新秋皎—作皓月过。

过杨—作阳道士居
先生修道处,茆屋远嚣氛。叩齿坐明月,揩颐望白云。精神含药色,衣服带霞纹。无话—作每语瀛洲路,多年别少君。

赠僧
乱山秋木穴,里有灵蛇藏。铁锡挂临—作陵海—作锡挂临沧海,石楼闻异香。出尘头未白,入定衲凝霜。莫话五湖事,令人心欲狂。

送友人游塞
飘蓬多塞下,君见益潸然。迥碛沙衔日,长河水接天。夜泉行客火,晓戍向京烟。少结相思恨,佳期芳草前。

思游边友人
凝愁对孤烛,昨日饮离杯。叶—作邮下故人去,天中新雁来。连沙秋草薄,带雪暮山开。苑北红尘道,何时见远回?

秋暮寄友人
寥落关河暮,霜风树叶低。远天垂地外,寒日下峰—作山西。有志烟霞切,无家岁月迷。清宵话白阁,已负十—作数年栖。

寄令狐绹—本无绹字相公
官高频—作蒙明敕授,老免把犁锄。一主长江印,三封东省书。不无濠上思,唯食圃中蔬。梦幻将泡影,浮生事只如。

和孟逸人林下道情
四气—作时相陶铸,中庸道岂销!夏云生此日,春色尽今朝。陋巷贫无闷,毗耶疾未调。已栽天—作毫末柏,合抱岂非遥。

宿姚少府北斋
石溪同夜泛,复此北斋期。鸟绝吏归后,蛩鸣客卧时。锁城凉雨细,开印曙钟迟。忆此漳川岸,如今是别离。

雪晴晚望
倚杖望晴雪,溪云几万重。樵人归白屋,寒日下危峰。野火烧冈草,断烟生石—作古松。却回山寺路,闻打暮天钟。

送崔峤游潇湘

功烈尚书孙,琢磨风雅言。渡河山凿处,陟岘汉滩喧。梦想吟天目,宵同话石门。枫林叶欲下,极浦月清暾。

寄朱锡珪

远泊与谁同,来从古木中。长江人钓月,旷野火烧风。梦泽吞楚大,闽山陁—作隐海丛。此时樯底水,涛起屈原通。

马戴居华山因寄

玉女洗头盆,孤高不可言。瀑流莲岳顶,河注华山根。绝雀林藏鹘,无人境有猿。秋蟾才过雨,石上古松门。

寄胡遇

一自残春别,经炎复到凉。萤从枯树出,蛩入破阶藏。落叶书胜纸,闲砧坐当床。东门因送客,相访也何妨。

送李戎扶侍往寿安

二千余里路,一半是波涛。未晓著衣起,出城逢日高。关山多寇盗,扶侍带弓刀。临别不挥泪,谁知心郁陶?

送孙逸人

衣屦犹同俗,妻儿亦宛然。不餐能累月,无病—作疾已多年。是药皆谙性,令人渐信仙。杖头书数卷,荷入翠微烟。

寄华山僧

遥知白石室,松柏隐朦胧。月落看心次,云生闭目中。五更钟隔岳,万尺水悬空。苔藓嵌岩所,依稀有径通。

送李登少府

伊阳耽酒尉,朗咏醉醒新。应见嵩山里,明年踯躅春。一千寻树直,三十六峰邻。流水潺潺处,坚贞玉涧珉。

易州过郝逸人居

每逢词翰客,邀我共寻君。果见闲居赋,未曾流俗闻。也知邻市井,宛似出嚣—作尘氛。却笑巢由辈,何须隐白云?

酬鄠县李廓少府见寄

稍怜公事退,复遇夕阳时。北朔霜凝竹,南山水入篱。吟怀沧海侣,空问白云师。恨不相从去,心惟野鹤知。

净业寺与前鄠县李廓少府同宿

来从城上峰,京寺暮相逢。往往语复默,微微雨洒松。家贫初罢吏,年长畏闻蛩。前日犹拘束,披衣起晓钟。

送南卓归京

残春别镜陂,罢郡未霜髭。行李逢炎暑,山泉满路岐。云藏巢鹤树,风触哢莺枝。三省同虚位,双旌带去思。入城宵梦后,待漏月沉时。长策并忠告,从容写玉墀—作池。

卧疾走笔酬韩愈书问

一卧三四旬,数书惟独—作书至独思君。愿为出海月,不作归山云。身上衣频寄—作蒙与,瓯中物亦分。欲知强健否,病鹤未离群。

长孙霞李溟自紫阁白阁二峰见访

寂寞吾庐贫,同来二阁人。所论唯野事,招作—作访我住云邻。古寺期秋宿,平林散早春。漱流今已矣,巢许岂尧臣。

送惟一游清凉寺

去有巡台侣,荒溪众树分。瓶残秦地水,锡入晋山云。秋月离喧见,寒泉出定闻。人间临欲别,旬日雨纷纷。

郑尚书新开涪江二首

岸凿青山破,江开白浪寒。日沉源出海,春至草生滩。梓匠防波溢,蓬仙畏水干。从今疏决后,任雨滞峰峦。

不侵南亩务,已拔北江流。涪水方移岸,浔阳有到舟。潭澄初捣药,波动乍垂钩。山可疏三里,从知—作惟应历亿秋。

寄乔侍郎
　　大宁犹未到,曾渡北浮桥。晓出爬船寺,手擎紫栗条。差池不相见,怅望至今朝。近日营家计,绳悬一小瓢。

送去华法师
　　在越居何寺,东南水路归。秋江洗一钵,寒日晒三衣。默听鸿声尽,行看叶影飞。囊中无宝货,船户夜扃稀。

送蔡京
　　跃蹄归鲁日,带漏别秦星。易折芳条桂,难穷邃义经。登封多泰岳,巡狩遍沧溟。家在何林下,梁山翠满庭。

慈恩寺上座院
　　未委衡山色,何如对塔峰。曩宵曾宿此,今夕值秋浓。羽族栖烟竹,寒流带月钟。井甘源起异,泉涌渍苔封。

题朱庆余所居
　　天寒吟竟晓,古屋瓦生松。寄信船一只,隔乡山万重。树来沙岸鸟,窗度雪楼钟。每忆江中屿,更看城上峰。

送黄知—作和新归安南
　　池亭沉饮遍,非独曲江花。地远路穿海,春归冬到家。火山难下雪,瘴土不生茶。知决移—作秋来计,相逢期尚赊。

赠胡禅归
　　自是根机钝,非关夏腊深。秋来江上寺,夜坐岭南—作头心。井凿山含月,风吹磬出林。祖师携—作道只履,去路杳难寻。

元日女道士受箓
　　元日更新夜,斋身称净衣。数星连斗出,万里断云飞。霜下磬声在,月高坛影微。立听师语了,左肘系符归。

重与彭兵曹
　　故人在城里,休寄海边书。渐去老不远,别来情岂疏。砚冰催腊日,山雀到贫居。每—作美有平戎计—作策,官家—作蒙别敕—作名敕尽除。

赠庄上人
　　不语焚香坐,心知道已成。流年衰此世,定力见他生。暮雪馀春冷,寒灯续昼明。寻常五侯至,敢望下阶迎。

落第东归逢僧伯阳
　　相逢须语笑,人世别离频。晓至—作去长侵月,思乡动隔春。见僧心暂静,从俗事多迍。宇宙诗名小,山河客路新。翠桐犹入爨,清镜未辞尘。逸足思奔骥,随群且退鳞。宴乖红杏寺,愁在绿杨津。老病难为乐,开眉赖故人。

皇甫主簿期游山不及赴
　　休官匹马在,新意入山中。更住应难遂,前—作相期恨不同。集蝉苔树僻,留客雨堂空。深夜谁相访,惟当清净翁。

宿成湘林下
　　相访夕阳时,千株木未衰。石泉流出—作出幽谷,山雨滴栖鸱。漏向灯听数,酒因客寝迟。今宵不尽兴,更有月明期。

喜雍陶至
　　今朝笑语同,几日百忧中。鸟度剑门静,蛮归泸水空。步霜吟菊畔,待月坐林东。且莫孤此兴,勿论穷与通。

酬胡遇
　　丽句传人口,科名立可图。移居见山烧,买树带巢乌。游远风涛急,吟清雪月孤。却思初识面,仍未有多须。

宿慈恩寺郁公房
　　病身来寄宿,自扫一床闲。反照临江磬,新秋过雨山。竹阴移冷月,荷气带禅关。独住—作往天台意,方从内请还。

送褚山人归日本—作东

悬帆待秋水—作色，去入杳冥间。东海几年别，中华此日还。岸遥生白发，波尽露青山。隔水相思在，无书也是闲。

寄韩湘

过岭行多少，潮州涨—作瘴满川。花开南去后，水冻北归前。望鹭吟登阁，听猿泪滴船。相思堪面话—作语，不著尺书传。

雨夜寄马戴

芳林杏花树，花落子西东。今夕曲江雨，寒催朔北风。乡书沧海绝，隐路翠微通。寂寂相思际—作处，孤—作红红残漏中。

喜无可上人游山回

一食复何如，寻山无定居。相逢新夏满，不见半年余。听话龙潭雪，休传鸟道书。别来还似旧，白发日高梳。

寄毗陵彻公

身依吴寺老，黄叶几回看。早讲林霜在，孤禅隙月残。井通潮浪远，钟与角声寒。已有南游—作浮约，谁言礼谒难。

送韦琼校书

宾佐兼归觐，此行江汉心。别离从阙下，道路向山阴。孤屿消寒沫，空城滴夜霖。若邪溪畔寺，秋色共谁寻？

寄刘侍御

衣多苔藓痕，犹拟更趋门—作村。自夏虽无病，经秋不过原。积泉留岱鸟—作雁，叠岫—作屿隔巴猿。琴月西斋集，如今岂复言。

送穆少府知眉州

剑门倚青汉，君昔未曾过。日暮行人少，山深异鸟多。猿—作狖啼和峡雨，栈尽到江波。一路白云里，飞泉洒薜萝。

二月晦日留别鄠—作邮中友人

立马柳花里，别君当酒酣。春风渐向北，云—作雪雁不飞南。明晓日初一，今年月又三。鞭羸去暮色，远岳起烟岚。

送李校书赴吉期

筮算重重吉，良期讵可迁？不同牛女夜，是配凤凰年。佩玉春风里，题章蜡烛前。诗书与箴训，夫哲又妻贤。

宿孤馆

落日投村戍，愁生为客途。寒—作春山晴后绿，秋—作江月夜来—作深孤。橘树千株在，渔家一半无。自知风水静，舟系岸边芦。

哭宗密禅师

鸟道雪岑巅，师亡谁去禅？几尘增灭后，树色改生前。层塔当松吹，残踪傍野泉。唯嗟听经虎，时到坏庵边。

宿山寺

众岫耸寒色，精庐向此分。流星透疏木，走月逆行云。绝顶人来少，高松鹤不群。一僧年八十，世事未曾闻。

送友人如边

去日重阳后，前程菊正芳。行车辗秋岳，落叶坠寒霜。云入汉天白，风高碛色黄。蒲轮待恐晚，求荐向诸方。

题竹谷上人院

禅庭高鸟道，回望极川原。樵径连峰顶，石泉通竹根。木深犹积雪，山浅未闻猿。欲别尘中苦，愿师贻一言。

京北原作

登原见城阙，策蹇思炎天。日午路中客，槐花风处蝉。远山秦木—作树上，清渭汉陵前。何事居人世，皆从—作因名利牵。

寄江上人

紫阁旧房在，新家中岳东。烟波千里隔，消息一朝通。寒日汀洲路，秋晴岛屿风。分明杜陵叶，别后两—作雨经红。

送僧归太白山
坚冰连夏处,太白接青天。云塞石房路,峰明雨外巅。夜禅临虎穴,寒漱撇龙泉。后会不期日,相逢应信缘。

暮过山村
数里闻寒水,山家少四邻。怪禽啼旷野,落日恐行人。初月未终夕,边烽不过秦。萧条桑柘外,烟火渐相亲。

鹭鸶
求鱼未得食,沙岸往来行。岛月独栖影,暮天寒过声。堕巢因木折,失侣遇弦惊。频向烟霄望,吾知尔去程。

内道场僧弘绍
麟德燃香请,长安春几回。夜闲—作寒同像寂,昼定为吾开。讲罢松根老,经浮海水来。六年双足履,只步院中苔。

蒋亭和蔡湘州
蒋宅为亭榭,蔡城东郭门。潭连秦相井,松老汉朝根。已积苍苔遍,何曾旧径存。高斋无事后,时复一携尊。

光州王建使君水亭作
楚水临轩积,澄鲜一亩余。柳根连岸尽,荷叶出萍初。极浦清相似,幽禽到不虚。夕阳庭际眺,槐雨滴疏—作稀疏。

留别光州王使君建—本无建字
杜陵千里外,期在末秋归。既见林花落,须防木叶飞。楚从何地尽,淮隔数峰微。回首余霞失,斜阳照客衣。

宿姚合宅寄张司业籍—本无籍字
闲宵因集会—作会集,柱史话先生。身爱无一事,心期往四明。松枝影摇动,石磬响寒清。谁伴南斋宿,月高霜满城。

哭张籍
精灵归恍惚,石磬韵曾闻。即日是前古,谁人耕此坟?旧游孤棹—作枕远,故域九江分。本欲蓬瀛去,餐芝御白云。

灵准上人院
掩扉当太白,腊数等松椿。禁漏来遥—作迟夜,山泉落近邻。经声终卷晓,草色几芽春。海内知名士,交游准上人。

寄柳舍人宗元—本无宗元二字
格与功俱造,何人意不降。一宵三梦柳,孤泊九秋江。擢第名重列,冲天字几双。誓为仙者仆,侧执驭风幢。

送玄岩上人归西蜀
玉垒山中寺,幽深胜概多。药成彭祖捣,顶受七轮摩。去腊催今夏,流光等逝波。会当依粪扫—作草,五岳遍头陀。

寄宋州田中丞
古郡近南徐,关河万里余。相思深夜后—作雨,未答去秋—作年书。自别知音少,难忘识面初。旧山期已久,门掩数畦疏。

送朱休归剑南
剑南归受贺,太学赋声雄。山路长江岸,朝阳十月中。芽新抽雪茗,枝重集猿枫。卓氏琴台废,深芜想径通。

寄长武朱尚书
不日即登坛,枪旗一万竿。角吹边月没,鼓绝爆雷残。中国今如此,西荒可取难。白衣思请谒,徒步在长安。

送皇甫侍御
晓钟催早朝,自是—作独自赴嘉招。舟泊湘江阔,田收楚泽遥。雁惊起衰草,猿渴下寒条。来使黔南日,时应问寂寥。

郊居即事
住此园林久,其如未是家。叶书传野意,檐溜煮胡茶。雨后逢行鹭,更深听远蛙。自然还往里,多是爱烟霞。

夜集姚合宅期可公不至

公堂秋—作春，一作初雨夜，已是念园林。何事疾病日，重论山水心。孤灯明腊后，微雪下更深。释子乖来约，泉西寒磬音。

喜李余自蜀至

迢递岷峨外，西南驿路高。几程寻崄栈，独宿听寒涛。白马飞还立，青猿断更号。往来从此过，词体近风骚。

王侍御南原庄

买得足云地，新栽药数窠。峰头盘一径，原下注双河。春寺闲眠久，晴台独上多。南斋宿雨后—作夜，仍许重来麼—作过。

送康秀才

俱为落第年，相识落花前。酒泻两三盏，诗吟十数篇。行岐逢塞雨，嘶马上津船。树影高堂下，回时应有蝉。

送僧

此生披衲过，在世得身闲。日午游都市，天寒往华山。言归文字外，意出有无间。仙掌云边树，巢禽时出关。

寄魏少府

来时乖面—作伤远别，终日使人惭。易记卷中句，难忘灯下谈。湿苔粘树瘿，瀑布溅房庵。音信如相惠，移居古井南。

原居即事言怀赠孙员外

出入土门偏，秋深石色泉。径通原上草，地接水中莲。采菌依余栭，拾薪逢刈田。镊捋白发断，兵阻尺书传。避路来华省，抄诗上彩笺。高斋久不到，犹喜未经年。

登楼

秋日登高望，凉风吹海初。山川明已久，河汉没无余。远近涯寥夐—作廓，高低中太虚。赋因王阁笔，思比谢游疏。

上乐使君救康成公—作陈陶续古诗

曾梦诸侯笑，康囚议脱枷。千根池里藕，一朵火中花。

昆明池泛舟

一枝青竹榜，泛泛绿萍里。不见钓鱼人，渐入秋塘水。

送僧

大内曾持论，天南化俗行。旧房山雪在，春草岳阳生。晓了莲经义，堪任宝盖迎。王侯皆护法，何寺讲钟鸣。

送刘知新往襄阳

此别诚堪恨，荆襄是旧游。眼光悬欲落，心绪乱难收。花木三层寺，烟波五—作伍相楼。因君两地去，长使梦悠悠。

寄慈恩寺郁上人

中秋期夕望，虚室省相容。北斗生清漏，南山出碧重。露寒鸠宿竹，鸿过月圆—作悬钟。此夜情应切，衡阳旧住峰。

全唐诗卷五百七十四

贾岛

送饶州张使君

终南云雨连城阙,去路西江白浪头。滁上郡斋离昨日,鄱阳农事劝今秋。道心生向前朝寺,文思来因静夜楼。借问泊帆干谒者,谁人曾听峡猿愁?

观冬设上东川杨尚书

匏革奏冬非独乐,军城未晓启重门。何时却—作去入三台贵,此日空知八座尊。罗绮舞中—作时收雨点,貔貅阃外卷云根。逐迁属吏随宾列,拨—作去棹扁舟不忘恩。

巴兴作

三年未省闻鸿叫,九—作腊月何曾见草枯。寒暑气均思白社,星辰位正忆皇都。苏卿持节终还汉,葛相行师自渡泸。乡味朔山林果别,北归期挂海帆孤。

早蝉

早蝉孤抱芳槐叶,噪向残阳意度秋。也任一声催我老,堪听—作怜两耳畏吟休。得非下第无高韵,须是青山隐白头。若问此心嗟叹否,天人不可怨而尤。

投元郎中

心—作秋在潇湘归未期,卷中多是得名诗。高台聊望清秋色,片水堪—作难留白鹭鸶。省宿有时闻急雨,朝回尽日伴禅师。旧文去岁曾将献,蒙与人来说始知。

阮籍啸台

如闻长啸春风里,荆棘丛边访旧踪。地接苏门山近远,荒台突兀抵高峰。

滕校书使院小池—本无上三字

小池谁见凿时初,走水南来十里余。楼上

日斜吹暮角,院中人出锁游鱼。

送陕府王建—本无建字司马

司马虽然听晓钟,尚犹高枕恣疏慵。请诗—作持僧过三门水,卖药人归五老峰。移舫绿阴—作萍深处息,登楼凉夜此时逢。杜陵惆怅临相—作岐饯,未寝月前多屐—作履踪。

上谷旅夜

世难那堪恨旅游,龙钟更是对穷秋。故园千里数行泪,邻杵一声终夜愁。月到寒窗空皓皛,风翻落叶更飕飗。此心不向常人说,倚识平津万户侯。

寄无得头陀

夏腊今应三十余,不离树下冢间居。貌堪良匠抽毫写,行称高僧续传书。落涧水声来远远,当空月色自如如。白衣只在青门里,心每相亲迹且疏。

崔卿池上双白鹭

鹭雏相逐出深笼,顶各有丝茎数同。洒石多霜移足冷,隔城远树挂巢空。其如尽在滩声外,何例双飞浦色中。见此池潭—作塘卿自凿,清泠太液底潜通。

送胡道士

短褐身披满渍—作野,一作翠苔,灵溪深处观门开。却从城里移—作携琴去,许山中寄药来。临水—作洒雪古坛秋醮罢—作后,宿杉—作松幽—作哜查寒鸟夜—作暮飞回。丹梯愿逐真人上—作未游彼地空劳想,日夕归心白发催—作师往如云不可陪。

寄韩潮州愈

此心—作身曾与木兰舟,直到天南潮—作湖水头。隔岭篇章来华岳,出关书信过泷流。峰悬驿路残云断,海浸城根—作阁老树秋。一夕瘴烟风卷尽,月明初上浪西楼。

酬张籍王建

疏林荒宅古坡—作陂前,久住还因太守怜。

渐老更思深处隐,多闲数得上方眠。鼠抛贫屋收田日,雁度寒江拟—作撇雪天。身是—作事龙钟应是分,水曹芸阁枉来篇。

逢博陵故人彭兵曹

曲阳分散会京华,见说三年住海涯。别后解餐蓬蘽子,向前未识牡丹花。偶逢日者教求禄,终傍泉声拟置家。踏雪携琴—作衾相就宿,夜深开户斗牛—作月光斜。

赠牛—作刘山人

二十年中饵茯苓,致书—作身半是老君经。东都旧住商人宅,南国新修道士亭。凿石养蜂休买蜜,坐山秤药不争星。古来隐者多能卜,欲就先生问丙丁。

送于中丞使回纥册立

君立天骄发使车,册文字字著金书。渐通—作过青冢乡山尽,欲达皇情译语初。调角寒城边色动,下霜秋碛雁行疏。旌旗来往几多日,应向途中见岁除。

送刘侍御重使江西

时当苦热远行人,石壁飞泉溅马身。又到钟陵知务大,还浮溢浦属秋新。早程猿叫云深极,宿馆禽惊叶动频。前者已闻廉使荐,兼言有画静边尘。

赠圆上人

诵经千纸得为僧,麈尾持行不拂蝇。古塔月高闻呪水,新坛日午见烧灯。一双童子浇红药,百八真珠贯彩绳。且说近来心里事,仇雠相对似亲朋。

卢州李使君改任遂州因寄赠

庭树几株阴入户,主人何在客闻蝉。钥开原上高楼锁,瓶汲池东古井泉。趁静野禽—作因趁野僧曾后到,休吟邻叟始安眠。仙都山—作弱水谁能忆,西去风涛书满船。

酬慈恩寺文郁上人

袈裟影入禁—作镜池清,犹忆乡山近赤城。

篱落罅间寒蟹过,莓苔石上晚蛩行—作鸣。期登野阁闲应甚,阻宿山—作幽房疾未平。闻说又寻南岳去,无端诗思忽然生。

访鉴玄师侄
维摩青石讲初休,缘访亲宗到普州。我有军持凭弟子,岳阳溪里汲寒流。

夜坐
蟋蟀渐多秋不浅,蟾蜍已没夜应深。三更两鬓几枝雪,一念双峰四祖心。

送别
门外便伸千里别,无车不得到河梁。高楼直上百余尺,今日为君南望长。

闻蝉感怀
新蝉忽发最高枝,不觉立听无限时。正遇友人来告别,一心—作声分作两般悲。

夏夜上谷宿开元寺
诗成一夜月中题,便卧松风到曙鸡。带月时闻山鸟语,郡城知近武陵溪。

送于总持归京
出家初隶何方寺,上国西明御水东。却见旧房阶下树,别来二十一春风。

崔卿池上鹤
月中时叫叶纷纷,不异洞庭霜夜闻。翎羽如今从放长—作从今如翠剪,犹能飞起向—作上孤云。

登田中丞高亭
高亭林表迥嵯峨,独坐秋宵不寐—作寐多。玉兔—作貌玉人歌里出,白云难似—作虽白莫相和。

友人娶杨氏催妆
不知今夕是何夕,催促阳台近镜台。谁道芙蓉水中种,青铜镜里一枝开。

酬朱侍御望月见寄
他寝—作今夜此时吾不寝,近秋三五日—作月逢晴—作晴时。相思唯有霜台月,望尽孤光见却生—作迟。

题韦云叟草堂
新起此—作北堂开北窗,当窗山隔一重江。白茅草苫—作苦盖重重密,爱此—作杀秋天夜雨淙。

和韩吏部泛南溪
溪里晚从池岸出,石泉秋急夜深闻。木兰船共山人上,月映渡头零落云。

方镜
背如刀截机头锦,面似升量涧底泉。铜雀台南秋日后—作得,照来照去已三年。

酬姚合
黍穗豆苗侵古道,晴原午后早秋时。故人相忆僧—作曾来说,杨柳无风蝉满枝。

送灵应上人
遍参尊宿游方久,名岳奇峰问此公。五月半间看瀑布,青城山里白云中。

赠丘先生
常言吃药全胜饭,华岳松边采茯神。不遣髭须一茎白,拟为白日上升人。

渡桑乾
客舍并州已十霜,归心日夜忆咸阳。无端更渡桑乾水,却望并州是故乡。

夜期啸客吕逸人不至—作期逸人不至,一作夜期啸客不至。
逸人期宿石床中,遭我开扉对晚空。不知何处啸秋月,闲著—作闲,一作却松门一夜风。

夜集乌行中所居
环炉促席复持杯,松院双扉向月开。座上

同声半先达,名山独入此心来。

赠梁浦秀才斑竹拄杖
拣得林中最细枝,结根石上长身迟。莫嫌滴沥红斑少,恰似—作是湘妃泪尽时。

寻石瓮寺上方
野寺入时春雪后,崎岖得到此房前。老僧不出迎朝客,已住上方三十年。

早秋寄题天竺灵隐寺
峰前峰后寺新秋,绝顶高窗见沃洲。人在定中闻蟋蟀,鹤从—作栖处挂猕猴。山钟夜渡空江水,汀月寒生古石楼。心忆悬—作挂帆身未遂,谢公此地昔年游。

黎阳寄姚合
魏都城里曾游—作游从熟,才子斋中止泊多。去日绿杨垂紫陌,归时白草夹—作映黄河。新诗不觉千回咏,古镜曾—作重经几度—作番磨。惆怅心思滑台北,满杯浓酒与愁和。

送崔约秀才
归宁仿佛三千里,月向船窗见几宵。野鼠独偷高树果,前山渐见短禾苗。更深栅锁淮波疾,苇动风生雨气遥。重入石头城下寺,南朝杉老未干燋。

咏怀
纵把书看未省勤,一生生计只长贫。可能在世无成事,不觉离家作老人。中岳深林秋独往,南原多草夜无邻。经年抱疾谁来问,野鸟相过啄木频。

夏日寄高洗马
三十年来长在客,两三行泪忽然垂。白衣苍鬓经过懒,赤日朱门偃息迟。花发应耽新熟酒,草颠还写早朝诗。不缘马死西州去,画角堪听是晓吹。

送周判官元范赴越
原下相逢便别离,蝉鸣关路使回时。过淮渐有悬帆兴,到越应将坠叶期。城上秋山生菊早,驿西寒渡落潮迟。已曾几遍随旌旆,去谒荒郊—作凉大禹祠。

送罗少府归牛渚
作尉长安始三日—作三月罢,忽思牛渚梦天台。楚山远色独归去,灞水空流相送回。霜覆鹤身松子落,月分萤影石房开。白云多处应频到,寒涧泠泠漱—作溅古苔。

题童真上人
江上修持积岁年,滩声未拟住潺湲。誓从五十身披衲,便向三千界坐禅。月峡青城那有滞,天台庐岳岂无缘?昨宵忽梦游沧海,万里波涛在目前。

赠温观主
一别罗浮竟未还,观深廊古院多关。君来几日行虚洞,仙去空坛在远山。胎息存思黑处,井华悬绠取朝间。弊庐道室虽邻近,自乐冬阳炙背闲。

贺庞少尹除太常少卿
太白山前终日见,十旬假满拟秋寻。中峰绝顶非无路,北阙除书阻—作又入林。朝谒此时闲野屐,宿斋何处止—作正鸣砧。省中石磴陪随步,唯赏烟霞不厌深。

上邠宁邢司徒
箭头破帖—作栝浑—作全无敌,杖底敲球远有声。马走千蹄朝万乘,地分三郡拥双旌。春风欲尽山花发,晓角初吹客梦惊。不是邢公来镇此,长安西北未能行。

欲游嵩岳留别李少尹益—本无益字
孤策迟回洛水湄,孤禽嘹唳—作晓幸人知。嵩岳望中常待我,河梁欲上未题诗。新秋爱月愁多雨,古观逢—作寻仙看尽棋。微眇此来将敢问,凤凰何日定—作始归池。

病鹘吟
俊鸟还投高处栖,腾身戛戛下云梯。有时

透雾凌空去,无事随风入草迷。迅疾月边捎玉兔,迟回日里拂金鸡。不缘毛羽遭零落,焉肯雄心向尔低。

赠僧

从来多—作只是游山水,省泊禅舟月下涛。初过石桥年尚少,久辞天柱腊应高。青松带雪悬铜锡,白发如霜落铁刀。常恐画工—作师援笔写,身长七尺有眉毫。

赠—本有某字翰林

清重无—作可过知内制,从前礼绝外庭人。看花在处多随驾,召宴无时不及—作觐身。马自赐来骑觉稳,诗缘见彻语长—作当新。应怜独向名场苦,曾十余年浪过—作度春。

颂德上贾常侍

边臣说使朝天子,发语轰然激夏雷。高节羽书期独传,分符绛郡滞长材。啁啾鸟恐鹰鹯起,流散人归父母来。自顾此身无所立,恭谈祖德朵颐开。

田将军书院

满庭花木半新栽,石自平湖远岸来。笋进邻家还长竹,地经山雨几层苔。井当深夜泉微上,阁入高秋户尽开。行背曲江谁到此,琴书锁著未朝回。

投庞少尹

闭户息机搔白首,中庭一树有清阴。年年不改风尘趣,日日转多泉石心。病起望山台上立,觉来听雨烛前吟。庞公相识元和岁,眷分依依直至今。

夏夜登南楼

水岸寒—作闲楼带月跻,夏林初见岳阳溪。一点新萤报秋信,不知何处—作树是菩提。

题青龙寺

碣石山人一轴诗,终南山北数人知。拟看青龙寺里月,待无一点夜云时。

赠李文通

营当万胜冈头下,誓立千年不朽功。天子手擎新钺斧,谏官请赠李文通。

题虢州三堂赠吴郎中—作题虢州吴郎中三堂

无穷草树昔谁栽,新起临湖白石台。半岸泥沙孤鹤立,三堂风雨四门开。荷翻团—作圆露惊秋近,柳转斜阳过水来。昨夜北楼堪朗咏,虢城初锁月裴回。

送僧

池上时时松雪落,焚香烟起见孤灯。静夜忆谁来对坐,曲江南岸寺中僧。

三月晦日赠刘评事

三月正—作更当三十日,风—作春光别我苦吟身。共君今夜不须睡—作寝,未到晓钟犹—作五更还是春。

送张道者

新岁抱琴何处去,洛阳三十六峰西。生来未识山人面,不得一听乌夜啼。

题鱼尊师院

老子堂前花万树,先生曾见几回春。夜煎白石平明吃,不拟教人哭此身。

宿村家亭子—作宿杜司空东亭,一作题杜司户亭子。

床头枕是溪中石,井底泉通竹下池。宿客未眠过夜半—作当半夜,独闻山雨到来时。

送称上人

归蜀拟从巫峡过,何时得入旧房禅?寺中来后谁身化,起塔栽松向野田。

杨秘书新居

城角新居邻静寺,时从新阁上经楼。南山泉入宫中去,先向诗人门外流。

听乐山人弹易水

朱丝弦底燕泉急,燕将云孙白日弹。嬴氏

归山陵已掘,声声犹带发冲冠。

经苏秦墓

沙埋古篆折碑文,六国兴亡事系—作计君。今日凄凉无处说,乱山秋尽有寒云。

题戴胜

星点花冠道士衣,紫阳宫女化身飞。能传上界春消息,若到蓬山莫放归。

题隐者居

虽有柴门常不关,片云孤木伴身闲。犹嫌住久人知处,见拟移家更上山。

哭孟东野

兰无香气鹤无声,哭尽秋天月不明。自从东野先生死,侧近云山得散行。

过京索先生坟

京索先生三尺坟,秋风漠漠吐寒云。从来有恨君多哭,今日何人更哭君。

客思

促织声尖尖似针,更深刺著旅人心。独言独语月明里,惊觉眠童与宿禽。

盐池院观鹿

条峰五老势相连,此鹿来从若个边。别有野麋人不见,一生长饮白云泉。

黄鹄下太液池

高飞空外鹄,下向禁中池。岸印行踪浅,波摇立影危。来从千里岛,舞拂万年枝。踉跄孤风起,裴回水沫移。幽音清露滴,野性白云随。太液无弹射,灵禽翅不垂。

代旧将

旧事说如梦,谁当信老夫?战场几处在,部曲一人无。落日收病—作疲马,晴天晒阵图。犹希圣朝用,自镊白髭须。

老将

胆壮乱须白,金疮蠹百骸。旌旗犹入梦,歌舞不开怀。燕雀来鹰架,尘埃满箭箙。自夸勋业重,开府是官阶。

春行

去去行人远,尘随马不穷。旅情斜日后,春色早烟中。流水穿空馆,闲花发故宫。旧乡千里思,池上绿杨风。

题郑常侍厅前竹

绿竹临诗酒,婵娟思不穷。乱枝低积雪,繁叶亚寒风。萧飒疑泉过,萦回有径通。侵庭根出土,隔壁笋成丛。疏影纱窗外,清音宝瑟中。卷帘终日看,欹枕几秋同。万顷歌王子,千竿伴阮公。露光怜片片,雨润爱蒙蒙。巘谷蛮湖北,湘川瀍水东。何如轩槛侧,苍翠袅长空。

早行

早起赴前程,邻鸡尚未鸣。主人灯下别,羸马暗中行。蹋石新霜滑,穿林宿鸟惊。远山钟动后,曙色渐分明。

送人南归

分手向天涯,迢迢泛海波。虽然南地远,见说北人多。山暖花常发,秋深雁不过。炎方饶胜事,此去莫蹉跎。

送人南游

此别天涯远,孤舟泛海中。夜行常认火,帆去每因风。蛮国人多富,炎方语不同。雁飞难度岭,书信若为通。

送道者

独向山中见,今朝又别离。一心无挂住,万里独何之。到处绝烟火,逢人话古时。此行无弟子,白犬自相随。

风蝉

风蝉旦夕鸣,伴叶送新声。故里客归尽,水边身独行。噪轩高树合,惊枕暮山横。听处无人见,尘埃满甑生。

清明日园林寄友人
今日清明节,园林胜事偏。晴风吹柳絮,新火起厨烟。杜草开三径,文章忆二贤。几时能命驾,对酒落花前?

上杜驸马
玉山突兀压乾坤,出得朱门入戟门。妻是九重天子女,身为一品令公孙。鸳鸯殿里参皇后,龙凤堂前贺至尊。今日澧阳非久驻,伫为霖雨拜新恩。

莲峰歌
锦砾潺湲玉溪水,晓来微雨藤花紫。冉冉山鸡红尾长,一声樵斧惊飞起。松刺梳空石差<small>一作室齿</small>,烟香<small>一作空</small>风软人参蕊。阳崖一梦伴云根,仙菌灵芝梦魂里。

壮士吟
壮士不曾悲,悲<small>一作去</small>即无回期。如何易水上,未歌先泪垂。

题兴化园亭
破却千家作一池,不栽桃李种蔷薇。蔷薇花落秋风起,荆棘满庭君始知。

竹
篱外清阴接药栏,晓风交戛碧琅玕。子猷没后知音少,粉节霜筠漫岁寒。

李斯井
井存上蔡南门外,置此井时来相秦。断绠数寻垂古甃,取将寒水是何人?

题诗后<small>岛吟成独行潭底影,数息树边身二句下注此一绝。</small>
二句三年得,一吟双泪流。知音如不赏,归卧故山秋。

送友人之南陵
莫叹徒劳向宦途,不群气岸有谁如。南陵暂掌仇香印,北阙终行贾谊书。好趁江山寻胜境,莫辞韦杜别幽居。少年跃马同心使,免得诗中道跨驴。

寻人不遇<small>一作寄人</small>
闻说到扬州,吹箫有旧游。人来多不见,莫是上迷楼。

寻隐者不遇<small>一作孙革访羊尊师诗</small>
松下问童子,言师采药去。只在此山中,云深不知处。

行次汉上
习家池沼草萋萋,岚树光中信马蹄。汉主庙前湘水碧,一声风角夕阳低。

马嵬
长川几处树青青,孤驿危楼对翠屏。一自上皇惆怅后,至今来往马蹄腥。

冬夜送人
平明走马上村桥,花落梅溪雪未消。日短天寒愁送客,楚山无限路迢迢。

句
晴风吹柳絮,新火起厨烟。见《事文类聚》。
长江风送客,孤馆雨留人。见《杨升庵集》。
古岸崩将尽,平沙长未休。见《吟窗杂录》。
不如牛与羊,犹得日暮归。见《纪事》。

全唐诗卷五百七十五

温庭筠

温庭筠,本名岐,字飞卿,太原人,宰相彦博裔孙。少敏悟,才思艳丽,韵格清拔,工为词章小赋,与李商隐皆有名,称温李。然行无检幅,数举进士不第。思神速,每入试,押官韵作赋,凡八叉手而成,时号温八叉。徐商镇襄阳,署为巡官,不得志去,归江东。后商知政事,颇右之,欲白用。会商罢相,杨收疾之,贬方城尉,再迁隋县尉卒。集二十八卷,今编诗为九卷。

鸡鸣埭曲

南朝天子射雉时,银河耿耿星参差。铜壶漏断梦初觉,宝马尘高人未知。鱼跃莲东荡宫沼,蒙蒙御柳悬栖鸟。红妆万户镜中春,碧树一声天下晓。盘踞势穷三百年,朱方杀气成愁烟。彗星拂地浪连海,战鼓渡江尘涨天。绣龙画雉填宫井,野火风驱烧九鼎。殿巢江燕砌生蒿,十二金人霜炯炯。芊绵平绿台城基,暖色春容—作空荒古陂。宁知玉树后庭曲,留待野棠如雪枝。

织锦词

丁东—作冬细漏侵琼—作瑶瑟,影转高梧月初出。簇簇金梭万缕红,鸳鸯艳锦初成匹—作足。锦中百结皆同心,蕊乱云盘相间深。此意欲传传不得,玫瑰作柱朱弦琴。为君裁破合欢被,星斗迢迢—作寥寥共千里。象尺—作齿熏炉未觉秋,碧池已—作中有新莲子。

夜宴谣

长钗坠发双蜻蜓,碧尽山斜开画屏。虬须—作颡公子五侯客,一饮千钟如建瓴。鸾咽妊耻下、竹亚二切,一作妖,一作姹唱圆无节,眉敛湘烟袖回雪。清夜恩情四座同,莫令沟水东西别。亭亭蜡泪香珠残—作溅,暗露晓—作小风罗幕寒。飘飖—作飘戟带俨相次,二十四枝龙画竿。裂管萦弦共繁曲,芳樽细浪倾春醁。高楼客散杏花多,脉脉新蟾如瞪目。

莲浦谣

鸣桡轧轧溪溶溶,废绿平烟吴苑东。水清莲媚两相向,镜里见愁愁更红。白马金鞭一作鞍大堤上,西江日夕多风浪。荷心有露似骊珠,不是真圆亦摇荡。

郭处士击瓯歌

佶栗金虬石潭古,勺陂潋一作滪滟幽修语。湘君宝马上神云,碎佩丛铃满烟雨。吾闻三十六宫花离离,软风吹春星斗稀。玉晨冷磬破昏梦,天一作木露未干香著衣。兰钗委坠垂云发,小响丁当逐回雪。晴碧烟滋重叠山,罗屏半掩桃花月。太平天子驻云车,龙炉勃郁双蟠拏。宫中近臣抱扇立,侍女低鬟落翠花。乱珠触续正跳荡,倾头不觉金乌斜。我亦为君长叹息,缄情远寄愁无色。莫沾香梦绿杨丝,千里春风正无力。

遐水谣

天兵九月渡遐水,马踏沙鸣惊雁一作雁声起。杀气空高万里情,塞寒如箭伤一作双眸子。狼烟堡上霜漫漫,枯叶号一作飘风天地干。犀带鼠裘无暖色,清光炯冷黄金鞍。虏尘如雾昏一作罩亭障,陇首年年汉飞将。麟阁无名期未归,楼中思妇徒相望。

晓仙谣

玉妃唤月归海宫,月色澹白涵春空。银河欲转星靥靥,碧一作雪浪叠山埋早红。宫花有露如新泪,小苑丛丛一作茸茸入寒翠。绮阁空传唱漏声,网轩未辨凌云字。遥遥珠帐连湘烟,鹤扇一作羽如霜金骨仙。碧箫曲尽彩霞动,下视九州皆悄然。秦王女骑红尾凤,半一作乘空回首晨鸡弄。雾一作露盖狂尘亿兆一作万家,世人犹作牵情梦。

锦城曲

蜀山攒黛留晴雪,簪笋蕨芽萦九折。江风吹巧剪霞绡,花上千枝杜鹃血。杜鹃飞入岩下丛,夜叫思归山月中。巴水漾情情不尽,文君织得春机红。怨魄未归芳草死,江头学种相思子。树成寄与望乡人,白帝荒城一作城荒五千里。

生祺屏风歌

玉墀暗接昆仑井,井上无人金索冷。画壁阴森九子堂,阶前细一作碎月铺花影。绣屏银鸭香蓊蒙,天上梦归花绕丛。宜男漫作后庭草,不似樱桃千子红。

嘲春风

春风何处好,别殿饶芳草。茝蒻转鸾旗,萎蕤吹雉葆。扬芳历九门,澹荡入兰荪。争奈白团扇,时时偷主恩。

舞衣曲

藕肠纤缕抽轻春,烟机漠漠娇娥一作娀嚬。金梭淅沥透空薄,剪落交刀一作鲛绡吹断云。张家公子夜闻雨,夜向兰堂思楚舞。蝉衫麟带压愁香,偷得莺簧一作黄莺锁一作销金缕。管含兰气娇语悲,胡槽雪腕鸳鸯丝。芙蓉力弱应难定,杨柳风多不自持。回嚬笑语西窗客,星斗寥寥波脉脉。不逐秦王卷象床,满楼明月梨花白。

张静婉采莲歌 并序

静婉,羊侃妓也,其容绝世,侃自为采莲二曲,今乐府所存,失其故意,因歌以俟采诗者,事具载《梁史》。

兰膏坠发红玉春,燕钗拖颈抛盘云。城边一作西杨柳向娇一作桥晚,门前沟水波粼粼。麒麟公子朝天客,珂一作佩马珰珰一作堂堂,一作当当度春陌。掌中无力舞衣轻,剪断鲛绡一作鳍破春碧。抱月飘烟一尺腰,麝脐龙髓一作脑怜娇娆一作饶。秋罗拂水一作衣碎光动,露重花多香不销。鸂鶒交交一作胶胶塘水满,绿芒一作萍如一作金粟莲茎短。一夜西风送雨来,粉痕零落愁红浅。船头折藕丝暗牵,藕根莲子相留连。郎心似月月未一作易缺,十五十六清光圆。

湘宫人歌

池塘芳草湿,夜半东风起。生绿画罗屏,金壶贮春水。黄粉楚宫人,芳花—作方飞玉刻鳞。娟娟照棋—作台烛,不语两含嚬。

黄昙子歌

参差绿蒲短,摇艳云—作春塘满。绿潋荡融融,莺翁鸂鶒暖。蔞芊小成—作城路,马上修蛾懒。罗衫袅回—作向风,点粉金鹏卵。

觱篥歌 李相妓人吹

蜡烟如纛新蟾满,门外平沙—作沙平草芽短。黑头丞相九天归,夜听飞琼吹朔管。情远气调兰蕙薰,天香瑞彩含细缊。皓然纤指都揭血,日暖碧霄无片云。含商咀徵双幽咽,软縠疏罗共萧屑。不尽长圆叠翠—作彩愁,柳风吹破澄潭月。鸣梭淅沥金丝蕊,恨语殷勤陇头水。汉将营前万里沙,更深一一霜鸿起。十二楼前花正繁,交枝簇蒂连璧门。景阳宫女正愁绝,莫使此声催断魂。

照影曲

景阳妆罢琼窗暖,欲照澄明香步懒。桥上衣多抱彩云,金鳞—作鲜不动春塘满。黄印额山轻为尘,翠鳞—作鲜红稚俱含嚬。桃花百媚如欲语,曾为—作谓无双今两身。

拂舞词—作公无渡河

黄河怒浪连天来,大响硙硙—作肫肫如殷雷。龙伯驱风不敢上,百川喷雪高崔嵬。二十三—作五弦何太哀,请公勿—作莫渡立徘徊。下有狂蛟锯为尾,裂帆截棹磨霜齿。神椎凿石塞神潭,白马趁趣赤尘起。公乎跃马扬玉鞭,灭没高蹄日千里。

太液池歌

腥鲜龙气连清防,花风漾漾吹细光。叠澜不定照天井,倒影荡摇—作漾晴翠长。平碧浅春生绿塘,云容雨态连青—作春苍。夜深银汉通柏梁,二十八宿朝玉堂。

雉场歌

荽叶萋萋接烟曙—作树,鸡鸣堁上梨花露。彩仗锵锵已合围,绣翎白颈遥相妒。雕尾扇张金缕高,碎铃素拂骊驹豪。绿场红迹未—作未相接,箭发铜—作狼牙伤彩毛。麦陇桑阴小山晚,六虬—作虯归去凝笳远。城头却望几含情,青—作春亩春—作青芜连石—作古苑。

雍台歌

太子池南楼百尺,入—作八窗新树疏帘隔。黄金铺首画钩陈,羽葆停幢—作亭幢拂交戟。盘纡阑楯临高台,帐殿—作殿幔临流鸾扇开。早雁惊—作声鸣细波起,映花卤薄龙飞回。

吴苑行

锦雉双飞梅结子,平春远绿窗中起。吴江澹画水连空,三尺屏风隔千里。小苑有门红—作门扇开,天丝舞蝶共—作俱徘徊。绮户雕楹长若此,韶光岁岁如归来。

常林欢歌

宜城酒熟花覆桥,沙晴绿鸭鸣咬咬—作交交。秾桑绕舍麦如尾,幽轧鸣机双燕巢。马声特特荆门道,蛮水扬光色如草。锦荐金炉梦正长,东家咿—作呃喔鸡鸣早。

塞寒行

燕弓弦劲霜封瓦,扑簌寒雕睇平野。一点黄尘起雁喧,白龙堆下千蹄马。河源怒浊—作触,—作激风如刀,剪断朔云天更高。晚出榆关—作林逐征北,惊沙飞迸冲貂—作征袍。心许凌烟名不灭,年年锦字伤离别。彩毫一画竟何荣,空—作长使青楼泪—作泣成血。

湖阴词 并序

王敦举兵至湖阴,明帝微行,视其营伍,由是乐府有湖阴曲而亡其辞,因作而附之。

祖龙黄须珊瑚鞭,铁骢金面青连钱。虎髯—作须拔剑欲成梦,日压贼营如血鲜。海旗风急惊眠起,甲重光摇照湖水。苍黄追骑尘外归,森索妖星阵前死。五陵愁碧春萋萋,霸川玉马空中嘶。羽书如电入青琐,雪腕如槌催画鞞。白虬—作虯天子金煌—作锽铓,高临帝座回龙章。吴波不动楚山晚,花压阑干春昼长。

蒋侯神歌

楚神铁马金鸣珂,夜动蛟潭生素波。商风刮水报西帝,庙前古树蟠白蛇。吴王赤斧斫—作砍云阵,画堂列壁丛—作戟排霜刃。巫娥传意托悲丝,铎语琅琅理双鬟。湘烟刷翠湘山斜,东方日出飞神鸦。青云自有黑龙子,潘妃莫结丁香花。

汉皇迎春词

春草芊芊晴扫—作拂烟,宫城大锦红殿于闲反鲜。海日初—作如融照仙掌,淮王小队—作坠缨铃响。猎猎东风焰赤—作展焰旗,画神金甲葱龙网。钜公步辇迎句芒,复道扫—作拂尘燕—作鸢彗—作篲长。豹尾竿前赵飞燕,柳风吹尽眉间黄。碧草含情杏花喜,上林莺啭游丝起。宝马摇环万骑归,恩光暗入帘栊里。

全唐诗卷五百七十六

温庭筠

兰塘词

塘水汪汪兔唼喋,忆上江南木兰楫。绣颈一作领金须荡倒光,团团皱绿鸡头叶。露凝荷卷珠净圆,紫菱刺短浮根缠一作绵,一作鲜。小姑归晚红妆浅,镜里芙蓉照水鲜。东沟潾潾一作编编劳回首,欲寄一杯琼液酒。知道无郎却有情,长教月照相思柳。

晚归曲

格格水禽飞带波,孤光斜起夕阳多。湖西山浅似相笑,菱刺惹衣攒黛蛾。青丝系船一作舟向江木一作水,兰芽出土吴江曲。水极晴摇泛滟红,草平春染烟绵绿。玉鞭骑马杨叛一作白玉儿,刻金作凤光参差。丁丁暖漏滴花影,催入景阳人不知。弯堤弱柳遥相瞩,雀扇团一作圆圆掩香玉。莲塘艇子归不归一作得,柳暗桑秋闻布谷。

故城曲

漠漠沙堤烟,堤西雉子斑。雉声何角角音谷,麦秀桑阴闲。游丝荡平绿,明灭时相续。白马金络头,东风故城曲。故城殷贵嫔,曾占未来一作央春。自从香骨化,飞作马蹄尘。

昆明池一作治水战词

汪汪积水光连一作连碧空,重叠细纹晴漾一作激,一作交漾红。赤帝龙孙鳞甲怒,临流一盼一作时生阴风。鼍鼓三声报天子,雕旌一作旗兽舰凌波起。雷吼涛惊白石一作若山,石鲸眼裂蟠蛟死。滇一作滇池海浦俱一作浪相喧豗,青帜白旌一作青翰画鹢相次来。箭羽枪缨三百万,踏翻西海生尘埃。茂陵仙去菱花老,喋喋游鱼近烟岛。渺莽残阳钓艇归,绿头江鸭眠沙草。

谢公墅歌

朱雀航南绕香陌,谢郎东墅连春碧。鸠眠

高柳日方融,绮树飘飘紫庭客。文楸方罫花参差,心阵未成星满池。四座无喧梧竹静,金蝉玉柄俱持—作支颐。对局含情—作嚬见千里,都城已得长蛇尾。江南王气系疏襟,未许苻坚过淮水。

罩鱼歌 杂言

朝罩罩城南—作东,暮罩罩城西。两桨鸣幽幽,莲子相高低。持罩入深水,金鳞大如手。鱼尾迸圆波,千珠落湘藕。风飔飔,雨离离,菱尖荸刺—作菱荸刺三字句鹦鹈飞。水连网眼白如影,渐沥篷声寒点微。楚岸有花花盖屋,金塘柳色前溪曲。悠溶—作悠杳若去无穷,五色澄潭鸭头绿。

春洲曲

韶光染色如娥翠,绿湿红鲜水容媚。苏小慵多兰渚闲,融融浦日鸰鹍寐。紫骝蹀躞金衔嘶,岸上扬鞭烟草迷。门外平桥连柳堤,归来晚村黄莺啼。

台城晓朝曲

司马门前火—作柳千炬,阑干星—作北斗天将曙。朱网毵鬖—作骏丞相车,晓随叠鼓朝天去。博山镜树香芉茸,袅袅浮航金画龙。大江敛势避辰极,两—作双阙深严烟翠浓。

走马楼三更曲

春姿暖气昏神沼,李树拳枝紫芽小。玉皇夜入未央宫,长火千条照栖鸟。马过平桥通画堂,虎幡—作蟠龙戟风飘—作悠扬。帘间—作前清唱报寒点,丙舍无人遗烬香。

达摩—作磨支曲 杂言

捣麝成尘香不灭,拗莲作寸丝难绝。红泪文姬洛水春,白头苏武天山雪。君不见,无愁高纬花漫漫,漳浦宴余清露寒。一旦臣僚共囚房,欲吹羌管先汍澜。旧臣头鬓霜华—作雪早,可惜雄心醉中老。万古春归梦不归,邺城风雨连天草。

阳春曲

云母空窗晓烟薄,香昏龙气凝晖阁。霏霏雾雨杏花天,帘外春威—作寒著罗幕。曲阑伏槛金麒麟,沙苑芳郊连翠茵。厩马何能啮芳草,路人不敢随流尘。

湘东宴曲

湘东夜宴金貂人,楚女含情娇翠嚬。玉管将吹插钿带,锦囊斜拂双麒麟。重城漏断孤帆去,唯恐琼签报天曙。万户沈沈碧树圆,云飞雨散知何处?欲上香车俱脉脉,清歌响断银屏隔。堤外红尘蜡—作蜜炬归,楼前澹月连江白。

东郊行

斗鸡台下东西道,柳覆班骓蝶萦草。块礧韶容锁澹愁,青筐叶尽蚕应—作春蚕老。绿渚幽香生—作注白蘋,差差小浪吹鱼鳞。王孙骑马有归意—作思,林彩着空—作空中如细尘。安得人—作生各相守,烧船破栈休驰—作狂走。世上方—作多应无别离,路傍更长千株柳。

水仙谣

水客夜骑红鲤鱼,赤鸾双鹤蓬瀛书。轻尘不起雨新霁,万里孤光含碧虚。露魄—作冕冠轻见云发,寒丝七炷—作柱香泉咽。夜深天碧乱山姿,光碎平—作玉波满船月。

东峰歌

锦砾潺湲玉溪水,晓来微雨藤—作蕉花紫。冉冉山鸡红尾长,一声樵斧惊飞起。松刺梳—作流空石差齿,烟香风软人参蕊。阳崖一梦伴云根,仙菌灵芝梦魂里。

会昌丙寅丰岁歌 杂言

丙寅岁,休牛马,风如吹烟,日如渥赭。九重天子调天下,春绿将年到西野。西野翁,生儿童,门前好树青芉茸。芉茸单衣麦田路,村南娶妇桃花红。新姑车右—作石及门柱,粉项—作颈韩凭双扇中。喜气自能成岁丰,农祥尔物—作勿来争功。

碌碌古词

左亦不碌碌，右亦不碌碌。野草自—作著，—作白根肥，羸牛生健犊。融蜡作杏蒂，男儿不恋家。春风破红意，女颊如桃花。忠言未—作不见信，巧语翻咨嗟。一鞘无—作没两刃—作刀，徒劳油壁车。

春野行 杂言

草浅浅，春如剪。花压李娘愁，饥蚕欲成茧。东城年少—作少年气堂堂，金丸惊起双鸳鸯。含羞更问卫公子，月到枕前—作边春梦长。

醉歌

檐柳初黄燕新—作初乳，晓碧芊绵过微雨。树色深含台榭情，莺声巧作烟花主。锦袍公子陈杯觞，拨醅百瓮春酒香。入门下马问谁在，降阶握手登华堂。临邛美人连山眉，低抱琵琶含怨思。朔风绕指我先笑，明月入怀君自知。劝君莫惜金—作芳樽酒，年少须臾如覆手。辛勤到老慕箪瓢，于我悠悠竟何有？洛阳卢仝—作生称文房，妻子脚秃春黄粮。阿鳌光颜不识字，指麾豪傥如驱羊。天犀压断朱鼹—作鼷鼠，瑞锦惊飞金凤凰。其余岂足沾牙齿，欲用何能报天子。驽马垂头抢暝尘，骅骝一日行千里。但有沉冥醉客家，支颐瞪目持流霞。唯恐南国风雨落—作作，碧芜狼籍棠梨花。

江南曲

妾家白蘋浦，日上芙蓉楫。轧轧摇桨声，移舟入菱叶。溪长菱叶深，作底难相寻。避郎郎不见，鸂鶒自浮沉。拾萍萍无根，采莲莲有子。不作浮萍生，宁为—作作藕花死。岸傍骑马郎，乌帽紫游缰。含愁复含笑，回首问横塘。妾住金陵浦—作步，门前朱雀航。流苏持作帐，芙蓉持作梁。出入金狻猊，兄弟侍中郎。前年学歌舞，定得郎相许。连娟眉绕山，依约腰如杵—作柳。凤管悲若咽，鸾弦娇欲语。扇薄露红铅，罗轻压金缕。明月西南楼，珠帘玳瑁钩。横波巧—作相笑，弯蛾不识愁。花开子留树，草长根依土。早—作上闻金沟远，底事归郎许。不学杨白花—作杨花白，—作闺中妇，朝朝泪如雨。

堂堂—作钱唐曲

钱唐岸上春如织，森森寒潮带晴色。淮南游客马连—作频嘶，碧草迷人归不得。风飘客意—作思如吹烟，纤指殷勤伤雁弦。一曲堂堂红烛筵，长—作金鲸泻酒如飞泉。

惜春词

百舌问花花不语，低回似恨横塘雨。蜂争粉蕊蝶分香，不似垂杨惜金缕。愿君—作言留得长妖韶，莫逐东风还荡摇。秦女含嚬向烟月，愁红带露空迢迢—作寥寥。

春愁曲

红丝穿露珠帘冷，百尺哑哑下纤绠。远翠愁山入卧屏，两重云母空烘影。凉簪坠发春眠重，玉兔煴香—作氤氲柳如梦。锦叠空床委堕—作坠红，飔飔扫尾双金凤。蜂喧蝶驻俱—作戏悠扬，柳拂赤栏纤草长。觉后梨花委平绿，春风和雨吹池塘。

苏小小歌

买莲莫破券，买酒莫解金。酒里春容抱离恨，水中莲子怀芳心。吴宫女儿腰似束，家在—作住钱唐小江曲。一自檀郎逐便风，门前春水年年绿。

春江花月夜词

玉树歌阑海云黑，花庭忽作青芜国。秦淮有水水无情，还向金陵漾春色。杨家二世安九重，不御华芝嫌六龙。百幅锦帆风力满，连天展尽金芙蓉。珠翠丁星复明灭，龙头劈浪哀筇发。千里涵空澄—作照水魂，万枝破鼻飘—作因香雪。漏转霞高沧海西，颇黎—作玻璃枕上闻天鸡。蛮弦代写—作雁曲如语，一醉昏昏天下迷。四方倾—作溟动烟—作风尘起，犹在浓香—作因梦魂里。后主荒宫有晓莺，飞来只隔西江水。

懊恼曲

藕丝作线难胜针，蕊粉染黄那得深。玉白

兰芳不相顾,青一作红,一作倡楼一笑轻千金。莫言自古皆如此,健剑刜钟铅绕指。三秋庭绿尽迎霜,惟有荷花守红死。庐一作西江小吏朱斑轮,柳缕吐芽香玉春一作新。两股金钗已相许,不令独作空成一作城尘。悠悠楚水流如马,恨紫愁红满平野。野土千年怨不平,至今烧作鸳鸯瓦。

三洲词

团圆一作圆莫作波中月,洁白莫一作无为枝上雪。月随波动碎潾潾,雪似梅花不堪折。李娘十六青丝发,画带双花为君结。门前有路轻一作生别离,唯一作只恐归来旧香灭。

全唐诗卷五百七十七

温庭筠

春晓曲 一作齐梁体

家临长信往来道，乳燕双双拂—作掠烟草—作早。油壁车轻金犊肥，流苏帐晓春鸡早。笼中娇鸟暖犹睡，帘外落花闲不扫。衰桃一树近前池，似惜红颜镜中老。

猎骑辞

早辞平辰殿，夕奉湘南宴。香兔抱微烟，重鳞叠轻扇。蚕—作仆饥使君马，雁避将军箭。宝柱惜离弦，流黄悲赤县。理钗低舞鬟，换袖回歌面。晚柳未如丝，春花已如霰。所嗟故里曲，不及青楼宴—作燕。

西州词 吴声

悠悠复悠悠，昨日下西州。西州风色好，遥见武昌楼。武昌何郁郁，侬家定无匹。小妇被流黄，登楼抚瑶瑟。朱弦繁复轻，素手直凄清。一弹三四解，掩抑似含情。南楼登且望，西江广复平。艇子摇两桨，催过石头城。门前乌臼树，惨澹天将曙。鸂鶒—作鸬鹚飞复还，郎随早帆去。回头语同伴，定复负情侬。去帆不安幅，作抵使西风。他日相寻索，莫作西州客。西州人不归，春草年年碧。

烧歌

起来望南山，山火烧山田。微红夕—作久如灭，短焰复相连。差差向岩石，冉冉凌青壁。低随回风尽，远照檐茅—作檐赤。邻翁能楚言，倚锸欲潸然。自言楚越俗，烧畲为—作作—作早田。豆苗虫促促，篱上花当屋。废栈豕归栏，广场鸡啄粟。新年春雨晴，处处赛神声。持钱就人卜，敲瓦隔林鸣。卜得山上—作上山卦，归来桑枣下。吹火向白茅—作苧，腰镰映赪蔗。风驱槲叶烟，槲树连平山。迸星拂霞外，飞烬落阶前。仰面呻—作呼复嚏，鸦娘咒丰岁。谁知苍翠容，尽作官家税。

长安寺

　　仁祠写露宫，长安佳气浓。烟树含葱蒨，金刹映芊茸。绣户香焚象，珠网玉盘龙。宝题斜—作新翡翠，天井倒芙蓉。幡长回远吹，窗虚含晓风。游骑迷青琐，归鸟思华钟。云栱承趾迤，羽葆背花重。所嗟莲社客，轻荡不相从。

和沈参军招友生观芙蓉池

　　桂栋坐清晓，瑶琴商—作瑟双凤丝。况闻楚泽香，适与秋风期。遂从—作使棹萍客，静啸烟草湄。倒影回澹荡，愁红媚涟漪。湘茎久鲜—作藓涩，宿雨增离披。而我江海意—作客，楚游动—作勤梦思。北渚水云叶—作丛，—作蔓，南塘烟雾—作露枝。岂亡—作无台—作池榭芳，独与鸥鸟知。珠坠鱼迸浅，影多凫泛迟。落英不可攀—作搴，返照昏澄陂。

寓怀

　　诚足不顾—作愿得，妄矜徒有言。语斯谅未尽，隐显何—作可悠然。洵彼都邑盛，眷惟车马喧。自期尊客卿，非意干王孙。衔知有贞—作真爵，处实非厚颜。苟无海岱—作岳气，奚取壶浆恩。唯丝—作师南山杨，适我松菊香。鹍鹏诚未—作未忆，谁谓凌风翔？

　　余昔自西滨得兰数本，移艺于庭，亦既逾岁，而芃然蕃殖，自余游者未始以芳草为遇矣。因悲夫物有厌常而反—作返，不若混然者有之焉，遂寄情于此

　　寓赏—作质本殊致，意幽非我情。吾常有流—作疏浅，外物无重轻。各言艺幽深，彼美香素茎。岂为赏者设，自保孤根生。易地无赤株，丽土亦同荣。赏际林壑近，泛余烟露清。余怀既郁陶，尔类徒纵横。妍蚩苟不信，宠辱何为惊。贞—作真隐谅无迹，激时犹拣名。幽丛霭绿畹，岂必怀归耕。

秋日

　　爽气变昏旦，神皋遍原隰。烟华久荡摇，

石涧仍清急。柳暗山犬吠，蒲荒水禽立。菊花明欲迷，枣叶光如湿。天籁思林岭，车尘倦都邑。涛张凤所违，悔吝何由入。芳草秋可藉，幽泉晓堪汲。牧羊烧外鸣，林果雨中拾。复此遂闲旷，翛然脱羁絷。田收鸟雀喧，气肃龙蛇蛰。佳节足丰穰，良朋阻游集。沉机日寂寥，葆素常呼吸。投迹倦攸往，放怀志所执。良时有东菑，吾将事蓑笠。

七夕

　　鸣机札札停金梭，芙蓉澹荡生池—作秋水波。神—作夜轩红纷陈香罗，凤—作凤低蝉薄愁双蛾。微光奕奕凌天—作曙河，鸾咽鹤唳飘飘歌。弯桥销尽愁奈—作奈愁何，天气骀荡云陂陁。平明花木有秋—作愁意—作思，露湿彩盘蛛网多。

酬友人

　　辞荣亦素尚，倦游非夙心。宁复思金籍，独此卧烟林。闲云无定貌，佳树有余阴。坐久芰荷发，钓阑—作余荄苇深。游鱼自摇漾—作荡，浴鸟故浮沉。唯君清露夕，一为洒烦襟。

观舞妓

　　朔音悲嘒管，瑶踏动芳尘。总袖时增怨，听破复含嚬。凝腰倚风软，花题照锦春。朱弦固凄紧，琼树亦迷人。

边笳曲—作齐梁体

　　朔管迎秋动，雕阴—作音雁来早。上郡隐黄云，天山吹白草。嘶马悲—作渡寒碛，朝阳照霜堡。江南戍客心—作情，门外芙蓉老。

经西坞偶题

　　摇摇弱柳黄鹂—作莺啼，芳草无情人自迷。日影明灭金色鲤，杏花喋喋青头鸡。微红奈—作榛蒂惹蜂粉，洁白芹芽穿—作入燕泥。借问含嚬向何事，昔年曾到武陵溪。

金虎台

　　碧草连金虎，青苔蔽石麟。皓齿芳尘起，

纤腰玉树春。倚瑟红铅湿,分香翠黛颦。谁言奉陵寝,相顾复沾巾。

侠客行—作齐梁体

欲出鸿都门,阴云蔽城阙。宝剑黯如水,微红湿余血。白马夜频惊—作嘶,三更霸陵雪。

咏晓

虫歇纱窗静,鸦散碧梧寒。稍惊朝佩动,犹传清漏残。乱珠凝烛泪,微红上露盘。褰—作寒衣复理鬓,余润拂芝兰。

芙蓉

刺茎澹荡碧—作绿,花片参差红。吴歌秋水冷,湘庙夜云空。浓艳香露里,美人青—作清镜中。南楼未归客,一夕练塘东。

敕勒歌塞北—本无塞北二字

敕勒金帻—作幨,一作墙壁—作碧,阴山无岁华。帐外风飘雪,营前月照沙。羌儿吹玉管,胡姬踏锦花。却笑江南客,梅落不归家。

邯郸郭公词

金笳悲故曲,玉座积深尘。言是—作念邯郸伎,不见—作易邺城人。青苔竟埋骨,红粉自伤神。唯有漳—作淬河柳,还向旧营春。

古意

莫莫复莫莫,丝萝缘涧壑。散木无斧斤,纤茎得依—作所托。枝低浴鸟歇,根静悬泉落。不虑见春迟,空伤致身错。

齐宫

白马杂金饰,言从雕辇回。粉香随笑度,鬟态伴愁来。远水斜如剪,青莎绿似裁。所恨章华日,冉冉下层台。

春日—作齐梁体

柳岸—作暗杏—作百花稀,梅梁乳燕飞。美人鸾镜笑,嘶马雁门归。楚宫云影薄,台城心赏违。从来千里恨,边色满戎—作戎衣。

咏春幡

闲庭见早梅,花影为谁栽—作裁?碧烟随刃落,蝉鬓觉春来。代—作戍郡嘶金勒,梵声—作河阳悲镜台。玉钗风不定,香步独徘徊。

陈宫词

鸡鸣人草草,香辇出宫花。妓语细腰转,马嘶金面斜。早莺随彩仗,惊雉避凝—作鸣笳。浙沥湘风外,红轮映曙霞。

春日野行

骑马踏烟莎,青春奈怨何。蝶翎朝—作胡粉尽,鸦背夕阳多。柳艳欺芳带,山愁萦翠蛾。别情无处说,方寸是星河。

咏颦—作齐梁体

毛羽—作羽薄敛愁翠,黛娇攒艳春。恨容偏落泪,低态定思人。枕上梦随月,扇边歌绕尘。玉钩鸾不住,波浅石磷磷—作白鄰鄰。

中书令裴公挽歌词二首

王俭风华首,萧何社稷臣。丹阳布衣客,莲渚白头人。铭勒燕山暮,碑沉汉水春。从今虚醉饱,无复污车茵。

箭下妖星落,风前杀—本缺气回。国香荀令去,楼月庾公来。玉玺终无虑,金縢意不开。空嗟荐贤路,芳草满燕台。

唐庄恪太子挽歌词二首—本无唐字

叠鼓辞宫殿,悲笳降杳冥。影离云外日,光灭火前星。邺客瞻秦苑,商公下汉庭。依依陵树色,空绕古—作九原青。

东府虚容卫,西园寄梦思。凤悬吹曲夜,鸡断问安时。尘陌都人恨,霜郊赗马悲。唯余埋璧地,烟草近丹—作前墀。

秘书刘尚书挽歌词二首

王笔活鸾凤,谢诗生芙蓉。学筵开绛帐,谈柄发洪钟。粉署见飞鹏,玉山猜卧龙。遗风丽—作洒清韵,萧散九原松。

麈尾近良玉,鹤氅吹素丝。坏陵殷浩谪,春墅谢安棋。京口贵公子,襄阳诸女儿。折花兼踏月,多唱柳郎词。

太子西—无西字池二首—作齐梁体

梨花雪压枝,驾唶柳如丝。懒逐妆成晓,春融梦觉迟。鬓轻全作影,颒浅未成眉。莫信张公子,窗间断暗期。

花红兰紫茎,愁草雨新晴。柳占三春色,莺偷百鸟声。日长嫌辇重,风暖觉衣轻。薄暮香尘起,长杨落照明。

西陵道士茶歌

乳窦溅溅通石脉,绿尘愁草春江色。涧花入井水味香,山月当人松影直。仙翁白扇霜鸟翎,拂坛夜读一作诵黄庭经。疏香皓齿有余味,更觉鹤心通杳冥。

过西堡塞北

浅草干河阔,丛棘废城高。白马犀匕一作纹犀首,黑裘金佩刀。霜清彻兔目,风急吹雕毛。一经何用厄,日一作已暮涕沾袍。

全唐诗卷五百七十八

温庭筠

送李亿—作忆东归

黄山远隔秦树,紫禁斜通渭城。别路青青柳弱,前溪漠漠苔生。和风澹荡归客,落月殷勤早莺。灞上金樽未饮,宴歌已有余声。

开圣寺

路分蹊石夹烟丛,十里萧萧古树风。出寺马嘶秋色里,向陵鸦乱夕阳中。竹间泉落山厨静,塔下僧归影殿空。犹有南朝旧碑在,耻—作敢将兴废问休公—作渔翁。

赠蜀府将蛮入成都,频著功劳。一本无府字。

十年分散剑关秋,万事皆随—作从锦水流。志—作心气已曾明汉节,功名犹自—作尚滞—作带吴钩。雕边认箭寒云重,马上听笳塞草愁。今日逢君倍惆怅,灌婴韩信尽封侯。

西江贻钓叟骞生—作西江寄友人骞生

晴江—作碧天如镜月如钩,泛滟苍茫送—作迷客愁—作游。夜泪潜生竹枝曲,春潮—作滩,—作朝遥上—作听木兰舟。事随云去身—作心难到,梦逐烟销水自流。昨日欢娱竟何在—作有,—作事,一枝梅谢楚江头。

寄清源—作凉寺僧

石路无尘竹径开,昔年曾伴戴颙来。窗间半偈闻钟后,松下残棋送客回。帘—作檐向玉峰藏—作笼夜雪,砌因蓝—作流水长秋苔。白莲社—作会里如相问,为说—作道,—作说与游人是姓雷。

重游圭—作东峰宗密禅师精庐—作哭卢处士

百尺青崖三尺坟,微—作玄言已绝杳难闻。戴颙今日称居士,支遁他年识领军。暂对杉—作山松—作松杉如结社,偶同—作因麋鹿自成群。故山弟子空回首,葱岭唯—作还应见宋—作彩云。

题李处士幽居

水玉簪头白—作戴角巾,瑶琴寂历拂轻尘。浓阴似帐红薇晚,细雨如烟—作珠碧草春—作新。隔竹见笼疑有鹤,卷帘看画静—作更无人。南山—作翁自是—作有忘年—作机友,谷口徒—作空称郑子真。

利州南渡

澹然空水对—作带斜晖,曲岛苍茫接翠微。波—作坡上马嘶看棹去,柳边人歇待船归。数丛沙草群鸥散,万顷江田一鹭飞。谁解乘舟寻范蠡,五湖烟水独忘机。

赠李将军

谁言苟羡爱功勋,年少登坛众所闻。曾以能书称内史,又因明易号将军。金沟故事春长在,玉轴遗文—作图火半焚。不学龙骧画山水—作色,醉乡无迹似闲云。

寒食日作

红深绿暗径相交,抱暖含芳—作春披—作被紫袍。彩索平时墙婉娩,轻球落处晚—作花廖梢—作捎。窗中草色妒鸡卵,盘上芹泥憎燕巢。自有玉楼春—作芳意在,不能骑马度烟郊。

李羽处士寄新酝走笔戏酬

高谈有伴还成薮,沉醉无期即是乡。已恨流莺欺—作期谢客,更将浮蚁与刘郎。檐前柳色分张绿,窗外花枝借助香。所恨玳筵红烛夜,草玄寥落近回塘。

郊居秋日有怀一二知己

稻田凫雁满晴沙,钓渚归来一径斜。门带果林招邑吏,井分蔬圃属邻家。皋原寂历垂禾穗,桑竹参差映豆花。自笑谩怀经济策,不将心事许烟霞。

题友人池亭—作偶题林亭

月榭风亭绕曲池,粉—作棘垣—作墙回互瓦参差。侵帘—作檐片白—作白片摇翻影,落镜愁红—作红愁写倒枝。鸂鶒刷毛花荡漾,鹭鸶拳足雪离披。山翁醉后如相忆,羽扇清樽我自知。

南湖

湖上微风入槛凉,翻翻菱荇—作荷芰满回塘。野船著岸偎春草,水鸟带波飞夕阳。芦叶有声疑雾雨,浪花无际似潇湘。飘然篷艇—作蓬顶东归—作游客,尽日相看忆楚乡。

赠袁司录即丞相淮阳公之犹子,与庭筠有旧也。

一朝辞满有心期,花发杨园雪压—作覆枝。刘尹故人谙往事,谢郎诸弟得新知。金钗醉就胡姬画—作尽,玉管闲留洛客吹。记得襄阳耆旧语,不堪风景—作雨岘山碑。

题西明寺僧院

曾识匡山远法师,低松片石对前墀。为寻名画来过院—作寺,因访闲人得看棋。新雁参差云碧处,寒鸦辽—作寥乱—作绕,一作落叶红时。自知终有张华识,不向沧洲理钓丝。

偶题

微风和暖日鲜明,草色迷人向渭城。吴—作洛客卷帘闲不语,楚娥攀树独含情。红垂果蒂樱桃重,黄染花丛蝶粉轻。自恨青楼无近信,不将心事许卿卿。

寄湘阴阎少府乞钓轮子

钓轮形与月轮同,独茧和烟影似空。若向三湘逢雁信,莫辞千里寄渔翁。篷声夜滴松江雨—作漏,菱叶秋传镜水风。终日垂钩还有意,尺书多在锦鳞中。

哭王元裕

闻说萧郎逐逝川,伯牙因—作自此绝清弦。柳边犹忆青—作红骢影,坟上俄生碧草烟。箧里诗书疑谢后,梦中风貌似潘前。他时若到相寻处,碧树红楼自宛然。

法云寺—本无寺字双桧—作晋朝柏树

晋朝名辈此离群,想对浓阴去住分。题处

尚寻王内史，画时应是顾将军。长廊夜静声疑雨，古殿秋深影胜云。一下南台到人世，晓—作晚泉清籁更难—作谁闻。

送陈嘏之侯—作候官兼简李常侍

纵得步兵无绿蚁，不缘句漏有丹砂。殷勤为报—作问同袍友，我亦无心似海槎—作查。春服照尘连—作迷草色，夜船闻雨滴芦花。梅仙—作山梅自是青云客，莫羡相如却到家。

春日野行—作野步

雨涨西塘—作日西塘水金堤斜，碧—作百草芊芊晴—作青，一作暗吐芽。野岸明媚—作灭山芍药，水田叫噪官虾蟆。镜—作湖中有浪动菱蔓—作芰，陌上无风飘—作吹柳花。何事轻桡—作扁舟句—作向溪客，绿萍方—作虽好不归家。

溪上行

绿塘漾漾烟蒙蒙，张翰此来情不穷。雪羽褵褷立倒影，金鳞拨—作拔剌跳晴空。风翻荷叶一向白，雨湿蓼花千穗红。心羡夕阳波上客，片时归梦—作去钓船中。

投—作上翰林萧舍人

人间鹓鹭杳难从，独—作犹恨金扉直九—作几重。万象晚—作晓归仁寿镜，百花春隔—作满景阳钟。紫微芒动词初出，红烛—作蜡香残诰未封。每过朱门爱庭树，一枝何日许相—作从容。

春日偶作

西园一曲艳阳歌，扰扰车尘负薜萝。自欲放怀犹未得，不知经世竟如何。夜闻猛雨判花尽，寒恋重衾—作裘觉梦多。钓渚别来应更好，春风还为起微波。

春暮宴罢寄宋寿先辈

斜掩朱门花外钟，晓莺时节好相逢。窗间桃蕊—作萼，一作叶宿妆在，雨后牡丹春睡浓。苏小风—作丰姿迷下蔡，马卿才调—作词赋似临邛。谁怜芳草生—作连三径，参佐桥西陆士龙。

马嵬驿

穆满曾为物外游，六龙经此暂淹留。返魂无验青烟灭，埋血空生—作成碧草愁。香辇却归长乐殿，晓钟还下景阳楼。甘泉不复—作得重相见，谁道文成是故侯？

和道溪君别业—作和友人溪居别业

积润初销碧草新，凤阳晴日带雕轮。风—作丝飘弱柳平桥晚，雪点寒梅小苑春。屏上楼台陈后主，镜中金翠李夫人。花房透露—作露透红珠落，蛱蝶双飞—作双护粉尘。

奉天西佛寺

忆昔狂童犯顺年，玉虬闲暇出甘泉。宗臣却舞千钧—作金剑，追骑犹观七宝鞭。星背紫垣终扫地，日归黄道却当天。至今南顿—作岭诸耆旧，犹指榛芜作弄田。

题望苑驿东有马嵬驿，西有端正树，—作相思树。

弱柳千条杏一枝，半含春雨半垂—作含丝。景阳寒井人难到—作见，长乐晨钟鸟—作晓自知。花影至今—作几年通博望，树名从此—作何世号相思。分明—作至今十二楼前月，不向西陵照盛—作戚姬。

寄分司元庶子兼呈元处士

闭门高卧莫长嗟，水木凝晖属谢家。猴岭参差残晓雪，洛波清浅露晴沙。刘公春尽芜菁色，华廙愁深—作多苜蓿花。月榭知君还怅望，碧霄烟阔雁行斜。

题柳

杨柳千条拂面丝，绿烟金穗不胜吹—作移。香随静婉歌尘起，影伴娇娆—作饶舞袖垂。羌管—作笛一声何处曲—作笛，流莺百啭最高枝。千门九陌—作曲花如雪，飞过宫墙两自—作不知。

和友人悼亡—作丧歌姬

玉貌潘郎泪满衣，画罗轻鬓雨霏微。红兰委露愁难尽，白马朝天望不归。宝镜尘昏鸾影在,钿筝弦断雁行稀。春来多少伤心事—作春风几许伤心事,碧草侵阶粉蝶飞。

李羽处士故里
柳不成丝草带烟,海槎东去鹤归天。愁肠断处春何限,病眼开时月正圆。花若有情还—作应怅望,水应无事莫潺湲。终知此恨销难尽—作得,一作难消遣,辜负南华第一—作二篇。

却经—作归商山寄昔同行人
曾道—作读逍遥第一篇,尔来无处—作何事不恬然。便同南郭能忘象,兼笑东林学坐禅。人事转新花烂熳,客—作驿程依旧水潺湲。若教犹作当时意,应有垂丝在鬓边。

池塘七夕—作初秋
月出西南露气秋,绮罗—作寮,一作倚霄河汉在斜沟—作楼,一作针楼。杨家绣作鸳鸯幔,张氏金为翡翠钩。香—作银烛有花—作光妨宿燕,画—作晓屏无睡待牵牛。万家砧杵三篙水,一夕横塘似—作是旧游。

偶游
曲巷斜临一水间,小门终日不开关。红珠斗帐樱桃熟,金尾屏风孔雀闲。云髻几迷芳草蝶,额黄无限夕阳山。与君便是鸳鸯侣,休—作不向人间觅往还。

寄河南—作北杜少尹
十载—作岁归来鬓未凋,玳簪珠履见常僚。岂关名利分荣路,自有才华作庆霄。鸟影参差—作不飞经上苑,骑声断—作相续过中—作平桥。夕阳亭畔—作下山如画,应念田歌正寂寥。

赠知音—作晓别
翠羽花冠碧树鸡,未明先向—作上短墙啼。窗间—作前谢女青蛾敛,门外萧郎白马嘶。星汉渐移庭竹影,露珠犹缀野花迷。—作残曙微星当户没,澹烟斜月照楼低。景—作上阳宫里钟初—作声动,不语垂鞭上—作过柳堤。

过陈琳墓
曾于青史见遗文,今日飘蓬—作零过古—作此坟。词客有灵应识我,霸才无主始—作亦怜君。石麟埋没藏春—作秋草,铜雀荒凉对暮云。莫怪临风倍惆怅,欲将书剑学从军。

题崔公池亭旧游—作题怀贞亭旧游
皎镜方—作芳塘菡萏秋,此来重见采莲舟。谁能不逐—作遂当年乐,还恐添成—作为异日愁。红艳影—作花多风嫋嫋,碧空云断水悠悠。檐前依旧青山色,尽日无人独上楼。

回中作
苍莽寒空远色愁,呜呜戍角上高楼。吴姬怨思吹双管,燕客悲歌别—作上,一作动五侯。千里关山边草暮,一星烽火朔云秋。夜来霜重西风起,陇水无声冻—作噎不流。

西江上送渔父
却逐严光向若耶,钓轮菱—作艾棹寄年华。三秋梅雨愁枫叶,一夜篷舟宿苇花。不见水云应有梦,偶随鸥鹭—作烟鸟,一作鸟便成家。白蘋风起楼船暮,江燕双双五两—作正雨斜。

经故秘书崔监扬州南塘旧居
昔年曾识范安成—作谢宣城,松竹风姿鹤性情。西掖曙河横漏响,北山秋月照江声。—作唯向旧山留月色,偶逢秋涧似琴声。乘舟觅吏经舆县,为酒求官得步兵。千顷水流通故墅,至今留得谢公名。—作玉柄寂寥谭客散,却寻池阁泪纵横。

七夕
鹊归燕—作鸾去两悠悠,青琐西南月似钩。天上岁时星右—作又转,世间离别—作恨水东流。金风入树千门夜,银汉横空万象秋。苏小横—作回塘通桂楫,未应清浅隔牵牛。

题韦筹博士草堂—作薛逢诗,题作韦寿博书斋。
玄晏先生已白头,不随鹓鹭狎群鸥。元卿谢兔开三径,平仲朝归卧一裘。醉后独知殷甲子,病来犹作晋春秋。沧浪未濯尘缨在—作尘缨未濯今如此,野水无情处处流。

和友人题壁

冲尚犹来出范围,肯将经—作轻世—作济作风徽。三台位缺严陵卧,百战功高范蠡归。自—作剩欲—鸣—作名惊—作添鹤寝,不应孤愤学牛衣。西州未有看棋暇,涧户何由—作因得掩扉。

春日将欲东归寄新及第苗绅先辈—作下第寄司马札

几年辛苦与君同,得丧悲欢尽是空。犹喜故人先折桂,自怜羁客尚飘蓬。三春月照千山道—作路,十日花开一夜风。知有杏园无路—作计入,马前惆怅满枝红。

经李徵君故居—作王建诗

露浓烟重草萋萋,树映阑干柳拂堤。一院落花无客醉,五更残月有莺啼。芳筵想像情难尽,故榭荒凉路已迷。惆怅赢骖往来惯—作风景宛然人自改,每—作却经门巷亦长—作马频嘶。

送崔郎中—作判官赴幕

一别黔巫—作南似断弦,故交东去更凄—作清然。心游目送—作断三千里,雨散云飞—作收二十年。发迹岂劳天上桂,属词还得幕中莲。相思休话—作莫道长安远,江月随人处处圆。

经旧游—作怀真珠亭

珠箔金—作银钩对—作近彩桥,昔年于—作曾此见娇娆—作饶。香灯怅望飞琼髻,凉月殷勤碧玉箫。屏倚故窗山六扇,柳垂寒砌露千条。坏墙经雨苍苔遍,拾得当时旧翠翘。

老君庙

紫气氤氲捧半岩,莲峰仙掌共巉巉。庙前晚色—作古木连寒水,天外斜阳带远帆。百二关山扶玉座,五千文字闼瑶缄。自怜金骨无人识,知有飞龟在石函。

过—作经五丈原

铁马云雕—作骓久—作共绝尘,柳阴高压汉营—作宫春。天晴—作清杀气屯关右,夜半妖星照渭滨。下国卧龙空误—作寤主,中原逐—作得鹿不因—作由人。象床锦—作宝帐无言语,从此谯周是老—作旧臣。

和友人—作王秀才伤歌姬

月缺花残莫怅然,花须终发月终—作须圆。更能何事销芳念,亦有浓华委逝川。一曲艳歌留婉—作宛转,九原春草妒—作羡婵娟。王孙莫学多情客,自古多情损少年。

山中与诸道友夜坐闻边防不宁因示同志

龙砂—作沙铁马犯烟尘,迹近群鸥意倍亲。风卷蓬根屯戊己,月移松影守庚申。韬钤岂足为经济,岩壑何尝是隐沦。心许故人知此意,古来知者竟谁—作何人。

秘书省有贺监知章草题诗,笔力遒健,风尚高远,拂尘寻玩,因有此—作此有作—作过贺监旧宅

越溪渔客贺知章,任达怜才爱酒狂。鹚鹕苇花随钓艇,蛤蜊菰菜—作叶梦横塘。几年凉月拘华省,一宿秋风忆故乡。荣路脱身终自得,福庭回首莫相忘。出笼—作群鸾鹤归—作辞辽海,落笔龙蛇满坏墙。李白死来无醉客,可怜神彩吊残阳。

题裴晋公林亭

谢傅林亭暑气微,山丘零落阒音徽。东山终为苍生起,南浦虚言白首归。池凤已传春水浴,渚禽犹带夕阳飞。悠然到此忘情处,一日何妨有万几。

全唐诗卷五百七十九

温庭筠

车驾西游因而有作
宣曲长杨瑞气凝,上林狐兔待秋鹰。谁将词赋陪雕辇,寂寞相如卧茂林。

伤温德彝—作伤边将
昔年戎虏犯榆关,一败—作破龙城匹马还。侯印不闻封李广,他—作别人丘垄似天山。

赠少年
江海相逢客恨多,秋风叶下洞庭波。酒酣夜别淮阴市,月照高楼一曲歌。

赠—作题郑徵君家匡山首春与丞相赞皇公游止
一抛兰棹逐燕—作征鸿,曾向江湖识谢公。每到朱门还怅望,故山多在画屏中。

夏中—作日病疟作
山鬼扬威正气愁,便辞珍簟袭狐裘。西窗一夕悲人事,团—作圆扇无情不待秋。

题友人居
尽日松堂看画图,绮疏岑寂—作寂寞似清都。若教烟水无鸥鸟,张翰何由到五湖。

题李相公勅赐锦屏风
丰沛曾为社稷臣,赐书名画墨犹新。几人同保山河誓,犹—作独自栖栖九陌尘。

蔡中郎坟
古坟零落野花春,闻说中郎有后身。今日爱才非昔日,莫抛心力作词人。

元处士池上
蓼穗菱—作芰丛思蟪蛄,水萤江鸟满烟蒲。愁红一片风前落,池上秋波似五湖。

华阴韦氏林亭

自有林亭不得闲，陌尘宫树是非间。终南长—作只在茅檐外，别向人间看华山。

寄裴生乞钓钩

一随菱棹谒王侯，深愧移文负钓舟。今日太湖风色好，却将诗句乞鱼钩。

长安春晚二首

曲江春半日迟迟，正是王孙怅望时。杏花落尽不归去，江上东风吹柳丝。

四方无事太平年，万象鲜明禁火前。九重细雨惹春色，轻染龙池杨柳烟。

三月十八日雪中作

芍药蔷薇语早梅，不知谁是艳阳才。今朝领得春—作东风意，不复饶君雪里开。

咸阳值雨

咸阳桥上雨如悬，万点空蒙隔钓船。还—作绝似洞庭春水色，晓云将入岳阳天。

弹筝人

天宝年中—作间事玉皇，曾将新曲教宁王。钿蝉金雁—作凤今—作皆—作俱零落，一曲伊州泪万行。

瑶瑟怨

冰簟银床梦不成，碧天如水夜云轻。雁声远—作还过—作向潇湘去，十二楼中月自明。

题端正树

路傍佳树碧云愁，曾侍金舆幸驿楼。草木荣枯似人事，绿阴寂寞汉陵秋。

渭上题三首

吕公荣达子陵归，万古烟波绕钓矶。桥上一通名利迹，至今江鸟背人飞。

目极云霄思浩然，风帆一片水连天。轻桡

便是东归路—作客，不肯忘机作钓船。

烟水何曾息世机，暂时相向亦依依。所嗟白首磻溪叟，一下渔舟更不归。

经故翰林袁学士居

剑逐惊波玉委尘，谢安门下更何人？西州城外花千树，尽是羊昙醉后春。

题城南杜邠公林亭 时公镇淮南，自西蜀移节。

卓氏垆前金线柳，隋家堤畔锦帆风。贪为两地分—作行霖雨，不见池莲照水红。

夜看牡丹

高低深浅一阑红，把火殷勤绕露丛。希逸近来成懒病，不能容易向春风。

宿城南亡友别墅

水流花落叹浮生，又伴游人宿杜城。还似昔年残梦里，透帘斜—作新月独闻莺。

过分水岭

溪水无情似有情，入山三日得同行。岭头便是分头处，惜别潺湲一夜声。

鄠杜郊居

槿篱芳援—作杜近樵家，垄麦青青一径斜。寂寞游人寒食后，夜来风雨送梨花。

题河中紫极宫

昔年曾伴玉真游，每到仙宫即是秋。曼倩不归花落尽，满丛烟露月当楼。

四皓

商于角里—作六百便成功，一寸沉机万古同。但得戚姬甘定分，不应真有紫芝翁。

赠张炼师

丹溪药尽变金骨，清洛月寒吹玉笙。他日隐居无访处，碧桃花发水纵横。

全唐诗卷五百八十

温庭筠

病中书怀呈友人 并序

开成五年秋,以抱疾郊野,不得与乡计偕至王府,将议遐适。隆冬自伤,因书怀奉寄殿院徐侍御、察院陈李二侍御、回中苏端公、鄠县韦少府,兼呈袁郊、苗绅、李逸三友人一百韵。

　　逸足皆先路,穷郊独向隅。顽童逃广柳,羸马卧平芜。黄卷嗟谁问,朱弦偶自娱。鹿鸣皆缀士,雉伏竟非夫。采一作菜地荒遗野,爰田失故都。予先祖国朝公相,晋阳佐命,食采于并汾也。亡羊犹博簺音塞,牧马倦呼卢。奕世参周禄,承家学鲁儒。功庸留剑舄,铭戒在盘盂。经济怀良画,行藏识远图。未能鸣楚玉,空欲握隋珠。定为鱼缘木,曾因兔守株。五车堆缥帙,三径阒绳枢。适与群英集,将期善价沽。叶龙图夭矫,燕鼠笑胡卢。赋分知前定,寒心畏厚诬。蹑尘追庆忌,操剑学班输。文囿陪多士,神州试大巫。对虽希鼓瑟,名亦滥吹一作吁竽。予去秋试京兆荐,名居其副。正使猜奔竞,何尝计有无?锱铢虚访觅,王霸竟揶揄。市义虚焚券,关讥谩弃襦。至言今信矣,微尚亦悲夫!白雪调歌响,清风乐舞雩。胁肩难毛免勉一作俛,搔首易嗟吁。角胜非能者,推贤见射乎。咒觥增恐竦一作悚,杯水失锱铢。粉堞收丹采,金髇隐仆姑。垂橐羞尽爵,扬觯辱弯弧。虎拙休言画,龙希莫学屠。转蓬随欵段,耘草阔蔓菁一作切垆。受业乡名郑,藏机谷号愚。质文精等贯,琴筑韵相须。筑室连中野,诛茅接上腴。苇花纶一作编虎落,松瘿斗欒栌。静语莺相对,闲眠鹤浪俱。蕊多劳蝶翅,香酷坠蜂须。芳草迷三岛,澄波似五湖。跃鱼翻藻荇,愁鹭睡葭芦。暝一作冥渚藏鸂鶒,幽屏卧鹧鸪。苦辛随艺一作荔殖,甘旨仰樵苏。笑语空怀橘,穷愁亦据梧。尚能甘半菽,非敢薄生刍。钓石封苍藓,芳蹊艳一作绝绛趺。树兰畦缭绕,穿竹路萦纡。机杼非桑女,林园异木奴。横竿窥赤鲤,持翳望青鸦。泮水思芹味,琅琊得稻租。杖轻藜拥肿,衣破芰披敷。芳意忧鹎鸠,愁声觉蟪蛄。短檐喧语燕,高木堕饥鼯—作乌。事迫离幽墅,贫牵犯畏途。爱憎防杜挚,悲叹似杨朱。旅食常过卫,羁游欲渡泸。塞歌伤督护,边角思单于。堡戍标枪槊,关河锁舳舻。威容尊大树,刑法避秋荼。远目穷千里,归心寄九衢。寝甘诚系滞,浆—作酱馈贵睢盱。怀刺名先远,干时道自孤。齿牙频激发,簦笈尚崎岖。莲府侯门贵,霜台帝命俞。骥蹄初蹑景,鹏翅欲抟扶。寓直回骢马,分曹对暝乌。百神歆仿佛,孤竹韵含胡。凤阙分班立,鹓行辣剑趋。触邪承密勿,持法奉讦谟。鸣玉锵登降,衡—作冲牙响曳娄—作裾。祀亲和氏璧,香近博山炉。瑞景森琼树,轻水莹玉壶。犳—作象冠簪铁柱,螭首对金铺。内史书千卷—作帙,将军画一厨。眼明惊气象,心死伏规模。岂意观文物,何劳琢碱砆。草肥牧骥褭,苔涩淬昆吾。乡思巢枝鸟,年华入隙驹。衔恩空抱影,酬德未捐躯。时辈推良友,家声继令图。致身伤短翮,骧首顾疲驽。班马齐奔骛,陈雷亦并驱。昔皆言尔志,今亦畏吾徒。有气干牛斗,无人辩辘轳。客来斟绿蚁,妻试踏青蚨。积毁方销骨,微瑕惧掩瑜。蛇矛犹转战,鱼服自囚拘。欲就欺人事,何能诇鬼诛。是非迷觉梦,行役议秦吴。凛冽风埃惨,萧条草木枯。低徊伤志气,蒙犯变肌肤。旅雁唯闻叫,饥鹰不待呼。梦梭抛促织,心茧—作绪学蜘蛛。宁复机难料,庸非信未孚。激扬衔箭虎,疑惧听冰狐。处已将营窟—作口,论心若合符。浪言辉棣萼,何所托葭莩。乔木能求友,危巢—作梁莫吓雏。风华飘领袖,诗礼拜衾襦。欹枕情何苦,同舟道岂—作固殊。放怀亲蕙芷,收迹异桑榆。赠远聊攀柳,裁书欲截蒲。瞻风无限泪,回首更踟蹰。

感旧陈情五十韵献淮南李仆射

嵇绍垂髫日,山涛筮仕年。琴樽陈席—作座,一作几上,纨绮拜床前。邻里才三徙,云霄已九迁。感深情怳悦,言发泪潺湲。忆昔龙图盛,方今鹤羽全。桂枝香可袭,杨叶旧—作射频穿。玉籍标人瑞,金丹化地仙。赋成攒笔写,歌出满城传。既矫排虚翅,将持造物—作化权。万灵思鼓铸,群品待陶甄。视草丝纶出,持纲雨露悬。法行黄道内,居近翠华边。书迹临汤鼎,吟声接舜弦。白麻红烛夜,清漏紫微天。雷电随神笔,鱼龙落彩笺。闲宵陪雍时,清暑在甘泉。耿介非持禄,优游是养贤。冰清临百粤,风靡化三川。委寄崇推毂,威仪压控弦。梁园提毂骑,淮水换戎旃。照日青油湿,迎风锦帐鲜。黛蛾—作娥陈二八,珠履列三千。舞转回红袖,歌愁敛翠钿。满堂开照曜—作耀,分座俨婵娟。油额芙蓉帐,香尘玳瑁筵。绣旗随影合,金阵似波旋。缇幕深回互,朱门暗接连。彩虹蟠画戟,花马立金鞭。有客将谁托,无媒窃自怜。抑扬中散曲,漂泊孝廉船。未展干时策,徒抛负郭田。转蓬犹邈尔,怀橘更潸然。投足乖蹊径,冥心向简编。未知鱼跃地,空愧鹿鸣篇。余尝忝京兆荐,名居其副。稷下期方至,漳滨病未痊。一年抱疾,不赴乡荐,试有司。定非笼外鸟,真是壳中蝉。蕙径邻幽澹,荆扉兴静便。草堂苔点点,蔬圃—作圃水溅溅。钓罢溪云重,樵归涧月圆。懒多成宿疢,愁甚似春眠。木直终难怨,膏明只自煎。郑乡空健羡,陈榻未招延。旅食逢春尽,羁游为事牵。宦无毛义檄,婚乏阮修钱。冉弱营中柳,披敷幕下莲。傥能容委质,非敢望差肩。涩剑犹堪淬,余朱或可研。从师当鼓箧,穷理久忘筌。折简能荣瘁,遗簪莫弃捐。韶光如见借,寒谷变风烟。

题翠微寺二十二韵 太宗升遐之所

邠上初成邑,虞宾竟让王。乾符初—作春得位,天弩夜收铓。偃息齐三代,优游念四方。万灵扶正寝,千嶂抱重冈。幽石归—作临阶陛,乔柯入—作耸栋梁。火云如沃雪,汤殿似含霜。涧籁添仙曲,岩花借御香。野麋陪兽舞,林鸟逐鹓行。镜写三秦色,窗摇八水光。问云徵楚女,疑粉试何郎? 兰芷承雕辇,杉萝入画堂。受朝松露晓,颁朔桂烟凉。岚湿金铺外,溪鸣锦幄傍。倚丝忧汉祖,持璧告秦皇。短景催风驭,长星属羽觞。储君犹问竖,元老已登床。鹤盖趋平乐,鸡人下建章。龙髯悲满眼,螭首泪沾裳。叠鼓严灵仗,吹笙送夕阳。断泉辞剑佩,昏日伴旂常。遗庙青莲在,颓垣碧草芳。无因奏韶濩,流涕对幽篁。

过孔北海墓二十韵

抚事如神遇,临风独涕零。墓平春草绿,碑折古苔青。珪玉埋英气,山河孕炳灵。发言惊辨囿,执翰动文星。蕴策期干世,持权欲反经。激扬思壮志—作气,流落叹颓龄。恶木人皆息,贪泉我独醒。轮辕无匠石,刀几有庖丁。碌碌迷藏器,规规守挈瓶。愤容凌鼎镬,公议动朝廷。故国将辞宠,危邦竟缓刑。钝工磨—作上卿廉白璧,凡石砺青萍。揭日昭东夏,抟风滞北溟。后尘遵轨辙,前席咏仪型—作形。木秀当忧悴,弦伤不底宁。矜夸遭斥—作尺鷃,光彩困飞萤。白羽留谈柄,清风袭德馨。鸾凰婴雪刃,狼虎犯云屏。兰蕙荒遗址,榛芜蔽旧坰。辗辕近—作远沂水,何事恋明庭。—作美君虽不禄,犹得到明庭。

过华清宫二十二韵

忆昔开元日,承平事胜游。贵妃专宠幸,天子富春秋。月白霓裳殿,风干羯鼓楼。斗鸡花蔽膝,骑马玉搔头。绣縠千门妓,金鞍万户侯。薄云敧—作欹雀扇,轻雪犯貂裘。过客闻韶濩,居人识冕旒。气和春不觉,烟暖霁难收。涩浪和琼甃—作细浪涵瑶甃,晴阳上彩斿。卷衣轻鬓—作髻懒,窥镜澹蛾羞。屏掩芙蓉帐,帘褰玳瑁钩。重瞳分渭曲,纤手指神州。御案迷萱草,天袍妒石榴。深岩藏浴凤,鲜隰媚潜虬。不料邯郸虱,俄成即墨牛。剑锋挥太皞,旗焰拂蚩尤。内壁陪行在,孤臣预坐筹。瑶簪遗翡翠,霜仗驻骅骝。艳笑双飞断,香魂一哭休。早梅悲蜀道,高树隔昭丘。朱阁重霄近,苍崖万古愁—作秋。至今汤殿水,呜咽—作惆怅县前流。

洞户二十二韵

洞户连珠网,方疏隐碧浔。烛盘烟坠—作堕烬,帘压月通阴。粉白仙郎署,霜清玉女砧。醉乡高窈窈,棋阵静愔愔。素手琉璃扇,玄簪玳瑁簪。昔邪看寄迹,栀子咏同心。树列千秋胜,楼悬七夕针。旧词翻白纻,新赋换黄金。唳鹤调蛮鼓,惊蝉应宝琴。舞疑繁易度,歌转断难寻。露委花相妒,风敧柳不禁。桥弯双表迥,池涨一篙深。清跸传恢囿,黄旗幸上林。神鹰参翰苑,天马破蹄涔。武库方题品,文园有—作自好音。朱茎殊菌蠢,丹桂欲萧森。黼帐回瑶席,华灯对锦衾。画图惊走—作畏兽,书帖得来禽。河曙秦楼映,山晴魏阙临。绿囊逢赵后,青琐—作琐见王沈。任达嫌孤愤,疏慵倦九箴。若为南遁客,犹作卧龙吟。

全唐诗卷五百八十一

温庭筠

送洛南李主簿
想君秦塞外,因—作应见楚—作远山青。槲叶晓迷路,枳花春满庭。禄优仍侍膳,官散得专经。子敬怀—作余亦还愚谷,归心在翠屏。

巫山神女庙
黯黯闭宫殿,霏霏荫薜萝。晓峰眉上色,春水脸前波。古树芳菲尽,扁舟离恨多。一丛斑—作湘竹夜,环佩响如何。

地肺—作脉山春日
冉冉—作苒苒花明岸,涓涓水绕山。几时抛俗事,来共白云闲。

题陈处士幽居
松轩尘外客,高枕—作竹自萧疏。雨后苔侵井,霜来叶满渠。闲看镜湖画,秋—作时得越

僧书。若待前溪月,谁人伴钓鱼?

握—作屈柘词
杨柳紫桥绿,玫瑰拂地红。绣衫金骡衮,花髻玉珑璁。宿雨香潜润,春流水暗通。画楼初梦断,晓—作晴日照湘风。

题卢处士山居—作处士卢岵山居
西溪问樵客,遥识—作指楚—作主人家。古树老连石,急泉清露沙。千峰随雨暗,一径入云斜。日暮飞鸦集—作鸟飞散,满山—作庭荞麦花。

初秋寄友人
闲梦正悠悠,凉风生竹楼。夜琴知欲雨,晓簟觉新秋。独鸟楚山远,一蝉关树愁。凭将离别—作别离恨,江外—作水问同—作东游。

题丰安里王相林亭二首 公明太玄经
花竹有薄埃,嘉游集上才。白蘋安石渚,

红叶子云台。朱户雀罗设,黄门驭骑来。不知淮水浊,丹藕为谁开?

　　偶到乌衣巷,含情更悯然。西州曲堤柳,东府旧池莲。星坼悲元老,云归送墨仙。谁知济川楫,今作野人船。

早秋山居
　　山近觉寒早,草堂霜气晴。树凋窗有日,池满水无声。果落见猿过,叶干闻鹿行。素琴机虑静—作息,空伴夜泉清。

和友人盘石寺逢旧友
　　楚寺上方宿,满堂皆旧游。月溪逢远客,烟浪有归舟。江馆白蘋夜,水关红叶秋。西风吹暮雨,汀—作江草更堪愁。

送人南游
　　送君游楚国,江浦树苍然。沙净有波迹,岸平多草烟。角悲临海郡,月到渡淮船。唯以一杯酒,相思高楚—作隔远天。

赠郑处士
　　飘然随钓艇,云水是天—作生涯。红叶下荒井,碧梧侵古槎。醉收陶令菊,贫卖邵平瓜。更有相期处,南篱一树花。

江岸即事
　　水容侵古岸,峰影度青蘋。庙竹唯闻鸟,江帆不见人。雀声花外暝,客思柳边春。别恨转难尽,行行—作年年汀草新。

赠隐者
　　茅堂对薇蕨,炉暖一裘轻。醉后楚山梦,觉来春鸟声。采茶溪树绿,煮药—作茗石泉清。不问人间事,忘机过此生。

渚宫晚春寄秦地友人
　　风华已眇然,独立思江天。凫雁野塘水,牛羊春草烟。秦原晓—作晚重垒,灞浪夜潺湲。今日思归客,愁容在—作满镜悬—作前。

碧涧驿晓思
　　香灯伴残梦,楚国在天涯。月落子规歇,满庭山杏花。

送并州郭书记
　　宾筵得佳客,侯印有光辉。候骑不传箭,回文空上机。塞城—作尘收—作牧马去,烽火射雕归。惟有严家濑,回环径草微。

赠越僧岳云—作雪二首
　　世机消已尽,巾屦—作履亦飘然。一室故山月,满瓶秋涧泉。禅庵过微雪,乡寺隔寒烟。应共白莲客,相期松桂前。

　　兰亭旧都讲,今日意如何。有树关深院,无尘到浅莎—作沙。僧居随处好,人事出门多。不及新春雁—作鸟,年年镜水波。

咏山鸡
　　万—作石壑动晴景,山禽凌翠微。绣翎翻草去,红觜啄花归。巢暖碧云色,影孤清镜辉。不知春树伴—作畔,何处又分飞?

清旦题采药翁草堂
　　幽人寻药径,来自晓云边。衣湿术花雨,语成松岭烟。解藤开涧户,踏石过溪泉。林外晨光动,山昏鸟满天。

商山早行
　　晨起动征铎,客行悲故乡。鸡声茅店月,人迹板桥霜。槲叶落山路,枳花明驿墙。因思杜陵梦,凫雁满回塘。

题竹谷神祠—作谷神庙
　　苍苍松竹—作色晚,一径入荒祠。古树风吹马,虚廊日照旗。烟煤朝奠处,风—作云雨夜归时。寂寞东湖—作湘江客,空看蒋帝碑。

途中有怀
　　驱车何日闲,扰扰路岐—作歧间。岁暮自多感,客程殊未还。亭皋汝阳道,风雪穆陵关。

腊后寒梅发,谁人在故山?

经李处士杜城别业

忆昔几游集,今来倍叹伤。百花情易老,一笑事难忘。白社一作杜已萧索,青楼空艳阳。不闲云雨梦,犹欲过高唐。

登李羽士东楼

经客有余音,他年终故林。高楼本危睇,凉月更伤心。此意竟难折一作诉,伊人成古今。流尘其一作无可欲,非复懒鸣琴。

题僧泰恭院二首

昔岁东林下,深公识姓名。尔来辞半偈,空复叹劳生。忧患慕禅味,寂寞遗世情。所归心自得,何事倦尘缨。

微生竟劳止,晤言犹是非。出门还有泪,看竹暂忘机。爽气三秋近,浮生一笑稀。故山松菊在,终欲掩荆一作柴扉。

西游书怀

渭川通野戍,有路上桑乾。独鸟青天暮,惊麏赤烧残。高秋辞故国,昨日梦长安。客意自如此,非关行路难。

送人东游一作归

荒戍落黄叶,浩然离故关。高风汉阳渡,初日郢门山。江上几人在,天涯孤棹还。何当重相见,尊酒慰离颜。

寄山中友人

惟昔有归趣,今兹固愿言。啸歌成往事,风雨坐凉轩。时物信佳节,岁华非故园。固一作因知春草色,何意为王孙。

偶题一作夜宴

孔雀眠高阁一作树,樱桃拂短檐。画明金冉冉一作苒苒,筝语玉纤纤。细雨无妨烛,轻寒不隔帘。欲将红锦段,因梦寄一作与江淹。

赠考功卢郎中

白首方辞满,荆扉对渚田。雪中无陋巷,醉后似当年。一笈负山药,两瓶携涧泉。夜来风浪起,何处认渔船?

题萧山庙

故道木阴浓,荒祠山影东。杉松一作松杉一庭雨,幡盖满堂风。客奠晓一作晚莎一作沙湿,马嘶秋一作春庙空。夜深池上一作雷电歇,龙入古潭中。

春日寄岳州从事李员外二首

苒一作茌弱楼前柳,轻空花外窗。蝶高飞有伴,莺早语无双。剪胜裁春字,开屏见晓江。从来共情战,今日欲归降。

从小识宾卿,恩深若弟兄。相逢在何日,此别不胜情。红粉座中客,彩斿一作云江上城。尚平婚嫁累,无路逐双旌。

和段少常柯古

称觞惭座客,怀刺即门人。素向一作尚宁知贵,清淡不厌贫。野梅江上晚,堤柳雨中春。未报淮南诏,何劳问白蘋。

海榴

海榴开似火,先解报春风。叶乱裁笺绿,花宜插鬓一作髻红。蜡珠攒作蒂,缃彩剪成丛。郑驿多归思,相期一笑同。

李先生别墅望僧舍宝刹,因作双韵声一作双声

栖息消心象,檐楹溢艳阳。帘栊兰露落,邻里柳一作树林凉。高阁过空谷,孤竿隔古冈。潭庐同淡荡,仿佛复芬芳。

敷水小桃盛开因作

敷水下桥东,娟娟一作涓涓照露丛。所嗟非胜地,堪恨是春风。洪迈取此四句为绝句。二月艳阳节,一枝惆怅红。定知留不住,吹落路尘中。

全唐诗卷五百八十二

温庭筠

寄山中人

月中一双鹤,石上千—作百尺松。素琴入爽籁,山酒和春容。幽瀑有时—作间断,片云无所从。何事苏门生—作坐,一作啸,携手东南峰。

送淮阴孙令之官

隋堤杨柳烟,孤棹正悠然。萧寺通淮戍,芜城枕楚壖—作田。鱼盐桥上市,灯火雨中船。故老青霞岸,先知虞子贤。

宿辉公精舍

禅房无外物,清话此宵同。林彩水烟里,涧声山月中。橡霜诸壑霁,杉火一炉空。拥褐寒更彻,心知觉路通。

旅泊新津却寄一二知己

维舟息行役,霁景近江村。并起别离恨一作念,似一作思闻歌吹喧。高林月初上,远水雾犹昏。王粲平生感,登临几断魂。

赠僧云栖

麈尾与笻杖,几年离石坛。梵余林雪厚,棋罢岳钟残。开卷喜先悟,漱瓶知早寒。衡阳寺前雁,今日到长安。

雪夜与友生同宿晓寄近邻

闭门群动息,积雪透疏林。有客寒方觉,无声晓已深。正繁闻近雁,并落起栖禽。寂寞寒塘路,怜君独阻寻。一作履迹行当满,依依欲阻寻。

题造微禅师院

夜香闻偈后,岑寂掩双扉。照竹灯和雪,看松月到衣。草堂疏磬断,江寺故人稀。唯忆湘南雨,春风独鸟归。

正见寺晓别生公

清晓盥秋水,高窗留夕阴。初阳到古寺,

宿鸟起寒林。香火有良愿,宦名非素心。灵山缘未绝,他日重来一作相寻。

旅次盱眙县
　　离离麦擢芒,楚客意一作思偏伤。波上旅愁起,天边归路长。孤樯一作帆投楚驿一作岸,残月在淮樯。外杜三千里,谁人数雁行。

鄂郊别墅寄所知
　　持颐望平绿,万景集所思。南塘遇新雨,百草生容姿。幽鸟不相识,美人如何一作何可期。徒然委摇荡,惆怅春风时。

京兆公池上作
　　稻香山色叠,平野接荒陂。莲折一作少舟行远,萍多钓下迟。坏堤泉落处,凉簟雨来时。京口兵堪用一作问,何因入梦思。

卢氏池上遇雨赠同游者
　　簟翻凉气集,溪上阁残棋。萍皱风来后,荷喧雨到时。寂寥一作宴闲望久,飘洒独归迟。无限松江恨,烦一作劳君解钓丝。

题薛昌之所居
　　所得乃清旷,寂寥常掩关。独来春尚在,相得暮方还。花白风露晚,柳青街陌闲。翠微应有雪,窗外见南山。

东归有怀
　　晴川通野一作古陂,此地昔伤离。一去迹常在,独来心自知。鹭眠菱叶折,鱼静蓼花垂。无限高秋泪,扁舟极路岐。

休浣日西掖谒所知
　　赤墀高阁自从容,玉女窗扉报曙钟。日丽九门一作华青锁一作琐闼,雨晴双阙翠微峰。毫端蕙露滋仙草,琴上薰风入禁松。荀令凤池春婉娩一作晼晚,好将余润变一作拂鱼龙。

博山
　　博山香重欲成云,锦段机丝妒鄂君。粉蝶团转花转影,彩鸳双泳水生纹。青楼二月春将半,碧瓦千家日未曛。见说杨朱无限泪,岂能空为路岐分。

送卢处士一作生游吴越
　　羡君东去见残梅,唯有王孙独未回。吴苑夕阳明古堞,越宫春草上高台。波生野水一作渚雁初下,风满驿楼潮欲来。试逐渔舟着雪浪,几多江燕荇花开。

过新丰
　　一剑乘时帝业成,沛中乡里到咸京。寰区已作皇居一作都贵,风月犹含白社情。泗水旧亭春一作秋草遍一作变,千门遗瓦古苔生。至今留得离家恨,鸡犬相闻落照明。

过潼关
　　地形盘屈带河流,景气澄明是胜游。十里晓鸡关树暗一作静,一行寒雁陇云愁。片时无事溪泉好,尽日凝眸岳色秋。麈尾角巾应旷望,更嗟芳霭隔秦楼。

题西平王旧赐屏风
　　曾向金扉玉砌来,百花鲜湿隔尘埃。披香殿下樱桃熟,结绮楼前芍药开。朱鹭已随新卤簿,黄鹂犹湿一作识旧池台。世间刚有东流水,一送恩波更不回。

河中陪帅游亭一作陪河中节度使游河亭
　　倚阑愁立独徘徊,欲赋惭非宋玉才。满座山光摇剑戟,绕城波色动楼台。鸟飞天外斜阳尽,人过桥心一作边倒影来。添得五湖多少恨,柳花飘荡似寒梅。

和赵嘏题岳寺
　　疏钟细响乱鸣泉,客省高临似水天。岚翠暗来空觉润,涧茶余爽不成眠。越僧寒立孤灯外,岳月秋当万木前。张邵宦情何太薄,远公窗外有池莲。

苏武庙
　　苏武魂销汉使一作史前,古祠高树两茫然。

云边雁断—作落胡天月,陇上羊归塞草烟。回日楼台非甲帐,去时冠剑—作盖是丁年。茂陵不见封侯印,空向秋波哭逝川。

送客—作途中偶作
　　石路荒凉—作唐接野蒿,西风吹马利如刀。小桥连驿杨柳晚—作暮程投驿蕙兰静,废寺入门禾黍高。鸡犬夕阳喧县市,凫鹥秋水曝城壕。故山有梦不归去,官树—作路陌尘何太劳。

寒食前有怀
　　万物鲜华—作相鲜雨乍晴,春寒寂—作咸历—作厉近清明。残芳荏苒双飞蝶,晓—作晚睡朦胧—作蒙笼百啭莺。旧侣—作约不归成独酌,故园虽在有谁耕？悠然更—作便起严滩恨,一宿东风蕙草生。

宿云际寺
　　白盖微云一径深,东峰—作风弟子远相寻。苍苔路熟僧归寺,红叶声乾鹿在林。高阁清香生静境,夜堂疏磬发禅心。自从紫桂岩前别,不见南能直至—作到今。

寄岳州李外郎远—作胲
　　含嚬不语坐持—作搘颐,天远—作近楼高宋玉悲。湖上残棋人散后,岳阳微雨鸟来—作归迟。早梅犹得回歌扇,春水还应理钓丝。独—作唯有袁宏—作安正—作易憔悴,一樽惆怅落花时。

游南塘寄知者—作王知白
　　白鸟梳翎立岸莎,藻花菱刺泛微波。烟光似带侵垂柳,露点如珠落卷荷。楚水晓—作晚凉催客早,杜陵秋思傍蝉多。鎦公不信归心切,听取江楼一曲歌。

寄卢生
　　遗业荒凉近故都,门前堤路枕平湖。绿杨阴里千家月,红藕香中万点珠。此地别来双鬓改,几时归去片帆孤。他年犹拟金貂换,寄语黄公旧酒垆。

春日访李十四处士
　　花深桥转水潺潺,角里先生自闭关。看竹已知行处好,望云空—作定得暂时闲。谁言有策堪经世,自是无钱可买山。一局残棋千点雨,绿萍池上暮方还。

宿松门寺
　　白石青崖世界分,卷帘孤坐对氛—作氤氲。林间禅室春深雪,潭上龙堂夜半云。落月—作日苍—作荒凉登阁在—作远,晓钟摇荡隔江—作墙闻。西山旧是经行地,愿漱寒瓶逐—作在领军。

咏寒宵
　　寒宵何耿耿,良宴有余姿。宝韖徘徊处,熏炉怅望时。曲琼垂翡翠,斜月到罘罳。委坠金钅工—作缸烬,阑珊玉局棋。话穷犹注睇,歌罢尚持颐。晻暖—作暖遥相属—作嘱,氛氲—作细缊积所思。秦蛾—作娥卷衣—作帘晚,胡雁度云迟。上郡归来梦,那知锦字诗。

寄渚宫遗民弘里生
　　柳弱湖堤曲,篱疏水巷深。酒阑初促席,歌罢欲分襟。波—作坡月欺华烛,汀—作江云润故琴。镜清花并蒂—作共叶,床冷簟连心。荷坐平桥暗—作阔,萍稀败舫沉。城头五通—作更鼓,窗外万家砧。异县鱼投浪,当年鸟共林。八行香—作书未灭—作减,千里梦—作叹难寻。未肯睽良愿,空期—作知嗣好音。他时因咏—作咏怀作,犹得比南金。

春尽与友人入裴氏林探—作采渔竿
　　一径互纡直,茅棘亦已繁。晴阳入荒竹,暖暖和春园。倚杖息惭—作憩倦,徘徊恋微暄。历寻婵娟节,剪破苍筼根。地闲—作闲修茎孤,林振余箨翻。适心在所好,非必寻湘沅。

春日
　　问君何所思,迢递艳阳时。门静人归晚,墙高蝶过迟。一双青琐燕,千万绿杨丝。屏上吴山远,楼中朔管悲。宝书无寄处,香毂有来期。草色将林彩,相添—作将入黛眉。

洛阳
　　巩树先春雪满枝,上阳宫柳啭黄鹂。桓谭未便忘西笑,岂为长安有凤池。

题贺知章故居叠韵作
　　废砌翳薜荔,枯湖无菰蒲。老媪饱—作宝藻草,愚儒输逋租。

雨中与李先生期垂钓先后相失,因作叠韵
　　隔石觅履迹,西溪迷鸡啼。小鸟扰晓沼,梨泥齐低畦。

全唐诗卷五百八十三

温庭筠 补遗

春日雨 一作细雨

细雨蒙蒙入绛纱,湖亭一作沣湖寒食盂珠一作姝家。南朝漫自称流品,宫体何曾为杏花。

细雨

凭轩望秋雨,凉入暑衣清。极目鸟频没,片时云复轻。沼萍开更敛,山叶动还鸣。楚客秋江上,萧萧故国情。

秋雨

云满鸟行灭,池凉龙气腥。斜飘看棋簟,疏洒望山亭。细响鸣林叶,圆文破沼萍。秋阴杳无际,平野但冥冥。

春初对暮雨

淅沥生丛篠,空蒙泛网轩。瞑姿看远树,春意入尘一作陈根。点细飘风急,声轻入夜繁。

雀喧争槿树,人静出蔬园。瓦湿光先起,房深影易昏。不应江上草,相与滞王孙。

雪二首

砚水池先冻,窗风酒易消。鸦声出山郭,人迹过村桥。稍急方萦转,才深未寂寥。细光穿暗隙,轻白驻寒条。草静封还折,松敧堕复摇。谢庄今病眼,无意坐通宵。

赢骖出更慵,林寺已疏钟。踏紧寒声涩,飞交细点重。圃斜人过迹,阶静鸟行踪。寂寞梁鸿病,谁人代夜春?

送人游淮海 一作宿友人池

背墙灯色暗,宿客梦初成。半夜竹窗雨,满池荷叶声。簟凉秋阁思,木落故山情。明发又愁起,桂花溪水清。

原隰荑绿柳

迴野韶光早,晴川柳满一作映柳堤。拂尘生嫩绿,披雪见柔荑。碧玉牙犹短,黄金缕未齐。

腰肢弄寒吹,眉意入春闺。预恐狂夫折,迎牵逸客迷。新莺将出谷,应借一枝栖。

宿秦生一作僧山斋
衡巫路不同,结室在东峰。岁晚得支遁,夜寒逢戴颙。龛灯落叶寺,山雪隔林钟。行解一作李,一作戒行无由发,曹溪欲施春。

赠楚云上人
松根满苔石,尽日闭禅关。有伴年年月,无家处处山。烟波五湖远,瓶屦一身闲。岳寺蕙兰晚,几时幽鸟还。

宿白盖峰寺寄僧
山房霜气晴一作清,一宿遂平生。阁上见林影,月中闻涧声。佛灯销永夜,僧磬彻寒更。不学何居士,焚香为宦情。

送僧东游
师归旧山去,此别已凄然。灯影秋江寺,篷声夜雨船。鸥飞吴市外,麟卧晋陵前。若到东林社,谁人更问禅?

盘石寺留别成公
槲叶萧萧带苇风,寺前归客一作路别支公。三秋岸雪花初白,一夜林霜叶尽红。山叠楚天云压塞,浪遥吴苑水连空。悠然旅榜频回首,无复松窗半偈同。

题中南佛塔寺
鸣泉隔翠微,千城到柴扉。地胜人无欲,林昏虎有威。涧苔侵客屦,山雪入禅衣。桂树芳阴在,还期岁晏归。

马嵬佛寺
荒鸡夜唱战尘深,五鼓雕舆过上林。才信倾城是真语,直教涂地始甘心。两重秦苑城千里,一炷胡香抵一作直万金。曼倩死来无绝艺,后人谁肯惜青禽一作琴。

清凉寺
黄花红树谢芳蹊,宫殿参差黛巘西。诗阁晓窗藏雪岭,画堂秋水接蓝溪。松飘晚吹一作翠扒金铎,竹荫寒苔上石梯。妙迹奇名竟何在,下方烟暝草萋萋。

赠卢长史
移病欲成隐,扁舟归旧居。地深新一作心事少,官散故交疏。道直更无侣,家贫唯有书。东门烟水梦,非独为鲈鱼。

秋日旅舍寄义山李侍御
一水悠悠隔渭城,渭城风物近柴荆。寒蛩乍响催机杼,旅雁初来忆弟兄。自为林泉牵晓一作好梦,不关砧杵报秋声。子虚何处堪消渴,试向文园问长卿。

晚坐寄友人
九枝灯在琐窗空,希逸无聊恨不同。晓梦未离金夹膝,早寒先到石屏风。遗簪可惜三秋白,蜡烛犹残一寸红。应卷鰕帘看皓齿,镜中惆怅见梧桐。

送渤海王子归本国
疆理虽重海,车书本一家。盛勋归旧国,佳句在中华。定界分秋涨,开帆到曙霞。九门风月好,回首是天涯。

送北阳袁明府
楚乡千里路,君去及良晨。苇浦迎船火,茶山候吏尘。桑浓蚕卧晚,麦秀雉声春。莫作东篱兴,青云有故人。

送李生归旧居
一从征战后,故社几人归。薄宦离山久,高谈与世稀。夕阳当板槛,春日入柴扉。莫却严滩意,西溪有钓矶。

早春泸水送友人
青门烟野外,渡泸送行人。鸭卧溪沙暖,鸠鸣社树春。残一作浅波青有石,幽草绿无尘。杨柳东风里,相看泪满巾。

送襄州李中丞赴从事

汉庭文采有相如,天子通宵爱子虚。把钓看棋高兴尽,焚香起草宦情疏。楚山重叠当归路,溪月分明到直庐。江雨潇潇帆一片,此行谁道为—作忆鲈鱼。

江上别友人

秋色满葭菼,离人西复东。几年方暂见,一笑又难同。地势萧陵歇,江声禹庙空。如何暮滩上,千里逐征—作离鸿。

与友人别

半醉别都门,含凄上古原。晚风杨叶社,寒食杏花村。薄暮牵离绪,伤春忆晤言。年芳本无限,何况有兰荪—作荪。

鸿胪寺有开元中锡宴堂,楼台池沼雅为胜绝,荒凉遗址仅有存者,偶成四十韵

明皇昔御极,神圣垂耿光。沈机发雷电,逸躅陵尧汤。西覃积石山,北至穷发乡。四凶有獬豸—作鹰,一臂无螳螂。婵娟得神艳,郁烈闻国香。紫绦鸣羯鼓,玉管吹霓裳。禄山未封侯,林甫才为郎。昭融廓日月,妥帖—作贴安纪纲。群生到寿域,百辟趋明堂。四海正夷宴,一尘不飞扬。天子自犹—作游,一作悦豫,侍臣宜乐康。轧然闻阖开,赤日生扶桑。玉砌露—作路盘纡,金壶—作台漏丁当。剑佩相击触,左右随趋跄。玄珠十二旒,红粉三千行。顾盼—作盻眜生羽翼,叱—作咄嗟回雪霜。神霞凌云阁,春水骊山阳。盘斗九子糭—作粽,瓯擎五云浆。双琼京兆博—作卜,七鼓邯郸娼。琵琶碧鸡斗,苤葱翠雉场。仗官绣蔽膝,宝马金镂—作缕锡。椒涂隔鹦鹉—作鸲,柘弹惊鸳鸯。猗欤华国臣,鬓发俱苍苍。锡宴得幽—作佳致,车从真炜煌。画鹢照鱼鳖,鸣驺乱鸳鸧。飐灎荡碧波,炫煌迷—作连横塘。紫盈舞回雪,宛转歌绕—作绕歌梁。艳带画银络,宝梳金钿筐。沈冥类汉相,醉倒疑楚狂。一旦紫微东,胡星森耀芒。凭陵逐鲸鲵,唐突驱犬羊。纵火三月赤,战尘千里黄。殽函与府寺,从此俱荒凉。兹地乃蔓草,故基摧—作唯坏墙。枯池接断岸,唧唧啼寒螀。败荷塌作泥,死竹森如枪。游人问老吏,相对聊感伤。岂必—作不见麋鹿,然后堪回肠。幸今遇太平,令节称羽觞。谁知曲江曲—作隅,岁岁栖鸾凰。

访知玄上人遇暴经因有赠

缥帙无尘满画廊,钟—作终山弟子静焚香。惠能未肯传心法,张湛徒劳与眼方。风飐檀烟销篆印,日移松影过禅床。客儿自有翻经处,江上秋来蕙草荒。

寄崔先生

往年江海别元卿,家近山阳古郡城。莲浦—作沼香中离席散,柳堤风里钓船横。星霜荏苒无音信,烟水微茫变姓名。菰黍正肥鱼正美,五侯门下负平生。

敬答李先生

七里滩声舜庙前,杏花初盛草芊芊。绿昏晴气春风岸,红漾轻纶—作轮野水天。不为伤离成极望,更因行乐惜流年。一瓢无事麛裘暖,手弄溪波坐钓船。

宿沣曲僧—作精舍

东郊和气新,芳霭远如尘。客舍—作路停疲马,僧墙画故人。沃田桑景—作叶晚,平野菜花春。更想严家濑,微风荡白蘋。

宿一公精舍

夜阑黄叶寺,瓶锡两俱能。松下石桥路,雨—作山中山—作佛殿灯。茶炉天姥客,棋席剡溪僧。还笑长门赋,高秋卧茂陵。

月中宿云居寺上方

虚阁披衣坐,寒阶踏叶行。众星中夜少,圆月上方明。霭尽无林色,喧余有涧声。只应愁恨事,还逐晓光生。

登卢氏台

胜地当通邑,前山有故居。台高秋尽出,

林断野无余。白露鸣蛩急,晴天一作天时度雁疏。由来放怀地,非独在吾庐。

牡丹二首

轻阴隔翠帏,宿雨泣晴晖。醉后佳期在,歌余旧意非。蝶繁经一作轻粉住,蜂重抱香归。莫惜薰炉夜,因风到舞衣。

水漾晴红压叠波,晓来金粉覆庭莎。裁成艳思偏应巧,分得春光最数多。欲绽似含双靥笑,正繁疑有一声歌。华堂客散帘垂地,想凭阑干敛翠蛾。

反生桃花发因题

疾眼逢春一作相逢四壁空,夜来山雪破东风。未知王母千年熟,且共刘郎一笑同。已落又开横晚翠,似无如有带朝红。僧虔蜡炬高三尺,莫惜连宵照露丛。

杏花

红花初绽雪花繁,重叠高低满小园。正见盛时犹怅望,岂堪开处已缤翻。情为世累诗千首,醉是吾乡酒一樽。杳杳艳歌春日午,出墙何处隔朱门。

和太常杜少卿东都修行里有嘉莲

春秋罢注直铜龙,旧宅嘉莲照水红。两处龟巢清露里,一时鱼跃翠茎东。同心表瑞荀池上,半面分妆乐镜中。应为临川多丽句,故持重艳向西风。

题磁岭海棠花

幽态竟谁赏,岁华空与期。岛回香尽处,泉照艳浓时。蜀彩淡摇曳一作拽,吴妆低怨思。王孙又谁恨,惆怅下山迟。

苦楝花

院里莺歌歇,墙头蝶舞孤。天香熏羽葆,宫紫晕流苏。晻暧迷青琐,氤氲向画图。只应春惜别,留与博山炉。

自有扈至京师已后朱樱之期

露圆霞赤数千枝,银笼谁家寄所思。秦苑飞禽谙熟早,杜陵游客恨来迟。空看翠幄成阴日,不见红珠满树时。尽日徘徊浓影一作荫下,只应重作钓鱼期。

答段柯古见嘲

彩翰一作轮殊翁金缭绕,一千二百逃飞鸟。尾薪一作生桥下未为痴,暮雨朝云世间少。

莲花

绿塘摇滟接星津,轧轧兰桡入白蘋。应为洛神波上袜,至今莲蕊有香尘。

过吴景帝陵

王气销来水森茫,岂能才与命相妨。虚开直渎三千里,青盖何曾到洛阳。

龙尾驿妇人图

慢笑开元有倖臣,直教天子到蒙尘。今来看画犹如此,何况亲逢绝世人。

薛氏池垂钓

池塘经雨更苍苍,万点荷珠晓气凉。朱瑀空偷御沟水,锦鳞红尾属严光。

简同志

开济由来变盛衰,五车才得号镃基。留侯功业何容易,一卷兵书作帝师。

瑟瑟钗

翠染冰轻透露光,堕云孙寿有余香。只因七夕回天浪,添作湘妃泪两行。

元日

神耀破氛昏,新阳入晏温。绪风调玉吹,端日应铜浑。威凤跄瑶簴,升龙护璧门。雨旸春令煦,裘冕晬容尊。

二月十五日樱桃盛开,自所居蹑履吟玩竟名王泽章洋才

晓觉笼烟重,春深染雪轻。静应留得蝶,繁欲有胜莺。影乱晨飙急,香多夜雨晴。似将千万恨,西北为卿卿。

寒食节日寄楚望二首

芳兰无意绿,弱柳何穷缕。心断入淮山,梦长穿楚雨。繁花如二八,好月当三五。愁碧竟平皋,韶红换幽圃。流莺隐员树,乳燕喧余哺。旷望恋曾台,离忧集环堵。当年不自遣,晚得终何补？郑谷有樵苏,归来要腰斧。

家乏两千万,时当一百五。飔飔杨柳风,穰穰樱桃雨。年芳苦沉潦,心事如摧橹。金狭近兰汀,铜龙接花坞。青葱建杨宅,隐辚端门鼓。采素拂庭柯,轻球落邻圃。三春谢游衍,一笑牵规矩。独有恩泽侯,归来看楚舞。

清明日

清娥画扇中,春树郁金红。出犯繁花露,归穿弱柳风。马骄偏避幰,鸡骇乍开笼。柘弹何人发,黄鹂隔故宫。

禁火日 第七句缺一字

骀荡清明日,储胥小苑东。舞衫萱草绿,春鬓杏花红。马辔轻衔雪,车衣弱向风。□愁闻百舌,残睡正朦胧。

嘲三月十八日雪

三月雪连夜,未应伤物华。只缘春欲尽,留著伴梨花。

杨柳八首 一作杨柳枝

宜春苑外最长条,闲袅春风伴舞腰。正是玉人肠断处,一渠春水赤阑桥。

南内墙东御路旁,预知春色柳丝黄。杏花未肯无情思,何是一作事情一作行人最断肠？

苏小门前柳万条,毵毵金线拂平桥。黄莺不语东风起,深闭朱门伴细腰。

金楼毵毵碧瓦沟,六宫眉黛惹春愁。晚一作晓来更带龙池雨,半拂阑干半入楼。

馆娃宫外邺城西,远映征帆近拂堤。系得王孙归意切,不关春草绿萋萋。

两两黄鹂色似金,袅枝啼露动芳音。春来

幸自一作有长如线,可惜牵缠荡子心。

御柳如丝映九重,凤皇窗柱绣芙蓉。景阳楼畔千条露,一面新妆待晓钟。

织锦机边莺语频,停梭垂泪忆征人。塞一作寒门三月犹萧索,纵有垂杨未觉春。

客愁

客愁看柳色,日日逐春深。荡漾春风里,谁知历乱心？

和周縣一作和周縣广阳公宴嘲段成式传。縣诗题,广阳公宴,成式速罢驰骋,生观花艳,或有眼饱之嘲,诗及段答诗并六韵

齐马驰千驷,卢姬逗十三。玳筵方喜一作盼睐,金勒自趁趣。堕珥情初洽,鸣鞭战未酣。神交花冉冉,眉语柳毿毿。却略青鸾镜,翘翻翠凤篸。专城有佳对,宁肯顾春蚕。

光风亭夜宴妓有醉殴者

吴国初成阵,王家欲解围。拂巾双雉叫,飘瓦两鸳飞。

南歌子词二首 一作添声杨柳枝辞

一尺深红胜一作蒙曲尘,天生旧物不如新。合欢桃核终堪恨,里许元来别有人。

井底点灯深烛伊,共郎长行莫围棋。玲珑骰子安红豆,入骨相思知不知。

题李卫公诗二首

蒿棘深春卫国门,九年于此盗乾坤。两行密疏倾天下,一夜阴谋达至尊。肉视具僚忘匕箸,气吞同列削寒温。当时谁是承恩者,肯有余波达鬼村。

势欲凌云威触天,权倾诸夏力排山。三年骥尾有人附,一日龙须无路攀。画阁不开梁燕去,朱门罢扫乳鸦还。千岩万壑应惆怅,流水斜倾出武关。

题谷隐兰若

风带巢熊拗树声,老僧相引入云行。半坡

新路畲才了,一谷寒烟烧不成。

观棋—作段成式诗

闹对楸枰倾一壶,黄华坪上几成卢。他时谒帝铜龙水,便赌宣城太守无。

句

春水碧于天,画船听雨眠。见《优古堂诗话》。

绿树绕村含细雨,寒潮背郭卷平沙。送人,见《诗人玉屑》。

全唐诗卷五百八十四

段成式

段成式,字柯古,河南人,世客荆州,宰相文昌之子也。以荫为校书郎。研精苦学,秘阁书籍,披阅皆遍,历尚书郎、太常少卿,连典九江、缙云、庐陵三郡。坐累,退居襄阳。集七卷,今编诗一卷。

观山灯献徐尚书并序

尚书东苑公镇襄之三年,四维具举,而仍岁谷熟。及上元日,百姓请事山灯,以报穰祈祉也。时从事及上客从公登城南楼观之。初烁空燃谷,漫若朝炬,忽惊狂烧卷风,扑缘一峰,如尘烘筛色,如波残鲸鬣,如霞驳,如珊瑚露,如丹蛇蚑离,如朱草丛丛,如芝之曲,如莲之擎,布字而疾抵电书,写塔而争同屬构,亦天下一绝也。成式辞多嗤累,学未该悉,策山灯事,唯记陈后主宴光璧殿,遥咏山灯诗云:杂桂还如月,依柳更疑星。辄成三首,以纪壮观。

风杪影凌乱,露轻光陆离。如霞散仙掌,似烧上峨嵋。道树千花发,扶桑九日移。因山成众像,不复藉蟠螭。

涌出多宝塔,往来飞锡僧。分明三五月,传照百千灯。驯狄移高柱一作炷,庆云遮半层。夜深寒焰白,犹自缀金绳。

磊落风初定,轻明云乍妨。疏中摇月彩,繁处杂星芒。火树枝柯密,烛龙鳞甲张。穷愁读书者,应得假余光。

和徐商贺卢员外赐绯一作和徐相公贺襄阳徐副使加章服

云雨轩悬莺语新,一篇佳句占阳春。银黄年少偏欺酒,金紫风流不让人。连璧座中斜日满,贯珠歌里落花频。莫辞倒载吟归去,看欲东山又吐茵。

河出荣光

符命自陶唐,吾君应会昌。千年清德水,九折满荣光。极岸浮佳气,微波照夕阳。澄辉

明贝阙,散彩入龙堂。近带关云紫,遥连日道黄。冯夷矜海若,汉武贵宣房。渐没孤槎影,仍呈一苇航。抚躬悲未济,作颂喜时康。

哭李群玉

曾话黄陵事,今为白日催。老无儿女累,谁哭到泉台。

寄温飞卿笺纸予在九江造云蓝纸,既乏左伯之法,全无张永之功,辄送五十板。

三十六鳞充使时,数番犹得裹相思。待将袍袄重抄了,尽写襄阳播捂一作掘拓词。

题石泉兰若

蠹竹为篱松作门,石楠阴底藉芳荪。方袍近日少平叔,注得逍遥无处论。

怯酒赠周繇一作答周为宪看牡丹

大白东西飞正狂,新刍石冻杂梅香。诗中反语常回避,尤怯花前唤索郎。

牛尊师宅看牡丹

洞里仙春日更长,翠丛风剪紫霞芳。若为萧史通家客,情愿扛壶入醉乡。

观棋一作温庭筠诗

闲对弈楸倾一壶,黄羊枰上几成都。他时谒帝铜池晓一作晚,便赌宣城太守无。

题僧壁一本下有和韦蟾三字

有僧支颊捻眉毫,起就夕阳磨剃刀。到此既知闲最一作处乐,俗心何啻九牛毛。

哭房处士

独上黄坛几度盟,印开龙渥喜丹成。岂同叔夜终无分,空向人间著养生。

呈轮上人

虎到前头心不惊,残阳择虱懒逢迎。东林水石未胜此,要假远公方有名。

题谷隐兰若三首

风惹闲云半谷阴,岩西隐者醉相寻。草衰乍觉径增险,叶尽却疑溪不深。

鸟啄灵雏恋落晖,村情山趣顿忘机。丹成道士过门数,叶尽寒猿下岭稀。

风带巢熊拗树声,老僧相引入云行。半陂新路畲才了,一谷寒烟烧不成。

不赴光风亭夜饮赠周繇

屏开屈膝见吴娃,蛮蜡同心四照花。姹女不愁难管领,斩新铅里得黄牙。

嘲元中丞一作襄阳中堂赏花,为宪与妓人戏,语嘲之。

莺里花前选孟光,东山逋客酒初狂。素娥毕竟难防备,烧得河车莫遣尝。

寄一作与周繇一作为宪求人参

少赋令才犹强作,众医多识不能呼。九茎仙草真难得,五叶灵根许惠无。

嘲飞卿七首

曾见当垆一个人,入时装束好腰身。少年花蒂多芳思,只向诗中写取真。

醉袂几侵鱼子缬,飘缨长罥凤皇钗。知君欲作闲情赋,应愿将身作锦鞋。

翠蝶密偎金叉一作匕首,青虫危泊玉钗梁。愁生半额不开靥,只为多情团扇郎。

柳烟梅雪隐青楼,残日黄鹂语未休。见说自能裁袙腹,不知谁更著鞘头。

愁机懒织同心苣,闷绣先描连理枝。多少风流词句里,愁中空咏早环诗。

燕支山色重能轻,南阳水泽斗分明。不烦射雉先张翳,自有琴中威凤声。

半岁愁中镜似荷,牵环撩鬓却须磨。花前不复抱瓶渴,月底还应琢刺歌。

柔卿解籍戏呈飞卿三首

长担犊车初入门,金牙新酝盈深樽。良人为渍木瓜粉,遮却红腮交午痕。

最宜全幅碧鲛绡,自襞春罗等舞腰。未有
长钱求邺锦,且令裁取一团娇。

出意挑鬟一尺长,金为钿鸟簇钗梁。郁金
种得花茸细,添入春衫领里香。

戏高侍御七首

百媚城中一个人,紫罗垂手见精神。青琴
仙子长教示,自小来来号阿真。

七尺发犹三角梳,玳牛独驾长檐车。曾城
自有三青鸟,不要莲东双鲤鱼。

花恨红腰一作腮柳妒眉,东邻墙短不曾窥。
犹怜最小分瓜日,奈许迎春得藕时。

自等腰身尺六强,两重危鬟尽钗长。欲熏
罗荐嫌龙脑,须为寻求石叶香。

别起青楼作几层,斜阳幔卷鹿卢绳。厌裁
鱼子深红缬,泥觅蜻蜓浅碧绫。

诈嫌嚼贝磨衣钝,私带男钱压鬓低。不独
邯郸新嫁女,四枝鬟上插通犀。

可羡罗敷自有夫,愁中漫捋白髭须。豹钱
璁子能擎举,兼著连乾许换无。

送僧二首

形神不灭论初成,爱马乘闲入帝京。四十
三年虚过了,方知僧里有唐生。

想到头陀最上方,桂阴犹认惠宗房。因行
恋烧归来晚,窗下犹残一字香。

猿

却忆书斋值晚晴,挽枝闲啸激蝉清。影沈
巴峡夜岩色,踪绝石塘寒濑声。

送穆郎中赴阙

应念愁中恨索居,鹂歌声里且踟蹰。若逢
金马门前客,为说虞卿久著书。

题商山庙

偶出云泉谒礼闱,篇章曾沐汉皇知。无谋
静国东归去,羞过商山四老祠。

折杨柳七首

枝枝交影锁长门,嫩色曾沾雨露恩。凤辇
不来春欲尽,空留莺语到黄昏。此篇一作王贞
白诗。

水殿年年占早芳,柔条偏惹御炉香。而今
万乘多巡狩,辇路无阴绿草长。此篇一作王贞
白诗。

玉楼烟薄不胜芳,金屋寒轻翠带长。公子
骅骝往何处,绿阴堪系紫游缰。

嫩叶初齐不耐寒,风和时拂玉栏干。君王
去日曾攀折,泣雨伤春翠黛残。此篇一作王贞
白诗。

微黄才绽未成阴,绣户珠帘相映深。长恨
早梅无赖极,先将春色出前林。

隋家堤上已成尘,汉将营边不复春。只向
江南并塞北,酒旗相伴惹行人。

陌上河边千万枝,怕寒愁雨尽低垂。黄金
穗短人多折,已恨东风不展眉。

哭李群玉

酒里诗中三十年,纵横唐突世喧喧。明时
不作祢衡死,傲尽公卿归九泉。

汉宫词二首

歌舞初承恩宠时,六宫学妾画蛾眉。君王
厌世妾头白,闻唱歌声却泪垂。

二八能歌得进名,人言选入便光荣。岂知
妃后多娇妒,不许君前唱一声。

醉中吟

只爱糟床滴滴声,长愁声绝又醒醒。人间
荣辱不常定,唯有南山依旧青。

桃源僧舍看花

前年帝里探春时,寺寺名花我尽知。今日
长安已灰烬,忍能南国对芳枝。

和周繇见嘲并序。一作和周为宪广阳公宴见嘲诗。

近者初开金埒,大敞红筵,骑历块而风生,鼓摻挝而雷发。成式未曾盘马,徒效执鞭,喜过君子之营,徒接将军之第,款段辞退,因得坐观。是时满目铅黄,逆鼻兰麝,晚薪余论,恨织素而不怜;斜柯新知,叹因针而难假。化符端公,妄换名马;赋辟长门,莫逆赏心;形于善谑,为宪老舅;吟飘白雪,思效碧云;六韵传观,不得落地;铿如佩玉,粲若列星。儇眼诇贵于千金,贷心只劳于一句。辄鸣瓦缶,方应金铙,拗辅宜哈,足代谐笑。

才甘鱼目并,艺怯马蹄间。王谢初飞盖,姬姜尽下山。缚鸡方—作难角逐,射雉岂开颜。乱翠移林色,狂红照座殷。防梭齿虽在,乞帽鬓惭斑。倪恕相如瘦,应容累骑还。

和张希复咏宣律和尚袈裟

南山披时寒夜中,一角不动毗岚风。何人见此生惭愧,断续犹应护得龙。

句

高谈敬风鉴,古貌怯冰棱。以下见《海录碎事》。

虱暴妨旧梦,虫喧彻曙更。

梦里思甘露,言中惜惠灯。

新破毗昙义,相期卜夜论。梦得句云云,因续成十韵。

随樵劫猿藏,隈石觑熊缘。隐山书事,见《襄阳志》。

捽胡云彩落,痕面月痕消。光风亭夜宴,妓有醉殴者。

掷履仙凫起,搴衣蝴蝶飘。羞中含薄怒,颦里带余娇。醒后犹攘臂,归时更折腰。狂夫自缨绝,眉势倩人描。题同上,见《纪事》。

不愿石郎戴笠,难甘玉女披衣。苦雨。

全唐诗卷五百八十五

刘驾

刘驾,字司南,江东人。登大中进士第,官国子博士。诗一卷。

皎皎词

皎皎复皎皎,逢时即为好。高秋亦有花,不及当春草。班姬入后宫,飞燕舞东风。青娥中夜起,长叹月明里。

长安旅舍纾情投先达 一作长安抒怀寄知己

岐路不在地,马蹄徒苦辛。上国闻姓名,不如山中人。大宅满六街,此身入谁门?愁心日散乱,有似空中尘。白露下长安,百虫鸣草根。方当秋赋日,却忆归山村。静女头欲白,良媒况我邻。无令苦长叹,长叹销人魂。

送友下第游雁门

相别灞水湄,夹水柳依依。我愿醉如死,不见君去时。所诣星斗北,直行到犹迟。况复挈空囊,求人悲 一作泣,一作恨路岐。北门记室贤,爱我学古诗。待君如待我,此事固不疑。雁门春色外,四月雁未归。主人拂金台,延客夜开扉。舒君郁郁怀,饮彼白玉卮。若不化女子,功名岂无期。

读史

平地见天涯,登高天更远。功名及所望,岐路又满眼。万金买园林,千金修池馆。他人厌游览,身独恋轩冕。唯有汉二疏,应觉还家晚。

反贾客乐 乐府有贾客乐,今反之。

无言贾客乐,贾客多无墓。行舟触风浪,尽入鱼腹去。农夫更苦辛,所以羡尔身。

送李垣先辈归嵩少旧居 第九句缺

高秋灞浐路,游子多惨戚。君于此地行,独以寻春色。文章满人口,高第非苟得。要路在长安,归山却为客。□□□□□,狂歌罢叹息。我岂无故山,千里同外国。

苦寒吟

百泉冻皆咽,我吟寒更切。半夜倚乔松,不觉满衣雪。竹竿有甘苦,我爱抱苦节。鸟声有悲欢,我爱口流血。潘生若解吟,更早生白发。

上巳日

上巳曲江滨,喧于市朝路。相寻不见者,此地皆相遇。日光去此远,翠幕张如雾。何事欢娱中,易觉春城暮。物情重—作爱此节,不是爱芳树。明日花更多,何人肯回顾?

春台

台上树阴合,台前流水多。青春不出门,坐见野田花。谁能学公子,走马逐香车。六街尘满衣,鼓绝方还家。

钓台怀古

澄流可濯缨,严子但垂纶。孤坐九层石,远笑清渭滨。潜龙飞上天,四海岂无云。清气不零雨,安使洗—作浣尘氛。我来吟高风,仿佛见斯人。江月尚皎皎,江石亦磷磷。如何台下路,明日又迷津。

励志—作续励志

白发岂有情,贵贱同日生。二轮不暂驻,似趁长安程。前堂吹参差,不作猴山声。后园植木槿,月照无余英。及时立功德,身后犹光明。仲尼亦为土,鲁人焉敢耕。

桑妇

墙下桑叶尽,春蚕半未老。城南路迢迢,今日起更早。四邻无去伴,醉卧青楼晓。妾颜不如谁,所贵守妇道。一春常在树,自觉身如鸟。归来见小姑,新妆弄百草。

上马叹

羸马行迟迟,顽童去我远。时时一回顾,不觉白日晚。路傍豪家宅,楼上红妆满。十月庭花开,花前吹玉管。君当未贵日,岂不常屯蹇。如何见布衣,忽若尘入眼。布衣岂常贱,世事车轮转。

唐乐府十首并序

唐乐府,自送征夫至献贺觞,歌河湟之事也。下土土贡臣驾,生于唐二十八年,获见明天子以德归河湟地。臣得与天下夫妇复为太平人,独恨愚且贱,蠕蠕泥土中,不得从臣后拜舞称于上前。情有所发,莫能自抑,作诗十章,目曰唐乐府,虽不足贡声宗庙,形容盛德,而愿与耕稼陶渔者歌田野江湖间,亦足自快。

送征夫

昔送征夫苦,今送征夫乐。寒衣纵携去,应向归时著。天子待功成,别造凌烟阁。

输者讴

挽粟上高山,高山若平地。力尽心不怨,同我家私事。去者不违宁,归者唱歌行。相逢古城下,立语天未明。一身远出塞,十口无税征。

吊西人

河湟父老地,尽知归明主。将军入空城,城下吊黄土。所愿边人耕,岁岁生禾黍。

边军过

城前兵马过,城里人高卧。官家自供给,畏我田产破。健儿食肥肉,战马食新谷。食饱物有余,所恨无两腹。草青见军过,草白见军回。军回人更多,尽系西戎来。

望归马

东人望归马,马归莲峰下。莲峰与地平,亦不更征兵。

祝河水

河水清淥淥,照见远树枝。征人不饮马,再拜祝冯夷。从今亿万岁,不见河浊时。

田西边

刀剑作锄犁,耕田古城下。高秋禾黍多,

无地放羊马。

昆山

昔时玉为宝,昆山过不得。今时玉为尘,昆山入中国。白玉尚如尘,谁肯爱金银?

乐边人

在乡身亦劳,在边腹亦饱。父兄若一处,任向边头老。

献贺觞

莫但取河湟,河湟非边疆。愿今日入处,亦似天中央。天子寿万岁,再拜献此觞。

且可怜行 第五句缺三字

园中花自早,不信外无花。良人未朝去,先出登香车。□□五□轮,满城闻呕哑。侍儿衣各别,头上金雀多。只是一家人,路人疑千家。过后香满陌,直到春日斜。今朝且可怜,莫问久如何。

筑台 一作城 词 汉武筑通天台,役者苦之。

前杵与后杵,筑城声 一作功 不住。我愿筑更高,得见秦皇墓。

邻女

君嫌邻女丑,取妇他乡县。料嫁与君人,亦为邻所贱。菖蒲花可贵,只为人难见。

山中夜坐

半夜山雨过,起来满山月。落尽醉处花,荒沟水决决。怆然惜春去,似与故人别。谁遣我多情,壮年无鬓发。

秦娥

秦娥十四五,面白于指爪。羞人夜采桑,惊起戴胜鸟。

牧童

牧童见客拜,山果怀中落。昼日驱牛归,前溪风雨恶。

古出塞

胡风不开花,四气多作雪。北人尚冻死,况我本南越。古来犬羊地,巡狩无遗辙。九土耕不尽,武皇犹征伐。中天有高阁,图画何时歇。坐恐塞上山,低于沙中 一作上骨。

寄远

雪花岂结子,徒满连理枝。嫁作 一作与 征人妻,不得长相随。去年君点行,贱妾是新姬 一作归。别早见未熟,入梦无定姿。悄悄空闺中,蛩声绕罗帏。得书喜犹甚,况复见君时。

下第后屏居长安,书怀寄太原从事

朋足岂更长,良工隔千里。故山彭蠡上,归梦向汾水。低摧神气尽,僮仆心亦耻。未达谁不然,达者心思此。行年忽已壮,去老年更几。或名生不彰,身殁岂为鬼。才看芳草歇,即叹凉风起。匹马未来期,嘶声尚在耳。

早行

马上续残梦,马嘶时复惊。心孤多所虞,僮仆近我行。栖禽未分散,落月照古城。莫羡居者闲 一作闲居者,冢 一作溪 边人已耕。

青门路

青门有归路,坦坦高槐下。贫贱自耻归,此地谁留我。门开送客去,落日懒回马。旅食帝城中,不如远游者。舟成于陆地,风水终相假。君道谅如斯,立身无苟且。

效古

融融芳景和,杳杳春日斜。娇娆不自持,清唱嚬双蛾。终曲翻成泣,新人下香车。新人且莫喜,故人曾如此。燕赵犹生女,郎岂有终始。

战城南

城南征战多,城北无饥鸦。白骨马蹄下,谁言皆有家?城前水声苦,倏忽流万古。莫争城外城 一作地,城里终 一作有闲土。

曲江春霁

宿雨洗秦树，旧花如新开。池边草未干，日照人马来。马蹄踏流水，渐渐成尘埃。鸳鸯不敢下，飞绕岸东西。此地喧仍旧，归人亦满街。

赠先达

终南苍翠好，未必如故山。心期在荣名，三载居长安。昔蒙大雅匠，勉我工五言。业成时不重，辛苦只自怜。皎皎机上丝，尽作秦筝弦。贫女皆罢织，富人岂不寒。惊风起长波，浩浩何时还。待君—作谁人当要路，一指王化源。

有感

弓剑不自行，难引河湟思。将军半夜饮，十里闻歌吹。高门—作行几世宅，舞袖仍新赐。谁遣一书来，灯前问边事。

姑苏台—作吴中怀古

勾践饮胆日，吴酒正—作香满杯—作吴王酒满杯。笙歌入海云，声自姑苏来。西施舞初罢，侍儿整金钗。众女不敢妒，自比泉下泥。越鼓声腾腾，吴天隔尘埃。难将甬东地，更学会稽栖。《纪事》止此。霸迹一朝尽，草中棠梨开。

豪家

九陌槐叶尽，青春在豪家。娇莺不出城，长宿庭上花。高楼登夜半，已见南山多。恩深势自然，不是爱骄奢。

山中有招

朗朗山月出，尘中事由生。人心虽不闲，九陌夜无行。学古以求闻，有如石上耕。齐姜早作妇，岂识闺中情？何如此幽居，地僻人不争。嘉树自昔有，茅屋因我成。取薪不出门，采药于前庭。春花虽无种，枕席芙蓉馨。君来食葵藿，天爵岂不荣。

空城雀

饥啄空城土，莫近太仓粟。一粒未充肠，却入公子腹。且吊城上骨—作下客，几曾害—作空尔族。不闻庄辛语，今日寒芜绿。

冯叟居

天作冯叟居，山僧尚嫌僻。开门因两树，结宇倚翠壁。溪南有微径，时遇采芝客。往往白云生，对面千里隔。机忘若僮仆，常与猿鸟剧。晒药上小峰，庭深无日色。自忘—作从归乡里—作自从忘归乡，不见新旧—作旧亲戚。累累子孙墓，秋风吹古柏。

醒后

醉卧芳草间，酒醒日落后。壶觞半倾覆，客去应已久。不记折花时，何得花在手？

弃妇

回车在门前，欲上心更悲。路傍见花发，似妾初嫁时。养蚕已成茧，织素犹在机。新人应笑此，何如画蛾眉？昨日惜红颜，今日畏老退。良媒去不远，此恨今告谁！

送李殷游边—作送李殷游西京

十年梦相识，一觐—作睹俄远—作见别。征驾在我傍，草草意难说。君居洞庭日，诗句满魏阙。如何万里来，青桂看人折。行装不及备，西去偶然诀—作成决。孟夏出都门，红尘客衣热。荒城见羊马，野馆具薇蕨。边境渐无虞，旅宿常待月。西园置酒地，日夕簪裾列。壮志安可留，槐花樽前发。

江村

江水灌稻田，饥年稻亦熟。舟中爱桑麻，日午因成宿。相承几十代，居止连茅屋。四不相离，安肯去骨肉。书生说太苦，客路常在目。纵使富贵还，交亲几坟绿。

出门

出门羡他人，奔走如得涂。翻思他人意，与我或不殊。以兹聊自安，默默行九衢。生计逐赢马，每出似移居。客从我乡来，但得邻里书。田园几换主，梦归犹荷锄。进犹希万一，退复何所如。况今辟公道,安得不踌躇。

别道者
自君入城市,北邙无新坟。始信壶中药,不落白杨根。如何忽告归,薤华还笑人。玉笙无遗音,怅望緱岭云。

兰昌宫
宫兰非瑶草,安得春长在。回首春又归,翠华—作叶不能待。悲风生辇路,山川寂已晦。边恨在行人,行人无尽岁。

送友人擢第东归
同家楚天南—作涯,相识秦云西。古来悬弧义,岂顾子与妻。携手践名场,正遇公道开。君荣—作升我虽黜,感恩同所怀。有马不复羸,有奴不复饥。灞岸秋草绿—作槐花落,却是还家时。青门一瓢空,分手去迟迟。期君辙未平,我车继东归。

久客
久客心易足,主人有余力。如何昨宵梦,到晓家山色。南音入谁耳,曲尽头自白。

秋夕
促织灯下吟,灯光冷于水。乡魂坐中去,倚壁身如死。求名为骨肉,骨肉万余里。富贵在何时,离别今如此。出门长叹息,月白西风起。

效陶
两曜无停驭,蓬壶应有墓。何况北邙山—作邙山色,只近市朝—作井路。大恢生死网,飞走无逃处。白发忽已新,红颜岂如故!我有杯中物,可以消万虑。醉舞—作袖日婆娑,谁能记朝暮?如求神仙药,阶下亦种黍。但使长兀然,始见天地祖。

长门怨—作张乔诗
御泉长绕凤皇楼,只是恩波别处流。闲揲舞衣归未得,夜来砧杵六宫秋。

苦寒行
严寒动八荒,刺刺—作莿莿无休时。阳乌不自暖,雪压扶桑枝。岁暮寒益壮,青春安得归。朔雁到南海,越禽何处飞。谁言贫士叹,不为身无衣。

琪树下因吟六韵呈先达者
举世爱嘉树,此树何人识?清秋远山意,偶向亭际得。奇柯交若斗,珍—作生叶—作世业密如织。尘中尚青葱,更想尘外色。所宜巢三鸟,影入瑶池碧。移根岂无时,一问紫烟客。

送人登第东归
学古既到古,反求鉴者难。见诗未识君,疑生建安前。海畔岂无家,终难成故山。得失虽由命,世途多险艰。我皇追古风,文柄付大贤。此时如为君,果在甲科间。晚达多早贵,举世咸为然。一夕颜却少,虽病心且安。所居似清明,冷灶起新烟。高情懒行乐,花盛仆马前。归程不淹留,指期到田园。香醪四邻熟,霜橘千株繁。肯忆长安夜,论诗风雪寒。

贾客词
贾客灯下起,犹言发已迟。高山有疾路,暗行终不疑。寇盗伏其路,猛兽来相追。金玉四散去,空囊委路岐。扬州有大宅,白骨无地归。少妇当此日,对镜弄花枝。

塞下曲
勒兵辽水边,风急卷旌旆。绝塞阴无草,平沙去尽天。下营看斗建,传号信狼烟。圣代书青史,当时破虏年。

春夜二首—本无二首二字,次首题作秋怀。
一别杜陵归未期,只凭魂梦接亲知。近来欲睡兼难睡,夜夜夜深闻子规。

几—作岁岁干戈阻路岐,忆山心切与心违。时难何处披衷抱,日日日斜空醉归。

鄠中感怀
顷年曾住此中来,今日重游事可哀。忆得

几家欢宴处,家家家业尽成灰。

晓登一本有成都二字迎春阁

未栉凭栏眺锦城,烟笼万井二江明。香风满阁花满树,树树树梢啼晓莺。

白髭

到处逢人求至药,几回染了又成丝。素丝易染髭难染,墨翟当年合泣髭。

送卢使君赴夔州

铙管随征旆,高秋上远巴。白波连雾雨,青壁断蒹葭。凭几双瞳静,登楼万井斜。政成知俗变,当应画轮车。

望月

清秋新霁与君同,江上高楼倚碧空。酒尽露零宾客散,更更更漏月明中。

古意

浦帆出浦去,但见浦边树。不如马行郎,马迹犹在路。大舟不相载,买宅令委住。莫道留金多,本非爱郎富。

全唐诗卷五百八十六

刘沧

刘沧，字蕴灵，鲁人，大中八年进士第，调华原尉，迁龙门令。诗一卷。

长洲怀古

野烧原空尽荻灰，吴王此地有楼台。千年事往人何在，半夜月明潮自来。白鸟影从江树没，清猿声入楚云哀。停车日晚荐蘋藻，风静寒塘花正开。

经炀帝行宫

此地曾经翠辇过，浮云流水竟如何。香销南国美人尽，怨入东风芳草多。残柳宫前空露叶，夕阳川上浩烟波。行人遥起广陵思，古渡月明闻棹歌。

春日游嘉陵江

独泛扁舟映绿杨，嘉陵江水色苍苍。行看芳草故乡远，坐对落花春日长。曲岸危樯移渡影，暮天栖鸟入山光。今来谁识东归意，把酒闲吟思洛阳。

秋日山斋书怀

启户清风枕簟幽，虫丝吹落挂帘钩。蝉吟高树雨初霁，人忆故乡山正秋。浩渺兼葭连夕照，萧疏杨柳隔沙洲。空将方寸荷知己，身寄烟萝恩未酬。

晚秋洛阳客舍

清洛平分两岸沙，沙边水色近人家。隋朝古陌铜驼柳，石氏荒原金谷花。庭叶霜浓悲远客，宫城日晚度寒鸦。未成归计关河阻，空望白云乡路赊。

深愁喜友人至

不避驱羸道路长，青山同喜惜年光。灯前话旧阶草夜，月下醉吟溪树霜。落叶已经寒烧尽，衡门犹对古城荒。此身未遂归休计，一半生涯寄岳阳。

秋日望西阳
古木苍苍坠几层,行人一望旅情增。太行山下黄河水,铜雀台西武帝陵。风入蒹葭秋色动,雨余杨柳暮烟凝。野花似泣红妆泪,寒露满枝枝不胜。

邺都怀古
昔时霸业何萧索,古木唯多鸟雀声。芳草自生宫殿处,牧童谁识帝王城?残春杨柳长川迥,落日蒹葭远水平。一望青山便惆怅,西陵无主月空明。

题龙门僧房
静室遥临伊水东,寂寥谁与此身同?禹门山色度寒磬,萧寺竹声来晚风。僧宿石龛残雪在,雁归沙渚夕阳空。偶将心地问高士,坐指浮生一梦中。

秋夕山斋即事
衡门无事闭苍苔,篱下萧疏野菊开。半夜秋风江色动,满山寒叶雨声来。雁飞关塞霜初落,书寄乡间人一作客未回。独坐高窗此时节,一弹瑶瑟自成哀。

江行书事
远渚蒹葭覆绿苔,姑苏南望思裴徊。空江独树楚山背,暮雨一作孤舟吴苑来。人度深秋风叶落,鸟飞残照水烟开。寒潮欲上泛萍藻,寄荐三闾情自哀。

过铸鼎原
黄帝修真万国朝,鼎成龙驾上丹霄。天风乍起鹤声远,海雾渐深龙节遥。仙界日长青岛度,御衣香散紫霞飘。唯留古迹寒原在,碧水苍苍空寂寥。

秋日寓怀
海上生涯一钓舟,偶因名利事淹留。旅涂谁见客青眼,故国几多人白头。霁色满川明水

驿,蝉声落日隐城楼。如何未尽此行役,西入潼关云木秋。

江城晚望
一望江城思有余,遥分野径入樵渔。青山经雨菊花尽,白鸟下滩芦叶疏。静听潮声寒木杪,远看风色暮帆舒。秋期又涉潼关路,不得年年向此居。

宿苍溪馆
孤馆门开对碧岑,竹窗灯下听猿吟。巴山夜雨别离梦,秦塞旧山迢递心。满地莓苔生近水,几株杨柳自成阴。空思知己隔云岭,乡路独归春草深。

题王母庙
寂寥珠翠想遗声,门掩烟微水殿清。拂曙紫霞生古壁,何年绛节下层城。鹤归辽海春光晚,花落闲阶夕雨晴。武帝无名在仙籍,玉坛星月夜空明。

留别复本修古二上人
二远相知是昔年,此身长寄礼香烟。绿芜风晚水边寺,清磬月高林下禅。台殿虚窗山翠入,梧桐疏叶露光悬。西峰话别又须去,终日关山在马前。

边思
汉将边方背辘轳,受降城北是单于。黄河晚冻雪风急,野火远烧山水枯。偷号甲兵冲塞色,衔枚战马踏寒芜。蛾眉一没空留怨,青冢月明啼夜乌。

登龙门敬善寺阁
独步危梯入杳冥,天风潇洒拂檐楹。禹门烟树正春色,少室云屏向晚晴。花落院深清禁闭,水分川阔绿芜平。琐窗朱槛同仙界,半夜嵩山有鹤声。

题王校书山斋
猿鸟无声昼掩扉,寒原隔水到人稀。云晴

古木月初上，雪满空庭鹤未归。药圃一作圃地连山色近，樵家路入树烟微。栖迟惯得沧浪思，云阁还应梦钓矶。

浙江晚渡怀古

蝉噪秋风满古堤，荻花寒渡思萋萋。潮声归海鸟初下，草色连江人自迷。碧落晴分平楚外，青山晚出穆陵西。此来一见垂纶者，却忆旧居明月溪。

及第后宴曲江

及第新春选胜游，杏园初宴曲江头。紫毫粉壁题仙籍，柳色箫声拂御楼。霁景露光明远岸，晚空山翠坠芳洲。归时不省花间醉，绮陌香车似水流。

秋日山寺怀友人

萧寺楼台对夕阴，淡烟疏磬散空林。风生寒渚白蘋动，霜落秋山黄叶深。云尽独看晴塞雁，月明遥听远村砧。相思不见又经岁，坐向松窗弹玉琴。

八月十五日夜玩月

中秋朗月静天河，乌鹊南飞客恨多。寒色满窗明枕簟，清光凝露拂烟萝。桂枝斜汉流灵魄，蘋叶微风动细波。此夜空亭闻木落，蒹葭霜碛雁初过。

晚春宿僧院

萧寺春风正落花，淹留数宿惠休家。碧空云尽磬声远，清夜月高窗影斜。白日一作社闲吟为道侣，青山遥指是生涯。微微一点寒灯在，乡梦不成闻曙鸦。

怀汶阳兄弟

回看云岭思茫茫，几处一作度关河隔汶阳。书信经年乡国远，弟兄无力海田荒。天高霜月砧声苦，风满寒林木叶黄。终日路岐归未得，秋来空羡雁成行。

题天宫寺阁

丹阙侵霄壮复危，排空霞影动檐扉。城连伊水禹门近，烟隔上阳宫树微。天敛暮云残雨歇，路穿春草一僧归。此来闲望更何有，无限清风生客衣。

游上方石窟寺

苔径萦回景渐分，翛然空界静埃氛。一声疏磬过寒水，半壁危楼隐白云。雪下石龛僧在定，日西山木鸟成群。几来吟啸立朱槛，风起天香处处闻。

怀江南友人

久绝音书隔塞尘，路岐谁与子相亲。愁中独坐秦城夜，别后几经吴苑春。湘岸风来吹绿绮，海门潮上没青蘋。空劳两地望明月，多感断蓬千里身。

题敬亭山庙

森森古木列岩隈，迥压寒原霁色开。云雨只从山上起，风雷多向庙中来。三江入海声长在，双鹤啼天影未回。花落空庭春昼晚，石床松殿满青苔。

经麻姑山

麻姑此地炼神丹，寂寞烟霞古灶残。一自仙娥归碧落，几年春雨洗红兰。帆飞震泽秋江远，雨过陵阳晚树寒。山顶白云千万片，时闻鸾鹤下仙坛。

对残春

杨花漠漠暗长堤，春尽人愁鸟又啼。鬓发近来生处白，家园几向梦中迷。霏微远树荒郊外，牢落空城夕照西。唯有年光堪自惜，不胜烟草日萋萋。

过沧浪峡

山叠云重一径幽，苍苔古石濑清流。出岩树色见来静，落涧泉声长自秋。远入虚明思白帝，寒生浩景想沧洲。如何地近东西路，马足车轮不暂留。

经过建业

六代兴衰曾此地，西风露泣白蘋花。烟波

浩渺空亡国,杨柳萧条有几家。楚塞秋光晴入树,浙江残雨晚生霞。凄凉处处渔樵路,鸟去人归山影斜。

赠道者

真趣淡然居物外,忘机多是隐天台。停灯深夜看仙箓,拂石高秋坐钓台。卖药故人湘水别,入檐栖鸟旧山来。无因朝市知名姓,地僻衡门对岳开。

题马太尉华山庄

别开池馆背山阴,近得幽奇物外心。竹色拂云连岳寺,泉声带雨出溪林。一庭杨柳春光暖,三径烟—作春,一作松萝晚翠深。自是功成闲剑履,西斋长卧对瑶琴。

秋日夜怀

砧杵寥寥秋色长,绕枝寒鹊客情伤。关山云尽九秋月,门柳叶凋三径霜。近日每思归少室,故人遥忆隔潇湘。如何节候变容发,明镜一看愁异常。

题巫山庙

十二岚峰挂夕晖,庙门深闭雾烟微。天高木落楚人思,山迥月残神女归。触石晴云凝翠鬟,度江寒雨湿罗衣。婵娟似恨襄王梦,猿叫断岩秋藓稀。

题吴宫苑

吴苑荒凉故国名,吴山月上照江明。残春碧树自留影,半夜子规何处声。芦叶长侵洲渚暗,蘋花开尽水烟平。经过此地千年恨,荏苒东风—作流露色清。

旅馆书怀

秋看庭树换风烟,兄弟飘零寄海边。客计倦行分陕路,家贫休种汶阳田。云低远塞鸣寒雁,雨歇空山噪暮蝉。落叶虫丝满窗户,秋堂独坐思悠然。

赠天台隐者

静者多依猿鸟丛,衡门野色四郊通。天开宿雾海生日,水泛落花山有风。回望一巢悬木末,独寻危石坐岩中。看书饮酒余无事,自乐樵渔狎—作名钓翁。

洛阳月夜书怀

疏柳高槐古巷通,月明西照上阳宫。一声边雁塞门雪,几处远砧河汉风。独榻闲眠移岳影,寒窗幽思度烟空。孤吟此夕惊秋晚,落叶残花树色中。

江行夜泊

白浪连空极渺漫,孤舟此夜泊中滩。岳阳秋霁寺钟远,渡口月明渔火残。绿绮韵高湘女怨,青葭色映水禽寒。乡遥楚国生归思,欲曙山光上木兰。

赠颢顼山人

浩气含真玉片辉,著书精义入玄微。洛阳紫陌几曾醉,少室白云时一归。松雪月高唯鹤宿,烟岚秋霁到人稀。知君济世有长策,莫问沧浪隐钓矶。

长安冬夜书情

上国栖迟岁欲终,此情多寄寂寥中。钟传半夜旅人馆,鸦叫一声疏树风。古巷月高山色静,寒芜霜落灞原空。今来唯问心期事,独望青云路未通。

经古行宫

玉辇西归已至今,古原风景自沈沈。御沟流水长芳草,宫树落花空夕阴。胡蝶翅翻残露滴,子规声尽野烟深。路人不记当年事,台殿寂寥山影侵。

秋日登醴泉县楼

闲上高楼时一望,绿芜寒野静中分。人行直路入秦树,雁截斜阳背塞云。渭水自流汀岛色,汉陵空长石苔纹。秋风高柳出危叶,独听蝉声日欲曛。

春日旅游

玄发辞家事远游,春风归雁一声愁。花开

忽忆故山树,月上自登临水楼。浩浩晴原人独去,依依春草水分流。秦川楚塞烟波隔,怨别路岐何日休。

送友人下第归吴

共惜年华未立名,路岐终日轸羁情。青春半是往来尽,白发多因离别生。楚岸帆开云树映,吴门月上水烟清。东归自有故山约,花落石床苔藓平。

访友人郊居

登原过水访相如,竹坞莎庭似故居。空塞山当清昼晚,古槐人继绿阴余。休弹瑟韵伤离思,已有蝉声报夏初。醉唱劳歌翻自叹,钓船渔浦梦难疏。

匡城寻薛阆秀才不遇

音容一别近三年,往事空思意浩然。匹马东西何处客,孤城杨柳晚来蝉。路长草色秋山绿,山阔晴光远水连。不见故人劳梦寐,独吟风月过南燕。

与僧话旧

巾舄同时下翠微,旧游因话事多违。南朝古寺几僧在,西一作北岭空林唯鸟归。莎径晚烟凝竹坞,石池春色染苔衣。此时相见又相别,即是关河朔雁飞。

寄远

西园杨柳暗惊秋,宝瑟朱弦结远愁。霜落雁声来紫塞,月明人梦在青楼。蕙心迢递湘云暮,兰思萦回楚水流。锦字织成添别恨,关河万里路悠悠。

长安逢友人

上国相逢尘满襟,倾杯一话昔年心。荒台共望秋山立,古寺多同雪夜吟。风度重城宫漏尽,月明高柳禁烟深。终期白日青云路,休感鬓毛霜雪侵。

下第东归途中书事

峡路谁知倦此情,往来多是半年程。孤吟洛苑逢春尽,几向秦城见月明。高柳断烟侵岳影,古堤斜日背滩声。东归海上有余业,牢落田园荒草平。

经龙门废寺

因思人事事无穷,几度经过感此中。山色不移楼殿尽,石台依旧水云空。唯余芳草滴春露,时有残花落晚风。杨柳覆滩清濑响,暮天沙鸟自西东。

下第后怀旧居

几到青门未立名,芳时多负故乡情。雨余秦苑绿芜合,春尽灞原白发生。每见山泉长属意,终期身事在归耕。蘋花覆水曲溪暮,独坐钓舟歌月明。

经无可旧居兼伤贾岛

尘室寒窗我独看,别来人事几凋残。书空萧寺一僧去,雪满巴山孤客寒。落叶堕巢禽自出,苍苔封砌竹成竿。碧云迢递长江远,向夕苦吟归思难。

赠隐者

何时止此幽栖处,独掩衡门长绿苔。临水静闻灵鹤语,隔原时有至人来。五湖仙岛几年别,九转药炉深夜开。谁识无机养真性,醉眠松石枕空杯。

题书斋

一日不曾离此处,风吹疏牖夕云晴。气凌霜色剑光动,吟对雪华诗韵清。高木宿禽来远岳,古原残雨隔重城。西斋瑶瑟自为侣,门掩半春苔藓生。

题秦女楼

珠翠香销鸳瓦堕,神仙曾向此中游。青楼月色桂花冷,碧落箫声云叶愁。杳杳蓬莱人不见,苍苍苔藓路空留。一从风去千年后,迢递岐山水石秋。

题桃源处士山居留寄

白云深处葺茅庐,退隐衡门与俗疏。一洞

晓烟留水上,满庭春露落花初。闲看竹屿吟新月,特酌山醪读古书。穷达尽为身外事,浩然元气乐樵渔。

宿题天坛观

沐发清斋宿洞宫,桂花松韵满岩风。紫霞晓色秋山霁,碧落寒光霜月空。华表鹤声天外迥,蓬莱仙界海门通。冥心一悟虚无理,寂寞玄珠象罔中。

洛神怨

子建东归恨思长,飘飘神女步池塘。云鬟高动水宫影,珠翠乍摇沙露光。心寄碧沉空婉恋,梦残春色自悠扬。停车绮陌傍杨柳,片月青楼落未央。

龙门留别道友

一顾恩深荷道安,独垂双泪下层峦。飞鸣北雁塞云暮,摇落西风关树寒。春谷终期吹羽翼,萍身不定逐波澜。裴徊偏起旧枝恋,半夜独吟孤烛残。

题四皓庙

石壁苍苔翠霭浓,驱车商洛想遗踪。天高猿叫向山月,露下鹤声来庙松。叶堕阴岩疏薜荔,池经秋雨老芙蓉。雪髯仙侣何深隐,千古寂寥云水重。

望未央宫

西上秦原见未央,山岚川色晚苍苍。云楼欲动入清渭,怨瓦如飞出绿杨。舞席歌尘空岁月,宫花春草满池塘。香风吹落天人语,彩凤五云朝汉皇。

秋日过昭陵

寝庙徒悲剑与冠,翠华龙驭杳漫漫。原分山势入空塞,地匝松阴出晚寒。上界鼎成云缥缈,西陵舞罢泪阑干。那堪独立斜阳里,碧落秋光烟树残。

夏日登慈恩寺

金界时来一访僧,天香飘翠琐窗凝。碧池静照寒松影,清昼深悬古殿灯。晚景风蝉催节候,高空云鸟度轩层。尘机消尽话玄理,暮磬出林疏韵澄。

宿题金山寺

一点青山翠色危,云岩不掩与星期。海门烟树潮归后,江面山楼月照时。独鹤唳空秋露下,高僧入定夜猿知。萧疏水木清钟梵,颢气寒光动石池。

送友人游蜀

北去西游春未半,蜀山云雪入诗情。青萝拂水花流影,翠霭隔岩猿有声。日出空江分远浪,鸟归高木认孤城。心期万里无劳倦,古石苍苔峡路清。

题郑中丞东溪

一境新开雉堞西,绿苔微径露凄凄。高轩夜静竹声远,曲岸春深杨柳低。山霁月明常此醉,草芳花暗省曾迷。即随凤诏归清列,几忆风花梦小溪。

代友人悼姬

罗帐香微冷锦裀,歌声永绝想梁尘。萧郎独宿落花夜,谢女不归明月春。青鸟罢传相寄字,碧江无复采莲人。满庭芳草坐成恨,迢递蓬莱入梦频。

夏日登西林白上人楼

几到西林清净处,层台高视有无间。寒光远动天边水,碧影出空烟外山。苔点落花微萼在,叶藏幽鸟碎声闲。旷然多愧登楼意,永日重门深掩关。

江楼月夜闻笛

南浦蒹葭疏雨后,寂寥横笛怨江楼。思飘明月浪花白,声入碧云枫叶秋。河汉夜阑孤雁度,潇湘水阔二妃愁。发寒衣湿曲初罢,露色河光生钓舟。

送友人下第东归

漠漠杨花灞岸飞,几回倾酒话东归。九衢

春尽生乡梦,千里尘多满客衣。流水雨余芳草合,空山月晚白云微。金门自有西来约,莫待萤光照竹扉。

从郑郎中高州游东潭

烟岚晚入湿旌旗,高槛风清醉未归。夹路野花迎马首,出林山鸟向人飞。一溪寒水涵清浅,几处晴云度翠微。自是谢公心近得,登楼望月思依依。

罢华原尉上座主尚书

自怜生计事悠悠,浩渺沧浪一钓舟。千里梦归清洛近,三年官罢杜陵秋。山连绝塞浑无色,水到平沙几处流。白露黄花岁时晚,不堪霜鬓镜前愁。

雨后游南门寺

郭南山寺雨初晴,上界寻僧竹里行。半壁楼台秋月过一作迥,一川烟水夕阳平。苔封石室云含润,露滴松枝鹤有声。木叶萧萧动归思,西风画角汉东城。

题古寺

古寺萧条偶宿期,更深霜压竹枝低。长天月影高窗过,疏树寒鸦半夜啼。池水竭来龙已去,老松枯处鹤犹栖。伤心可惜从前事,寥落朱廊堕粉泥。

晚秋野望

秋尽郊原情自哀,菊花寂寞晚仍开。高风疏叶带霜落,一雁寒声背水来。荒垒几年经战后,故山终日望书回。归途休问从前事,独唱劳歌醉数杯。

秋月望上阳宫

苔色轻尘锁洞房,乱鸦群鸽集残阳。青山空出禁城日,黄叶自飞宫树霜。御路几年香辇去,天津终日水声长。此时独立意难尽,正值西风砧杵凉。

入关留别主人

此来多愧食鱼心,东阁将辞强一吟。羸马客程秋草合,晚蝉关树古槐深。风生野渡河声急,雁过寒原岳势侵。对酒相看自无语,几多离思入瑶琴。

留别山中友人

欲辞松月恋知音,去住多同羁鸟心。秋尽书窗惊白发,晚冲霜叶下青岑。大河风急寒声远,高岭云开夕影深。别后寂寥无限意,野花门路草虫吟。

春晚旅次有怀

晚出关河绿野平,依依云树动乡情。残春花尽黄莺语,远客愁多白发生。野水乱流临古驿,断烟凝处近孤城。东西未遂归田计,海上青山久废耕。

与重幽上人话旧

云飞天末水空流,省与师同别异州。庭树蝉声初入夏,石床苔色几经秋。灯微静室生乡思,月上严城话旅游。自喜他年接巾舄,沧浪地近虎溪头。

月夜闻鹤唳

碧落风微月正明,霜毛似怨有离情。莓苔石冷想孤立,杨柳叶疏闻转清。空夜露残惊堕羽,辽天秋晚忆归程。凤凰楼阁知犹恋,终逐烟霞上玉京。

过北邙山

散漫黄埃满北原,折碑横路碾苔痕。空山夜月来松影,荒冢春风变木根。漠漠兔丝罗古庙,翩翩丹旐过孤村。白杨落日悲风起,萧索寒巢鸟独奔。

咸阳怀古

经过此地无穷事,一望凄然感废兴。渭水故都秦二世,咸原秋草汉诸陵。天空绝塞闻边雁,叶尽孤村见夜灯。风景苍苍多少恨,寒山半出白云层。

送友人罢举赴蓟门从事

人生行止在知己,远佐诸侯重所依。绿绶

便当身是贵,青霄休怨志相违。晚云辽水疏残雨,寒角边城怨落晖。此去黄金台上客,相思应羡雁南归。

看榜日
禁漏初停兰省开,列仙名目上清来。飞鸣晓日莺声远,变化春风鹤影回。广陌万人生喜色,曲江千树发寒梅。青云已是酬恩处,莫惜芳时醉酒杯。

送李休秀才归岭中
南泛孤舟景自饶,蒹葭汀浦晚萧萧。秋风汉水旅愁起,寒木楚山归思遥。独夜猿声和落叶,晴一作空江月色带回潮。故园新过重阳节,黄菊满篱应未凋。

寓居寄友人
雨余虚馆竹阴清,独坐书窗轸旅情。芳草衡门无马迹,古槐深巷有蝉声。夕阳云尽嵩峰出,远岸烟消洛水平。今夜南原赏佳景,月高风定苦吟生。

经曲阜城
行经阙里知堪伤,曾叹东流逝水长。萝蔓几凋荒陇树,莓苔多处古宫墙。三千弟子标青史,万代先生号素王。萧索风高洙泗上,秋山明月夜苍苍。

汶阳客舍
年光自感益蹉跎,岐路东西竟若何?窗外雨来山色近,海边秋至雁声多。思乡每读登楼赋,对月空吟叩角歌。迢递旧山伊水畔,破斋荒径闭烟萝。

留别崔澣秀才昆仲
汶阳离思水无穷,去住情深梦寐中。岁晚虫鸣寒露草,日西蝉噪古槐风。川分远岳秋光静,云尽遥天雾色空。对酒不能伤此别,尺书凭雁往来通。

和友人忆洞庭旧居
客舍经时益苦吟,洞庭犹忆在前林。青山残月有归梦,碧落片云生远心。溪路烟开江月出,草堂门掩海涛深。因君话旧起愁思,隔水数声何处砧?

晚归山居
寥落霜空木叶稀,初行郊野思依依。秋深频忆故乡事,日暮独寻荒径归。山影暗随云水动,钟声潜入远烟微。娟娟唯有西林月,不惜清光照竹扉。

送元叙上人归上党 时节镇罢兵
太行关路战尘收,白日思乡别沃州。薄暮焚香临野烧,清晨漱齿涉寒流。溪边残垒空云木,山上孤城对驿楼。此去寂寥寻旧迹,苍苔满径竹斋秋。

秋日旅途即事
驱羸多自感,烟草远郊平。乡路几时尽,旅人终日行。渡边寒水驿,山下夕阳城。萧索更何有,秋风两一作向鬓生。

早行
旅途乘早景一作起,策马独凄凄。残影郡楼月,一声关树鸡。听钟烟柳外,问渡水云西。当自勉行役,终期功业齐。

句
海曙云浮日,江遥水合天。发浙江。见《诗人玉屑》。

全唐诗卷五百八十七

李频

李频,字德新,睦州寿昌人。少秀悟,逮长,庐西山,多所记览,其属辞于诗尤长。给事中姚合名为诗,士多归重,频走千里,丐其品,合大加奖挹,以女妻之。大中八年,擢进士第,调秘书郎,为南陵主簿,判入等,再迁武功令,俄擢侍御史,守法不阿徇,迁累都官员外郎。表丐建州刺史,以礼法治下,建赖以安。卒官,父老为立庙梨山,岁祠之。有《建州刺史集》一卷,又号《梨岳集》,今编为三卷。

湘口送友人

中流欲暮见湘烟,苇岸无穷接楚田—作天。去雁远冲云梦雪—作泽,离人独上洞庭船。风波尽日依山转,星汉通宵向水连。零落梅花过残腊—作回首美君偏有我,故园归醉及—作去醉,一作去又新年。

鄂州头陀寺上方

高寺上方无不见,天涯行客思迢迢。西江帆挂—作过东风急,夏口城衔—作冲楚塞遥。沙渚渔归多湿网,桑林蚕后尽空条。感时叹物寻僧话—作语,惟—作谁向禅心得寂寥。

寄远

槐欲成阴分袂时,君期十日复金扉。槐今落叶已将尽,君向远乡—作方犹未归。化石早曾闻节妇,沉湘何必独灵妃。须知此意同生死,不学他人空寄衣。

题张司马别墅

庭前树尽手中栽,先后花分几番开。巢鸟恋雏惊不起,野人思酒去还来。自抛官与青山近,谁讶—作料身为白发—作日催。门外寻常行乐处,重重履迹在莓苔。

长安即事

长遇豪家不敢过,此身谁与取高科?故园

久绝书来后，南国空看雁去多。中夜永怀听叠漏，先秋归梦涉层波。愁人白发自生早，我独少年能几何！

汉上逢同年崔八

去岁曾—作同游帝里春，杏花开过各离秦。偶先托质逢知己，独未还家作旅人。世上路岐何缭绕，空中光景自逡巡。一回相见一回别，能—作更得几时—作回年少身。

五月一日蒙替本官不得随例入阙，感怀献送相公

五月倾朝谒紫宸，一朝无分在清尘。含香已去星郎位，衣锦惟思嫠女邻。折狱也曾为俗吏，劝农元本是耕人。知将何事酬公道，只养生灵似养身。

春闺怨

红妆女儿—作粉儿女灯下羞，画眉夫婿陇西头。自怨愁容长照镜，悔教征戍觅封侯。

送边将

防秋戎马恐来奔，诏发将军出雁门。遥领短兵登陇首，独横长剑向河源。悠扬落日黄云动，苍莽阴风白草翻。若纵干戈更深入，应闻收得到昆仑。

太和公主还宫

天骄发使犯边尘，汉将推功遂夺亲。离乱应无初去貌，死生难有却回身。禁花半老曾攀树，宫女多非旧识人。重上凤楼追故事，几多愁思向青春。

将赴黔州先寄本府中丞

八月瞿塘到底翻，孤舟上得已销魂。幕中职罢犹趋府，阙下官成未谢恩。丹嶂耸空无过鸟，青林覆水有垂猿。感知肺腑终难说，从此辞归便扫门。

和友人下第北游感怀

圣代为儒可致身，谁知又别五陵春。青门

独出—作步空归鸟，紫陌相逢尽醉人。江岛去寻垂钓远，塞山来见举头频。且须共漉边城酒，何必陶家有白纶。

乐游原春望

五陵佳气晚氛氲，霸业雄图势自分。秦地山河连楚塞，汉家宫—作楼殿入青云。未央树色春中见，长乐钟声月下闻。无那杨华起愁思，满天飘落雪纷纷。

黄雀行

欲窃高仓集御河，翾翾疑渡畏秋波。朱宫晚树侵莺语，画阁香帘夺燕窠。疏影暗栖寒露重，空城饥噪暮烟多。谁令不解高飞去，破宅荒庭有网罗。

长安寓居寄柏侍郎

霜轻两鬓欲相侵，愁绪无端不可寻。秦女红妆空觅伴，郢郎白雪少知音。长亭古木春先老，太华青烟—作灯晚更深。独向灞陵东北望，一封书寄万重心。

春日思归

春情不断若连环，一夕思归鬓欲斑。壮志未酬三尺剑，故乡空隔万重山。音书断绝干戈后，亲友相逢梦寐间。却羡浮云与飞鸟，因风吹去又吹还。

朔中即事

关门南北杂戎夷，草木秋来即出师。落日风沙长暝早，穷冬雨雪转春迟。山头堠火孤明后，星外行人四绝时。自古边功何不立，汉家中外自相疑。

感怀献门下相公

谁云郎选不由诗，上相怜才积有时。却是龙钟到门晚，终非稽古致身迟。谋将郡印归难遂，读著家书坐欲痴。日望南宫看列宿，迢迢嫠女与乡比—作邻毗。

赠长城庾将军

初年三十拜将军，近代英雄独未闻。向国

报恩心比石,辞天作镇气凌云。逆风走马貂裘卷,望塞悬弧雁阵分。定拥节旄从此去,安西大破犬戎群。

折东献郑大夫

圣主东忧涨海滨,思移副相倚陶钧。楼台虬坐江山月,舟楫先行泽国春。遥想万家开户外,近闻群盗窜诸邻。几时入去调元化,天下同为尧舜人。

镜湖夜泊有怀 东晋太守马臻所筑

广水遥堤利物功,因思太守惠无穷。自从饭筑兴农隙,长与耕耘致岁丰。涨接星津流荡漾,宽浮云岫动虚空。想当战国开时有,范蠡扁舟只此中。

宣州献从叔大夫

清时选地任贤明,从此观风辍尹京。日月天中辞洛邑,云山江上领宣城。万家闾井俱安寝,千里农桑竞起耕。闻说圣朝同汉代,已愁征入拜公卿。

贺同年翰林从叔舍人知制诰

仙禁何人蹑近踪,孔门先选得真龙。别居云路抛三省,专掌天书在九重。五色毫挥成涣汗,百寮班下独从容。芳年贵盛谁为比,郁郁青青岳顶松。

吴门别主人 一作吴门月夜与曹太尉话别

早晚更看吴苑月,小一作西斋长忆落西一作月当窗。不知明夜谁家见,应照离人隔楚江。

自黔中归新安

朝过春关辞北阙,暮参戎幕向南巴。却将仙桂东归去,江月相随直到一作至家。

奉和郑薰相公 一本此下有七松亭三字

三四株松匝草亭,便成彭泽柳为名。莲一作遥峰隐去难辞阙,沪水朝回与出城。

及第后还家过岘岭

魏驮山前一朵一作片花,岭西更有几一作数千家。石斑鱼鲊香冲鼻,浅水沙田饭绕牙。

春日旅舍

未识东西南北路,青春白日坐销难。如何一别故园后,五度花开五处看。

过长江伤贾岛

忽从一宦远流离,无罪无人子细知。到得长江闻杜宇,想君魂魄也相随。

自遣

永拟东归把钓丝,将行忽起半心疑。青云道是不平地,还有平人上得时。

寄曹邺

终南山是枕前云,禁鼓无因晓夜闻。朝客秋来不朝日,曲江西岸去寻君。

述怀

望月疑无得桂缘,春天又待到秋天。杏花开与槐花落,愁去愁来过几年。

客洛酬刘驾

浮世总应相送老,共君偏更远行多。此回不似前回别,听尽离歌逐棹歌。

题钓台障子

君家尽是我家山,严子前台枕古湾。却把钓竿终不可,几时入海得鱼还?

题阳山顾炼师草堂

若到当时上升处,长生何事后无人。前峰自去种松子,坐见年一作视将来取茯神。

闻金吾妓唱梁州

闻君一曲古梁州,惊起黄云塞上愁。秦女树前花正发,北风吹落满城秋。

游蜀回简友人

别来十二月,去到漏天边。不是因逢闰,还应是一作须知已隔年。

赠泾州王侍御
一旦天书下紫微,三年旌旆陇云飞。塞门无事春空到,边草青青战马肥。

夏日一作秋夜宿秘书姚监宅
贵宅多嘉树,先秋有好风一作高树密蒙蒙,开楼待晚风。情闲离一作眠阙下,梦野在一作到山中。露色浮寒瓦,萤光堕一作坠暗丛。听吟丽句尽,河汉任西东一作转虚空。

过嵩阴隐者
当门看少室,倚杖复披衣。每日醒还醉,无人是与非。架书抽读乱,庭果摘尝稀。独有江南客,思家未得归。

留别山家
闲门不易求,半月在林丘。已与山水别,难为花木留。孤怀归静夜,远会隔高秋。莫道无言去,冥心在重游。

送人游吴
楚田开雪一作天雪开后,草色与君看。积水浮春气,深山滞一作带雨寒。毗陵孤月出,建业一钟残。为把乡书去,因收别泪难。

东渭桥晚眺
秦地有吴洲一作舟,千樯渭曲头。人当返照立,水彻故乡流。落第春难过,穷途日易愁。谁知桥上思,万里在江楼。

送延陵韦少府
延陵称贵邑,季子有高踪。古迹传多代,仙山管几峰。微泉声小雨,异木色深冬。去毕三年秋,新诗箧不容。

淮南送友人归沧州
风色忽一作又西转,坐为千里分。高帆背楚落,寒日逆淮曛。断烧缘乔木,盘雕隐片云。乡关一作国百战地,归去始休军。

夏日题盩厔友人书斋
修竹齐高树,书斋竹树中。四时无夏气一作日,三伏有秋风。黑处巢幽鸟,阴来叫候虫。窗西太白雪,万仞在遥空。

寻山
一径入双崖,初疑有几家。行穷人不见,坐久日空斜。石上生灵草,泉中落异花。终须结茅屋,向此学餐霞。

送元遂上人归钱唐
白衣游帝乡,已得事空王。却返湖山寺,高禅水月房。雨中过岳一作月黑,秋后宿船凉。回顾秦人语,他生会别方。

贻友人喻坦之
从容心自切一作别,饮水胜衔杯。共在山中长,相随阙下来。修身空有道,取事一作士各无媒。不信升平代,终遗草泽才。

送友人往振武
风沙遥见说,道路替君愁。碛夜星垂地,云明火上楼。征鸿辞塞雪,战马识边秋。不共将军语,何因有去留。

赋得长城斑竹杖
秦兴版筑时,剪伐不知谁?异代余根在,幽人得手持。细看生古意,闲倚动边思。莫作鸠形并,空将鹤发期。

送德清喻明府
棹返雪溪云,仍参旧使君。州传多古迹,县记是新文。水栅横舟闭,湖田立木分。但如诗思苦,为政即超群。

送薛能少府任盩厔
不才甘下第,君子蹇何重。相送昆明岸,同看太白峰。数瓢留顷刻,残照迫从容。好去烟霞县,仙人有旧踪。

送许寿下第归东山
吾君设礼闱,谁合学忘机?却是高人起,难为下第归。出关心纵野,避世事终稀。莫更今秋夕,相思望少微。

冬夜酬范秘书—作九衢春日酬范秘书

九衢行一匝,不敢入他门。累日无余—作非无事,通宵得至—作尽言。命嗟清世蹇,春觉闰冬暄。翻覆吟佳句,何酬国士恩?

送陆肱尉江夏

如何执简去,便作挂帆期。泽国三春早,江天落日迟。县人齐候处,洲鸟欲飞时。免褐方三十,青云岂白髭。

汉上送人西归

几作西归梦,因为怆别心—作此日看行意,令人动远心。野衔天云尽,山夹—作束汉来深。叠浪翻残照—作雪,高帆引片阴。空留相赠句—作唯应留别句,毕我白头吟。

蜀中逢友人

自古有行役,谁—作无人免别家?相欢犹—作宽须陌上,一醉任天涯。积叠山藏蜀,潺湲—作紫纡水绕巴。他年复—作又何处,共说海棠花。

寄范评事

行坐不相遗,辕门载笔时。雅知难更遇,旧分合长思。梦即重寻熟,书常转达迟。山斋终拟到,何日遂心期。

南游过湘汉即事寄友人

南去远驱逐,三湘五月行。巴山雪水下,楚泽火云生。向野聊中饭,乘凉探暮程。离怀不可说,已迫峡猿声。

送许浑侍御赴润州

家山近石头,遂意恣—作在东游—作浮。祖席离乌府,归帆转蜃楼。阴氛出海散,落月向潮流。别有为霖日,孤云未自由。

喜友人厉图南及第

相忧过己切,相贺似身荣。心达无前后,神交共死生。承家吾子事,登第世人情。未有通儒术,明时道不行。

送友人下第归越

归意随流水,江湖共在东。山阴何处去,草际片帆通。雨色春愁里,潮声晓梦中。虽为半年客,便是往来鸿。

寄友人

一别一相见,须臾老此生。客衣寒后薄,山思夜深清。诗近吟何句,髭新白几茎。路岐如昨日,来往梦分明。

送友人下第归宛陵

天涯长恋亲,阙下独伤春。拟住还求己,须归不为身。临岐仍犯雪,挂席始离尘。共泣东风别,同为沧海人。

秋夜对月寄凤翔范书记

月过—作遇秋霖后,光应夜夜清。一回相忆起,几度独吟行。河汉东西直,山川远近明。寸心遥往处,新有雁来声。

送孙明秀才往潘州访—作谒韦卿

北鸟飞不到,北人今—作谁去游。天涯浮瘴水,岭外问潘州。草木春冬茂,猿猱日夜愁。定知迁客泪,应只对君流。

八月十五夜对月

阴盛此宵中,多为雨与风。坐无云雨至,看与雪霜同。抱湿离遥海,倾寒向迥空。年年不可值,还似命—作道难通。

及第后归

家临浙水傍,岸对买臣乡。纵棹随归鸟,乘潮向夕阳。苦吟身得雪,甘意鬓成霜。况此年犹少,酬知足自强。

过巫峡

拥棹向惊湍,巫峰—作山直上看。削成从水—作地底,耸出在云端。暮雨晴时—作归少,啼猿渴下难。一闻神女去,风竹扫空坛。

全唐诗卷五百八十八

李频

送友人往太原

离亭聊把酒,此路彻边头。草白雁来尽,时清人去游。汾河流晋地,塞雪满并州。别后相思夜,空—作遥看北斗愁—作明日相思起,萧条上北楼。

旅怀

万里共心论,徒言吾道存。奉亲无别业,谒帝有何门?水宿惊涛浦,山行落叶村。长安长梦去,欹枕即闻猿。

送裴御史赴湖南

关—作开门鸟道中,飞传复乘骢。暮雪离秦甸,春云—作雷入楚宫。平芜天共阔,积水地多空。使府悬帆去—作待,能消几日风。

送姚郜先辈赴汝州辟

行李事寒天,东来聘礼全。州当定鼎处,人去偃戈年。雷—作风雨—作雨雪依嵩岭,桑麻接楚田。遥知清夜作,不是借戎篇。第三联同后送姚评事诗。

初离黔中泊江上

去去把青桂,平生心不违。更蒙莲府辟,兼脱布衣归。霁岳—作碧岫明残雪,清波漾落晖。无穷幽鸟戏—作兴,时向—作日起棹前飞。

黔中酬同院韦判官

平生同所为,相遇偶然迟。各著青袍后,无归白社期。江流来绝域,府地管诸夷。圣代都无事,从公且赋诗。

和范秘书襄阳旧游—作和范郸先辈话襄阳旧游

听话扬帆兴,初从岘首还。高吟入白浪,遥坐看—作青出青山。枯木—作古树猿啼爽,寒—作空汀鹤步—作立闲。秋来关—作南去梦,几夜度—作过商颜—作关。

秋夜山—作日江中思归送友人

萧条对秋色,相忆在云泉。木落病身起,潮平归思悬。凉钟山顶寺,暝火渡头船。此地非吾土,淹留又一年。

自黔中东归旅次淮上

行旅本同愁,黔吴复阻修。半年方中路,穷节到孤舟。夕霭垂阴野,晨光动积流。家山一夜梦,便是昔年游。

江夏春感怀

东风出海门,处处动林园。泽国雪霜少,沙汀花木繁。暖鱼依水浅,晴雁入空翻。何处阳和力,生萍不驻根。

眉州别李使君—作眉山留献张端公

回首雪峰前,朱门心杳然。离人自呜咽,流水莫潺湲。毒草通蛮徼,秋林近漏天。一生从此去,五字有谁怜。

送许棠及第归宣州

高科终自致,志业信如神。待得逢公道,由来合贵身。秋归方觉好,旧梦始知真。更想青山宅,谁为后主人?

黔中罢职将泛江东

黔中初罢职,薄俸亦无残。举目乡关远,携家旅食难。野梅将雪竞,江月与—作共沙寒。两鬓愁应白,何劳—作劳心把镜看!

长安书事寄所知

帝里本无名,端居有道情。睡魂春梦断—作短,书兴晚窗明。老拟归何处,闲应过此生。江湖终一日,拜别便东行。

酬姚覃

不见又相招,何曾诉寂寥。醉眠春草长,吟坐夜灯销。泪堕思山切,身归转路遥。年年送别处,杨柳少垂条。

春日郎州赠裴居言

虽将身佐幕,出入似闲居。草色长相待,山晴信不疏。灯前春睡足,酒后夜寒余。笔砚时时近,终非署簿书。

送于生入蜀

家吴闻入蜀,道路颇乖离。一第何多难,都城可少知。江山非久适—作恋,命数未终奇。况又将冤抱,经春杜魄随。

送许棠归泾县作尉

青桂复青袍,一归荣一高。县人齐下拜,邑宰共分曹。绕郭看秧插,寻街听茧缫。封侯万里者,燕颔乃徒劳。

友人话别

论交虽不早,话别且相亲。除却栖禅客,谁非南陌人。半生都返性,终老拟安贫。愿入白云社,高眠自致身。

山居

欲出穷吾道,东西自未能。卷书—作帘唯对鹤,开画—作卷独留僧。落叶和云扫,秋山共月登。何年石上水,夜夜滴高层。

寄范郎中

黎杖山中出,吟诗对—作独范家。相知从海峤,寄食向京华。名宦成何报,清眸未纵赊。临邛梦来往,雨雪满褒斜。

书怀

官途从不问,身事觉无差。华发初生女,沧洲未有家。却闲思洞穴,终老旷桑麻。别访栖禅侣,相期语劫沙。

越中行

越国临沧海,芳洲复暮晴。湖通诸浦白,日隐乱峰明。野宿多无定,闲游免有情。天台闻不远,终到石桥行。

春日南游寄浙东许同年

孤帆处处宿,不问是谁家。南国平芜远,

东风细雨斜。旅怀多寄酒,寒意欲留花。更想前途去,茫茫沧海涯。

明州江亭夜别段秀才

离亭向水开,时候复蒸梅。霹雳灯烛—作烛灯灭,蒹葭风雨来。京关虽—作谁共语,海峤不同回。莫为莼鲈美,天涯滞尔才。

临岐留别相知

百岁竟何事,一身长远游。行行将近老,处处不离愁。世路多相取,权门不自投。难为此时别,欲别愿人留。

鄂渚湖上即事

杜门聊自适,湖水在窗间。纵得沧洲—作江去,无过白日闲。多惭空好道,少贱早凋颜。独有东山—作峰月,依依自往还。

辞夏口崔尚书

一饭仍难受,依仁况一年—作淹留已半年。终期身可报,不拟骨空镌。城晚风高角,江春浪起船。同来—作曾同栖止地,独去塞鸿前。

秦—作春原早望

一忝乡书荐,长安未得回。年光逐渭水,春色上秦台。燕掠平芜去,人冲细雨来。东风生故里,又过几花开。

送友人之扬州—作游淮南

一别长安后,晨征便信鸡。河声入峡急,地势出关低。绿树丛垓下,青芜阔楚西。路长知不恶,随处得—作好诗题。

过四皓庙

东西南北人,高迹自相亲。天下已归汉,山中犹避秦。龙楼曾作客,鹤氅不为臣。独有千年后,青青庙木春。

陕下怀归

故园何处在,零落五湖东。日暮无来客,天寒有去鸿。大河冰彻塞,高岳雪连空。独夜悬归思,迢迢永漏中。

送徐处士归江南

行行野雪—作云薄,寒气日—作已通春。故国又芳草,沧江终白身。游归花落满,睡起鸟啼新。莫惜闲书札,西来问旅人—作不得无来札,空令借问人。

廓州留别王从事

相识未十日,相知如十年。从来易离别,此去忽留连。路险行冲雨,山高度隔天。难终清夜坐,更听说安边。

长安夜怀

匹马西游日,从吴又转荆。风雷几夜坐,山水半年行。梦永秋灯灭,吟余晓露明。良不我与,白发向秦生—作头盈。

冬夜山中寻友—作僧

何人山雪夜,相访不相思—作夜山深雪后,月下独寻师。若得长闲日,应无暂到—作别时。叶寒雕欲尽,泉冻落还迟。即此天明去,重来未有—作又未期。

送刘山人归洞庭

君逐云山去,人间又绝踪—作去意无人会,唯应道是从;又作却共归云去,高眠最上峰。半湖乘早月,中路人疏钟。秋尽草—作户虫急,夜深山雨重。平生心未已,岂得更相从—作当时同隐者,分得几株松。

古意

白马游何处,青楼日正长。凤箫抛旧曲,鸾镜懒新妆。玄鸟深—作空巢静—作语,飞花入户香。虽非窦滔妇,锦字已成章。

避暑

当暑忆归林,陶家借柳阴。蝉从初伏噪,客向晚凉吟。白日欺玄鬓,沧江负素心。神仙倘有术,引我出幽岑。中二联同后夏日盩厔郊居寄姚少府诗。

送吴秘书归杭州

为客得从容,官清料复重。海崖归有业,天目近何峰。是处通春棹,无村不夜春。马卿夸贵达,还说返临邛。

中秋对月

秋分一夜停,阴魄最晶荧。好是生沧海,徐看历杳冥。层空疑洗色,万怪想潜形。他夕无相类,晨鸡不可听。

八月上峡一作八月峡口作

万里巴江一作西南水,秋来满峡流。乱山无陆路,行客在孤舟。汹汹滩声急,冥冥树色愁。免为三不吊,已一作终白一生头。

送狄明府赴九江

字人修祖德,清白定闻传。匹马从一作离秦去,孤帆入楚悬。关中寒食雨,湖上暑衣天。四考兼重请一作摄,相知住几年?

陕下投姚谏议

旧业在东鄙,西游从楚荆。风雷几夜坐,山水半年行。梦永秋灯灭,吟孤晓露明。前心若不遂,有耻却归耕。

关东逢薛能

何处不相思,相逢还有时。交心如到老,会面未为迟。苦学缘明代,劳生欲白髭。唯君一度别,便似见无期。

富春赠孙璐

天柱与天目,曾栖绝顶房。青云求禄晚,白日坐家长。井气通潮信,窗风引海凉。平生诗称一作稿在,老达亦何妨。

送友人游蜀

东堂虽不捷,西去复何愁。蜀马知归路,巴山似旧游。星临剑阁动,花落锦江流。鼓吹青林下,时闻祭武侯。

夏日盩厔郊居寄姚少府

古木有清阴,寒泉有下深。蝉从初伏噪,客向晚凉吟。白日欺玄鬓,沧江负素心。甚思中夜话,何路许相寻。

送胡休处士归湘江一作南

见说一作话湘江一作荆湘切,长愁有去时。江湖秋涉远,雷一作风雨一作电夜眠迟。旧业多归兴,空山尽老期。天寒一瓢酒,落日醉一作拟留谁?

峡州送清彻上人归浙西一作送清江上人归东林

风涛几千里,归路半乘舟。此地难相遇一作别,何人更共游一作留。坐经嵩顶夏,行值洛阳秋,到寺安禅夕,江云满一作过石楼。

送僧入天台

一锡随缘赴,天台又去登。长亭旧别路,落日独行僧。夜烧山何处,秋帆浪几层。他时授巾拂,莫为一作说,一作道老无能。

回山后寄范酂先辈

高楼会月夜,北雁向南分。留住经春雪,辞来见夏云。遥空江不极,绝顶日难曛。一与山僧坐,无因得议文。

长安送友人东归

白社思归处,青门见去人。乡遥一作连茂苑树,路入广陵尘。海日潮浮晓,湖山雪露一作带春。犹期来帝里,未是得闲人一作身。

深秋过源宗上人房一作方丈

到日值摇落,相留山舍空。微寒生夜半,积雨向秋终。度讲多来雁,经禅少候虫。方从听话后,不省在愁中。第二联同后暮秋宿清源上人院诗

秋日登山阁

苍苍山阁晚,杳杳隙尘秋。偶上多时立,翻成尽日愁。草平连邑动,河满逐江流。下视穷边路,行人在陇头。

秋宿慈恩寺遂上人院一作送宋震先辈赴青州

满阁终南鱼,清宵独倚栏。风高斜汉动,叶下曲江寒。帝里求名老,空门见性难。吾师

无一事,不似在长安。

题栖霞寺庆上人院

居与鸟巢邻,日将巢鸟亲。多生从此性,久集得无身。树老风终夜,山寒雪见春。不知诸祖后,传印是何人。后二联同后赠立规上人诗,又同后题栖云寺立上人院诗。

送友人入—作之蜀

天际蜀门开,西看举别杯。何人不异礼,上客自怀才。夜涧青林发,秋江渌水来。临邛行乐处,莫到白头回。

赠同官苏明府

山中畿内邑,别觉大夫清。簿领分王事,官资寄野情。闲斋无狱讼,隐几向泉声。从此朝天路,门前是去程。

送厉图南往荆州觐伯

云水入荆湘,古来鱼鸟乡。故关重隔远,春日独行长。山溜含清韵,江雷吐夜光。郡中词客会,游子更升堂。

山中夜坐

归家来几夜,倏忽觉秋残。月满方塘白,风依老树寒。戏鱼重跃定,惊鸟却栖难。为有门前路,吾生不得安。

送台州唐兴陈明府

见说海西隅,山川与俗殊。宦游如不到,仙分即应无。瀑布当公署,天台是县图。遥知为吏去,有术字悖孤。

夏日过友人檀溪别业

暑天宜野宅,林籁爽泠泠。沙月邀开户,岩风助扫庭。鹭栖依绿筿,鱼跃出清萍。客抱方如醉,因来得暂醒。

自江上入关

尽室寄沧洲,孤帆独泝流。天涯心似梦,江上雨兼秋。文字为人弃,田园被债收。此名如不得,何处拟将休?

冬夜和范秘书宿秘省中作

每日—作入得闲吟,清曹阙下深。因知遥夜坐,别有远山心。芸细书中气,松疏雪后—作上阴。归—作几时高兴足,还复插朝簪。

送友人游太原

孤帆几日悬,楚客思飘然。水宿南湖夜,山离旧国年。秋风高送雁,寒雨入停蝉。此去勤书札,时常中路传。

江上居寄山中客—本无居字中字

山后与山前,相思隔叫猿。残云收树末,返照落江源。苦雨秋涛涨,狂风野火翻。朝来卖药客,遇我达无—作君言。

全唐诗卷五百八十九

李频

送张郎中赴睦州
青山复渌水,想入富春西。夹岸清猿去,中流白日低。美兼华省出,荣共故乡齐。贱子遥攀送,归心逐马蹄。

送鄂渚韦尚书赴镇
夏口本吴头,重城据上游。戈船转江汉,风月宿汀洲。执宪倾民望,衔恩赴主忧。谁知旧寮属,攀饯泪仍流。

送崔侍御书记赴山北座主尚书招辟
书记向丘门,旌幢夹谷尊。从来游幕意,此去并酬恩。雁叫嫌冰合,骢嘶喜雪繁。同为入室士,不觉别销魂。

入朝遇雪
霜鬓持霜简,朝天向雪天。玉阶初辨色,琼树乍相鲜。密翳空难曙,盈徵瑞不愆。谁为洛阳客,是日更高眠。

勉力
日月不并照,升沈俱有时。自媒徒欲速,孤立却宜迟。尽力唯求己,公心任遇谁。人间不得意,半是鬓先衰。

郊居寄友人
林色树还曛,何时得见君?独居度永日,相去远浮云。故疾随秋至,离怀觉夜分。蛩声非自苦,偏是旅人闻。

送陆肱归吴兴
雪后江上去,风光故国新。清浑天气晓,绿动浪花春。劝酒提壶鸟,乘舟震泽人。谁知沧海月,取桂却来秦。

暮秋重过山僧院
却接良宵坐,明河几转流。安禅逢小暑,抱疾入高秋。静室闻玄理,深山可白头。朝朝献林果,亦欲学猕猴。第二联同后秋夜宿重本上人院诗。

送新安少府
南浮虽六月,风水已秋凉。日乱看江树,身飞逐楚樯。后期谁可定,临别语空长。远宦须清苦,幽兰贵独芳。

送人归吴
何人不归去,君去是闲人。帝里求相识,山家即近邻。交情吾道可一作古,一作旧,离思柳条新。未饮青门酒,先如醉梦身。

送姚评事
儒服从戎去,须知胜事全。使君开幕日,天子偃戈年。风雨依嵩岭,桑麻接楚田。新诗随过客,旋满洛阳传。

题栖云寺立上人院
是法从生有,修持历劫尘。独居岩下室,长似定中身。树老风终夜,山寒雪见春。不知诸祖后,传印是何人?

黔中罢职过峡州题田使君北楼
巴中初去日,已遇使君留。及得寻东道,还陪上北楼。江冲巫峡出,樯过洛宫收。好是从戎罢,看山觉自由。

江上送从兄群玉校书东游
逍遥蓬阁吏,才子复诗流。坟籍因穷览,江湖却纵游。眠波听戍鼓,饭浦约鱼舟。处处迎高密,先应扫郡楼。

宛陵东峰亭与友人话别
坐举天涯目,停杯语日晡。修篁齐迥槛,列岫限平芜。乱水通三楚,归帆挂五湖。不知从此去,何处是前途?

华山寻隐者
自入华山居,关东相见疏。瓢中谁寄酒,叶上我留书。巢鸟寒栖尽,潭泉暮冻余。长闻得药力,此说又何如?末联同后寻华阳隐者。

题荐福寺僧栖白上人院
空门有才子,得道亦吟诗。内殿频征入,孤峰久作期。高名何代比,密行几生持。长爱乔松院,清凉坐夏时。

游四明山刘樊二真人祠,题山下孙氏居
久在仙坛下,全家是地仙。池塘来乳洞,禾黍接芝田。起看青山足,还倾白酒眠。不知尘世事,双鬓逐流年。

和太学赵鸿博士归蔡中
得禄从高第,还乡见后生。田园休问主,词赋已垂名。扫壁前题出,开窗旧景清。遥知贤太守,致席日邀迎。

送寿昌曹明府
惠人须宰邑,为政贵通经。却用清琴理,犹嫌薄俗听。涨江晴渐渌,春峤烧还青。若宿严陵濑,谁当是客星?

哭贾岛
秦楼吟苦夜,南望只悲君。一宦终遐徼,千山隔旅坟。恨声流蜀魄,冤气入湘云。无限风骚句,时来日夜闻。

送薛能赴镇徐方
列土人间盛,彭门属九州。山河天设险,礼乐牧分忧。皎日为明信,清风占早秋。虽同邵縠举,卻縠不封侯。

送凤翔范书记
西京无暑气,夏景似清秋。天府来相辟,高人去自由。江山通蜀国,日月近神州。若共将军语,河兰地未收。

岐山逢陕下故人
三秦一会面,二陕久分携。共忆黄河北,相留白日西。寄来书少达,别后梦多迷。早晚期于此,看花听鸟啼。

送友人陆肱往太原
并州非故国,君去复寻谁?猃狁方为寇,

嫖姚正用师。戍烟来自一作有号,边雪下无时。
更想经绵上,应逢禁火期。

赠李将军

吾宗偏好武,汉代将家流。走马辞中禁,
屯军向渭州。天心待破虏,阵面许封侯。却得
河源水,方应洗国仇。

送友人喻坦之归睦州一作送人归新定

归心常共知,归路不相随。彼此无依倚,
东西又别离。山花一作云含雨湿一作亚,江树近
一作逆,又作送潮敧。莫恋渔樵兴,生涯各有为一
作期。

寻华阳隐者

闲却白云居,行踪出去初。窗中聊取笔,
架上独留书。日背林光冷,潭澄岳影虚。长闻
得药力,此说复何如?

长安即事一作长安僻居酬人

岂得有书名,徒为老帝京。关中秋气早,
雨后夜凉生。沧海身终泛,青门梦一作路已行。
秦人纵相识,多少别离情一作吟君一句意,又见故
人情。

送友人游塞北

朔野正秋风,前程见碛鸿一作上马问云中,长
川送北风。日西身独远一作去,山转路无穷。树
隔高关断,沙连大漠空。君看河外将,早晚拟
一作合平戎。

陕府上姚中丞

关东领藩镇,阙下授旌旄。觅句秋吟苦,
酬恩夜坐劳。天开吹角出,木落上楼高。闲话
钱塘郡,半年一作生听海潮。

送供奉喻炼师归天目山

承恩虽内殿,得道本深山。举世相看老,
孤峰独自还。溪来青壁里,路在白云间。绝顶
无人住,双峰是旧关。

之任建安渌溪亭偶作二首

入境当春务,农蚕事正殷。逢溪难饮马,
度岭更劳人。想取烝黎一作民泰,无过赋敛均。
不知成政后,谁是得为邻?

维舟绿溪岸,绕郡白云峰。将幕连山起,
人家向水重。短才无独见,长策未相逢。所幸
分尧理,烝民悉可封。

送侯郎中任新定二首

为郎非白头,作牧授沧洲。江界乘潮入,
山川值胜游。暑气随转扇,凉月傍开楼。便欲
归田里,抛官逐隐侯。

罢郎东出守,半路得浮舟。大斾行当夏,
桐江到未秋。云闲分岛寺,涛静见沙鸥。谁伴
临清景,吟诗上郡楼。

送太学吴康仁及第南归

因为太学选,志业彻春闱。首领诸生出,
先登上第归。一荣犹未已,具庆且应稀。纵马
行青草,临岐脱白衣。家遥楚国寄,帆对汉山
飞。知己盈华省,看君再发机。

陕州题河上亭

岸拥洪流急,亭开清兴长。当轩河草晚,
入坐水风凉。独鸟惊来客,孤云触去樯。秋声
和远雨,暮色带微阳。浪静澄窗影,沙明发簟
光。逍遥每尽日,谁识爱沧浪?

留题姚氏山斋

未厌栖林趣,犹怀济世才。闲眠知道在,
高步会时来。露滴从添砚,蝉吟便送杯。乱书
离缥帙,进笋出苔莓。异果因僧摘,幽窗为燕
开。春游何处尽,欲别几迟回。

长安书怀投知己一作投邢员外

所学近雕虫,知难谒一作望至公。徒随众
人后,拟老一生中。间岁家书到,经荒世业空。
心悬沧海断一作阔,梦与白云通。玉漏声连北,
银河气极东。关门迢递月,禁苑寂寥鸿。地广

身难束—作踢，时平道独穷。萧条苔长雨，淅沥叶危—作从风。久愧—作恋，一作怯干朝客，多惭别钓翁。因依非不忝，延荐况曾蒙—作拜投何敢忽，言奖为曾蒙。与—作举善应—作如无替，垂恩本有终。霜天摇落日，莫使逐孤—作飘蓬。

送姚侍御充渭北掌书记

北境烽烟急，南山战伐频。抚绥初易帅，参画尽须人。书记才偏称，朝廷意更亲。绣衣行李日，绮陌路离尘。报国将临房，之藩不离秦。豸冠严在首，雄笔健随身。饮马河声暮，休兵塞色春。败亡仍暴骨，冤哭可伤神。上策何当用，边情此是真。雕阴曾久客，拜送欲沾巾。

长安书情投知己

陕服因诗句，从容已半年。一从归阙下，罕得到门前。每候朝轩出，常看列宿悬。重投期见奖，数首果蒙传。转觉功宜倍，兼令住更坚。都忘春暂醉，少省夜曾眠。烦暑灯谁读，孤云业自专。精华搜未竭，骚雅琢须全。此事勤虽过，他谋拙莫先。槐街劳白日，桂路在青天。取第殊无序，还乡可有缘。旅情长越鸟，秋思几秦蝉。月色千楼满，砧声万井连。江山阻迢递，时节暗推迁。道即穷通守，才应始末怜。书绅相戒语，藏箧赠行篇。致主当齐圣，为郎本是仙。人心期际会，凤翼许迁延。毕竟良图在，何妨逸性便。幽斋中寝觉，珍木正阴圆。隐几闲瞻夜—作彼，临云兴渺然。五陵供丽景，六义动花笺。倘与潜生翼，宁非助化权。免教垂素发，归种海隅田。

府试丹浦非乐战

自古为君道，垂衣致理难。怀仁须去杀，用武即胜残。毒帜诛方及，兵临衅可观。居来彭蠡固，战罢洞庭宽。雪国知天远，霖林是血丹。吾皇则尧典，薄伐至桑乾。

府试风雨闻鸡

不为风雨变，鸡德一何贞。在暗长先觉，临晨即自鸣。阴霾方见信，顷刻讵移声。向晦如相警，知时似独清。萧萧和断漏，喔喔报重城。欲识诗人兴，中含君子情。

府试观兰亭图

往会人何处，遗踪事可观。林亭今日在，草木古春残。笔想吟中驻，杯疑饮后干。向青穿峻岭，当日认回湍。月影窗间夜，湖光枕上寒。不知诗酒客，谁更慕前欢？

府试老人星见

良宵出户庭，极目向青冥。海内逢康日，天边见寿星。临空遥的的，竟晓独荧荧。春后先依景，秋来忽近丁。垂体临有道，作瑞掩前经。岂比周王梦，徒言得九龄。

省试振鹭

有鸟生江浦，霜华作羽翰。君臣将比洁，朝野共相—作用为欢。月影林梢下，冰光水际残。翻飞时共乐，饮啄道皆安。迥鹜宜高咏，群栖入静看。由来鸳鹭侣，济济列千官。

寄辛明府

何处无苛政，东南有子男。细将朝客说，须是邑人谙。别业空经稔，归田独未甘。目凝烟积树，心贮月明潭。晓鼓愁方乱，春山睡正酣。不任啼鸟思，乡社欲桑蚕。

苑中题友人林亭

井邑藏岩穴—作洞，幽栖趣若何。春篁抽—作兼笋密，夏鸟杂雏多。坐有清风至—作起，林无暑气过。乱书还就叶，真饮不听歌。片影明红藓，斜—作新阴映绿萝。雄文终可惜，莫更弃高科。

投京兆府试官任文学先辈

高兴每论诗，非才独见推。应当有试日，不比暗投时。出口人皆信，操心自可知。孤单虽有托，际会别无期。取舍知由己，穷通断在兹。贱身何足数，公道自难欺。泽国违甘旨，渔舟积梦思。长安未归去，为倚鉴妍媸。

宋少府东溪泛舟
　　登岸还入舟,水禽惊笑语。晚叶低众色,湿云带繁暑。落日乘醉归,溪流复几许。

闻北虏入灵州二首
　　河冰一夜合,虏骑入一作满灵州。岁岁征兵去,难一作徒防塞草秋。

　　见说灵州战,沙中血未一作不干。将军日告急,走马向长安。

送友人下第归感怀
　　帝里春无一作无春意,归山对物华。即应来日去一作到日,九陌踏槐花。

赠桂林友人
　　君家桂林住一作下,日伐桂枝炊。何事东堂树一作桂,年年待一枝。

长安感怀
　　一第知何日,全家待此身。空将灞陵酒,酌送向东人。

题长孙桐树
　　一去龙门侧,千年凤影移。空余剪圭处,无复在孙枝。

渡汉江
　　岭外音书绝,经年一作冬复历春。近乡情更怯,不敢问来人。

嵩山夜还
　　家住东皋去,好采旧山薇。自省游泉石,何曾不夜归?

暮秋宿清源上人院
　　野客愁来日,山房木落中。微风生夜半,积雨向秋终。证道方离法,安禅不住空。迷途将觉路,语默见西东。

秋夜宿重本上人院
　　却忆凉堂坐,明河几度流。安禅逢小暑,抱疾入高秋。水国曾重讲,云林半旧游。此来看月落,还似道相求。

赠立规上人
　　竹向空斋合,无僧在四邻。去云离坐石,斜月到禅身。树老风终夜,山寒雪见春。不知诸祖后,传印是何人?

苏州寒食日送人归觐第五句缺一字
　　江城寒食下,花木惨离魂。几宿投山寺,孤帆过海门。□声泼火雨,柳色禁烟村。定看堂高后,斑衣灭泪痕。

即席送许□之曹南省兄缺一字
　　梅烂荷圆六月天,归帆高背虎丘烟。到时自见成行雁,别处休听满树蝉。卖剑为赊吴市酒,携家犹借洞庭船。待看春榜来江外,名占蓬莱第几仙。

送罗著作两浙按狱著作尝宰苏州吴县
　　使印星车适旧游,陶潜今日在瀛洲。科条尽晓三千罪,囹圄应空十二州。旧绶有香笼驿马,皇华无暇狎沙鸥。归来重过姑苏郡,莫忘题名在虎丘。

下第后屏居书怀寄张侍御
　　刖足岂一生,良工隔千里。故山彭泽上,归梦向汾水。低催神气尽,憧仆心亦耻。未达谁不知,达者多忘此。行年忽已壮,去老年更见。功名如不彰,身殁岂为鬼。才看芳草歇,即叹凉风起。骢马未来朝,嘶声尚在耳

答韩中丞容不饮酒
　　老大成名仍足病,强听丝竹亦无欢。高情太守容闲坐,借与青山尽日看。

句
　　只将五字句,用破一生心。《北梦琐言》。

　　梦里八千里,槃槃此都会。巍峨数里城,远水相映带。《方舆胜览》。

全唐诗卷五百九十

李郢

李郢,字楚望,长安人。大中十年,第进士,官终侍御史。诗一卷。

冬至后西湖泛舟看断冰偶成长句

一阳生后阴飙竭,湖上层冰看折时。云母扇摇当殿色,珊瑚树碎满盘枝。斜汀藻动鱼应觉,极浦波生雁未知。山影浅中留瓦砾,日光寒外送涟漪。崖崩苇岸纵横散,篙鬵兰舟片段随。曾向黄河望冲激,大鹏飞起雪风吹。

阳羡春歌

石亭梅花落如积,玉藓斓斑竹姑赤。祝陵有酒清若空,煮稷蒸鱼作寒食。长桥新晴好天气,两市儿郎棹船戏。溪头铙鼓狂杀侬,青盖红裙偶相值。风光何处最可怜,邵家高楼白日边。楼下游人颜色喜,溪南黄帽应羞死。三月未有二月残,灵龟可信淹水干。蓺草青青促归去,短箫横笛说明年。

茶山贡焙歌

使君爱客情无已,客在金台价无比。春风三月贡茶时,尽逐红旌到山里。焙中清晓朱门开,筐箱渐见新芽来。陵烟触露不停探,官家赤印连帖催。朝饥暮匐谁兴哀,喧阗竞纳不盈掬。一时一饷还成堆,蒸之馥之香胜梅。研膏架动轰—作声如雷,茶成拜表贡天子。万人争嗽春山摧,驿骑鞭声砉流电。半夜驱夫谁复见,十日—作—见王程路四千。到时须及清明宴—作前,吾君可谓纳谏君。谏官不谏何由闻,九重城里虽玉食。天涯吏役长纷纷,使君忧民惨容色。就焙尝茶坐诸客,几回到口重咨嗟。嫩绿鲜芳出何力,山中有酒亦有歌。乐营房户皆仙家,仙家十队酒百斛。金丝宴馔随经过,使君是日忧思多。客亦无言徵绮罗,殷勤绕焙复长叹。官府例成期如何!吴民吴民莫憔悴,使君作相期苏尔。

3076

夏日登信州北楼

高楼上长望,百里见灵山。雨歇河珠定,云开谷鸟还。田苗映林合,牛犊傍村闲。始得消忧处,蝉声催入关。

游天柱观

听钟到灵观,仙子喜相寻。茅洞几千载,水声寒至今。读碑丹井上,坐石涧亭阴。清兴未云尽,烟霞生夕林。

酬刘谷除夜见寄

坐恐三更至,流年此夜分。客心无限事,愁雨不堪闻。灞上家殊远,炉前酒暂一作易曛。刘郎亦多恨,诗忆故山云。

元日作

锵锵华驷客,门馆贺新正。野雪江山霁,微风竹树清。芜庭春意晓,残梼烬烟生。忽忆王孙草,前年在帝京。

酬刘谷立春日吏隐亭见寄

孤亭遥带寺,静者独登临。楚霁江流慢,春归泽气阴。野田青牧马,幽竹暖鸣禽。日日年光尽,何堪故国心!

宿怜一作瀽上人房

重公旧相识,一夕话劳生。药裹关身病,经函寄道情。岳寒当寺色,滩夜入楼声。不待移文诮,三年别赤城。

园居

暮雨扬雄宅,秋风向秀园。不闻砧杵动,时看桔槔翻。钓下鱼初食,船移鸭暂喧。橘寒才弄色,须带一作待早霜繁。

中元夜

江南水寺中元夜,金粟栏边见月娥。红烛影回仙态近,翠鬟光动看一作见人多。香飘彩殿凝兰麝,露绕轻衣杂绮罗。湘水夜空巫峡远,不知归路欲如何。

赠羽林将军一作江上逢王将军

虬须一作髯憔悴羽林郎,曾入甘泉侍武一作玉皇。雕没夜云知御苑,马随仙一作春仗识天香。五湖归去孤舟月,六国平来两鬓霜。唯有桓伊江上笛,卧吹三弄送残阳。

送人之岭南

关山迢递古交州,岁晏怜君走马游。谢氏海边逢素一作蚝女,越王潭上见青牛。嵩台月照啼猿曙一作树,石室烟含古桂秋。回望长安五千里,刺桐花下莫淹留。

晚泊松江驿

片帆孤客晚夷犹,红蓼花前水驿秋。岁月方惊离别尽,烟波仍驻古今愁。云阴故国山川暮,潮落空江网罟收。还有吴娃旧歌曲,棹声遥散采菱舟。

江亭春霁

江蓠漠漠荇田田,江上云亭霁景鲜。蜀客帆樯北归燕,楚山花木怨啼鹃。春风掩映千门柳,晓色凄凉万井烟。金磬泠泠水南寺,上方僧室一作台殿翠微连。

早秋书怀

高梧一叶坠凉天,宋玉悲秋泪洒然。霜拂楚山频见菊,雨零溪树忽无蝉。虚村暮角催残日,近寺归僧寄野泉。青鬓已缘多病镊,可堪风景促流年。

为妻作生日寄意

谢家生日好风烟,柳暖花春二月天。金凤对翘双翡翠,蜀琴初一作新上七丝弦。鸳鸯交颈期千岁,琴瑟谐和愿百年。应恨客程归未得,绿窗红泪冷涓涓。

重阳日寄浙东诸从事

野人多病门长掩,荒圃重阳菊自开。愁里又闻清笛怨,望中难见白衣来。元瑜正及从军乐,甯戚谁怜叩角哀。红旆纷纷碧江暮,知君醉下望乡台。

和湖州杜员外冬至日白蘋洲见忆

白蘋亭上一阳生，谢朓新裁锦绣成。千嶂雪消溪影渌，几家梅绽海波清。已知鸥鸟长来狎，可许汀洲独有名。多愧龙门重招引，即抛田舍棹舟行。

上裴晋公

四朝忧国鬓如丝，龙马精神海鹤姿。天上玉书传诏夜，阵前金甲受降时。曾经庾亮三秋月，下尽羊昙两路一作一局棋。惆怅旧堂扃绿野，夕阳无限鸟飞迟。

钱塘青山题李隐居西斋

小隐西斋为客开，翠萝深处遍青苔。林间扫石安棋局，岸下分泉递酒杯。兰叶露光秋月上，芦花风起夜潮来。湖山绕屋犹嫌浅，欲棹渔舟近钓台。

友人适越路过桐庐寄题江驿

桐庐县前洲渚平，桐庐江上晚潮生。莫言独有山川秀，过日仍闻官长清。麦陇虚凉当水店，鲈鱼鲜美称莼羹。王孙客棹残春去，相送河桥羡此行。

送刘谷

村桥西路雪初晴，云暖沙干马足轻。寒涧渡头芳草色，新梅岭外鹧鸪声。邮亭已送轻一作征车发，山馆谁将候火迎。落日千峰转迢递，知君回首望高城。

七夕一作赵璜诗

乌鹊桥头双扇开，年年一度过河来。莫嫌天上稀相见，犹胜人间去不回。欲减烟花饶俗世，暂烦烟月掩妆台。别时旧路长清浅，岂肯离情一作心似死灰？

秦处士移家富春发樟亭怀寄

潮落空江洲渚生，知君已上富春亭。尝闻郭邑山多秀，更说官僚眼尽青。离别几宵魂耿耿，相思一座发星星。仙翁白石高歌调，无复松斋半夜听。

故洛阳城

胡兵一动朔方尘，不使銮舆此重巡。清洛但流呜咽水，上阳深锁寂寥春。云收少室初晴雨，柳拂中桥晚渡津。欲问升平无故老，凤楼回首落花频。

紫极宫上元斋次呈诸道流第五句缺一字

碧简朝天章奏频，清宫仿佛降灵真。五龙金角向星斗，三洞玉音愁鬼神。风拂乱灯山磬□，露沾仙杏石坛春。明朝醮罢羽客散，尘土满城空世人。

立春一日江村偶兴

旧历年光看卷尽，立春何用更相催。江边野店寒无色，竹外孤村坐见梅。山雪乍晴岚翠起，渔家向晚笛声哀。南州近有秦中使，闻道胡兵索战来。

立秋后自京归家

篱落秋归见豆花，竹门当水岸横槎。松斋一雨宜清簟，佛室孤灯对绛纱。尽日抱愁跧似鼠，移时不动懒于蛇。西江近有鲈鱼否，张翰扁舟始到家。

奉陪裴相公重阳日游安乐池亭

绛霄轻霭翊三台，稽阮襟怀管乐才。莲沼昔为王俭府，菊篱今作孟嘉杯。宁知北阙元勋在，汉赐萧何等北阙大第。却引东山旧客来。自笑吐茵还酩酊，日斜空从绛衣回。

浰河馆一作暮春山行田家歇马

雨湿菰蒲斜日明，茅厨煮茧掉车声。青蛇上竹一种色，黄蝶一作蠋隔溪无限情。何处樵渔将远饷，故园田土忆春耕。千峰万濑一作霭霭水潏潏，羸马此中愁独行。

春日题山家

偶与樵人熟，春残日日来。依冈寻紫蕨，

挽树得青梅。燕静衔泥起,蜂喧抱蕊回。嫩茶重搅绿,新酒略炊醅。漠漠蚕生纸,涓涓水弄苔。丁香政堪结,留步小庭隈。

江亭晚望

碧天凉冷雁来疏,闲望江云思有余。秋馆池亭荷叶后,野人篱落豆花初。无愁自得仙人术,多病能忘太史书。闻说故园香稻熟,片帆归去就鲈鱼。

长安夜访澈上人

关西木落夜霜凝,乌帽闲寻紫阁僧。松迥月光先照鹤,寺寒沟水忽生冰。峥峥晓漏喧秦禁,漠漠秋烟起汉陵。闻说天台旧禅处,石房独有一龛灯。

送圆鉴上人游天台

西岭草堂留不住,独携瓶锡向天台。霜清海寺闻潮至,日宴江船乞食回。华顶夜寒孤月落,石桥秋尽一僧来。灵溪道者相逢处,阴洞泠泠竹室开。

送僧之台州

独寻台岭闲游去,岂觉灵溪道里赊。三井应潮通海浪,五峰攒寺落天花。寒潭盥漱铜瓶洁,野店安禅锡杖斜。到日初寻石桥路,莫教云雨湿袈裟。

伤贾岛无可

却到京师事事伤,惠休归寂贾生亡。何人收得文章箧,独我来经苔藓房。一命未沾为逐客,万缘初尽别空王。萧萧竹坞斜阳在,叶覆闲阶雪拥墙。

孔雀

越鸟青青好颜色,晴轩入户看咕衣。一身金翠画不得,万里山川来者稀。丝竹惯听时独舞,楼台初上欲孤飞。刺桐花谢芳草歇,南园同巢应望归。

秋晚寄题陆勋校书义兴禅居时淮南从事

禅居秋草晚,萧索异前时。莲幕青云贵,翱翔绝后期。藓房栌架掩,山砌石盆攲。剑戟晨趋静,笙歌夜散迟。谷寒霜狖静,林晚磬虫悲。惠远烟霞在,方平杖履随。骨清须贵达,神重有威仪。万卒千蹄马,横鞭从信骑。

酬王舍人雪中见寄

三日柴门拥不开,阶庭平满白皑皑。今朝踏作琼瑶迹,为有诗从凤沼来。

蝉

饮蝉惊雨落高槐,山蚁移将入石阶。若使秦楼美人见,还应一为拔金钗。

自水口入茶山

蒨蒨红裙好女儿,相偎相倚看人时。使君马上应含笑,横把金鞭为咏诗。

重游天台

南国天台山水奇,石桥危险古来知。龙潭直下一百丈,谁见生公独坐—作过时。

山行

小田微雨稻苗香,田畔清溪滴滴凉。自忆东吴榜舟日,蓼花沟水半篙强。

上元日寄湖杭二从事

恋别山灯忆水灯,山光水焰百千层。谢公留赏山公唤,知入笙歌阿那朋。

寒食野望—作远望

旧坟新陇哭多时,流世都堪几度悲。乌鸟—作鹊乱啼人未远,野风吹散白棠梨。

清明日题一公禅室

山头兰若石楠春,山下清明烟火新。此日何穷礼禅客,归心谁是恋禅人。

七夕寄张氏兄弟

新秋牛女会佳期,红粉筵开玉馔时。好与檀郎寄—作记花朵,莫教清晓羡蛛丝。

春晚与诸同舍出城迎座主侍郎—作郑颢诗

三十骅骝一哄尘,来时不锁杏园春。东风

柳絮轻如雪,应有偷游曲水人。

张郎中宅戏赠二首
薄雪燕翁紫燕钗,钗垂簏籨抱香怀。一声歌罢刘郎醉,脱取明金压绣鞋。

谢家青妓邃重关,谁省春风见玉颜？闻道彩鸾三十六,一双双对碧池莲。

醉送 一作吟
江梅冷艳酒清光,急拍繁弦醉画堂。无限柳条多少雪,一将春恨付刘郎。

晓井
桐阴覆井月斜明,百尺寒泉古甃清。越女携瓶下金索,晓天初放辘轳声。

南池
小男供饵妇搓丝,溢榼香醪倒接䍦。日出两竿鱼正食,一家欢笑在南池。

偶作
一杯正发吟哦兴,两盏还生去住愁。何似全家上船去,酒旗多处即淹留。

画鼓
尝闻画鼓动欢情,及送离人恨鼓声。两杖一挥行缆解,暮天空使别魂惊。

燕蓊花
十二街中何限草,燕蓊尽欲占残春。黄花扑地无穷极,愁杀江南去住人。

邵博士溪亭
野茶无限春风叶,溪水千重返照波。只去长桥三十里,谁人一解柂帆过？

小石上见亡友题处
笋石清琤入紫烟,陆云题处是前年。苔侵雨打依稀在,惆怅凉风树树蝉。

洞灵观流泉
石上苔花水上烟,潺湲声在观门前。千岩万壑分流去,更引飞花入洞天。

送李判官
津市停桡送别难,荧荧蜡炬照更阑。东风万叠吹江月,谁伴袁褒宿夜滩？

宿杭州虚白堂
秋一作缺月斜明虚白堂,寒蛩唧唧树苍苍。江风彻晓一作曙不得一作成睡,二十五声秋点长。

全唐诗卷五百九十一

崔珏

崔珏,字梦之,尝寄家荆州,登大中进士第,由幕府拜秘书郎,为淇县令,有惠政,官至侍御。诗一卷。

道林寺

临湘之滨麓之隅,西有松寺东岸无。松风千里摆不断,竹泉泻入于僧厨。宏梁大栋何足贵,山寺难有山泉俱。四时唯夏不敢入,烛龙安敢停斯须?远公池上种何物,碧罗扇底红鳞鱼。香阁朝鸣大法鼓,天宫夜转三乘书。野花市井栽不著,山鸡饮啄声相呼。金槛僧回步步影,石盆水溅联联珠。北临高处日正午,举手欲摸黄金乌。遥江大船小于叶,远村杂树齐如蔬。潭州城郭在何处,东边一片青模糊。今来古往人满地,劳生未了归丘墟。长卿之门久寂寞,五言七字夸规模。我吟杜诗清入骨,灌顶何必须醍醐。白日不照耒阳县,皇天厄死饥寒躯。明珠大贝采欲尽,蚌蛤空满赤沙湖。今我题诗亦无味,怀贤览古成长吁。不如兴罢过江去,已有好月明归途。

美人尝茶行

云鬟枕落困春泥,玉郎为碾瑟瑟尘。闲教鹦鹉啄窗响,和娇扶起浓睡人。银瓶贮泉水一掬,松雨声来乳花熟。朱唇啜破绿云时,咽入香喉爽红玉。明眸渐开横一作转秋水,手拨丝簧醉心起。台时一作前却坐推金筝,不语思量梦中事。

门前柳 第一句缺一字

门前蜀柳□知春,风淡暖烟愁杀人。将谓只栽郡楼下,不知迤逦连南津。南津柳色连南市,南市戎州三百里。夷陬蛮落相连接,故乡莫道心先死。我今帝里尚有家,门前嫩柳插一作披仙霞。晨沾太一坛边雨,暮宿凤皇城里鸦。别来三载当谁道,门前年年绿阴好。春来定解飞雪花,雨后还应庇烟草。忆昔当年栽柳时,新芽苗苗嫌生迟。如今宛转稊著地,常向绿阴劳梦思。不道彼树好,不道此树恶。试将此意问野人,野人尽道生处乐。为报门前杨柳栽,我应来岁当归来。纵令树下能攀折,白发如丝心似灰。

岳阳楼晚望

乾坤千里水云间,钓艇如萍去复还。楼上北风斜卷席,湖中西日倒衔山。怀沙有恨骚人往,鼓瑟无声帝子闲。何事黄昏尚凝睇,数行烟树接荆蛮。

哭李商隐

成纪星郎字义山,适归高—作黄壤抱长叹。词林枝叶三春尽,学海波澜一夜干。风雨已吹灯烛灭,姓名长在齿牙寒。只应物外攀琪树,便著霓裳—作衣上绛—作玉坛。

虚负凌云万丈才,一生襟抱未曾开。鸟啼花落人何在,竹死桐枯凤不来。良马足因无主踠,旧交心为绝弦哀。九皋莫叹三光隔,又送文星入夜台。

和友人鸳鸯之什

翠鬣红衣—作毛舞夕—作落晖,水禽情似此禽稀。暂分烟岛犹回首,只渡寒塘亦共—作并飞。映雾乍—作尽迷珠—作金殿瓦,逐梭齐上—作还似玉人机。采莲无限兰桡女,笑指中流羡—作候尔归。

寂寂春塘烟晚—作晓时,两心和影共依依。溪头日暖眠沙稳,渡口风寒浴浪稀。翡翠莫夸饶彩饰,鹡鸰须羡好毛衣。兰深芷密无人见,相逐相呼何处归。

舞鹤翔鸾俱别离,可怜生死两相随。红丝毵落眠汀处,白雪花成鬣浪时。琴上只闻交颈语,窗前空展共飞诗—作时。何如相见长相对,肯羡人间多所思。

有赠

莫道妆成断客肠,粉胸绵手白莲香。烟分顶上三层绿,剑截眸中一寸光。舞胜柳枝腰更软,歌嫌珠贯曲犹长。虽然不似王孙女,解爱临邛卖赋郎。

锦里芬芳少佩兰,风流全占似君难。心迷晓梦窗犹暗,粉落香肌汗未干。两脸夭桃从镜发,一眸春水照人寒。自嗟此地非吾土,不得如花岁岁看。

和人听歌

气吐幽兰出洞房,乐人先问调宫商。声和细管珠才转,曲度沉烟雪更香。公子不随肠万结,离人须落泪千行。巫山唱罢行云过,犹自微尘舞画梁。

红脸初分翠黛愁,锦筵歌板拍清秋。一楼春雪和尘落,午夜寒泉带雨流。座上美人心尽死,尊前旅客泪难收。莫辞更送刘郎酒,百斛明珠异日酬。

水晶枕

千年积雪万年冰,掌上初擎力不胜。南国旧知何处得,北方寒气此中凝。黄昏转烛萤飞沼,白日褰帘水在簪。薪爨蜀琴相对好,裁诗乞与涤烦襟。

席间咏琴客

七条弦上五音寒,此艺知音自古难。唯有河南房次律,始终怜得董庭兰。

句

楚王宫地罗含宅,赖许时时听法来。早梅赠李商隐。见《商隐集注》。

全唐诗卷五百九十二

曹邺

曹邺，字业一作邺之，桂州人。登大中进士第，由天平幕府迁太常博士，历祠部郎中、洋州刺史。诗二卷。

徒相逢

江边野花不须采，梁头野燕不用亲。西施本是越溪女，承恩不荐越溪人。

杂诫

带香入鲍肆，香气同鲍鱼。未入犹可悟，已入当何如。

捕渔谣

天子好征战，百姓不种桑。天子好年少，无人荐冯唐。天子好美女，夫妇不成双。

四怨三愁五情诗十二首并序

郁于内者，怨也；阻于外者，愁也；怨于性者，情也。三者有一贼于前，必为颠、为汐、为早死人。邺专仁谊久矣，有举不得用心，恐中斯物，殒天命。幸未死，间作四怨、三愁、五情，以望诗人救。

其一怨

美人如新花，许嫁还独守。岂无青铜镜，终日自疑丑。

其二怨

庭花已结子，岩花犹弄色。谁令生处远，用尽春风力。

其三怨

短鬟一如蝤，长眉一如蛾。相共棹莲舟，得花不如他。

其四怨

手推呕哑车，朝朝暮暮耕。未曾分得谷，空得老农名。

其一愁

远梦如水急，白发如草新。归期待春至，

春至还送人。

其二愁
涧草短短青,山月朗朗明。此夜目不掩,屋头乌啼声。

其三愁
别家鬓未生,到城鬓似发。朝朝临川望,灞水不入越。

其一情
东西是长江,南北是官道。牛羊不恋山,只恋山中草。

其二情
阿娇生汉宫,西施住南国。专房莫相妒,各自有颜色。

其三情
蛱蝶空中飞,夭桃庭中春。见他夫妇好,有女初嫁人。

其四情
槟榔自无柯,椰叶自无阴。常羡庭边—作亭前竹,生笋高于林。

其五情
野雀空城饥,交交复飞飞。勿怪官仓粟,官仓无空时。

寄刘驾
一川草色青袅袅,绕屋水声如在家。怅望美人不携手,墙东又发数枝花。

风人体
出门行一步,形影便相失。何况大堤上,骢马如箭疾。夜夜如织妇,寻思待成匹。郎只不在家,在家亦如出。将金与卜人,谲道远行吉。念郎缘底事,不具—作见天与日。

杏园即—本无即字席上同年
岐路不在天,十年行不至。一旦公道开,青云在平地。枕上数声鼓,衡门已如市。白日探得珠,不待骊龙睡。匆匆出九衢,僮仆颜色异。故衣未及换,尚有去年泪。晴阳照花影,落絮浮野翠。对酒时忽惊,犹疑梦中事。自怜孤飞鸟,得接鸾凤翅。永怀共济心,莫起胡越意。

恃宠
二月树色好,昭仪正骄奢。恐君爱阳艳,斫却园中花。三十六宫女,髻鬟各如鸦。君王心所怜,独自不见瑕。台上红灯尽,未肯下金车。一笑不得所,尘中悉无家。飞燕身更轻,何必恃容华。

题女郎庙
数点烟香出庙门,女娥飞去影中存。年年岭上春无主,露泣花愁断客魂。

四望楼 楼在洛阳东,今废。秦时,有贵公子贾虚每日宴其上。
背山见楼影,应合与山齐。座上日已出,城中未鸣鸡。无限燕赵女,吹笙上金梯。风起洛阳东,香过洛阳西。公子长夜醉,不闻子规啼。

筑城三首
郎有靡芜心,妾有芙蓉质。不辞嫁与郎,筑城无休日。

呜呜啄人鸦,轧轧上城车。力尽土不尽,得归亦无家。

筑人非筑城,围秦岂围我。不知城上土,化作宫中火。

奏命齐州推事毕寄本府尚书
越鸟栖不定,孤飞入齐乡。日暮天欲雨,那兼羽翎伤。州民言刺史,蠹物甚于蝗。受命大执法,草草是行装。仆隶皆分散,单车驿路长。四顾无相识,奔驰若投荒。重门下长锁,树影空过墙。驱囚绕廊屋,臧臧如牛羊。狱吏相对语,簿书堆满床。敲枷打锁声,终日在目旁。既舍三山侣,来余五斗粮。忍学空城雀,潜身入官仓。国中天子令,头上白日光。曲木用处多,不如直为梁。恐孤食恩地,昼夜心不遑。仲夏天气热,鬓须忽成霜。社鼠不可灌,城狐不易防。偶于擒纵间,尽得见否臧。截断奸吏舌,擘开冤人肠。明朝向西望,走马归汶阳。

北郭闲思
山前山后是青草,尽日出门还掩门。每思骨肉在天畔,来看野翁怜子孙。

战城南
千金画阵图,自为弓剑苦。杀尽田野人,将军犹爱武。性命换他恩,功成谁作主。凤皇楼上人,夜夜长歌舞。

自退
寒一作邻女面如一作上花,空一作寂寂一作床常一作花对影。况我一作妾不嫁容,甘为瓶堕井。

早起
月堕沧浪西,门开树无影。此时归梦阑,立在一作独立梧桐井。

古相送
行人卜去期,白发根已出。执君青松枝,空数别来日。心如七夕女,生死难再匹。且愿车声迟,莫使马行疾。巫山千丈高,亦恐梦相失。

甲第
游人未入门,花影出门前。将军来此住,十里无荒田。

望不来
见花忆郎面,常愿花色新。为郎容貌好,难有一作好相似人。

官仓鼠
官仓老鼠大如斗一作牛,见人开仓亦不走。健儿无粮百姓饥,谁遣朝朝入君口。

题濮庙
晓祭瑶斋夜扣钟,鳌头风起浪重重。人间直有仙桃种,海上应无肉马踪。赤水梦沈迷象罔,翠华恩断泣芙蓉。不知皇帝三宫驻,始向人间著衮龙。

偶题
白玉先一作老生多在市,青牛道士不居山。但能共得丹田语,正是忙时身亦闲。

登岳阳楼有怀寄座主相公
南登岳阳楼,北眺长安道。不见升平里,千山树如草。骨肉在南楚,沈忧忧常早。白社愁成空,秋芜待谁扫?常闻诗人语,西子不宜老。赖识丹元君,时来语蓬岛。

出关
山上黄犊走避人,山下女郎歌满野。我独南征恨此身,更有无成出关者。

将赴天平职书怀寄翰林从兄
居处绝人事,门前雀罗施。谁遣辟书至,仆隶皆展眉。匹马渡河洛,西风飘路岐。手执王粲笔,闲吟向旌旗。香晚翠莲动,吟余红烛移。开口啖酒肉,将何报相知。况我魏公子,相顾不相疑。岂学官仓鼠,饱食无所为。白露沾碧草,芙蓉落清池。自小不到处,全家忽如归。吾宗处清切,立在白玉墀。方得一侍座,单车又星飞。愿将门底水,永托万顷陂。

贺雪寄本府尚书
雨雪不顺时,阴阳失明晦。麦根半成土,农夫泣相对。我公诚诉天,天地忽已泰。长飙卷白云,散落群峰外。拂砌花影明,交宫鹤翎碎。宿鸟晨不飞,犹疑月光在。碧树香尽发,蠢虫声渐退。有客怀兔园,吟诗绕城内。

寄嵩阳道人
三山浮海倚蓬瀛,路入真元险尽平。华表千年孤鹤语,人间一梦晚蝉鸣。将龙逐虎神初王,积火焚心气渐清。见说嵩阳有仙客,欲持金简问长生。

去不返
寒女不自知,嫁为公子妻。亲情未识面,明日便东西。但得上马了,一去头不回。双轮如鸟飞,影尽东南街。九重十二门,一门四扇开。君从此路去,妾向此路啼。但得见君面,不辞插荆钗。

送进士下第归南海
数片红霞映夕阳,揽君衣裾更移筋。行人莫叹碧云晚。上国每年春草芳。雪过蓝关寒气薄,雁回湘浦怨声长。应无惆怅沧波远,十二玉一作重楼非我乡。

送厉图南下第归澧州
当春人尽归,我独无归计。送君自多感,不是缘下第。君看山上草,尽有千云势。结根既不然,何必更掩袂。澧水鲈鱼贱,荆门杨柳细。勿为阳艳留,此处有月桂。言毕尊未干,十二门欲闭。伫立望不见,登高更流涕。吟君别我诗,怅望水烟际。

思不见
但见出门踪,不见入门迹。却笑山头女,无端化为石。

贵宅
入门又到门,到门戟相对。玉箫声尚远,疑似人不在。公子厌花繁,买药栽庭内。望远不上楼,窗中见天外。此地日烹羊,无异我食菜。自是愁人眼,见之若奢泰。

下第寄知己
长安孟春至,枯树花亦发。忧人此时心,冷若松上雪。自知才不堪,岂敢频泣血。所痛无罪者,明时屡遭刖。故山秋草多,一卷成古辙。夜来远心起,梦见潇湘月。大贤冠盖高,何事怜屑屑。不令伤弓鸟,日暮飞向越。闻知感激语,胸中如有物。举头望青天,白日头上

没。归来通济里,开户山鼠出。中庭广寂寥,但见薇与蕨。无虑数尺躯,委作泉下骨。唯愁揽清镜,不见昨日发。愿怜闺中女,晚嫁唯守节。勿惜四座言,女巧难自说。

吴宫宴
吴宫城阙高,龙凤遥相倚。四面铿鼓钟,中央列罗绮。春风时一来,兰麝闻数里。三度明月落,青娥醉不起。江头铁剑鸣,五座成荒垒。适来歌舞处,未知身是鬼。

长相思
剪妾身上巾,赠郎伤妾神。郎车不暂停,妾貌宁长春?青天无停雪应作云,沧海无停津。遣妾空床梦,夜夜随车轮。

长城下
远水犹归壑,征人合忆乡。泣多盈袖血,吟苦满头霜。楚国连天浪,衡门到海荒。何当生燕羽,时得近雕梁。

成名后献恩门
为物稍有香,心遭蠹虫啮。平人登太行,万万车轮折。一辞桂岭猿,九泣东门月。年年孟春时,看花不如雪。僻居城南隅,颜子须泣血。沉埋若九泉,谁肯开口说。辛勤学机杼,坐对秋灯灭。织锦花不常,见之尽云拙。自怜孤生竹,出土便有节。每听浮竞言,喉中似无舌。忽然风雷至,惊起池中物。拔上青云巅,轻如一毫发。珑珑金锁甲,稍稍城乌绝。名字如鸟飞,数日便到越。幽兰生虽晚,幽香亦难歇,何以保此身,终身事无缺。

赠道师
举世皆问人,唯师独求己。一马无四蹄,顷刻行千里。应笑北原上,丘坟乱如蚁。

入关
衡门亦无路,何况入西秦。灸病不得穴,徒为采艾人。

听刘尊师弹琴

　　曾于一作游清海独闻蝉,又向空庭夜听泉。不似斋堂人静处,秋声长在七条弦。

题山居

　　扫叶煎茶摘叶书,心闲无梦夜窗虚。只应光武恩波晚,岂是严君恋钓鱼。

关试前送进士姚潜下第归南阳

　　马嘶残日没残霞,二月东风便到家。莫羡长安占春者,明年始见故园花。

沪川寄进士刘驾

　　我家不背水,君身不向越。自是相忆苦,忽如经年别。山家草木寒,石上有残雪。美人望不见,迢迢云中月。

翠孤至渚宫寄座主相公

　　万里一孤舟,春行夏方到。骨肉尽单赢,沉忧满怀抱。羁孤相对泣,性命不相保。开户山鼠惊,虫声乱秋草。白菌缘屋生,黄蒿拥篱倒。对此起长嗟,芳年亦须老。恩门为宰相,出入用天道。忽于摧落间,收得青松操。全家到江陵,屋虚风浩浩。中肠自相伐,日夕如寇盗。其下有孤侄,其上有孀嫂,黄粮贱于土,一饭常不饱。天斜日光薄,地湿虫叫噪。惟恐道忽消,形容益枯槁。古人于黄雀,岂望白环报。奉答恩地恩,何惭以诚告。

早秋宿田舍

　　涧草疏疏萤火光,山月朗朗枫树长。南村犊子夜声急,应是栏边新有霜。

旅次岳阳寄京中亲故

　　君山南面浪连天,一客愁心两处悬。身逐片帆归楚泽,魂随流水向秦川。月回浦北千寻雪,树出湖东几点烟。更欲登楼向西望,北风催上洞庭船。

题舒乡一本有驿字

　　功名若及鸱夷子,必拟将舟泛洞庭。柳色湖光好相待,我心非醉亦非醒。

碧寻一作浔宴上有怀知己

　　荻花芦叶满溪流,一簇笙歌在水楼。金管曲长人尽醉,玉簪恩重独生愁。女萝力弱难逢地,桐树心孤易感秋。莫怪当欢却惆怅,全家欲上五湖舟。

从天平节度使游平流园

　　池塘静于寺,俗事不到眼。下马如在山,令人忽疏散。明公有高思,到此遂长返。乘兴挈一壶,折荷以为盏。入竹藤似蛇,侵墙水成藓。幽鸟不识人,时来拂冠冕。沿流路若穷,及行路犹远。洞中已云夕,洞口天未晚。自怜不羁者,写物心常简。翻愁此兴多,引得稽康懒。

故人寄茶一作李德裕诗

　　剑外九华英,缄题下玉京。开时微月上,碾处乱泉声。半夜招僧至,孤吟对月烹。碧沈霞脚碎,香泛乳花轻。六腑睡神去,数朝诗思清。月余不敢费,留伴肘书行。

全唐诗卷五百九十三

曹邺

东武吟

心如山上虎,身若仓中鼠。惆怅倚市门,无人与之语。夜宴李将军,欲望心相许。何曾听我言,贪谑邯郸女。独上黄金台,凄凉泪如雨。

蓟北门行——本作出自蓟北门行

长河冻如石,征人夜中戍。但恐筋力尽,敢惮将军遇。古来死未歇,白骨碍官路。岂无一有功,可以高其墓。亲戚牵衣泣,悲号自相顾。死者虽无言,那堪生者悟。不如无手足,得见齿发暮。乃知七尺躯,却是速死具。

金井怨

西风吹急景,美人照金井。不见面上花,却恨井中影。

姑苏台

南一作吴宫酒未销,又宴姑苏台。美人和泪去,半夜闾门开。相对正歌舞,笑中闻鼓鼙。星散九重门,血流十二街。一去成万古,台尽人不回。时闻野田中,拾得黄金钗。

夜坐有怀

悄悄月出树,东南若微霜。愁人不成寐,五月夜亦长。佳期杳天末,骨肉不在旁。年华且有恨—作限,厥体难久康。人言力耕者,岁旱亦有粮。吾道固如此,安得苦侊侊。

寄监察从兄

我祖居邺地,邺人识文星。此地星已落,兼无古时城。古风既无根,千载难重生。空留建安书,传说七子名。贱子生桂州,桂州山水清。自觉心貌古,兼合古人情。因为二雅诗,出语有性灵。持来向长安,时得长者惊。芝草不为瑞,还共木叶零。恨如辙中土,终岁填不平。吾宗戴豸冠,忽然入西京。怜其羽翼单,抚若亲弟兄。松根已坚牢,松叶岂不荣。言罢眼无泪,心中如酒醒。

乐府体

莲子房房嫩,菖蒲叶叶齐。共结池中根,不厌池中泥。

弃妇

嫁来未曾出,此去长别离。父母亦有家,羞言何以归。此日年且少,事姑常有仪。见多自成丑,不待颜色衰。何人不识宠,所嗟无自非。将欲告此意,四邻已相疑。

读李斯传

一车致三毂,本图行地速。不知驾驭难,举足成颠覆。欺暗尚不然,欺明当自戮。难将一人手,掩得天下目。不见三尺坟,云阳草空绿。

文宗陵

千年尧舜心,心成身已殁。始随苍梧云,不返苍龙阙。宫女衣不香,黄金赐白发。留此奉天下,所以无征伐。至今汨罗水,不葬大夫骨。

偶怀

开目不见路,常如夜中行。最贱不自勉,中途与谁争。蓬为沙所危,还向沙上生。一年秋不熟,安得便废耕!颜子命未达,亦遇时人轻。

代罗敷诮使君

常言爱嵩山,别妾向东京。朝来见人说,却知在石城。未必菖蒲花,只向石城生。自是使君眼,见物皆有情。麋鹿同上山,莲藕同在泥。莫学天上日,朝东暮还西。

怨歌行

丈夫好弓剑,行坐说金吾。喜闻有行役,结束不待车。官田赠倡妇,留妾侍舅姑。舅姑皆已死,庭花半是芜。中妹寻适人,生女亦嫁夫。何曾寄消息,他处却有书。严风厉中野,女子心易孤。贫贱又相负,封侯意何如。

南征怨

万浪东不回,昭王南征早。龙舟没何处,独树江上老。吾欲问水滨,宫殿已生草。

和潘安仁金谷集

太守龙为马,将军金作车。香飘十里风,风下绿珠歌。莫怪坐上客,叹君庭前花。明朝此池馆,不是石崇家。

不可见

常闻贫贱夫,头白终相待。自从嫁黔娄,终岁长不在。君梦有双影,妾梦空四邻。常思劲北风,吹折双车轮。

秦后作

大道不居谦,八荒安苟得。木中不生火,高殿祸顷刻。谁将白帝子,践我礼义域。空持拔山志,欲夺天地德。辄道人不回,壮士断消息。父母骨成薪,虫蛇自相食。鼎乱阴阳疑,战尽鬼神力。东郊龙见血,九土玄黄色。鼙鼓裂二景,妖星动中国。圆丘无日月,旷野失南北。徒流杀人血,神器终不弑。一马渡空江,始知贤者贼。

薄命妾

薄命常恻恻,出门见南北。刘郎马蹄疾,何处去不得。泪珠不可收,虫丝不可织。知君绿桑下,更有新相识。

放歌行

莫唱放歌行,此歌临楚水。人皆恶此声,唱者终不已。三闾有何罪,不向枕上死。

江西送人

八月江上楼,西风令人愁。携酒楼上别,尽见四山秋。但愁今日知,莫作他时疑。郎本不住此,无人泣望归。何水不生波,何木不改柯?遥知明日恨,不如今日多。将心速投人,路远人如何?

始皇陵下作
千金买鱼灯,泉下照狐兔。行人上陵过,却吊扶苏墓。累累圹中物,多于养生具。若使山可移,应将秦国去。舜殁虽在前,今犹未封树。

洛原西望
筑城畏不坚,城坚心自毁。秦树满平原,秦人不居此。犹为泣路者,无力报天子。

赵城怀古
邯郸旧公子,骑马又鸣珂。手挥白玉鞭,不避五侯车。闲愁春日短,沽酒入倡家。一笑千万金,醉中赠秦娥。如今高原上,树树白杨花。

代班姬
宠极多妒容,乘车上金阶。欻然赵飞燕,不语到日西。手把菖蒲花,君王唤不来,常嫌鬟蝉重,乞人白玉钗。君心无定波,咫尺流不回。后宫门不掩,每夜黄鸟啼。买得千金赋,花颜已如灰。

庭草
庭草根自浅,造化无遗功。低回一寸心,不敢怨春风。

过白起墓
夷陵火焰灭,长平生气低。将军临老病,赐剑咸阳西。

对酒
爱酒知是僻,难与性相舍。未必独醒人,便是不饮者。晚岁无此物,何由住田野。

续幽愤 嵇康、吕安连罪赋此诗,邱纪李御史甘死封之事。
繁霜作阴起,朱火乘夕发。清昼冷无光,兰膏坐销歇。惟公执天宪,身是台中杰。一逐楚大夫,何人为君雪?匆匆鬼方路,不许辞双阙。过门似他乡,举趾如遗辙。八月黄草生。洪涛入云热。危魂没太行,客吊空骨节。千年瘴江水,恨声流不绝!

古词
高阙碍飞鸟,人言是君家。经年不归去,爱妾面上花。妾面虽有花,妾心非女萝。郎妻自不重—作教,于妾欲如何?

和谢豫章从宋公戏马台送孔令谢病
碧树杳云暮,朔风自西来,佳人记山水,置酒在高台。不必问流水,坐来日已西。劝君速归去,正及鹧鸪啼。

送进士李殷下第游汾河
上国花照地,遣君向西征。旁人亦有恨,况复故人情。单车欲云去,别酒忽然醒。如何今夜梦,半作道路程。边士不好礼,全家住军城。城中鼓角严,旅客常夜惊。中有左记室,逢人眼光明。西门未归者,下马如到京。还应一开卷,为子心不平,殷勤说忠抱,壮志勿自轻。

相思极—作长相思
妾颜与日空—作改,君心与日新。三年得一书,犹在湘之滨。料君相轻意,知妾无至亲。况当受明礼,不令—作合再嫁人。愿君从此日,化质为妾身。

代谢玄晖新亭送范零陵
楚水洪无际,沧茫接天涯。相看不能语,独鸟下江蓠。蓬子悉有恋,蓬根却无期。车轮自不住,何必怨路岐。孟冬衣食薄,梦寐亦未遗。

山中郊陶
落第非有罪,兹山聊归止。山猿隔云住,共饮山中水。读书时有兴,坐石忘却起。西山忽然暮,往往遗巾履。经时一出门,兼候僮仆喜。常被山翁笑,求名岂如此。齿发老未衰,何如且求己。

城南野居寄知己

奔走未到我,在城如在村。出门既无意,岂如常闭门。作诗二十载,阙下名不闻。无人为开口,君子独有言。身为苦寒士,一笑亦感恩。殷勤中途上,勿使车无轮。

古莫买妾行

千扉不当路,未似开一门。若遣绿珠丑,石家应尚存。

霁后作 齐梁体

新霁辨草木,晚塘明衣衿。乳燕不归宿,双双飞向林。微照露花影,轻云浮麦阴。无人可招隐,尽日登山吟。

田家效陶

黑黍春来酿酒饮,青禾刈了驱牛载。大姑小叔常在眼,却笑长安在天外。

寄贾驰先辈

游子想万里,何必登高台。闻君燕女吟,如自蓟北来。长安高盖多,健马东西街。尽说蒿簪古一作苦,将钱买金钗。我祖西园事,言之独伤怀。如今数君子,如鸟无树栖。济水一入河,使与清流乖。闻君欲自持,勿使吾道低。

送友人入塞

乱蓬无根日,送子入青塞,苍茫万里秋,如见原野大。鸟雀寒不下,山川迥相对。一马没黄云,登高望犹在。惊风忽然起,白日黯已晦。如何恨路长,出门无涯外。

寄阳朔友人

桂林须产千株桂,未解当天影日开。我到月中收得种,为君移向故园栽。

题广福岩

未有天地先融结,方广高深无丈尺。书言不尽画难成,留与人间作奇特。

送曾德迈归宁宜春

湘东山水有清辉,袁水词人得意归。几府争驰毛义檄,一乡看侍老莱衣。筵开灞岸临清浅,路去蓝关入翠微。想到宜阳更地事,并将欢庆奉庭闱。

送郑谷归宜春

无成归故国,上马亦高歌。况是飞鸣后,殊为喜庆多。暑销嵩岳雨,凉吹洞庭波。莫便闲吟去,须期接盛科。

老圃堂 一作薛能诗,《唐诗纪事》引《又玄集》以为邺作。

邵平瓜地接吾庐,谷雨干时手自锄。昨日春风欺不在,就床吹落读残书。

全唐诗卷五百九十四

储嗣宗

储嗣宗,大中十三年,登进士第。诗一卷。

登芜城

昔人登此地,丘垄已前悲。今日又非昔,春风能几时。

沧浪峡—作储光羲诗

沧浪临古道,道上石成尘。自有沧浪峡,谁为无事人?

垓城—作下

百战未言非,孤军惊夜围。山河意气尽,泪湿—作溅美人衣。

南陂远望

闲门横古塘,红树已惊霜。独立望秋草,野人耕夕阳。孤烟起蜗舍,飞鹭下渔梁。唯有田家事,依依似故乡。

宿玉箫宫

尘飞不到空,露湿翠微宫。鹤影石桥月,箫声松殿风。绿毛辞世女,白发入壶翁。借问烧丹处,桃花几遍红。

晚眺徐州延福寺

杉风振旅尘,晚景藉芳茵。片水明在野,万花深见人。静依归鹤思,远惜旧山春。今日惜—作谁携手,寄怀吟白蘋。

宿甘棠馆

尘迹入门尽,悄然江海心。水声巫峡远,山色洞庭深。风桂落寒子,岚烟凝夕阴。前轩鹤归处,萝月思沈沈。

和茅山高拾遗忆山中杂题五首

山泉

香味清机仙府回,荣纡乱石便流杯。春风莫泛桃花去,恐引凡—作渔人入洞来。

巢鹤
　　千万─作岁云间丁令威,殷勤仙骨莫先飞。若逢茅氏传消息,贞白先生不久归。

胡山
　　犬入五云音信绝,凤楼凝碧悄无声。焚香古洞步虚夜,露湿松花─作枝空月明。

小楼
　　松杉风外乱山青,曲几焚香对石屏。空忆─作记得去年春雨后,燕泥时污太玄经。

山邻
　　石桥春涧已归迟,梦入仙山山不知。柱史从来非俗吏,青牛道士莫相疑。

送道士
　　泠然御风客,与道自浮沉。黄鹤有归语,白云无忌心。药炉经月净,天路入壶深。从此分杯后,相思何处寻?

宿山馆
　　寂寞对衰草,地凉凝露华。蝉鸣月中树,风落客前花。山馆无宿伴,秋琴初别家。自怜千万里,笔砚寄生涯。

入浮石山
　　斜日出门去,残花已过春。鸟声穿叶远,虎迹渡溪新。入洞几时路,耕田何代人?自惭非避俗,不敢问迷津。

送人归故园
　　远节惨言别,况予心久违。从来忆家泪,今日送君归。野路正风雪,还乡犹布衣。里中耕稼者,应笑读书非。

得越中书
　　芳草离离思,悠悠春梦余。池亭千里月,烟水一封书。诗想怀康乐,文应吊子胥。扁舟恋南越,岂独为鲈鱼。

秋墅
　　欲暮候樵者,望山空翠微。虹随余雨散,鸦带夕阳归。穷巷长秋草,孤村时捣衣。谁知多病客,寂寞掩柴扉。

哭彭先生
　　谷口溪声客自伤,那堪呜咽吊残阳。空阶鹤恋丹青影,秋雨苔封白石床。主祭孤儿初学语,无媒旅榇未还乡。门人远赴心丧夜,月满千山旧草堂。

和顾非熊先生题茅山处士闲居
　　归耕地肺绝尘喧,匣里青萍未报恩。浊酒自怜终日醉,古风时得野人言。鸟啼碧树闲临水,花满青山静掩门。唯有阶前芳草色,年年惆怅忆王孙。

长安怀古
　　祸稔萧墙终不知,生人力屈尽边陲。赤龙已赴东方暗,黄犬徒怀上蔡悲。面缺崩城山寂寂,土埋冤骨草离离。秋风解怨扶苏死,露泣烟愁红树枝。

过王右丞书堂二首
　　澄潭昔卧龙,章句世为宗。独步声名在,千岩水石空。野禽悲灌木,落日吊清风。后学攀遗址,秋山闻草虫。

　　万树影参差,石床藤半垂。萤光虽散草,鸟迹尚临池。风雅传今日,云山想昔时。感深苏属国,千载五言诗。右丞昔陷贼庭,故有此句。

孤雁
　　孤雁暮飞急,萧萧天地秋。关河正黄叶,消息断青楼。湘渚烟波远,骊山风雨愁。此时万里道,魂梦绕沧洲。

赠隐者
　　尽室居幽谷,乱山为四邻。雾深知有术,窗静似无人。鹤语松上月,花明云里春。生涯更何许,尊酒与垂纶。

早春怀薛公裕

幽独自成愚,柴门日渐芜。陆机初入洛,孙楚又游吴。失意怨杨柳,异乡闻鹧鸪。相思复相望,春草满南湖。

村月

月午篱南—作边道,前村半隐林。田翁独归处,荞麦露花深。

早春

野树花初发,空山独见时。踟蹰历阳道,乡思满南枝。

送友人游吴

吴山青楚吟,草色异乡心。一酌水边酒,数声花下琴。登楼旧国远,探穴九疑深。更想逢秋节,那堪闻夜砧。

赠别

兰泽伤秋色,临风远别期。东城草虽绿,南浦柳无枝。直道岂易枉,暗投谁不疑。因君问行役,有泪湿江蓠。

经故人旧居

万里访遗尘,莺声泪湿巾。古书无主散,废宅与山邻。宿草风悲夜,荒村月吊人。凄凉问残柳,今日为谁春?

随边使过五原

偶逐星车犯虏尘,故乡常恐到无因。五原西去阳关废,日漫平沙不见人。

春怀寄秣陵知友

庐江城外柳堪攀,万里行人尚未还。借问景阳台下客,谢家谁更卧东山。

宋州月夜感怀

雁池衰草露沾衣,河水东流万事微。寂寞青陵台上月,秋风满树鹊南飞。

吴宫

荒台荆棘多,忠谏竟如何。细草迷宫巷,闲花误绮罗。前溪徒自绿,子夜不闻歌。怅望清江暮,悠悠东去波。

春游望仙谷

清无车马尘,深洞百花春。鸡犬疑沾药,耕桑似避秦。登山采樵路,临水浣纱人。若得心无事,移家便卜邻。

圣女祠

石屏苔色凉,流水绕祠堂。巢鹊疑天汉,潭花似镜妆。神来云雨合,神去蕙兰香。不复闻双佩,山门空夕阳。

宿范水

行人倦游宦,秋草宿湖边。露湿芙蓉渡,月明渔网船。寒机深竹里,远浪到门前。何处思乡甚,歌声闻采莲。

送顾陶校书归钱塘

清苦月偏知,南归瘦马迟。橐轻缘换酒,发白为吟诗。水色西陵渡,松声伍相祠。圣朝思直谏,不是挂冠时。

题云阳高少府衙斋—本无衙斋二字

大隐能兼济,轩窗逐胜开。远含云水思,深得栋梁材。吏散山逾静,庭闲鸟自来。更怜幽砌色,秋雨长莓苔。

全唐诗卷五百九十五

于武陵

于武陵,会昌时人。诗一卷。通考,大中进士。

早春山行

江草暖初绿,雁行皆北飞。异乡那久客,野鸟尚思归。十载过如梦,素心应已违。行行家渐远,更苦得书稀。

宿友生林居因怀贾区

绕屋树森森,多栖紫阁禽。暂过当永夜,徽得话前心。入楚行应远,经湘恨必深。那堪对寒烛,更赋别离吟。

赠卖松人

入市虽求利,怜君意独真。剔—作欲将寒涧树,卖与翠楼人。瘦叶几经雪,淡花应少春。长安重桃李,徒染六街尘。

友人南游不回因而有寄

相思春树绿,千里亦—作各依依。鄠杜月频满,潇湘人未—作不归。桂花风半落,烟草蝶双飞。一别无消息,水南车—作踪迹稀。

送鄠县董明府之任

南北行已久,怜君知苦辛。万家同草木,三载得—作返阳春。东道听游子,夷门歌主人。空持语相送。应怪不沾巾。

山上树—作桂

日暖上山—作峰路,鸟啼知已—作几春。忽逢幽隐处—作树,如见独醒人。石冷开常—作花开晚,风多落亦—作叶落频。樵夫应不识,岁久伐为薪。

长信宫二首

簟凉—作清秋气—作夜初,长信恨何如。拂黛月生指,解—作理鬓云满梳。一从悲画扇,几度泣前鱼。坐听南宫乐,凉风摇翠裾。

一失辇前恩，绮罗生暗尘。惟应深夜月，独伴向隅—作愁人。长信翠蛾老—作蛟故，昭阳红粉新。君心似秋节，不使草长春。

洛阳道

浮世若浮云，千回故复新。旅添青草冢，更有白头人。岁暮容—作客将老，雪—作云晴山欲春。行行车与马—作马客，不尽洛阳尘。

东门路

东门车马路，此—作北路在—作有浮沉。白日若不落—作不西没，红尘应更深。从来名—作多利地—作计，皆起—作见，—作是是非心—作起争心。所以青青草，年年生汉阴。

江楼春望

楼下长江路，舟车昼—作尽不闲。鸟声非故国，春色是他山。一望云复水，几重河与关。愁心随落日，万里各—作为西还。

洛中晴望

九陌尽风尘，嚣嚣昼复昏。古今人不断，南北路长存。叶落上阳树，草衰金谷园。乱鸦归—作来未已，残—作斜日半前轩。

西归

不系与舟闲，悠悠吴楚间。羞将新白发，却到—作去，—作对旧青山。一叶忽离—作初飞树，几人同入关。长安家尚—作有家在，秋至又西还。

南游

穷秋几日雨，处处生苍苔。旧国寄书后，凉天方雁来。露繁山草湿，洲暖水花开。去尽同行客，一帆犹未回。

南游有感

杜陵无厚业，不得驻车轮。重到曾游处，多非旧主人。东风千岭—作里树，西日一洲蘋。又—作好渡湘江去—作潇湘水，湘江—作潇湘水复春。

夜泊湘江

北风吹梦树，此地独先秋。何事屈原恨，不随湘水流。凉天生片—作半月，竟夕伴孤舟。—作南行客，无成空白头。

客中

楚人歌竹枝，游子泪沾衣。异国久为客，寒宵频—作方梦归。一封书未返，千树叶皆飞。南过—作度洞庭水，更应消息稀。

夜寻僧不遇—作夜寻僧，僧游山未归

数歇度烟水，渐非尘俗间。泉声入秋寺，月色遍寒山。石路几回雪，竹房犹闭关。不知双树客，何处与—作伴云闲？

访道者不遇—作访僧不遇

人间惟此路—作道，长得—作独长绿苔衣。及户无行迹，游方应未归。平生无—作何限事，到此尽知非。独倚松门久，阴云昏翠微。

赠王隐者山居—作赠隐者

石室扫无尘，人寰与此分。飞来南浦树，半是华山云。浮世几多事，先—作此生应不闻。寒山—作川满西日，空照雁成群。

寄北客

穷边足风惨，何处醉楼台。家去几—作数千里，月圆十二回。寒阡—作云山随日远，雪路向城开。游子久无信，年年空雁来。

寄友人

长安清渭东，游子迹重重。此去红尘路，难寻君马踪。昔时轻一别，渐老贵相逢。应恋嵩阳住—作好，嵩阳饶—作有古松。

夜与故人别

白日去难驻，故人非旧容。今宵一别后，何处更—作复，—作再相逢？过楚水千里，到秦山几—作万重。语—作话来天又—作未晓，月落满城钟。

别故一作友人

行子与秋叶,各随南北风。虽非千里别,还阻一宵一作欢同。过尽少年日,尚如长转一作路蓬。犹为布衣客,羞入故关中。

送客东归

一听游子歌,秋计觉一作几蹉跎。四海少平地一作路,百川无定波。共惊年已暮,俱向客中多。又驾征轮去,东归事一作将若何。

过侯王故第

过此一酸辛,行人泪有痕。独残新碧树,犹拥旧朱门。歌歇云初散,帘空燕尚存。不知弹铗客,何处感新恩?

孤云

南北各万里,有云一作时心更闲。因风离海上,伴月到人间。洛浦少高一作佳树,长安无旧山。裴回不可驻,漠漠又空一作更东还。

远水

悔作望南浦,望中生远愁。因知人易老一作感,为有一作惟见水东一作长流。欲附故乡信,不逢归客舟。萋萋两岸草,又度一年秋。

咏蝉一作客中闻早蝉

江头一声起,芳岁已难留。听此高林一作枝,一作树上,遥知故国秋。应催风落叶,似一作亦劝客回舟。不是新蝉苦,年年自有愁。

感情

青山长寂寞,南望独高歌。四海故人尽,九原新一作青垅一作家多。西沉浮世日,东注逝川波。不使年华驻,此生能一作看几何?

早春日山居寄城郭知己

阳和潜发荡寒阴,便使川原景象新。入户风泉声沥沥,当轩云岫色沈沈。残云带雨轻飘雪,嫩柳含烟小绽金。虽有眼前诗酒兴,遨游争得称闲心。

劝酒

劝君金屈卮,满酌不须辞。花发多风雨,人生足别离。

感怀一作感情,以下一本俱作于邺诗。

东风吹草色,空使客蹉跎。不设太平险,更应游子多。几伤一作觞行处泪一作酒,一曲醉中歌。尽向青门外,东随渭水波。

友人亭松

俯仰不能去,如逢旧友同。曾因春雪散,见在华山中。何处有明月,访君听远风。相将归未得,各占石岩东。

游中梁山

僻地好泉石,何人曾陆沈?不知青嶂外,更有白云深。因此见乔木,几回思旧林。殷勤猿与一作与猿鸟,惟我独何心。

寻山

到此绝车轮,萋萋草树春。青山如有利,白石亦成尘。水阔应无路,松深不见人。如知巢与许,千载迹犹新。

宿江口

南渡人来绝,喧喧雁满沙。自生江上月,长有客思家。半夜下霜岸,北风吹荻花。自惊归梦断,不得到天涯。

秋夜达萧关

扰扰浮一作游梁路,人忙月自闲。去年为塞客,今夜宿萧关。辞国几经岁,望乡空见山。不知江叶下,又作布衣还。

斜谷道

乱峰连叠嶂,千里绿峨峨。蜀国路如此,游人车亦过。远烟当叶敛,骤雨逐风多。独忆紫芝叟,临风歌旧歌。

过百牢关贻舟中者

蜀国少平地,方思京洛间,远为千里客,来

度百牢关。帆影清江水,铃声碧草山。不因一作贪名与利,尔我一作我尔各应闲。

客中览镜

何当开此镜,即见发如丝。白日急于水,一年能见时。每逢芳草处,长返故园迟。所以多为客,蹉跎欲怨谁?

长安逢隐者

征车千里至,碾遍六街尘。向此有营地,忽逢无事人。昔时颜未改,浮世路多新。且脱衣沽酒,终南山欲春。

与僧话旧

草堂前有山,一见一相宽。处世贵僧静,青松因岁寒。他山逢旧侣,尽日话长安。所以闲行迹,千回绕药栏。

赠王道士

日日市朝路,何时无苦辛。不随丹灶客,终作白头人。浮世度千载,桃源方一春。归来华表上,应笑北邙尘。

匣中琴

世人无正心,虫网匣中琴,何以经时废,非为娱耳音。独令高韵在,谁感隙尘深?应是南风曲,声声不合今。

过洛阳城

古来利与名,俱在洛阳城。九陌鼓初起,万车轮已行。周秦时几变,伊洛水犹清。二月中桥路,鸟啼春草生。

望月一作客中月

离家凡几宵,一望一寥寥。新魄又将满,故乡应渐遥。独临彭蠡水,远忆洛阳桥。更有乘舟客,凄然亦驻桡。

王将军宅夜听歌

朱槛满一作铺明月,美人歌落梅。忽惊尘起处,疑有凤飞来。一曲听初彻,几年愁暂开。东南正云雨,不得见阳台。

长信一作春宫

莫问一作访古宫名,古宫空有一作古城。惟一作只应东去水,不改旧时声。

高楼

远天明月出,照此谁家楼。上有罗衣裳一作色,凉风吹不休一作秋。

全唐诗卷五百九十六

司马扎 高棅品汇作礼

司马扎,大中时诗人。诗一卷。

感古

九折无停波,三光如转烛。玄珠人不识,徒爱燕赵玉。祖龙已深惑,汉氏远徇欲。骊山与茂陵,相对秋草绿。

赠王道士

玉洞秋有花,蓬山夜无鬼。岂知浮云世,生死逐流水。瑶台歌一曲,曲尽五烟起。悠然望虚路,玉京在海里。青箓秘不闻,黄鹤去不止。愿随执轻策,往结周太子。

古思

春华惜妾态,秋草念妾心。始知井边桐,不如堂上琴。月落却羡镜,花飞犹委苔。门前长江水,一去终不回。

猎客

五陵射雕客,走马占春光。下马青楼前,华裾独煌煌。自言家咸京,世族如金张。击钟传鼎食,尔来八十强。朱门争先开,车轮满路傍。娥娥燕赵人,珠箔闭高堂。清歌杂妙舞,临欢度曲长。朝游园花新,夜宴池月凉。更以驰骤多,意气事强梁。君王正年少,终日在长杨。

送进士苗纵归紫逻山居

汝上多奇山,高怀惬清境。强来干名地,冠带不能整。常言梦归处,泉石寒更静。鹤声夜无人,空月随松影。今朝抛我去,春物伤明景。怅望相送还,微阳在东岭。

卖花者

少壮彼何人,种花荒苑外。不知力田苦,却笑耕耘辈。当春卖春色,来往经几代。长安甲第多,处处花堪爱。良金不惜费,竞取园中最。一蕊才占烟,歌声一作笙歌已高会。自言种花地,终日拥轩盖。农夫官役时,独与花相对。那令卖花者,久为生人害。贵粟不贵花,生人自应泰。

弹琴

凉一作深室无外响,空桑七弦分。所弹非新声,俗耳安肯闻。月落未终曲,暗中泣湘君。如传我心苦,千里苍梧云。

古边卒思归

有田不得耕,身卧辽阳城。梦中稻花香,觉后战血腥。汉武在深殿,唯思廓寰瀛。中原半烽火,比屋皆点行。边土无膏腴,闲地何必争?徒令执耒者,刀下死纵横。

美刘太保

常爱鲁仲连,退身得其趣。不知鸱夷子,更入五湖去。云霞恣摇曳,鸿鹄无低翥。万里天地空,清飙在平楚。藏名向宠节,辞疾去公务。夜尽醉弦歌,日高卧烟树。岂啻生前乐,千载自垂裕。论道复论功,皆可黄金铸。

蚕女

养蚕先养桑,蚕老人亦衰。苟无园中叶,安得机上丝。妾家非豪门,官赋日相追。鸣梭夜达晓,犹恐不及时。但忧蚕与桑,敢问结发期。东邻女新嫁,照镜弄蛾眉。

效陶彭泽

一梦倏已尽,百年如露草。独有南山高,不与人共老。尊中贮灵味,无事即醉倒。何必鸣鼓钟,然后乐怀抱。轻波向海疾,浮云归谷早。形役良可嗟,唯有徇天道。

锄草怨

种田望雨多,雨多长蓬蒿。亦念官赋急,宁知荷锄劳。亭午雾日明,邻翁醉陶陶。乡吏不到门,禾黍苗自高。独有辛苦者,屡为州县徭。罢锄田又废,恋乡不忍逃。出门吏相促,邻家满仓谷。邻翁不可告,尽日向田一作天哭。

山中晚兴寄裴侍御

雷息疏雨散,空山夏云晴。南轩对林晚,篱落新蜩一作蝉鸣。白酒一樽满,坐歌天地清。十年身未闲,心在人间名。永怀君亲恩,久贱难退情。安得蓬丘侣,提携采瑶英。

筑台

魏国昔强盛,宫中金玉多。征丁筑层台,唯恐不巍峨。结构切星汉,跻攀横绮罗。朝观细腰舞,夜听皓齿歌。讵念人力劳,安问黍与禾。一朝国既倾,千仞堂亦平。舞模衰柳影,歌留草虫声。月照白露寒,苍苍故邺城。汉文有遗美,对此清飙生。

道中早发

野店鸡一声,萧萧客车动。西峰带晓月,十里犹相送。繁弦满长道,羸马四蹄重。遥羡青楼人,锦衾方远梦。功名不我与,孤剑何所用。行役难自休,家山忆秋洞。

沧浪峡

山下水声深,水边山色聚。月照秋自清,花名春不去。似非人间境,又近红尘路。乍入洞中天,更移云外步。我殊惺惺者,犹得沧浪趣。可以濯吾缨,斯言诚所慕。

感萤

爱尔持照书,临书叹吾道。青荧一点光,曾误几人老。夜久独此心,环垣闭秋草。

自渭南晚次华州

前楼一作登仙鼎原,西经赤水渡。火云入村巷,馀雨依驿树。我行伤去国,疲马屡回顾。有如无巢鸟,触热不得住。峨峨华峰近,城郭生夕雾。逆旅何人寻,行客暗中住。却思林丘卧,自悭平生素。劳役今若兹,羞吟招隐句。

近别

咫尺不相见,便同天一涯。何必隔关山,乃言伤别离。君心与我心,脉脉无由知。谁堪近别苦,远别犹有期。

江上秋夕
茂陵归路绝,谁念此淹留?极目月沈浦,苦吟霜满舟。孤猿啼后夜,久客病高秋。欲寄乡关恨,寒江无北流。

送归客
多才与命违,末路隐柴扉。白发何人问,青山一剑归。晴烟独鸟没,野渡乱花飞。寂寞长亭外,依然空落晖。

东门晚望
青门聊极望,何事久离群?芳草失归路,故乡空暮云。信回陵树老,梦断灞流分。兄弟正南北,鸿声堪独闻。

上巳日曲江有感
万花明曲水,车马动秦川。此日不得意,青春徒少年。晴沙下鸥鹭,幽沚生兰荃。向晚积归念,江湖心渺然。

宿寿安甘棠馆
行人方倦役,到此似还乡。流水来关外,青山近洛阳。溪云归洞鹤,松月半轩霜。坐恐晨钟动,天涯道路长。

送友人下第东游
出门皆有托,君去独何亲。阙下新交少,天涯旧业贫。烟寒岳树暝,雪后岭梅春。圣代留昆玉,那令愧郄诜。

山斋会别
春草平陵路,荷衣醉别离。将寻洛阳友,共结洞庭期。星月半山尽,天鸡出海迟。无轻此分手,他日重相思。

晓过伊水寄龙门僧
龙门树色暗苍苍,伊水东流客恨长。病马独嘶残夜月,行人欲渡满船霜。几家烟火依村步,何处渔歌似故乡?山下禅庵老师在,愿将形役问空王。

送孔恂入洛
洛阳古城秋色多,送君此去心如何?青山欲暮惜别酒,碧草未尽伤离歌。前朝冠带掩金谷,旧游花月经铜驼。行人正苦奈分手,日落远水生微波。

观郊礼
钟鼓旌旗引六飞,玉皇初著画龙衣。泰坛烟尽星河晓,万国心随彩仗归。

宫怨
柳色参差掩画楼,晓莺啼送满宫愁。年年花落无人见,空逐春泉出御沟。

南徐夕眺
行吟向暮天,何处不凄然?岸影几家柳,笛声何处船。楼一作流分瓜步月,鸟入秣陵烟。故里无人到,乡书谁为传?

题清上人
古院闭松色,入门人自闲。罢经来宿鸟,支策对秋山。客念蓬梗外,禅心烟雾间。空怜濯缨处,阶下水潺潺。

涂中寄薛中裕
贫交千里外,失路更伤离。晓泪芳草尽,夜魂明月知。空山连野外,寒鸟下霜枝。此景正寥落,为君玄发衰。

白马津阻雨
津树萧萧旅馆空,坐看疏叶绕阶红。故乡千里楚云外,归雁一声烟雨中。漳浦病多愁易老,茂陵书在信难通。功名倘遂身无事,终向溪头伴钓翁。

秋日怀储嗣宗
故人北游久不回,塞雁南渡声何哀。相思闻雁更惆怅,却向单于台下来。

夜听李山人弹琴
瑶琴夜久弦秋清,楚客一奏湘烟生。曲中

声尽意不尽,月照竹轩红叶明。

隐者

松间开一径,秋草自相依。终日不冠带,空山无是非。投纶(一作轮)溪鸟伴,曝药谷云飞。时向邻家去,狂歌夜醉归。

登河中鹳雀楼

楼中见千里,楼影入五津。烟树遥分陕,山河曲向秦。兴亡留白日,今古共红尘。鹳雀飞何处,城隅草自春。

漾陂晚望

远客家水国,此来如到乡。何人垂白发,一叶钓残阳。柳暗鸟乍起,渚深兰自芳。因知帝城下,有路向沧浪。

全唐诗卷五百九十七

徐商

徐商,字义声一云字秋卿,新郑人。擢进士第,大中时尚书左丞。咸通四年,以兵部尚书同平章事,后出为襄州节度。诗一首。

贺襄阳副使节判同加章绶

朱紫花前贺故人,兼荣此会颇关身。同年坐上联宾榻,宗姓亭中布锦裀。晴日照旗红灼烁,韶光入队影玢璘。芳菲解助今朝喜,嫩蕊青条满眼新。

句

萍聚只因今日浪,荻斜都为夜来风。

高璩

高璩,字莹之,渤海人。登进士第,累佐使府。大中朝,历丞郎。咸通中,守中书侍郎平章事。诗一首。

和薛逢赠别

剑外绵州第一州,尊前偏喜接君留。歌声婉转添长恨,管色凄凉似到秋。但务欢娱思晓角,独耽云水上高楼。莫言此去难相见,怨别徵黄是顺流。

句

公斋一到人非旧,诗板重寻墨尚新。

高湘

高湘,字浚之,铢从子也,擢进士第。咸通中,历谏议大夫。僖宗朝,终江西观察使。诗一首。

和李尚书命妓饯崔侍御

谢安春渚饯袁宏,千里仁风一扇清。歌黛惨时方酩酊,不知公子重飞觥。

句

惟有高州是当家。玉泉子云:湘从兄中书舍人湜与路相岩亲善，而湘厚刘相瞻，岩既逐瞻，除不附己者十司户。湘得高州，到日，愤恚不佑己，赋诗云。

崔安潜

崔安潜，字进之，齐州人，大中三年进士登第。咸通中，累擢忠武节度使，拒王仙芝有功，代高骈镇西川，终太子太傅，谥贞孝。诗一首。

报何泽

四十九年前及第，同年唯有老夫存。今日殷勤访吾子，稳将髾翳上龙门。

裴铏

裴铏，高骈客也，官成都节度副使，加御史大夫。诗一首。

题文翁石室

文翁石室有仪形，庠序千秋播德馨。古柏尚留今日翠，高岷犹蔼旧时青。人心未肯抛癯蚊，弟子依前学聚萤。更叹沱江无限水，急流只愿到沧溟。

刘损

刘损，咸通时人。诗三首。

愤惋诗三首——作刘禹锡诗，题作怀妓。

宝钗分股合无缘，鱼在深渊日在天。得意紫鸾休舞镜，断踪青鸟罢衔笺。金杯倒覆难收水，玉轸倾欹懒续弦。从此蘼芜山下过，只应将泪比黄泉。

鸾辞旧伴知何止，凤得新梧想称心。红粉尚存香幕幕，白云将散信沈沈。已休磨琢投泥玉，懒更经营买笑金。愿作山头似人石，丈夫衣上泪痕深。

旧尝游处遍寻看，睹物伤情死一般。买笑楼前花已谢，画眉窗下月空残。云归巫峡音容断，路隔星河去住难。莫道诗成无泪下，泪如泉滴亦须干。

郑愚

郑愚，番禺人。咸通中，观察桂管，入为礼部侍郎。黄巢平后，出镇南海，终尚书左仆射。诗二首。

幼作

台山初罢雾，岐海正分流。渔浦飏来笛，鸿逵翼去舟。

茶诗

嫩芽香且灵，吾谓草中英。夜臼和烟捣，寒炉对雪烹。惟忧碧粉散，尝见绿花生。

霍总

霍总，咸通时池州刺史。诗七首。

郡楼望九华歌

楼上坐见九子峰，翠云赤日光溶溶。有时朝昏变疏密，八峰和烟一峰出。有时风卷天雨晴，聚立连连如弟兄。阳乌生子偶成数，丹凤养雏同此名。日日遥看机已静，未离尘躅思真境。子明龙驾腾九垓，陵阳相对空崔嵬。玉浆瑶草不可见，自有神仙风马来。

塞下曲

曾当一面战，频出九重围。但见争锋处，长须得胜归。雪沾旗尾落，风断节毛稀。岂要铭燕石，平生重武威。

关山月

珠珑翡翠床，白皙侍中郎。五日来花下，双童问道傍。到门车马狭，连夜管弦长。每笑东家子，窥他宋玉墙。

骢马

青骊八尺高，侠客倚雄豪。踏雪生珠汗，障泥护锦袍。路傍看骤影，鞍底卷旋毛。岂独连钱贵，酬恩更代劳。

雉朝飞

五色有名翚，清晨挟两雌。群群飞自乐，

步步饮相随。舰叶逢人处,惊媒妒宠时。绿毛春斗尽,强敌愿君知。

木芙蓉

本自江湖远,常开霜露余。争春候秋李,得水异红蕖。孤秀曾无偶—作遇,当门幸不锄。谁能政摇落,繁彩照阶除。

采莲女

舟中采莲女,两两催妆梳。闻早渡江去,日高来起居。

陈琡

陈琡,咸通中佐廉使郭常侍铨于徐,性耿介,不合,挈家居茅山,焚香习禅。诗一首。

别僧—作留别兰若僧

行若独轮车,常畏大道覆。止若员底器,常恐他物触。行止既如此,安得不离俗。

裴虔—作乾馀

裴虔馀,咸通末佐北门李相蔚淮南幕,乾宁初,官太常少卿。诗二首。

早春残雪

霁日涧琼彩,幽庭减夜寒。梅飘余片积,日堕晚光残。零落偏依桂,霏微不掩兰。阴林披雾縠,小沼破冰盘。曲蓝霜凝砌,疏篁玉碎竿。已闻三径好,犹可访袁安。

柳枝词咏篙水溅妓衣

半额微黄—作满额蛾黄金缕衣,玉搔头袅凤双飞—作翠翘浮动玉钗垂。从教水溅罗裙湿,还道朝来—作知道巫山行雨归。

李嵘

李嵘,咸通时人。诗一首。

献淮南师—作献李仆射

鸡树烟含瑞气凝,凤池波待玉山澄。国人久倚东关望,拟筑沙堤到广陵。

袁郊

袁郊,字之仪,朗山人,滋之子也。咸通时,为祠部郎中。昭宗朝,为翰林学士。诗四首。

月

嫦娥窃药出人间,藏在蟾宫不放还。后羿遍寻无觅处,谁知天上却容奸。

霜

古今何事不思量,尽信邹生感彼苍。但想燕山吹暖律,炎天岂不解飞霜。

露

湛湛腾空下碧霄,地卑湿处更偏饶。营茅丰草皆沾润,不道良田有旱苗。

云

楚甸尝闻旱魃侵,从龙应合解为霖。荒淫却入阳台梦,惑乱怀襄父子心。

张丛

张丛,咸通中,官桂管观察使。诗一首。

游东观山

岩岫碧屏颜,灵踪若可攀。楼台烟霭外,松竹翠微间。玉液寒深洞,秋光秀远山。凭君指归路,何处是人寰?

冯衮

冯衮,东阳人,定之子,登进士第。咸通中,历任台省,尝为苏州刺史。诗二首。

掷卢作

八尺台盘照面新,千金一掷斗精神。合是赌时须赌取,不妨回首乞闲人。

戏酒妓

醉眼从伊百度斜,是他家属是他家。低声向道人知也,隔坐刚抛豆蔻花。

郑綮

郑綮,字蕴武,进士及第,累官散骑常侍。昭宗时,以礼部侍郎同中书门下平章事。诗三首。

老僧

日照四山雪,老僧门未开。冻瓶粘柱础,宿火陷炉灰。童子病归去,鹿麂寒入来。斋钟知渐近,枝鸟下生台。

题卢州郡斋

九衢尘里一书生,多达逢时拥旆旌。醉里眼开金使字,紫旟风动耀天明。

别郡后寄席中三兰 三妓并以兰为名

淮淝两水不相通,隔岸临流望向东。千颗泪珠无寄处,一时弹与渡前风。

温庭皓

温庭皓,初为襄阳徐商从事,咸通中,辟徐州崔彦曾幕府。庞勋反,使庭皓草表求节度,庭皓拒之,遂遇害。诏赠兵部郎中。诗四首。

观山灯献徐尚书

一峰当胜地,万点照严城。势异昆冈发,光疑玄圃生。焚书翻见字,举燧不招兵。况遇新春夜,何劳秉烛行。

九枝应并耀,午夜忽潜然。景集青山外,萤分碧草前。辉华侵月影,历乱写星躔。望极高楼上,摇光满绮筵。

春山收暝色,爘火储余辉。丽景饶红焰,祥光出翠微。白榆行自比,青桂影相依。唯有偷光客,追游欲忘归。

梅

一树寒林外,何人此地栽。春光先自暖,阳艳暗相催。晓觉霜添白,寒迷月借开。余香低惹袖,堕蕊逐流杯。零落移新暖,飘扬上故台。雪繁莺不识,风袅蝶空回。羌吹应愁起,征徒异渴来。莫贪题咏兴,商鼎待盐梅。

全唐诗卷五百九十八

高骈

高骈,字千里,南平郡王崇文之孙,家世禁卫。幼颇修饬,折节为文学,初事朱叔明为司马,后历右神策军都虞侯、秦州刺史。咸通中,拜安南都护,进检校刑部尚书,以都护府为静海军,授骈节度,兼诸道行营招讨使。僖宗立,加同中书门下平章事,迁剑南西川节度,进检校司徒,封燕国公,徙荆南节度,加诸道行营都统、盐铁转运等使,俄徙淮南节度副大使。广明初,进检校太尉、东面都统、京西京北神策军诸道兵马等使,封渤海郡王,为部将毕师铎所害。诗一卷。

言怀

恨乏平戎策,惭登拜将坛。手持金钺冷,身挂铁衣寒。主圣扶持易,恩深报效难。三边犹未静,何敢便休官。

寄鄂杜李遂良处士

小隐堪忘世上情,可能休梦入重城。池边写字师前辈,座右题铭律后生。吟社客归秦渡晚,醉乡渔去渼陂晴。春来不得山中信,尽日无人傍水行。

和王昭符进士赠洞庭赵先生

为爱君山景最灵,角冠秋礼一坛星。药将鸡犬云间试,琴许鱼龙月下听。自要乘风随羽客,谁同种玉验仙经。烟霞淡泊一作寂寞无人到,唯有渔翁过洞庭。

依韵奉酬李迪

柳下官资颜子居,闲情入骨若为除。诗成斩将奇难敌,酒熟封侯快未如。只见丝纶终日降,不知功业是谁书?而今共饮醇滋味,消得揶揄势利疏。

留别彰德军从事范校书

无金寄与白头亲,节概犹夸似古人。未出

尘埃真落魄,不趋权势正因循。桂攀明月曾观国,蓬转西风却问津。匹马东归羡知己,燕王台上结交新。

途次内黄马病,寄僧舍呈诸友人

官闲马病客深秋,肯学张衡咏四愁。红叶寺多诗景致,白衣人尽酒交游。依违讽刺因行得,淡泊供需不在求。好与高阳结吟社,况无名迹达珠旒。

遣兴

浮世忙忙蚁子群,莫嗔头上雪纷纷。沈忧万种与千种,行乐十分无一分。越外险巇防俗事,就中拘检信人文。醉乡日月终须觅,去作先生号白云。

南海神祠

沧溟八千里,今古畏波涛。此日征南将,安然渡万艘。

送春

水浅鱼争跃,花深鸟竞啼。春光看欲尽,判却醉如泥。

海翻

几经人事变,又见海涛翻。徒起如山浪,何曾洗至冤?

筇竹杖寄僧

坚轻筇竹杖,一枝有九节。寄与沃洲人—作僧,闲步青山月。

遣兴

把盏非怜酒,持竿不为鱼。唯应嵇叔夜,似我性慵疏。

叹征人

心坚胆壮箭头亲,十载沙场受苦辛。力尽路傍行不得,广张红旆是何人。

湘妃庙

帝舜南巡去不还,二妃幽怨水云间。当时珠泪垂多少,直到如今竹尚斑。

赴安南却寄台司

曾驱万马上天—作静江山,风去云回顷刻间。今日海门南面事,莫教还似凤林关。

闺怨

人世悲欢不可知,夫君初破黑山归。如今又献征南策,早晚催缝带号衣。

马嵬驿

玉颜虽掩马嵬尘,冤气和烟销渭津。蝉鬓不随銮驾去,至今空感往来人。

宴犒蕃军有感

蜀地恩留马嵬哭,烟雨蒙蒙春草绿。满眼由来是旧人,那堪更奏梁州曲。

寓怀

关山万里恨难销,铁马金鞭出塞遥。为问昔时青海畔,几人归到凤林桥。

步虚词

青溪道士人不识,上天下天—作地鹤一只。洞门深锁碧窗寒,滴露研朱点周易。

赠歌者二首

酒满金船花满枝,佳人立唱惨愁眉。一声直入青云去,多少悲欢起此时。—作酒满金尊花满枝,双蛾齐唱鹧鸪词。清声揭入云间去,驻得春风花落迟。

公子邀欢月满楼,双成—作佳人揭调唱伊州。便从席上风沙—作秋风起,直到阳—作萧关水尽头。

入蜀

万水千山音信希,空劳魂梦到京畿。漫天岭上频回首,不见虞封泪满衣。

边城听角

席箕风起雁声秋,陇水边沙满目愁。三会五更欲吹尽,不知凡白几人头。

渭川秋望寄右军王特进

长川终日碧潺湲,知道天河与地连。凭寄两行朝阙泪,愿随流入御沟泉。

山亭夏日

绿树阴浓夏日长,楼台倒影入池塘。水精帘动微风起,满架蔷薇一院香。

蜀路感怀

蜀山苍翠陇云愁,銮驾西巡陷几州。唯有萦回深涧水,潺湲不改旧时流。

残春遣兴

画舸轻桡柳色新,摩诃池上醉青春。不辞不为青春醉,只恐莺花也怪人。

春日招宾

花枝如火酒如饧,正好狂歌醉复醒。对酒看花何处好,延和阁下碧筠亭。

过天威径

豺狼坑尽却朝天,战马休嘶瘴岭烟。归路崄巇今坦荡,一条千里直如弦。

对花呈幕中

海棠初发去春枝,首唱曾题七字诗。今日能来花下饮,不辞频把使头旗。

寄题罗浮别业

不将真性染埃尘,为有烟霞伴此身。带日—作月长江好归信—作去,博罗山下碧桃春。

塞上曲二首

二年边戍—作塞绝烟尘,一曲河湾万恨新。从此凤林关外事,不知谁是苦心人?

陇上征夫陇下魂,死生同恨汉将军。不知万里沙场苦,空举平安火入云。

广陵宴次戏简幕宾

一曲狂歌酒百分,蛾眉画出月争新。将军醉罢无余事,乱把花枝折赠人。

安南送曹别敕归朝

云水苍茫日欲收,野烟深处鹧鸪愁。知君万里朝天去,为说征南已五秋。

对雪

六出飞花入户时,坐看青—作修竹变琼枝。如今—作逡巡好上高楼望—作看,盖尽人间恶路岐。

访隐者不遇

落花流水认天台,半醉闲吟独自来。惆怅仙翁何处去,满庭红杏碧桃开。

赴西川途经虢县作

亚夫重过柳营门,路指岷峨隔暮云。红额少年遮道拜,殷勤认得旧将军。

锦城写望

蜀江波影碧悠悠,四望烟花匝郡楼。不会人家多少锦,春来尽挂树梢头。

太公庙

青山长在境长新,寂寞持竿一水滨。及得王师身已老,不知辛苦为何人。

边方春兴

草色青青柳色浓,玉壶倾酒满金钟。笙歌嘹亮随风去,知尽关山第几重。

塞上寄家兄

棣萼分张信使希,几多乡泪湿征衣。笳声未断肠先断,万里胡天鸟不飞。

写怀二首

渔竿消日酒消愁,一醉忘情万事休。却恨韩彭兴汉室,功成不向五湖游。

花满西园月满池,笙歌摇曳画船移。如今暗与心相约,不动征旗动酒旗。

池上送春

持竿闲坐思沉吟,钓得江鳞出碧浔。回首

看花花欲尽，可怜寥落送春心。

南征叙怀

万里驱兵过海门，此生今日报君恩。回期直待烽烟静，不遣征衣有泪痕。

风筝—作题风筝寄意

夜静弦声响碧空，宫商信任往来风。依稀似曲才堪听，又被移将—作风吹别调中。

平流园席上

画舸摇烟水满塘，柳丝轻软小桃香。却缘龙节为萦绊，好是狂时不得狂。

闻河中王铎加都统

炼汞烧铅四十年，至今犹在药炉前。不知子晋缘何事，只学吹箫便得仙。

句

人间无限伤心事，不得尊前折一枝。

满宫多少承恩者，似有容华妾也无。

满身珠翠将何用，唯与豪家拂象床。

何人种得西施花，千古春风开不尽。以上见《桂苑丛谈》。

全唐诗卷五百九十九

于濆

于濆,字子漪,咸通进士,终泗州判官。诗一卷。

青楼曲

青楼临大道,一上一回老。所思终不来,极目伤春草。

塞下曲

紫塞晓屯兵,黄沙披甲卧—作赤子别父母,犬戎逼逻娑。战鼓声未齐,乌鸢已相贺。燕然山上云,半是离乡魂。卫霍待—作徒富贵,岂能无—作清乾坤—作不知谁与论。

山村晓思

开门省禾黍,邻翁水头住。今朝南涧波,昨夜西川雨。牧童披短蓑,腰笛期烟渚。不问水边人,骑牛傍山去。

马嵬驿

常经马嵬驿,见说坡前客。一从屠贵妃,生女愁倾国,是日芙蓉花,不如秋草色。当时嫁匹夫,不妨得头白。

苦辛—作辛苦吟

垄上扶犁儿,手种腹长饥。窗下抛—作前掷梭女,手织身无衣。我愿燕赵姝,化为嫫母姿。一笑不值钱—作金,自然家国肥。

野蚕

野蚕食青桑,吐丝亦成茧。无功及生人,何异偷饱暖。我愿均尔丝,化为寒者衣。

秦原览古

耕者戮力地,龙虎曾角逐。火德道将亨,夜逢蛇母哭。昔日望夷宫,是处寻桑谷。汉祖竟为龙,赵高徒指鹿。当时行路人,已合伤心目。汉祚又千年,秦原草还绿。

古宴曲

雉扇合蓬莱,朝车回紫陌。重门集嘶马,言宴金张宅。燕娥奉厄酒,低鬟若无力。十户手胼胝,凤凰钗一只。高楼齐下视,日照罗衣一作绮色。笑指负薪人,不信生中国。

南越谣

迢迢东南天,巨浸无津壖。雄风卷昏雾,干戈满楼船。此时尉佗心,儿童待幽燕。三寸陆贾舌,万里汉山川。若令交趾货,尽生虞芮田。天意苟如此,遐人谁肯怜?

述己叹

不长不成人,及长老逼身。履善本求乐,及善尤苦辛。如何幽并儿,一箭取功勋。

辽阳行

辽阳在何处,妾欲随君去。义合齐死生,本不夸机杼。谁能守空闺,虚问辽阳路。

旅馆秋思

旅馆坐孤寂,出门成苦吟。何事觉归晚,黄花秋意深。寒蝶恋衰草,轸我离乡心。更见庭前树,南枝巢宿禽。

长城

秦皇岂无德,蒙氏非不武。岂将版筑功,万里遮胡虏。团沙世所难,作垒明知苦。死者倍堪伤,僵尸犹抱杵。十年居上郡,四海谁为主。纵使骨为尘,冤名不入土。

田翁叹 一本下有桑字

手植千树桑,文杏作中梁。频年徭役重,尽属富家郎。富家田业广,用此买金章。昨日门前过,轩车满垂杨。归来说向家,儿孙竟咨嗟。不见千树桑,一浦芙蓉花。

沙场夜

城上更声发,城下杵声歇。征人烧断蓬,对泣沙中月。耕牛朝锉甲,战马夜衔铁。士卒浣戎衣,交河水为血。轻装两都客,洞房愁宿别。何况远辞家,生死犹未决。

里中女

吾闻池中鱼,不识海水深。吾闻桑下女,不识华堂阴。贫窗苦机杼,富家鸣杵砧。天与双明眸,只教识蒿簪。徒惜越娃貌,亦蕴韩娥音。珠玉不到眼,遂无奢侈心。岂知赵飞燕,满髻钗黄金。

寒食

二月野中芳,凡花亦能香。素娥哭新冢,樵柯鸣柔桑。田父引黄犬,寻狐上高冈。坟前呼犬归,不知头似霜。

边游录戍卒言

二十属卢龙,三十防沙漠。平生爱功业,不觉从军恶。今来客鬓改,知学弯弓错。赤肉痛金疮,他人成卫霍。目断望君门,君门苦寥廓。

古征战

高峰凌青冥,深穴万丈坑。皇天自山谷,焉得人心平。齐鲁足兵甲,燕赵多娉婷。仍闻丽水中,日日黄金生。苟非夷齐心,岂得无战争。

山村叟

古凿岩居人,一廛称有产。虽沾巾覆形,不及贵门犬。驱牛耕白石,课女经黄茧。岁暮霜霰浓,画楼人饱暖。

戍客南归

北别黄榆塞,南归白云乡。孤舟下彭蠡,楚月沈沧浪。为子惜功名,满身刀箭疮。莫渡汨罗水,回君忠孝肠。

经馆娃宫

馆娃宫畔顾,国变生娇妒。勾践胆未尝,夫差心已误。吴亡甘已矣一作昔谁在,越胜今何处?当时二国君,一种江边墓。

村居晏起

村舍少闻事,日高犹闭关。起来花满地,戴胜鸣桑间。居安即永业,何者为故山?朱门与蓬户,六十头尽斑。

感怀

采薇易为山,何必登首阳?濯缨易为水,何必泛沧浪?贵崇已难慕,谄笑何所长?东堂桂欲空,犹有收萤光。

金谷感怀 一作怀古

黄金骄石崇,与晋争国力。更欲住人间,一日买不得。行为忠信主,身是文章宅。四者俱不闻,空传堕楼客。

恨从军

不嫁白衫儿,爱君新紫衣。早知遽相别,何用假光辉?已闻都万骑,又道出重围。一轴金装字,致君终不归。

烧金曲

天寿畏不永,烧金希长年。积土培枯根,自谓松柏坚。南陌试腰衰,西楼歌婵娟。岂知蔓草中,日日开夜泉。

子从军

男作乡中丁,女作乡男妇。南村与北里,日日见父母。岂似从军儿,一去便白首。何当铸剑戟,尽得丁男力。

越溪女

会稽山上云,化作越溪人。枉破吴王国,徒为西子身。江边浣纱伴,黄金扼双腕。倏忽不相期,思倾赵飞燕,妾家基业薄,空有如花面。嫁尽绿窗人,独自盘金线。

巫山高

何山无朝云,彼云亦悠扬。何山无暮雨,彼雨亦苍茫。宋玉恃才子,凭虚构高唐。自垂文赋名,荒淫归楚襄。峨峨十二峰,永作妖鬼乡。

织素谣

贫女苦筋力,缲丝夜夜织。万梭为一素,世重韩娥色。五侯初买笑,建章方落籍。一曲古凉州,六亲长血食。劝尔画长眉,学歌饱亲戚。

拟古讽

洛阳大道傍,甲第何深邃。南亩无一尘,东园有余地。春溪化桃李,秋沼生荷芰。草木本无情,此时如有为。旱苗当垄死,流水资嘉致。余心甘至愚,不会皇天意。

赠太行开路者

手劚太行山,心齐太行巅。劚尽太行险,君心更摩天。何如回苦辛,自凿东皋田。

戍卒伤春

连年戍边塞,过却芳菲节。东风气力尽,不灭阴山雪。萧条柳一株,南枝叶微发。为带故乡情,依依藉攀折。晚风吹碛沙,夜泪啼乡月。凌烟阁上人,未必皆忠烈。

富农诗

濆寓居尧山南六十里,里有富农,得氏琅琊,人指其貌,此多藏者也。积粟万庚,马牛无算,血属星居于里土,生不遗,死不赠,环顾妻孥,意与天地等。故作是诗,用广知者。

长闻乡人语,此家胜良贾。骨肉化饥魂,仓中有饱鼠。青春满桑柘,旦夕鸣机杼。秋风一夜来,累累闻砧杵。西邻有原宪,蓬蒿绕环堵。自乐固穷心,天意在何处?当门见堆 一作稚子,已作桑田主。安得四海中,尽为虞芮土。

早发

绿野含曙光,东北云如茜。栖鸦林际起,落月水中见。此身何自苦,日日凌霜霰。流苏帐里人,犹在阳台畔。

季夏逢朝客

浐水桃李熟,杜曲芙蓉老。九天休沐归,腰玉垂杨道。避路回绮罗,迎风嘶骥衰。岂知山谷中,日日吹瑶草。

陇头水 一作吟

行人何彷徨,陇头水鸣咽。寒沙战鬼愁,白骨风霜切。薄日朦胧秋,怨气阴云结。杀成边将名,名著生灵灭。

古别离

入室少情意,出门多路岐。黄鹤有归日,荡子无还时。人谁无分命,妾身何太奇!君为东南风,妾作西北枝。青楼邻里妇,终年画长眉。自倚对良匹,笑妾空罗帏。

郎本东家儿,妾本西家女。对门中道间,终谓无离阻。岂知中道间,遣作空闺主。自是爱封侯,非关备胡虏。知子去从军,何处无良人?

拟古意

白玉若无玷,花颜须及时。国色久在室,良媒亦生疑。鸦鬟未成髻,鸾镜徒相知。翻惭效颦者,却笑从人迟。

陇头吟 一作水

借问陇头水,终年恨何事。深疑呜咽声,中有征人泪。自古蕴长策,况我非才智。无计

谢潺湲,一宵空不寐。后四句一作昨日上山下,达曙不能寐。何处接长波,东流入清渭。

思归引

不耕南亩田,为一作误爱东堂桂。身同树上花,一落又经岁。交亲日相薄,知己恩潜替。日开十二门,自是无归计。

秦富人

高高起华堂,远远引流水。粪土视金珍,犹嫌未奢侈。陋巷满蓬蒿,谁怜有颜子?

对花 一作武瓘诗,题云感事。

花开蝶满枝,花落蝶还稀。惟有旧巢燕,主人贫亦归。

宫怨

妾家望江口,少年家财厚。临江起珠楼,不卖文君酒。当年乐贞独,巢燕时为友。父兄未许人,畏妾事姑舅。西墙邻宋玉,窥见妾眉宇。一旦及天聪,恩光生户牖。谓言入汉宫,富贵可长久。君王纵有情,不奈陈皇后。谁怜颊似桃,孰知腰胜柳?今日在长门,从来不如丑。

全唐诗卷六百

牛徵

牛徵,丛之子,僧孺之孙,登咸通二年进士第。诗一首。

登越王楼即事

危楼送远目,信美奈乡情。转岸孤舟疾,衔山落照明。萧条看草色,惆怅认江声。谁会登临恨,从军白发生。

伊璠

伊璠,咸通四年登进士第,为泾阳令。诗一首。

及第后寄梁烛处士

绣毂寻芳许史家,独将羁事达江沙。十年辛苦一枝桂,二月艳阳千树花。鹏化四溟归碧落,鹤栖三岛接青霞。同袍不得同游玩,今对春风日又斜。

萧遘

萧遘,徐国公嵩之四代孙。咸通五年登进士第。僖宗幸蜀,拜相,后为伪燊所污,赐死。诗三首。

春诗

南国韶光早,春风送腊来。水堤烟报柳,山寺雪惊梅。练色铺江晚,潮声逐渚回。青旗问沽酒,何处拨寒醅?

和王侍中谒张恶子庙

青骨祀吴谁让德,紫华居越亦知名。未闻一剑传唐主,长拥千山护蜀城。斩马威棱应扫荡,截蛟锋刃俟升平。郑侯为国亲箫鼓,堂上神筹更布兵。

成都

月晓已开花市合,江平偏见竹箄多。好教载取芳菲树,剩照岷天瑟瑟波。

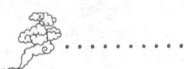

句

吾家九叶相，尽继明时出。与子三儿生日。《困学纪闻》。

韦承贻

韦承贻，字贻之，咸通八年登第。诗二首。

策试夜潜纪长句于都堂西南隅

褒衣博带满尘埃，独自都堂纳卷回。蓬巷几时闻吉语，棘篱何日免重来。三条烛尽钟初动，九转丹成鼎未开。残月渐低人扰扰，不知谁是谪仙才？

白莲千朵照廊明，一片升平雅颂声。才唱第三条烛尽，南宫风月画难成。此首一作薛能诗。

郑洪业

郑洪业，咸通八年第一人擢第。诗一首。

诏放云南子弟还国

德被陪臣子，仁垂圣主恩。雕题辞凤阙，丹服出金门。有泽沾殊俗，无征及犷狲。铜梁分汉土，玉垒贺鸾轩。瘴岭蚕丛盛，巴江越巂垠。万方同感化，岂独自南蕃？

孙纬

孙纬，咸通八年宏词登科。诗一首。

中秋夜思郑延美有作

中秋中夜月，世说慑妖精。顾兔云初蔽，长蛇谁与勋？未追良友玩，安用玉轮盈？此意人谁喻，裁诗穿禁城。

欧阳玭

欧阳玭，衮之子。咸通十年擢进士第，官书记。诗五首。

清晓卷帘

清晓意未惬，卷帘时一吟。槛虚花气密，地暖竹声深。秀色还朝暮，浮云自古今。石泉惊已跃，会可洗幽心。

巴陵

孤城向夕原，春入景初暄。绿树低官舍，青山在县门。楼台疑结蜃，枕席更闻猿。客路何曾定，栖迟欲断魂。

榆溪道上

初日在斜溪，山云片片低。乡愁梦里失，马色望中迷。涧底凄泉气，岩前遍绿荑。非关秦塞去，无事候晨鸡。

新岭临眺寄连总进士

关势遥临海，峰峦半入云。烟中独鸟下，潭上杂花熏。寄远悲春草，登临忆使君。此时还极目，离思更纷纷。

幽轩

幽轩斜映山，空涧复潺潺。重叠岩峦趣，遥来窗户间。桃花飘岫幌，燕子语松关。衣桁侵池翠，阳痕露藓斑。临风清瑟奏，对客白云闲。眷恋青春色，含毫俯碧湾。

张演

张演，咸通十三年及第。诗一首。

社日村居一作王驾诗

鹅湖山下稻粱肥，豚阱鸡栖一作埘对一作半掩扉。桑柘影斜春社散，家家扶得醉人归。

裴澈

裴澈，登咸通进士弟。僖宗朝，拜相，以拥立伪煴诛。诗一首。

吊孟昌图

一章何罪死何名，投水惟君与屈平。从此蜀江烟月夜，杜鹃应作两般声。

翁绶

翁绶，登咸通进士第。诗八首。

婕妤怨

逸谤潜来起百忧,朝承恩宠暮仇雠。火烧白玉非因玷,霜剪红兰不待秋。花落昭阳谁共辇,月明长信独登楼。繁华事逐东流水,团扇悲歌万古愁。

陇头吟

陇头潺湲陇树黄,征人陇上尽思乡。马嘶斜日朔风急,雁过寒云边思长。残月出林明剑戟,平沙隔水见牛羊。横行俱是封侯者,谁斩楼兰献未央?

关山月

裴回汉月满边州,照尽天涯到陇头。影转银河寰海静,光分玉塞古今愁。笳吹远戍孤烽灭,雁下平沙万里秋。况是故园摇落夜,那堪少妇独登楼。

雨雪曲

边声四合殷河流,雨雪飞来遍陇头。铁岭深入迷鸟道,阴山飞将湿貂裘。斜飘旌旆过戎帐,半杂风沙入戍楼。一自塞垣无李蔡,何人为解北门忧?

行路难

行路艰难不复歌,故人荣达我蹉跎。双轮晚上铜台雪,一叶春浮瘴海波。自古要津皆若比,方今失路欲如何?君看西汉翟丞相,凤沼朝辞暮雀罗。

折杨柳

紫陌金堤映绮罗,游人处处动离歌。阴移古戍迷芳—作荒草,花带残阳落远波。台上少年吹白雪,楼中思妇敛青蛾。殷勤攀折赠行客,此去关山雨雪多。

永酒

逃暑迎春复送秋,无非绿蚁满杯浮。百年莫惜千回醉,一盏能消万古愁。几为芳菲眠细草,曾因雨雪上高楼。平生名利关身者,不识狂歌到白头。

白马

渥洼龙种雪霜同,毛骨天生胆气雄。金埒乍调光照地,玉关初别远嘶风。花明锦韂垂杨下,露湿朱缨细草中。一夜羽书催转战,紫髯骑出佩骍弓。

句

海国欧乡浙水东,暂烦良守此凭熊。见《事文类聚》。

潘纬

潘纬,湘南人,登咸通进士第。诗二首。

中秋月

古今逢此夜,共冀泬瀥明。岂是月华别,只应秋气清。影当中土正,轮对八荒平。寻客徒留望,璇玑自有程。

琴

客来鸣素琴,惆怅对遗音。一曲起于古,几人听到今。尽含—作书寒风霭远,自—作日泛月烟深。风—作凤续水山操,坐生方外心。

句

篆经千古涩,影泻一堂寒。古镜。见《吟窗杂录》。

武瓘

武瓘,贵池人,登咸通进士第,为益阳令。诗三首。

九日卫使君筵上作

佳晨登赏喜还乡,谢宇开筵晚兴长。满眼黄花初泛酒,隔烟红树欲迎霜。千家门户笙歌发,十里江山白鸟翔。共贺安人丰乐岁,幸陪珠履侍银章。

劝酒

劝君金屈卮,满酌不须辞。花发多风雨,人生足别离。

感事——作于渍诗,题云对花

花开蝶满枝,花谢蝶还稀。惟有旧巢燕,主人贫亦归。

袁皓

袁皓,宜春人,登咸通进士第。僖宗狩蜀,擢仓部员外郎。龙纪中,为集贤殿图书使,自称碧池处士。《碧池书》三十卷,今存诗四首。

重归宜春偶成十六韵寄朝中知己

水香甘似醴,知是入袁溪。黄竹成丛密,青萝夹岸低。暖流瀺鹬戏,深树鹍鸪啼。黄犬惊迎客,青牛困卧泥。有村皆绩纺,无地不耕犁。乡曲多耆旧,逢迎尽杖藜。殷勤倾白酒,相劝有黄鸡。归老官知忝,还乡路不迷。直言干忌讳,权路耻依栖。拙学趋时态,闲思与牧齐。稻粮饶燕雀,江海溢凫鹥。昔共逢离乱,今来息鼓鼙。恩仁沾品物,教化及雕题。上贡贞元录,曾叨宠记批。何须归紫禁,便是到丹梯。珍重长安道,从今息马嘶。

及第后作

金榜高悬姓字真,分明折得一枝春。蓬瀛乍接神仙侣,江海回思耕钓人。九万抟扶排羽翼,十年辛苦涉风尘。升平时节逢公道,不觉龙门是崄津。

重归宜春经过萍川题梵林寺

梵林遗址在松萝,四十年来两度过。泸水东奔彭蠡浪,萍川西注洞庭波。村烟不改居人换,官路无穷行客多。拖紫腰金成底事,凭阑惆怅欲如何。

寄岳阳严使君

得意东归过岳阳,桂枝香惹蕊珠香。也知暮雨生巫峡,争奈朝云属楚王。万恨只凭期赳手,寸心唯系别离肠。南亭宴罢笙歌散,回首烟波路渺茫。

公乘亿

公乘亿,字寿仙,魏人。咸通末,登进士第,为魏博节度使乐彦祯从事,加授侍郎。诗一卷,今存四首。

赋得郎官上应列宿

北极仁文昌,南宫晓拜郎。紫泥乘帝泽,银印佩天光。纬结三台侧,钩连四辅旁。佐商依傅说,仕汉笑冯唐。委佩摇秋色,峨冠带晚霜。自然符列象,千古耀岩廊。

春风扇微和

丽日催迟景,和风扇早春。暖浮丹凤阙,韶媚黑龙津。澹荡迎仙杖,霏微送画轮。绿摇宫柳散,红待禁花新。舞席潜回雪,歌筵暗起尘。幸当阳候律,一顾及佳晨。

赋得秋菊有佳色

陶令篱边菊,秋来色转佳。翠攒千片叶,金剪一枝花。蕊逐峰须乱,英随蝶翅斜。带香飘绿绮,呼酒上乌纱。散漫摇霜彩,娇妍漏日华。芳菲彭泽见,更称在谁家。

赋得临江迟来客

江上晚沈沈,烟波一望深。向来殊未至,何处拟相寻?柳结重重眼,萍翻寸寸心。暮山期共眺,寒渚待同临。北去鱼无信,南飞雁绝音。思君不可见,使我独愁吟。

句

十上十年皆落第,一家一半已成尘。见《摭言》。

王季文

王季文,字宗素,池阳人。少居九华,遇异人,授九仙飞化之术。咸通中,登进士第,授秘书郎,寻谢病归九华,日一浴于山之龙潭,寒暑不渝,竟仙去。诗二首。

九华山谣

九华峥嵘占南陆,莲花擢本山半腹。翠屏

横截万里天,瀑水落深千丈玉。云梯石磴入杳冥,俯看四极如中庭。丹崖压下庐霍势,白日隐出牛斗星。杉松一岁抽数尺,琼草贪缘秀层壁。南风拂晓烟雾开,满山葱茜铺鲜碧。雷霆往往从地发,龙卧豹藏安可别。峻极遥看戛昊苍,挺生岂得无才杰。神仙惮险莫敢登,驭风驾鹤循丘陵。阳乌不见峰顶树,大火尚结岩中冰。灵光爽气曛复旭,晴天倒影西江渌。具区彭蠡夹两旁,正可别作一作岳当少阳。

青出蓝

芳蓝滋匹帛,人力半天经。浸润加新气,光辉胜本青。还同冰出水,不共草为萤。翻覆依襟上,偏知造化灵。

卢骈

卢骈,咸通进士,官员外。诗一首。

题青龙精舍

寿夭虽云命,荣枯亦大偏。不知雷氏剑,何处更冲天。

王镣

王镣,登咸通进士第,累官汝州刺史。乾符中,贬韶州司马,终太子宾客。诗一首。

感事

击石易得火,扣人难动心。今日朱门者,曾恨朱门深。

李拯

李拯,字昌时,陇西人,咸通中登第。僖宗朝,累官考功郎、知制诰。伪煌僭号,逼为翰林学士。煌败,为乱兵所杀。诗一首。

退朝望终南山

紫宸朝罢缀鸳鸾,丹凤楼前驻马看。惟有终南山色在,晴明依旧满长安。

顾封人

顾封人,咸通中进士。诗一首。

月中桂树

芬馥天边桂,扶疏在月中。能齐大椿长,不与小山同。皎皎舒华色,亭亭丽碧空。亏盈宁委露,摇落不关风。岁晚花应发,春余质讵丰。无因遂攀赏,徒欲望青葱。

司马都

司马都,咸通进士。诗二首。

和陆鲁望白菊

耻共金英一例开,素芳须待早霜催。绕篱看见成瑶圃,泛酒须迷傍玉怀。映水好将蘋作伴,犯寒疑与雪为媒。夫君每尚风流事,应为徐妃致此栽。

送羊振文先辈往桂阳归觐

此去欢荣冠士林,离筵休恨酒杯深。云梯万仞初高步,月桂余香尚满襟。鸣棹晓冲苍霭发,落帆寒动白华吟。君家祖德惟清苦,却笑当时问绢心。

全唐诗卷六百一

李昌符

李昌符,字岩梦,咸通四年,登进士第,历尚书郎、膳部员外郎。诗一卷。

书边事—作边行书事,一作塞上行

朔野烟尘起,天军又举戈。阴风向晚急,杀气入秋多—作莽苍芦关北,孤城帐幕多。客军甘入阵,老将望回戈。树尽禽栖草,冰坚路在河。汾阳无继者—作寻下世,羌虏肯先和。

远归别墅—作秋晚归故居

马省曾行处,连嘶渡晚河。忽惊乡树出,渐识路人多。细径穿禾黍,颓垣压薜萝。乍归犹似客,邻叟亦相过。

题友人屋

松底诗人宅,闲门远岫孤。数家分小径,一水截平芜。竹节偶相对,鸟名多自呼。爱君真静者,欲去又踟蹰。

赠同游

此来风雨后,已觉减年华。若待皆无事,应难更有花。管弦临夜急,榆柳向江斜。且莫看归路,同须醉酒家。

送人出塞

北风吹雨雪,举目已凄凄。战鬼秋频哭,征鸿夜不栖。沙平关路直,碛广郡楼低。此去非东鲁,人多事鼓鼙。

寻僧元皎因赠

此生迷有著,因病得寻师。话尽山中事,归当月上时。高松连寺影,亚竹入窗枝。闲忆草堂路,相逢非素期。

下第后蒙侍郎示意指于新先辈宣恩感谢

才薄命如此,自嗟兼自疑。遭逢好文日,黜落至公时。倚玉甘无路,穿杨却未期。更惭君侍坐,问许可言诗。

夜泊渭津

漂漂东去客,一宿渭城边。远处星垂岸,中流月满船。凉归夜深簟,秋入雨余天。渐觉家山小,残程尚几年。

晚夏逢友人

一别同袍友,相思已十年。长安多在客,久病忽闻蝉。骤雨才沾地,阴云不遍天。微凉堪话旧,移榻晚风前。

秋中夜坐

空庭吟坐久,爽气入荷衣。病叶先秋落,惊禽背月飞。瘴云晴未散,戍客老将依。为应金门策,多应说战机。

旅游伤春

酒醒乡关远,迢迢听漏终。曙分林影外,春尽雨声中。鸟思一作倦江村路,花残野岸风。十年成底事,赢马倦西东。

得远书

故人居谪宦,今日一书来。良久惊兼喜,殷勤卷一作读更开。瘴云沉去雁,江雨促新梅。满纸殊乡泪,非一作沉冤不可哀。

赠同席

四座列吾友,满园花照衣。一生知几度,后到拟先归。急管侵诸乐,严城送落晖。当欢莫离席,离席却欢稀。

赠供奉僧玄观

自得曹溪法,诸经更不看。已降禅侣久,兼作帝师难。夜木侵檐黑,秋灯照雨寒。如何嫌有著,一念在林峦。

送琴客

楚客抱离思,蜀琴留恨声。坐来新一作看月上一作落,听久觉秋生。夜静骚人语,天高别鹤鸣。因君兴一叹,竟夕意一作亦难平。

别谪者

此地闻犹恶,人言是所之。一家书绝久,孤驿梦成迟。八月三湘道,闻猿冒雨时。不须祠楚相,臣节转堪疑。

行思

千里岂云去,欲归如路穷。人间无暇日,马上又秋风。破月衔高岳,流星拂晓空。此时皆在梦,行色独匆匆。

感怀题从舅宅

郗家庭树下,几度醉春风。今日花还发,当时事不同。流言应未息,直道竟难通。徒遣相思者,悲歌向暮空。

与友人会

蝉吟槐蕊落,的的是愁端。病觉离家远,贫知处事难。真交无所隐,深语有余欢。未必闻歌吹,羁心得暂宽。

赠春游侣第七句缺一字

密林多暗香,轻吹送余芳。啼鸟愁春尽,游人喜日长。浮云横暮色,新雨洗韶光。欲散垂□恨,应须入醉乡。

送人游边

愁指萧关外,风沙入远程。马行初有迹,雨落竟无声。地理全归汉,天威不在兵。西京逢故老,暗喜复时平。

寄栖白上人

剪发兼成隐,将心更属文。无惭对豪客,不拜谒吾君。画壁惟泉石,经窗半典坟。归林幽鸟狎,乞食病僧分。默坐终清夜,凝思念碧云。相逢应未卜,余正走嚣氛。

送人入新罗使

鸡林君欲去,立册付星轺。越海程难计,征帆影自飘。望乡当落日,怀阙羡回潮。宿雾蒙青嶂,惊波荡碧霄。春生阳气早,天接祖州遥。愁约三年外,相迎上石桥。

咏铁马鞭并引

铁马鞭,长庆二年义成军节度使曹华进献,且曰:

"得之汴水,有字刻云:'贞观四年尉迟敬德'字尚在。"

　　汉将临流得铁鞭,鄂侯名字旧雕镌。须为圣代无双物,肯逐将军卧九泉。汗马不侵诛虏血,神功今见补亡篇。时来终荐明君用,莫叹沉埋二百年。

送友人

　　举世谁能与事期,解携多是正欢时。人间不遣有名利,陌上始应无别离。晚渡待船愁立久,乱山投店独行迟。我今漂泊还如此,江剑相逢亦未知。

南潭

　　匝岸青芜掩古苔,面山亭树枕潭开。有时弦管收筵促,无数凫鹥逆浪来。路入龙祠群木老,风惊渔艇一声回。人传郭恽多游此,谁见当初泛玉杯?

秋夜作

　　数亩池塘近杜陵,秋天寂寞夜云凝。芙蓉叶上三更雨,蟋蟀声中一点灯。迹避险巇翻失路,心归闲淡不因僧。既逢上国陈诗日,长守林泉亦无能。

客恨

　　古原南北旧萧疏,高木风多小雪余。半夜病吟人寝后,百年闲事酒醒初。频招兄弟同佳节,已有兵戈隔远书。肥马王孙定相笑,不知岐路厌樵渔。

三月尽日

　　江头从此管弦稀,散尽游人独未归。落日已将春色去,残花应逐夜风飞。

绿珠咏

　　洛阳佳丽与芳华,金谷园中见百花。谁遣当年坠楼死,无人巧笑破孙家。

赠别

　　又将书剑出孤舟,尽日停桡结远愁。莫道一作到江波一作头话离别,江波一去不回流。

闷书

　　病来难处早秋天,一径无人树有蝉。归计未成书半卷,中宵多梦昼多眠。

伤春

　　即是春风尽,仍沾夜雨归。明朝更来此,兼恐落花稀。

登临洮望萧关

　　渐觉风沙暗,萧关欲到时。儿童能探火,妇女解缝旗。川少衔鱼鹭,林多带箭麋。暂来戎马地,不敢苦吟诗。

全唐诗卷六百二

汪遵—作王遒

汪遵,宣城人,幼为县吏,后辞役就贡。咸通七年,登进士第。诗一卷。

彭泽

鹤爱孤松云爱山,宦情微禄免相关。栽成五柳吟归去,漉酒巾边伴菊闲。

杜邮馆

杀尽降兵热血流,一心犹自逞戈矛。功成若解求身退,岂得将军死杜邮!

细腰宫

鼓声连日烛连宵,贪向春风舞细腰。争奈君王正沈醉,秦兵江上促征桡。

瑶台

仙梦香魂不久留,满川云雨满宫愁。直须待到荆王死,始向瑶台一处游。

吴坂

踠跼盐车万里蹄,忽逢良鉴始能嘶。不缘伯乐称奇骨,几与驽骀价一齐。

箕山

薄世临流洗耳尘,便归云洞任天真。一瓢风入犹嫌闹,何况人间万种人。

息国

家国兴亡身独存,玉容还受楚王恩。衔冤只合甘先死,何待花间不肯言!

梁寺

立国从来为战功,一朝何事却谈空。台城兵匝无人敌,闲卧高僧满梵宫。

南阳

陆困泥蟠未适从,岂妨耕稼隐高踪。若非先主垂三顾,谁识茅庐一卧龙?

杞梁墓
一叫长城万仞摧,杞梁遗骨逐妻回。南邻北里皆孀妇,谁解坚心继此来?

夷门
晋鄙兵回为重难,秦师收斾亦西还。今来不是无朱亥,谁降轩车问抱关?

汴河
隋皇意欲泛龙舟,千里昆仑水别流。还待春风锦帆暖,柳阴相送到迷楼。

燕台
礼士招贤万古名,高台依旧对燕城。如今寂寞无人上,春去秋来草自生。

聊城
刃血攻聊已越年,竟凭儒术罢戈铤。田单漫逞烧牛计,一箭终输鲁仲连。

西河
花貌年年溺水滨,俗传河伯娶生人。自从明宰投巫后,直至如今鬼不神。

密县
百里能将济猛宽,飞蝗不到邑人安。至今闾里逢灾沴,犹祝当时卓长官。

升仙桥
题桥贵欲露先诚,此日人皆笑率情。应讶临邛沽酒客,逢时还作汉公卿。

破陈
猎猎朱旗映彩霞,纷纷白刃入陈家。看看打破东平苑,犹舞庭前玉树花。

白头吟
失却青丝素发生,合欢罗带意全轻。古今人事皆如此,不独文君与马卿。

短歌吟
箭飞乌兔竞东西,贵贱贤愚不梦齐。匣里有琴樽有酒,人间便是武陵溪。

晋河
风引征帆管吹高,晋君张宴俟雄豪。舟人笑指千余客,谁是烟霄六翮毛?

干将墓
橐籥冰箱万古闻,拍灰松地见余坟。应缘神剑飞扬久,水水山山尽是云。

金谷
晋臣荣盛更谁过,常向阶前舞翠娥。香散艳消如一梦,便留风月伴烟萝。

三闾庙
为嫌朝野尽陶陶,不觉官高怨亦高。憔悴莫酬渔父笑,浪交一作教千载咏《离骚》。

易水
匕首空磨事不成,误留龙袂待琴声。斯须却作秦中鬼,青史徒标烈士名。

严陵台
一钓凄凉在杳冥,故人飞诏入山扃。终将宠辱轻轩冕,高卧五云为客星。

淮阴
秦季贤愚混不分,只应漂母识王孙。归荣便累千金赠,为报当时一饭恩。

鸡鸣曲
金距花冠傍舍栖,清晨相叫一声齐。开关自有冯生计,不必天明待汝啼。

采桑妇
为报踟蹰陌上郎,蚕饥日晚妾心忙。本来若爱黄金好,不肯携笼更采桑。

渔父
棹月眠流处处通,绿蓑苇带混元风。灵均说尽孤高事,全与逍遥意不同。

越女
　　玉貌何曾为浣沙,只图勾践献夫差。苏台日夜唯歌舞,不觉干戈犯翠华。

望思台
　　不忧家国任奸臣,骨肉翻为蓦路人。巫蛊事行冤莫雪,九层徒筑见无因。

比干墓
　　国乱时危道不行,忠贤谏死胜谋生。一沉冤骨千年后,垅水虽平恨未平。

郢中
　　莫言白雪少人听,高调都难称俗情。不是楚词询宋玉,巴歌犹掩绕梁声。

北海
　　汉臣曾此作缧囚,茹血衣毛十九秋。鹤发半垂龙节在,不闻青史说封侯。

招屈亭
　　三闾溺处杀怀王,感到荆人尽缟裳。招屈亭边两重恨,远天秋色暮苍苍。

屈祠
　　不肯迂回入醉乡,乍吞忠梗没沧浪。至今祠畔猿啼月,了了犹疑恨楚王。

铜雀台
　　铜雀台成玉座空,短歌长袖尽悲风。不知仙驾归何处,徒遣颦眉望汉宫。

斑竹祠
　　九处烟霞九处昏,一回延首一销魂。因凭直节流红泪,图得千秋见血痕。

题李太尉平泉庄
　　水一作平泉花木好高眠,嵩少纵横满目前。惆怅人间不平事,今朝身在海南边。

战城南
　　风沙刮地塞云愁,平旦交锋晚未休。白骨又沾新战血,青天犹列旧钪头。

延平津
　　三尺晶荧射斗牛,岂随凡手报冤雠。延平一旦为龙处,看取风云布九州。

项亭
　　不修仁德合文明,天道如何拟力争。隔岸故乡归不得,十年空负拔山名。

乌江
　　兵散弓残挫虎威,单枪匹马突重围。英雄去尽羞容在,看却江东不得归。

绿珠
　　大抵花颜最怕秋,南家歌歇北家愁。从来几许如君貌,不肯如君坠玉楼。

升仙桥
　　汉朝卿相尽风云,司马题桥众又闻。何事不如杨得意,解搜贤哲荐明君。

隋柳
　　夹浪分堤万树余,为迎龙舸到江都。君看靖节高眠处,只向衡门种五株。

杨柳
　　亚夫营畔柳蒙蒙,隋主堤边四路通。攀折赠君还有意,翠眉轻嫩怕春风。

桐江
　　光武重兴四海宁,汉臣无不受浮荣。严陵何事轻轩冕,独向桐江钓月明。

招隐
　　罢听泉声看鹿群,丈夫才策合匡君。早携书剑离岩谷,莫待蒲轮辗白云。

陈宫
　　椒宫荒宴竟无疑,倏忽山河尽入隋。留得后庭亡国曲,至今犹与酒家吹。

樊将军庙

玉辇曾经陷楚营,汉皇心怯拟休兵。当时不得将军力,日月须分一半明。

东海

漾舟雪浪映花颜,徐福携将竟不还。同作危时避秦客,此行何似武陵滩。

昭君

汉家天子镇寰瀛,塞北羌胡未罢兵。猛将谋臣徒自贵,蛾眉一笑塞尘清。

五湖

已立平吴霸越功,片帆高扬五湖风。不知战国官荣—作纵横者,谁似陶朱得始终?

渑池

西秦北赵各称高,池上张筵列我曹。何事君王亲击缶,相如有剑可吹毛。

函谷关

脱祸东奔壮气摧,马如飞电谷如雷。当时若不听弹铗,那得关门半夜开。

泳酒二首

九酝松醪一曲歌,本图闲放养天和。后人不识前贤意,破国亡家事甚多。

万事销沈向一杯,竹门哑轧为风开。秋宵睡足芭蕉雨,又是江湖入梦来。

苍颉台

观迹成文代结绳,皇风儒教浩然兴。几人从此休耕钓,吟对长安雪夜灯。

长城

秦筑长城比铁牢,蕃戎不敢过临洮。虽然万里连云际,争及尧阶三尺高。

全唐诗卷六百三

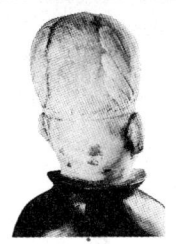

许棠

许棠,字文化,宣州泾县人。咸通十二年,登进士第,授泾县尉,又尝为江宁丞。集一卷,今编诗二卷。

过洞庭湖

惊波常不定,半日鬓堪斑。四顾疑无地,中流忽有山。鸟高—作飞恒—作应畏坠—作堕,帆远却如闲。渔父闲—作时相引,时—作行歌浩渺间。

登渭南县楼

近甸名偏著,登城—作楼景又宽。半空分太华,极目是长安。雪助河流涨—作广,一作急,人耕烧色残。闲来时甚少,欲下重凭栏。

送李频之南陵主簿

赴县是还乡,途程岂觉长。听莺离灞岸,荡桨入陵阳。野蕨生公署,闲云拂印床—作章。晴天调膳外,垂钓有池塘。

写怀

汨没与辛勤,全钟在此身。半生为下客,终老托何人?两鬓关中改,千岩海上春。青云知有路—作非有碍,自是致无因。

过中条山

徒为经异岳,不得访灵踪。日尽行难尽,千重复万重。云垂多作雨,雷动半和钟。孤竹人藏处,无因认本峰。

早发洛中

半夜发清洛,不知过石桥。云增中岳大,树隐上阳遥。堑黑初沉月,河明欲认潮。孤村人尚梦,无处暂停桡。

汝州郡楼望嵩山

不共众山同,岩峣出迥空。几层高鸟外,万仞一楼中。水落难归地,云离便逐风。唯应霄汉客,绝顶路方通。

将归江南留别友人
连春不得意,所业已疑非。旧国乱离后,新年惆怅归。雪开还楚地—作路,花惹别秦衣。江徽多留滞,高秋会恐违。

塞外书事
征路出穷边,孤吟傍戍烟。河光深荡塞,碛色迥连天。残日沉雕外,惊蓬到马前。空怀钓鱼所,未定卜归年。

日暮江上
孤帆收广岸,落照在遥峰。南北渡人少,高低归鸟重。潮回沙出树,雨过浦沉钟。渔父虽相问,那能话所从。

客行
旅食—作日日唯草草,此生谁我同?故园魂梦外,长路别离中。人事萍随水,年光鸟过空。欲吟先落泪,多是怨途穷。

送李员外知扬子州留务—作后
帝命分留务,东南向楚天。几程回送骑,中路见迎船。冶例开山铸,民多酌海煎。青云名素重,此去岂经年!

春暮途次华山下
他皆宴牡丹,独又出长安。远道行非易,无图住自难。离城风已暖,近岳雨翻寒。此去知谁顾,闲吟只自宽。

旅次滑台投献陆侍御
已是鸿来日,堪惊却背秦。天遥三楚树,路远两河人。旅梦难归隐,吟魂不在身。霜台鼓冠豸—作豸次,赖许往来频。

重归江南
无成归故里,不似在他乡。岁月逐流水,山川空夕阳。回潮迷古渡,迸竹过邻墙—作岸移迷钓石,竹广认邻墙。耆旧休—作稀存省—作者,胡为止泪行。

寄黔南李校书
从戎巫峡外,吟兴更应多。郡响蛮江涨,山昏蜀雨过。公筵饶越味,俗土尚巴歌。中夜怀吴梦,知经—作惊滟滪波。

东归留辞沈侍郎
一第久乖期,深心—作终身已自疑。沧江归恨远,紫阁别愁迟。稽古成何事,龙钟负已知。依门非近日,不虑旧恩移。

题开明里友人居
城中尘—作园外住,入望是田家。井出深山—作泉水,阑藏异国花。风巢和鸟动,雪竹向人斜。来往唯君熟,乡园共海涯。

遣怀
此生何处遂,屑屑复悠悠。旧国归无计,他乡梦亦愁。飞尘长满眼,衰发暗添头。章句非经济,终难动五侯。

送龙州樊使君
曾见邛人说,龙州地未深。碧溪飞白鸟,红斾映青林。土产唯宜药,王租只贡金。政成开—作闲宴日,谁伴使君吟?

寄盩厔薛能少府
满县唯云水,何曾似近畿。晓庭猿—作禽集惯,寒署吏衙稀。冰色封深涧,樵声出—作在紫—作翠微。时闻迎隐者,依旧著山衣。

送李左丞巡边
狂戎侵内地,左辖去萧关。走马冲边雪,鸣鞭动塞山。风收枯草定,月满—作日闲广沙闲。西绕河兰匝,应多隔岁还。

题青山馆即谢公旧居
境概殊诸处,依然是谢家。遗文齐日月,旧井照烟霞。水隔平芜远,山横度鸟斜。无人能此隐,来往漫兴嗟。

雁门关野望
高关闲独望,望久转愁人。紫塞唯多雪,

胡山不尽春。河遥分断野,树乱起飞尘。时见东来骑,心知近别秦。

五原书事

西出黄云外,东怀白浪遥。星河愁立夜,雷电独行朝。碛迥人防寇,天空雁避雕。如何非战卒,弓剑不离腰。

送从弟归泉州

问省归南服,悬帆任北风。何山犹见雪,半路已无鸿。瘴杂春云重,星垂夜海空。往来如不住,亦是一年中。

留别故人

殊—作孤立本不偶,非唯今所难。无门—作闲闲共老,尽日泣相看。鸟畏闻鹧鸪,花惭—作愁背牡丹。何人知此计,复议出长安。

塞下二首

胡虏偏狂悍,边兵不敢闲。防秋朝伏弩,纵火夜搜山。雁逆风毛振,沙飞猎骑还。安西虽有路,难更出阳关。

征役已不定,又缘无定河。塞深烽砦密,山乱犬羊多。汉卒闻笳泣,胡儿击剑歌。番情终未测,今昔谩言和。

题张乔升平里居

下马似无人,开门只一身。心同孤鹤静,行过老僧真。乱水藏幽径,高原隔远津。匡庐曾共隐,相见自相亲。

题郑拾遗南斋

明时无事谏,岂是隐明君。每值离丹陛,多陪宴白云。门连萧洞僻,地—作路与曲江分。满院皆怪竹—作柏,期栖鸾鹤群。

渭上送人南归

远役与归愁,同来渭水头。南浮应到海,北去阻无州。楚雨无连地,胡风夏甚秋。江人如见问,为话复贫游。

寄睦州陆—作侯郎中—作寄陆睦州

下国多高趣,终年半是吟。海涛—作汐潮通越分,部伍杂闽—作蛮音。晓郭云藏市,春山鸟护林。东浮—作游虽未遂,日日至中心。

投徐端公

无谋寻旧友,强喜亦如愁。丹桂阻丹恳,白衣成白头。穷吴迷钓业,大汉事贫游。霄汉期提引,龙钟未拟休。

出塞门

步步经戎虏,防兵不离身。山多曾战处,路断野行人。暴雨声同瀑,奔沙势异尘。片时怀万虑,白发数茎新。

新年呈友

一月月相似,一年年不同。清晨窥古镜,旅貌近衰翁。处世闲难得,关身事半空。浮生能几许,莫惜醉春风。

银州北书事

南辞采石远,北背乞银深。碛路虽多险—作阻,江人不废吟。雕依孤堠立,鸥向迥沙沈。因共边人熟,行行起战心。

寄赵能卿

我命同君命,君诗似我诗。俱无中道计,各失半生期。素业沧江远,清时白发垂。蹉跎一如此,何处卜栖迟。

夏州道中

茫茫沙漠广,渐远赫连城。堡迥烽—作旗相见,河移浪旋生。无蝉嘶折柳,有寇似防兵。不耐饥寒迫,终谁—作难至此行。

经故杨太尉旧居

在汉信垂功,于唐道更隆。一川留古迹,多代仰高风。树折巢堕鸟,阶荒草覆虫。行人过岂少,独驻夕阳中。

东归次采石江

东下经牛渚,依然是故关。客程临岸尽,

乡思入鸥闲。雨涨巴来—作天浪,云增楚际—作国山。渔翁知未达,相顾不开颜。

陇上书事

城叠—作堞连云壑,人家似隐居。树飞鹦鹉众,川下鹘鸽疏。滴梦关山雨,资餐陇水鱼。谁知江徼客,此景倍相于。

陈情献江西李常侍五首

二十二三年,游秦复滞燕。徒陪群彦后,自苦此生前。径折啼猿树,岩荒喷月泉。东堂曾受荐,垂白志犹坚。

浙浙复栖栖,人间只自迷。终年愁远道,到老去何蹊?始见红叶落,又闻黄鸟啼。不因趋大庇,谁肯暂提携?

童蒙即苦辛,未识杏园春。漫倚无为日,还成不偶人。乡程长恨远,旅梦亦愁贫。天地虽云广,殊难寄此身。

春闱久已滞,秋赋又逢停。选士疑—作宜长阻,伤时自不宁。秦城还逐梦,楚徼影随形。此去吟虽苦,何人更肯听?

孤立时全塞,求名势转难。身多离下国,分合阻长安。越鸟啼春早,蛮花送雨寒。丘门沾顾重,未别欲阑干。

经八合坂

蹑险入高空,初疑势不穷。又缘千嶂尽,还共七盘同。下辨东流水,平随北去鸿。天然无此道,应免患穷通。

送友人北游

北出阴关去,何人肯待君?无青山拥晋,半浊水通汾。雁塞虽多雁,云州却少云。兹游殊不恶,莫恨暂离群。

登凌歊台

平芜望已极,况复倚凌歊。江截吴山断,天临楚泽遥。云帆高出树,水市迥分桥。立久斜阳尽,无言似寂寥。

曲江三月三日

满国赏芳辰,飞蹄复走轮。好花皆折尽,明日恐无春。鸟避连云幄,鱼惊远浪尘。如何当此节,独自作愁人。

赠栖白上人

闲身却不闲,日日对天颜。已住城中寺,难归海上山。诗传华夏外,偈布市朝间。欲问空门事,空门岂有关。

野步

闲赏步易远,野吟声自高。路无人到迹,林有鹤遗毛。物外趣都别,尘中心枉劳。沿溪收堕果,坐石唤饥猱。

过湍沟—作浦谷

西去穷胡—作湖处,岩崖境不常。石形相对耸,天势一条长。栈底鸣流水,林端敛夕阳。虽随兵马至,未免畏豺狼。

送友人游蜀—一本无友字

巴兴千万寻,此去若为心。蟋蟀既将定,猕猴应正吟。剑门秋断雁,褒谷夜多砧。自古西南路,艰难直至今。

题秦州城

圣泽滋遐徼,河堤四向通。大荒收庑帐,遗土复秦风。乱烧迷归路,遥山似梦中。此时怀感切,极目思无穷。

寄敬亭山清越上人

南朝山半寺,谢朓故乡邻。岭上非无主,秋诗复有人。高禅星月近,野火虎狼驯。旧许陪闲社,终应待此身。

秋江霁望

高秋偏入望,霁景倍关情。落木—作叶满江水,离人怀渭城。山高孤戍断,野极暮天平。渔父时相问,羞—作修真道姓名。

陇州旅中—作舍书事寄李中丞

三伏客吟过,长安未拟还。蛩声—作惊秋

不动,燕别思仍闲。乱叶随寒雨,孤蟾起暮关。经时高岭—作枕外,来往旆旌间。

秋日归旧山

山云蝉满树,欲住更何安。上国回将晚,孤峰别自难。碛遥鸿未到,江近夜先寒。泉石虽堪恋,行人不愿看。

下黄耳盘

独下黄盘路,多虞部落连。云晴仍著地,树古自参天。乱鸟飞人上,惊麋起马前。行行无郡邑,唯见虎狼烟。

旅怀

终年唯旅舍,只似已无家。白发除还出,丹霄去转赊。夏游穷塞路,春醉负秦花。应是穹苍意,空教老若耶。

题金山寺

四面波涛匝,中楼—作峰日月邻。上穷如出世,下瞰忽惊神。刹—作塔碍长空鸟,船通外国人。房房皆叠石,风扫永无尘。

送王侍御—作郎赴宣城

朝回离九陌,岛外赏残春。经宿留闲客,看云作主人。时清难议隐,位重亦甘贫。岩洞真仙境,应休别卧邻。

题汧湖二首

偶得湖中趣,都忘陇坻愁。边声风下雁,楚思浪移舟。静极亭连寺,凉多岛近楼。吟游终不厌,还似曲江头。

陇首时无事,湖边日纵吟。游鱼来复去,浴鸟出还沉。蜃气藏孤屿,波光到远林。无人见垂钓,暗起洞庭心。

宿青山馆

下马青山下,无言有所思。云藏李白墓,苔暗谢公诗。烈烧飞荒野,栖枭宿广陂。东来与西去,皆是不闲时。

宿同州厉评事旧业寄华下

从戎依远地,无日见家山。地近风沙处,城当甸服间。阻河通渭水,曲苑带秦关。待月登楼夜,何人相伴闲。

闻蝉十二韵

造化生微物,常能—作偏宜应候鸣。初离何处树,又发去年声。未蜕唯愁—作微能动,才飞似解惊。闻来邻海徼,恨起过边城。骚屑随风远,悠扬类雪轻。报秋凉渐至,嘶月思偏清。互默凝相答,微摇似欲行。繁音人已厌,朽壳蚁犹争。朝士严冠饰,宫嫔逞鬟名。乱依西日噪,多引北归情。筱露凝潜吸,蛛丝忽迸萦。此时吟立者—作听久,不觉万愁生。一本只十韵云:造化全微物,常能应候鸣。初离何处树,又发去年声。骚屑随风远,悠扬类叶轻。报秋凉渐至,嘶夜思偏清。默守疑相答,微摇似欲行。繁音人已厌,朽壳蚁犹争。朝士严冠饰,宫嫔逞鬓名。乱依西月噪,多引北归情。筱露凝潜吸,蛛丝迸忽萦。此时吟立久,万绪一时生。

冬杪归陵阳别业五首

无媒归别业,所向自乖心。闾里故人少,田园荒草深。浪翻全失岸,竹迸别成林。鸥鸟犹相识,时来听苦吟。

眠云终未遂,策马暂休期。上国劳魂梦,中心甚别离。冰封岩溜断,雪压砌松敧。骨肉嗟名晚,看归却泪垂。

学剑虽无术,吟诗似有魔。已贫甘事晚,临老爱闲多。鸡犬唯随鹿,儿童只衣簑。时因寻野叟,狂醉复狂歌。

乡国乱离后,交亲半旅游。远闻诚可念,归见岂无愁。败苇迷荒径,寒篓没坏舟。衡门终不掩,倚杖看波流。

游秦复滞燕,不觉近衰年。旅貌同柴毁,行衣对骨穿。篱寒多啄雀,木落断浮烟。楚夜闻鸣雁,犹疑在塞天。

送王侍御赴宣城—作赴越城令

戴豸却—作忽驱鸡,东南上句溪。路过金

谷口—作外，一作尽，帆转石城西。水树连天暗，山禽绕郡—作县啼。江人谙旧化，那复俟招携。

春日乌延道中

边穷厄未穷，复此逐归鸿。去路多相似，行人半不同。山川藏北狄，草木背东风。虚负男儿志，无因立战功。

寄华阴刘拾遗

坚心持谏诤，自古亦艰难。寄邑虽行化，眠云似去官。河分中野断，岳入半天寒。瀑布冰成日，谁陪吟复看？

忆江南

南楚西秦远，名迟别岁深。欲归难遂去，闲忆自成吟。雷电闲倾雨，猿猱斗堕林。眠云机尚在，未忍负初心。

全唐诗卷六百四

许棠

送前汝州李侍御罢归宣城

吟诗早得名,戴豸又加荣。下国闲归去,他人少此情。云移寒峤出,烧夹夜江明。重引池塘思,还登谢朓城。

失题一作送前汝州李侍御罢归宣城第二首,一作塞下曲

独夜长城下,孤吟近北辰。半天初去雁,穷碛远来人。月黯氛埃积,风膻帐幕邻。惟闻防房寇,不语暗伤神。

送裴拾遗宰下邽一作赴畿令

受谪因廷谏,兹一作东行不出关。直庐辞玉陛,上马向一作过仙山。地古桑麻广,城偏仆御闲。县斋高枕卧,犹一作应梦犯天颜。

陶嚣宫晚望

西顾伊兰近,方惊滞极边。水随空谷转,山向夕阳偏。碛鸟多依地,胡云不满天。秋风动衰草,只觉犬羊膻。

江上行

片席随高鸟,连天积浪间。苇宽云不匝,风广雨无闲。戍影临孤浦,潮痕在半山。东一作秦原归未得,茌苒滞江关。

登山

信步上鸟道,不知身忽高。近空一作云无世界,当楚见波涛。顶峭松多瘦,崖悬石尽牢。猕猴呼独散,隔水向人号。

哭宣城元征君一作士

高眠终不起,远趣固难知。琴剑今无主,园林旧许谁?苔封僧坐石,苇涨鹤翘池。后代传青史,方钦道德垂。

寄建州姚员外

诬譖遭遐谪,明君即自知。乡遥辞剑外,身独向天涯。岭嶂蛮云积,闽空瘴雨垂。南来

终不遂,日探北归期。

送厉校书从事凤翔
赴辟依丞相,超荣事岂同。城池当陇右,山水是关中。日有来巴使,秋高出塞鸿。旬休随大斾,应到九成宫。

春夜同厉文学先辈会宿
江汉久分路,京关重聚吟。更为他夜约,方尽昔年心。月隔明河远,花藏宿鸟深。无眠将及曙,多是说山阴。

长安书情
疏散过闲人,同人不在秦。近来惊白发,方解惜青春。僻寺居将遍,权门到绝因。行藏如此辈,何以谓谋身?

过故洛城
七百数还穷,城池一旦空。夕阳唯照草,危堞不胜风。岸断河声别,田荒野色同。去来皆过客,何处问遗宫。

寄庐山贾处士
时泰亦高眠,人皆谓不然。穷经休望辟,饵术止期仙。彭蠡波涵月,炉峰雪照天。常闻风雨夜,到晓在渔船。

下第东归留别郑侍郎
无才副至公,岂是命难通?分合吟诗老,家宜逐浪空。别心悬阙下,归念极吴东。唯畏重回日,初情恐不同。

泗上早发
独起无人见,长河一作淮夜泛时。平芜疑自动,落月似相随。楚外离空早,关西去已迟。渔歌闻不绝,却轸洞庭思。

赠天台僧
赤城霞外寺,不忘旧登年。石上吟分海,楼中语近天。重游空有梦,再隐定无缘。独夜休行道,星辰静照禅。

冬夜与友人会宿
君初离雁塞,我久滞雕阴。隔闰俱劳梦,通宵各话心。禁风吹漏出,原树映星沉。白昼常多事,无妨到晓吟。

送元遂上人归吴中
落发在王畿,承恩著紫衣。印心谁受请,讲疏自携归。泛浦龙惊锡,禅云虎绕扉。吴中知久别,庵树想成围。

赠志空上人
了了在心中,南宗与北宗。行高无外染,骨瘦是真容。饭野盂埋雪,禅云杖倚松。常修不住性,必拟老何峰。

边城晚望
广漠杳无穷,孤城四面空。马行高碛上,日堕迥沙中。逼晓人移帐,当川树列风。迢迢河外路,知直去崆峒。

汴上暮秋
独立长堤上,西风满客衣。日临秋草广,山接远天微。岸叶随波尽,沙云与鸟飞。秦人宁有素,去意自知归。

春日言怀
东风万物新,独未到幽人。赋命自多蹇,阳和非不均。五陵三月暮,百越一家贫。早误闲眠处,无愁异此身。

奉天寒食书事
处处无烟火,人家似暂空。晓林花落雨,寒谷鸟啼风。故里芳洲外,残春甸服中。谁知独西去,步步泣途穷。

长安寓居
贫寄帝城居,交朋日自疏。愁迎离碛雁,梦逐出关书。经雨蝉声尽,兼风杵韵余。谁知江徼塞,所忆在樵渔。

写怀
此生居此世,堪笑复堪悲。在处有岐路,

何人无别离？长当多难日,愁过少年时。穷达都判了,休闲镊白髭。

白菊

所尚雪霜姿,非关落帽期。香飘风外别,影到月中疑。发在林凋后,繁当露冷时。人间稀有此,自古乃无诗。

中秋夜对月

月月势皆圆,中秋朗最偏。万方期一夕,到晓是经年。影蔽星芒尽,光分物状全。惟应苦吟者,目断向遥天。

陪郓州张员外宴白雪楼

高情日日闲,多宴雪楼间。洒槛江干雨,当筵天际山。带帆分浪色,驻乐话朝班。岂料羁浮者,樽前得解颜。

和_{一作同}薛侍御题兴善寺松

何年劚到城,满国响_{一作向}高名。半寺阴常匝,邻坊景亦清。代多无朽势,风定有余声。自得天然状,非同涧底生。

题郑侍郎岩隐_{一作隐岩}十韵

朝退常归隐,真修大隐情。园林应得趣,岩谷自为名。野步难寻寺,闲吟少在城。树藏幽洞黑,花照远村明。海石分湖路,风泉递雨声。性高怜散逸,官达厌公卿。架引藤重长,阶延笋进生。青门无到客,紫阁有来莺。物外身虽隐,区中望本清。终难依此境,坐_{一作坚}卧避钧衡。

宿灵山兰若

江心天半寺,一夕万缘空。地出浮云上,星摇积浪中。滴沥垂阁雨,吹桧送帆风。旦夕闻清磬,唯应是钓翁。

亲仁里双鹭

双去双来日已频,只应知我是江人。对欹雪顶思寻水,更振霜翎恐染尘。三楚几时初失侣,五陵何树又栖身。天然不与凡禽类,傍砌听吟性自驯。

成纪书事二首

东吴远别客西秦,怀旧伤时暗洒巾。满野多成无主冢,防边半是异乡人。山河再阔千余里,城市曾经一百春。闲与将军议戎事,伊兰犹未绝胡尘。

蹉跎远入犬羊中,荏苒将成白首翁。三楚田园归未得,五原岐路去无穷。天垂大野雕盘草,月落孤城角啸风。难问开元向前事,依稀犹认隗嚣宫。

秦中遇友人

半生南走复西驰,愁过杨朱罢泣岐。远梦亦羞归海徼,贫游多是滞边陲。胡云不聚风无定,陇路难行栈更危。旦暮唯闻语征战,看看已欲废吟诗。

过分水岭

陇山高共鸟行齐,瞰险盘空甚蹑梯。云势崩腾时向背,水声呜咽若东西。风兼雨气吹人面,石带冰棱碍马蹄。此去秦川无别路,隔崖穷谷却难迷。

讲德陈情上淮南李仆射八首

天降贤人佐圣时,自然声教满华夷。英明不独中朝仰,清重兼闻外国知。凉夜酒醒多对月,晓庭公退半吟诗。梁城东下虽经战,风俗犹传守旧规。

多_{一作累}朝轩冕冠乾坤,四海皆推圣最尊。楚玉已曾分卞玉。膺门依旧是龙门。筵开乐振高云动,城掩鼙收落日昏。尝念苍生如赤子,九州无处不沾恩。

未领春闱望早清,况联戎阃控强兵。风威遍布江山静,教化高同日月明。九郡竟歌兼煮海,四方皆得共和羹。东南自此全无事,只为期年政已成。

帝念淮堧疫疹频,牢笼山海委名臣。古来比德由无侣,当代同途岂有人。夜宴独吟梁苑月,朝游重见广陵春。多年疲瘵全苏息,须到讴谣日满秦。

三纪吟诗望一名,丹霄待得白头成。已期到老还沾禄,无复偷闲—作安却养生。当宴每垂听乐泪,望云长起忆山情。朱门旧是登龙客,初脱鱼鳞胆尚惊。

东来淮海拜旌旄,不把公卿一字书。曾侍晚斋吟对雪,又容华馆食兼鱼。孤微自省恩非次,际会谁知分有余。唯耻旧桥题处在,荣归无计似相如。

平生南北逐蓬飘,待得名成鬓已凋。寒浦一从抛钓艇,旧林无处认风飙。程途虽喜关河尽,时节犹惊骨肉遥。愁策羸蹄更归去,乱山流水满翻潮。

丹霄空把桂枝归,白首依前着布衣。当路公卿谁见待,故乡亲爱自疑非。东风乍喜还沧海,栖旅终愁出翠微。应念无媒居选限,二年须更守渔矶。

献独孤尚书

虚抛南楚滞西秦,白首依前衣白身。退鹢已经三十载,登龙曾见一千人。魂离为役诗篇苦,泪竭缘嗟骨相贫。今日鞠躬高筛下,欲倾肝胆杳无因。

将过单于

荒碛连天堡戍稀,日忧蕃寇却忘机。江山不到处皆到,陇雁已归时—作身未归。行李亦须携战器,趋迎当便著戎衣。并州去路殊迢递,风雨何当达近畿。

贞女祠

保穴藏贞骨,荒祠见旧颜。精灵应自在,云雨不相关。落石泉多咽,无风树尽闲。唯疑千古后,为瑞向人间。

宿华山

异境良难测,非仙岂合游?星辰方满岳,风雨忽移舟。喷月泉垂壁,栖松鹤在楼。因知

修养处,不必在嵩丘。

送张员外西川从事

为郎不入朝,自是赴嘉招。豸角初离首,金章已在腰。剑横阴绿野,栈响近丹霄。迎驿应相续,悬愁去路遥。

题慈恩寺元遂上人院

竹槛匝回廊,城中似外方。月云开作片,枝鸟立成行。径接河源润,庭容塔影凉。天台频去说,谁占最高房?

送杜仓曹往沧洲觐叔常侍

浮阳横巨浸,南巷拥旌旃。别带秦城雨,行闻魏国蝉。碛鸿来每后,朝日见常先。东—作北鄙云霞广,高林间—作秋媚水天。

雕阴道中作

五月绥州北,途程少郁蒸。马依膻草聚,人抱浊河澄边人多以瓮抱水。碛—作强固长城垒,冤深太子陵。往来经此地,悲苦有谁能?

留别从弟郴—作琳

同承太岳胤,俱值太平时。丹陛怀趋计,沧洲负去期。久贫成踧踖,多病惜支离。宗分兼交分,吾知汝亦知。

寻山

蹑履复支筇,深山草木中。隔溪遥避虎,当坞忽闻钟。落叶多相似,幽禽半不同。群猱呼却散,如此异林翁。

送徐侍御充南诏判官

西去安夷落,乘轺从节行。彤庭传圣旨,异域化戎情。瘴路穷巴徼,蛮川过峤城。地偏风自杂,天漏月稀明。危栈连空动,长江到底清。笑宜防狒狒,言好听猩猩。抚论如敦行,归情自合盟。回期佩印绶,何更见新正。

送省玄上人归江东

释律周儒礼,严持用戒身。安禅思剡石,留偈别都人。雨合吴江黑,潮移海路新。瓶盂

自此去，应不更还秦。

送刘校书游东鲁

内阁劳雠校，东邦忽纵游。才偏精二雅，分合遇诸侯。暗海龟蒙雨，连空赵魏秋。如经麟见处，驻马瞰荒丘。

送金吾侍御奉使日东

还乡兼作使，到日倍荣亲。向化虽多国，如公有几人。孤山无返照，积水合苍旻。膝下知难住，金章已系身。

题甘露寺

丹槛拂丹霄，人寰下瞰遥。何年增造化，万古出尘嚣。地势盘三楚，江声换几朝。满栏皆异药，到顶尽飞桥。泽广方云梦，山孤数沃焦。中宵霞始散，经腊木稀雕。铎动天风度，窗明海气消。带輂分迥堞，当日辨翻潮。鸟去沉霞荚，帆来映沴潦。浮生自多事，无计免回镳。

冬夜怀真里友人会宿

静语与高吟，搜神又爽心。各来依帝里，相对似山阴。漏永星河没，堂寒月彩深。从容不易到，莫惜曙钟侵。

陪—作同友人夏夜对月

后伏中宵月，高秋满魄齐。轮移仙掌外，影下玉绳西。蝉雀飞多误，星萤出自迷。烦蒸惊顿绝，吟玩畏—作怅闻鸡。

送从弟筹任告成尉

海上从戎罢，嵩阳佐县初。故人皆羡去，吾祖旧曾居。地古多生药，溪灵不聚鱼。唯应寻隐者，闲寺讲仙书。

秋日陪陆校书游玉泉

共爱泉源异，频来不觉劳。散光垂草细，繁响出风高。沫滞潭花片，沙遗浴鸟毛。尘间喧与闷，须向此中逃。

送防州邬员外

千溪与万嶂，缭绕复峥嵘。太守劳车马，何从驻旆旌？椒香近满郭，漆货远通京，唯涤双尘耳，东南听政声。

过穆陵关

荒关无守吏，亦耻白衣过。地广人耕绝，天寒雁下多。东西方自感，雨雪更相和。日暮聊摅思，摇鞭一放歌。

江上遇友人

阙下分离日，杏园花半开。江边相值夜，榆塞雁初来。坐久河沉斗，吟长月浸怀。鲈鱼非不恋，共有客程—作尘催。

忆宛陵旧居

旧忆陵阳北，林园近板桥。江晴帆影满，野迥鹤声遥。岛径通山市，汀扉上海潮。秦城归去梦，夜夜到渔樵。

题闻琴馆

城非宓贱邑，馆亦号闻琴。乃是前贤意，常留化俗心。代公存绿绮，谁更寄清音？此迹应无改，寥寥毕古今。

寄江上弟妹

无成归未得，不是不谋归。垂老登云路，犹胜守钓矶。大荒身去数，穷海信来稀。孤立皆难进，非关命独违。

题李昌符丰乐幽居

诗家依阙下，野景似山中。兰菊俱含露，杉梧为奏—作起风。破门韦曲对，浅岸御沟通。莫叹连年屈，君须遇至公。

青山晚望

昔人怀感处，此地倍魂消。四海经摇落，三吴正寂寥。风移残烧远，帆带夕阳遥。欲继前贤迹，谁能似隐招？

宣城送进士郑徽赴举

长安去是归，上马肯沾衣。水国车通少，

秦人楚荇稀。鸿方离北鄙,叶下已西畿。好整丹霄步,知音在紫微。

言怀

万事不关心,终朝但苦吟。久贫惭负债,渐老爱山深。日月销天外,帆樯弃海阴。荣枯应已定,无复系浮沉。

汴河十二韵

昔年开汴水,元应别有由。或兼通楚塞,宁独为杨州?直断平芜色,横分积石流。所思千里便,岂计万方忧。首甚资功济,终难弭宴游。空怀龙舸下,不见锦帆收。浪倒长汀柳,风敧远岸楼。奔逾怀许竭,澄彻泗滨休。路要多行客,鱼稀少钓舟。日开天际晚,雁合碛西秋。一派注沧海,几人生白头。常期身事毕,于此泳东浮。

旅中送人归九华

分与仙山背,多年负翠微。无因随鹿去,只是送人归。顶木晴摩日,根岚晓润衣。会于猿鸟外,相对掩高扉。

送友人归江南

皇州五更鼓,月落西南维。此时有行客,别我孤舟归。上国身无主,下第诚可悲。

洞庭湖

空江浩荡景萧然,尽日菰蒲泊钓船。青草浪高三月渡,绿杨花扑一溪烟。情多莫举伤春目,愁极兼无买酒钱。犹有渔人数家住,不成村落夕阳边。

句

晓幛猿开户,寒湫鹿舐冰。

当空吟待月,到晚坐看山。以上见《纪事》。

一年三领郡,领郡管仙山。赠段成式,见《语林》。

邵谒

邵谒,韶州翁源县人。少为县吏,令怒,逐去。遂截髻著县门,发愤读书,工古调,释褐赴官,不知所终。诗一卷。

放歌行

龟为秉灵亡,鱼为弄珠死。心中自有贼,莫怨任公子。屈原若不贤,焉得沉湘水。

长安寒食

春日照九衢,春风媚罗绮。万骑出都门,拥在香尘里。莫辞吊枯骨,千载长如此。安知今日身,不是昔时鬼。但看平地游,亦见摧辀死。

贞女墓

生持节操心,死作坚贞鬼。至今坟上春,草木无花卉。

自叹

春蚕未成茧,已贺箱笼实。蟢子徒有丝,终年不成匹。每念古人言,有得则有失。我命独如何,憔悴长如一。白日九衢中,幽独暗如漆。流泉有枯时,穷贱无尽日。惆怅复惆怅,几回新月出。

送徐群宰望江

古人力文学,所务安疲氓。今人力文学,所务惟公卿。大贤重邦本,屈迹官武城。劝民勤机杼,自然国用并。但见富贵者,知食不知耕。忽尔秋不熟,储—作庚廪焉得盈?贡艺既精苦,用心必公平。吾道不遗贤,霄汉期芳馨。一夫若有德,千古称其英。陶潜虽理邑,崔烈徒台衡。浊者必恶清,瞽者必恶明。孤松自有色,岂夺众草荣?为刀若不利,焉得宰牛名?为丝若不直,焉得琴上声?好去立高节,重来振羽翎。

秋夕

万里凭梦归,骨肉皆在眼。觉来益惆怅,不信长安远。人人但为农,我独常逢旱。恶命如漏卮,滴滴添不满。天末雁来时,一叫一肠断。

览孟东野集

蚌死留夜光,剑折留锋铓。哲人归大夜,千古传珪璋。珪璋遍四海,人伦多变改。题花花已无,玩月月犹在。不知天地间,白日几时昧。

送友人江行

送君若浪水,叠叠愁—作悲思起。梦魂如月明,相送秋江里。

下第有感

古人有遗言,天地如掌阔。我行三十载,青云路未—作难达。尝闻读书者,所贵免征伐。谁知失意时,痛于刃—作楚欲伤骨。身如石上草,根蒂浅难活。人人皆爱春,我独愁花发。如何归故山,相携采薇蕨。

论政

贤哉三握发,为有天下忧。孙弘不开阁,丙吉宁问牛。内政由股肱,外政由诸侯。股肱政若行,诸侯政自修。一物不得所,蚁穴满山丘。莫言万木死,不因一叶秋。朱云若不直,汉帝终自由。子婴一失国,渭水东悠悠。

战城南

武皇重征伐,战士轻生死。朝争刃上功,暮作泉下鬼。悲风吊枯骨,明月照荒垒。千载留长声,呜咽城南水。

赠郑殷处士

善琴不得听,嘉玉不得名。知音既已死,良匠亦未生。退居一河湄,山中物景清。鱼沉池水碧,鹤去松枝轻。长材靡入用,大厦失巨楹。颜子不得禄,谁谓天道平?

古乐府

对酒弹古琴,弦中发新音。新音不可辨,十指幽怨深。姜颜不自保,四时如车轮。不知今夜月,曾照几时人?露滴芙蓉香,香销心亦死。良时无可留,残红谢池水。

经安容先生旧居

羽化留遗踪,千载踪难没。一泉岩下水,几度换明月。松老不改柯,龙久皆变骨。云雨有归时,鸡犬无还日。至今青山中,寂寞桃花发。

望行人

登楼恐不高,及高君已远。云行郎即行,云归郎不返。嗟为楼上人,望望不相近。若作辙中泥,不放郎车转。白日下西山,望尽妾肠断。

岁丰

皇天降丰年,本忧贫士食。贫士无良畴,安能得稼穑。工佣输富家,日落长叹息。为供豪者粮,役尽匹夫力。天地莫施恩,施恩强者得。

金谷园怀古

在富莫骄奢,骄奢多自亡。为女莫骋容,骋容多自伤。如何金谷园,郁郁椒兰房。昨夜绮罗列,今日池馆荒。竹死不变—作改节,花落有余香。美人抱义死,千载名犹彰。娇歌无遗音,明月留清光。浮云易改色,衰草难重芳。不学韩侯妇,衔冤报宋王。

春日有感

我心如蘖苦,他见如荠甘。火未到身者,痛楚难共谙。但言贫者拙,不言富者贪。谁知苦寒女,力尽为桑蚕。

学仙词 第三句缺三字

上仙传秘诀,澹薄与无营。炼药□□□,变姓不变形。三尸既无累,百虑自不生。是知寸心中,有路通上清。祖龙好仙术,烧却黄金精。

妓女

天若许人登,青山高不止。地若许人穷,黄泉深无水。量诸造化情,物成皆有以。如何上青冥,视之平若砥。日下骋琅玕,空中无罗绮。但见势腾凌,将为长如此。炫耀一时间,逡巡九泉里。一种为埃尘,不学堕楼死。

寒女行

寒女命自薄,生来多贱微。家贫人不聘,一身无所归。养蚕多苦心,茧熟他人丝。织素徒苦力,素成他人衣。青楼富家女,才生便有主。终日著罗绮,何曾识机杼!清夜闻歌声,听之泪如雨。他人如何欢,我意又何苦。所以问皇天,皇天竟无语。

览镜

一照一回悲,再照颜色衰。日月自流水,不知身老时。昨日照红颜,今朝照白丝。白丝与红颜,相去咫尺间。

轻薄行

薄薄身上衣,轻轻浮云质。长安一花开,九陌马蹄疾。谁言公子车,不是天上力。

苦别离

十五为君婚,二十入君门。自从入户后,见君长出门。朝看相送人,暮看相送人。若遣折杨柳,此地树无根。愿为陌上土,得作马蹄尘;愿为曲木枝,得作双车轮。安得太行山,移来君马前。

览张骞传

采药不得根,寻河不得源。此时虚白首,徒感武皇恩。桑田未闻改,日月曾几昏。仙骨若求得,垄头无新坟。不见杜陵草,至今空自繁。

白头吟

汉家天宇阔,日月不暂闲。常将古今骨,禅作北邙山。山高势已极,犹自雕朱颜。

瞽者叹

我心岂不平,我目自不明。徒云备双足,天下何由行!

送从弟长安下第南归觐亲

白日不得照,戴天如戴盆。青云未见路,丹车劳出门。采薇秦山镇,养亲湘水源。心中岂不切,其如行路难。为文清益峻,为心直且安。芝兰未入用,馨香志独存。他门种桃李,犹能荫子孙。我家有棠阴,枝叶竟不繁。心醉岂因酒,愁多徒见萱。征徒忽告归,执袂殷勤论。在鸟终为凤,为鱼须化鲲。富贵岂长守,贫贱宁有根。丈夫志不大,何以佐乾坤!昼短疾于箭,早来献天言。莫恋苍梧畔,野烟横破村。

少年行

丈夫十八九,胆气欺韩彭。报仇不用剑,辅国不用兵。以目为水鉴,以心作权衡。愿君似尧舜,能使天下平。何必走马夸弓矢,然后致得人心争。

汉宫井

辘轳声绝离宫静,班姬几度照金井。梧桐老去残花开,犹似当时一作年美人影。

显一作题茂楼

秦山渭水尚悠悠,如何草树迷宫阙。繁华朱翠尽东流,唯有望楼对明月。

紫阁峰

壮国山河倚空碧,迥拔烟霞侵太白。绿崖下视千万寻,青天只据百余尺。

全唐诗卷六百六

林宽

林宽,侯官人。诗一卷。

送李员外频之建州

勾践江头月,客星台畔松。为郎久不见,出守暂相逢。鸟泊牵滩索,花空押号钟。远人思化切,休上武夷峰。

送许棠先辈归宣州

发枯穷律韵,字字合埙篪。日月所到处,姓名无不知。莺啼谢守垒,苔老谪仙碑。诗道丧来久,东归为吊之。

穷冬太学

投迹依槐馆,荒亭草合时。雪深鸢啸急,薪湿鼎吟迟。默坐同谁话,非僧不我知。匡庐瀑布畔,何日副心期。

陪郑诚郎中假日省中寓直

宪厅名最重,假日许从容。床满诸司印,庭高五粒松。井寻芸吏汲,茶拆岳僧封。鸟度帘旌暮,犹吟隔苑钟。

送谢石先辈归宣州

名随春色远,湖外已先知。花尽方辞醉,莺残是放时。天寒千尺岳,颔白半联诗。笋蕨犹堪采,荣归及养期。

下第寄欧阳瓒

诗人道僻命多奇,更值干(一作兵)戈乱起时。莫作江宁王少府,一生吟苦竟谁知。

寄何绍余

雁过君犹未入城,清贤门下旧知名。风波冻马遥逢见,革橐饥僮尚掣行。住在闲坊无辙迹,别来何寺有泉声。芙蓉苑北曲江岸,期看终南新雪晴。

送人宰浦城

东南犹阻寇,梨岭更谁登。作宰应无俸,归船必有僧。滩平眠獭石,烧断饮猿藤。岁尽校殊最,方当见异能。

省试腊后望春宫

皇都初度腊,凤辇出深宫。高凭楼台上,遥瞻灞浐中。仗凝霜彩白,袍映日华红。柳眼方开冻,莺声渐转风。御沟穿断霭,骊岫照斜空。时见宸游兴,因观稼穑功。

寄省中知己

门掩清曹晚,静将乌府邻。花开封印早,雪下典衣频。怪木风吹阁,废巢时落薪。每怜吾道苦,长说向同人。

朱坡

朱坡坡上望,不似在秦京。渐觉溪山秀,更高鱼鸟情。夜吟禅子室,晓爨猎人铛。恃此偷佳赏,九衢蜩未鸣。

酬陈樵见寄

失意闲眠起更迟,又将羁薄谢深知。囊书旋入酒家尽,纱帽长依僧壁垂。待月句新遭鬼哭,寻山貌古被猿窥。元和才子多如此,除却清吟何所为。

华清宫

殿角钟残立宿鸦,朝元归驾望无涯。香泉空浸宫前草,未到春时争发花。

终南山

标奇耸峻壮长安,影入千门万户寒。徒自倚天生气色,尘中谁为举头看?

歌风台

蒿棘空存百尺基,酒酣曾唱大风词—作时。莫言马上得天下—作子,自古英雄尽解诗。

送人归日东

沧溟西畔望,一望一心摧。地即同正朔,天教阻往来。波翻夜作电,鲸吼昼为雷。门外人葭径,到时花几开。

寓兴

西母一杯酒,空言浩劫春。英雄归厚土,日月照闲人。衰草珠玑冢,冷灰龙凤身。茂陵骊岫晚,过者暗伤神。

少年行

柳烟侵御道,门映夹城开。白日莫空过,青春不再来。报仇冲雪去,乘醉臂鹰回。看取歌钟地,残阳满坏台。

塞上还答友人

无端游绝塞,归鬓已苍然。戎羯围中过,风沙马上眠。草衰频过—作遇烧,耳冷不闻蝉。从此甘贫坐,休言更到边。

哭栖白供奉

侍辇才难得,三朝有上人。琢诗方到骨,至死不离贫。风帐孤萤入,霜阶积叶频。夕阳门半掩,过此亦无因。

送升道靖恭相公分司

东风时不遇,果见致君难。海—作华岳影犹动,鹍鹏势未安。星沉关锁冷,鸡唱驿灯残。谁似—作问二宾客,门闲嵩洛寒?

关下早行

轧轧推危辙,听鸡独早行。风吹宿霭散,月照华山明。白首东西客,黄河昼夜清。相逢皆有事,唯我是闲情。

曲江

曲江初碧草初青,万毂千蹄匝岸行。倾国妖姬云鬟重,薄徒公子雪衫轻。琼镂狒狔绕觥舞,金蟊辟邪拏拨鸣。柳絮杏花留不得,随风处处逐歌声。

长安遣怀

醉下高楼醒复登,任从浮薄笑才能。青龙寺里三门上,立为南山不为僧。

送僧游太白峰

云深游太白,莫惜遍探奇。顶上多灵迹,尘中少客知。悬崖倚冻瀑,飞狖过孤枝。出定更何事,相逢必有诗。

哭造微禅师

神迁不火葬,新塔露疏栙。是物皆磨灭,唯师出死生。虚堂一作鏊散钓叟,怪木一作土哭山精。林下路长在,无因更此行。

献同年孔郎中

炊琼爇桂帝关居,卖尽寒衣典尽书。驱马每寻霜影里,到门常在鼓声初。蟾枝交彩清兰署,鸾佩排光映玉除。一顾深恩身未杀,争期皎日负吹嘘。

闻雁

接影横空背雪飞,声声寒出玉关迟。上阳宫里三千梦,月冷风清闻过时。

送惠补阙

诏下搜岩野,高人入竹一作旧林。长因抗疏日,便作去官心。清俸供僧尽,沧洲寄迹深。东门有归路,徒自弃华簪。

和友人贼后

带号乞兵急,英雄陷贼围。江山犹未静,鱼鸟欲何归?城露桑榆尽,时平老幼稀。书从战后得,读彻血盈衣。

长安即事

暝鼓才终复晓鸡,九门何计出沉迷。樵童乱打金吾鼓,豪马争奔丞相堤。翡翠鬟欹钗上燕,麒麟衫束海中犀。须知不是诗人事,空忆泉声菊畔睽。

和周繇校书先辈省中寓直

古木重门掩,幽深只欠溪。此中真吏隐,何必更岩栖。名姓镌幢记,经书逐库题。字随飞蠹缺,阶与落星齐。伴直僧谈静,侵霜蛩韵低。粘尘贺草没,剥粉薛禽迷。贺知章草书,薛稷鹤也。衰藓墙千堵,微阳菊半畦。鼓残鸦去北,漏在月沉西。每忆终南雪,几登云阁梯。时因搜句次,那惜一招携。

苦雨

霪霖翳日月,穷巷变沟坑。骤洒纤枝折,奔倾坏堵平。蒙笼来客绝,跃鳖噪蛙狞。败屦阴苔积,摧檐湿菌生。斜飞穿裂瓦,迸落打空铛。叶底迟归蝶,林中滞出莺。润侵书缝黑,冷浸鬓丝明。牖暗参差影,阶寒断续声。尺薪功比桂,寸粒价高琼。遥想管弦里,无因识此情。

全唐诗卷六百七

刘邺

刘邺,字汉藩,三复之子。咸通中从藩幕召入内庭,特赐及第,历相位。僖宗朝,再迁尚书左仆射,死黄巢之难。《甘棠集》三卷,今存诗二首。

翰林作

曾是江波垂钓人,自怜深厌九衢尘。浮生渐老年随水,往事曾闻泪满巾。已觉远天秋色动,不堪闲夜雨声频。多惭不是相如笔,虚直金銮接侍臣。

待漏院吟

玉堂帘外独迟迟,明月初沉勘契时。闲听景阳钟尽后,两莺飞上万年枝。

李骘

李骘,官至江南西道都团练、观察、处置等使。诗五首。

慧山寺肆业送怀坦上人

流水何山分,浮云空中遇。我生无根株,聚散亦难固。忆昨斗龙春,岩栖侣高步。清怀去羁束,幽境无滓污。日落九峰明,烟生万华暮。兹欢未云隔,前笑倏已故。四时难信留,百草换霜露。离襟一成解,怅抱将何谕?惊泉有余哀,永日谁与度?缅思孤帆影,再往重江路。去去忽凄悲,因风暂回顾。

读惠山若冰师集因题故院三首

五天何处望,心念起皆知。化塔留今日,泉鸣自昔时。古苔生石静,秋草满山悲。莫道声容远,长歌白云词。

高怀逢异境,佳句想吟频。月冷松溪夜,烟浓草寺春。浮云将世远,清听与名新。不见开岩日,空为拜影人。

景物搜求歇,山云放纵飞。树寒烟鹤去,

池静水龙归。暗榻尘飘满,阴檐月到稀。何年灯焰尽,风动影堂扉。

自惠山至吴下寄酬南徐从事

不接芳晨游,独此长洲苑。风颜一成阻,翰墨劳空返。悠悠汀渚长,杳杳蘋花晚。如何西府欢,尚念东吴远。瑶音动清韵,兰思芬盈畹。犹及九峰春,归吟白云巘。

孙蜀

孙蜀。与方干同时。诗一首。

中秋夜戏酬顾道流

不那此身偏爱月,等闲看月即更深。仙翁每被嫦娥使,一度逢圆一度吟。

欧阳澥

欧阳澥,四门博士詹之孙。诗一首。

咏燕上主司郑愚

翩翩双燕画堂开,送古迎今几万回。长向春秋社前后,为谁归去为谁来?

句

黄菊离家十四一作四十年。

离家已是梦松年。

落日望乡处,何人知客情?见《纪事》。

陈黯

陈黯,字希孺,泉州人,会昌迄咸通,累举不第。集五卷,今存诗一首。

自咏豆花

玳瑁应难比,斑犀定不加。天嫌未端正,满面与妆花。

张孜

张孜,京兆人,耽酒如狂,与李山甫善。诗一首。

雪诗

长安大雪天,鸟雀难相觅。其中豪贵家,捣椒泥四壁。到处爇红炉,周回下罗幂。暖手调金丝,蘸甲斟琼液。醉唱玉尘飞,困融香汗滴。岂知饥寒人,手脚生皴劈。

句

著牙卖朱紫,断钱赊举选。见《纪事》。

华山秀作英雄骨,黄河泻出纵横才。

梦破青霄春,烟霞无去尘。若夸郭璞五色笔,江淹却是寻常人。《梦李白歌》。

郑仁表

郑仁表,字休范,荥阳人,累擢起居郎,刘邺作相时,贬死岭外。诗二首。

赠妓仙哥 《北里志》:天水仙哥住平康南曲,善谈谑,能歌,仁表席上赠诗。

严吹如何下太清,玉肌无疹六铢轻。自知不是流霞酌,愿听云和瑟一声。

赠妓俞洛真 《北里志》:洛真有风貌,且辨慧,时为席纠,善章程。

巧制新章拍拍新,金罍巡举助精神。时时欲得横波眄,又怕回筹错指人。

句

文章世上争开路,阀阅山东拄破天。

赵鸿

赵鸿,咸通中人。诗三首。

杜甫同谷茅茨

工部栖迟后,邻家大半无。青羌迷道路,白社寄杯盂。大雅何人继,全生此地孤。孤云飞鸟什,空勒旧山隅。

栗亭 赵鸿刻石同谷,曰:工部题栗亭十韵,不复见。

杜甫栗亭诗,诗人多在口。悠悠二甲子,题纪今何有?

泥功山

立石泥功状,天然诡怪形。未尝私祸福,终不费丹青。

童翰卿

童翰卿,大中、咸通间人。诗二首。

昆明池织女石 一作司马复诗

一片昆明石,千秋织女名。见人虚脉脉,临水更盈盈。苔作轻衣色,波为促杼声。岸云连鬓湿,沙月对眉生。有脸莲同笑,无心鸟不惊。还如朝镜里,形影两分明。

绝句

大朴逐物尽,哀我天地功。争得荣辱心,洒然归西风。

全唐诗卷六百八

皮日休

皮日休，字袭美，一字逸少，襄阳人，性傲诞，隐居鹿门，自号间气布衣。咸通八年登进士第。崔璞守苏，辟军事判官。入朝，授太常博士。黄巢陷长安，伪署学士，使为谶文，疑其讥己，遂及祸。集二十八卷，今编诗九卷。

补周礼九夏系文并序

《周礼》：钟师掌金奏，凡乐事以钟鼓奏九夏。案郑康成注云：夏者，大也。乐之大者，歌有九也。九夏者，皆诗篇名也。颂之类也一作九夏者，皆诗篇铭颂之类也。此歌之大者，载在乐章。乐崩亦从而亡，是以颂不能具也。呜呼！吾观之鲁颂，其古也亦久矣，九夏亡者，吾能颂乎？夫大乐既去，至音不嗣，颂于古不足以补亡，颂于今不足以入用，庸可一作何颂乎？颂之亡者，俾千古之下，郑卫之内，窈窈一作杳杳冥冥，不独有大卷音拳，黄帝乐名之音者乎？

九夏歌九篇

王夏之歌者，王出入之所奏也。四章，章四句。

烒烒皎日，欸丽于天。厥明御舒，如王出焉。烒烒皎日，欸入于地。厥晦厥贞，如王入焉。出有龙旂，入有珩珮。勿驱勿驰，惟慎惟戒。出有嘉谋，入有内则。繄彼臣庶，钦王之式。

肆夏之歌者，尸出入之所奏也。二章，章四句。

愔愔清庙，仪仪象服。我尸出矣，迎神之谷。杳杳阴竹，坎坎路鼓。我尸入矣，得神之祜。

昭夏之歌者，牲出入之所奏也。二章，章四句。

有郁其邕，有俨其彝。九变未作，全乘来之。既醻既酢，爰帐音孚一作畅爰舞。象物既降，全乘之去。

纳夏之歌者，四方宾客来之所奏也。四章，章四句。

麟之仪仪，不萦不维。乐德而至，如宾之嬉。凤之愉愉，不篝不笅。乐德而至，如宾之娱。自筐及筥，我有牢醑。自筐及筐，我有货币。我牢不怨，我货不匮。硕硕其才，有乐而止。

章夏之歌者,臣有功之所奏也。四章,章四句。

王有虎臣,锡之鈇钺。征彼不憓,一扑而灭。王有虎臣,锡之圭瓒。征彼不享,一烘而泮。王有掌讶,迎音侦尔疆理。王有掌客,馈尔饔饩。何以乐之,金石九奏。何以锡之,龙旂九旒。

齐夏之歌者,夫人祭之所奏也。一章,四句。

瑱瑱衡筓,翚衣一作翬榆翟。自内而祭,为君之则。

族夏之歌者,族人酌之所奏也。二章,章四句。

洪源谁孕,疏为江河。大块孰埏,播为山阿。阙流浩漾一作浣,厥势嵯峨。今君之酌,慰我实多。

械与陔同,一作祴夏之歌者,宾既出之所奏也。三章,章四句。

礼酒既酌,嘉宾既厚,胰为之奏。礼酒既竭,嘉宾既悦,应为之节。礼酒既馨,嘉宾即醒一作酲,雅为之行。胰、应、雅,三乐器也。宾醉而出,奏械夏,以此三器筑地,为之行事也。

骜夏之歌者,公出入之所奏也。二章,章四句。

桓桓其珪,衮衮其衣。出作二伯,天子是毗。桓桓其珪,衮衮其服。入作三孤,国人是福。

三羞诗三首并序

丙戌岁,日休射策不上,东退于肥陵。出都门,见朝列中论犯当权者,得罪南窜。卯诏辰发,持法吏不容一息留私室。视其色,若将厌禄位、悔名望者。皮子窥之,晓然泣,衄然羞,故作是诗以照之。

吾闻古君子,介介励其节。入门疑储宫,抚己思鈇钺。志一作忠者若不退,佞者何由达?君臣一般膳,家国共残杀。此道见于今,永思心若裂。王臣方謇謇,佐我无玷缺。如何以谋计,中道生芽蘖。宪司遵故典,分道播南越。苍惶出班行,家室不容别。玄鬓行为霜,清泪立成血。乘遽剧飞鸟,就传过风发。嗟吾何为者,叨在造士列。献文不上第,归于淮之汭。蹇蹄可再奔,退羽可后歇。利则侣轩裳,塞则友松月。而于方寸内,未有是愁结。未为禄食仕,俯不愧梁粝。未为冠冕人,死不惭忠烈。如何有是心,不能叩丹阙。赫赫负君归,南山采芝蕨。

日休旅次于许传舍,闻叫咷之声动于城郭,问于道民,民曰:"蛮围我交阯,奉诏征许兵二千征之,其征且再,有战皆没。其哭者,许兵之属。"呜呼!扬子不云,夫朱崖之绝,捐之之力也,否则介鳞易我衣裳,其是之谓耶?皮子为之内过曰:"吾之道不足以济时,不可以备位,又手不提桴鼓,身不被兵械,恬然自顺,恬然自乐,吾亦为许师之罪人耳。"作诗以吊之。

南荒不择吏,致我交阯覆。绵联三四年,流为中夏辱。儒者斗即退,武者兵则黩。军庸满天下,战将多金玉。刮则齐民痛。分为猛士禄。雄健许昌师,忠武冠其族。去为万骑风,住作一川肉。昨朝残卒回,千门万户哭。哀声动闾里,怨气成山谷。谁能听昼鼙,不忍看金镞。吾有制胜术,不奈贱碌碌。贮之胸臆间,惭见许师属。自嗟胡为者,得蹑前修躅。家不出军租,身不识部曲。亦衣许师衣,亦食许师粟。方知古人道,荫我已为足。念此向谁羞,悠悠颍川绿。

丙戌岁,淮右蝗旱。日休寓小墅于州东,下第后,归之。见颖民转徙者,盈途塞陌,至有父舍其子,夫捐其妻,行哭立啖,朝去夕死,呜呼!天地诚不仁耶?皮子之山居,樵有裘,馂有炊,晏眠而夕饱,朝乐而暮娱,何能于颍川民而独享是,为将天地遗之耶?因羞不自容,作诗以唁之。

天子丙戌年,淮右民多饥。就中颍之汭,转徙何累累。夫妇相顾亡,弃却抱中儿。兄弟各自散,出门如大痴。一金易芦卜,一缣换凫茈。荒村墓鸟树,空屋野花篱。儿童啮草根,倚桑空羸羸。斑白死路傍,枕土皆离离。方知圣人教,于民良在斯。厉能去人爱,荒能夺人慈。如何司牧者,有术皆在兹。粤吾何为人,数亩清溪湄。一写落第文,一家欢复嬉。朝食有麦馈,晨起有布衣。一身既饱暖,一家无怨咨。家虽有畎亩,手不秉镃基。岁虽有札瘥,庖不废晨炊。何道以致是,我有明公知。食之以侯食,衣之以侯衣。归时岬金帛,使我奉庭闱。抚已愧颍民,奘不进德为。因兹感知己,尽日空涕洟。

七爱诗并序

皮子之志,常以真纯自许。每谓立大化者,必有真相,以房杜为真相焉;定大乱者,必有真将,以李太尉为真将焉;傲大君者,必有真隐,以卢徵君为真隐焉;镇浇俗者,必有真吏,以元鲁山为真吏焉;负逸气者,必有真放,以李翰林为真放焉;为名臣者,必有真才,以白太傅为真才焉。呜呼!吾之道时耶,行其事也,亦乎爱忠矣。不时耶,行其事也,亦在乎爱忠矣。苟有心歌咏者,岂徒然哉!

房杜二相国玄龄、如晦

吾爱房与杜,贫贱共联步。脱身抛乱世,策杖归真主。纵横握中算,左右天下务。肮脏无敌才,磊落不世遇。美矣名公卿,魁然真宰辅。黄阁三十年,清风一万古。巨业照国史,大勋镇王府。遂使后世民,至今受陶铸。粤吾少有志,敢蹑前贤路。苟得同其时,愿为执鞭竖。

李太尉晟

吾爱李太尉,崛起定中原。骁雄十万兵,四面围国门。一战取王畿,一叱散妖氛。乘舆既反正,凶竖争亡魂。巍巍柱天功,荡荡盖世勋。仁于曹孟德,勇过霍将军。丹券入帑藏,青史传子孙。所谓大丈夫,动合惊乾坤。所谓圣天子,难得忠贞臣。下以契鱼水,上以合风云。百世必一乱,千年方一人。吾虽翰墨子,气概敢不群。愿以太平颂,题为甘泉春。

卢徵君鸿

吾爱卢徵君,高卧嵩山里。百辟未一顾,三徵方暂起。坦腹对宰相,岸帻揖天子。建礼门前吟,金銮殿里醉。天下皆铺糟,徵君独洁已;天下皆乐闻,徵君独洗耳;天下皆怀羞,徵君独多耻。银黄不妨悬,赤绂不妨被。而于心抱中,独作羲皇地。篮舆一云返,泥诏褒不已。再看缑山云,重酌嵩阳水。放旷书里终,逍遥醉中死。吾谓伊与周,不若徵君贵。吾谓巢与许,不若徵君义。高名无阶级,逸迹绝涯涘。万世唐书中,逸名不可比。粤吾慕真隐,强以骨肉累。如教不为名,敢有徵君志。

元鲁山德秀

吾爱元紫芝,清介如伯夷。辇母远之官,宰邑无玷疵。三年鲁山民,丰稔不暂饥。三年鲁山吏,清慎各自持。只饮鲁山泉,只采鲁山薇。一室冰檗苦,四远声光飞。退归旧隐来,斗酒入茅茨。鸡黍匪家畜,琴尊常自怡。尽日一菜食,穷年一布衣。清似匣中镜,直如琴上丝。世无用贤人,青山生白髭。既卧黔娄衾,空立陈寔碑。吾无鲁山道,空有鲁山辞。所恨不相识,援毫空涕垂。

李翰林白

吾爱李太白,身是酒星魄。口吐天上文,迹作人间客。磥砢千丈林,澄澈万寻碧。醉中草乐府,十幅笔一息。召见承明庐,天子亲赐食。醉曾吐御床,傲几触天泽。权臣妒逸才,心如斗筲窄。失恩出内署,海岳甘自适。刺谒戴接䍦,赴宴著縠一作屐。诸侯百步迎,明星九天忆。竟遭腐胁疾,醉魄归八极。大鹏不可笼,大椿不可植。蓬壶不可见,姑射不可识。五岳为辞锋,四溟作胸臆。惜哉千万年,此俊不可得。

白太傅居易

吾爱白乐天,逸才生自然。谁谓辞翰器,乃是经纶贤。歘从浮艳诗,作得典诰篇。立身百行足,为文六艺全。清望逸内署,直声惊谏垣。所刺必有思,所临必可传。忘形任诗酒,寄傲遍林泉。所望标文柄,所希持化权。何期遇謷毁,中道多左迁。天下皆汲汲,乐天独怡然。天下皆闷闷,乐天独舍旃。高吟辞两掖,清啸罢三川。处世似孤鹤,遗荣同脱蝉。仕若不得志,可为龟镜焉。

正乐府十篇并序

乐府盖古圣王采天下之诗,欲以知国之利病,民之休戚者也。得之者,命司乐氏入之于埙篪,和之以管籥。诗之美也,闻之足以劝乎功;诗之刺也,闻之足以戒乎政。故周礼太师之职,掌教六诗;小师之职,掌讽诵诗。由是观之,乐府之道大矣。今之所谓乐府者,唯以魏晋之侈丽,陈梁之浮艳,谓之乐府诗,真不然矣。故尝有可悲可惧者,时宣于咏歌,总十篇,故命曰正乐府诗。

辛妻怨

河湟戍卒去,一半多不回。家有半菽食,身为一囊灰。官吏按其籍,伍中斥其妻。处处鲁人髽,家家杞妇哀。少者任所归,老者无所携。况当札瘥年,米粒如琼瑰。累累作饿殍,见之心若摧。其夫死锋刃,其室委尘埃。其命即用矣,其赏安在哉!岂无黔敖恩,求此穷饿骸。谁知白屋士,念此翻欸欸。

橡媪叹

秋深橡子熟,散落榛芜冈。伛伛黄发媪,拾之践晨霜。移时始盈掬,尽日方满筐。几曝复几蒸,用作三冬粮。山前有熟稻,紫穗袭人香。细获又精舂,粒粒如玉珰。持之纳于官,私室无仓箱。如何一石余,只作五斗量。狡吏不畏刑,贪官不避赃。农时作私债,农毕归官仓。自冬及于春,橡实诳饥肠。吾闻田成子,诈仁犹自王。吁嗟逢橡媪,不觉泪沾裳。

贪官怨

国家省闵吏,赏之皆与位。素来不知书,岂能精吏理。大者如宰邑,小者皆尉史。愚者若混沌,毒者如雄虺。伤哉尧舜民,肉袒受鞭箠。吾闻古圣王,天下无遗士。朝廷及下邑,治者皆仁义。国家选贤良,定制兼拘忌。所以用此徒,令之充禄仕。何不广取人,何不广历试?下位既贤哉,上位何如矣。胥徒赏以财,俊造悉为吏。天下若不平,吾当甘弃市。

农父谣

农父冤辛苦,向我述其情。难将一人农,可备十人征。如何江淮粟,挽漕输咸京。黄河水如电,一半沈与倾。均输利其事,职司安敢评。三川岂不农,三辅岂不耕?奚不车其粟,用以供天兵。美哉农父言,何计达王程。

路臣恨

路臣何方来,去马真如龙。行骄不动尘,满辔金珑璁。有人自天来,将避荆棘丛。狞呼不觉止,推一作椎下苍黄中。十夫掣鞭策,御之如惊鸿。日行六七邮,瞥若鹰无踪。路臣慎勿愬,愬则刑尔躬。军期方似雨,天命正如风。七雄战争时,宾旅犹自通。如何太平世,动步却途穷。

贱贡士

南越贡珠玑,西蜀进罗绮。到京未晨旦,一一见天子。如何贤与俊,为贡贱如此。所知不可求,敢望前席事。吾闻古圣人,射宫亲选士。不肖尽屏迹,贤能皆得位。所以谓得人,所以称多士。叹息几编书,时哉又何异。

颂夷臣

夷师本学外,仍善唐文字。吾人本尚舍,何况夷臣事。所以不学者,反为夷臣戏。所以尸禄人,反为夷臣忌。吁嗟华风衰,何尝不由是。

惜义鸟

商颜多义鸟,义鸟实可嗟。危巢末一作年累累,隐在栲木花。他巢若有雏,乳之如一家。他巢若遭捕,投之同一罗。商人每秋贡,所贵复如何。饱以稻粱滋,饰以组绣华。惜哉仁义禽,委戏于宫娥。吾闻凤之贵,仁义亦足夸。所以不遭捕,盖缘生不多。

诮虚器

襄阳作髹器,中有库露真。持以遗北虏,给云生有神。每岁走其使,所费如云屯。吾闻古圣王,修德来远人。未闻作巧诈,用欺禽兽君。吾道尚如此,戎心安足云。如何汉宣帝,却得呼韩臣。

哀陇民

陇山千万仞,鹦鹉巢其巅。穷危又极崄,其山犹—作独不全。蚩蚩陇之民,悬度如登天。空中觇其巢,堕者争纷然。百禽不得一,十人九死焉。陇川有戍卒,戍卒亦不闲。将命提雕笼,直到金台—作堂前。彼毛不自珍,彼舌不自言。胡为轻人命,奉此玩好端。吾闻古圣王,珍禽皆舍旃。今此陇民属,每岁啼涟涟。

奉献致政裴秘监

何胤本徵士,高情动天地。既无阀阅门,常嫌冠冕累。宰邑著嘉政,为郡留高致。移官在书府,方乐鸳池贵。玉季牧江西,泣之不忍离。舍杖随之去,天下钦高义。乌帽白绤裘,篮舆竹如意。黄菊陶潜酒,青山谢公妓。月槛咏诗情,花溪钓鱼戏。钟陵既方舟,魏阙将结驷。甘求白首闲,不为苍生起。优诏加大监,所以符公议。既为逍遥公,又作鸱夷子。安车悬不出,驷马闲无事。微雨汉陂舟,残日终南骑。富贵尽凌云,何人能至此?猜祸皆及身,何复至如是。贤哉此丈夫,百世一人矣。

秋夜有怀

梦里忧身泣,觉来衣尚湿。骨肉煎我心,不是谋生急。如何欲佐主,功名未成立。处世既孤特,传家无承袭。明朝走梁楚,步步出门涩。如何一寸心,千愁万愁入。

喜鹊

弃膻在庭际,双鹊来摇尾。欲啄怕人惊,喜语晴光里。何况佞幸人,微禽解如此。

蚊子

隐隐聚若雷,嘬肤不知足。皇天若不平,微物教食肉。贫士无绛纱,忍苦卧茅屋。何事觅膏腴,腹无太仓粟。

鹿门夏日

满院松桂阴,日午却不知。山人睡一觉,庭鹊立未移。出檐趁云去,忘戴白接䍦。书眼若薄雾,酒肠如漏卮。身外所劳者,饮食须自持。何如便绝粒,直使身无为。

偶书

女娲掉绳索,垍泥成下人。至今顽愚者,生如土偶身。云物养吾道,天爵高我贫。大笑猗氏辈,为富皆不仁。

读书

家资是何物,积袠列梁梠。高斋晓开卷,独共圣人语。英贤虽异世,自古心相许。案头见蠹鱼,犹胜凡俦侣。

贫居秋日

亭午头未冠,端坐独愁予。贫家烟爨稀,灶底阴虫语。门小愧车马,廪空惭雀鼠。尽室未寒衣,机声羡邻女。

全唐诗卷六百九

皮日休

鲁望读襄阳耆旧传,见赠五百言,过褒庸材,靡有称是。然襄阳襄事历历在目,夫耆旧传所未载者汉阳王则宗社元勋,孟浩然则文章大匠,予次而赞之,因而寄答,亦诗人无言不酬之义也,次韵。

汉水碧于天,南荆廓然秀。庐罗遵古俗,鄢郢迷昔囿。幽奇无得状,巉绝不能究。兴替忽矣新,山川悄然旧。斑斑生造士,一一应玄宿。巴庸乃嶮岨,屈景实豪右。是非既自分,泾渭不相就。粤自灵均来,清才若天漱。伟哉洞上隐,卓尔隆中耨。始将麋鹿狎,遂与麒麟斗。万乘不可谒,千钟固非茂。爰从景升死,境上多兵候—作猴。檀溪试戈船,岘岭屯贝胄。寂寞数百年,质唯包砾琇。上玄赏唐德,生贤命之授。是为汉阳王,帝曰俞尔奏。臣德耸神鬼,宏才轹前后。势端唯金茎,质古乃玉豆。行叶荫大椿,词源吐洪溜。六成清庙音,一柱明堂构。在昔房陵迁,圆穹正中漏。繄王揭然出,上下拓宇宙。俯视三事者,駪駪若童幼。低催护中兴,若风视其壳。遇险必伸足,逢诛将引脰。既正北极尊,遂治众星谬。重闻章陵幸,再见岐阳狩。日似新刮膜,天如重熨绉。易政疾似咳,求贤甚于购。化之未朞年,民安而国富。翼卫两舜趋,钩陈十尧骤。忽然遗相印,如羿卸—作御其彀。奸佞却乘衅,播迁遂终寿。遗庙屹峰崿,功名纷组绣。开元文物盛,孟子生荆岫。斯文纵奇巧,秦玺新雕镂。甘穷卧牛衣,受辱对狗窦。思变如易爻,才通似玄首。秘于龙宫室,怪于—作即天篆籀。知者竞欲戴,嫉者或将诟。任达且百觚,遂为当时陋。既作才鬼终,恐为仙籍售。予生二贤末,得作升木狖。兼济与独善,俱敢怀其臭。江汉称炳灵,克明嗣清昼。继彼欲为三,如醨如—作和醇酎。既见陆夫子,驽心却伏厩。结彼世外交,遇之于邂逅。两鹤思竞闲,双松格争瘦。唯恐别仙才,涟涟涕襟袖。

> 鲁望昨以五百言见贻,过有褒美,内揣庸陋,弥增愧悚,因成一千言上述吾唐文物之盛,次叙相得之欢,亦迭和之微旨也。

三辰至精气,生自苍颉前。粤从有文字,精气铢于绵。所以杨墨后,文词纵横颠。元狩富材术,建安俨英贤。厥祀四百余,作者如排穿。五马渡江日,群鱼食蒲年。大风荡天地,万阵黄须颠。纵有命世才,不如一空弮。后至陈隋世,得之拘且缒。太浮如潋滟,太细如蚯蚓。太乱如糜糜,太轻如芊芊。流之为酕醄,变之为游畋。百足虽云众,不救杀马蚿。君臣作降虏,北走如獯獫。所以文字妖,致其国朝迁。吾唐革其弊,取士将科县。文星下为人,洪秀密于缏。大开紫宸扉,来者皆详延。日晏朝不罢,龙姿欢辀辀 音田,《吕氏春秋》云:天子辀辀。于焉周道反,由是秦法悛。射洪陈子昂,其声亦喧阗。惜哉不得时,将奋犹拘挛。玉垒李太白,铜堤孟浩然。李宽包堪舆,孟淡拟 一作凝 漪涟。埋骨采石圹,留神鹿门埏。俾其羁旅死,实觉天地孱。犄与子美思,不尽如转辁。纵为三十车,一字不可捐。既作风雅主,遂司歌咏权。谁知耒阳土,埋却真神仙。当于李杜际,名辈或沿沿。良御非异马,由弓非他弦。其物无同异,其人有媸妍。自开元至今,宗社纷如烟。爽若沉灌英,高如昆仑巅。百家嚚浮说,诸子率寓篇。筑之为京观,解之为牲牷。各持天地维,率意东西牵。竞抵元化首,争扼真宰咽。或作制诰数,或为宫体渊。或堪被金石,或可投花钿。或为舆隶唱,或被儿童怜。乌垒房亦写,鸡林夷争传。披揭 一作猖 覆载枢,捭阖神异键。力掀尾闾立,思 一作鬼 轧大块旋。降气或若虹,耀影或如霓。万象疮复痏,百灵瘠且癫。谓乎数十公,笔若明堂椽。其中有拟者,不绝当如绠。齐驱不让策,并驾或争骈。所以吾唐风,直将三代甄。被此文物盛,由乎声诗宣。采彼风人谣,辎轩轻似鹯。丽者固不舍,鄙者亦为铨。其中有鉴戒,一一堪雕镌。乙夜以观之,吾君无释焉。遂命大司乐,度之

如星躔。播于乐府中,俾为万代蠲。吹彼圆丘竹,诵兹清庙弦。不惟娱列祖,兼可格上玄。粤予何为者,生自江海壖。骎骎自总角,不甘耕一壖。诸昆指仓库,谓我死道边。何为不力农,稽古真可嗤。遂与袯襫著,兼之笞笠全。风吹蔓草花,飒飒盈荒田。老牛瞪不行,力弱谁能鞭?乃将耒与耜,并换椠与铅。阅彼图籍肆,致之千百编。携将入苏岭 鹿门别名,不就无出缘。堆书塞低屋,添砚涸小泉。对灯任髻爇,凭案从肘研。苟无切玉刀,难除指上胼。尔来五寒暑,试艺称精专。昌黎道未著,文岂如欲骞。其中有声病,于我如蜓蝘。音天蝉,语不正貌。是敢驱颓波,归之于大川。其文如可用,不敢佞与便。明水在稿秸,太羹临豆笾。将来示时人,亵黷垂馋涎。亦或尚华绰,亦曾为便嬛。亦能制灏灏,亦解攻翩翩。唯思逢阵敌,与彼争后先。避兵入句吴,穷悴只自胫。平原陆夫子,投刺来翩跹。开卷读数行,为之加敬虔。忽穷一两首,反顾唯曲拳。始来遗巾帼,乃敢排戈铤。或为拔帜走,或遭刜垒还。不能收乱辙,岂暇重为笺。虽然未三北,亦可输千馔。丑专切。《尚书》云:赎罪千馔。向来说文字,尔汝名可联。圣人病殁世,不患穷而踬。我未九品位,君无一囊钱。相逢得何事,两笾酬戏笺。无颜解媮合,底事居冗员。方知万钟禄,不博五湖船。夷险但明月,死生应白莲。吟余凭几饮,钓罢偎蓑眠。终抛岘山业,相共此留连。

吴中苦雨因书一百韵寄鲁望

全吴临巨溟,百里到沪渎。海物竞骈罗,水怪争渗漉。狂蜃吐其气,千寻勃然蠚。一刷半天墨,架为敧危屋。怒鲸瞪相向,吹浪山毂毂。倏忽腥杳冥,须臾圻崖谷。帝命有严程,慈物敢潜伏。嘘之为玄云,弥亘千万幅。直拔倚天剑,又建横海纛。化之为暴雨,溑溑射平陆。如将月窟写,似把天河扑。著树胜戟支,中人过箭镞。龙光倏闪照,虹角挡铮触。此时一千里,平下天台瀑。雷公恣其志,礚礤裂电目。蹴破霹雳车,折却三四辐。雨工避罪者,

必在蚊睫宿。狂发铿訇音,不得懈怠僇。顷刻势稍止,尚自倾薿薿。不敢履洿处,恐蹋烂地轴。自尔凡十日,茫然晦林麓。只是遇滂沱,少曾逢霢霂。伊余之廨宇,古制拙卜筑。颓檐倒菌黄,破砌顽莎绿。只有方丈居,其中蹐且跼。朽处或似醉,漏时又如沃。阶前平泛滥,墙下起趑趄。唯堪著笭箵,复可乘舠宿一作舳。鸡犬并淋漓,儿童但咿嗖。勃勃生湿气,人人牢于桎。须眉渍将断,肝膈蒸欲熟。当庭死兰芷,四垣盛蓁菉。解帙展断书,拂床安坏椟一作牍。跳梁老蛙黾,直向床前浴。蹲前但相眡,似把白丁辱。空厨方欲炊,渍米未离簇。薪蒸湿不著,白昼须然烛。污莱既已汀,买鱼不获鲋。竟未成麦𪌭,安能得粱肉?更有陆先生,荒林抱穷蹙。坏宅四五舍,病筱三两束。盖檐低碍首,藓地滑滟足。注欲透承尘,湿难庇厨簏。低摧在圭窦,索漠抛偏裼。手指既已胼,肌肤亦将瘯。一苞一作庖势欲殡,将撑乏寸木。尽日欠束薪,经时无寸粟。蠛蠓将入甑,蚞蜴已临簠。音复。《说文》云:如釜而口大。娇儿未十岁,栲然自啼哭。一钱买粃粺,数里走病仆。破碎旧鹤笼,狼藉晚蚕蔟。千卷素书外,此外无余蓄。著处纻衣裂,戴次纱帽欹。恶阴潜过午,未及烹葵菽。吴中铜臭户,七万沸如矄。崙止甘蟹螯,侈唯僭车服。皆希尉吏旨,尽怕里胥录。低眉事庸奴,开颜纳金玉。唯到陆先生,不能分一斛。先生之志气,薄汉如鸿鹄。遇善必擎跽,见才辄驰逐。廉不受一芥,其余安可黩。如何乡里辈,见之乃蜗缩。粤予苦心者,师仰但踧踖。受易既可注,请玄又堪卜。百家皆搜荡,六艺尽翻覆。似馁见太牢,如迷遇华烛。半年得酬唱,一日屡往复。三秀间稂莠,九成杂巴濮。奔命既不暇,乞降但相续。吟诗口吻呐,把笔指节瘃。君才既不穷,吾道由是笃。所益谅弘多,厥交过亲族。相逢似丹漆,相望如胱肭。论业敢并驱,量分合继躅。相违始两日,忡忡想华绣。出门泥漫漶,恨无直辕辇。十钱赁一轮,逢一作篷上鸣斛觫。赤脚枕书帙,访予穿诘曲。入门且抵掌,大噱时

碌碌。兹一作滋淋既浃旬,无乃害九谷。予惟饿不死,得非道之福。手中捉诗卷,语快还共读。解带似归来,脱巾若沐浴。疏如松间篁,野甚麇对鹿。行谭弄书签,卧话枕棋局。呼童具盘餐,撮衣换鸡鹜。或蒸一升麻,或煠两把菊。用以阅幽奇,岂能资口腹。十分煎皋卢,半榼挽醽醁。高谈繄无尽,昼漏何太促!我公大司谏,一切从民欲。梅润侵束仗,和气生空狱。而民当斯时,不觉有烦溽。念涝为之灾,拜神再三告。太阴霍然收,天地一澄肃。燔炙既芬芬,威仪乃翟翟。须权元化柄,用拯中夏酷。我愿荐先生,左右辅司牧。兹雨何足云,唯思举颜歜。

初夏即事寄鲁望

夏景恬且旷,远人疾初平,黄鸟语方熟,紫桐阴正清。廨宇有幽处。私游无定程。归来闭双关,亦忘枯与荣。土室作深谷,藓垣为干城。攲杉突杝架,迸笋支檐楹。片石共坐稳,病鹤同喜晴。癭木四五器,筇杖一两茎。泉为葛天味,松作羲皇声。或看名画彻,或吟闲诗成。忽枕素琴睡,时把仙书行。自然寡俦侣,莫说更纷争。具区包地髓,震泽含天英。粤从三让来,俊造纷然生。顾予客兹地,薄我皆为伧。唯有陆夫子,尽力提客卿。各负出俗才,俱怀超世情。驻我一栈车,啜君数藜羹。敲门若我访,倒屣一作履欣逢迎。胡饼蒸甚熟,貊盘举尤轻。茗脆不禁炙,酒肥或难倾。扫除就藤下,移榻寻虚明。唯共陆夫子,醉与天壤并。

二游诗 并序

吴之士有恩王府参军徐修矩者,守世书万卷,优游自适。余假其书数千卷,未一年,悉偿夙志,酣恞经史,或日晏忘饮食。次有前泾县尉任晦者,其居有深林曲沼,危亭幽砌,余并次以见之,或退公之暇,必造以息焉。林泉隐事,恣用研咏。大凡游于二君宅,无浃旬之间,因作诗以留赠,名一作目之曰二游,兼寄陆鲁望。

徐诗

东莞为著姓,奕代皆隽喆。强学取科第,

名声尽孤揭。自为方州来,清操称凛冽。唯写坟籍多,必云清俸绝。宣毫利若风,剡纸光与月。札吏指欲胼,万通排未阅。楼船若夏屋,欲载如垤堁。转徙入吴都,纵横碍门阒。缥囊轻似雾,缃帙殷于血。以此为基构,将斯用贻厥。重于通侯印,贵却全师节。我爱参卿道,承家能介洁。潮田五万步,草屋十余一作数楹。微宦不能去,归来坐如刖。保兹万卷书,守慎如羁绁。念我曾苦心,相逢无间别。引之看秘宝,任得穷披阅。轴闲翠钿剥,签古红牙折。帙解带芸香,卷开和桂屑。枕兼石锋刃,榻共松疮疖。一卧寂无谊,数编看尽彻。或携归廨宇,或把穿林樾。挈过太湖风,抱宿支硎雪。如斯未星纪,悉得分毫末。剪除幽僻数,涤荡玄微窟。学海正狂波,予头向中颎鸟没切。圣人患不学,垂诚尤为切。苟昧古与今,何殊暗共瞲五骨切。昔之慕经史,有以傭笔札。何况遇斯文,借之不曾辍。吾衣任縠纻,吾食甘糠麧。其道苟可光,斯文那自伐。何竹青堪杀,何蒲重好截?如能盈兼两,便足酬饥渴。有此竟苟荣,闻之兼可哕。东皋耨烟雨,南岭提薇蕨。何以谢徐君,公车不闻设。

任诗

任君恣高放,斯道能寡合,一宅闲林泉,终身远嚣杂。尝闻佐浩穰,散性多傝五盍切傝音眔,不任事貌。欻尔解其绶,遗之如弃韈。归来乡党内,却与亲朋洽。开溪未让丁,列第方称甲。入门约百步,古木声霎霎。广槛小山敧,斜廊怪石夹。白莲倚阑楯,翠鸟缘帘押。地势似五泻,岩形若三峡。猿眠但腽肭,鬼食时啑嗒。拨荇下文竿,结藤紫桂楫。门留医树客,壁倚栽花锸。度岁止褐衣,经旬唯白帢。多君方闭户,顾我能倒屣。请题在茅栋,留坐于石榻。魂从清景遛,衣任烟霞裛。阶墀龟任上,枕席鸥方狎。沼似颇黎镜,当中见鱼眨。杯杓悉杉瘤,盘筵尽荷叶。闲斝不置罚,闲弈无争劫。闲日不整冠,闲风无用箑。以斯为思虑,吾道宁疲苶。衮衣竞璀璨,鼓吹争鞈鞳。欲者解挤排,诟者能诂谐。权豪暂翻覆,刑祸相填压。此时一圭窦,不肯饶闾阖。有第可栖息,有书可渔猎。吾欲与任君,终身以斯惬。

追和虎丘寺清远道士诗并序

圣人为春秋,凡诸侯有告则书,无告则不书,盖所以惩其伪而敦其实也。夫怪之与神,虽曰不言,在传则书之者,亦摭其实而为之也。若然者,神之与怪果安一本作果也邪?噫!圣贤有不得其志者,则必垂于言也。大则为经诰,小则为歌咏,盖不信于当时,取愤于后世。抑鬼神有生不得其志者,死亦然邪?若凭而宣之,则石言乎晋,物叫于宋是也;若梦而辨之,则良夫有昆吾之歌,声伯有琼瑰之谣是也。自兹已后,人伦不修,神藻益炽。在君人者,悟之则为瑞,逆之则为妖。其冥讽昧刺,时出于世者,则为骚人狎客,往往敌于忽微焉。虎丘山有清远道士诗一首,其所自殷周而历秦汉,迄于近代,抑二千年,末以鬼神自谓,亦神怪之甚者,格之以清健,饰之以俊丽,一句一字,若奋若搏,彼建安词人傥在,不得居其右矣。颜太师鲁公爱之不暇,遂刻于岩际,并有继作。李太尉卫公,钦清远之高致,慕鲁公之素尚,又次而和之。颜之叙事也典,李之属思也丽,并一时之寡和。又幽独君诗二首,亦甚奇怆。予嗜古者,观而乐之,因继而为和答。幽独君一篇,不知孰氏之作,其词古而悲,亦存于篇末。太玄曰:"大无方,易无时,然后为鬼神也。"噫!清远道士果鬼神乎?抑道家者流乎?抑隐君子乎?词则已矣,人则吾不知也。

成道自衰周,避世穷炎汉。荆杞虽云梗,烟霞尚容窜。兹岑信灵异,吾怀悇流玩。石涩古铁锉,岚重轻埃漫。松膏腻幽径,藓沫著孤岸。诸萝幄幕暗,众鸟陶鸲乱。岩罅地中心,海光天一半。玄猿行列归,白云次第散。蟾蜍生夕景,沆瀣余清旦。风日采幽什,墨客学灵翰。嗟予慕散文,一咏复三叹。显晦虽不同,兹吟粗堪赞。

追和幽独君诗次韵

念尔风雅魄,幽咽犹能文。空令伤魂鸟,啼破山边坟。恨剧但埋土,声幽难放哀。坟古春自晚,愁绪空崔嵬。白杨老无花,枯根侵夜台。天高有时裂,川去何时回?双睫不能濡,六藏无可摧。不闻搴蓬事,何必深悲哉!

奉和鲁望读阴符经见寄

三百八十言,出自伊祁氏。上以生神仙,次云立仁义。玄机一以发,五贼纷然起。结为日月精,融作天地髓。不测似阴阳,难名若神鬼。得之升高天,失之沈厚地。具茨云木老,大块烟霞委。自颛顼以降,贼为圣人轨。尧乃一庶人,得之贼帝挚。挚见其德尊,脱身授其位。舜唯一鳏民,冗冗作什器。得之贼帝尧,白丁作天子。禹本刑人后,以功继其嗣。得之贼帝舜,用以平泽水。自禹及文武,天机憯然弛。姬公树其纲,贼之为圣智。声诗川竞大,礼乐山争峙。爰从幽厉余,宸极若孩稚。九伯真犬彘,诸侯实虎兕。五星合其耀,白日下阙里。由是圣人生一作生圣人,於焉当乱纪。黄帝之五贼,拾之若青紫。高挥春秋笔,不可刊一字。贼子虐甚忻,奸臣痛于箠。至今千余年,蚩蚩受其赐。时代更复改,刑政崩且陊。予将贼其道,所动多訾毁。叔孙与臧仓,贤圣多如此。如何黄帝机,吾得多坎踬。纵失生前禄,亦多身后利。我欲贼其名,垂之千万祀。

初夏游楞伽精舍

越舣轻似萍,漾漾出烟郭。人声渐疏旷,天气忽寥廓。伊予惬斯志,有似副痟瘼。遇胜即夷犹,逢幽且淹泊。俄然棹深处,虚无倚岩崿。霜毫一道人,引我登龙阁。当中见寿象,欲礼光纷箔。珠幡时相铿,恐是诸天乐。树杪见觚棱,林端逢赭垩。千寻井犹在,万祀灵不涸。下通蛟人道,水色黪而恶。欲照六藏惊,将窥百骸愕。遏去山南岭,其险如邛笮。悠然放吾兴,欲把青天摸。紫藤垂翠珥,红荔悬缨络。藓厚滑似漆,峰尖利如锷。斯须到绝顶,似愈渐离爗一作曈。一片太湖光,只惊天汉落。梅风脱纶帽,乳水透芒屩。岚姿与波彩,不动浑相著。既不暇供应,将何以酬酢?却来穿竹径,似入青油幕。穴恐水君开,龛如鬼工凿。穷幽入兹院,前楹临巨壑。遗画龙奴狞,残香虫篆薄。褫魂窥玉镜,澄虑闻金铎。云态共萦留,鸟言相许诺。古木势如虺,近之恐相蠚。

怒泉声似激,闻之意争博。时禽候已嘿,众籁萧然作。遂令不羁性,恋此如缠缚。念彼上人者,将生付寂寞。曾无肤挠事,肯把心源度。胡为儒家流,没齿勤且恪。沐猴本不冠,未是谋生错。言行既异调,栖迟亦同托。愿力傥不遗,请作华林鹤。

公斋四咏

小松

婆娑只三尺,移来白云径。亭亭向空意,已解凌辽敻。叶健似虬须,枝脆如鹤胫。清音犹未成,绀彩空不定。阴圆小芝盖,鳞涩修荷柄。先愁被鹞抢,预恐遭蜗病。结根幸得地,且免离离映。磈砢不难遇,在保晚成性。一日造明堂,为君当毕命。

小桂

一子落天上,生此青璧枝。欻从山之幽,劚断云根移。劲挺隐珪质,盘珊缇油姿。叶彩碧髓融,花状白毫蕤。棱层立翠节,偃蹇樛青螭。影淡雪雾后,香泛风和时。吾祖在月窟,孤贞能见怡。愿老君子地,不敢辞喧卑。

新竹

笠泽多异竹,移之植后楹。一架三百本,绿沈森冥冥。圆紧珊瑚节,钗利翡翠翎。俨若青帝仗,蠢如紫姑屏。槭槭微风度,漠漠轻霭生。如神语钧天,似乐奏洞庭。一玩九藏冷,再闻百骸醒。有根可以执,有箁音福,《竹谱》云:竹实也。可以馨,愿禀君子操,不敢先凋零。

鹤屏

三幅吹空毂,孰写仙禽状。鸵耳侧以一作似听《相鹤经》云:雄频鸵耳则听响远。赤精旷如望露眼赤精则视远。引吭看云势,翘足临池样。颇似近莓席,还如入方丈。尽日空不鸣,穷年但相向。未许子晋乘,难教道林放。貌既合羽仪,骨亦符法相。愿升君子堂,不必思昆阆。

奉酬崔璐进士见寄次韵

伊余幼且贱,所禀自以殊。弱岁谬知道,

有心匡皇符。意超海上鹰,连蹋辕下驹。纵性作古文,所为皆自如。但恐才格劣,敢夸词彩敷。句句考事实,篇篇穷玄虚。谁能变羊质,竟不获骊珠。粤有造化手,曾开天地炉。文章邺下秀,气貌淹中儒。展我此志业,期君持中枢。苍生眼穿望,勿作磻溪谟。

全唐诗卷六百十

皮日休

太湖诗并序

余顷在江汉,尝樽鹿门,瞰洞湖,然而未能放形者,抑志于道也。尔后以文事造请,于是南浮至二别,涉洞庭,回观敷浅源,登庐阜,济九江,由天柱抵霍岳,又自箕颍转樊邓,陟商颜,入蓝关,凡自江汉至于京,干者十数侯,绕者二万里。道之不行者,有困辱危殆;志之可适者,有山水游玩,则休戚不孤矣。咸通九年,自京东游,复得宿太华,乐荆山,赏女几,度辊辕,穷嵩高,入京索,浮汴渠至扬州。又航天堑,从北固到姑苏。嘻!江山幽绝,见贵于地志者,余之所到,不翅于半,则烟霞鱼鸟,林壑云月,可为属厌之具矣。尚栖然于志者,抑古圣人所谓独行之性乎?逸民之流乎?余真得而为也。尔后闻震泽包山,其中有灵异,学黄老徒乐之,多不返,益欲一观,豁平生之郁郁焉。十一年夏六月,会大司谏清河公忧霖雨之为患,乃择日休,将命,祷于震泽。祀事既毕,神应如响,于是太湖之中,所谓洞庭山者,得以恣讨。凡所历皆图籍称为灵异者,遂为诗二十章,以志其事,兼寄天随子。

初入太湖 自胥口入,去州五十里。

闻有太湖名,十年未曾识。今朝得游泛,大笑称平昔。一舍行胥塘,尽日到震泽。三万六千顷,千顷颇黎色。连空淡无类,照野平绝隙。好放青翰舟,堪弄白玉笛。疏岑七十二,嶙嶙露矛戟。悠然啸傲去,天上摇画舳。西风乍猎猎,惊波霓涵碧。倏忽雷阵吼,须臾玉崖坼 一作岸坼。树动为蜃尾,山浮似鳌脊。落照射鸿溶,清辉荡抛摭 一作掷。云轻似可染,霞烂如堪摘。渐暝无处泊,挽帆从所适。枕下闻澎湃 一作汃,肌上生痠痟。讨异足邅回,寻幽多阻隔。愿风与良便,吹入神仙宅。甘将一蕴书,永事嵩山伯。

晓次神景宫

夜半幽梦中,扁舟似凫跃。晓来到何许,俄倚包山脚。三百六十丈,攒空利如削。遐瞻但徙倚,欲上先矍铄。浓露湿莎裳,浅泉渐草屏。行行未一里,节境转寂寞。静径侵沈寥,仙扉傍岩崿。松声正清绝,海日方照灼。歘临幽虚天,万想皆摆落。坛灵有芝菌,殿圣无鸟雀。琼帏自回旋,锦旌空綵错。鼎气为龙虎,香烟混丹臛。凝看出次云,默听语时鹤。绿书不可注,云笈应无钥。晴来鸟思喜,崦里花光弱。天籁如击琴,泉声似扠铎。清斋洞前院,敢负玄科约。空中悉羽章,地上皆灵药。金醴可酣畅,玉豉堪咀嚼。存心服燕胎,叩齿读龙蹻。福地七十二,兹焉永堪—作堪永托。在兽乏虎貙,于虫不毒蠚。尝闻择骨录,仙志非可作。绿肠既朱髓,青肝复紫络。伊余乏此相,天与形貌恶。每嗟原宪癯,常苦齐侯疟。终然合委顿,刚亦慕寥廓。三茅亦常—作尝住,竟与珪组薄。欲问包山神,来赊少岩壑。

入林屋洞

斋心已三日,筋骨如烟轻。腰下佩金兽,手中持火铃。幽塘四百里,中有日月精。连亘三十六,各各为玉京。自非心至诚,必被神物烹。顾余慕大道,不能惜微生。遂招放旷侣,同作幽忧行。其门才函丈,初若盘薄硎。洞气黑昳昳,苔发红鬠鬠。试足值坎窖,低头避峥嵘。攀缘不知倦,怪异焉敢惊。匍匐一百步,稍稍策可横。忽然白蝙蝠,来扑松炬明。人语散顼洞,石响高玲玎。脚底龙蛇气,头上波涛声。有时若服匿,偪仄如见绷。俄尔造平淡,豁然逢光晶。金堂似镌出,玉座如琢成。前有方丈沼,凝碧融入晴。云浆湛不动,璃露涵而馨。漱之恐减算,酌之必延龄。愁为三官责,不敢携一瓶。昔云夏后氏,于此藏真经。刻之以紫琳,秘之以丹琼。期之以万祀,守之以百灵。焉得彼丈人,窃之不加刑。石匮一以出,左神俄不扃。禹书既云得,吴国由是倾。薜缝才半尺,中有怪物腥。欲去既嚘唔,将回又伶俜。却遵旧时道,半日出杳冥。屡泥去声惹石髓,衣湿沾云英。玄篆乏仙骨,青文无绛名。虽然入阴宫,不得朝上清。对彼神仙窟,自厌浊俗形。却憎造物者,遣我骑文星。

雨中游包山精舍

松门亘五里,彩碧高下绚。幽人共跻攀,胜事颇清便。翠翠林上雨,隐隐湖中电。薜带轻束腰,荷笠低遮面。湿屦粘烟雾—作露,穿衣落霜霰。笑次度岩壑,困中遇台殿。老僧三四人,梵字十数卷。施稀无夏屋,境僻乏朝膳。散发抵泉流,支颐数云片。坐石忽忘起,扪萝不知倦。异蝶时似锦,幽禽或如钿。箓笋还戛刃,栟榈自摇扇。俗态既斗薮,野情空眷恋。道人摘芝菌,为予备午馔。渴兴—作与石榴羹,饥慊胡麻饭。如何事于役,兹游急於传。却将尘土衣,一任瀑丝溅。

游毛公坛

却上南山路,松行俨如庑。松根碍幽径,屏颜不能斧。摆履跨乱云,侧巾蹲怪树。三休且半日,始到毛公坞。两水合一涧,潆崖却为浦。相敌百千戟,共撼十万鼓。喷散日月精,射破神仙府。唯愁绝地脉,又恐折天柱。一窥耳目眩,再听云发竖。次到炼丹井,井干翳宿莽。下有蕊刚丹,勺之百疾愈。凝于白獭髓,湛似桐马乳。黄露醒齿牙,碧粘甘肺腑。桧异松复怪,枯疏互撑拄。乾蛟一百丈,骸然半天舞。下有毛公坛,坛方不盈亩。当时云龙篆,一片苔藓古。有刘先生镇坛符,今存于堂。时时仙禽来,忽忽祥烟聚。我爱周息元,忽起应明主周微君名曰息元。三谏却归来,回头唾圭组。伊余何不幸,斯人不复睹。如何大开口,与世争枯腐。将山待夸娥,以肉投猰貐。欻坐侵桂阴,不知巳与午。兹地足灵境,他年终结宇。敢道万石君,轻于一丝缕。

三宿神景宫

古观岑且寂,幽人情自怡。一来包山下,三宿湖之湄。况此深夏夕,不逢清月姿。玉泉浣衣后,金殿添香时。客省高且敞,客床蟠复奇。石枕冷入脑,笋席寒侵肌。气清寐不著,起坐临阶墀。松阴忽微照,独见萤火芝。素鹤警微露,白莲明暗池。窗棂带乳藓,壁缝含云蕤。闻磬走魍魉,见烛奔羁雌。沉瀄欲滴沥,芭蕉未离披。五更山蝉响,醒发如吹篪。杉风忽然起,飘破步虚词。道客巾屡样,上清朝礼仪。明发作此事,岂复甘趋驰。

以毛公泉一瓶献上谏议因寄

刘根昔成道,兹坞四百年。毵毵被其体,号为绿毛仙。因思清泠汲,凿彼崖一作崔额巅。五色既炼矣,一勺方铿然。既用文武火,俄穷雌雄篇。赤盐扑红雾,白华飞素烟。服之生羽翼,倏尔冲玄天。真隐尚有迹,厥祀将近千。我来讨灵胜,到此期终焉。滴苦破窦净,薜深余罂圆。澄如玉髓洁,泛若金精鲜。颜色半带乳,气味全和铅。饮之融痞蹇,濯之伸拘挛。有时玩者触,倏忽风雷颠。素绠丝不短,越罂腹甚便。汲时月液动,担处玉浆旋。敢献大司谏,置之铃阁前。清如介洁性,涤比扫荡权。炙背野人兴,亦思侯伯怜。也知饮冰苦,愿受一瓶泉。

缥缈峰

头戴华阳帽,手拄大夏筇。清晨陪道侣,来上缥缈峰。带露麜药蔓,和云寻鹿踪。时惊鼩鼱鼠,飞上千丈松。翠壁内有室,叩之虚碏户冬切磬音隆。古穴下彻海,视之寒鸿蒙。遇歇有佳思,缘危无倦容。须臾到绝顶,似鸟穿樊笼。恐足蹈海日,疑身凌天风。众岫点巨浸,四方接圆穹。似将青螺髻,撒在明月中。片白作越分,孤岚为吴宫。一阵暖㬉气,隐隐生湖东。激雷与波起,狂电将日红。磬磬雨点大,金镐轰下空。暴光隔云闪,仿佛亘天龙。连拳百丈尾,下拔湖之洪。毘为一雪山,欲与昭回通。移时却擅下,细碎衡与嵩。神物谅不测,绝景尤难穷。杖策下返照,渐闻仙观钟。烟波喷肌骨,云壑阗心胸。竟死爱未足,当生且欢逢。不然把天爵,自拜太湖公。

桃花坞

夤缘度南岭,尽日穿林樾。穷深到兹坞,逸兴转超忽。坞名虽然在,不见桃花发。恐是

武陵溪,自闭仙日月。倚峰小精舍,当岭残耕垡。将洞任回环,把云恣披拂。闲禽啼叫寮,险狖眠碑矶。微风吹重岚,碧埃轻勃勃。清阴减鹤睡,秀色冶人渴。敲竹斗铮拟,弄泉争咽喁。空斋蒸柏叶,野饭调石发。空羡坞中人,终身无履袜。

明月湾

晓景澹无际,孤舟恣回环。试问最幽处,号为明月湾。半岩翡翠巢,望见不可攀。柳弱下丝网,藤深垂花鬟。松瘦忽似狨,石文或如虥。钓坛两三处,苔老腥䙺斑。沙雨几处霁,水禽相向闲。野人波涛上,白屋幽深间。晓培橘栽去,暮作鱼梁还。清泉出石砌,好树临柴关。对此老且死,不知忧与患。好境无处住,好处无境删。赧然不自适,脉脉当湖山。

练渎吴王所开

吴王厌得国,所玩终不足,一上姑苏台,犹自嫌局促。艅艎六宫闹,艨冲后军肃。一阵水麝风,空中荡平渌。鸟困避锦帆,龙蜷防铁轴。流苏惹烟浪,羽葆飘岩谷。灵境太蹂践,因兹塞林屋。空阔嫌太湖,崎岖开练渎。三寻蟹石齿,数里穿山腹。底静似金膏,砾碎如丹粟。波殿郑妲醉,蟾阁西施宿。几转含烟舟,一唱来云曲。不知阑楯上,夜有越人镞。君王掩面死,嫔御不敢哭。艳魄逐波涛,荒宫养麋鹿。国破沟亦浅,代变草空绿。白鸟都不知,朝眠还暮浴。

投龙潭在龟山

龟山下最深,恶气何洋溢?涎水瀑龙巢,腥风卷蛟室。晓来林岑静,狞色如怒日。气涌扑炱煤,波澄扫纯漆。下有水君府,贝阙光比栉。左右列介臣,纵横守鳞卒。月中珠母见,烟际枫人出。生犀不敢烧,水怪恐摧毖。时有慕道者,作彼投龙术。端严持碧简,斋戒挥紫笔。兼以金蜿蜒,投之光焌律。琴高坐赤鲤,何许纵仙逸。我愿与之游,兹焉托灵质。

孤园寺 梁散骑常侍吴猛宅

艇子小且兀,缘湖荡白芷。萦纡泊一碕,宛到孤园寺。萝岛凝清阴,松门湛虚翠。寒泉飞碧螭,古木斗苍兕。钟梵在水魄,楼台入云肆。岩边足鸣蛩,树杪多飞鹨。香莎满院落,风泛金霏靡。静鹤啄柏蠹,闲猱弄楱崎。小殿熏陆香,古经贝多纸。老僧方瞑坐,见客还强起。指兹正险绝,何以来到此。先言洞壑数,次话真如理。磬韵醒闲心,茶香凝皓齿。巾之劫贝布,馔以栴檀饵。数刻得清净,终身欲依止。可怜陶侍读,身列丹台位。雅号曰胜力,亦闻师佛氏。陶隐居尝梦见神像谓己曰:"尔当七地大王,号曰胜力也。"今日到孤园,何妨称弟子。

上真观

径盘在山肋,缭绕穷云端。摘菌杖头紫,缘崖屐齿刓。半日到上真,洞宫知造难。双户启真景,斋心方可观。天钧鸣响亮,天禄行蹒跚。琪树夹一径,万条青琅玕。两松峙庭际,怪状吁可叹。大虯腾共结,修蛇飞相盘。皮肤坼甲胄,枝节擒貐豻。罅处似天裂,朽中如井瞽。襓襳风声疣,耙耵地力痻音滩。根上露钳钛,空中狂波澜。合时若莽苍,辟处如镮辕。俨对无霸阵,静问严陵滩。灵飞一以护,山都焉敢干?两廊洁寂历,中殿高巑岏。静架九色节,闲悬十绝幡。微风时一吹,百宝清阑珊。昔有叶道士,位当升灵官。欲笺紫微志,唯食虹影丹。既逐隐龙去,道风由此残。犹闻绛目草,往往生空坛。羽客两三人,石上谭泥丸。谓我或龙胄,粲然与之欢。衣巾紫华冷,食次白芝寒。自觉有真气,恐随风力抟。明朝若更住,必拟隳儒冠。

销夏湾

太湖有曲处,其门为两崖。当中数十顷,别如一天池。号为销夏湾,此名无所私。赤日莫斜照,清风多遥吹。沙屿扫粉墨,松竹调埙篪。山果红靺鞨,水苔青髶髵。木阴厚若瓦,岩磴滑如饴。我来此游息,夏景方赫曦。一坐盘石上,肃肃寒生肌。小艋方言云:小舸谓之艋或可泛,短策或可支。行惊翠羽起,坐见白莲披。敛袖弄轻浪,解巾敌凉飔。但有水云见,更余沙禽知。京洛往来客,暍死缘奔驰。此中便可老,焉用名利为。

包山祠

白云最深处,像设盈岩堂。村奠足茗栅,水奠多桃浆。箸莲突古砌,薜荔绷颓墙。炉灰寂不然,风送杉桂香。积雨晦州里,流波漂稻粱。恭惟大司谏,悯此如发狂。命予传明祷,祇事实不遑。一奠若肸蚃,再祝如激扬。出庙未半日,隔云逢澹光。嶷嶷雨点少,渐收羽林枪。忽然山家犬,起吠白日傍。公心与神志,相向如玄黄。我愿作一疏,奏之于穹苍。留神千万祀,永福吴封疆。

圣姑庙 在大姑山。晋王彪二女。相次而殁,有灵,因而庙焉。

洛神有灵逸,古庙临空渚。暴雨驳丹青,荒萝绕梁柤。野风旋芝盖,饥乌衔椒糈。寂寂落枫花,时时斗鼯鼠。常云三五夕,尽会妍神侣。月下留紫姑,霜中召青女。俄然响环佩,倏尔鸣机杼。乐至有闻时,香来无定处。目瞪如有待,魂断空无语。云雨竟不生,留情在何处。

太湖石 出鼋头山

兹山有石岸,抵浪如受屠。雪阵千万战,薛荔高下刳。乃是天诡怪,信非人功夫。白丁一云取,难甚网珊瑚。厥状复若何,鬼工不可图。或拳若尬蜴,或蹲如虎貙。连络若钩锁,重叠如萼跗。或若巨人髂,或如太帝符。脝肛笼笃笋,格磔琅玕株。断处露海眼,移来和沙须。求之烦毫倪,载之劳舳舻。通侯一以眄,贵却骊龙珠。厚赐以赎费,远去穷京都。五侯土山下,要尔添岩龉。赏玩若称意,爵禄行斯须。苟有王佐士,崛起于太湖。试问欲西笑,得如兹石无。

崦里傍龟山下有良田二十顷

崦里何幽奇,膏腴二十顷。风吹稻花香,直过龟山顶。青苗细腻卧,白羽悠溶静。塍畔起鹴鶒,田中通舴艋。几家傍潭洞,孤戍当林岭。罢钓时煮菱,停缲或焙茗。峭然八十翁,生计于此永。苦力供征赋,怡颜过朝暝。洞庭取异事,包山极幽景。念尔饱得知,亦是遗民幸。

石板在石公山前

翠石数百步,如板漂不流。空疑水妃意,浮出青玉洲。中若莹龙剑,外唯叠蛇矛。狂波忽然死,浩气清且浮。似将翠黛色,抹破太湖秋。安得三五夕,携酒棹扁舟。召取月夫人,啸歌于上头。又恐霄景阔,虚皇拜仙侯。欲建九锡碑,当立十二楼。琼文忽然下,石板谁能留?此事少知者,唯应波上鸥。

全唐诗卷六百十一

皮日休

奉和鲁望渔具十五咏

网

晚挂溪上网,映空如雾縠。闲来发其机,旋旋沈平绿。下处若烟雨,牵时似崖谷。必若遇鲲鲕,从教通一目。

罩

芒鞋下蒟中,步步沈轻罩。既为菱浪飐,亦为莲泥胶。人立独无声,鱼烦似相抄。满手搦霜鳞,思归举轻棹。

罾

烟雨晚来好,东塘下罾去。网小正星薿,舟轻欲腾骛。谁知荇深后,恰值鱼多处。浦口更有人,停桡一延伫。

钓筒

笼鏄截数尺,标置能幽绝。从浮笠泽烟,任卧桐江月。丝随碧波一作潭漫,饵逐清滩发。好是趁筒时,秋声正清越。

钓车

得乐湖海志,不厌华辀小。月中抛一声,惊起滩上鸟。心将潭底测,手把波文袅。何处觅奔车,平波今渺渺。

渔梁

波际插翠筠,离离似清籁。游鳞到溪口,入此无逃所。斜临杨柳津,静下鸬鹚侣。编此欲何之,终焉富春渚。

叉鱼

列炬春溪口,平潭如不流。照见游泳鱼,一一如清昼。中目碎琼碧,毁鳞殷组绣。乐此何太荒,居然愧川后。

射鱼

注矢寂不动，澄潭晴转烘。下窥见鱼饵，恍若翔在空。惊羽决凝碧，伤鳞浮殷红。堪将指杯术，授与太湖公。

鸣桹

尽日平湖上，鸣桹仍动桨。丁丁入波心，澄澈和清响。鹭听独寂寞，鱼惊昧来往。尽水无所逃，川中有钩党。

沪

波中植甚固，磔磔如鰕须。涛头倏尔过，数顷跳鲋鳙音通夫。不是细罗密，自为朝夕驱。空怜指鱼命，遣出海边租。

籊

伐彼楂蘖枝，放于冰雪浦。游鱼趁暖处，忽尔来相聚。徒为栖托心，不问庇庥主。一旦悬鼎镬，祸机真自取。

种鱼

移土湖岸边，一半和鱼子。池中得春雨，点点活如蚁。一月便翠鳞，终年必赪尾。借问两绶人，谁知种鱼利？

药鱼

吾无竭泽心，何用药鱼药。见说放溪上，点点波光恶。食时竟夷犹，死者争纷泊。何必重伤鱼，毒泾犹可作。

舴艋

阔处只三尺，翛然足吾事。低篷挂钓车，枯蚌盛鱼饵。只好携桡坐，唯堪盖蓑睡。若遣遂平生，艅艎不如是。

笭箵

朝空笭箵去，暮实笭箵归。归来倒却鱼，挂在幽窗扉。但闻一作觉鰕蚬气，欲生蘋藻衣。十年佩此处，烟雨苦霏霏。

添鱼具诗并序

天随子为鱼具诗十五首以遗予，凡有戱已来，术之与器，莫不尽于是也。噫！古之人或有溺于渔者，行其术而不能言，用其器而不能状，此与泽助之戱者，又何异哉！如吟鲁望之诗，想其致，则江风海雨，械械生齿牙间，真世外渔者之才也。余昔之渔所，在洞上则为庵以守之，居岘下则占矶以待之，江汉间时候率多雨，唯以笭笠自庇，每伺鱼必多俯，笭笠不能庇其上，由是织篷以障之。上抱而下仰，字之曰背篷。今观鲁望之十五篇，未有是作，因次而咏之，用以补其遗者。渔家生具，庶足于吾属之文也。

鱼庵

庵中只方丈，恰称幽人住。枕上悉渔经，门前空钓具。束竿时一作将倚壁，晒网还侵户。上洄有杨颐，须留往来路。

钓矶

盘滩一片石，置我山居足。洼处著筼筕桂苑云：取鰕具，窍中维舴艋。多逢沙鸟污，爱彼潭云触。狂奴卧此多，所以蹋帝腹。

蓑衣

一领蓑正新，著来沙坞中。隔溪遥望见，疑是绿毛翁。襟色裹朦直叶切霭，袖香襕襫风。前头不施衮，何以为三公？

箬笠

圆似写月魄，轻如织烟翠。溽溽向上雨，不乱窥鱼思。携来沙日微，挂处江风起。纵带二梁冠，终身不忘尔。

背篷

侬家背篷样，似个大龟甲。雨中蹋踱时，一向听霎霎。甘从鱼不见，亦任鸥相狎。深拥竟无言，空成睡䶂虚勾切鲐虚甲切。

奉和鲁望樵人十咏樵溪

何时有此溪，应便生幽木。橡实养山禽，藤花蒙涧鹿。不止产蒸薪，愿当歌棫朴。君知天意无，以此安吾族。

樵家

空山最深处，太古两三家。云萝共凤世，

猿鸟同生涯。衣服濯春泉,盘餐烹野花。居兹老复老,不解叹年华。

樵叟

不曾照青镜,岂解伤华发。至老未息肩,至今无病骨。家风是林岭,世禄为薇蕨。所以两大夫,天年自为—作为自伐。

樵子

相约晚樵去,跳踉上山路。将花饵鹿麛,以果投猿父。束薪白云湿,负担春日暮。何不寿童乌,果为玄所误。

樵径

蒙茏中一径,绕在千峰里。歇处遇松根,危中值石齿。花穿裛衣落,云拂芒鞋起。自古行此途,不闻颠与坠。

樵斧

腰间插大柯,直入深溪里。空林伐一声,幽鸟相呼起。倒树去李父,倾巢啼木魅。不知仗钺著,除害谁如此?

樵担

不敢量樵重,唯知益薪束。轧轧下山时,弯弯向身曲。清泉洗得洁,翠霭侵来绿。看取荷戈人,谁能似吾属?

樵风

野船渡樵客,来往平波中。纵横清飔吹,旦暮归期同。蘋光惹衣白,莲影涵薪红。吾当请封尔,直作镜湖公。

樵火

山客地炉里,然薪如阳辉。松膏作滫思有切瀡,杉子为珠玑。响误击刺闹,焰疑彗孛飞。傍边暖白酒,不觉瀑冰垂。

樵歌

此曲太古音,由来无管奏。多云采樵乐,或说林泉候。一唱凝闲云,再遥悲顾兽。若遇采诗人,无辞收鄙陋。

酒中十咏并序

鹿门子性介而行独,于道无所全,于才无所全,于进无所全,于退无所全,岂天民之惷者邪?然进之与退,天行未觉于余也,则有穷有厄,有病有殆,果安而受邪,未若全于酒也。夫圣人之诫酒祸也大矣,在书为沈酗,在诗为童羖,在礼为綦丑,在史为狂药。余饮至酣,徒以为融肌柔神,消沮迷丧,颓然无思,以天地大顺为限封,傲然不持,以洪荒至化为爵赏,抑无怀氏之民乎?葛天氏之民乎?苟沈而乱,狂而身,祸而族,真蚩蚩之为也。若余者,于物无所斥,于性有所适,真全于酒者也。噫!天之不全余也多矣,独以曲蘖全之,抑天犹幸于遗民焉。太玄曰:"君子在玄则正,在福则冲,有祸则反;小人在玄则邪,在福则骄,有祸则穷。"余之于酒得其乐,人之于酒得其祸,亦若是而已矣。于是微其具,悉为之咏,用继东皋子酒谱之后。夫酒之始名,天有星,地有泉,人有乡,今总而咏之者,亦古人初终必全之义也。天随子深于酒道,寄而请之和。

酒星

谁遣酒旗耀,天文列其位。彩微尝似酣,芒弱偏如醉。唯忧犯帝座,只恐骑天驷。若遇卷舌星,谗君应堕地。

酒泉

羲皇有玄酒,滋味何太薄。玉液是浇漓,金沙乃糟粕。春从野鸟沽,昼仍闲猿酌。我愿葬兹泉,醉魂似凫跃。

酒篘

翠篸初织来,或如古鱼器。新从山下买,静向瓿中试。轻可网金醅,疏能容玉蚁。自此好成功,无贻我罍耻。

酒床

糟床带松节,酒腻肥如羜。滴滴连有声,空疑杜康语。开眉既压后,染指偷尝处。自此得公田,不过浑种黍。

酒垆

红垆高几尺,颇称幽人意。火作缥醪香,灰为冬醅气。有枪尽龙头,有主皆犊鼻。倘得作杜根,佣保何足愧。

酒楼

钩楯跨通衢,喧闹当九市。金罍潋滟后,玉斝纷纶起。舞蝶傍应酣,啼莺闻亦醉。野客莫登临,相雠多失意。

酒旗

青帜阔数尺,悬于往来道。多为风所飔,时见酒名号。拂拂野桥幽,翻翻江市好。双眸复何事,终竟望君老。

酒樽

牺樽一何古,我抱期幽客。少恐消醍醐,满拟一作疑烘琥珀。猿窥曾扑泻,鸟蹋经欹仄。度度醒来看,皆如死生隔。

酒城

万仞峻为城,沈酣浸其俗。香侵井干过,味染濠波渌。朝倾逾百榼,暮压几千斛。吾将隶此中,但为阍者足。

酒乡

何人置此乡,杳在天皇外。有事忘哀乐,有时忘显晦。如寻罔象归,似与希夷会。从此共君游,无烦用冠带。

奉和添酒中六咏

酒池

八齐竞奔注,不知深几丈。竹叶岛纡徐,凫花波荡漾。凫花,酒名,出《梁简文帝集》。醺应烂地轴,浸可柔天壤。以此献吾君,愿铭于几杖。

酒龙

铜为蚴蟉鳞,铸作鲵鳄角。吐处百里雷,泻时千丈壑。初疑潜苑囿,忽似拏寥廓。遂使铜雀台,香消野花落。

酒瓮

坚净不苦窳,陶于醉封疆。临溪刷旧痕,隔屋闻新香。移来近曲室,倒处临糟床。所嗟无比邻,余亦能偷尝。

酒船

剡桂复刳兰,陶陶任行乐。但知涵泳好,不计风涛恶。尝行曲封内,稍系糟丘泊。东海如可倾,乘之就斟酌。

酒枪

象鼎格仍高,其中不烹饪。唯将煮浊醪,用以资酣饮。偏宜旋樵火,稍近余醒枕。若得伴琴书,吾将著闲品。

酒杯

昔有嵇氏子,龙章而凤姿。手挥五弦罢,聊复一樽持。但取性淡泊,不知味醇醨。兹器不复见,家家唯玉卮。

茶中杂咏并序

案周礼:酒正之职,辨四饮之物,其三曰浆。又浆人之职,共王之六饮,水、浆、醴、凉、医、酏。入于酒府,郑司农云:"以水和酒也。"盖当时人率以酒醴为饮,谓乎六浆。酒之醨者也。何得姬公制?《尔雅》云:"槚,苦荼,即不撷而饮之。"岂圣人纯于用乎?抑草木之济人,取舍有时也。自周已降,及于国朝茶事,竟陵子陆季疵言之详矣。然季疵以前,称茗饮者必浑以烹之,与夫瀹蔬而啜者无异也。季疵之始为经三卷,由是分其源,制其具,教其造,设其器,命其煮,俾饮之者除痟而去疠,虽疾医之不若也。其为利也,于人岂小哉!余始得季疵书,以为备矣,后又获其《顾渚山记》二篇,其中多茶事。后又太原温从云、武威段碣之,各补茶事十数节,并存于方册。茶之事,由周至于今,竟无纤遗矣。昔晋杜育有荈赋,季疵有茶歌,余缺然于怀者,谓有其具而不形于诗。说季疵之余恨也,遂为十咏,寄天随子。

茶坞

闲寻尧氏山,遂入深深坞。种荈已成园,裁葭宁记亩!石洼泉似掬,岩罅云如缕。好是夏初时,白花满烟雨。《茶经》云:其花白如蔷薇。

茶人

生于顾渚山,老在漫石坞。语气为茶荈,

衣香是烟雾。庭从槚一作櫒，九字反。其木如玉色，渚人以为杖子遮，果任獳师房。日晚相笑归，腰间佩轻篓。

茶笋

　　褎然三五寸，生必依岩洞。寒恐结红铅，暖疑销紫汞。圆如玉轴光，脆似琼英冻。每为遇之疏，南山挂幽梦。

茶籯

　　筤筹晓携去，蓦个山桑坞。开时送紫茗，负处沾清露。歇把傍云泉，归将挂烟树。满此是生涯，黄金何足数。

茶舍

　　阳崖枕白屋，几口嬉嬉活。棚上汲红泉，焙前蒸紫蕨。乃翁研茗后，中妇拍茶歌。相向掩紫扉，清香满山月。

茶灶

　　南山茶事动，灶起岩根傍。水煮石发气，薪然杉脂香。青琼蒸后凝，绿髓炊来光。如何重辛苦，一一输膏粱。

茶焙

　　凿彼碧岩下，恰应深二尺。泥易带云根，

烧难碍石脉。初能燥金饼，渐见乾琼液。九里共杉林皆焙名，相望在山侧。

茶鼎

　　龙舒有良匠，铸此佳样成。立作菌蠢势，煎为潺湲声。草堂暮云阴，松窗残雪明。此时勺复茗，野语知逾清。

茶瓯

　　邢客与越人，皆能造兹器。圆似月魂堕，轻如云魄起。枣花势旋眼，蘋沫香沾齿。松下时一看，支公亦如此。

煮茶

　　香泉一合乳，煎作连珠沸。时看蟹目溅，乍见鱼鳞起。声疑松带一作带松雨，饽恐生烟翠。尚一作倘把沥中山，必无千日醉。

石榴歌

　　蝉噪秋枝槐叶黄，石榴香老愁寒霜。流霞包染紫鹦粟，黄蜡纸裹红瓠房。玉刻冰壶含露湿，斓斑似带湘娥泣。萧娘初嫁嗜甘酸，嚼破水精千万粒。

全唐诗卷六百十二

皮日休

奉和鲁望四明山九题

石窗

窗开自真宰,四达见苍涯。苔染浑成绮,云漫便当纱。槛中空吐月,扉际不扃霞。未会通何处,应怜_{一作连,一作邻}玉女家。

过云

粉洞二十里,当中幽客行。片时迷鹿迹,寸步隔人声。以杖探虚翠,将襟惹薄明。经时未过得,恐是入层城。

云南

云南背一川,无雁到峰前。墟里生红药,人家发白泉。儿童皆似古,婚嫁尽如仙。共作真官户,无由税石田。

云北

云北昼冥冥,空疑背寿星。犬能谙药气,人解写芝形。野歇遇松盖,醉书逢石屏。焚香住此地,应得入金庭。

鹿亭

鹿群多此住,因构白云楣。待侣傍花久,引麛穿竹迟。经时掊玉涧,尽日嗅金芝。为在石窗下,成仙自不知。

樊榭

主人成列仙,故榭独依然。石洞哄人笑,松声惊鹿眠。井香为大药,鹤语是灵篇。欲买重栖隐,云峰不售钱。

潺湲洞

阴宫何处渊_{一作源},到此洞潺湲。敲碎一轮月,熔销半段天。响高吹谷动,势急欹云旋。料得深秋夜,临流尽古仙。

青檽子

山风熟异果,应是供真仙。味似云腴美,形如玉脑圆。衔来多野鹤,落处半灵泉。必共玄都柰,花开不记年。

鞠侯

堪羡鞠侯国,碧岩千万重。烟萝为印绶,云壑是隄—作提封。泉遣狙公护,果教猱子供。尔徒如不死,应得蹑玄踪。

五贶诗并序

毗陵处士魏君不琢,气真而志放,居毗陵凡二纪,闭门穷学。是乎里民不得以师之;非乎里民不得以訾之。用之不难进,利之被人也;舍之不难退,辱非及已也。噫!古君子处乎进退而全者,由此道乎?抑夷之隘,惠之不恭,不能造于是也。江南秋风时,鲈肥而难钓,蒌脆而易挽,不过乘短舴方言曰:船短而深者谓之舴。载一甔酒,加以隐具,由五泻泾入震泽,穿松陵,抵杭越耳。日休尝闻道于不琢,敢不求雅物,成雅思乎?于是买钓船一,修二丈,阔三尺,施篷以庇烟雨,谓之五泻舟;天台杖一,色黯而力遒,谓之华顶杖;有龟头山叠石砚一,高不二寸,其岈数百,谓之太湖砚;有桐庐养和一,怪形拳踞,坐若变去,谓之乌龙养和;有南海鲎鱼壳樽一,涩锋鳖角,内玄外黄,谓之诃陵樽;皆寄于不琢,行以资云水之兴,止以益琴籍之玩,真古人之雅贶也。因思乘韦之义,不过于词,遂为五篇,目之曰五贶,兼请鲁望同作。

五泻舟

何中有青钱,因人买钓船。阔容兼饵坐,深许共蓑眠。短好随朱鹭,轻堪倚白莲。自知无用处,却寄五湖仙。

华顶杖

金庭仙树枝,道客自携持。探洞求丹粟,挑云觅白芝。量泉将濯足,阑鹤把支颐。以此将为赠,惟君尽得知。

太湖砚

求于花石间,怪状乃天然。中莹五寸剑,外苕千叠莲。月融还似洗,云湿便堪研。寄与先生后,应添内外篇。

乌龙养和

寿木拳数尺,天生形状幽。把疑伤虺节,用恐破蛇瘤。置合月观内,买须云肆头。料君携去处,烟雨太湖舟。

诃陵樽

一片鲎鱼壳,其中生翠波。买须能—作饶紫贝,用合对红螺。尽泻判狂药,禁敲任浩歌。明朝与君后,争那玉山何。

早春病中书事寄鲁望

眼晕见云母,耳虚闻海涛。惜春狂似蝶,养病躁于猱。案静方书古,堂空药气高。可怜真宰意,偏解困吾曹。

又寄次前韵

病根冬养得,春到一时生。眼暗怜晨惨,心寒怯夜清。妻仍嫌酒癖,医只—作又禁诗情。应被高人笑,忧身不似名。

秋晚留题鲁望郊居二首

竹树冷濩落,入门神已清。寒蛩傍枕响,秋菜上墙生。黄犬病仍吠,白驴饥不鸣。唯将一杯酒,尽日慰刘桢。

冷卧空斋内,余酲夕未消。秋花如有恨,寒蝶似无憀。檐上落斗雀,篱根生晚潮。若轮羁旅事,犹自胜皋桥。

初冬章上人院

寒到无妨睡,僧吟不废禅。尚关经病鹤,犹滤欲枯泉。静案贝多纸,闲炉波律烟。清谭两三句,相向自翛然。

临顿里名为吴中偏胜之地,陆鲁望居之,不出郛郭,旷若郊墅,余每相访,欵然惜去,因成五言十首奉题屋壁

一方萧洒地,之子独深居。绕屋亲栽竹,堆床手写书。高风翔砌鸟,暴雨失池鱼。暗识归山计,村边买鹿车。

篱疏从绿槿,檐乱任黄茅。压酒移溪石,煎茶拾野巢。静窗悬雨笠,闲壁挂烟匏。支遁今无骨,谁为世外交?

茧稀初上簇,醅尽未干床。尽日留蚕母,移时祭曲王。趁泉浇竹急,候雨种莲忙。更葺园中景,应为顾辟疆。

静僻无人到,幽深每自知。鹤来添口数,琴到益家资。坏堑生鱼沫,颓檐落燕儿。空将绿蕉叶,来往寄闲情。

夏过无担石,日高开板扉。僧虽与简簟,人不典蕉衣。鹤静共眠觉,鹭驯同钓归。生公石上月,何夕约谭微?

经岁岸乌纱,读书三十车。水痕侵病竹,蛛网上衰花。诗任传渔客,衣从递酒家。知君秋晚事,白帻刈胡麻。

寂历秋怀动,萧条夏思残。久贫空酒库,多病束鱼竿。玄想凝鹤扇,清斋拂鹿冠。梦魂无俗事,夜夜到金坛。

闭门无一事,安稳卧凉天。砌下翘饥鹤,庭阴落病蝉。倚杉闲把易,烧术静论玄。赖有包山客,时时寄紫泉。

病起扶灵寿,翛然强到门。与杉除败叶,为石整危根。薜蔓任一作狂遮壁,莲茎卧枕盆。明朝有忙事,召客斫桐孙。

缓颊称无利,低眉号不能。世情都太薄,俗意就中憎。云态不知骤,鹤情非会徵。画臣谁奉诏,来此写姜肱?

游栖霞寺

不见明居士,空山但寂寥。白莲吟次缺,青霭坐来销。泉冷无三伏,松枯有六朝。何时石上月,相对论逍遥。

旅舍除夜

永夜谁能守,羁心不放眠。挑灯犹故岁,听角已新年。出谷空嗟晚,衔杯尚愧先。晚来辞逆旅,雪涕野槐天。

鲁望示广文先生吴门二章,情格高散可醒俗态,因追想山中风度次韵属和,存于诗编,鲁望之命也

我见先生道,休思郑广文。鹤翻希作伴,鸥却觅为群。逸好冠清月,高宜著白云。朝廷未无事,争任醉醺醺。

能谙肉芝样,解讲隐书文。终古神仙窟,穷年麋鹿群。行厨煮白石,卧具拂青云。应在雷平上,支颐复半醺。

虎丘寺殿前有古杉一本,形状丑怪,图之不尽,况百卉竞媚若妒若媚,唯此杉死抱奇节,骰然阒然,不知雨露之可生也,风霜之可瘁也,乃造化者方外之材乎?遂赋三百言以见志

种日应逢晋,枯来必自隋。鳄狂将立处,螭斗未开时。卓荦掷枪干,叉牙束戟枝。初惊蟉篆活,复讶猱狂痴。劲质如尧瘦,贞容学舜黴。势能擒土伯,丑可骇山祇。虎爪拏岩稳,虬身脱浪敧。槎头秃似刷,桃猜利于锥。突兀方相胫,鳞皴夏氏肌。根应藏鬼血,柯欲漏龙漦。拗似神荼怒,呀如猰㺄饥。朽痈难可吮,枯瘇一作瘇不堪治。一炷玄云拔,三寻黑梢奇。狼头敦崒竖,虿尾掘挛垂。目燥那逢爝,心开岂中铍。任苔为疥癣,从蠧作疮痍。品格齐辽鹤,年龄等宝龟。将怀缩地力,欲负拔山姿。未倒防风骨,初僵负贰尸。漆书明古本,铁室抗全师。硍砊还无极,伶俜又莫持。坚应敌骏骨,文定写麈皮。蟠屈愁凌刹,腾骧恐攫池。抢烟寒嵽嵲,披莴静褵褷。威仰诚难识,句芒恐不知。好烧胡律看,堪共达多期。寡色诸芳笑,无声众籁疑。终添八柱位,未要一绳维。尽日来唯我,当春玩更谁?他年如入用,直构太平基。

新秋言怀寄鲁望三十韵

新秋入破宅,疏淡若平郊。户牖深如窟,诗书乱似巢。移床惊蟋蟀,拂匣动蟏蛸。静把泉华掬,闲拈乳管敲。桧身浑个矮,石面得能

颐。小桂如拳叶,新松似手梢。鹤鸣转清角,鹘下扑金骹。合药还慵服,为文亦懒抄。烦心入夜醒,疾首带凉抓。杉叶尖如镞,藤丝韧似鞘。偫田含紫芋,低蔓隐青匏。老柏浑如疥,阴苔忽似胶。王余落败椓,胡孟入空庖。度日忘冠带,经时忆酒肴。有心同木偶,无舌并金铙。兴欲添玄测,狂将换易爻。达人唯落落,俗士自诮诮。底力将排难,何颜用解嘲。欲销毁后骨,空转坐来胞。犹豫应难抱,狐疑不易包。等闲逢毒蠚,容易遇咆哮。时事方千蝎,公途正二崤。名微甘世弃,性拙任时抛。白日须投分,青云合定交。仕应同五柳,归莫舍三茅。涧鹿从来去,烟萝任溷殽。狙公闹后戏,云母病来撰。从此居方丈,终非竞斗筲。道穷应鬼遣,性拙必天教。无限疏慵事,凭君解一庖。

奉和鲁望秋日遣怀次韵

高蹈为时背,幽怀是事兼。神仙君可致,江海我能淹。共守庚申夜,同看乙巳占。药囊除紫蠹,丹灶拂红盐。与物深无竞,于生亦太廉。鸿灾因足警,鱼祸为稀潜。笔砚秋光洗,衣巾夏藓沾。酒甔香竹院,鱼笼挂茅檐。琴忘因抛谱,诗存为致签。茶旗经雨展,石笋带云尖。鹤共心情慢,乌同面色黔。向阳栽白帢,终岁忆貂襜。取岭为山障,将泉作水帘。溪晴多晚鹭,池废足秋蟾。破衲虽云补,闲斋未办苫。共君还有役,竟夕得厌厌。

江南书情二十韵,寄秘阁韦校书贻之商洛宋先辈垂文二同年

四载加前字,今来未改衔。君批凤尾诏,我住虎头岩。季氏唯谋逐,臧仓只拟谗。时讹轻五羖,俗浅重三缄。瘦去形如鹤,忧来态似獬。才非师赵壹,直欲效陈咸。孤竹宁收笛,黄琮未作瑊。作羊宁兔狠,为兔即须毚。枕户槐丛亚,侵阶草懒芟。壅泉教咽咽,垒石放巉巉。擎钓随心动,抽书任意枚。茶教弩父摘,酒遣梗童监。默坐看山困,清斋饮水严。藓生天竺屐,烟外—作坏洞庭帆。病久新乌帽,闲多著白衫。药苞陈雨匼,诗草蠹云函。遣客呼林狄,辞人寄海鰄。室唯搜古器,钱只买秋杉。寡合无深契,相期有至诚。他年如访问,烟茑暗毵毵。

忆洞庭观步十韵

前时登观步,暑雨正铮拟。上戍看绵莅,登村度石矼。崦花时有蒢,溪鸟不成双。远树点黑猪,遥峰露碧幢。岩根瘦似壳,杉破腹—作腹破如腔。皎衵音绞了渔人服,符箓野店窗。多携白木锤,爱买紫泉缸。仙犬声音古,遗民意绪厖。何文堪纬地,底策可经邦。自此将妻子,归山不姓庞。

谏议以罢郡将归以六韵赐示,因仔酬献

欲下持衡诏,先容解印归。露浓春后泽,霜薄霁来威。旧化堪治疾,余恩可疗饥。隔花攀去棹,穿柳挽行衣。佐理能无取,酬知力甚微。空将千感泪,异日拜黄扉。

全唐诗卷六百十三

皮日休

过一作题云居院玄福上人旧居

重到云居独悄然,隔窗窥影尚疑禅。不逢野老来听法,犹见邻僧为引泉。龛上已生新石耳,壁间空带旧茶烟。南宗弟子时时到,泣把山花奠几筵。

陪江西裴公游襄州延庆寺

丹霄路上歇征轮,胜地偷闲一日身。不署前驱惊野鸟,唯将后乘载诗人。岩边候吏云遮却,竹下朝衣露滴新。更向碧山深处问,不妨犹有草茅臣。

西塞山泊渔家

白纶巾下发如丝,静倚枫根坐钓矶。中妇桑村挑叶去,小儿沙市买蓑归。雨来莼菜流船滑,春后鲈鱼坠钓肥。西塞山前终日客,隔波相羡尽依依。

襄州春游

信马腾腾触处行,春风相引与诗情。等闲遇事成歌咏,取次冲筵隐姓名。映柳一作竹认人多错误,透花窥鸟最分明。岑牟单绞何曾著,莫道猖狂似祢衡。

送从弟皮一本无此字崇归复州

羡尔优游正少年,竟陵烟一作风月似吴天。车螯近岸无妨一作劳取,鲊艋随风不费牵。处处路傍千顷稻,家家门外一渠莲。殷勤莫笑襄阳住,为爱南溪一作塘缩项鳊。

题潼关兰若

潼津罢警有招提,近百年无战马嘶。壮士不言三尺剑,谋臣休道一丸泥。昔时驰道洪波上,今日宸居紫气西。关吏不劳重借问,弃繻生拟入耶溪。

襄阳闲居与友生夜会

习隐悠悠世不知,林园幽事递相期。旧丝再上琴调晚,坏叶重烧酒暖迟。三径引时寒步月,四邻偷得夜吟诗。草玄寂淡无人爱,不遇刘歆更语谁?

习池晨起

清曙萧森载酒来,凉风相引绕亭台。数声翡翠背人去,一番一作朵芙蓉含日开。荚叶深深埋钓艇,鱼儿漾漾逐流杯。竹屏风下登山屐,十宿高阳忘却回。

秋晚自洞庭湖别业寄穆秀才

破村寥落过重阳,独自撄宁葺草房。风撼红蕉仍换叶,雨淋黄菊不成香。野猿偷栗重窥户,落雁疑人更绕塘。他日若修耆旧传,为予添取此书堂。

华山李炼师所居

麻姑古貌上仙才,谪向莲峰管玉台。瑞气染衣金液启,香烟映面紫文开。孤云尽日方离洞,双鹤移时只有苔。深夜寂寥存想歇,月天时下草堂来。

宏词下第感恩献兵部侍郎

分明仙籍列清虚,自是还丹九转疏。画虎已成翻类狗,登龙才变即为鱼。空惭季布千金诺,但负刘弘一纸书。犹有报恩方寸在,不知通塞竟何如。

襄州汉阳王故宅

碑字依稀庙已荒,犹闻耆旧忆贤王。园林一半为他主,山水虚言是故乡。戟户野蒿生翠瓦,舞楼栖鸽污雕梁。柱天功业缘何事,不得终身似霍光。

伤卢献秀才 献有《愍征赋》一卷,人为作注。

愍征新价欲凌空,一首堪欺左太冲。只为白衣声过重,且非青汉路难通。贵侯待写过门下,词客偷名入卷中。手弄桂枝嫌不折,直教身殁负春风。

南阳

昆阳王气已萧疏,依旧山河捧帝居。废路塌平残瓦砾,破坟耕出烂图书。绿莎满县年荒后,白鸟盈溪雨霁初。二百年来霸王业,可知今日是丘墟。

秋晚访李处士所居

门前襄水碧潺潺,静钓归来不掩关。书阁鼠穿厨簏破,竹园霜后桔槔闲。儿童不许惊幽鸟,药草须教上假山。莫为爱诗偏念我,访君多得醉中还。

李处士郊居

石衣如发小一作水溪清,溪上柴门架树成。园里水流浇竹响,窗中人静下棋声。几多狎鸟皆谙性,无限幽花未得名。满引红螺诗一首,刘桢失却病心情。

送令狐补阙归朝

文如日月气如虹,举国重生正始风。且愿仲山居左掖,只忧徐邈入南宫。朝衣正在天香里,谏草应焚禁漏中。为说明年今日事,晋廷新拜黑头公。

洛中寒食二首

千门万户掩斜晖,绣幰金衔晚未归。击鞠王孙如锦地,斗鸡公子似花衣。嵩云静对行台起,洛鸟闲穿上苑飞。唯有路傍无意者,献书未纳问淮肥。

远近垂杨映钿车,天津桥影压神霞。弄春公子正回首,趁节行人不到家。洛水万年云母竹,汉陵千载野棠花。欲知豪贵堪愁处,请看邙山晚照斜。

登第后寒食杏园有宴,因寄录事宋垂文同年

雨洗清明万象鲜,满城车马簇红筵。恩荣虽得陪高会,科禁惟忧犯列仙。当醉不知开火日,正贫那似看花年。纵来恐被青娥笑,未纳春风一宴钱。

陈先辈故居

　　杉桂交阴一里余,逢人浑似洞天居。千株橘树唯沽酒,十顷莲塘不买鱼。藜杖闲来侵径竹,角巾端坐满楼书。襄阳无限烟霞地,难觅幽奇似此殊。

奉和鲁望寒夜访寂上人次韵

　　院寒青一作清霭正沈沈,霜栈乾鸣入古林。数叶贝书松火暗,一声金磬桧烟深。陶潜见社无妨醉,殷浩谭经不废吟。何事欲攀尘外契,除君皆有利名心。

江南道中怀茅山广文南阳博士三首

　　寒岚依约认华阳,遥想高人卧草堂。半日始斋青饤饭,移时空印白檀香。鹤雏入夜归云屋,乳管逢春落石床。谁道夫君无伴侣,不离窗下见羲皇。

　　住在华阳第八天,望君唯欲结良缘。堂肩洞里千秋燕一作雁,厨盖岩根数斗一作井泉。坛上古松疑度世,观中幽鸟恐成仙。不知何事迎新岁,乌纳裘中一觉眠。乌纳裘出《王筠集》。

　　五色香烟惹内文许远游烧香五色烟,石饴初熟酒初一作徽醺。将开丹灶那防鹤,欲算棋图却望云。海气平一作半生当洞见,瀑冰初坼隔山闻。如何世外无交者许迈与王羲之父子为世外之交,一卧金坛只有君。

奉和鲁望早春雪中作吴体见寄

　　威仰噤死不敢语,琼花云魄清珊珊。溪光冷射触鼺鼯,柳带冻脆攒栏杆。竹根乍烧玉节快,酒面新泼金膏寒。全吴缥瓦十万户,惟君与我如袁安。

吴中言情寄鲁望

　　古来伧父爱吴乡,一上胥台不可忘。爱酒有情如手足,除诗无计似膏肓。宴时不辍琅书味,斋日难判玉鲙香。为说松江堪老处,满船烟月湿莎裳。

行次野梅

　　葛拂萝捎一树梅,玉妃无侣独裴回。好临王母瑶池发,合傍萧家粉水开。共月已为迷眼伴,与春先作断肠媒。不堪便向多情道,万片霜华雨损来。

扬州看辛夷花

　　腊前千朵亚芳丛,细腻偏胜素柰功。蟒首不言披晓雪,麝脐无主任春风。一枝拂地成瑶圃,数树参庭是蕊宫。应为当时天女服,至今犹未放全红。

暇日独处寄鲁望

　　幽慵不觉耗年光,犀柄金徽乱一床。野客共为赊酒计,家人同作借书忙。园蔬预遣分僧料,廪粟先教算鹤粮。无限高情好风月,不妨犹得事吾王。

屐步访鲁望不遇

　　雪晴墟里竹攲斜,蜡屐徐吟到陆家。荒径扫稀堆柏子,破扉开涩染苔花。壁闲定欲图双桧,厨静空如饭一麻。拟受太玄今不遇,可怜遗恨似侯芭。

开元寺客省早景即事

　　客省萧条柿叶红,楼台如画倚霜空。铜池数滴桂上雨,金铎一声松杪风。鹤静时来珠像侧,鸽驯多在宝幡中。如何一作今尘外虚为契,不得支公此会同。

奉和鲁望独夜有怀吴体见寄

　　病鹤带雾傍独屋,破巢含雪倾孤梧。濯足将加汉光腹,抵掌欲捋梁武须。隐几清吟谁敢敌,枕琴高一作酣卧真堪图。此时柱欠高散物,楠瘤作樽石作垆。

病中有人惠海蟹转寄鲁望

　　绀甲青筐染菪衣,岛夷初寄北人时。离居定有石帆觉,失伴唯应海月知。族类分明连琐珬,珬珬似小蚌,有小蟹在腹中,珬出求食,故淮海之人呼为蟹奴。形容好个似蟛蜞。病中无用霜螯处,寄与夫君左手持。

病中美景颇阻追游因寄鲁望

瘿床闲卧昼迢迢,唯把真如慰寂寥。南国不须收薏苡,百年终竟是芭蕉。药前美禄应难断,枕上芳辰岂易销。看取病来多少日,早梅零落玉华焦。

鲁望以花翁之什见招因次韵酬之

九十携锄伛偻翁,小园幽事尽能通。劚烟栽药为身计,负水浇花是世功。婚嫁定期杉叶紫,盖藏应待桂枝红。不知家道能多少,只在句芒一夜风。

病中庭际海石榴花盛发,感而有寄

一夜春光一作工绽绛囊,碧油枝上昼煌煌。风匀只似调红露,日暖唯忧化赤霜。火齐满枝烧夜月,金津含蕊滴朝阳。不知桂树知情否,无限同游阻陆郎。

早春以橘子寄鲁望

个个和枝叶捧鲜,彩凝一作疑犹带洞庭烟。不为韩嫣金丸重,直是周王玉果圆。剖似日魂初破后,弄如星髓未销前。知君多病仍中圣,尽送寒苞向枕边。

病中书情寄上崔谏议 时眼疾未平

十日来来旷奉公,闭门无事忌春风。虫丝度日萦琴荐,蛙粉经时落酒筒。马足歇从残漏外,鱼须抛在乱书中。殷勤莫怪求医切,只为山樱欲放红。

病孔雀

烟花虽媚思沈冥,犹自抬头护翠翎。强听紫萧如欲舞,困眠红树似依屏。因思桂蠹伤肌骨,为忆松鹅损一作换性灵。尽日春风吹不起,钿毫金缕一星星。

奉和鲁望上元日道室焚修

明真台上下仙官,玄藻初吟万籁寒。飙御有声时杳杳,宝衣无影自珊珊。蕊书乞见斋心易,玉籍求添一作天拜首难。端简不知清景暮,灵芜香烬落金坛。

奉酬鲁望惜春见寄

十五日中春日好,可怜沉痼冷如灰。以前虽被愁将去,向后须教醉一作酒领来。梅片尽飘轻粉靥,柳芽初吐烂金醅。病中无限花番次,为约东风且住开。

闻鲁望游颜家林园病中有寄

一夜韶姿著水光,谢家春草满池塘。细挑泉眼寻新脉,轻把花枝嗅一作换宿香。蝶欲试飞犹护粉,莺初学啭尚羞簧。分明不得同君赏,尽日倾心羡索郎。

奉和鲁望春雨即事次韵

织恨凝愁映鸟飞,半旬飘洒掩韶晖。山容洗得如烟瘦,地脉流来似乳肥。野客正闲移竹远,幽人多病探花稀。何年细湿华阳道,两乘巾车相并归。

鲁望春日多寻野景,日休抱疾杜门,因有是寄

野侣相逢不待期,半缘幽事半缘诗。乌纱任岸穿筋竹,白袷从披趁肉芝。数卷蠹书棋处展,几升菰米钓前炊。病中不用君相忆,折取山樱寄一枝。

鲁望以躬掇野蔬兼示雅什,用以酬谢

杖摘春烟暖向阳,烦君为我致盈筐。深挑乍见牛唇液,《尔雅》云:芙,牛唇,一名水舄。细掐徐闻鼠耳香。《本草》云:叶似鼠耳,茎赤,可生食。紫甲采从泉脉畔,翠牙搜自石根傍。雕胡饭熟醍醐软,不是高人不合尝。

卧病感春寄鲁望

乌皮几上困腾腾,玉柄清羸愧不能。昨眠时稀似鹤,今朝餐数减于僧。药销美禄应一作因夭折,医过芳辰定鬼憎。任是雨多游未得,也须收在探花朋。

奉和鲁望徐方平后闻赦次韵
　　金鸡烟外上临轩，紫诰新垂作解恩。涿鹿未销初败血，新安顿雪已坑魂。空林叶尽蝗来郡，腐骨花生战后村。未遣蒲车问幽隐，共君应老抱桐孙。

奉酬鲁望见答鱼笺之什
　　轻如隐起腻如饴，除却鲛工解制稀。欲写恐成河伯诏，试裁疑是水仙衣。毫端白獭脂犹湿，指下冰蚕子欲飞。若用莫将闲处去，好题春思赠江妃。

病后春思
　　连钱锦暗麝氛氲，荆思多才咏鄂君。孔雀钿寒窥沼见，石榴红重堕阶闻。牢愁有度应如月，春梦无心只似云。应笑病来惭满愿，花笺好作断肠文。

偶成小酌招鲁望不至，以诗为解，因次韵酬之
　　醉侣相邀爱早阳，小筵催办不胜忙。冲深柳驻吴娃艣，倚短花排羯鼓床。金凤欲为莺引去，钿蝉疑被蝶勾将。如何共是忘形者，不见渔阳掺一场。

以纱巾寄鲁望因而有作
　　周家新样替三梁头巾起后周武帝。裹发偏宜白面郎。掩敛乍疑裁黑雾，轻明浑似戴玄霜。今朝定见看花昃，明日应闻漉酒香。更有一般君未识，虎文巾在绛霄房。

临顿宅将有归于一作于归之日鲁望以诗见贶，因抒情酬之
　　共老林泉忍暂分，此生应不识回文。几枚竹笋送德曜，一乘柴车迎少君。举案品多缘涧药，承家事少为溪云。居然自是幽人事，辄莫教他孙寿闻。

奉和鲁望谢惠巨鱼之半
　　钓公来信自松江，三尺春鱼拨刺霜。腹内旧钩苔染涩，腮中新饵藻和香。冷鳞中断榆钱破，寒骨平分玉箸光。何事贶君偏得所，只缘同是越航郎。

馆娃宫怀古
　　艳骨已成兰麝土，宫墙依旧压层崖。弩台雨坏逢金镞，香径泥销露玉钗。砚沼只留溪一作山鸟浴，屧廊空信一作任野花埋。姑苏麋鹿真闲事，须为当时一怆怀。

以紫石砚寄鲁望兼酬见赠
　　样如金蹙小能轻，微润将融紫玉英。石墨一研为凤尾，寒泉半勺是龙睛。骚人白芷伤心暗，狎客红筵夺眼明。两地有期皆好用，不须空把洗溪声。

奉和鲁望同游北禅院
　　戚历杉阴入草堂，老僧相见似相忘。吟多几转莲花漏，坐久重焚柏子香。鱼惯斋时分净食，鸽能闲处傍禅床。云林满眼空羁滞，欲对弥天却自伤。

孙发百篇将游天台请诗赠行，因以送之
　　孙子荆家思有馀，元戎曾荐入公车。百篇宫体喧金屋，一日官衔下玉除。紫府近通斋后梦，赤城新有寄来书。因逢二老如相问，正滞江南为鲍鱼。

奉和鲁望蔷薇次韵
　　谁绣连延满户陈，暂应遮得陆郎贫。红芳掩敛将迷蝶，翠蔓飘飘欲挂人。低拂地时如堕马，高临墙处似窥邻。只应是董双成戏，剪得神霞寸寸新。

闻开元寺开笋园寄章上人
　　园锁开声骇鹿群，满林鲜箨水犀文。森森竞泫林梢雨，嶩嶩一作搜搜争穿石上云。并出亦如鹅管合，各生还似犬牙分。折烟束露如相遗，何胤明朝不茹荤。

开元寺佛钵诗并序
　　按释《法显传》云：佛钵本在毘舍离，今在乾陀卫。

竟若干百年,当复至西月支国;若干百年,至于阗国;若干百年,当至屈茨国;若干百年,当复来汉地。晋建兴二年,二圣像浮海而至沪渎,僧尼辈取之以归,今存于开元寺。后建兴八年,渔者于沪渎沙汭上获之,以为白类,乃辇而用焉。俄有佛像见于外,渔者始为异,意沪渎二圣之遗祥也,乃以钵供之,迄今尚存。余遂观而为之咏,因寄天随子

　　帝青石作绿冰姿,《佛律》云:此钵,帝青玉石也,四天王所献也。曾得金人手自持。拘律树边斋散后,提罗花下洗来时。乳糜味断中天觉,麦麨香消大劫知。从此共君新顶戴,斜风应不等闲吹。

夏首病愈因招鲁望

　　晓入清和尚袷衣,夏阴初合掩双扉。一声拨谷桑柘晚,数点春锄烟雨微。贫养山禽能个瘦,病关芳草就中肥。明朝早起非无事,买得莼丝待陆机。

奉和鲁望新夏东郊闲泛——本此下有见怀次韵四字

　　水物轻明淡似秋,多情才子倚兰舟。碧莎裳下携诗草,黄篾楼中挂酒篘。莲叶蘸波初转棹,鱼儿簇饵未谙钩。共君莫问当时事,一点沙禽—作鸥胜五侯。

奉和鲁望四月十五日道室书事

　　望朝斋戒是寻常,静—作尽启金根经名第几章。竹叶饮为甘露色,莲花鲊作肉芝香。松膏背日—作雨凝云磴,丹粉经年染石床。剩欲与君终此志,顽仙唯恐鬓成霜。

奉和鲁望看压新醅——本此下有次韵二字

　　一篝松花细有声,旋将渠椀撇寒清。秦吴只恐篘来近,刘项真能酿得平。酒德有神多客颂,醉乡无货没人争。五湖烟水郎山月,合向樽前问底名。

登初阳楼寄怀北平郎中

　　危楼新制号初阳,白粉青薐射沼光。避酒几浮轻舴艋,下棋曾觉睡鸳鸯。投钩列坐围华烛,格簺分朋占靓妆。莫怪重登频有恨,二年曾侍—作待旧吴王。

夏初访鲁望偶题小斋

　　半里芳阴到陆家,藜床相劝饭胡麻。林间度宿抛棋局,壁上经旬挂钓车。野客病时分竹米,邻翁斋日乞藤花。踟蹰未放闲人去,半岸纱帢待月华。

所居首夏,水木尤清,适然有作

　　病来无事草堂空,昼水—作永休闻十二筒。桂静似逢青眼客,松闲如见绿毛翁。潮期暗动庭泉碧,梅信微侵地障红。尽日枕书慵起得,被君犹自笑从公。

重玄寺元达年逾八十,好种名药,凡所植者多至自天台四明包山句曲,丛翠粉糁,各可指名,余奇而访之,因题二章

　　雨涤烟锄伛偻赉—作偃破篱,绀牙红甲两三畦。药名却笑桐君少,年纪翻嫌竹祖低。白石静敲蒸术火,清泉闲洗种花泥。怪来昨日休持钵,一尺雕胡似掌齐。

　　香蔓蒙茏覆昔邪,桂烟杉露湿袈裟。石盆换水捞松叶,竹径穿床避笋芽。藜杖移时挑细药,铜瓶尽日灌幽花。支公漫道怜神骏,不及今朝种一麻。

全唐诗卷六百十四

皮日休

怀华阳润卿博士三首

先生一向事虚皇,天市坛西与世忘。环堵养龟看气诀,刀圭饵犬试仙方。静探石脑衣裾润,闲炼松脂院落香。闻道征贤须有诏,不知何日到良常。

冥心唯事白英君,不问人间爵与勋。林下醉眠仙鹿见,洞中闲话隐芝闻。石床卧苦浑无藓,藤箧开稀恐有云。料得虚皇新诏样,青琼板上绿为文。

凤骨轻来称瘦容,华阳馆主未成翁。陶隐君昔为华阳馆主。数行玉札存心久,一掬云浆漱齿空。白石煮多熏屋黑,丹砂埋久染泉红。他年欲事先生去,十赉须加陆逸冲。逸冲尝事隐居,隐居锡名栖静处士。十赉,犹人间九锡也。

鲁望以竹夹膝见寄,因次韵酬谢

圆于玉柱滑于龙,来自衡阳彩翠中。拂润恐飞清夏雨,叩虚疑贮碧湘风。大胜书客裁成束,颇赛溪翁截竹筒。从此角巾因尔戴,欲人相访若为通。

夏景无事因怀章来二上人二首

澹景微阴正送梅,幽人逃暑瘿樿杯。水花移得和鱼子,山蕨收时带竹胎。啸馆大都偏见一作得月,醉乡终竟不闻雷。更无一事唯留客,却被高僧怕不来。

佳树盘珊枕草堂,此中随分亦闲忙。平铺风簟寻琴谱,静扫烟窗著药方。幽鸟见贫留好语,白莲知卧送清香。从今有计消闲日,更为支公置一床。

寄琼州杨舍人

德星芒彩瘴天涯,酒树堪消谪宦嗟。行遇竹王因设奠,居逢木客又迁家。清斋净溲桄榔面,远信闲封豆蔻花。清切会须归有日,莫贪句漏足丹砂。

鲁望以轮钩相示,缅怀高致,因作三篇

角柄孤轮细腻轻,翠篷十载伴君行。捼时解转蟾蜍魄,抛处能啼络纬声。七里滩波喧一舍,五云溪月静三更。牛衣鲋足和蓑睡,谁信人间有利名。

一线飘然下碧塘,溪翁无语远相望。蓑衣旧去烟披重,箬笠新来雨打香。白鸟白莲为梦寐,清风清月是家乡。明朝有物充君信,榼酒三瓶寄夜航。<small>榼酒出《沈约集》。</small>

尽日悠然舴艋轻,小轮声细雨溟溟。三寻丝带桐江烂,一寸钩含笠泽腥。用近詹何传钓法,收和范蠡养鱼经。孤篷半夜无余事,应被严滩聒酒醒。

吴中书事寄汉南裴尚书

万家无事锁兰桡,乡味腥多厌紫薯。<small>《江文通集》云:紫薯,石劫也。</small>水似棋文交度郭,柳如行障俨遮桥。青梅蒂重初迎雨,白鸟群高欲避潮。唯望旧知怜此意,得为伧鬼也逍遥。

夏景冲澹偶然作二首

只隈蒲褥岸乌纱,味道澄怀景便斜。红印寄泉惭郡守,青筐与笋愧僧家。茗炉尽日烧松子,书案经时剥瓦花。园吏暂栖君莫笑,不妨犹更著南华。

一室无喧事事幽,还如贞白在高楼。天台画得千回看,湖目—作月芳来百度游<small>湖目,莲子也。</small>无限世机吟处息,几多身计钓前休。他年谒帝言何事,请赠刘伶作醉侯。

送李明府之任海南

五羊城在蜃楼边,墨绶垂腰正少年。山静不应闻屈鸟,草深从使翳贪泉。蟹奴晴上临潮槛,燕婢秋随过海船。一事与君消远宦,乳蕉花发讼庭前。

寄题罗浮轩辕先生所居

乱峰四百三十二<small>罗浮山峰数</small>,欲问徵君何处寻?红翠山鸟名数声瑶室响<small>山有璇房瑶室七十有二</small>,真檀一炷石楼深。山都遣负沽来酒,樵客容看化后金。从此谒师知不远,求官先有葛洪心。

宿报恩寺水阁

寺锁双峰寂不开,幽人中夜独裴回。池文带月铺金簟,莲朵含风动玉杯。往往竹梢摇翡翠,时时杉子掷莓苔。可怜此际谁曾见,唯有支公尽看来。

醉中偶作呈鲁望

溪云涧鸟本吾侪,刚为浮名事事乖。十里寻山为思役,五更看月是情差。分将吟咏华双鬓,力以壶觞固百骸。争得草堂归卧去,共君同作太常斋。

寄渭州李副使员外

兵绕临淮数十重,铁衣才子正从公。军前草奏麂头下,城上封书箭筈中。围合只应闻晓雁,血腥何处避春风。故人勋重金章贵,犹在江湖积剑功。

伤史拱山人

一缄幽信自襄阳,上报先生去岁亡。山客为医翻贳药,野僧因吊却焚香。峰头孤冢为穴,松下灵筵是石床。宗炳死来君又去,终身不复到柴桑。

吴中言怀寄南海二同年

曲水分飞岁已赊,东南为客各天涯。退公只傍苏劳竹,移宴多随末利花。铜鼓夜敲溪上月,布帆晴照海边霞。三年漫被鲈鱼累,不得横经侍绛纱。

奉和鲁望白鸥诗

雪羽褵褷半惹泥,海云深处旧巢迷。池无飞浪争教舞,洲少轻沙若遣栖。烟外失群惭雁鹜,波中得志羡凫鹥。主人恩重真难遇,莫为

心孤忆旧溪。

奉和鲁望怀杨台文杨鼎文二秀才

羊昙留我昔经春,各以篇章斗五云。宾草每容闲处见,击琴多任醉中闻。钓前青翰交加倚,醉后红鱼取次分。为说风标曾入梦,上仙初著翠霞裙。

友人以人参见惠因以诗谢之

神草延年出道家_{神草,别名},是谁披露记三桠。开时的定涵云液,劚后还应带石花。名士寄来消酒渴,野人煎处撇泉华。从今汤剂如相续,不用金山焙上茶。

伤进士严子重诗并序

余为童在乡校时,简上抄杜舍人牧之集,见有与进士严恽诗。后至吴,一日,有客曰严某,余志其名久矣,遽怀文见造,于是乐得礼而观之。其所为工于七字,往往有清便柔媚,时可轶驾于常轨。其佳者曰:"春光冉冉归何处,更向花前把一杯。尽日问花花不语,为谁零落为谁开?"余美之,讽而未尝怠。生举进士,亦十余计偕。余方宽之,谓孚竟有得于时也。未几,归吴兴,后两月咸通十一年也,雪人至云:"生以疾亡于所居矣。"噫!生徒以词闻于士大夫,竟不名而逝,岂止此而湮没耶?江湖间多美材,士君子苟乐退而有文者死,无不为时惜,可胜言耶?于是哭而为诗。鲁望,生之友也,当我为同作。

十哭都门榜上尘,盖棺终是五湖人。生前有敌唯丹桂,没后无家只白蘋。箸下斩新醒处月,江南依旧咏来春。知君精爽应无尽,必在酆都颂帝晨。_{梁成酆都官颂,纟约标帝晨。}

奉和鲁望早秋吴体次韵

书淫传癖穷欲死,谁谓何必频相仍。日乾阴藓厚堪剥,藤把欹松牢似繩。捣药香侵白袷袖,穿云润破乌纱棱。安得瑶池饮残酒,半醉骑下垂天鹏。

奉和鲁望秋赋有期次韵

十载江湖_{一作南}尽是闲,客儿诗句满人间。郡侯闻誉亲邀得,乡老知名不放还。应带瓦花经汴水,更携云实出包山。太微宫里环冈树,

无限瑶枝待尔攀。

奉和鲁望病中秋怀次韵

贫病于君亦太兼,才高应亦被天嫌。因分鹤料家资减,为置僧餐口数添。静里改诗空凭几,寒中注易不开帘。清词一一侵真宰,甘取穷愁不用占。

新秋即事三首

痴号多于顾恺之,更无余事可从知。酒坊吏到常先见,鹤料符来每探支_{吴郡有鹤料案}。凉后每谋清月社,晚来专赴白莲期。共君无事堪相贺,又到金齑玉鲙时。

堪笑高阳病酒徒,幅巾潇洒在东吴。秋期净扫云根瘦,山信回缄乳管粗。白月半窗抄术序,清泉一器授芝图。乞求待得西风起,尽挽烟帆入太湖。

露槿风杉满曲除,高秋无事似云庐。醉多已任家人厌,病久还甘吏道疏。青桂巾箱时寄药,白纶卧具半抛书。君卿唇舌非吾事,且向江南问鲝鱼。

南阳润卿将归雷平因而有赠

借问山中许道士,此回归去复何如?竹屏风扇抄遗事,柘步舆竿系隐书。绛树实多分紫鹿,丹沙泉浅种红鱼。东卿旌节看看至,静启茅斋慎扫除。

访寂上人不遇

何处寻云暂废禅,客来还寄草堂眠。桂寒自落翻经案,石冷空消洗钵泉。炉里尚飘残玉篆,龛中仍锁小金仙。须将二百签回去,得_{一作待}得支公恐隔年。

顾道士亡,弟子以束帛乞铭于余,鲁望因赋戏赠,日休奉和

师去东华却炼形,门人求我志金庭。大椿枯后新为记,仙鹤亡来始有铭。_{前朝文集,未有道士铭志。}琼板欲刊知不朽,冰纨将受恐通灵。君才莫叹无兹分,合注神玄剑解经。

秋夕文宴得遥字

啼螀衰叶共萧萧,文宴无喧夜转遥。高韵最宜题雪赞,逸才偏称和云谣。风吹翠蜡应难刻,月照清香太易消。无限玄言一杯酒,可能容得盖宽饶。

南阳广文欲于荆襄卜居因而有赠

地脉从来是福乡,广文高致更无双。青精饭熟云侵灶,白裓裘成雪溅窗。度日竹书千万字,经冬术煎两三缸。鲈鱼自是君家味,莫背松江忆汉江。

寄毗陵魏处士朴

文籍先生不肯官,絮巾冲雪把鱼竿。一堆方册为侯印,三级幽岩是将坛。醉少最因吟月冷,瘦多偏为卧云寒。兔皮衾暖蓬舟稳,欲共谁游七里滩?

初冬偶作寄南阳润卿

寓居无事入清冬,虽设樽罍酒半空。白菊为霜翻带紫,苍苔因雨却成红。迎潮预遣收鱼笱,防雪先教盖鹤笼。唯待支硎最寒夜,共君披氅访林公。

冬晓章上人院

山堂冬晓寂无闻,一句清言忆领军。琥珀珠粘行处雪,棕榈箒扫卧来云。松扉欲启如鸣鹤,石鼎初煎若聚蚊。不是恋师终去晚,陆机茸内足毛群。

寄题镜岩周尊师所居并序

处州仙都山,山之半有洞口,下望之如鉴,目之曰镜岩。下去地二百尺,上者以竹梯为级,中如方丈,内有乳水,滴沥嵌罅,黄老徒周君景复居焉。迨八十年,不食乎粟,日唯焚降真香一炷,读灵宝度人经而已。东牟段公柯昔为州日,闻其名,梯其室以造之,且曰:"君居此久矣,乳水之滴,昼夜可知量乎?"周君曰:"某常揣之,尽昼与夜,一斛加半焉。"公异而礼之。后柯别十二年,日休至吴,处人过,说周君尚存。吟想其道,无由以睹,因寄题是诗云。

八十余年住镜岩,鹿皮巾下雪髟髟。床寒不奈云萦枕,经润何妨雨滴函。饮涧猿回窥绝洞,缘梯人歇倚危杉。如何计吏穷于鸟,欲望仙都举一帆。

寒夜文宴得泉字

分明竞襞七香笺,王朗风姿尽列仙。盈箧共开华顶药,满瓶同坼惠山泉。蟹因霜重金膏溢,橘为风多玉脑鲜。吟罢不知诗首数,隔林明月过中天。

庚寅岁十一月新罗弘惠上人与本国同书请日休为灵鹫山周禅师碑,将还,以诗送之

三十麻衣弄渚禽,岂知名字彻鸡林。勒铭虽即多遗草,越海还能抵万金。鲸鬣晓掀峰正烧,鳌睛夜没岛还阴—作深。二千余字终天别,东望辰韩泪洒襟。

送润卿博士还华阳

雪打篷舟离酒旗,华阳居士半酣归。逍遥只恐逢云将,恬淡真应降月妃。仙市鹿胎如锦嫩,阴宫燕肉似酥肥。公车草合蒲轮坏,争不教他白日飞。

寒日书斋即事三首

参佐三间似草堂,恬然无事可成忙。移时寂历烧松子,尽日殷勤拂乳床。将近道斋先衣褐,欲清诗思更焚香。空庭好待中宵月,独礼星辰学步罡。

不知何事有生涯,皮褐亲裁学道家。深夜数瓯唯柏叶,清晨一器是云华。盆池有鹭窥蘋沫,石版无人扫桂花。江汉欲归应未得,夜频梦赤城霞。

方朔家贫未有车,肯从荣利舍樵渔。从公未怪多侵酒,见客唯求转借书。暂听松风生意足,偶看溪月世情疏。如钩得贵非吾事,合向烟波为五鱼松江有五鱼。

腊后送内大德从勖游天台

讲散重云下九天,大君恩赐许随缘。霜中一钵无辞乞,湖上孤舟不废禅。梦入琼楼寒有

月,天台山有金庭不死之乡及琼楼玉室。行过石树冻无烟。按消山有石楼树,吴大皇元年,郡吏伍曜于海际得之,枝茎紫色有光,南越谓之石连理也。他时瓜镜如何用,吴越风光满御筵。

寄题玉霄峰叶涵象尊师所居

青冥向上玉霄峰,元始先生戴紫蓉。晓案琼文光洞壑,夜坛香气惹杉松。闲迎仙客来为鹤,静噀灵符去是龙。子细扪心无偃骨,偃骨在胸者,名入星骨。欲随师去肯相容。

奉和鲁望寄南阳广文 一本此下有还雷平三字次韵

春彩融融释冻塘,日精闲咽坐岩房。琼函静启从猿觑,金液初开与鹤尝。八会旧文多搭一作榻写,七真遗语剩思量。不知梦到为一作惊何处,红药满山烟月香。

题支山南峰僧

云侵坏衲重隈肩,不下南峰不记年。池里群鱼曾受戒,林间孤鹤欲参禅。鸡头竹上开危径,鸭脚花中摘废泉。无限吴都堪赏事,何如来此看师眠?

送董少卿游茅山

名卿风度足杓斜,一舸闲寻二许家。天影晓通金井水,山灵深护玉门沙。空坛礼后销香母,阴洞缘时触乳花。尽待于公作廷尉,卿尝为大理,用法有廉平之称。不须从此便餐霞。

酬鲁望见迎绿罽次韵

轻裁鸭绿任金刀,不怕西风断野蒿。酬赠既无青玉案,纤华犹欠赤霜袍。烟披怪石难同逸,竹映仙禽未胜高。成后料君无别事,只应酹饮咏离骚。

寄怀南阳润卿

鹿门山下捕鱼郎,今向江南作渴羌。无事只陪看藕样,有钱唯欲买湖光。醉来浑忘移花处,病起空闻焙药香。何事对君犹有愧,一篷冲雪返华阳。

鲁望悯承吉之孤为诗序,邀予属和,欲用予道振其孤而利之,噫承吉之困身后乎?鲁望视予困与承吉生前孰若一作若哉!未有己困而能振人者,抑为之辞,用塞良友

先生清骨葬烟霞,业破孤存孰为嗟。几箧诗编分贵位,一林石笋散豪家。儿过旧宅啼枫影,姬绕荒田泣稗花。唯我共君堪便戒,莫将文誉作生涯。

寄润卿博士

高眠可为要玄缥,鹊尾金炉一世焚。陶贞白有金鹊尾香炉。尘外乡人为许掾,山中地主是茅君。将收芝菌唯防雪,欲晒图书不奈云。若使华阳终卧去,汉家封禅用谁文?

奉和鲁望白菊

已过重阳半月天,琅华千点照寒烟。蕊香亦似浮金靥,花样还如镂玉钱。玩影冯妃堪比艳,炼形萧史好争妍。无由擿向牙箱里,飞上方诸赠列仙。

华亭鹤闻之旧矣,及来吴中,以钱半千得一只养之,殆经岁不幸为饮啄所误,经夕而卒,悼之不已,遂继以诗。南阳润卿博士、浙东德师侍御、毗陵魏不琢处士、东吴陆鲁望秀才及厚于予者悉寄之,请垂见和

池上低摧病不行,谁教仙魄反层城?阴苔尚有前朝迹,皎月新无昨夜声。菰米正残三日料,筠笼休碍九霄程。不知此恨何时尽,遇著云泉即怆情。

伤开元观顾道士

协晨宫上启金扉,诏使先生坐蜕归。鹤有一声应是哭,丹无余粒恐潜飞。烟凄玉笥封云篆,月惨琪花葬羽衣。肠断雷平旧游处,五芝无影草微微。

醉中即席赠润卿博士

适越游吴一散仙,银瓶玉柄两翛然。茅山顶上携书篚,笠泽心中漾酒船。桐木布温吟倦

后,桃花饭熟醉醒前。谢安四十余方起,犹自高闲得数年。

偶留羊振文先辈及一二文友小饮,日休以眼病初平,不敢饮酒,遣侍密欢,因成四韵

谢庄初起恰花晴,强侍红筵不避觥。久断杯盂华盖喜,忽闻歌吹谷神惊。襥袱正重新开柳,咕嗫难通乍啭莺。犹有僧虔多密炬,不辞相伴到天明。

奉送浙东德师侍御罢府西归

建安才子太微仙,暂上金台许二年。形影欲归温室树,梦魂犹傍越溪莲。空将海月为京信,尚使樵风送酒船。从此受恩知有处,免为伧鬼恨吴天。

送羊振文先辈往桂阳归觐

桂阳新命下彤墀,彩服行当雪时。登第已闻传祢赋,问安犹听讲韩诗。竹人临水迎符节,曹毗《湘中赋》云:贫笪中实,内有实,状如人也。风母穿云避信旗。桂阳山中有风母兽,击杀,见风辄活。无限湘中悼骚恨,凭君此去谢江蓠。

褚家林亭

广亭遥对旧娃宫,竹岛萝溪委曲通。茂苑楼台低槛外,太湖鱼鸟彻池中。萧疏桂影移茶具,狼籍蘋花上钓筒。争得共君来此住,便披鹤氅对清风。

送圆载上人归日本国

讲殿谈余著赐衣,椰帆却返旧禅扉。贝多纸上经文动,如意瓶中佛爪飞。飓母影边持戒宿,波神宫里受斋归。家山到日将何入一作日,白象新秋十二围。

重送

云涛万里最东头,射马台深玉署秋射马台即今王城也。无限属城为裸国,几多分界是亶州。州在会稽海外,传是徐福之裔。取经海底开龙藏,诵咒空中散蜃楼。不奈此时贫且病,乘桴直欲伴师游。

润卿遗青饲饭兼之一绝,聊用答谢

传得三元饲饭名,大宛闻说有仙卿。案西梁子文撰黄锦素书,十通其二,传大宛北谷子,自号青精先生。分泉过屋春青稻此饭以青龙稻为之,拂雾影衣折紫茎南稻茎微紫色。蒸处不教双鹤见,服来唯怕五云生。草堂空坐无饥色,时把金津漱一声。

鸳鸯二首

双丝绢上为新样,连理枝头是故园。翠浪万回同过影,玉沙千处共栖痕。若非足恨佳人魄,即是多情年少魂。应念孤飞争别宿,芦花萧瑟雨黄昏。

钿镊雕镂费深功,舞妓衣边绣莫穷。无日不来湘渚上,有时还在镜湖中。烟浓共拂芭蕉雨,浪细双游菡苕风。应笑豪家鹦鹉伴,年年徒被锁金笼。

全唐诗卷六百十五

皮日休

伤小女
一岁犹未满,九泉何太深。唯余卷书一作菹草,相对共伤心。

秋一作汉江晓望
万顷湖天碧,一星飞鹭白。此时放怀望,不厌为浮客。

闲夜酒醒
醒来山月高,孤枕群一作琴书里。酒渴漫思茶,山童呼不起。

和鲁望风人诗三首
刻石书离恨,因成别后悲。莫言春茧薄,犹有万重思。

镂出容刀饰,亲逢巧笑难。日中骚客佩,争奈即阑干。

江上秋声起,从来浪得名。逆风犹挂席,苦不会凡一作帆情。

古函关
破落古关城,犹能扼帝京。今朝行客过,不待晓鸡鸣。

聪明泉
一勺如琼液,将愚拟望贤。欲知心不变,还似饮贪泉。

史处士
山期须早赴,世累莫迟留。忽遇狂风起,闲心不自由。

芳草渡
溪南越乡音,古柳渡江深。日晚无来客,闲船系绿阴。

古宫词三首

楼殿倚明月,参差如乱峰。宫花半夜发,不待景阳钟。

闲骑小步马,独绕万年枝。尽日看花足,君王自不知。

玉枕寐不足,宫花空触檐。梁间燕不睡,应怪夜明帘。

春日陪崔谏议樱桃园宴

万树香飘水麝风,蜡烛花雪尽成红。夜深欢态状不得,醉客图开明月中。卫协画《醉客图》。

松江早春

松陵清净雪消初,见底新安恐未如。稳凭船舷无一事,分明数得鲙残鱼。

女坟湖 即吴王葬女之所

万贵千奢已寂寥,可怜幽愤为谁娇?须知韩重相思骨,直在芙蓉向下消。

泰伯庙

一庙争祠两让君,几千年后转清芬。当时尽解称高义,谁敢教他莽卓闻?

宿木兰院

木兰院里双栖鹤,长被金钲聒不眠。今夜宿来还似尔,到明无计梦云泉。

重题蔷薇

浓似猩猩初染素,轻如燕燕欲凌空。可怜细丽难胜日,照得深红作浅红。

春夕酒醒

四弦才罢醉蛮奴,酃醁余音在翠炉。夜半醒来红蜡短,一枝寒泪作珊瑚。

青一作胥门闲泛

青翰虚徐夏思清,愁烟漠漠荇花平。醉来欲把田田叶,尽裹当时醒酒鲭。

木兰后池三咏重台莲花

欹红矮堕力难任,每叶头边半米金。可得教他水妃见,两重元是一重心。

浮萍

嫩似金脂飐似烟,多情浑欲拥红莲。明朝拟附南风信,寄与湘妃作翠钿。

白莲

但恐醍醐难并洁,只应蒼卜可齐香。半垂金粉知何似,静婉临溪照额黄。

重题后池

细雨阑珊眠鹭觉,钿波悠漾并鸳娇。适来会得荆王意,只为莲茎重细腰。

庭中初植松桂,鲁望偶题,奉和次韵

毵毵绿发垂轻露,猎猎丹华动细风。恰似青童君欲会,俨然相向立庭中。

鲁望戏题书印囊奉和次韵

金篆方圆一寸余,可怜银艾未思渠。不知夫子将心印,印破人间万卷书。

馆娃宫怀古五绝

绮阁飘香下太湖,乱兵侵晓上姑苏。越王大有堪羞处,只把西施赚得吴。

郑妲无言下玉墀,夜来飞箭满罘罳。越王定指高台笑,却见当时金镂楣。

半夜娃宫作战场,血腥犹杂宴时香。西施不及烧残蜡,犹为君王泣数行。

素袜虽遮未掩羞,越兵犹怕伍员头。吴王恨魄今如在,只合西施濑上游。

响屧廊中金玉步,采蘋一作阑山上绮罗身。不知水葬今何处,溪月弯弯欲效颦。

虎丘寺西小溪闲泛三绝

鼓子花明白石岸,桃枝竹覆翠岚溪。分明似对天台洞,应厌顽仙不肯迷。

绝壑只怜白羽傲,穷溪唯觉锦鳞痴。更深尚有通樵处,或是秦人未可知。

高下不惊红翡翠,浅深还碍白蔷薇。船头系个松根上,欲待逢仙不拟归。

天竺寺八月十五日夜桂子
玉颗珊珊下月轮,殿前拾得露华新。至今不会天中事,应是嫦—作姮娥掷与人。

钓侣二章
趁眠无事避风涛,一斗霜鳞换浊醪吴中卖鱼论斗。惊怪儿童呼不得,尽冲烟雨漉车螯。

严陵滩势似云崩,钓具归来放石层。烟浪溅篷寒不睡,更将枯蚌点渔灯。

寄同年韦校书
二年疏放饱江潭,水物山容尽足耽。唯有故人怜未替,欲封干鲊寄终南。

初冬偶作
豹皮茵下百余钱,刘堕闲沽尽醉眠。酒病校来无一事,鹤亡松老似经年。

醉中寄鲁望一壶并一绝
门巷寥寥空紫苔,先生应渴解酲杯。醉中不得亲相倚,故遣青州从事来。

更次来韵寄鲁望
萧萧红叶掷苍苔,玄晏先生欠一杯。从此问君还酒债,颜延之送几钱来。

重玄寺双矮桧
扑地枝回是翠钿,碧丝笼细不成烟。应如天竺难陀寺,一对狻猊相枕眠。

奉酬鲁望醉中戏赠
秦吴风俗昔难同,唯有才情—作清才事事通。刚恋水云归不得,前身应是太湖公。

皋桥
皋桥依旧绿杨中,闾里犹生隐士风。唯我到来居上馆,不知何道胜梁鸿。

军事院霜菊盛开,因书一绝寄上谏议—本无寄字
金华千点晓霜凝,独对壶觞又不能。已过重阳三十日,至今犹自待王弘。

悼鹤
莫怪朝来泪满衣,坠毛犹傍水花飞。辽东旧事今千古,却向人间葬令威。

醉中先起李縠戏赠走笔奉酬
麝烟苒苒生银兔,蜡泪涟涟滴绣闱。舞袖莫欺先醉去,醒来还解验金泥。

奉和鲁望招润卿博士辞以道侣将至之作
瘿木樽前地肺图,为君偏辍俗功夫。灵真散尽光—作先来此,莫恋安妃在后无。

奉和再招—作文燕招润卿
飙御已应归杳眇,博山犹自对氤氲。不知入夜能来否,红蜡先教刻五分。

酒病偶作
郁林步障昼遮明,一炷浓香养病醒。何事晚来还欲饮,隔墙闻卖蛤蜊声。

润卿鲁望寒夜见访,各惜其志,遂成一绝
世外为交不是亲,醉吟俱岸白纶巾。清风月白更三点,未放华阳鹤上人。

奉和鲁望玩金鸂鶒戏赠
镂羽雕毛迥出群,温麖飘出麝脐熏。夜来曾吐红茵畔,犹似—作自溪边睡不闻。

友人许惠酒以诗征之
野客萧然访我家,霜威白菊两三花。子山病起无余事,只望蒲台酒一车。《庾信集》云:蒲州刺史中山公许酒一车未送。

寒夜文宴润卿有期不至
草堂虚洒待高真,不意请斋避世尘。料得

焚香无别事,存心应降月夫人。

汴河怀古二首

万艘龙舸绿丝间,载到扬州尽不还。应是天教开汴水,一千余里地无山。

尽道隋亡为此河,至今千里赖通波。若无水殿龙舟事,共禹论功不较多。

寄题天台国清寺齐梁体

十里松门国清路,饭猿台上菩提树。怪来烟雨落晴天,元是海风吹瀑布。

咏蟹

未游沧海早知名,有骨还从肉上生。莫道无心畏雷电,海龙王处也横行。

金钱花

阴阳为炭地为炉,铸出金钱不用模。莫向人间逞颜色,不知还解济贫无。

惠山听松庵

千叶莲花旧有香,半山金刹照方塘。殿前日暮高风起,松子声声打石床。

全唐诗卷六百十六

皮日休

杂体诗并序

案《舜典》：帝曰："夔，命汝典乐，教胄子。"诗言志，歌永言在焉。《周礼》：太师之职，掌教六诗。讽赋既兴，风雅互作，杂体遂生焉。后系之于乐府，盖典乐之职也。在汉代李延年为协律，造新声，雅道虽缺，乐府乃盛。铙歌鼓吹，拂舞予俞，因斯而兴，词之体不得不因时而易也。古乐书论之甚详，今不能备载，载其他见者。案《汉武集》：元封三年，作柏梁台，诏群臣二千石，有能为七言诗者乃得上坐。帝曰："日月星辰和四时。"梁王曰："骖驾驷马从梁来。"由是联句兴焉。孔融诗曰："渔父屈节水，潜匿方作郡。"姓名字离合也，由是离合兴焉。晋傅咸有回文反覆诗二首云："反覆其文者，以示忧心展转也，悠悠远迈独茕茕是也。"由是反覆兴焉。晋温峤有回文虚言诗云："宁神静泊，损有崇亡。"由是回文兴焉。梁武帝云："后牖有朽柳。"沈约云："偏眠船舷边。"由是叠韵兴焉。《诗》云："蟏蛸在东。"又曰："鸳鸯在梁。"由是双声兴焉。《诗》云："维南有箕，不可以簸扬。维北有斗，不可以挹酒浆。"近乎戏也。古诗或为之，盖风俗之言也。古有采诗官，命之曰风人。"围棋烧败袄，看子故依然。"由是风人之作兴焉。《梁书》云："昭明善赋短韵。吴均善压强韵。"今亦效而为之，存于编中。陆生与余，各有是为。凡八十六首。至如四声诗，三字离合，全篇双声叠韵之作，悉陆生所为，又足见其多能也。案齐竟陵王郡县诗曰："追芳承荔浦，揖道信云丘。"县名由是兴焉。案梁元药名诗曰："戍客恒山下，当思衣锦归。"药名由是兴焉。陆与予亦有是作。至如鲍昭之建除，沈炯之六甲、十二属，梁简文之卦名，陆惠晓之百姓，梁元帝之鸟名、龟兆，蔡黄门之口字，古两头纤纤、藁砧、五杂组已降，非不能也，皆鄙而不为。噫！由古至律，由律至杂，诗之道尽乎此也。近代作杂体，唯《刘宾客集》中有回文、离合、双声、叠韵，如联句则莫若孟东野与韩文公之多，他集罕见，足知为之之难也。陆与予窃慕其为人，遂合己作，为杂体一卷，属予序杂体之始云。

苦雨杂言寄鲁望

吴中十日涔涔雨，歊蒸庳下豪家苦。可怜

临顿陆先生,独自翛然守环堵。儿饥仆病漏空厨,无人肯典破衣裾。蠹鱼时时上几案,龟龟往往跳琴书。桃花米斗半百钱,枯荒湿坏炊不然。两床苴席一素几,仰卧高声吟太玄。知君志气如铁石,鸥冶虽神销不得。乃知苦雨不复侵,枉费毕星无限力。鹿门人作州从事,周章似鼠唯知醉。府金廪粟虚请来,忆著先生便知愧。愧多馈少真徒然,相见唯知携酒钱。豪华满眼语不信,不如直上天公笺。天公笺,方修次,且榜鸣篷来一醉。

奉和鲁望齐梁怨别次韵

芙蓉泣恨红铅落,一朵别时烟似幕。鸳鸯刚解恼离心,夜夜飞来棹边泊。

奉和鲁望晓起回文

孤烟晓起初原曲,碎树微分半浪中。湖后钓筒移夜雨,竹傍眠几侧晨风。图梅带润轻沾墨,画薜经蒸半失红。无事有杯持永日,共君惟好隐墙东。

奉酬鲁望夏日四声四首

平声

塘平芙蓉低,庭闲梧桐高。清烟埋阳乌,蓝空含秋毫。冠倾慵移簪,杯干将铺糟。悠翛然非随时,夫君真吾曹。

平上声

沟渠通疏荷,浦屿隐浅筱。舟闲攒轻蓣,桨动起静鸟。阴稀余桑闲,缕尽晚茧小。吾徒当斯时,此道可以了。

平去声

怡神时高吟,快意乍四顾。村深啼愁鹃,浪霁醒睡鹭。书疲行终朝,罩困卧至暮。吁嗟当今交,暂贵便异路。

平入声

先生何违时,一室习寂历。松声将飘堂,岳色欲压席。弹琴奔玄云,副药折白石。如教题君诗,若得札玉册。

苦雨中又作四声诗寄鲁望

平声

浡浡将经旬,昏昏空迷天。鸬鹚成群嬉,芙蓉相偎眠。鱼通蓑衣城,帆过菱花田。秋收吾无望,悲之真徒然。

平上声

河平州桥危,垒晚水鸟上。冲崖搜松根,点沼写苂响。舟轻通紫纡,栈堕阻指掌。携桡将寻君,渚满坐可往。

平去声

狂霖昏悲吟,瘦桂对病卧。檐虚能影斜,舍蠹易漏破。宵愁将琴攻,昼闷用睡过。堆书仍倾筋,富贵未换个。

平入声

羁栖愁霖中,缺宅屋木恶。荷倾还惊鱼,竹滴复触鹤。闲僧千声琴,宿客一笈药。悠然思夫君,忽忆蜡屐著。

奉和鲁望叠韵双声二首

叠韵山中吟

穿烟泉潺湲,触竹犊觳觫。荒篁香墙匡,熟鹿伏屋一作屈曲。

双声溪上思

疏杉低通滩,冷鹭立乱浪。草彩欲夷犹,云容空淡荡。

奉和鲁望叠韵吴宫词二首

侵深寻钦崟,势厉卫睥睨。荒王将乡亡,细丽蔽袂逝。

枌柎替制曳,康庄伤荒凉。主房部伍苦,嫱亡房廊香。

奉和鲁望闲居杂题五首

晚秋吟_{以题十五字离合}
东皋烟雨归耕日,免去玄_{一作黄}冠手刈禾。火满酒炉诗在口,今人无计奈侬何。

好诗景
青盘香露倾荷女,子墨风流更不言。寺寺云萝堪度日,京尘到死扑侯门。

醒闻桧
解洗余酲晨半西_{一作酒},星星仙吹起云门。耳根无_{一作莫}厌听佳木,会尽山中寂静源。

寺钟暝
百缘斗薮无尘土,寸地章煌欲布金。重击蒲牢噌山日,冥冥烟树睹栖禽。

砌思步
襜襜古薜绷危石,切切阴螀应晚田。心事万端何处止,少夷峰下旧云泉。

奉和鲁望药名离合夏月即事三首
季春人病抛芳杜,仲夏溪波绕坏垣。衣典浊醪身倚桂,心中无事到云昏。

数曲急溪冲细竹,叶舟来往尽能通。草香石冷无辞远,志在天台一遇中。

桂叶似茸含露紫,葛花如绶蘸溪黄。连云更入幽深地,骨录闲携相猎郎。

怀锡山药名离合二首
暗窦养泉容决决,明园护桂放亭亭。历山居处当天半,夏里松风尽足听。

晓景半和山气白,薇香清净杂纤云。实头自_{一作是}眠平石,脑侧空林看虎群。

怀鹿门县名离合二首
山瘦更培秋后桂,溪澄闲数晚来鱼。台前过雁盈千百,泉石无情不寄书。

十里松萝阴乱石,门前幽事雨来新。野霜浓处怜残菊,潭上花开不见人。

奉和鲁望寒日古人名一绝
北顾欢游悲沈宋_{梁武改为北顾},南徐陵寝叹齐梁。水边韶景无穷柳,寒被江淹一半黄。

胥口即事六言二首
波光杳杳不极,霁景澹澹初斜。黑蛱蝶粘莲蕊,红蜻蜓裛菱花。鸳鸯一处两处,舴艋三家五家。会把酒船偎荻,共君作个生涯。

拂钓清风细丽,飘蓑署雨霏微。湖云欲散未散,屿鸟将飞不飞。换酒帩头把看,载莲艇子撑归。斯人到死还乐,谁道刚须用机?

夜会问答十
寒夜清,_{日休问龟蒙}。帘外迢迢星斗明。况有萧闲洞中客,吟为紫凤呼凰声。_{时华阳广文先生在焉。}

瘿木杯,_{龟蒙问日休}。杉赘楠瘤刳得来。莫怪家人畔边笑,渠心只爱黄金罍。

落霞琴,_{日休问龟}。寥寥山水扬清音。玉皇仙驭碧云远,空使松风终日吟。

莲花烛,_{龟问日休}。亭亭嫩蕊生红玉。不知含泪怨何人,欲问无由得心曲。

金火障,_{日休问龟蒙}。红兽飞来射罗幌。夜来斜展掩深炉,半睡芙蓉香荡漾。

忆山月,_{龟蒙问日休}。前溪后溪清复绝。看看又及桂花时,空寄子规啼处血。

锦鲸荐,_{龟问日休}。碧香红腻承君宴。几度闲眠却觉来,彩鳞飞出云涛面。

怀溪云,_{日休问龟蒙}。漠漠闲笼鸥鹭群。有时日暮碧将合,还被鱼舟来触分。

霜中笛,_{龟蒙问日休}。落梅一曲瑶华滴。不知青女是何人,三奏未终头已白。

月下桥,_{日休问龟蒙}。风外拂残衰柳条。倚栏杆处独自立,青翰何人吹玉箫?

全唐诗卷六百十七

陆龟蒙

陆龟蒙,字鲁望,苏州人,元方七世孙。举进士不第,辟苏、湖二郡从事,退隐松江甫里,多所论撰,自号天随子。以高士召,不赴。李蔚、卢携素重之,及当国,召拜拾遗,诏方下卒。光化中,赠右补阙。集二十卷,今编诗十四卷。

读襄阳耆旧传,因作诗五百言寄皮袭美

汉皋古来雄,山水天下秀。高当轸翼分,化作英髦囿。暴秦之前人,灰灭不可究。自从宋生贤,特立冠耆旧。离骚既一作纪日月,九辩即列宿。卓哉悲秋辞,合在风雅右。庞公乐幽隐,辟聘无所就。只爱鹿门泉,泠泠倚岩漱。孔明卧龙者,潜伏躬耕耨。忽遭玄德云,遂起鳞角斗。三胡皆皆峻,二习名亦茂。其余文武家,相望如斥堠。缅思齐梁降,寂寞寡清冑。凝融为漪澜,复结作莹琇。不知粹和气,有得方大受一作授。将生皮夫子,上帝可其奏。并包数公才,用以殿厥后。尝闻儿童岁,嬉戏陈俎豆。积渐开词源,一派分万溜。先崇丘旦室,大惧隳结构。次补荀孟垣,所贵亡罅漏。仰瞻三皇道,虮虱在宇宙。却视五霸图,股掌弄孩幼。或能醢髋髀,或与翼雏毂。或喜掉直舌,或乐斩邪胠。或耨耡繁荟,或整理错谬。或如百千骑,合沓原野狩。又如晓江平,风死波不皱。幽埋力须掘,遗落赀必购。乃于文学中,十倍猗顿富。囊乏向咸镐,马重迟步骤。专场射策时,缚虎当罙毂。归来把通籍,且作高堂寿。未足逞戈矛,谁云被文绣?从知偶东下,帆影拂吴岫。物象悉摧藏,精灵畏雕镂。伊余抱沈疾,憔悴守圭窦。方推洪范畴,更念大玄首去声。陈诗采风俗,学古穷篆籀。朝朝贯薪米,往往逢责诟。既被邻里轻,亦为妻子陋。持冠适瓯越,敢怨不得售。窭若晒沙鱼,悲如哭霜狖。唯君枉车辙,以逐海上臭。披襟两相对,半夜忽白昼。执热濯清风,忘忧饮醇

酎。驱为文翰侣,弩皂参骥厩。有时谐宫商,自喜真邂逅。道孤情易苦,语直诗还瘦。藻匠如见酬,终身致怀袖。

袭美先辈以龟蒙所献五百言既蒙见和,复示荣唱,至于千字提奖之重,蔑有称实,再抒鄙怀,用伸酬谢

洪范分九畴,转成天下规。河图孕八卦,焕作玄中奇。先开否臧源,次筑经纬基。粤若鲁圣出,正当周德衰。越疆必载质,历国将扶危。诸侯恣崛强,王室方陵迟。歌凤时不偶,获麟心益悲。始嗟吾道穷,竟使空言垂。首赞五十易,又删三百诗。遂令篇籍光,可并日月姿。向非笔削功,未必无瑕疵。迨至夫子没一作退,微言散如枝一作披。所宗既不同,所得亦异宜。名法在深刻,虚玄至希夷。自从战伐来,一派纵横驰。寒谷生艳木,沸潭结流澌。惊奔失壮士,好恶随纤儿。嬴氏并六合,势尊丞相斯。加于挟书律,尽取坑焚之。南勒会稽颂,北恢胡亥陂。犹怀遍巡狩,不暇亲维持。及汉文景后,鸿生方腥臊出《三都赋》。簸扬尧舜风,反作三代吹。飘飘四百载,左右为藩篱。邺下曹父子,猎贤甚熊罴。发论若霞驳魏文帝典论有论文篇,裁诗如锦摛。徐王应刘辈,头角咸相衰。或有妙绝赏,或为独步推。或许润色美,或嫌诋诃痴。倏以中利病,且非混醇醨。雅当乎魏文,丽矣哉陈思。不肯少选妄,恐贻后世嗤。吾祖仗才力士衡文赋,革车蒙虎皮。手持一白旄,直向文场麾。轻去声若脱钳钛,豁如抽瘣疬。精钢不足利,骎袅何劳追。大可罩山岳,微堪析毫厘。十体兔负赘,百家咸起痿。争入鬼神奥,不容天地私。一篇迈华藻,万古无孑遗。刻鹄尚未已,雕龙奋而为刘勰有《文心雕龙》。刘生吐英辩,上下穷高卑。下臻宋与齐,上指轩从羲。岂但标八索,殆将包两仪。人谣洞野老,骚怨明湘累。立本以致诘,驱宏来抵巇。清如朔雪严,缓若春烟羸。或欲开户牖,或将饰缨绥。虽非倚天剑,亦是囊中锥。皆由内史意,致得东莞词。梁元尽索虏,后主终亡

隋。哀音但浮脆,岂望分雄雌。吾唐揖让初,陛列森昝夔。作颂媲吉甫,直言过祖伊。明皇践中日,墨客肩参差。岳净秀擢削,海寒光陆离。皆能取穴凤,尽拟乘云螭。迩来二十祀,俊造相追随。余生落其下,亦值文明时。少小不好弄,逡巡奉弓箕。虽然苦贫贱,未省亲嚅唲。秋倚抱风桂,晓烹承露葵。穷年只败袍,积日无晨炊。远访卖药客,闲寻捕鱼师。归来蠹编上,得以含情窥。抗韵吟比雅,覃思念棍摛。因知昭明前,剖石呈清琪。又嗟昭明后,败叶埋芳蕤。纵有月旦评,未能天下知。徒为强貔豹,不免参狐狸。谁寨行地足,谁抽刺天鬐。谁作河畔草,谁为洞中芝?谁若灵囿鹿,谁犹清庙牺?谁轻如鸿毛,谁密如凝脂?谁比蜀严静,谁方巴赉赀?谁能钓抃鳌,谁能灼神龟?谁背如水火,谁同若埙篪?谁可作梁栋,谁敢驱谷蠡音鹿黎?用此常不快,无人动交铍。空消病里骨,枉白愁中髭。鹿门先生才,大小无不怡。就彼六籍内,说诗直解颐。顾我迷未远,开怀溃其疑。初开一作看凿本源,渐乃疏旁支,邃古派泛滥,皇朝光赫曦。揣摩是非际,一一如襟期。李杜气不易,孟陈节难移。信知君子言,可并神明蓍。枯腐尚求律,膏盲犹谒医。况将太牢味,见啖遝悬饥。今来置家地,正枕吴江湄。饵薄钩不曲,蹬然守空坻。嘿坐无影响,唯君欷茅茨。抽书乱签帙,酌茗烦瓯栖。或伴补缺砌,或偕诣荒祠。孤笭倚烟蔓,细木横风漪。触雨妨扉屦,临流泥江蓠。既狎野人调,甘为豪士訾一作嗤。不敢负建鼓,唯忧掉降旗。希君念余勇,挽袖登文阵。

奉酬袭美先辈吴中苦雨一百韵

微生参最灵,天与意绪拙。人皆机巧求,百径无一达。家为唐臣来,奕世唯稷卨。只垂青白风,凛凛自贻厥。龟蒙五代祖、六代祖,皇朝继在台辅。犹残赐书在,编简苦断绝。其间忠孝字,万古光不灭。孱孙诚瞢昧,有志常掇掇。敢云嗣良弓,但欲终守节。喧哗不入耳,谗佞不挂舌。仰咏尧舜言,俯遵周孔辙。所贪既仁义,

岂暇理生活。纵有旧田园,抛来亦芜没。因之成否塞,十载真契阔。冻肝一襜褕,饥肠少糠籺。甘心付天壤,委分任回斡。笠泽卧孤云,桐江钓明月,盈筐盛茨菱,满釜煮鲈鳜。酒帜风外敲,茶枪露中撷。茶芽未展者曰枪,已展者曰旗。歌谣非大雅,捃撫为小说。上可补熏苤,傍堪跐一作蹉芽蘖。龟蒙尝著《稗说》三卷。方当卖罂罂,尽以易纸札。踪迹尚吴门,梦魂先魏阙。寻闻天子诏,赫怒诛叛卒。宵旰悯烝黎,谟一作谋明问征伐。王师虽继下,贼垒未即拔。此时淮海波,半是生人血。霜戈驱少壮,败屋弃羸耋。践蹋比尘埃,焚烧同稿秸。吾皇自神圣,执事皆间杰。射策亦何为,春卿遂聊掇。伊余将贡技,未有耻可刷。却问渔樵津,重耕烟雨坡。诸侯急兵食,冗剩方剪截。不可抱一作把词章,巡门事干谒。归来阖蓬楗,壁立空竖褐。暖手抱孤烟,披书向残雪。幽忧和愤懑,忽愁一作忽自惊蹶。文兮乏寸毫,武也无尺铁。平生所韬蓄,到死不开豁。念此令人悲,翕然生内热。加之被皴皲,况复久藜糁。既为霜露侵,一卧增百疾。筋骸将束缚,腠理如箠挞。初谓抵狂貙,又如当毒蝎。江南多事鬼,巫觋连瓯粤。可口是妖讹,恣情专赏罚。良医只备位,药肆或虚设。而我正萎痿,安能致诃咄!椒兰任芳蕊,精一作糈栅从罗列。醭斝既屡倾,钱刀亦随褻。兼之渎财贿,不止行盗一作诰窃。天地如有知,微妖岂逃杀。其时心力愤,益使气息辍。永夜更呻吟,空床但皮骨。君来赞贤牧,野鹤聊簪笏。谓我同光尘,心中有溟渤。轮蹄相压至,问遗无虚月。首一作直到春鸿蒙,犹残病根茇。看花虽眼晕,见酒忘肺渴。隐几还自怡,逢卢亦争喝。抽毫更唱和,剑戟相磨戛。何大不包罗,何微不挑刮。今来值霖雨,昼夜无暂歇。杂若碎渊沦,高如破䃌礚。何劳罴吼岸,讵要鹳鸣垤。只意江海翻,更愁山岳裂。初惊蚩尤阵,虎豹争搏啮。又疑伍胥涛,蛟蜃相磨掩。千家蒙瀑练,忽似好披拂。万瓦垂玉绳,如堪取縈结。况余居下洼,本是蛙蚓窟。迩来增号呼,得以恣唐突。先夸屋舍好,又恃头角

凸。厚地虽直方,身能遍穿穴。常参庄辩里,亦造扬玄末。偃仰纵无机,形容且相忽。低头增叹诧,到口复唱咽。沮洳渍琴书,莓苔染巾袜。解衣换仓粟,秕稃犹未脱。饥鸟屡窥临,泥僮苦舂㫥音伐。或闻秋稼穑,大半沈澎汃。耕父蠹齐民,农夫思旱魃。吾观天之意,未必洪水割。且要虐飞龙,又图滋跛鳖。三吴明太守,左右皆儒哲。有力即扶危,怀仁过救喝。鹿门皮夫子,气调真俊逸。截海上云鹰,横空一作天下霜一作韝鹘。文坛如命将,可以持玉钺。不独晟羲轩,便当城老佛。顾余为山者,所得才篑撮。譬如饰箭材,尚欠镞与筈。闲将歙儿唱,强倚帝子瑟。幸得远潇湘,不然嗤贾屈。开缄窥宝肆,玑贝光比栉。朗咏冲乐悬,陶匏响铿搏。古来愁霖赋,不是不清越。非君顿挫才,疹气难摧折。驰情扣虚寂,力尽无所掇。不足谢徽音,只令凋鬓发。

奉酬袭美先辈初夏见寄次韵

积雨晦皋圃,门前烟水平。蘼芜增遥吹,枕席分余清。村筛诧酒美,赊来满轻程一作铉。未必减宣子,何羡谢公荣。借宅去人远,败墙连古城。愁鸱占枯枿,野鼠趋前楹。昨日云破损,晚林先觉晴。幽篁倚微照,碧粉含疏茎。蠹简有遗字,攲一作疣琴无泛声。蚕寒茧尚薄,燕喜雏新成。览物正摇思,得君初夏行。诚复散诞,化匠一作工安能争!海浪刷三岛,天风吹六英。洪崖领玉节,坐使虚音生。吾祖傲洛客,因言几为伧。末裔实渔者,敢怀干墨卿。唯思钓璜老,遂得持竿情。何须乞鹅炙,岂在斟羊羹。畦蔬与瓮醑,便可相携迎。蟠木几甚曲,笋皮冠且轻。闲心放羁靮,醉脚从敧倾。一径有余远,一窗有余明。秦皇苦不达,天下何足并?

奉和袭美二游诗 徐诗

尝闻四书曰,经史子集焉。苟非天禄中,此事无由全。自从秦火来,历代逢迍邅。汉祖入关日,萧何为政年。尽力取图籍,遂持天下权。中兴熹平一作延嘉时,教化还相宣。立石刻

五经,置于太学前。贼卓乱王室,君臣如转圜。洛阳且煨烬,载籍宜为烟。逮晋武革命。生民才息肩。惠怀亟寡昧,戎羯俄腥膻。已觉天地闭,竟为东南迁。日既不暇给,坟索何由专?尔后国脆弱,人多尚虚玄。任学者得谤,清言者为贤。直至沈范辈,沈约、范云皆藏书数万卷。始家藏简编。御府有不足,仍令就之传。梁元渚宫日,尽取如蚯蚓。兵威忽破碎,焚爇无遗篇。近者隋后主,搜罗势骈阗。宝函映玉轴,彩翠明霞鲜。伊唐受命初,载史声连延。砥柱不我助,惊波涌沦涟。遂令因去一作往古书,半在余浮泉。贞观购亡逸,蓬瀛渐周旋。炅然东壁光,与月争流天。伟矣开元中,王道真平平,八万五千卷,一一皆涂铅案开元丽正殿书录云。人间盛传写,海内奔穷研。目云西斋书,有过东皋田,吾闻徐氏子,奕世皆才贤。因知遗孙谋,不用黄金钱。插架几万轴,森森若戈铤。风吹签牌声,满室铿锵然。佳哉鹿门子,好问如除痟。倏来参卿处,遂得参卿怜。开怀展橱簏,唯在性所便。素业已千仞,今为峻云巅。雄才旧百派,相近浮日一作百川。君抱一作苞王佐图,纵步凌陶甄。他时若报德,谁在参卿先?

任诗

吴之辟疆园,在昔胜概敌。前闻富修竹,后说纷怪石。竟陵子陆羽玩月诗云:辟疆旧林园,怪石纷相向。风烟惨无主,载祀将六百。草色与行人,谁能问遗迹?不知清景在,尽付任君宅。却是五湖光,偷来傍檐隙。出门向城路,车马声躖跞一作辚辚。入门望亭隈,水木气岑寂。甓墙绕曲岸,势似行无极。十步一危梁,乍疑当绝壁。池容澹而古,树意苍然僻。鱼惊尾半红,鸟下衣全碧。斜来岛屿隐,恍若潇湘隔。雨静挂残丝,烟消有余脉。竭来任公子,摆落名利役。虽将禄代耕,颇爱巾随策。秋笼支遁鹤,夜榻戴颙客,说史足为师,谭禅差作伯。君多鹿门思,到此情便适。偶荫桂堪帷,纵吟苔可席。顾余真任诞,雅遂中心获。但知醉还醒,岂知玄尚白?甘闲在鸡口,不贵封龙额。即此自怡神,何劳谢公屐!

次追和清远道士诗韵

一代先后贤,声容剧河汉。况兹迈古士,复历苍崖窜。辰经几十万,邈与灵寿玩。海岳尚推移,都鄙固芜漫。羸僧下高阁,独鸟没远岸。啸初风雨来,吟余钟呗乱。如何炼精魄,万祀忽欲半。宁为断臂忧,肯作秋柏一作拍散。吾闻酆宫内,日月自昏旦。左右修文郎,纵横洒篇翰。斯人久冥漠,得不垂慨叹。庶或有神交,相从重兴赞。

补沈恭子诗并序

案清远道士题中,有沈恭子同游,既为神怪之俦,得非姓氏谥为恭子乎一作若?赵宣子、韩献子之类耶。恭子,美谥也,而诗中有风流词翰之称,岂独唱而不和者欤?疑阙其文,以为恭子之恨,乃作一章存于编中,亦补亡之义也。

灵质贯轩昊,遐年越商周。自然失远裔,安得怨寡俦。我亦小国胤,易名惭见优。虽非放旷怀,雅奉逍遥游。携手桂枝下,属词山之幽。风雨一以过,林麓飒然秋。落日倚石壁,天寒登古丘。荒泉已无夕,败叶翳不流。乱翠缺月隐,衰红清露愁。览物性未逸,反为情所囚。异才偶绝境,佳藻穷冥搜。虚倾寂寞音,敢作杂佩酬。

全唐诗卷六百十八

陆龟蒙

读阴符经寄鹿门子

清晨整冠坐,朗咏三百言,备识天地意,献词犯乾坤。何事不隐德,降灵生轩辕。口衔造化斧,凿破机关门。五贼忽迸逸,刀物争崩奔。虚施神仙要,莫救华池源。但学战胜术,相高甲兵屯。龙蛇竞起陆,斗血浮中原。成汤与周武,反覆更为尊。下及秦汉得一作博,黩弄兵亦烦。奸强自林据,仁弱无枝蹲。狂喉恣吞噬,逆翼争飞翻。家家伺天发,不肯匡淫昏。生民坠涂炭,比屋为冤魂。只为读此书,大朴难久存。微臣与轩辕,亦是万世孙。未能穷意义,岂敢求瑕痕?曾亦爱两句,可与贤达论。生者死之根,死者生之根。方寸了十字,万化皆胚腪。身外更何事,眼前徒自喧。黄河但东注,不见归昆仑。昼短苦夜永,劝君倾一尊。

奉和袭美初夏游楞伽精舍次韵

吴都涵汀洲,碧液浸郡郭。微雨荡春醉,上下一清廓。奇踪欲探讨,灵物先瘵瘼。飘然兰叶舟,旋倚烟霞泊。吟谭乱篙橹,梦寐杂巘崿。纤情不可逃,洪笔难暂阁。岂知楞伽会一作舍,乃在山水箔。金仙著书日,世界名极乐。菖卜冠诸香,琉璃代华垩。禽言经不辍,象川宁涸。万善峻为城,巉巉扞群恶。清晨欲登造,安得无自愕。险穴骇坤牢,高萝挂天箨一作索。池容淡相向,蛟怪如可摸。苔蔽石髓根,蒲差水心锷。岚侵答一作达摩髻,日照狻猊络。仰首乍眩旋,回眸更辉爚。檐端凝去声飞羽,磴外浮碧落。到回一作迴解风襟,临幽濯云屩。尘机性非便,静境心所著。自取海鸥知,何烦尸祝酢。峰围震泽岸,翠浪舞绡幕。潋滟岂尧遭,屺嶬非禹凿。潜听钟梵处,别有松桂壑。霭重灯不光,泉寒网犹薄。僮能蹑孤刹,鸟惯亲纵铎。服道身可遗,乞闲心已诺。人间亦何事,万态相毒蠚。战垒竞高深,儒衣谩褒博。

宣尼名位达,未必春秋作。管氏包霸图,须人解其缚。伊余采樵者,蓬藋方索寞。近得风雅情,聊将圣贤度。多君富遹采,识度两清恪。讵宠生灭词,肯教夷夏错。未为尧舜用,且向烟霞托。我亦摆尘埃,他年附鸿鹤。

奉和袭美公斋四咏次韵

小松

擢秀遁客岩,遗根飞鸟径。因求饰清闳,遂得辞危覆。贞同柏有心,立若珠无胫。枝形短未怪,鬣数差难定。《名山记》云:松有两鬣、三鬣、七鬣者,言如马鬣形也,言粒者非。况密三天风,方遵四时柄。那兴培塿叹,免答邻里病。微霜静可分,片月疏堪映。奇当虎头笔,韵叶通明性,会拂阳乌胸,抢才膺帝命。

小桂

讽赋轻八植,擅名方一枝。才高不满意,更自寒山移。宛宛别云态,苍苍出尘姿。烟归助华杪,雪点迎芳蕤。青条坐可结,白日如奔螭。谅无劀音鸨剪忧,即是萧森时。洛浦虽有荫,骚人聊自怡。终为济川楫,岂在论高卑?

新竹

别坞破苔藓,严城树轩楹。恭闻禀璇玑,化质离青冥。竹璇玑玉精,受气于玄轩之宿。色可定鸡颈,实堪招凤翎。立窥五岭秀,坐对三都屏。晴月窈窕入,曙烟霏微生。昔者尚借宅,况来处宾庭。金罍纵倾倒,碧露还鲜醒。若非抱苦节,何以偶惟馨?徐观稚龙出,更赋锦苞零。

鹤屏

时人重花屏,独即胎化状。丛毛练分彩,疏节筇相望。八公《相鹤经》云:大毛落,丛毛生,其色如雪。又云:高脚疏节,则多跛也。曾无氄氋态,颇得连轩样。势拟抢高寻,身犹在函丈。如忧鸡鹜斗,似忆烟霞向。尘世任纵横,霜襟自闲放。空资明远思,不待浮丘相。何由振玉衣,一举栖瀛阆。

奉和袭美酬前进士崔潞盛制见寄,因赠至一百四十言

孔圣铸颜事,垂之千载余。其间王道乖,化作荆榛墟。天必授贤哲,为时攻剪除。轲雄骨已朽,百代徒趑趄。近者韩文公,首为闲一作开辟锄。夫子又继起,阴霾终廓如。搜得万古遗,裁成十编书。南山盛云雨,东序堆琼琚。偶此真籍客,悠扬两情摅。清词忽窈窕,雅韵何虚徐。唱既野芳坼,酬还天籁疏。轻波掠翡翠,晓露披芙蕖。俪曲信寡和,末流难嗣初。空持一竿饵,有意戯鲸鱼。

奉和袭美太湖诗二十首

初入太湖

东南具区雄,天水合为一。高帆大弓满,羿射争箭疾。时当暑雨后,气象仍郁密。乍如开雕筊音奴,笼也,耸翅忽飞出。行将十洲近,坐觉八极溢。耳目骇鸿蒙,精神寒佁栗。坑来斗呀豁,涌处惊嵯崒。崄异一作险若拔龙湫,喧如破蛟室。斯须风妥帖,若受命平秩。微茫识端倪,远峤疑格音阁笔。巉巉见铜阙湖中穹崇山有铜阙,左右皆辅弼。盘空俨相趋,去势犹横逸。尝闻咸池气,下注作清质。至今涵赤霄,尚且浴白日。太湖上禀咸池五车之气,故一水五名也。又云构浮玉,宛与昆阆匹。肃为灵官家,此事难致诘太湖乃仙家浮玉之北堂。才迎沙屿好,指顾俄已失。山川互蔽亏,鱼鸟空謷语彪切聑鱼乙切。何当授真检,得召天吴术。一一问朝宗,方应可谭悉。

晓次神景宫

晓帆逗碕岸,高步入神景。洒洒襟袖清,如临蕊珠屏。虽然群动息,此地常寂静。翠摄有寒锵,碧花无定影。凭轩羽人傲,夹户天兽猛。稽首朝元君,褰衣就虚省。呀空雪牙利,嗽水石齿冷。香母末垂婴,芝田不论顷。遥通河汉口,近抚松桂顶。饭荐七白蔬,杯酾九光杏。人间附尘躅,固陋真钳颈。肯信扪鳖倾,犹疑夏虫永。玄津荡琼垒,紫汞啼金鼎。尽出

冰霜书,期君一披省。

入林屋洞

知名十小天,林屋当第九。人间三十六洞天,知名者十尔,余二十六天,出九微志,未行于世。题之为左神,理之以天后。林屋洞为左神幽居之天,即天后真君之便阙。魁堆一作罡辟邪辈,左右专备守。自非方瞳人,不敢窥洞口。唯君好奇士,复啸忘情友。致一作敛伞在风林,低冠入云窦。中深剧苔井,傍坎才药臼。石角忽支颐,藤根时束肘。初为大幽怖,渐见微明诱。屹若造灵封,森如达仙薮。尝闻白芝秀,状与琅花偶。又坐紫泉光,甘如酌天酒。白芝、紫泉皆此洞所出,乃神仙之饮饵,非常人所能得。何人能挹嚼,饵以代浆糗。却笑探五符,徒劳步双斗。真君不可见,焚盥空迟久。眷恋玉碣文,行行但回首。

雨中游包山精舍

包山信神仙,主者上真职。及栖钟梵侣,又是清凉域。乃知烟霞地,绝俗无不得。岩开一径分,柏拥深殿黑。僧闲若图画,像古非雕刻。海客施明珠,湘蕤料平声净食。有鱼皆玉尾,有鸟尽金臆。手携鞭铎佉,唐言杨枝,佉一作供。若在中印国。千峰残雨过,万籁清且极。此时空寂心,可以遗智识。知君战未胜,尚倚功名力,却下听经徒生公有听经石,孤帆有行色。

毛公坛

古有韩终道,授之刘先生。身如碧凤皇,羽翼披轻轻。先生盛驱役,臣伏甲与丁。势可倒五岳,不唯鞭群灵。飘飘驾翔螭,白日朝太清。空遗古坛在,稠叠烟萝屏。远怀步罡夕,列宿森然明。四角镇露兽,三层差羽婴。回眸盼七忝,运足驰疏星。象外真既感,区中道俄成。迩来向千祀,云峤空峥嵘。石上橘花落,石根瑶草青。时时白鹿下,此外无人行,我访岑寂境,自言斋戒精。如今君安死字君安,魂魄犹膻腥。有笈皆绿字,有芝皆紫茎。相将望瀛岛,浩荡凌沧溟。

三宿神景宫

灵踪未遍寻,不觉溪色暝。回头问栖所,稍下杉萝径。岩居更幽绝,洞户相隐映。过此即神宫,虚堂惬云性。四轩尽疏达,一榻何清零去声?仿佛闻玉笙,鼓铿动凉磬。风凝古松粒,露压修荷柄。万籁既无声,澄明但心听。希微辨真语,若授虚皇命。尺宅按来平,华池漱余净。频窥宿羽丽,三吸晨霞盛。岂独冷衣襟,便堪遗造请。徒深一作探物外趣,未脱尘中病。举首一作手谢灵峰,徜徉事归榜。

以毛公泉献大谏清河公

先生炼飞精,羽化成翩翩。荒坛与古甃,隐轸清泠存。四面蹙山骨,中心含月魂。除非紫水脉,即是金沙源。香实洒桂蕊,甘惟渍云根。向来探幽人,酌罢祛蒙昏。况公珪璋质,近处谏诤垣。又闻虚静姿,早挂冰雪痕。君对瑶华味,重献兰薰言。当应涤烦暑,朗咏翚飞轩。我愿得一掬,攀天叫重阍。霏霏散为雨,用以移焦原。

缥缈峰

左右皆跳岑,孤峰挺然起。因思缥缈称,乃在虚无里。清晨跻蹬道,便是屏颜一作顽始。据石即更歌,遇泉还徙倚。花奇忽如荐,树曲浑成几。乐静烟霭知,忘机猿狖喜。频攀峻斗,末造平如砥。举首阅青冥,回眸聊下视。高帆大于鸟,广廛才类蚁。就此微茫中,争先未尝已。葛洪话刚气,去地四千一作十里。苟能乘之游,止若道路耳。吾将自峰顶,便可朝帝扆。尽欲活群生,不唯私一己。超骑明月蜍,复弄华星蕊。却下蓬莱巅,重窥清浅水。身为大块客,自号天随子。他日向华阳,敲云问名氏。

桃花坞

行行问绝境,贵与名相亲。空经桃花坞,不见秦时人。愿此为东风,吹起枝上春。愿此作流水,潜浮蕊中尘。愿此为好鸟,得栖花际邻。愿此作幽蝶,得随花下宾。朝为照花日,暮作涵花津。试为探花士,作此一作出作偷桃臣。桃源不我弃,庶可全天真。

明月湾

昔闻明月观在建业故台城,只伤荒野基。今逢明月湾,不值三五时。择此二明月,洞庭看最奇。连山忽中断,远树分毫厘。周回二十里,一片澄风漪。见说秋半夜,净无云物欺。兼之星斗藏,独有神仙期。初闻锵镣跳一作䀛,积渐调参差。空中卓羽卫,波上停龙螭。踪一作纵舞玉烟节,高歌碧霜词。清光悄不动,万象寒咿咿。此会非俗致,无由得旁窥。但当乘扁舟,酒瓮仍相随。或彻三弄笛,或成数联诗。自然莹心骨,何用神仙为。

练渎一云吴王开以练兵

越恃君子众,大将压全吴越有私卒君子六千人。吴将派天泽,以练舟师徒。一镜止千里,支流忽然迂。苍苍束洪波,坐似冯夷躯。战舰百万辈,浮宫三十余。平川盛丁宁,绝岛分储胥。风押半鹤膝,锦杠杂肥胡。香烟与杀气,浩浩随风驱。弹射尽高鸟,杯觞醉潜鱼。山灵恐见鞭,水府愁为墟。兵利德日削,反为雠国屠。至今钩镞残,尚与泥沙俱。照此月倍苦,来兹烟亦孤。丁魂尚有泪,合洒青枫枯。

投龙潭

名山潭洞中,自古多秘邃。君将接神物,聊用申祀事。熔金象牙角,尺木无不备。亦既奉真官,因之徇前志。持来展明诰,敬以投嘉瑞。鳞光焕水容,目色烧山翠。吾皇病秦汉,岂独探幽异。所贵风雨时,民皆受其赐。良田为巨浸,污泽成赤地。掌职一不行,精灵又何寄?唯贪血食饱,但据骊珠睡。何必费黄金,年年授星使。

孤园寺

浮屠从西来,事者极梁武。岩幽与水曲,结构无遗土。穷山林干尽,竭海珠玑聚。况即侍从臣,敢爱烟波坞。幡条玉龙扣,殿角金虬舞。释子厌楼台,生人露风雨。今来四百载,像设藏云浦。轻鸽乱驯鸥,鸣钟和朝橹。庭蕉裂旗旆,野蔓差缨组。石上解空人,窗前听经虎。林虚叶如织,水净沙堪数。遍问得中天,归修释迦谱。

上真观

尝闻升三清,真有上中下。官居乘佩服,一一自相亚。霄裙或霞粲,侍女忽玉姹。坐进金碧腴,去驰飙歘驾。今来上真观,恍若心灵讶。只恐暂神游,又疑新羽化。风余撼朱草,云破生瑶榭。望极觉波平,行虚信烟藉。闲开飞龟帙,静倚宿凤架。俗状既能遗,尘冠聊以卸。人间方大火,此境无朱夏。松盖荫日车,泉绅垂天罅。穷幽不知倦,复息芝园舍。锵佩引凉姿,焚香礼遥夜。无情走声利,有志依闲暇。何处好迎僧,希将石楼借。

销夏湾

霞岛焰难泊,云峰奇未收。萧条千里湾,独自清如秋。古岸过新雨,高萝荫横流。遥风吹蒹葭,折处鸣飕飕。昔予守圭窦,过于回禄囚。日为籧篨徒,渠曲二音,簟之异名。分作祇裯雠。低刁二音,并单衣。愿狎寒水怪,不封朱縠侯。岂知烟浪涯,坐可思重裘。健若数尺鲤,泛然双白鸥。不识号火井,孰问名焦丘。我真鱼鸟家,尽室营扁舟。遗名复避世,消夏还消忧。

包山祠

静境林麓好,古祠烟霭浓。自非通灵才,敢陟群仙峰。百里波浪沓,中坐箫鼓重。真君俱琼舆,仿佛来相从。清露濯巢鸟,阴云生昼一作画龙。风飘橘柚香,日动麋盖容。将命礼且洁,所祈年不凶。终当以疏闻,特用诸侯封。

圣姑庙

渺渺洞庭水,盈盈芳屿神。因知古佳丽,不独湘夫人。流苏荡遥吹,斜领生轻尘。蜀彩驳霞碎,吴绡盘雾匀。可怜飞燕姿,合是乘鸾宾。坐想烟雨夕,兼知一作之花草春。空登油壁车,窈窕谁相亲?好赠玉条脱,堪携紫纶巾。殷勤拨香池,重荐汀洲蘋。明朝动兰楫,不翅星河津。

太湖石

他山岂无石,厥状皆可荐。端然遇良工,坐使天质变。或裁基栋宇,礧砢成广殿。或剖出温瑜,精光具华瑱。或将破仇敌,百炮资苦战。或用镜功名,万古如会面。今之洞庭者,一以非此选。槎牙真不才,反作天下彦。所奇者嵌𡾰,所尚者葱茜。旁穿参洞穴,内窍均环钏。刻削九琳窗,玲珑五明扇。新雕碧霞段,旋破秋天片。无力置池塘,临风只流眄。

崦里

山横路若绝,转楫逢平川。川中水木幽,高下兼良田。沟塍堕微溜,桑柘含疏烟。处处倚蚕箔,家家下鱼筌。骎骎卧新获,野禽争折莲。试招搔首翁,共语残阳边。今来九州内,未得皆恬然。贼阵始吉语,狂波又凶年。吾翁欲何道,守此常安眠。笑我掉头去,芦中闻刺船。余知隐地术,可以齐真仙。终当从之游,庶复全于天。

石板

一片倒山屏,何时隳洞门。屹然空阔中,万古波涛痕。我意上帝命,持来压泉源。恐为庚辰官,囚怪力所掀。又疑广袤次,零落潜惊奔。不然遭霹雳,强半沈无垠。如何造化首,便截秋云根。往事不足问,奇踪安可论!吾今病烦暑,据簟常昏昏。欲从石公乞_{石板在石公山前},莹理平如璊。前后植桂桧,东西置琴尊。尽携天壤徒,浩唱羲皇言。

陆龟蒙

杂讽九首

红蚕缘枯桑，青茧大如瓮。人争掠其臂，羿矢亦不中。微微待贤禄，一一希入梦。纵操上古言，口噤难即贡。蛟龙在怒水，拔取牙角弄。丹穴如可游，家家畜孤凤。凶门尚儿戏，战血波涾—作鸿溶。社鬼苟有灵，谁能遏秋恸？

童麋来触犀，德力不相及。伊无惬心事，只有碎首泣。况将鹏虱校，数又百与十。攻如饿鸥叫，势若脱兔急。斯为朽关键，怒莘抉以入。年来横干戈，未见拔城邑。得非佐饔者，齿齿待啜汁。羁维豪杰辈，四骇方少絷。此皆乘时利，纵舍在呼吸。吾欲斧其吭，无雷动幽蛰。

軥鹅惨于冰，陆立怀所适。斯人道仍闷—作闷，不得不鸣呃。当时布衣士，亦作天子客。至今东方生，满口自夸白。终为万乘交，谈笑无所隔。致君非有书，乃是尧舜画。只今侯门峻，日扫贫贱迹。朝趋九韶音，暮列五鼎食。如闻恭俭语，謇謇事夕惕。可拍伊牧肩，功名被金石。

赤舌—作石可烧城，谗邪易为伍。诗人疾—作病之甚，取俾投豺虎。长风吹橐木，始有音韵吐。无木亦无风，笙簧由喜怒。女娲炼五石，天缺犹可补。当其利口衔，罅漏不复数。元精遗万类，双目如牖户。非是既相参，重瞳亦为瞽。

东南有狂兕，猎者西北矢。利尘白—作日冥冥，独此清夜止。无人语其事，偶坐窥天纪。安得东壁明，洪洪用坟史。搜扬好古士，一以罄云水。流堪洒菁英，风足去稊秕。如能出奇计，坐可平贼垒。徐陈羲皇道，高驾太平轨。攫疏成特雄，濯垢为具美。贡贤当上赏，景福视所履。永播南熏音，垂之万年耳。

有蘖何青青,空城雪霜里。千林尽枯槁,苦节独不死。他遭匠石顾,总入牺黄美。遂得保天年,私心未为耻。高从一作徒宿枭怪,下亦容蝼蚁。大厦若抡材,亭亭托君子。

左右佩剑者,彼此亦相笑。趋时与闭门,喧寂不同调。潜机取声利,自许臻乎妙。志士以神窥,惭然一作寂真可吊。天之发遐籁,大小随万窍。魁其垆冶姿,形质惟所召。鼗笙磬竽瑟,是必一作以登清庙。伊圣不可一作吾欺,谁能守蓬藋?

横笛喝一作鸣秋风,清商入疏越。君居不夜城,肯怨孤戍月。吴兵甚犀利,太白光突兀。日已费千金,厓闻侵一拨一作坡。岂无恶年少,纵酒游侠窟。募为敢死军一作士,去以枭叛卒。岂无中林士,贯穿学问骨。兵法五十家,浩荡如溟渤。高悬鹿皮睡,清涧一作涓时依樾。分已诺烟霞,全遗事干谒。既非格猛兽,未可轻华发。北面师其谋,几能止征伐。何妨秦董勇,又有曹刿说。尧舜尚询刍一作事,公乎听无忽。

朝为壮士歌,暮为壮士歌。壮士心独苦,傍人谓之何。古铁久不快,倚天无处磨。将来易水上,犹足生寒波。捷可搏飞狖,健能超橐驼。群儿被坚利,索手安冯河。惊飙扫长林,直木谢樲柯。严霜冻大泽,僵龙不如蛇。昔者天血碧,吾徒安叹嗟。

美人

美人抱瑶瑟,哀怨弹别鹤。雌雄南北飞,一旦异栖托。谅非金石性,安得宛如昨。生为并蒂花,亦有先后落。秋林对斜日,光景自相薄。犹欲悟君心,朝朝佩兰若。

感事

将军被鲛函,只畏金石镞。岂知逸箭利,一中成赤族。古来信簧舌,巧韵凄锵曲。君闻悦耳音,尽日听不足。初因起毫发,渐可离骨肉。所以贤达一作达贤心,求人须任目。

素丝

园客丽独茧,诗人吟五緵。如何墨子泪,反以悲途穷。我意岂如是,愿参天地功。为线补君衮,为弦系君桐。左右修阙职,宫商还古风。端然洁白心,可与神明通。

次幽独君韵二首

灵气独不死,尚能成绮文。如何孤窆里,犹自读三坟。

落日送万古,秋声含七哀。枯株不萧瑟,枝干虚崔嵬。伊昔临大道,歌钟醉高台。台今已平地一作高台今已平,只有春风回。明月白草死,积阴荒陇摧。圣贤亦如此,恸绝真悠哉。

赠远

芙蓉匣中镜,欲照心还懒。本是细腰人,别来罗带缓。从君出门后,不奏云和管。妾思冷如簧,时时望君暖。心期梦中见,路永魂梦短。怨坐一作生泣西风,秋窗月华满。

村夜二篇

江上冬日短,裴回草堂暝。鸿当绝塞来,客向孤村病。绵绵起归念,咽咽兴微咏。菊径月方高,橘斋霜已并。盘餐蔬粟粗,史籍签牌盛。目冷松桂寒一作闲,耳喧儿女竞。开瓶浮蚁绿,试笔秋毫劲。昼户亦重关,寒屏递相映。诗从骚雅得,字向铅椠一作黄正。遇敌舞蛇矛,逢谈捉犀柄。无名升甲乙,有志扶荀孟。守道希昔贤,为文一作人通古圣。幽忧废一作拂长剑,憔悴惭清镜。只会鱼鸟情,讵知时俗性。浮虚多徇势,老一作疏懒图一作徒历聘。既不务人知,空余乐天命。吾家一作如何在田野,家事苦辽复。耕稼一以微,囷仓自然罄。愁襟风叶乱,独坐灯花一作然灯迸。明发成浩歌,谁能少倾听?

世既贱文章,归来事耕稼。伊人著农道元仓子有《农道篇》,我亦赋田舍。所悲劳者苦,敢用词为诧。只效刍牧言,谁防轻薄骂?嘻今居宠禄,各自矜雄霸。堂上考华钟,门前伫高驾。

纤洪动丝竹,水陆供鲙炙。小雨静楼台,微风动兰麝一作送檀麝。吹嘘川可倒,眄睐花争妩一作俎。万户膏血一作雨穷,一筵歌舞价。安一作宁知勤播植,卒岁无闲暇。种以春扃初,获从秋隼下一作鹰乍。专专望穜稑,挦挦条桑柘。日晏腹未充,霜繁体犹裸。平生守仁义,所疾唯狙诈。上诵周孔书,沈湎一作湎至醖藉。岂无致君术,尧舜不一作驰上下。岂无活国方,颇一作稽牧齐教化。蛟龙任干死,云雨终不借。羿臂束如囚,徒劳夸善射。才能消箕斗,辩可移嵩华。若与氓辈量,饥寒殆相亚。长吟倚清瑟,孤愤生遥夜。自古有遗贤,吾容偏称谢。

记事

本作渔钓徒,心将遂疏放。苦为饥寒一作衣食累,未得恣闲畅。去年十二月,身住雪溪上。病里贺一作见丰登,鸡豚聊馈饷。巍峨下山雪,凝冽不可向。瘦骨倍加寒,徒为厚缯纩。晴来露青霭,千一作万仞缺寻丈。卧恐玉华销,时时推枕望。虽然营卫困,亦觉精神王。把笔强题诗,粗言瑰怪状。吴兴郑太守,文律颇清壮。凤尾与鲸牙,纷披落杂一作新唱。缄书寄城内,搪突无以况。料峭采莲船,纵横簸天浪。方倾谢公酒一作咏,一作言,忽值庄生一作叟丧。郑员外仁规是年受代,俄丧偶。默默阻音徽一作徽音,临风但惆怅。春归迨一作待秋末,固自婴微恙。岁晏一作早弗躬亲,何由免欺诳。今来观刈获,乃在松江并步浪切。门外两潮过,波澜光荡漾。都缘新卜筑,是事皆草创。尔后如有年,还应惬微尚。天高气味爽,野迥襟怀旷。感物动牢一作劳愁,愤时频肮脏。平生乐篇翰,至老安敢忘。骏骨正牵盐,玄文终覆酱。嗟今多赤舌,见善惟蔽谤。忖度大为防,涵容宽作量。图书筐箧外,关眼都剩长。饿隶亦胜无,薄田家所仰。稍离饥寒患,学古一作古学真可强。圣道庶经营,世途多踉跄。近闻天子诏,复许私酝酿。促使春一作奉酒材,呼儿具盆盎。宵长拥吟褐,日晏开书幌。我醉卿可还,陶然似元亮。

孤雁

我生天地间,独作南宾雁。哀鸣慕前侣,不免饮啄晏。虽蒙小雅咏,未脱鱼一作生网患。况一作翅是婚一作搽礼须一作经,忧为弋者篡。晴鸢争上下,意气苦凌慢。吾常吓鸳雏,尔辈安足讪。回头语晴鸢,汝食腐鼠惯。无异驽骀群,恋短豆皂栈。岂知潇湘岸,葭葰蘋萍一作蓼萍蘋间。有石形状奇,寒流古来湾。闲看麋鹿一作甫里志,了不忧一作爱刍豢。世所重巾冠,何妨野夫卯。骚人夸蕙芷,易象取陆苋。漆园逍遥篇,中亦载斥鷃,汝惟材性下,嗜好不可谏。身虽慕高翔,粪壤是一作长盼盼。或闻通鬼魅,怪祟立可辩。菩蔟书尚存,宁容恣妖幻。菩蔟、周礼秋官司寇下,菩蔟氏掌覆夭鸟之巢。菩,郑司农读为摘,又他历反。蔟,读为爵蔟之蔟,谓巢也。天鸟,恶鸣鸟。

南泾一作溪渔父

予方任疏慵,地僻即所好。江流背村落,偶往心已嫪。田家相去远,岑寂且纵傲。出户手先筇,见人头未帽。南泾一作溪有渔父,往往携稚造。问其所以渔,对我真蹈道。我初箬鱼鳖,童卯至于耄。窟穴与生成,自然通一作知壶奥。孜孜戒吾属,天物不可暴。大小参去留,候其挚养报。终朝获鱼一作渔利,鱼亦未常耗。同覆天地中,违仁幸覆焘。余观为政者,此意谅难到。民皆死搜求,莫肯兴一作与愍悼。今年川泽旱,前岁山源潦。牒诉已盈庭,闻之类禽噪。譬如死一作惷鸡鹜,岂不容乳抱。孟子讥宋人,非其揠苗躁。吾嘉渔父旨,雅叶贤哲操。倘遇采诗官,斯文诚敢告。

引泉诗 睦州龙兴观老君院作

上嗣位六载,吾宗刺桐川。余来拜旌戟,诏下之明年。是时春三月,绕郭花蝉联。岚盘百万髻,上插黄金钿。授以道士馆,置榻于东偏。满院声碧树,空堂形一作影老仙。本性乐凝淡,及来更虚玄。焚香礼真像,盥手披灵编。新定一作安山角角,乌龙山名独巉然。除非净晴日一作晴目,不见苍崖巅。上有拏云峰,下有喷壑泉。泉分数十汊,落处皆峥潈。寒声入烂醉,聒破西窗眠。支筇起独寻,只在墙东边。呼童具畚锸,立凿莓苔穿。潾淙一作漈一派堕,练带横斜牵。乱石抛落落,寒流响溅溅。狂奴一作怒七里濑,缩到疏楹前。跳花一作光泼半散,涌沫飞旋圆。势束三峡挂,泻危孤磴悬。曾闻瑶池溜,亦灌朱草田。凫伯弄翠蕊,鸾雏舞丹烟。凌风挆桂柁,隔雾一作霞驰犀船。况当玄元家,尝著道德篇。上善可比水,斯文参五千。精灵若在此,肯恶微波传。不拟争滴沥,还应会沦涟。出门复一作后飞箭,合势浮青天。必有学真子,鹿冠秋鹤颜。如能辅余志,日使疏其源。

纪梦游甘露寺 寺在京口北固山上,第十四句缺三字

昔卧嵩高云,云窗正寒夕。披裘忽生梦,似到空王宅。峨天一峰立,栏楯横半壁。级倚绿颠差,关临赤霄辟。扪虚陟孤峭,不翅千余尺。叠掌望罘罳,分明袒肩释。凌香稽首罢,嘹哓一作晓□□□。高户乘一作承北风,声号大波白。光中目难送,定验方可觌。树细鸿蒙烟,岛疏零落碧。须臾群籁入,空水相喷激。积浪亚寒堆,呀如斗危石。跳音簇鞞鼓,溅沫交矛戟。鸟疾帆亦奔,纷纷助劲敌。思非水灵怒,即是饥龙擘。怯慑不敢前,荷襟汗沾霢。回经定僧处,泉木光相射。岩磴云族栖,柖一作松柯露华适。逍遥得真趣,逦迤寻常迹。山腹贮孤亭,岚根四垂帘。谁题雪月句,乃是曹刘格。爱树亭有故太尉房公诗。阆阙一枝琼,边楼数声笛。吟高矍然起,若自苍旻掷。短烛堕余花,圆蟾挂斜魄。自从神锡境,无处不登陟。忽上南徐山,心期豁而获。岂伊烦恼骨,合到清凉域。暗得胡蝶身,幽期一作寄尽相识。奈何有名氏,未列金闺籍。翻惭卭顶童,得奉真如策。云涛触风望,毫管和烟搦。聊记梦中游,留之问禅客。

惜花

人寿期满百,花开唯一春。其间风雨至,旦夕旋为尘。若使花解愁,愁于看花人。

别离

丈夫非无泪,不洒离别间。杖一作仗剑对尊酒,耻为游子颜。蝮蛇一作螫手,壮士即解腕。所志在功名,离虽何足叹。

鸣雁行

朔风动地来,吹起沙上声。闺中有边思,玉箸此时横。莫怕儿女恨,主人烹不鸣。

短歌行

爪牙在身上,陷阱犹可制。爪牙在胸中,剑戟无所畏。人言畏猛虎,谁是撩头弊?只见古来心,奸雄暗相噬。

挟瑟一作琴歌

挟瑟一作琴为君抚,君嫌声太古。寥寥倚浪系,嘈嘈沈湘语。赖有秋风知,清泠吹玉柱。

婕妤怨

妾貌非倾国,君王忽然宠。南山掌上来,下一作不敌新恩重。后宫多窈窕,日日学新声。一落君王耳,南山又须轻。

江南曲

为爱江南春,涉江聊采蘋。水深烟浩浩,空对双车轮。车轮明月团,车盖浮云盘。云月徒自好,水中行路难。遥遥洛阳道,夹道生春草。寄语棹船郎,莫夸风浪好。

全唐诗卷六百二十

陆龟蒙

渔具诗 并序

天随子戱于海山之颜有年矣,矢鱼之具,莫不穷极其趣。大凡结绳持纲者,总谓之网罟。网罟之流曰罛、曰罾、曰翼侧交切,圜而纵舍曰罩,挟而升降曰罾女减切,缗而竿者总谓之筌,筌之流曰筒、曰车,横川曰梁,承虚曰笱,编而沈之曰箔音卑,矛而卓之曰矠音册,矛也,棘而中之曰叉,镞而纶之曰射,扣而骇之曰根,以薄板置瓦器上,击之以驱鱼。置而守之曰神,鲤鱼满三百六十岁,蛟龙辄率而飞去,置一神守之,则不能去矣。神,龟也。列竹于海澨曰沪吴之沪渎是也,错薪于水中曰簖音摻,所载之舟曰舴艋,所贮之器曰答筥,其他或术以招之,或药而尽之,皆出于诗书杂传。及今之闻见,可考而验之,不诬也。今择其任咏者,作十五题以讽。噫!矢鱼之具也如此,予既歌之矣;矢民之具也如彼,谁其嗣之?鹿门子有高洒之才,必为我同作。

网

大罛纲目繁,空江波浪黑。沈沈到波底,恰共波同色。牵时万鬐入,已有千钧力。尚悔不横流,恐他人更得。

罩

左手揭圆罠,轻桡弄舟子。不知潜鳞处,但去笼烟水。时穿紫屏一作萍破,忽值朱衣起松江有朱衣鲋。贵得不贵名,敢论鲂与鲤。

罾

有意烹小鲜,乘流驻孤棹。虽然烦取舍,未肯求津要。多为虾蚬误,已分鸡鹩笑。寄语龙伯人,荒唐不同调。

钓筒

短短截筠光,悠悠卧江色。蓬差榜相应,雨慢烟交织。须臾中芳饵,迅疾如飞翼。彼竭我还浮,君看不争得。

钓车

溪上持只轮,溪边指茅屋。闲乘风水便,敢议朱丹毂。高多倚衡惧,下有折轴速。曷若载逍遥,归来卧云族。

鱼梁

能编似云薄,横绝清川口。缺处欲随波,波中先置笱。投身入笼槛,自古难飞走。尽日水滨吟,殷勤谢渔叟。

叉鱼

春溪正含绿,良夜才参半。持矛若羽轻,列烛如星烂。伤鳞跳密藻,碎首沈遥岸。尽族染东流,傍人作佳玩。

射鱼

弯弓注碧浔,掉尾行凉汕。青枫下晚照,正在澄明里。抨弦断荷扇,溅血殷菱蕊。若使禽荒闻,移之暴烟水。

鸣桹

水浅藻荇涩,钓罩无所及。铿如木铎音,势若金钲急。殴之就深处,用以资俯拾。搜罗尔甚微,遁去将何入?

沪吴人今谓之籪

万植御洪波,森然倒林薄。千顷咽云上,过半随潮落。其间风信背,更值雷声恶。天道亦衰多,吾将移海若。

簖吴人今谓之丛

斩木置水中,枝条互相蔽。寒鱼遂家此,自以为生计。春冰忽融冶,尽取无遗裔。所托成祸机,临川一凝睇。

种鱼

凿池收赪鳞,疏疏置云屿。还同汗漫游,遂以江湖处。如非一神守,潜被蛟龙主。蛟龙若无道,跛鳖亦可御。

药鱼

香饵缀金钩,日一作目中悬者几。盈川是毒流,细大同时死。不唯空饲犬,全可将贻蚁。苟负竭泽心,其他尽如此。

舴艋

蓬棹两三事,天然相与闲。朝随稚子去,暮唱菱歌还。倚石迟后侣,徐桡供远山。君看万斛载,沈溺须臾间。

笭箵

谁谓笭箵小,我谓笭箵大。盛鱼自足餐,贯璧能为害。时将刷蘋浪,又取悬藤带。不及腰上金,何劳问蓍蔡。

奉和袭美添渔具五篇

渔庵

结茅次烟水,用以资啸傲。岂谓钓家流,忽同禅室号。闲凭山叟占,晚有溪禽噪。华屋莫相非,各随吾所好。

钓矶

拣得白云根,秋潮未曾没。坡陁坐鳌背,散漫垂龙发。持竿从掩雾,置酒复待月。即此放神情,何劳适吴越。

蓑衣

山前度微雨,不废小涧渔。上有青襟襦,下有新脶一作蒟疏。滴沥珠影泫,离披岚彩虚。君看荷制者,不得安吾庐。

箬笠

朝携下枫浦,晚戴出烟艇。冒雪或平檐,听泉时厌顶。飘移霭然色,波乱危如影。不识九衢尘,终年居下泂。

背蓬

敏手劈一作试江筠,随身织烟壳。沙禽固不知,钓伴犹初觉。闲从翠微拂,静唱沧浪濯。见说万山潭,渔童尽能学。

樵人十咏并序

环中先生谓天随子曰:"子与鹿门子应和为渔具

诗,信尽其道而美矣。世言樵渔者,必联其命称,且常为隐君子事。诗之言错薪,礼之言负薪,传之言积薪,史之言束薪,非樵者之实乎？可不足以寄兴咏,独缺其词耶？"退作十樵,以补其阙漏,寄鹿门子。

樵溪

　　山高溪且深,苍苍但群木。抽条欲千尺,众亦疑朴樕。一朝蒙剪伐,万古辞林麓。若遇燎玄穹,微烟出云族。

樵家

　　草木黄落时,比邻见相喜。门当清涧尽,屋在寒云里。山棚日才下,野灶烟初起。所谓顺天民,唐尧亦如此。

樵叟

　　自小即胼胝,至今凋鬓发。所图山褐厚,所爱山炉热。不知冠盖好,但信烟霞活。富贵如疾颠,吾从老岩穴。

樵子

　　生自一作在苍崖边,能谙白云养山家谓养柴地为养。才穿远林去,已在孤峰上。薪和野花束,步带山词唱。日暮不归来,紫扉有人望。

樵径

　　石脉青霭间,行行自幽绝。方愁山缭绕,更值云遮截。争推好林浪,共约归时节。不似名利途,相期覆车辙。

樵斧

　　淬砺秋水清,携持远山曙。丁丁在前涧,杳杳无寻处。巢倾鸟犹在,树尽猿方去。授钺者何人,吾今一作方易其虑。

樵担

　　轻无斗储价,重则筋力绝。欲下半岩时,忧襟两如结。风高势还却,雪厚疑中折。负荷诚独难,移之赠来哲。

樵风

　　朝随早潮去,暮带残阳返。向背得清飙,

相追无近远。采山一何迟,服道常苦蹇。仙术信能为,年华未将晚。

樵火

　　积雪抱松坞,蠹根然草堂。深炉与远烧,此夜仍交光。或似坐奇兽,或如焚异香。堪嗟宦游子,冻死道路傍。

樵歌

　　纵调为野吟,徐徐下云磴。因知负樵乐,不减援琴兴。出林方自转,隔水犹相应。但取天壤情,何求郢人称。

奉和袭美酒中十咏

酒星

　　万古醇酎气,结而成晶荧。降为嵇阮徒,动与尊罍并。不独祭天庙,亦应邀客星。何当八月槎,载我游青冥。

酒泉

　　初悬碧崖口,渐注青溪腹。味既敌中山,饮宁拘一斛。春疑浸花骨,暮若酣云族。此地得封侯,终身持美禄。

酒篘

　　山斋酝方熟,野童编近成。持来欢伯内,坐使贤人清。不待盎中满,旋供花下倾。汪汪日可挹,未羡黄金籯。

酒床

　　六尺样何奇,溪边濯来洁。糟深贮方半,石重流还咽。闲移秋病可,偶听寒梦缺。往往枕眠时,自疑陶靖节。

酒垆

　　锦里多佳人,当垆自沽酒。高低过反坫,大小随圆甀。数钱红烛下,涤器春江口。若得奉君欢,十千求一斗。

酒楼

　　百尺江上起,东风吹酒香。行人落帆上,

远树涵残阳。凝睇复凝睇,一觞还一觞。须知凭栏客,不醉难为肠。

酒旗

摇摇倚青岸,远荡游人思。风皷翠竹杠,雨潝香醪字。才来隔烟见,已觉临江迟。大旆非不荣,其如有王事。

酒尊

黄金即为侈,白石又太拙。斫得奇树根,中如老蛟穴。时招山下叟,共酹林间月。尽醉两忘言,谁能作天舌?

酒城

何代驱生灵,筑之为酿地。殊无甲兵守,但有糟浆气。雉堞屹如狂,女墙低似醉。必若据而争,先登仪狄氏。

酒乡

谁知此中路,暗出虚无际。广莫是邻封,华胥为附丽。三杯闻古乐,伯雅逢遗裔。自尔等荣枯,何劳问玄弟。

添酒中六咏并序

鹿门子示予酒中十咏,物古而词丽,旨高而性真,可谓穷天人之际矣。予既和而且曰:"昔人之于酒,有注为池而饮之者,象为龙而吐之者,亲盗瓮间而卧者,将实身中而浮者,可为四荒矣。徐景山有酒枪,嵇叔夜有酒杯,皆传于后代,可谓二高矣。"四荒不得不刺,二高不得不颂,更作六章,附于末云。

酒池

万斛输曲沼,千钟未为多。残霞入醲齐,远岸澄白鹅。后土亦沈醉,奸臣空浩歌。迩来荒淫君,尚得乘余波。

酒龙

铜雀羽仪丽,金龙光彩奇。潜倾邺宫酒,忽作商庭虀。若怒鳞甲赤,如酣头角垂。君臣坐相灭,安用骄奢为。

酒瓮

候暖曲糵调,覆深苫盖净。溢处每淋漓,沉来还濎滢。常闻清凉酎,可养希夷性。盗饮以为名,得非君子病。

酒船

昔人性何诞,欲载无穷酒。波上任浮身,风来即开口。荒唐意难遂,沉湎名不朽。千古如比肩,问君能继不?

酒枪

景山实名士,所玩垂清尘。尝作酒家语,自言中圣人。奇器质含古,挫糟味应醇。唯怀魏公子,即此飞觞频。

酒杯

叔夜傲天壤,不将琴酒疏。制为酒中物,恐是琴之余。一弄广陵散,又裁绝交书。颓然掷林下,身世俱何如。

奉和袭美茶具十咏

茶坞

茗地曲隈回,野行多缭绕。向阳就中密,背涧差还少。遥盘云髻慢,乱簇香篝小。何处好幽期,满岩春露晓。

茶人

天赋识灵草,自然钟野姿。闲来北山下,似与东风期。雨后探芳去,云间幽路危。唯应报春鸟,得共斯人知顾渚山有报春鸟。

茶笋

所孕和气深,时抽玉苕短。轻烟渐结华,嫩蕊初成管。寻来青霭曙,欲去红云暖。秀色自难逢,倾筐不曾满。

茶籯

金刀劈翠筠,织似波文斜。制作自野老,携持伴山娃。昨日斗烟粒,今朝贮绿华。争歌调笑曲,日暮方还家。

茶舍

旋取山上材,架为山下屋。门因水势斜,

壁任岩隙曲。朝随鸟俱散,暮与云同宿。不惮采掇劳,只忧官未足。

茶灶 《经》云:茶灶无突。

无突抱轻岚,有烟映初旭。盈锅玉泉沸,满甑云芽熟。奇香袭春桂,嫩色凌秋菊。炀者若吾徒,年年看不足。

茶焙

左右捣凝膏,朝昏布烟缕。方圆随样拍,次第依层取。山谣纵高下,火候还文武。见说焙前人,时时炙花脯。紫花,焙人以花为脯。

茶鼎

新泉气味良,古铁形状丑。那堪风雪夜,更值烟霞友。曾过赪石下,又住清溪口。赪石、清溪皆江南出茶处。且共荐皋卢茶名,何劳倾斗酒。

茶瓯

昔人谢坯埏,徒为妍词饰《刘孝威集》有谢坯埏启。岂如珪璧姿,又有烟岚色。光参筠席上,韵雅金罍侧。直使于阗君,从来未尝识。

煮茶

闲来松间坐,看煮松上雪。时于浪花里,并下蓝英末。倾余精爽健,忽似氛埃灭。不合别观书,但宜窥玉札。

全唐诗卷六百二十一

陆龟蒙

置酒行

落尘花片排香痕,阑珊醉露栖愁魂。洞庭波色惜不得,东风领入黄金尊。千筠掷毫春谱大,碧舞红啼相倡和。安知寂寞西海头,青箨未垂孤凤饿。

江湖散人歌 并传

散人者,散诞亡人也,心散,意散,形散,神散,既无羁限,为时之怪民。束于礼乐者外之曰:"此散人也。"散人不知耻,乃从而称之。人或笑曰:"彼病子散而目之,子反以为其号,何也?"散人曰:"天地,大者也,在太虚中一物耳。劳乎覆载,劳乎运行,差之晷度,寒暑错乱,望斯须之散,其可得耶?水土之散,皆有用乎?水之散,为雨、为露、为霜雪;水之局,为潴、为洳、为潢污。土之散,封之可崇、穴之可深,生可以艺、死可以入,土之局,堳不可以以埏,甓不可以为盂。得非散能通于变化,局不能耶?退若不散,守名之筌;进若不散,执时之权。筌可守耶?筌可守耶?权可执耶?"遂为散歌、散传,以志其散。

江湖散人天骨奇,短发搔—作抓来蓬半垂。手提—作捉孤篁曳寒茧,口诵太古沧浪词。词云太古万万古,民性甚—作怪其野无风期。夜栖止与禽兽杂,独自构架—作架结纵横枝。因而称曰有巢氏,民共—作相与敬贵如君师。当时只效乌鹊辈,岂是有意陈尊卑。无端后圣穿凿破,一派前导千流随。多方恼乱元气死,日使文字—作父子生奸欺。圣人事业转销耗,尚有渔者存熙熙。风波不独困—作因一士,凡百器具—作用皆能施。罝疏泸腐鲈鳜脱—作肥,止—作正失—作上失检驭无—作非逸驰。人间所谓好男子,我与妇女留须眉。奴颜婢膝真乞丐,反以正直为狂痴。所以头欲散,不散弁—作冠峨巍。所以腰欲散,不散佩陆离。行散任之适,坐散从倾欹;语散空谷应,笑散春云—作客披;衣散单复便,食散酸咸宜;书散浑真草,酒散甘醇醨;屋散势斜直,树散行参差;客散忘簪屦,禽散虚笼池。物外—作外物—以散,中心散何疑?不共诸侯分邑里,不与天子专隍陴。静则守桑柘,乱则逃妻儿。金镞—作镞贝—作绅带未尝识,白刃杀—作报我穷生为。或闻蕃将负恩泽,号令铁马如风驰。大君年小丞相少,当轴自请都—作诸旌旗。神锋悉出羽林仗,缋画日月蟠龙螭。太宗基业甚牢固,小丑背叛当歼夷。禁军近自肃宗置—作署,抑遏辅国争雄雌。必然大段剪凶逆,须召劲勇持—作扶军麾。四方贼垒犹占地,死者暴骨生寒饥。归来辄拟荷锄笠,诟吏已责租钱迟。兴师十万一日费,不啻千金何以支。只今利口且箕敛,何暇俯首哀茕嫠。均荒补败岂无术,布在方册撑颓颟。冰霜襦袴易反掌,白面诸郎殊不知。江湖散人悲古道,悠悠幸寄羲皇傲。官家—作吾皇未议活苍生,拜赐江湖散人号。

五歌并序

古者歌咏言,《诗》云:"我歌且谣。"《传》曰:"劳者愿歌其事。"吾言之拙艰,不足称咏且谣,而歌其事者,非吾而谁?作五歌以自释意。

放牛

江草秋穷似秋半,十角吴牛放江岸。邻肩抵尾乍依偎—作偎,横去斜奔忽分散。荒陂断堑无端入,背上时时孤鸟立。日暮相将带雨归,田家烟火微茫湿。

水鸟

水鸟山禽虽异名,天工各与双翅翎。雏巢吞啄即一例,游处高卑殊不停。则—作别有觜铍爪戟劲立直视者,击搏挽裂图膻腥。如此等色恣豪横,耸身往往凌青冥。为人罗绊取材力,韦韝彩绶—作绂悬金铃。三驱不以鸟捕鸟,矢下先得闻诸经。超然可继义勇后,恰似有志—作意行天刑。鸥闲鹤散两自遂,意思不受人丁宁。今朝棹倚寒江汀,春—作鹐鉏翡翠参鹓鹐。孤翘侧睨鳖灭没,未是即肯驯檐楹。妇女衣襟便佞舌,始得金笼日提挈。精神卓荦—作藜背人飞,冷—作合抱兼葭宿烟月。我与时情太

乖剌,只是江禽有毛发。殷勤谢汝莫相猜,归来长短同群活。

刈获

自春徂秋天弗雨,廉廉早稻才遮亩。芒粒稀疏熟更轻,地与—作上禾头不相拄。我来愁筑心如堵,更听农夫夜深语。凶年是物即为灾,百阵野凫千穴鼠。平明抱杖入田中,十穗萧条—作然九穗空。敢言一岁困仓实,不了如—作而今朝暮舂。天职谁司下民籍,苟有区区—作分宜枿枿即析字。本作耕耘意若何,虫豸兼教食人食。古者为邦须蓄积,鲁饥尚责如齐籴。今之为政异当时,一任流离恣征索。平生幸—作早遇华阳客,向日餐霞转—作赤肥白。欲卖耕牛弃水田,移家且—作直傍三茅宅。

雨夜

屋小茅干雨声大,自疑身著蓑衣卧。兼似—作是孤舟小泊时,风吹折苇来相佐。我有愁襟无可那,才成好梦刚惊破。背壁残—作寒灯不及萤,重挑却向灯前坐。

食鱼

江南春旱鱼无泽,岁晏未曾腥鼎鬲。今朝有客卖鲈鲂,手提见我长于尺。呼儿舂取红莲米,轻重相当加十倍。且作—作图吴羹助早—作朝餐,饱卧晴檐曝寒背。横戈负羽正纷纷,只用骁雄不用文。争如晓夕讴吟样,好伴沧洲白鸟群。

丁隐君歌并序

隐君,姓丁氏,字翰之,济阳人也,名飞举。读老子庄周书,善养生,能鼓琴,居钱塘龙泓洞之左右,或曰憩馆耳。别业在深山中,非得得行不可适。到其下,畜妻子,事耕稼,如常人。余尝南浮桐江,途而诣龙泓憩馆,获见,纶巾布裘,貌古而意澹,好古文,乐闻歌诗,见待加厚。因曰:"他时愿为山中仆。"丁笑而不应。问之年,曰:"七十二。"当咸通丙午岁,逮今十四年矣。雷平道士葛参寥话与翰之熟,至今齿发不衰,气力益壮,疏繁导蒙,灌溉剉刿,皆自执缠岳斤剧辈,升高望远,不翅履平地。时时书细字,作文纪事,皆有

楷法意义。夜半山静,取琴弹之,奏雅弄一二而已。少睡,寡言语,与人相接,礼简而情至,周旋累年,未尝有罢倦之色,不唯疾病也,非养生之效欤? 又不见其有所服饵。或问之,对曰:"治心修身之外,复有何物?"予始嘉其遁世,又闻其老而益精,又悦其治心修身之说,孔子所谓乐而寿者,斯人也欤。既乐而寿,则仁智充乎其内,充乎其内者,非有德者欤? 有德而不耀于世者,非隐君子欤? 乃作丁隐君歌,以寄其声云。

华阳道士南游归,手中半卷青萝衣一作皮。自言逋客持赠我,乃是钱塘丁翰之。连江一作天大抵多奇岫,独话君家最奇秀。盘烧天竺春笋肥,琴倚洞庭秋石瘦。草堂暗引龙泓溜,老树根株若蹲兽。霜浓果熟未容收,往往儿童杂猿狖。去岁猖狂有黄寇,官军解一作骇散无人斗。满城奔迸翰之闲,只把枯松塞圭窦。前度相逢正卖文,一钱不直虚云云。今来利作采樵客,可以抛身麋鹿群。丁隐君,丁隐君,叩一作昂头且莫变名氏,即日更寻丁隐君。

紫溪翁歌

紫溪翁过甫里先生,举酒相属,醉而歌,先生侧弁而和之,歌阕而去。

一丘之木,其栖深也屋,吾容不辱;一溪之石,其居平也席,吾劳以息;一窦之泉,其音清也弦,吾方在悬。得乎人,得乎天,吾不知所以然而然。

庚歌

采江之鱼兮,朝船有鲈。采江之蔬兮,暮筐有蒲。左图且书,右琴与壶。寿欤夭欤,贵欤贱欤。

鹤媒歌

偶系渔舟一作江船汀树枝,因看射鸟令人悲。盘空野鹤忽然下,背翳见媒心不疑。媒闲静立如无事,清唳时时入遥吹。裴回未忍地南塘,且应同声就一作与同类。梳翎宛若相逢喜,只怕才来又惊起。窥鳞啄藻乍低昂,立一作注定当胸流一矢。媒欢舞跃势离披,似诒功能邀一作腰,一作晉弩儿。云飞水宿各自物,妒侣害群犹尔为。而一作何况世一作间人间有名利,外头笑语中猜忌。君不见荒陂野鹤陷良媒,同类同声真可畏。

庆封宅古井行并序

《春秋左氏传》云:襄二十八年,齐庆封乱而来奔,既而齐人来让,奔吴。吴句余与之朱方,聚族而居,富于其旧。后七年,荆人使屈申围朱方,执庆封而尽灭其族。按图经,润之城南一里,则封所居之地。询诸故老,井尚存焉。因览其遗甃,故歌之以志其恶。

古甓团团藓花碧,鼎澡一作澄寒泉深百尺。江南戴白尽能言,此地曾为庆封宅。庆封嗜酒荒齐政,齐人剪族封奔迸。虽过鲁国羞鲁儒,欲弄吴民窃吴柄。吴分岩邑号朱方,子家负固心强梁。泽车豪马驰似水,锦凤玉龙森若墙。一朝云梦围兵至,胸陷锋铓脑涂地。因知富德不富财,颜氏箪瓢有深意。宣父尝违盗泉水,懦夫立事贪夫止。今歌此井示吴人,断绠沉瓶自兹始。

小鸡山樵人歌并序

小鸡山在胥门外光福之西,龟蒙岁入薪五千束于其山,其供事之樵虻曰顾及。乾符六年九月,致薪二百五十,责之曰:"何数廉而至晚,得非赭吾山为汝之利耶?"与之酒,继之以歌。

长其船兮利其斧,输予薪兮勿予侮。田予登兮谷予庾,突晨烟兮蓬缕缕。窗有明兮编有古,饱而安兮惟编是伍。时不用兮吾无汝抚。

吴俞儿舞歌

剑俞

枝月喉,棹霜脊,北斗离离在寒碧。龙魂清,虎尾白,秋照海心同一色。纛影吒沙千一作千影影,神豪发直。四腕之人股佶栗,欲定不定定不得。春犊残,儿且止。狄胡有胆大如山,怖亦死。

矛俞

手盘风,头背分,电光战扇,欲刺敲心留半线。缠肩绕脰,禤合眩旋,卓植赴列,夺避中节。前冲函礼穴,上指宇彗灭,与君一用兮有截。

弩俞

　　牛来开弦，人为置镞。捩机关，迸山谷，鹿骇涩，隼击迟。析毫中睫，洞腋分龟。达坚垒，残雄师，可以冠猛乐壮曲。抑扬蹈厉，有裂犀咒之气者，非公与？

句曲山朝真词二首并序

　　岁三月十八日，句曲山道士朝真于大茅峰上，学神仙有至自千万里者。余距华阳洞天，程止信宿，尘约不能遂去，驰神旦旦，忽若载升矣。因作朝真词迎送各二解，以自塞意。

迎真

　　九华磬答寒泉急，十绝幡摇翠微湿。司命於旌未下来，焚香抱简凝神立。残星下照霓襟冷，缺月才分鹤轮影。空洞灵章发一声，春来万壑烟花醒。

送真

　　紫云风髻飘然解，玉钺玄干俨先迈。朝真弟子悄无言，再拜碧杯添沉瀣。火镬跳跃龙毛盖，脑发青青椒焠焠。万象销沉一瞬间，空余月外闻残佩。

战秋辞

　　八月空堂，前临隙荒。抽关散扇，晨乌未光。左右物态，森疏强梁。天随子爽駴恂慄，恍军庸之我当。濠然而沟，垒然而墙。橐然而桂，队然而篁。杉巉攒矛，蕉标建常。槁艾矢束，矫蔓弦张。蛙合助吹，鸟分启行。若革进而金止，固违阴而就阳。无何，云颜师，风旨一作日伯。苍茫惨一作湛澹，隳危械划。烟蒙上焚，雨阵下棘。如濠者注，如垒者辟；如橐者亚，如队者析；如矛者折，如常者拆；如矢者仆，如弦者礔；如吹者喑，如行者惕。石有发兮尽累，木有耳兮咸菔一作木具耳而咸菔。云风雨烟，乘胜之势骄；杉篁蕉蔓，败北之气械。天随子曰：吁，秋无神则已，如其有神，吾为尔羞之。南北畿圻，盗兴五莘。方州大都，虎节龙旗。瓦解冰碎，瓜分豆离。斧抵耋老，干一作戈穿乳儿。昨宇今烬，朝人暮尸。万犊一啖，千仓一炊。扰践边朔，歼伤蛮夷。制质守帅，披攘城池。弓弯不刓，甲缀不离。凶渠歌笑一作凶魁啸歌，裂地无疑。天有四序，秋为司刑。少昊负乾，亲朝百灵。蓐收相臣，太白将星。可霾可电，可风可霆。可垫溺颠陷，可夭札迷冥。曾忘一作无麋剪，自意澄宁，苟蜡礼之云责，触天怒而谁丁，奈何欺荒庭，凌坏砌，捺一作撇崇莅，批宿蕙，揭编茅而逗力，断纬萧而作势，不过约弱敲垂戕残废替。可谓弃其本而趋其末，舍其大而从其细也。辞犹未已，色若愧耻，于是堕者止，偃者起。

祝牛宫辞并序

　　冬十月，耕牛为寒，筑宫纳而皁之。建之前日，老农请乞灵于土官，以从乡教。予勉之，而为之辞。

　　四牸三牯，中一去乳。天霜降寒，纳此室处。老农拘拘，度地不亩。东西几何，七举其武。南北几何，丈二加五。偶楹当闲，载尺入土。太岁在亥，余不足数。上缔蓬茅，下远官府。耕耨以时，饮食得所。或寝或卧，免风免雨。宜尔子孙，实我仓庾。

迎潮送潮辞并序

　　余耕稼所在松江，南旁田庐，门外有沟通浦溆，而朝夕之潮至焉。天弗雨则轧而留之，用以涤灌灌溉，及物之功甚钜。其赢壮迟速，系望晦盈虚也。用之则顺而进，舍之则黜而退，有类乎君子之道。玩易感之，作迎潮送潮词二首，聊寄声于骚人之末。

迎潮

　　江霜严兮枫叶丹，潮声高兮墟落寒。鸥巢卑兮渔箔一作箔短，远岸没兮光烂烂。潮之德兮无际，既充其大兮又充其细。密幽人兮款柴门，寂寞流连兮依稀旧痕。濡脾一作余泽槁兮潮之恩，不尸其功兮归于混元。

送潮

　　潮西来兮又东下，日染中流兮红洒洒。汀葭苍兮屿蓼枯，风骚牢兮愁烟孤。大几望兮微将晦翳，睨瀜溶兮敛然而退。爰长波兮数数，一幅巾兮无缨可濯。帆生尘兮楫有衣,怅潮之还兮吾犹未归。

问吴宫辞并序

甫里之乡曰吴宫,在长洲苑东南五十里,非夫差所幸之别馆耶?披图籍不见其说,询故老不得其地,其名存,其迹灭,怅然兴怀古之思,作问吴宫辞云。

彼吴之宫兮江之郁涯,复道盘兮当高且斜。波摇疏兮雾蒙箔,菡萏国兮鸳鸯家。鸾之箫兮蛟之瑟,骈筠参差兮界丝密。宴曲房兮上初日,月落星稀兮歌酣未毕。越山丛丛兮越溪疾,美人雄剑兮相先后出。火姑苏兮沼长洲,此宫之丽人兮留乎不留。霜氛重兮孤榜晓,远树扶苏兮愁烟悄眇。欲撼愁烟兮问故基,又恐愁烟兮推白鸟。

全唐诗卷六百二十二

陆龟蒙

萤诗

肖翘虽振羽,戚促尽疑冰。风助流还急,烟遮点渐—作暂凝。不须轻列—作别宿,才可拟—作乱孤灯。莫倚隋家事,曾烦下诏征。

蝉

只凭风作使,全仰柳为都。一腹清何甚,双翎薄更无。伴貂金换酒—作置影,并雀画成图。恐是千年恨,偏令落日呼。

秋热

自惜秋捐扇,今来意未衰。殷勤付柔握,浙沥待清吹。午气朱崖近,宵声白羽随。总如南国候,无复婕妤悲。

村中晚望

抱杖柴门立,江村日易斜。雁寒犹忆侣,人病更离家。短鬓看成雪,双眸旧有花。何须万—作千里外,即此是天涯。

四明山诗并序

谢遗尘者,有道之士也,尝隐于四明之南雷。一旦访予来,语不及世务,且曰:"吾得于玉泉生,知子性诞逸,乐神仙中书,探海岳遗事,以期方外之交,虽铜墙鬼炊,虎狱剑饵,无不窥也。已上八言谢语,不知所谓者何,一云出隐中书。今为子语吾山之奇者:有峰最高,四穴在峰上,每天地澄霁,望之如牖户,相传谓之石窗,即四明之目也。山中有云不绝者二十里,民皆家云之南北,每相从,谓之过云,有鹿亭,有樊榭,有潺湲洞,木实有青㯿子,味极甘而坚不可卒破,有猿,山家谓之鞠侯。其他在图籍,不足道也。凡此佳处,各为我赋诗。"予因作九题,题四十字。谢省之曰:"玉泉生真不诬矣。"好事者为予传之,因呈袭美。

石窗

石窗何处见,万仞倚晴虚。积霭迷青琐,残霞动绮疏。山应列圆峤,宫便接方诸。只有三奔客,时来教隐书。

过云

相访一程云,云深路仅分。啸台随日辨,樵斧带风闻。晓著衣全湿,寒冲酒不醺。几回归思静,仿佛见苏君。

云南

云南更有溪,丹砾尽无泥。药有巴赏卖,枝多越鸟啼。夜清先月午,秋近少岚迷。若得山颜住,芝篷手自携。

云北

云北是阳川,人家洞壑连。坛当星斗下,楼拶翠微边。一半遥峰雨,三条古井烟。金庭如有路,应到左神天。

鹿亭

鹿亭岩下置一作坐,时领白麛过。草细眠应久,泉香饮自多。认声来月坞,寻迹到烟萝。早晚吞金液,骑将上绛河。

樊榭

樊榭何年筑,人应白日飞。至今山客说,时驾玉麟归。乳蒂缘松嫩,芝台出石微。凭栏虚目断,不见羽华衣。

潺湲洞

石浅洞门深,潺潺万古音。似吹双羽管,如奏落霞琴。倒穴漂龙沫,穿松溅鹤襟。何人乘月弄,应作上清吟。

青㯩子

山实号青㯩,环冈次第生。外形坚绿壳,中味敌琼英。堕石樵儿拾,敲林宿鸟惊。亦应仙吏守,时取荐层城。

鞠侯

何事鞠侯名,先封在四明。但为连臂饮,不作断肠声。野蔓垂缨细,寒泉佩玉清。满林游宦子,谁为作君卿。

奉和袭美赠魏处士五贶诗

五泻舟

样自桐川得,词因隐地成。好渔翁亦喜,新白鸟还惊。沙际拥江沫,渡头横雨声。尚应嫌越相,遗祸不遗名。

华顶杖

万古阴崖雪,灵根不为枯。瘦于霜鹤胫,奇似黑龙须。拄访潭玄客,持看泼墨图。湖云如有路,兼可到仙都。

太湖砚

谁截小秋滩,闲窥四绪宽。绕为千嶂远,深置一潭寒。坐久云应出,诗成墨未干。不知新博物,何处拟重刊?

乌龙养和

养和名字好,偏寄道情深。所以亲逋客,兼能助五禽。倚肩沧海望,钩膝白云吟。不是逍遥侣,谁知世外心?

诃陵尊

鱼骼匠成尊,犹残海浪痕。外堪欺玳瑁,中可酌昆仑酒名。水绕苔矶曲,山当草阁门。此中醒复醉,何必问乾坤?

奉酬袭美早春病中书事

只贪诗调苦,不计病容生。我亦休文瘦,君能叔宝清。药须勤一服,春莫累多情。欲入毗耶问,无人敌净名。

又酬次韵

从来多远思,尤向静中生。所以令心苦,还应是骨清。酒香偏入梦,花落又关情。积此风流事,争无后世名。

奉酬袭美秋晚见题二首

为爱晚窗明,门前亦懒行。图书看得熟,邻里见还生。鸟啄琴材响,僧传药味精。缘君多古思,携手上空城。

何事乐渔樵,巾车或倚桡。和诗盈古箧,赊酒半寒瓢。失雨园蔬赤,无风蚰叶凋。清言一相遗,吾道未全消。

奉和袭美初冬章上人院

每伴来方丈,还如到四禅。菊承荒砌露,茶待远山泉。画古全无迹,林寒却有烟。相看吟未竟,金磬已泠然。

袭美见题郊居十首,因次韵酬之以伸荣谢

近来唯乐静,移傍故城居。闲打修琴料,时封谢药书。夜停江上鸟,晴晒箧中鱼。出亦图何事,无劳置栈车。

倩人医病树,看仆补衡茅。散发还同阮,无心敢慕巢。简便书露竹,尊待破霜匏。日好林间坐,烟萝近一作仅欲交。

倭僧留海纸,山匠制云床。懒外应无敌,贫中直是王。池平鸥思喜,花尽蝶情忙。欲问新秋计,菱丝一亩强。

故山空自掷,当路竟谁知?只有经时策,全无养拙资。病深怜灸客,炊晚信樵儿。谩欲陈风俗,周官未采诗。

福地能容堑,玄关讵有扉。静思琼版字,闲洗铁筜衣。鸟破凉烟下,人冲暮雨归。故园秋草梦,犹记绿微微。

水影沉鱼器,邻声动纬车。燕轻挡坠叶,蜂懒卧爇花。说史评诸例,论兵到百家。明时如不用,归去种桑麻。

禹穴奇编缺,雷平异境残。静吟封箓检,归兴削帆竿。白石堪为饭,青萝好作冠。几时当斗柄,同上步罡坛。

强起披衣坐,徐行处暑天。上阶来斗雀,移树去惊蝉。莫问盐车骏,谁看酱瓿玄?黄金如可化,相近买云泉。

野入青芜巷,陂侵白竹门。风高开栗刺,沙浅露芹根。进鼠缘藤桁,饥乌立石盆。东吴虽不改,谁是武王孙?

疏慵真有素,时势尽无能。风月虽为敌,林泉幸未憎。酒材经夏阙,诗债待秋征。只有君同癖,闲来对曲肱。

和张广文贲旅泊吴门次韵

高秋能叩触,天籁忽成文。苦调虽潜倚,灵音自绝群。茅峰曾醮斗,笠泽久眠云。许伴山中蹋,三年任一醺。

又次前韵酬广文

独倚秋光岸,风漪学篆文。玄堪教凤集,书好换鹅群。叶堕平台月,香消古径云。强歌非白纻,聊以送余醺。

送延陵张宰

春尽未离关,之官亦似闲。不嫌请薄俸,为喜带名山。默祷三真后,高吟十字还。季子有仲尼所书十字碑。只应江上鸟,时下讼庭间。

送人罢官归茅山

呼僮晓拂鞍,归上大茅端。薄俸虽休入,明霞自足餐。暗霜松粒赤,疏雨草堂寒。又凿中峰石,重修醮月坛。

立春日

去年花落时,题作送春诗。自为重相见,应无今日悲。道孤逢识寡,身病买名迟。一夜东风起,开帘不敢窥。

中秋夜寄友生

秋来一度满,重见色难齐。独坐犹过午,同吟不到西。疏芒唯斗在,残白合河迷。更忆前年望,孤舟泊大溪。

全唐诗卷六百二十三

陆龟蒙

奉和袭美古杉三十韵

众木尽相遗,孤芳<small>一作杉</small>独任奇。锸天形碑兀,当殿势欹危。恐是夸娥怒,教临巉崿衰。节穿开耳目,根瘿坐熊罴。世只论荣落,人谁问等衰<small>初危切</small>? 有巅从日上,无叶与秋欺。虎搏应难动,雕蹲不敢迟。战锋新缺齾,烧岸黑黤黧。斗死龙骸杂,争奔鹿角差。肢<small>一作股</small>销洪水脑,棱耸梵天眉。磔索珊瑚涌,森严獬豸窥。向空分莘指,冲浪出鲸鬐。杨仆船橦在,蚩尤阵纛攲。下连金粟固,高用铁菱披。挺若苻坚棰,浮于祖纳椎。峥嵘惊露鹤,趦趄阁云螭。傍宇将支压,撑霄欲抵巇。背交虫臂揭,相向鹘拳追。格<small>音阁笔差初加切</small>犹立,阶干卓未麾。鬼神应暗画,风雨恐潜移。已觉寒松伏,偏宜后土疲。好邀清啸傲,堪映古茅茨。材大应容蝎,年深必孕夔。后雕依佛氏,初植必僧弥。<small>寺即东晋王家别墅,僧弥,王珉小字。</small>拥肿烦庄辩,槎牙费庾词。咏多灵府困,搜苦化权卑。类既区中寡,朋当物外推。蟠桃标日域,珠草侍仙墀。真宰诚求梦,春工幸可医。若能嘘嶰竹,犹足动华滋。

奉和袭美新秋言怀三十韵次韵

身闲唯爱静,篱外是荒郊。地僻怜同巷,庭喧厌累巢。岸声摇舴艋,窗影辨螵蛸。径只溪禽下,关唯野客敲。竹冈从古凸,池绿本来颰。早藕擎霜节,凉花束紫梢。渔情随锤网,猎兴起鸣髇。好梦经年说,名方著处抄。才<small>一作木</small>疏惟自补,技痒欲谁抓? 窗静常悬荼,鞭闲不正鞘。山衣轻斧藻,天籁逸弦匏。蕙转<small>一作展</small>风前带,桃烘雨后胶。薜干黏晚砌,烟湿动晨庖。沈约便图籍,扬雄重酒肴。目曾窥绝洞,耳不犯征铙。历外穷飞朔,蓍中记伏爻。石林空寂历,云肆肯哓哓? 松桂何妨蠹,龟龙亦任嘲。未能丹作髓,谁相紫为胞? 莫把荣枯异,但<small>平声</small>和大小包。由弓猿不捷,梁圈虎忘虓。旧友怀三益,关山阻二崤。道随书箧古,时共钓轮抛。好作忘机士,须为莫逆交。看君驰谏草,怜我卧衡茅。出处虽冥默,薰莸肯溷殽。岸沙从鹤印,崖蜜劝人攓。白菌盈枯栰,黄精满绿筲。仙因隐居信,禅是净名教。勿谓江湖永,终浮一大匏一作泡。

和袭美江南书情二十韵,寄秘阁韦校书贻之商洛宋先辈垂文二同年次韵

我志如鱼乐,君词称凤衔。暂来从露冕,何事买云岩。水石应容病,松篁未听谗。罐一作鑵香松蠹腻,山信药苗缄。爱鹭敧危立,思猿矍铄攕。谢才偏许朓,阮放最怜咸。大乐宁忘缶,奇工肯顾瑊。客愁迷旧隐,鹰健想秋鵮。砚缺犹慵琢,文繁却要芟。雨余幽沼净,霞散远峰巉。洗笔烟成段,培药土作坎。访僧还觅伴,医鹤自须监。荒庙犹怀季,清滩几梦严。背风开蠹简,冲浪试新帆。闷忆年支酒,闲裁古样衫。钓家随野舫,仙蕴逐雕函。度岁赊羸马,先春买小鹹。共疏泉入竹,同坐月过杉。染翰穷高致,怀贤发至谂。不堪潘子鬓,愁促易髟髟。

忆袭美洞庭观步奉和次韵

闻君游静境,雅具更拟拟。竹伞遮云径,藤鞋踏藓矼。杖斑花不一,尊大瘿成双。水鸟行沙屿,山僧礼石幢。已甘三秀味,谁念百牢腔? 远棹投何处,残阳到几窗? 仙谣珠树曲,村饷白醪缸。地里方吴会,人风似冉厐。探幽非遁世,寻胜肯迷邦。为读江南传,何贤过二厐。

江墅言怀

病身兼稚子,田舍劣相容。迹共公卿绝,贫须稼穑供。月方行一作行方到闰,霜始近言一作未浓。树少栖禽杂,村孤守犬重。汀洲藏晚弋,篱落露寒舂。野弁敧还整,家书拆又封。杉篁宜夕照,窗户倚疏钟。南北唯闻战,纵横未胜农。大春虽苦学,叔夜本多慵。直使貂裘弊,犹一作还堪过一冬。

自和次前韵

命既时相背,才非世所容。著书粮易绝,多病药难供。梦为怀山数,愁因戒一作忌酒浓。乌媒呈不一,鱼寨下仍重。晚柘蓑兼褐,晴檐织带舂。著签分水味,标石认田封。此地家三户,何人禄万钟? 草堂聊当贵,金穴任轻农。把钓竿初冷,题诗笔未慵。莫忧寒事晚,江上少严冬。

秋日遣怀十六韵寄道侣

尽日临风坐,雄词妙略兼。共知时世薄,宁恨岁华淹。且把灵方试,休凭吉梦占。夜然烧汞火,朝炼洗金盐。有路求真隐,无媒举孝廉。自然成啸傲,不是学沉潜。水恨同心隔,霜愁两鬓沾。鹤屏怜掩扇,乌帽爱垂檐。雅调宜观乐,清才称典签。冠敧玄发少,书健紫毫尖。故疾因秋召,尘容畏日黔。壮图须行行,儒服谩襜襜。片石聊当枕,横烟欲代帘。蠹根延穴蚁,疏叶漏庭蟾。药鼎高低铸,云庵早晚苫。胡麻如重寄,从消我无厌。

京口与友生话别

共是悲秋客,相逢恨不堪。雁频辞蓟北,人尚在江南。名利机初发,樵渔事先谙。松门穿戴寺,荷径绕秦潭秦潭,始皇所开。绳检真难束,疏慵却易耽。枕当高树稳,茶试远泉甘。架上经唯一,尊前雅只三。风云劳梦想,天地入醺酣。历自尧阶数,书因禹穴探。御龙虽世禄,下马亦清谭。国计徒盈策,家储不满甔。断帘从燕出,敧弁请一作倩人簪。木坠凉来叶,山横霁后岚。竹窗深岪峇,苔洞绿巉岩。积行依颜子,和光则老聃。杖诚为虎节,披一作被信作鲛函。养鹭看窥沼,寻僧助结庵。功名思马援,歌唱咽羊昙。乞食羞孤凤,无衣羡八蚕。系帆留宿客,吟句任羸骖。宠鹤空无卫,占乌未见郯。香还须是桂,青会出于蓝。蜀酒时倾瓿,吴蝦遍一作偏发坩苦甘切。玉封千挺藕,霜闭一筒柑。惜佩终邀祸,辞环好激贪。宗溟虽册浛,成厦必梗柟。碧玉雕琴荐,黄金饰剑镡。

烟缘莎砌引,水为药畦担。博物君能继,多才我尚惭。别离犹得在,秋鬓未鬖鬖。

丹阳道中寄友生

烟树绿微微,春流浸竹扉。短蓑携稚去,孤艇载鱼归。海俗芦编室,村娃练束衣。旧栽奴橘老,新刈女桑肥。锦鲤冲风掷,丝禽掠浪飞。短亭幽径入,陈庙数峰围。地废金牛暗,陵荒石兽稀。思君同一望,帆上怨余晖。

寄茅山何道士

终身持玉舄,丹诀未应传。况是曾同宿,相违便隔年。问颜知更少,听话想逾玄。古篆文垂露,新金汞绝烟。蜂供和饵蜜,人寄买溪钱。紫燕长巢硐,青龟忽上莲。箧藏征隐诏,囊佩摄生篇。囝暖芝台秀,岩春乳管圆。池栖子孙鹤,堂宿弟兄仙。幸阅灵书次,心期赐一编。

江南秋怀寄华阳山人

栉发凉天曙,含毫故国情。归心一夜极,病体九秋轻。忽起襜褕咏,因悲络纬鸣。逢山即堪隐,何路可图荣?揲策空占命,持竿不钓名。忘忧如有待,纵懒似无营。小径才分草,斜扉劣辨—作辦荆。冷荷承露药,疏菊卧烟茎。谱为听琴阅,图缘看海幐—作幒。鹭毛浮岛白,鱼尾撇波赪。庭橘低攀嗅,园葵旋折烹。饿乌窥食案,斗鼠落书棚。种豆悲杨恽,投瓜忆卫玠。东林谁处士,南郭自先生。分野星多蹇,连山卦少亨。衣裾徒博大,文籍漫纵横。兰叶骚人佩,莼丝内史羹。鹖冠难适越,羊酪未饶伧。倚啸微抽恨,论玄好析酲。栖迟劳鼓箧,豪侠爱金籯。炼药传丹鼎,尝茶试石甃。沼连枯苇暗,窗对脱梧明。未达讥张翰,非才嫉祢衡。远怀魂易黯,幽愤骨堪惊。砺缺知矛利,磨瑕见璧瑛。道源疏滴沥,儒肆售精诚。敢叹良时掷,犹胜乱世撄。相秦犹几死,王汉尚当黥。饮啄期应定,穷通势莫争。髡钳为皂隶,谭笑得公卿。浴日安知量,追风不计程。尘埃张耳分,肝胆季心倾。谕蜀专操檄,通瓯独请

缨。匹夫能曲踊,万骑可横行。许国轻妻子,防边重战耕。俄分上尊酒,骤厌五侯鲭。静默供三语,从容等一枰。弘深司马法,雄杰贰师兵。朔雪埋烽燧,寒笳裂旆旌。乘时收句注,即日扫欃枪。武昔威殊俗,文今被八纮。琮璜陈始毕,韶夏教初成。芽蘖群妖灭,松筠百度贞。郎官青琐拜,使者绣衣迎。帝道将云辟,浇波渐砥平。学徒羞说霸,佳士耻为跉。负杖歌栖亩,操瓠赋北征。才当曹斗怯,书比惠车盈。谢氏怜儿女,郗家贵舅甥。唯荒稚珪宅,莫赠景山枪。贤彦风流远,江湖思绪萦。讴哑摇舴艋,出没漾鶄鹣。晚树参差碧,奇峰迤逦晴。水喧摁紫茨,村响舳香秔。荷笠渔翁古,穿篱守犬狞。公衫白纻卷,田饷绿筠擎。地与膏腴错,人多富寿并。相欢时怗泰,独坐岁峥嵘。唧唧蛩吟壁,连轩鹤舞楹。戍风飘叠鼓,邻月动哀筝。未得文章力,何由俸禄请。和铅还撎撎,持斧自丁丁。惊惧疑凋朽,功勤过屑琼。凝神披夕秀,尽力取朝英。蠹简开尘箧,寒灯立晓檠。静翻词客系,闲难史官评。天地宁舒惨,山川自变更。只能分跖惠,谁解等殇彭?项岂重瞳圣,夔犹一足竛。阮高酣曲蘖,庄达谢牺牲。眨舌无劳话,宽心岂可盛?但从炉冶锻,莫受蔚罗婴。砚拨萍根洗,舟冲蓼穗撑。短床编翠竹,低机—作几凭红桯。霜信催杨柳,烟容袅杜蘅。桁排巢燕燕,屏画醉猩猩。懒桧推岚影,飞泉撼玉琤。舣舻寻远近,握槊斗输赢。枝压离披瓠,檐垂礧磊橙。忘情及宗炳,抱疾过刘桢。野馈夸菰饭,江商贾蔗饧。送神抱瓦釜,留客上瓷甖。举楫挥青剑,鸣榔扣远钲。鸟行沉莽碧—作苍,鱼队破泓澄。手戟非吾事,腰镰且发硎。谅难求摽摽,聊欲取铮铮。几叹虫甘蓼,还思鹿美苹。愁长难自剪,歌断有谁赓?未去师黄石,空能说白珩。性湍休激浪,言莠罢抽萌。地僻琴尊独,溪寒杖屦清。物齐消臆对,戈倒共心盟。丝曳灵妃瑟,金涵太子笙。幽栖胶竹坞,仙虑驿蓬瀛。想像珠襦凤,追飞翠蕊莺。雾帘深杳悄,云磬冷敲铿。篆字多阶品,华阳足弟兄。焚香凝一

室,尽日思层城。匿景崦嵫色,呀空渤澥声。吾当营巨黍,东去射长鲸。

送宣武从事越中按狱

晓看呈使范,知欲救星轺。水国难驱传,山城便倚桡。秉筹先独立,持法称高标。旌旆临危堞,金丝发丽谯。别愁当翠巘,冤望隔风潮。木落孤帆迥,江寒叠鼓飘。客鸿吴岛尽,残雪剡汀消。坐想休秦狱,春应到柳条。

江南冬至和人怀洛下

昔居清洛涯,长恨苦寒迟。自作江南客,稀迟下雪时。有烟栖菊梗,无冻落杉枝。背日能寻径,临风尚覆棋。鸟声浑欲转,草色固应知。与看平湖上,东流或片澌。

谨和谏议罢郡叙怀六韵

已报东吴政,初捐左契归。天应酬苦节,人不犯寒威。江上思重借,朝端望载饥。紫泥封夜诏,金殿赐春衣。对酒情何远,裁诗思极微。待升熔造日,江海问渔扉。

全唐诗卷六百二十四

陆龟蒙

二遗诗并序

二遗者何？石枕材，琴荐也。石者何？松之所化也。松者—作化于何？越之东阳也。东阳多名山，就中金华为最，枝峰蔓壑，秀气磅礴者数百里，不啻神仙登临。草木芬怪，永康之地，亦蝉联其间。中饶古松，往往化而为石，盘根大柯，文理曲折，尽为好事者得—作攻而致于人间，以为耳目之异。太山羊振文得枕材，赵郡李中秀得琴荐，皆兹石也，咸以遗予。予以二遗之奇，聊赋诗以谢。

谁从毫末见参天，又到苍苍化石年。万古清风吹作籁，一条寒溜滴—作涤成穿—作川。闲追金带徒劳恨，静格朱丝更—作也可怜。幸与野人俱—作供散诞，不烦良匠更雕镌。

鸲鹆并序

客有过震泽，得—作寻水鸟所谓鸲鹆者贶予，黑襟青胫，碧爪丹喙—作碧喙爪。色几及项，质甚高而意甚卑—作草戚，畏人。予极哀其野逸性，又非以能招累者，而囚录笼槛，逼迫窗户，俛啄仰饮，为活大不快，真天地之穷鸟也。为之赋诗，拟好事者和。

词赋曾夸鹦鹉流，果为名误别沧洲。虽蒙静置疏笼晚，不似闲栖折苇秋。自昔稻粱高鸟畏，至今珪组野人仇。防徽避缴—作钓无穷事，好与裁书—作诗谢白鸥。

新秋月夕，客有自远相寻者，作吴体二首以赠

风初寥寥月乍满，杉筜左右供—作有余清。因君一话故山事，忆鹤互应深溪声。云门老僧定未起，白阁道士遥相迎。日闻—作世间羽檄日夜急—作至，掉臂欲归岩下行。

惊闻远客访良夜，扶病起坐纶巾欹。清谈白纻思悄悄，玉绳银汉光离离。三吴烟雾且如此，百越琛赆来何时。林端片月落未落，强慰别情言后期。

闲书

病学高僧置一床,披衣才暇即焚香。闲阶雨过苔花润,小簟风来薜叶凉。南国羽书催部曲时黄巢围广州告急,东山毛褐傲羲皇。升平闻一作人道无时节,试问中林亦不妨。

独夜

新秋霁夜有清境,穷襜一作檐病客无佳期。生公把经向石说,而我对月须人为。独行独坐亦独酌,独玩独吟还独悲。古称独坐与独立,若比群居终校奇。

寄吴融

一夜秋声入井桐,数枝危绿怕西风。霏霏晚砌烟华上,渐渐疏帘雨气一作欲通。君整一作隐轮蹄名未了,我依琴一作云鹤病相攻。到头江畔从渔事,织作中流万尺一作足篌。

中秋待月

转缺霜轮上转迟,好风偏似送佳期。帘斜树隔情无限,烛暗香一作花残坐不辞。最爱笙调闻北里,渐看星淡失南箕。何人为校清凉力,未似一作欲减初圆欲一作及午时。

重忆白菊一本作二绝句

我怜贞白重寒芳,前后丛生夹小堂。月一作霜朵暮一作并开无绝艳,风茎时动有奇香。何惭谢雪清才一作中情咏,不羡刘梅贵主一作色妆。更忆幽窗凝一梦一作望,夜来村落一作月有微霜。

别墅怀归

水国初冬和暖天,南荣方好背阳眠。题诗朝忆复暮忆,见月上弦还下弦。遥为晚花吟白菊,近炊香稻识红莲。何人授我黄金百,买取苏君负郭田。

寄淮南郑一作窦宝书记

记室千年翰墨孤,唯君才学似应徐。五丁驱得神功尽,二酉搜来秘检疏。炀帝帆樯留泽国,淮王笺奏入班书。清词醉草无因一作人见,但钓寒江半尺鲈。

小雪后书事

时候频过小雪天,江南寒色未曾一作多偏。枫汀尚忆逢人别,麦陇唯应一作凭欠雉眠。更拟结茅临水次,偶因行药到村前。邻翁意绪相安慰,多一作曾说明年是稔年。

寒夜同袭美访北禅院寂上人

月楼风殿静沈沈,披拂霜华访道林。鸟在寒枝栖影动,人依古堞坐禅深。明时尚阻青云步,半夜犹追白石吟。自是海边鸥伴侣,不劳金偶更降心。

和袭美江南道中怀茅山广文南阳博士三首次韵

一片轻帆背夕阳,望三峰拜七真堂。三茅、二许、一杨、一郭,是为七真。天寒夜漱云牙净,雪坏晴梳石发香。自拂烟霞安笔格,独开封检试砂床。莫言洞府能招隐,会辗飙轮见玉皇。

壶中行坐可携天,何况一作向林间息万缘。组绶任垂三品石,佩环从落四公泉。丹台已运阴阳火一作气,碧简须雕一作调次第仙广文三年犹在场中。想得雷平春色动,五一作玉芝烟甲一作草又芊眠。

良常应不动移文,金醴从酸亦自醺。蓬莱公洛广文以金醴四升待主簿,主簿恨其味酸。桂父旧歌飞绛雪,桐孙新一作遗韵倚玄云。春临柳谷莺先觉,曙醮芜香一作灵芜鹤共闻。珍重双双玉条脱,尽凭三岛寄羊君。

早春雪中作吴体寄袭美

迎春避腊不肯下,欺花冻草还飘然。光填马窟盖塞外,势压鹤巢偏殿巅。山炉癭节万状火,墨突干衰孤穗烟。君披鹤氅独自立,何人解道真神仙?

奉和袭美吴中言情见寄次韵

菰烟芦雪是侬乡,钓线随身好坐忘。徒爱右军遗点画,闲披左氏得膏肓。无因月殿闻移屦,只有风汀去采香。莫问江边渔艇子,玉皇看赐羽衣裳。

和袭美扬州看辛夷花次韵

柳疏梅堕少春丛,天遣花神别致功。高处朵稀难避日,动时枝弱易为风。堪将乱蕊添云肆,若得千株一作枝便雪宫。不待群芳应有意,等闲桃杏即争红。

奉和袭美行次野梅次韵

飞棹参差拂早梅,强欺寒色尚低徊。风怜薄媚留香与,月会深情借艳开。梁殿得非萧帝瑞,齐宫应是玉儿媒。不知谢客离肠醒,临水应一作刚添万恨来。

奉和袭美暇日独处见寄

谢府殷楼少暇时,又抛清宴入书帷。三千余岁上下古,八十一家文字奇。司马迁书上下纪三千余岁,太玄有八十一家,率多奇字。冷梦汉皋怀鹿隐,静怜烟岛觉鸿离。知君满箧前朝事,凤诺龙奴借与窥。

奉和袭美见访不遇

为愁烟岸老尘嚣,扶病呼儿剧翠苔。只道府中持简牍,不知林下访渔樵。花盘小坡晴初压,叶拥疏篱冻未烧。倚杖遍吟春照午,一池冰段几多消。

酬袭美见寄海蟹

药杯应阻蟹螯香,却乞江边采捕郎。自是扬雄知郭索,《太玄经》云:蟹之郭索。且非何胤敢饕餮。何胤侈于食味,稍欲去其甚者,犹有鲒腊、糟蟹。骨清犹似含春霭,沫白还疑带海霜。强作南朝风雅客,夜来偷醉早梅傍。

奉和袭美开元寺客省早景即事次韵

日上罘罳叠影红,一声清梵万缘空。褵褷满地贝多雪,料峭入楼于阗风。水榭初抽寥沉思,竹窗犹挂梦魂中。灵香散尽禅家接,谁共殷源小品同?《辨正论》亦有九流,一曰禅家者流。殷浩读《小品经》,下二百签疑义,以问支道林。

独夜有怀因作吴体寄袭美

人吟侧景抱冻竹,鹤梦缺月沈枯梧。清涧无波鹿无魄,白云有根虬有须。云虬涧鹿真逸调,刀名锥利非良图。不然快作燕市饮,笑抚肉枅音磬眠酒垆。

阊阖城北有卖花翁,讨春之士往往造焉,因招袭美

故城边有卖花翁,水曲舟轻去尽通。十亩芳菲为旧业,一家烟雨是元功。闲添药品年年别,笑指生涯树树红。若要见春归处所,不过携手问东风。

奉和袭美病中庭际海石榴花盛发见寄次韵

紫府真人饷露囊,猗兰灯烛未荧煌。丹华乞曙先侵日,金焰欺寒却照霜。谁与佳名从海曲,只应芳裔出河阳。那堪谢氏庭前见,一段清香染郄郎。

袭美以春橘见惠兼之雅篇,因次韵酬谢

到春犹作九秋鲜,应是亲封白帝烟。良玉有浆须让味,明珠无类亦羞圆。堪居汉苑霜梨上,合在仙家火枣前。珍重更过三十子,不堪分付野人边。王僧辩尝为荆南,得橘一蒂三十子,以献梁元帝。

奉和袭美病中书情寄上崔谏议次韵

或偃虚斋或在公,蔼然林下昔贤风。庭前有蝶争烟蕊,帘外无人报水筒。行药不离深幌底时患眼疾,寄书多向远山中。西园夜烛偏堪忆,曾为题诗刻半红。

奉酬袭美病中见寄

逢花逢月便相招,忽卧云航一作疏隔野桥。春恨与谁同酩酊,玄言何处问逍遥。题诗石上空回笔,拾蕙汀边独倚桡。早晚却还岩下电袭美时有眼疾,共寻芳径结烟条。

奉和袭美病孔雀

懒移金翠傍檐楹,斜倚芳丛旧态生。唯奈

一作耐瘴烟笼饮啄,可堪春雨滞飞鸣。鸳鸯水畔回头羡,豆蔻图前举眼惊。争得鹓鸰来伴一作往著,不妨还校有心情。

上元日道室焚修寄袭美

三清今日聚灵官,玉刺齐抽谒广寒。执盖冒花香寂历,侍晨交佩响阑珊。执盖、侍晨,皆仙之贵侣矣。将排凤节分阶易,欲校龙书下笔难。唯有世尘中小兆,夜来心拜七星坛。

正月十五惜春寄袭美

六分春色一分休,满眼东波尽是愁。花匠凝寒应束手,酒龙多病尚垂头。无穷懒惰齐中散,有底机谋敌右侯。见织短篷裁小楫,拏烟闲弄个渔舟。

袭美病中闻余游颜家园见寄,次韵酬之

日华风蕙正交光,羯末相携藉草塘。羯,谢玄小字。末,谢川小字。佳酒旋倾醽醁嫩,短船闲弄木兰香。烟丝鸟拂来紫带,蕊槛人收去约簧。今日好为联句会,不成刚为欠檀郎。

春雨即事寄袭美

小谢轻埃日日飞小谢咏雨诗有散漫似轻埃句,城边江上阻春晖。虽愁野岸花房冻,还得山家药笋肥。双屐著频看齿折,败裘披苦见毛稀。比邻钓叟无尘事,酒笠鸣蓑夜半归。

奉和袭美抱疾杜门见寄次韵

虽失春城醉上期,下帷裁遍未裁诗。因吟郢岸百亩蕙,欲采商崖三秀枝。栖野鹤笼宽使织,施山僧饭别教炊。但医沈约重瞳健,不怕江花不满枝。

偶掇野蔬寄袭美有作

野园烟里自幽寻,嫩甲香蕤引渐深。行歇生依鸦舅影,挑频时见鼠姑心。凌风蒻彩初携笼,带露虚疏或贮襟。欲助春盘还爱否,不妨萧洒似家林。

奉和袭美卧疾感春见寄次韵

共寻花思极飞腾,疾带春寒去未能。烟径

水涯多好鸟,竹床蒲椅但高僧。须知日富为神授,只有家贫免盗憎。除却数函图籍外,更将何事结良朋?

徐方平后闻赦因寄袭美

新春旐宸御辇轩,海内初传涣汗恩。秦狱已收为厉气,瘴江初返未招魂。英材尽作龙蛇蛰时停贡举,战地多成虎豹村。除却数般伤痛外,不知何事及王孙。

袭美以鱼笺见寄,因谢成篇

捣成霜粒细鳞鳞,知作愁吟喜一作幸见分。向日乍惊新茧色,临风时辨白萍文鱼子曰白萍。好将花下承金粉,堪送天边咏碧云。见倚小窗亲襞染,尽图春色寄夫君。

次和袭美病后春思

气和灵府渐氤氲,酒有贤人药有君。七字篇章看月得,百劳言语傍花闻。闲寻古寺消晴日,最忆深溪枕夜支。早晚共摇孤艇去,紫屏风外碧波文。

袭美以公斋小宴见招,因代书寄之

早云才破漏春阳,野客晨兴喜又忙。自与酌量煎药水,别教安置晒书床。依方酿酒愁迟去,借样裁巾怕索将。唯待数般幽事了,不妨还入少年场。

京口

江干古渡伤离情,断山零落春潮平。东风料峭客帆远,落叶夕阳天际明。战舸昔浮千骑去,钓舟今载一翁轻。可怜宋帝筹帷处,苍翠无烟草自生。

润州送人往长洲

秋来频上向吴亭,每上思归意剩生。废苑池台烟里色,夜村蓑笠雨中声。汀洲月下菱船疾,杨柳风高酒旆轻。君住松江多少日,为尝鲈鲙与莼羹。

润州江口送人谒池阳卫郎中

山翁曾约旧交欢,须拂侯门侧注冠。月在

石头摇戍角,风生江口亚帆竿。闲随野醉溪声闹,独伴清潭晓色残。待取新秋归更好,九华苍翠入楼寒。

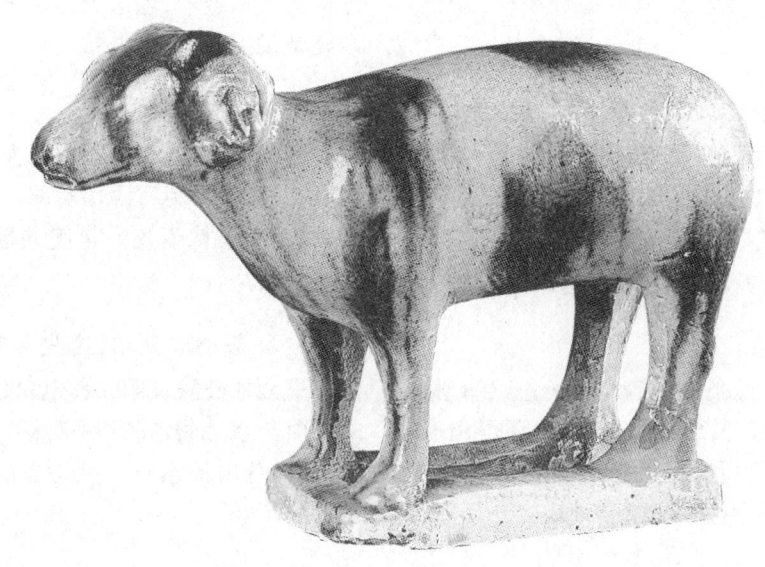

全唐诗卷六百二十五

陆龟蒙

袭美以纱巾见惠继以雅音,因次韵酬谢

薄如蝉翅背斜阳,不称春前赠阮郎。初觉顶寒生远吹,预忧头白透新霜。堪窥水槛澄波影,好拂花墙亚蕊香。知有芙蓉留自戴桐柏真人戴芙蓉冠也,欲峨烟雾访黄房。

闻袭美有亲迎之期因以寄贺

梁鸿夫妇欲双飞,细雨轻寒拂雉衣。初下雪窗因眷恋,次乘烟幰奈光辉。参差扇影分华月,断续箫声落翠微。见说春风偏有贺,露花千朵照庭闱。

袭美以巨鱼之半见分因以酬谢

谁与春江上信鱼,可怜霜刃截来初。鳞隳似撒骚人屋,腹断疑伤远客书。避网几跳山影破,逆风曾蹙浪花虚。今朝最是家童喜,免泥荒畦掇野蔬。

奉和袭美馆娃宫怀古次韵

镂楣消落濯春雨,苍翠无言空断崖。草碧未能忘帝女,燕轻犹自识宫钗。江山只有愁容在,剑珮应和愧色埋。赖在伍员骚思少,吴王才免似荆怀。

同袭美游北禅院院即故司勋陆郎中旧宅

连延花蔓映风廊,岸帻披襟到竹房。居士只今开梵处,先生曾是草玄堂。清尊林下看香印,远岫窗中挂钵囊。今日有情消未得,欲将名理问思光。

袭美以紫石砚见赠以诗迎之

霞骨坚来玉自愁,琢成飞燕一作物象古钗头。澄沙脆弱闻应伏,青铁沈埋见亦羞。最称风亭批碧简,好将云一作雪窦渍寒流。君能把赠闲吟客,遍写江南物象酬。

和袭美送孙发百篇游天台

直应天授与诗情,百咏唯消一日成。去把彩毫挥下国,归参黄绶别春卿。闲窥碧落怀烟雾,暂向金庭隐姓名。珍重兴公徒有赋,石梁深处是君行。

奉和袭美闻开元寺开笋园寄章上人

春龙争地养檀栾,况是双林雨后看。进出似毫当垤塿,孤生如恨倚栏干。凌虚势欲齐金刹,折赠光宜照玉盘。更得锦包零落后,粉环高下捐烟寒。

蔷薇

倚墙当户自横陈,致得贫家似不贫。外布芳菲虽笑日,中含芒刺欲伤人。清香往往生遥吹,狂蔓看看及四邻。遇有客来堪玩处,一端晴绮照烟新。

奉和袭美开元寺佛钵诗

空王初受逞神功,四钵须臾现一重至今钵缘有四重也。持次想添香积饭,覆时应带步罗钟。光寒好照金毛鹿,响静堪降白耳龙。从此宝函香里见,不须一作烦西去诣灵峰。

酬袭美夏首病愈见招次韵

雨多青合是垣衣,一幅蛮笺夜款扉。蕙带又闻宽沈约,茅斋犹自忆王微。方灵只在君臣正,篆古须抛点画肥。除却伴谈秋水外,野鸥何处更忘机。

新夏东郊闲泛有怀袭美

迟于春日好于秋,野客相携上钓舟。经略汋时冠暂亚,佩答筶后带频抁。兼葭鹭起波摇笠,村落蚕眠树挂钩。料得祇君能爱此,不争烟水似封侯。

四月十五日道室书事寄袭美

乌饭新炊芼臛香,道家斋日以为常。月苗杯举存三洞,云蕊函开叩九章。一掬阳泉堪作雨,数铢秋石欲成霜。可中值著雷平信,为觅闲眠苦竹床。

看压新酤寄怀袭美

晓压糟床渐有声,旋如荒涧野泉清。身前古态熏应出,世上愁痕滴合平。饮啄断年同鹤俭,风波终日看人争。尊中若使常能渌,两绶通侯总强名。

奉和袭美登初阳楼寄怀北平郎中

远窗浮槛亦成年,几伴杨公白昼筵。日暖烟花曾扑地,气浮星象却归天。闲将水石侵军垒,醉引笙歌上钓船。无限恩波犹在目,东风吹起细漪涟。

奉和夏初袭美见访题小斋次韵

四邻多是老农家,百树鸡桑半顷麻。尽趁晴明修网架,每和烟雨掉缲车。啼莺偶坐身藏叶,饷妇归来鬓有花。不是对君吟复醉,更将何事送年华。

奉和袭美所居首夏水木尤清,适然有作次韵

柿阴成列药花空,却忆桐江下钓筒。亦以鱼虾供熟鹭,近缘樱笋识邻翁。闲分酒剂多还少,自记书签白间红。更爱夜来风月好,转思玄度对支公。

奉和袭美题达上人药圃二首

药味多从远客赍,旋添花圃旋成畦。三桠旧种根应异,九节初移叶尚低。山荬便和幽涧石,水芝须带本池泥。从今直到清秋一作明日,又有香苗几番一作春,筐也齐。

净名无语示清羸,药草搜来喻更微。一雨一风皆遂性,花开花落尽忘机。教疏兔镂金弦乱兔丝别名,自拥龙刍紫汞肥。莫怪独亲幽圃坐,病容销尽欲依归。

奉和袭美怀华阳润卿博士三首

几降真官授隐书,洛公曾到梦中无。眉间人静三辰影,肘后通灵五岳图。北洞树形如曲盖,东凹山色入薰炉。金墟福地能容否,愿作冈前蒋负刍。

火景应难到洞宫,萧闲堂冷任天风。谈玄麈尾抛云底,服散龙胎在酒中。有路还将赤城接,无泉不共紫河通。奇编早晚教传授,免以神仙问葛洪。

终日焚香礼洞云,更思琪树转劳神。曾寻下泊宫名常经月,不到中峰又累春。仙道最高黄玉箓,暑天偏称白纶巾。清斋若见茅司命,乞取朱儿十二斤。

以竹夹膝寄赠袭美

截得筼筜冷似龙,翠光横在暑天中。堪临薤簟闲凭月,好向松窗卧跂风。持赠敢齐青玉案,醉吟偏称碧荷筒。添君雅具教多著,为著西斋谱一通。

奉和袭美夏景无事因怀章来二上人次韵

檐外青阳有二梅,折来堪下冻醪杯。《离骚》注云:盛夏以醇酒置冰上。高杉自欲生龙脑,小弁谁能寄鹿胎?丽事肯教饶沈谢,谈微一作微谈何必减宗雷。还闻拟结东林社,争奈渊明醉不来。

忽忆高僧坐夏堂,厌泉声闹笑云忙。山重海澹怀中印,月冷风微宿上方。病后书求嵩少药,定回衣染贝多香。何时更问逍遥义道林有逍遥游别义,五粒松阴半石床。

顷自桐江得一钓车,以袭美乐烟波之思,因出以为玩,俄辱三篇复抒酬答

旋屈金钩劈翠筠,手中盘作钓鱼轮。忘情不效孤醒客,有意闲窥百丈鳞。雨似轻埃时一起,云如高盖强相亲。任他华毂低头笑,此地终无覆败人。

曾招渔侣下清浔,独茧初随一锤深。细辗烟华无辙迹,静含风力有车音。相呼野饭依芳草,迭和山歌逗远林。得失任渠但取乐,不曾生个是非心。

病来悬著脆缂丝,独喜高情为我持。数幅尚凝烟雨态,三篇能赋蕙兰词。云深石静闲眠稳,月上江平放溜迟。第一莫教谙此境,倚天功业待君为。

奉和袭美吴中书事寄汉南裴尚书

风清地古带前朝,遗事纷纷未寂寥。三泖凉波鱼蔎动,远祖士衡对晋武帝以三泖夂温夏清。五茸春草雉媒娇。五茸,吴王猎所,草各有名。云藏野寺分金刹,月在江楼倚玉箫。不用怀归忘此景,吴王看即奉弓招。

奉和袭美夏景冲澹偶作次韵二首

蝉雀参差在扇纱,竹襟轻利箨冠斜。庐中有酒文园会,琴上无弦靖节家。芝畹烟霞全覆穗,橘洲风浪半浮花。闲思两地忘名者,不信人间发解华。

只于池曲象山幽,便是潇湘浸石楼。斜拂芡盘轻鹭下,细穿菱线小鲵游。闲开茗焙尝须遍,醉拨书帷卧始休。莫道仙家无好爵,方诸还拜碧琳侯。

奉和袭美送李明府之任南海

春尽之官直到秋,岭云深处凭泷楼。居人爱近沈珠浦,候吏多来拾翠洲。赀税尽应输紫贝,蛮童多学佩金钩。知君不恋南枝久,抛却经冬白罽裘。

奉和袭美寄题罗浮轩辕先生所居

鼎成仙驭入崆峒,百世犹传至道风。暂应青词为穴凤,却思丹徼伴冥鸿。金公的的生炉际,琼刃时时到梦中。预恐浮山归有日,载将云室十洲东。

奉和袭美寄琼州杨舍人

明时非罪谪何偏,鹏鸟巢南更数千。酒满椰杯消毒雾,风随蕉叶一作扇下泷船。人多药户生一作行狂蛊,吏有珠官出俸钱。祗以直诚天自信,不劳诗句咏贪泉。

奉和袭美宿报恩寺水阁

峰抱池光曲岸平,月临虚槛夜何清。僧穿小桧才分影,鱼掷高荷渐有声。因忆故山吟易

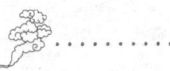

苦,各横秋簟梦难成。周颙不用裁书劝,自得凉天证道情。

奉和袭美醉中偶作见寄次韵

海鹤飘飘韵莫侪,在公犹与俗情乖。初呈酒务求专判,合祷山祠请自差。永夜谭玄侵罔象,一生交态忘形骸。怜君醉墨风流甚,几度题诗小谢斋。

奉和袭美寄滑州李副使员外

洛生闲吟正抽毫,忽傍旌旗著战袍。檄下连营皆破胆,剑离孤匣欲吹毛。清秋月色临军垒,半夜淮声入贼壕。除却征南为上将,平徐功业更谁高?

奉和袭美吴中言怀寄南海二同年

曾见凌风上赤霄,尽将华藻赴嘉招。城连虎踞山图丽,路入龙编海舶遥。江客渔歌冲白苎,野禽人语映红蕉。庭中必有君迁树,莫向空台望汉朝。《交州记》云:有君迁树,有朝台,尉陀望汉所筑。

奉和袭美伤史拱山人

曾说山栖欲去寻,岂知霜骨葬寒林?常依净住师冥目,兼事容成学算心。史学浮图,兼善算术。遁客预斋还梵唱,老猿窥祭亦悲吟,唯君独在江云外,谁诔孤贞置岘岑?

白鸥诗并序

乐安任君,尝于泾尉,居吴城中,地才数亩,而不佩俗物。有池,池中有岛屿,池之南西北边合三亭,修篁嘉木,掩隐限隩,处其一,不见其二也。君好奇乐异,喜文学名理之士,所得皆清散凝莹,袭美知而偕诣。既坐,有白鸥翩然,驯于砌下,因请浮而玩之。主人曰:"池中之族老矣,每以豪健据之。鸥之始浮,辄逐而害之,今畏不敢入。"吁!昔人之心蓄机事,犹或舞而不下,况害之哉!且羽族丽于水者多矣,独鸥为闲暇,其致不高耶?一旦水有鲸鲵之患,陆有狐狸之忧,侪侣不得命啸,尘埃不得澡刷,虽蒙人之流赏,亦天地之穷鸟也。感而为诗,邀袭美同作。

惯向溪头漾浅沙,薄烟微雨是生涯。时时失伴沈山影,往往争飞杂浪花。晚树清凉还鹏鸲,旧巢零落寄兼葭。池塘信美应难恋,针在鱼唇剑在虾。

怀杨台文杨鼎文一作台鼎二秀才

秋早相逢待得春,崇兰清露小山云。崇兰、小山,郡中二堂。寒花独自愁中见,曙角多同醒后闻。钓具每随轻舸去,诗题闲上小楼分。重思醉墨纵横甚,书破羊欣白练裙。

奉和袭美谢友人惠人参

五叶初成椵树阴,紫团峰外即鸡林。名参鬼盖须难见,材似人形不可寻。品第已闻升碧简,携持应合重黄金。殷勤润取相如肺,封禅书成动帝心。

严子重以诗游于名胜间旧矣,余晚于江南相遇甚乐,不幸且没,袭美作诗序而吊之,其名真不朽矣,又何戚其死哉!余因息悲而为之和

每值一作忆江南日落春,十年诗酒爱逢君。芙蓉湖上吟船倚,翡翠岩前醉马分。只有汀洲连旧业,岂无章疏动遗文。犹怜未卜佳城处,更劚要离家畔云。

算山

水绕苍山固护来,当时盘踞实雄才。周郎计策清宵定,曹氏楼船白昼灰。五十八年争虎视,三千余骑骋龙媒。何如今日家天下,阊阖门临万国开。

寄茅山何威仪二首

大小三峰次九华,灵踪今尽属何家?汉时仙上云巅鹤,蜀地春开洞底花。闲傍积岚寻瀑眼,便凌残雪探芝芽。年来已奉黄庭教,夕炼腥魂晓吸霞。

曾向人间拜节旄,乍疑因梦到仙曹。身轻曳羽霞襟狭,髻耸峨烟鹿帻高。山暖不荤峰上薤,水寒仍落洞中桃。从闻此日搜奇话,转觉魂飞夜夜劳。

全唐诗卷六百二十六

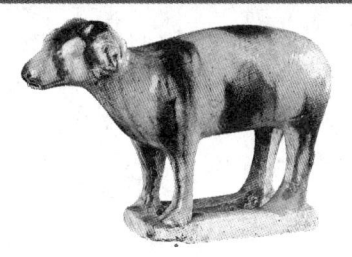

陆龟蒙

早秋吴体寄袭美

荒庭古地只独倚,败蝉残蛩苦相仍。虽然诗胆大如—作于斗,争奈愁肠牵似绳。短烛初添蕙幌影,微风渐折蕉衣棱。安得弯弓似明月,快箭拂下西飞鹏。

病中秋怀寄袭美

病容愁思苦相兼,清镜无形未我嫌。贪广异疏行径窄,故求偏药出钱添。同人散后休赊酒,双燕辞来始下帘。更有是非齐未得,重凭檐尹拂龟占。

秋赋有期因寄袭美 时将主试贡士

云似无心水似闲,忽思名在贡书间。烟霞鹿弁聊悬著,邻里渔舠暂解还。文草病来犹满箧,药苗衰后即离山。广寒宫树枝多少,风送高低便可攀。

和袭美新秋即事次韵三首

心似孤云任所之,世尘中更有谁知。愁寻冷落惊双鬓,病得清凉减四支。怀旧药溪终独往,宿枯杉寺已频期。兼须为月求高处,即是霜轮杀满时。

帆樯衣裳尽钓徒,往来踪迹遍三吴。闲中展卷兴亡小,醉后题诗点画粗。松岛伴谭多道气,竹窗孤梦岂良图。还须待致升平了,即往—作任扁舟放五湖。

声利从来解破除,秋滩唯忆下桐庐。鸬鹚阵合残阳少,蜻蜓吟高冷雨疏。辩伏南华论指指,才非玄晕借书书。当时任使真堪笑,波上三年学炙鱼。

和袭美赠南阳润卿将归雷平

朝市山林隐一般,却归那减卧云欢。堕阶经叶谁收得,半益清醪客酹—作醉干。玉笈诗成吟处晓,金沙泉落梦中寒。真仙若降如相问,曾步星罡绕醮坛。

顾道士亡,弟子奉束帛乞铭于袭美,因赋戏赠

童初真府召为郎,君与抽毫刻便房。亦谓神仙同许郭,不妨才力似班扬。比于黄绢词尤妙,酬以霜缣价未当。唯我有文无卖处,笔锋销尽墨池荒。

和访寂上人不遇

芭蕉霜后石栏荒,林下无人闭竹房。经抄未成抛素几,锡环应撼过寒塘。蒲团为拂浮埃散,茶器空怀碧饽香。早晚却还宗炳社,夜深风雪对禅床。

秋夕文宴得成字

笔阵初临夜正清,击铜遥认小金钲。飞觥壮若游燕市,觅句难于下赵城。隔岭故人因会忆,傍檐栖鸟带吟惊。梁王座上多词客,五韵甘心第七成。梁昭明尝文宴,赋诗各五韵,刘孝威第七方成。

南阳广文欲于荆襄卜居,袭美有赠,代酬次韵

不知天隐在何乡,且欲烟霞迹暂双。鹤庙未能齐月驭,鹿门聊拟并云窗。薛衔荒磴移桑屐,花浸春醪挹石缸。莫惜查头容钓伴,也应东印有馀江。

和袭美寄毗陵魏处士朴

经苑初成墨沼开,何人林下肯寻来?若非宗测图山后,即是韩康卖药回。溪籁自吟朱鹭曲,沙云还作白鸥媒。唯应地主公田熟,时送君家曲蘖材。

和袭美初冬偶作寄南阳润卿次韵

逐日生涯敢计冬,可嗟寒事落然空。窗怜返照缘书小,庭喜新霜为橘红。衰柳尚能和月动,败兰犹拟倩烟笼。不知海上今清浅,试与飞书问洛公。

和袭美冬晓章上人院

山寒偏是晓来多,况值禅窗雪气和。病客功夫经未演。故人书信纳新磨。闲临静案修茶品,独旁深溪记药科。从此逍遥知有地,更乘清月伴君过。

和袭美寄题镜岩周尊师所居

见说身轻鹤不如,石房无侣共云居。清晨自削灵香柿,独认空吟碧落书。十洞飞精应遍吸,一簪秋发未曾梳。知君便入悬珠会,早晚东骑白鲤鱼。

寒夜文宴得惊字

各将寒调触诗情,旋见微澌入砚生。霜月满庭人暂起,汀洲半夜雁初惊。三秋每为仙题想,一日一作句多因累句倾。千里建康衰草外,含毫谁是忆昭明?

送润卿还华阳

何事轻舟近腊回,茅家兄弟欲归来。茅司命以三月十八日、十二月二日会于华阳天。封题玉洞虚无奏,点检霜坛沉瀁杯。云肆先生分气调,山图公子爱词才。殷勤为向东乡荐,洒扫含真雪后台。

和袭美为新罗弘惠上人撰灵鹫山周禅师碑送归诗

一函迢递过东瀛,只为先生处乞铭。已得雄词封静检,却怀孤影在禅庭。春过异国人应写,夜读沧洲怪亦听。遥想勒成新塔下,尽望空碧礼文星。

和袭美寒日书斋即事三首,每篇各用一韵

不必探幽上郁冈,公斋吟啸亦何妨。唯求薏苡供僧食,别著氍毹待客床。春近带烟分短蕙,晓来冲雪撼疏篁。余杭山酒犹封在,遥嘱高人未肯尝。

已上星津八月槎,文通犹自学丹砂江文通有丹砂可学赋。仙经写得空三洞,隐士招来别九

华。静对真图呼绿齿,偶开神室问黄芽。方诸更是怜才子,锡赉于君合有差。

名价皆酬百万余,尚怜方丈讲玄虚。西都宾问曾成赋,东海人求近著书。袭美尝作吊江都赋,又新罗僧请为大师碑文。茅洞烟霞侵痦寐,檀溪风月挂樵渔。清朝还要廷臣在,两地宁容便结庐。

和袭美腊后送内大德从蒻游天台

应缘南国尽南宗,欲访灵溪路暗通溪在天台山下。归思不离双阙下,去程犹在四明东。铜瓶净贮桃花雨,金策闲摇麦穗风上人指期国清过夏。若恋吾君先拜疏,为论台岳未封公。

和袭美寄题玉霄峰叶涵象尊师所居

天台一万八千丈,师在浮云端掩扉。永夜只知星斗大,深秋犹见海山微。风前几降青毛节,雪后应披白羽衣。南望烟霞空再拜,欲将飞魄问灵威。

南阳广文博士还雷平后寄

微微春色染林塘,亲拨烟霞坐涧房。阴洞雪胶知未入,浊醪风破的偷尝。芝台晓用金铛一作鐷煮,星度闲将玉铃量。几遍侍晨官欲降,曙坛先起独焚香。

和袭美题支山南峰僧次韵

眉毫霜细欲垂肩,自说初栖海岳年。万壑烟霞秋后到,一林风雨夜深禅。时翻贝叶添新藏,闲插松枝护小泉。好是清冬无外事,匡林斋罢向阳眠。

送董少卿游茅山

威辇高悬度世名,至今仙裔作公卿。将随羽节朝珠阙,曾佩鱼符管赤城董尝判台州。云冻尚含孤石色,雪干犹堕古松声。应知四扇灵方在,待取归时绿发生。

和袭美寄怀南阳润卿

高抱相逢各绝尘,水经山疏不离身。才情未拟汤从事,玄解犹嫌竺道人。霞染洞泉浑变紫,雪披江树半和春。谁怜故国无生计,唯种南塘二亩芹。

袭美将以绿罽为赠因成四韵

三径风霜利若刀,揄襜吹断胃蓬蒿。病中只自悲龙具,世上何人识羽袍。狐貉近怀珠履贵,薜萝遥羡白巾高。陈王轻暖如相遗,免致衰荷效广骚。

和过张祜处士丹阳故居并序

张祜,字承吉。元和中,作宫体小诗,辞曲艳发。当时轻薄之流,能其才,合噪得誉,及老大,稍窥建安风格,诵乐府录,知作者本意,短章大篇,往往间出,谏讽怨谲,时与六义相左右,善题目佳境,言不可刊置别处,此为才子之最也。由是贤俊之士,及高位重名者,多与之游,谓有鹄鹭之野,孔翠之鲜,竹柏之贞,琴磬之韵。或荐之于天子,书奏不下。亦受辟诸侯府,性狷介不容物,辄自勍去。以曲阿地古澹,有南朝之遗风,遂筑室种树而家焉。性嗜水石,常悉力致之。从知南海间罢职,载罗浮石笋还,不蓄善田利产为身后计。死未二十年,而故姬遗孕,冻馁不暇。前所谓鹄鹭孔翠竹柏琴磬之家,虽朱轮尚乘,遗编尚吟,未尝一省其孤而恤其穷也。噫!人假之为玩好,不根于道义耶?惧其怨刺于神明耶?天果不爱才。没而犹谴耶?吾一不知之。友人颜弘至行江南道中,访其庐,作诗吊而序之,属余应和。余泪没者,不足哀承吉之道,邀袭美同作,庶乎承吉之孤,倚其传而有怜者。

胜华通子共悲辛,荒径今为旧宅邻。一代交游非不贵,五湖风月合教贫。魂应绝地为才鬼,名与遗编在史臣。闻道平生多爱石,至今犹泣洞庭人。

和袭美寄广文先生

忽辞明主事真君,直取姜巴路入云。龙篆拜时轻诰命,霓襟披后小玄缥。峰前北帝三元会,石上东卿九锡文。应笑世间名利火,等闲灵府剩先焚。

和袭美先辈悼鹤

一夜圆吭绝不鸣,八公虚道得千龄。方添上客云眠思,忽伴中仙剑解形。但掩丛一作修毛穿古堞,永留寒影在空屏。君才幸自清如水,更向芝田为刻铭。

幽居有白菊一丛因而成咏呈知己

还是延年一种材菊之别名,即将瑶一作琼朵冒霜开。不如一作知红艳临歌扇,欲伴黄英入酒杯。陶令接䍦堪岸著,梁王高屋好敧来梁朝有白纱高屋帽。月中若有闲田地,为劝嫦娥作意裁。

和袭美伤开元观顾道士

何事神超入杳冥,不骑孤鹤上三清。多应白简迎将去,即是朱陵炼更生。药莫肯同椒醑味,云谣空替薤歌声。武皇徒有飘飘思,谁问山中宰相名?

和袭美醉中即席赠润卿博士次韵

共是虚皇简上仙,清词如羽欲飘然。登山凡著几緉一作量屐,破浪欲乘千里船。远梦只留丹井畔,闲吟多在酒旗前。谁知海上无名者,只记渔歌不记年。

送浙东德师侍御罢府西归

王谢遗踪玉籍仙,三年间上鄂君船。诗怀白阁僧吟苦,俸买青田鹤价偏。行次野枫临远水,醉中衰菊卧凉烟。芙蓉散尽西归去,唯有山阴九万笺。

送羊振文先辈往桂阳归觐

风雅先生去一麾,过庭才子趣归期时使君丈人自毛诗博士出牧。让王门外开帆叶,义帝城中望戟支。郢路渐寒飘雪远,湘波初暖涨云迟。灵均精魄如能问,又得千年贾傅词。

袭美留振文宴,龟蒙抱病不赴,猥示倡和,因次韵酬谢

绮席风开照露晴,只将茶荈代云觥。繁弦似玉纷纷碎,佳妓如鸿一一惊。毫健几多飞藻客,羽寒寥落映花莺,幽人独自西窗晚,闲凭香柽反照明。

和袭美重送圆载上人归日本国

老思东极旧岩扉,却待秋风泛舶归。晓梵阳乌当石磬,夜禅阴火照田衣。见翻经论多盈箧,亲植杉松大几围。遥想到时思魏阙,只应遥拜望斜晖。

和袭美诸家林亭

一阵西风起浪花,绕栏杆下散瑶华。高窗曲槛仙侯府,卧一作折苇荒芹白鸟家。孤岛待寒凝片月,远山终日送余霞。若知方外还一作仙如此,不要秋乘上海槎。

归雁

北走南征象我曹,天涯迢递翼应劳。似悲边雪音犹苦,初背岳云行未高。月岛聚栖防暗缴,风滩斜起避惊涛。时人不问随阳意,空拾栏边翡翠毛。

王先辈草堂

松径限云到静堂,杏花临涧水流香。身从乱后全家隐,日校人间一倍长。金箓渐加新品秩,玉皇偏赐羽衣裳。何如圣代弹冠出,方朔曾为汉侍郎。

伤越

越溪自古好风烟,盗束兵缠已半年。访戴客愁随水远,浣纱人泣共埃捐。临焦赖洒王师雨,欲堕重登刺史天。早晚山川尽如故,清吟闲上鄂君船。

新定陪太守一百五夜南馆玩月

风雨教春处处伤,一宵云尽见沧浪。全无片烛侵光彩,只有清滩助雪霜。烟蔽棹歌归浦潊,露将花影到衣裳。却嫌殷浩南楼夕,一带秋声入恨长。

中元夜寄道侣二首

学饵霜茸骨未轻,每逢真夕梦还清。丁宁独受金妃约,许与亲题玉篆名。月苦撼残临水珮,风微飘断系云缨。须臾枕上桐窗晓,露压千枝滴滴声。

橘斋风露已清余,东熟先生病未除。孤枕易为蛩破梦,短檐难得燕传书。广云披日君应

近,倒影裁花我尚疏。唯羡羽人襟似水,平持旄节步空虚。

寄怀华阳道士

华阳门外五芝生,餐罢愁君入杳冥。遥夜独栖还有梦,昔年相见便忘形。为分科斗亲铅椠,与说蜉蝣坐竹櫺。醮后几时归紫阁,别来终日诵黄庭。闲教辩药僮名甲,静识窥巢鹤姓丁。绝涧饮羊春水腻,傍林烧石野烟腥。深沈谷响含疏磬,片段岚光落画屏。休采古书探禹穴,自刊新历斗尧蓂。珠宫凤合迎萧史,玉籍人谁访蔡经?架上黑椽长褐稳,案头丹篆小符灵。霓轩入洞齐初月,羽节升坛拜七星。当路独行冲虎豹,向风孤啸起雷霆。凝神密室多生白,叙事联编尽杀青。匝地山川皆暗写,隐天竽籁只闲听。分张火力烧金灶,拂拭苔痕洗酒瓶。翠壁上吟朝复暮,暖云边卧醉还醒。倚身长短裁筇杖,倩客高低结草亭。直用森严朝北帝,爱将清浅问东溟。常思近圃看栽杏,拟借邻峰伴采苓。掩树半扉晴霭霭,背琴残烛晓荧荧。旧来扪虱知王猛,欲去为龙叹管宁,蟾魄几应临蕙帐,渔竿犹尚枕枫汀。衔烟细草无端绿,冒雨闲花作意馨。掠岸惊波沈翡翠,入檐斜照碍蜻蜓。初征汉栈宜飞檄,待破燕山好勒铭。六辔未收千里马,一囊空负九秋萤。我悲雌伏真方柄,他骋雄材似建瓴。合在深崖齐散术一作木,自求沧海点流萍。频抛俗物心还爽,远忆幽期目剩瞑。见买扁舟束真诰,手披仙语任扬舲。

全唐诗卷六百二十七

陆龟蒙

人日代客子是日立春

人日兼春日,长怀复短怀。遥知双采胜,并在一金钗。

筑城词二首

城上一培—作杯,一作掊土,手中千万杵。筑城畏不坚,坚城在何处?

莫叹将军逼—作筑城劳,将军要却敌。城高功亦高,尔命何劳—作足惜!

古意

君心莫淡薄,妾意正栖托。愿得双车轮,一夜生四角。

春晓

春庭晓景别,清露花逦迤。黄蜂一过慵,夜夜栖香蕊。

杂兴

桃李傍檐楹,无人赏春华。时情重不见,却忆菖蒲花。

雁

南北路何长,中间万弋张。不知烟雾里,几只到衡阳?

寄远

鬓乱羞云卷,眉空羡月生。中原犹将将,何日重卿卿?

庭前

合欢能解恚,萱草信忘忧。尽向庭前种,萋萋特地愁。

洞房怨

玉锸朝扶鬓,金梯晚下台。春衫将别泪,一夜两难裁。

卷六百二十七

江行
　　酒旗菰叶外，楼影浪花中。醉帆张数幅，唯待鲤鱼风。

巫峡
　　巫峡七百里，巫山十二重。年年自云雨，环佩竟谁逢？

归路
　　渐入新丰路，衰红映小桥。浑如七年病，初得一丸销。

南塘曲
　　妾住东湖下，郎居南浦边。闲临烟水望，认得采菱船。

黄金二首
　　自古黄金贵，犹沽骏与才。近来簪珥重，无可一作复上高台。

　　平分从满箧，醉掷任成堆。恰莫持千万，明明买祸胎。

夕阳
　　渡口和帆落，城边带角收。如何茂陵客，江上倚危楼。

残雪
　　桂冷微停素，峰干不遍岚，何溪背林处，犹覆定僧庵。

古态
　　古态日渐薄，新妆心更劳。城中皆一尺，非妾髻鬟高。

大堤
　　大堤春日暮，骢马解镂衢。请君留上客，容妾荐雕胡。

金陵道
　　北雁行行直，东流澹澹春。当时六朝客，还道帝乡人。

离骚
　　天问复招魂，无因彻帝阍。岂知千丽句，不敌一谗言。

对酒
　　后代称欢伯，前贤号圣人。且须谋日富，不要道家贫。

寄南岳客乞灵芜香
　　闻说融峰下，灵香似反魂。春来正堪采，试为劚云根。

山阳燕中郊乐录
　　淮上能无雨，回头总是情。蒲帆浑未织，争得一欢成。

偶作
　　双眉初出茧，两鬓正藏鸦。自有王昌在，何劳近宋家。

有示
　　相对莫辞贫，蓬蒿任塞门。无情是金玉，不报主人恩。

秋思三首
　　桐露珪初落，兰风佩欲衰。不知能赋客，何似枉一作捉刀儿。

　　谁在嫖姚幕，能教霹雳车。至今思秃尾，无以代寒菹。

　　未得同蘁杵，何时减药囊。莫言天帝醉，秦暴不灵长。

早春
　　雨冷唯添暑，烟初不著春。数枝花颖一作颣小，愁杀扈芳人。

怀仙三首
　　闻道阳都女，连娟耳细长。自非黄犊客，不得到云房。

　　但服钵刚子，兼吟曲素词。须知臣汉客，

3237

还见布龙儿。

神烛光华丽，灵祛羽翼生。已传餐玉粒，犹自买云英。

芙蓉
闲吟鲍照赋，更起屈平愁。莫引西风动，红衣不耐秋。

春思
怨莺新语涩，双蝶斗飞高。作个名春恨，浮生百倍劳。

风人诗四首
十万全师出，遥知正忆君。一心如瑞麦，长—作惟作两岐分。

破甑供朝爨，须怜是苦辛。晓天窥落宿，谁识独醒人？

旦日思双屦，明时愿早谐。丹青传四渎，难写是秋怀。

闻道更新帜，多应发旧旗。征衣无伴捣，独处自然悲。

乐府杂咏六首

双吹管
长短裁浮筠，参差作飞凤。高楼微—作明月夜，吹出江南弄。

东飞凫
裁得尺锦书，欲寄东飞凫。胫短翅亦短，雌雄恋菰蒲。

花成子
春风等君意，亦解欺桃李。写得去时真，归来不相似。

月成弦
孤光照还没，转益伤离别。妾若是嫦娥，长圆不教缺。

孤烛怨
前回边使至，闻道交河战。坐想鼓鼙声，寸心攒百箭。

金吾子
嫁得金吾子，常闻轻薄名。君心如不重，妾腰徒自轻。

子夜四时歌

春
山连翠羽屏，草接烟华席。望尽南飞燕，佳人断消息。

夏
兰眼抬路斜，莺唇映花老。金龙倾漏尽，玉井敲冰早。

秋
凉汉清沉寥，衰林怨风雨。愁听络纬唱，似与羁魂语。

冬
南云—作光走冷圭，北籁号空木。年年任霜霰，不减篔筜绿。

大子夜歌二首
歌谣数百种，子夜最可怜。慷慨吐清音，明转出天然。

丝竹发歌响，假器扬清音。不知歌谣妙，声势出口心。

子夜警歌二首
镂碗传绿酒，雕炉薰紫烟。谁知苦寒调，共作白雪弦。

恃爱如欲进，含羞出不前。朱口发艳歌，玉指弄娇弦。

子夜变歌三首
人传欢负情，我自未尝见。三更开门去，始知子夜变。

岁月如流迈，春尽秋已至。荧荧条上花，零落何乃驶。

岁月如流迈，行已及素秋。蟋蟀吟堂前，惆怅使侬愁。

江南曲五首

鱼戏莲叶间，参差隐叶扇。鸂鹣鸐鸰窥，潋滟无因见。

鱼戏莲叶东，初霞射红尾。旁临谢山侧，恰值清风起。

鱼戏莲叶西，盘盘舞波急。潜依曲岸凉，正直斜光入。

鱼戏莲叶南，敧危舞烟叠。光摇越鸟巢，影乱吴娃楫。

鱼戏莲叶北，澄阳动微涟。回看帝子渚，稍背鄂君船。

全唐诗卷六百二十八

陆龟蒙

陌上桑

皓齿还如贝色—作光含,长眉亦似烟华贴。邻娃尽著绣裆襦,独自提筐采蚕叶。

自遣诗三十首

自遣诗者,震泽别业之所作也。故疾未平,厌厌卧田舍中。农夫日以耒耜事相聒,每至夜分不睡,则百端兴怀搅人思,益纷乱无绪。且诗者,持也。谓持其情性,使不暴去。因作四句诗,累至三十绝,绝各有意。既曰自遣,亦何必题为。

五年重别—作到旧山村,树有交柯粆有孙。更—作重感下峰颜色好,晓云才散便—作已当门。

雪下孤村渐渐鸣,病魂无睡酒来清。心摇只待东窗晓,长愧寒鸡第一声。

多情多感自难忘,只有风流共古长。座上不遗金带枕,陈王词赋为谁伤。

甫—作用里先生未白头,酒旗犹可战高楼。长鲸好鲙无因得,乞取艅艎作钓舟。

花濑蒙蒙紫气昏紫气濑在顾渚步,水边山曲更深—作容村。终须拣取幽栖处—作地,老桧成双便作门。

阴洞曾为采药行,冷云凝绝烛微明。玉芝敲折琤然堕,合有真人—作官上姓名。

长叹人间发易华,暗将心事许烟霞。病来前约分明在,药鼎书囊便是家。

酝得秋泉似玉容,比于云液更应浓。恩量北海徐刘辈,枉向人间号酒龙。

羊侃多应自古豪,解盘金稍置纤腰。纵然此事教双得,不博溪田二顷苗。

偶然携稚看微波,临水春寒一倍多。便使笔精如逸少,懒能书字换群鹅。

昔闻庄叟迢迢梦,又道韩生—作冯苒苒—作冉冉飞。知有姓名聊寄问,更无言语抱斜晖。

雪侵春事太无端,舞急微还近腊寒。应是也疑真宰怪,休时犹未遍林峦。

数尺游丝堕碧空,年年长是惹东一作春风。争知天上无人住,亦有春愁鹤发翁。

谁使寒鸦意绪娇,云情山晚动情憀。乱和残照纷纷舞,应系阳乌次第饶。

古往天高事渺茫,争知灵媛不凄凉。月娥如有相思泪,只待方诸寄两行。

本来云外寄闲身,遂与溪云作主人。一夜逆风愁四散,晓来零落傍衣巾。

渊明不待公田熟,乘兴先秋解印归。我为余粮春未去,到头谁是复谁非?

云拥根株抱石危,斫来文似瘦蛟螭。幽人带病慵一作愁朝起,只向春山尽日欹。

月淡花闲夜已深,宋家微咏若遗音。重思万古无人赏,露湿清香独满襟。宋玉有微咏赋。

南岸春田手自农,往来横截半江风。有时不耐轻桡兴,暂欲蓬山访洛公。

贤达垂竿小隐中,我来真作捕鱼翁。前溪一夜春流急,已学严滩下钓筒。

水国君王又姓萧,风情由是冠南朝。灵和殿下巴江柳,十二旒前舞翠条。

强梳蓬鬓整斜冠,片烛光微夜思阑。天意最饶惆怅事,单栖分付与春寒。

无多药圃近南荣,合有新苗次第生。稚子不知名品上,恐随春草斗输赢。

一派溪随箬一作下流,春来无处不汀洲。漪澜未碧蒲犹短,不见鸳鸯正自由。

山下花明水上曛,一桡青翰破霞文。越人但爱风流客,绣被何须属鄂君。

妍华须是占时生,准拟差肩不近情。佳丽几时腰不细,荆王辛苦致宫名。

妊女精神似月孤,敢将容易入洪炉。人间纵道铅华少,蝶翅新篁未肯无。

贞白求丹变姓名,主恩潜助亦无成。侯家竟换梁天子,王整徒劳作外兵。

春雨能膏草木肥,就中林野碧含滋。唯余病客相逢背,一夜寒声减四肢。

别墅怀归

东去沧溟百里余,沿江潮信到吾庐。就中家在蓬山下,一日堪凭两寄书。

野井

朱阁前头露井多,碧梧桐一作桃花下美人过。寒泉未必能如此,奈有银瓶素绠何。

南征

丞相南征定有无,幕中谁是骋良图。遥知贼胆纵横破一作大,绕帐生犀一万株。

北渡

江客柴门枕浪花,鸣机寒橹任呕哑。轻舟过去真堪画,惊起鸬鹚一阵斜。

夜泊咏栖鸿

可怜霜月暂相依,莫向衡阳趁逐一作队飞。同是江南一作天寒夜客,羽毛单薄稻粱微。

早行

水一作冰寒孤棹触天文,直似乘槎去问津。纵使碧虚无限好,客星名字也愁人。

木兰堂一作李商隐诗

洞庭波浪渺无津,日日征帆送远人。几度木兰舟上望,不知元是此花身。

和袭美春夕陪崔谏议樱桃园宴

佳人芳树杂春蹊,花外烟蒙月渐低。几度艳歌清欲转,流莺惊起不成栖。

和袭美松江早春

柳下江餐待好风,暂时还得狎渔翁。一生无事烟波足,唯有沙边水勃公。

和袭美女坟湖即吴王葬女之所

水平波淡绕回塘,鹤殉人沉万古伤。应是

离魂双不得,至今沙上少鸳鸯。

和袭美泰伯庙
故国城荒德未荒,年年椒奠湿中堂。迩来父子争天下,不信人间有让王。

和袭美木兰院次韵
苦吟清漏迢迢极,月过花西尚未眠。犹忆故山欹警枕,夜来呜咽似流泉。

和袭美重题蔷薇
秾华自古不得久,况是倚春春已空。更被夜来风雨恶,满阶狼籍没—作许多红。

和袭美春夕酒醒
几年无事傍江湖,醉倒黄公旧酒垆。觉后不知明月上,满身花影倩人扶。

和袭美木兰后池三咏重台莲花
水国烟乡足芰荷,就中芳瑞此难过。风情为与吴王近,红萼常教一倍多。

浮萍
晚来风约半池明,重叠侵沙绿罽成。不用临池更相笑,最无根蒂是浮名。

白莲
素花多蒙别艳欺,此花真—作端合在瑶池。还应—作无情有恨无—作何人觉,月晓风清欲堕时。

和袭美重题后池
晓烟清露暗相和,浴雁浮鸥意绪多。却是陈王词赋错,枉将心事托微波。

和胥—作青门闲泛
细桨轻挥下白蘋,故城花谢绿阴新。岂无今日逃名士,试问南塘著屐人?

袭美初植松桂偶题
轩阴冉冉移斜日,寒韵泠泠入晚风。烟格月姿曾不改,至今犹似在山中。

和袭美馆娃宫怀古五绝
三千虽衣水犀珠,半夜夫差国暗屠。犹有八人皆二八,独教西子占亡吴。

一宫花渚漾涟漪,俀堕鸦鬟出茧眉。可料座中歌舞袖,便将残节拂降旗。

几多云榭倚青冥,越焰烧来一片平。此地最应沾恨血,至今春草不匀生。

江色分明练绕台,战帆遥隔绮疏开。波神自厌荒淫主,勾践楼船稳帖来。

宝袜香縈碎晓尘,乱兵谁惜似花人?伯劳应是精灵使,犹向残阳泣暮春。

和袭美虎丘寺西小溪闲泛三绝
树号相思枝拂地,鸟语提壶声满溪。云涯一里千万曲,直是渔翁行也迷。

荒柳卧波浑似困,宿云遮坞未全痴。云情柳意萧萧会,若问诸余总不知。

每逢孤屿一倚楫,便欲狂歌同采薇。任是烟萝中待月,不妨欹枕扣舷归。

和袭美天竺寺八月十五夜桂子
霜实常闻秋半夜,天台天竺堕云岑。垂拱中,天台桂子落一百余日方止。如何两地无人种,却是湘漓是桂林。

戏题袭美书印囊
鹊衔龟顾妙无余,不爱封侯爱石渠。应笑休文过万卷,至今谁道沈家书?

和袭美钓侣二章
一艇轻挼看晓涛,接䍦抛下漉春醪。相逢便倚蒹葭泊,更唱菱歌擘蟹螯。

雨后沙虚古岸崩,鱼梁移入乱云层。归时月堕汀洲暗,认得妻儿结网灯。

和袭美寄同年韦校书
万古风烟满故都,清才搜括妙无余。可中寄与芸香客,便是江南地里书。

和袭美初冬偶作
桐下空阶叠绿钱,貂裘初绽拥高眠。小炉低幌还遮掩,酒滴灰香似去年。

袭美醉中寄一壶并一绝,走笔次韵奉酬
酒痕衣上杂莓苔,犹忆红螺一两杯。正被绕篱荒菊笑,日斜还有白衣来。

再和次韵
阶下饥禽啄嫩苔,野人方倒病中杯。寒蔬卖却还沽吃,可有金貂换得来。

和袭美重玄寺双矮桧
可怜烟刺是青螺,如到双林误礼多。更忆早秋登北固,海门苍翠出晴波。

醉中戏赠袭美
南北风流旧不同,伧吴今日若相通。病来犹伴金杯满,欲得人呼小褚公。

润卿遗青饘饭兼之一绝,聊用答谢
旧闻香积金仙食,今见青精玉斧餐。自笑镜中无骨录,可能飞上紫云端。

文宴招润卿博士辞以道侣交至一绝寄之
仙客何时下鹤翎,方瞳如水脑华清。不过传达杨君梦,从许人间小兆听。

再招
遥知道侣谈玄次,又是文交丽事时。虽是寒轻云重日,也留花篸待徐摛。

玩金鸂鶒戏赠袭美
曾赂溪边泊暮云,至今犹忆浪花群。不知镂羽凝香雾,堪与鸳鸯觉后闻。

子规一首
碧竿微露月玲珑,谢豹伤心独叫风。高处已应闻滴血,山榴一夜几枝红?

寄题天台国清寺齐梁体
峰带楼台天外立,明河色近罘罳湿。松间石上定僧寒,半夜栖溪水声急。

奉和谏议酬先辈霜菊
紫茎芳艳照西风,只怕霜华掠断丛。争奈病夫一作虽伴应刘难强饮一作醉,应须速自召车一作路人终要识山公。

和袭美咏皋桥
横截春流架断虹,凭栏犹思五噫风。今来未必非梁孟,却是无人断伯通。

和袭美悼鹤
鄞都香稻字重思,遥想飞魂去未饥。争奈野鸦无数健,黄昏来占旧栖枝。

和醉中袭美先起次韵
莫唱艳歌凝翠黛,已通仙籍在金闺。他时若寄相思泪,红粉痕应伴紫泥。

和袭美酒病偶作次韵
柳疏桐下晚窗明,只有微风为折醒。唯欠白绡笼解散,解散,王俭誓名,时人皆慕之也。洛生闲咏两三声。

忆白菊
稚子书传白菊开,西成相滞未容回。月明阶下窗纱薄,多少清香透入来。

和同润卿寒夜访袭美各惜其志次韵
醉韵飘飘不可亲,掉头吟侧华阳巾。如能跳脚南一作东窗下,便是羲皇世上人。

和袭美寒夜文宴润卿有期不至
细雨轻舣玉漏终,上清词句落吟中。松斋一夜怀贞白,霜外空闻五粒风。

移石盆
移得龙泓潋滟寒,月轮初下白云端。无人尽日澄心坐,倒影新篁一两竿。

石竹花咏
闲看南朝画国娃,古萝一作罗衣上碎明霞。而今莫共金钱斗,买却春风是此花。

全唐诗卷六百二十九

陆龟蒙

和袭美友人许惠酒以诗征之
冻醪初漉嫩如春,轻蚁漂漂杂蕊尘。得伴方平同一醉,明朝应作蔡经身。

闻圆载上人挟儒书泊释典归日本国,更作一绝以送
九流三藏一时倾,万轴光凌渤澥声。从此遗编东去后,却应荒外有诸生。

闲吟
闲吟料得三更尽,始把孤灯背竹窗。一夜西风高浪起,不教归梦过寒江。

秘色越器
九秋风露越窑开,夺得千峰翠色来。好向中宵盛沆瀣,共嵇中散斗遗杯。

景阳宫井
古堞烟埋宫井树,陈主吴姬堕泉处。舜没苍梧万里云,却不闻将二妃去。

江南二首
便风船尾香秔熟,细雨层头赤鲤跳。待得江餐闲望足—作处,日斜方动木兰桡。

村边紫豆花垂次,岸上红梨叶战初。莫怪烟中重回首,酒家—作旗青纻一行书。

溪思雨中
雨映前山万绚—作句丝,橹声冲破—作碎似鸣机。无端织得愁成段,堪作骚人酒病衣。

江城夜泊
漏移寒箭丁丁急,月挂虚弓霭霭明。此夜离魂堪射断,更须江笛两三声。

宫人斜
草著—作树愁烟似不春,晚莺哀怨问行人。

须知一种埋香骨,犹胜昭君作虏尘。

送棋客
满目山川似势棋,况当秋雁正斜飞。金门若召羊玄保,赌取江东太守归。

汉宫词
招灵阁上霓旌绝,柏梁台中珠翠稠。一身三十六宫夜,露滴玉盘青桂秋。

上清
玉林风露寂寥清,仙妃对月闲吹笙。新篁冷涩曲未尽,细拂云枝栖凤惊。

秋荷
蒲茸承露有佳色,荚叶束烟如效颦。盈盈一水不得渡,冷翠遗香愁向人。

有别二首
且将丝绋系兰舟,醉下烟汀减去愁。江上有楼君莫上,落花随浪—作水正东流。

池上已看莺舌默,云间应即雁翰开。唯愁别后当风立,万树将秋入恨来。

病中晓思
月堕霜西竹井寒,辘轳丝冻下瓶难。幽人病久浑成渴,愁见龙书一鼎干。

送友人之湖上
故人溪上有渔舟,竿倚风蘋夜不收。欲寄一函聊问讯,洪乔宁作置书邮。

寒日逢僧
瘦胫高褰梵屟轻,野塘风劲锡环鸣。如何不向深山里,坐拥闲云过一生。

冬柳
柳汀斜对野人窗,零落衰条傍晓江。正是霜风飘断处,寒鸥惊起一双双。

寄友人
敬亭寒夜溪声里,同听先生讲太玄。上得

云梯不回首,钓竿犹在五湖边。

岛树
波涛漱苦盘根浅,风雨飘多著叶迟。迥出孤烟残照里,鹭鹚相对立高枝。

头陀僧
万峰围绕一峰深,向此长修苦行心。自扫雪中归鹿迹,天明恐被猎人寻。

晚渡
半波风—作飞雨半波晴,渔曲飘秋野调清。各样莲船逗村去,笠檐蓑袂有残—作余声。

赠老僧二首
枯貌自同霜里木,余生唯指佛前灯。少时写得坐禅影,今见问人何处僧。

自有家山供衲线,不离溪曲取庵茅。旧曾闻说林中鸟,定后长来顶上巢。

忆山泉
一夜寒声来梦里,平明著屐到声边。心期盛夏同—作重过此,脱却荷衣石上眠。

白芙蓉
澹然相对却成劳,月染风裁个个高。似说玉皇亲谪堕,至今犹著水霜袍。

严光钓台
片帆竿外揖清风,石立—作上云孤万古中。不是狂奴为故态,仲华争得黑头公。

读陈拾遗集
蓬颗何时与恨平,蜀江衣带蜀山轻。寻闻骑士枭黄祖,自是无人祭祢衡。

吴宫怀古
香径长洲尽棘丛,奢云艳雨只悲风。吴王事事须亡国,未必西施胜六宫。

送琴客之建康
蕙风杉露共泠泠,三峡寒泉漱玉清。君到

南朝访遗事,柳家双锁旧知名。

闺怨
白袷行人又远游,日斜空上映花楼。愁丝堕絮相逢着,绊惹春风卒未休。

丁香
江上悠悠人不问,十年云外醉中身。殷勤解却丁香结,纵—作从放繁枝散诞春。

种蒲
杜若溪边手自移,旋抽烟剑碧参差。何时织得孤帆去,悬向秋风访所思。

范蠡
平吴专越祸胎深,岂是功成有去心。勾践不知嫌鸟喙,归来犹自铸良金。

山僧二首
山薜儿重生草履,涧—作洞泉长自满铜瓶。时将如意敲眠虎,遣向林间坐听经。

一夏不离苍岛上,秋来频话石城南。思归瀑布声前坐,却把松枝拂旧庵。

上云乐
青丝作笮—作筝桂为船,白兔捣药虾蟆丸。便浮天汉泊星渚,回首笑君承露盘。

新秋杂题六首

眠
一簟临窗薜叶秋,小帘风荡半离钩。魂清雨急梦难到,身在五湖波上头。

行
寻人直到月坞北,觅鹤便过云峰西。只今犹有疏野调,但绕莓苔风雨畦。

倚
橘下凝情香染巾,竹边留思露摇身。背烟垂首—作手尽日立,忆得山中无事人。

吟
忆山摇膝石上晚,怀古掉头溪畔凉。有时得句一声发,惊起鹭鹚和夕阳。

食
日午空斋带睡痕,水蔬山药荐盘餐。林乌信我无机事,长到而今下石盆。

坐
偶避蝉声来隙地,忽随鸿影入辽天。闲僧不会寂寥意,道学西方人坐禅。

新沙
渤澥声中涨小堤,官家知后海鸥知。蓬莱有路教人到,应亦年年税紫芝。

邺宫词二首
魏武平生不好香,枫胶蕙炷洁宫房。可知遗令非前事,却有余薰在绣囊。

花飞蝶骇不愁人,水殿云廊别置春。晓日靓妆千骑女,白樱桃下紫纶巾。

古别离
仙人左手把长箭,欲射日乌乌不栖。何事离情畏明发,一心唯恨汝南鸡。

高道士
峨眉道士风骨峻,手把玉皇书一通。东游借得琴高鲤,骑入蓬莱清浅中。

蔬食
孔融不要留残脍,庾悦无端吝子鹅。香稻熟来秋菜嫩,伴僧餐了听云和。

寄远
缥梨花谢莺口吃,黄犊少年人未归。画扇红弦相掩映,独看斜月下帘衣。

山中僧
手关—作开一室翠微里,日暮白云栖半间。白云朝出天际去,若比老僧犹—作云未闲。

洞宫秋夕
　　浓霜打叶落地声,南溪石泉细泠泠。洞宫寂寞人不去,坐见月生云母屏。

连昌宫词二首

门
　　金铺零落兽镮空,斜掩双扉细草中。日暮鸟归—作啼宫树绿,不闻鸦轧闭春风。

阶
　　草没苔封叠翠斜,坠红千叶拥残霞。年年直为秋霖苦,滴陷青珉隐起花。

怀宛陵旧游
　　陵阳佳地昔年游,谢朓青山李白楼。唯有日斜溪上思,酒旗风影落春流。

松石晓景图
　　霜骨云根惨淡愁,宿烟封著未全收。将归与说文通后,写得松江岸上秋。

钓车
　　小轮轻线妙无双,曾伴幽人酒一缸。洛客见诗如有问,辗烟冲雨过桐江。

漉酒巾
　　靖节高风不可攀,此巾犹坠—作堕冻醪间。偏宜雪夜山中戴,认取时情与醉颜。

华阳巾
　　莲花峰下得佳名,云褐相兼上鹤翎。须是古坛秋霁后,静焚香炷礼寒星。

方响
　　击霜寒玉乱丁丁,花底秋风拂坐生。王母闲看汉天子,满猗兰殿佩环声。

白鹭
　　雪然飞下立苍苔,应伴江鸥拒我来。见欲扁舟摇荡去,倩君先作水云媒。

溪行
　　晚天寒雨上滩时,他已扬舻我尚迟。自是樯低帆幅少,溪风终不两般吹。

太湖叟
　　细桨轻船卖石归,酒痕狼籍遍苔衣。攻车战舰繁如织,不肯回头问是非。

答友人
　　荆卿雄骨化为尘,燕市应无共饮人。能脱鹔鹴来换酒,五湖赊与一年春。

偶作
　　酒信巧为缲病绪,花音长作嫁愁媒。也知愁病堪回避,争奈流莺唤起来。

春思二首
　　竹外麦烟愁漠漠,短翅啼禽飞魄魄。此时忆著千里人,独坐支颐看花落。

　　江南酒熟清明天,高高绿斾当风悬。谁家无事少年子,满面落花犹醉眠。

访僧不遇
　　棹倚东林欲问禅,远公飞锡未应还。蒙庄弟子相看笑,何事空门亦有关?

谢山泉
　　决决春泉出洞霞,石坛封寄野人家。草堂尽日留僧坐,自向前溪摘茗芽。

洞宫夕—作华阳观
　　月午山空桂花—作中天月冷霜华落,华阳道士云衣薄。石坛香—作风散步虚声,杉云—作露清泠—作冷冷滴栖鹤。

峡客行
　　万仞峰排千剑束,孤舟夜系峰头宿。蛮溪雪坏蜀江倾,滟滪朝来大如屋。

江边
　　江边日晚潮烟上,树里鸦鸦桔槔响。无因

得似灌园翁,十亩春蔬一藜杖。

帘

枕映疏容晚向欹,秋烟脉脉雨微微。逆风障燕寻常事,不学人前当妓衣。

开元杂题七首

玉龙子

何代奇工碾玉英,细髻纤角尽雕成。烟干务悄君心苦,风雨长随一掷声。

照夜白

雪虬轻骏步如飞,一练腾光透月旗。应笑穆王抛万乘,踏风鞭露向瑶池。

舞马

月窟龙孙四百蹄,骄骧轻步应金鞞。曲终似要君王宠,回望红楼不敢嘶。

杂伎

拜象驯犀角抵豪,星丸霜剑出花高。六宫争近乘舆望,珠翠三千拥赭袍。

雪衣女

嫩红钩曲雪花攒,月殿栖时片影残。自说夜来春梦恶,学持金偈玉栏干。

绣岭宫

绣岭花残翠倚空,碧窗瑶砌旧行宫。闲乘小驷浓阴下,时举金鞭半袖风。

汤泉

暖殿流汤数十间,玉渠香细浪回环。上皇初解云衣浴,珠棹时敲瑟瑟山。

题杜秀才水亭 一本题上有荆溪早景四字

晓和风露立晴烟,只恐腥魂涴洞天。云肆有龙君若买,便敲初日铸金钱。

翠碧

红襟翠翰两参差,径拂烟华上细枝。春水渐生鱼易得,莫辞风雨坐多时。

全唐诗卷六百三十

陆龟蒙

水国诗 以下杂体诗

水国不堪旱,斯民生甚微。直至葭菼少,敢言鱼蟹肥。我到荒村无食㗖,对案又非梁谢览。况是干苗结子疏,归时只得藜羹糁。

井上桐

美人伤别离,汲井长待晓。愁因辘轳转,惊起双栖鸟。独立傍银床,碧桐风袅袅。

门前路

门前向城路,一直复一曲。曲去日中一作终还,直行日暮宿。何必日中还,曲途荆棘间。

彼农二章

世路浇一作巇险,淳风荡除。彼农家流,犹存厥初。藁焉而席,茨焉而居。首乱如蓬,形枯若腒。大䴗既鲐,童子未䈉音鱼。以负以载,悉薅悉耡。我慕圣道,我耽古书。小倦于学,时游汝庐。有饭一盛,莫盐莫蔬。有缯一缇,不襮不袪。所谓饥寒,汝何逭欤。

禹贡厥田,上下各异。善人为邦,民受其赐。去年西成,野有遗穗。今夏南亩,旱气赤地。遭其丰凶,概敛无二。退输弗供,进诉弗视。号于旻天,以血为泪。孟子有言,王无罪岁。诗之穷辞,以嫉悍吏。

奉酬袭美苦雨见寄

松篁交加午阴黑,别是江南烟霭国。顽云猛雨更相欺,声似虓号色如墨。茅茨裛烂檐生衣,夜夜化为萤火飞。萤飞渐多屋渐薄,一注愁霖当面落。愁霖愁霖尔何错,灭顶于余奚所作。既不能赋似陈思王,又不能诗似谢康乐。曹有愁霖赋,谢有愁霖诗。昔年尝过杜子美,亦得高歌破印纸。惯曾掀搅大笔多,为我才情也如此。高揖愁霖词未已,披文忽自皮夫子。哀弦怨柱合为吟,侘我穷栖蓬藋里。初悲湿翼何由起,末欲笺天叩天耳。其如玉女正投壶,笑电霏霏作天喜。我本曾无一棱去声田,平生啸傲空渔船。有时赤脚弄明月,踏破五湖光底天。去岁王师东下急,输兵粟尽民相泣,伊予不战不耕人,敢怨烝黎无糁粒。不然受性圆如规,千姿万态分毫厘。唾壶虎子尽能执,舐痔折枝无所辞。有头强方心强直,撑拄颓风不量力。自爱垂名野史中,宁论抱困荒城侧。唯君浩叹非庸人,分衣辍饮来相亲。横眠木榻忘华荐,对食露葵轻八珍。欲穷玄,凤未白。欲怀仙,鲸尚隔。不如驱入醉乡中,只恐醉乡田地窄。

夏日闲居作四声诗寄袭美

平声

荒池菰蒲深,闲阶莓苔平。江边松篁多,人家帘栊清。为书凌遗编,调弦夸新声。求欢虽殊途,探幽聊怡情。

平上声

朝烟涵楼台,晚雨染岛屿。渔童惊狂歌,艇子喜野语。山容堪停杯,柳影好隐暑。年华如飞鸿,斗酒幸且举。

平去声

新开窗犹偏,自种蕙未遍。书签风摇闻,钓榭雾破见。耕耘闲之资,啸咏性最便。希夷全天真,讵要问贵贱。

平入声

端居愁无涯,一夕发欲白。因为鸾章吟,忽忆鹤骨客。手披丹台文,脚著赤玉舄。如蒙清音酬,若渴吸月液。

奉酬袭美苦雨四声重寄三十二句

平声

幽栖眠疏窗,豪居凭高楼。浮沤惊跳丸,寒声思重裘。床前垂文竿,巢边登轻舟。虽无东皋田,还生鱼乎忧。

平上声

层云愁天低,久雨倚槛冷。丝禽藏荷香,锦鲤绕岛影。心将时人乖,道与隐者静。桐阴无深泉,所以逗短绠。

平去声

乌蟾俱沈光,昼夜恨暗度。何当乘云螭,面见上帝诉。臣言阴云一作灵欺,诏用利剑付。回车诛群奸,自散万籁怒。

平入声

危檐仍空阶,十日滴不歇。青莎看成狂,白菊即欲没。吴王荒金尊,越妾挟玉瑟。当时虽愁霖,亦若惜落月。

晓起即事因成回文寄袭美

平波落一作送月吟闲景一作境,暗幌浮烟思起人。清露晓垂花谢半,远风微动蕙抽新。城荒上处樵童小,石藓分来宿鹭驯。晴寺野寻同去好,古碑苔字细书匀。

回文

静烟临碧树,残雪背晴楼。冷天侵极戍,寒月对行舟。

叠韵山中吟

琼英轻明生,石脉滴沥碧。玄铅仙偏怜,白帻客亦惜。

双声溪上思

溪空唯容云,木密不隙雨。迎渔隐映间,安问讴雅橹?

叠韵吴宫词二首

肤愉吴都姝,眷恋便殿宴。逡巡新春人,转面见战箭。

红栊能东风,翠珥醉易坠。平明兵盈城,弃置遂至地。

和胥口即事

雨后山容若动,天寒树色如消。目送回汀隐隐,心随挂鹿摇摇。白蒋知秋露裛,青枫欲暮烟饶。莫问吴趋行乐,酒旗竿倚河桥。

把钓丝随浪远,采莲衣染香浓。绿倒红飘欲尽,风斜雨细相逢。断岸沈渔罟䍌_{约略二音,鱼网也},邻村送客艅艎。即是清霜剖野,乘闲莫厌来重。

齐梁怨别

寥寥缺月看将落,檐外霜华染罗幕。不知兰棹到何山,应倚相思树边泊。

闲居杂题五首 以题十五字离合

鸣蜩早

闲来倚杖柴门口,鸟下深枝啄晚虫。周步一池销半日,十年听此鬓如蓬。

野态真

君如有意耽田里,予亦无机向艺能。心迹所便唯是直,人间闻道最先憎。

松间斟

子山园静怜幽木,公干词清咏荜门。月上风微萧洒甚,斗醥何惜置盈尊。

饮岩泉

已甘茅洞三君食,欠买桐江一朵山。严子濑高秋浪白,水禽飞尽钓舟还。

当轩鹤

自笑与人乖好尚,田家山客共紫车。干时未似栖庐_{一作接庐}雀,鸟道闲携相尔书。

药名离合夏日即事三首

乘屐著来幽砌滑,石罂煎得远泉甘。草堂只待新秋景,天色微凉酒半酣。

避暑最须从朴野,葛巾筇席更相当。归来又好乘凉钓,藤蔓阴阴著雨香。

窗外晓帘还自卷,柏烟兰露思晴空。青箱有意终须续,断简遗编一半通。

和袭美怀锡山药名离合二首

鹤伴前溪栽白杏,人来阴洞写枯松。萝深境静日欲落,石上未眠闻远钟。

佳句成来谁不伏,神丹偷去亦须防。风前莫怪携诗稿,本是吴吟荡浆郎。

和袭美怀鹿门县名离合二首

云容覆枕无非白,水色侵矶直是蓝。田种紫芝餐可寿,春来何事恋江南。

竹溪深处猿同宿,松阁秋来客共登。封径古苔侵石鹿,城中谁解访山僧。

寒日古人名

初寒朗咏裴回立,欲谢玄关早晚开。昨日登楼望江色,鱼梁鸿雁几多来。

句

几点社翁雨,一番花信风。_{见《提要录》。}

水鸟歌妇女,衣襟便佞舌。_{以下并见《海录碎事》。}

溪山自是清凉国,松竹合封萧洒侯。

山上花明水上嚗,一桡青翰破霞文。

白帝霜舆欲御秋。

但说漱流并枕石,不辞蝉腹与龟肠。_{以下见《侯鲭录》。}

头方不会王门事,尘土空缁白苎衣。

秋来懒上向吴亭。_{见《方舆胜览》。}

全唐诗卷六百三十一

张贲

张贲,字润卿,南阳人,登大中进士第。唐末,为广文博士。尝隐于茅山,后寓吴中,与皮、陆游。诗十六首。

旅泊吴门

一舸吴江晚,堪忧病广文。鲈鱼谁与伴,鸥鸟自成群。反照纵横水,斜空断续云。异乡无限思,尽付酒醺醺。

贲中间有吴门旅泊之什,蒙鲁望垂和,更作一章以伸酬谢

偶发陶匏响,皆蒙组绣文。清秋将落帽,子夏正离群。有恨书燕雁,无聊赋郢云。遍看心自醉,不是酒能醺。

酬袭美先见寄倒来韵

寻疑天意丧斯文,故遣茅峰寄白云。酒后只留沧海客,香前唯见紫阳君。近年已绝诗书癖,今日兼将笔砚焚。为有此身犹苦患,不知何者是玄纁。

奉和袭美醉中即席见赠次韵

桂枝新下月中仙,学海词锋誉蔼然。文阵已推忠信甲,穷波犹认孝廉船。清标称住羊车上,俗韵惭居鹤氅前。共许逢蒙快弓箭,再穿杨叶在明年。

奉和袭美题褚家林亭

疏野林亭震泽西,朗吟闲步喜相携。时时风折芦花乱,处处霜摧稻穗低。百本败荷鱼不动,一枝寒菊蝶空迷。今朝偶得高阳伴,从放山翁醉似泥。

奉和袭美伤开元观顾道士

凤麟胶尽夜如何,共叹先生剑解多。几度吊来唯白鹤,此时乘去必青骡。图中含景随残照,琴里流泉寄逝波。惆怅真灵又空返,玉书

谁授紫微歌?

和鲁望白菊

雪彩冰姿号女华,寄身多是地仙家。有时南国和霜立,几处东篱伴月斜。谢客琼枝空贮恨,袁郎金钿不成夸。自知终古清香在,更出梅妆弄晚霞。

奉和袭美先辈悼鹤

池塘萧索掩空笼,玉树同嗟一土中。莎径罢鸣唯泣露,松轩休舞但悲风。丹台旧氅难重缉,紫府新书岂更通!云减雾消无处问,只留华发与衰翁。

偶约道流终乖文会答皮陆

仙侣无何访蔡经,两烦韶濩出彤庭。人间若有登楼望,应怪文星近客星。

和袭美寒夜见访

云孤鹤独且相亲,仿效从它折角巾。不用吴江叹留滞,风姿俱是玉清人。

和袭美醉中先起次韵

何事桃源路忽迷,惟留云雨怨空闺。仙郎共许多情调,莫遣重歌浊水泥。

和皮陆酒病偶作

白编椰席镂冰明,应助杨青解宿醒。难继二贤金玉唱,可怜空作断猿声。

送浙东德师侍御罢府西归

孤云独鸟本无依,江海重逢故旧稀。杨柳渐疏芦苇白,可怜斜日送君归。

以青㪷饭分送袭美鲁望因成一绝

谁屑琼瑶事青㪷,旧传名品出华阳。应宜仙子胡麻拌,因送刘郎与阮郎。

玩金鸂鶒和陆鲁望

翠羽红襟镂彩云,双飞常笑白鸥群。谁怜化作雕金质,从倩沉檀十里闻。

悼鹤和袭美

渥顶鲜毛品格驯,莎庭闲暇重难群。无端日暮东风起,飘散春空一片云。

崔璐

崔璐,登咸通七年进士第。诗一首。

览皮先辈盛制,因作十韵以寄,用伸款仰

河岳挺灵异,星辰精气殊。在人为英杰,与国作祯符。襄阳得奇士,俊迈真龙驹。勇果鲁仲由,文赋蜀相如。浑浩江海广,葩华桃李敷。小言入无间,大言塞空虚。几人游赤水,夫子得玄珠。鬼神争奥秘,天地惜洪炉。既有曾参行,仍兼君子儒。吾知上帝意,将使居黄枢。好保千金体,须为万姓谟。

李縠

李縠,字德师,咸通进士,唐末为浙东观察推官,兼殿中侍御史。诗四首。

浙东罢府西归酬别张广文皮先辈陆秀才

岂有头风笔下瘥,浪成蛮语向初筳。兰亭旧趾虽曾见,柯笛遗音更不传。照曜文星吴分野,留连花月晋名贤。相逢只恨相知晚,一曲骊歌又几年。

和皮日休悼鹤

才子襟期本上清,陆云家鹤伴闲情。犹怜反顾五六里,何意忽归十二城?露滴谁闻高叶坠,月沉休藉半阶明。人间华表堪留语,剩向秋风寄一声。

道林曾放雪翎飞,应悔庭除闭羽衣。料得王恭披鹤氅,倚吟犹待月中归。

醉中袭美先月中归

休文虽即逃琼液,阿鹜还须掩玉闺。月落金鸡一声后,不知谁悔醉如泥?

崔璞

崔璞,清河人,苏州刺史。咸通初,历右散

骑常侍。诗二首。

奉酬皮先辈霜菊见赠

菊花开晚过秋风,闻道芳香正满丛。争奈病夫难强饮,应须速自召车公。

蒙恩除替将还京洛,偶叙所怀,因成六韵,呈军事院诸公郡中一二秀才

两载求人瘼,三春受代归。务繁多簿籍,才短乏恩威。共理乖天奖,分忧值岁饥。遽蒙交郡印,到任十二个月,除替未及三年。安敢整朝衣?作牧惭为政,思乡念式微。倪容还故里,高卧掩柴扉。

魏朴

魏朴,字不琢,毗陵人。诗二首。

和皮日休悼鹤

直欲裁诗问杳冥,岂教灵化亦浮生。风林月动疑留魄,沙岛香愁似蕴情。雪骨夜封苍藓冷,练衣寒在碧塘轻。人间飞去犹堪恨,况是泉台远玉京。

经秋宋玉已悲伤,况报胎禽昨夜亡。霜晓起来无问处,伴僧弹指绕荷塘。

羊昭业

羊昭业,字振文,吴人,唐末登进士第。大顺中,尝预修国史。有集十五卷,今存诗一首。

皮袭美见留小宴次韵

泽国春来少遇晴,有花开日且飞觥。王戎似电休推病,周颢才醒众却惊。芳景渐浓偏属酒,暖风初畅欲调莺。知君不肯然官烛,争得华筵彻夜明。时袭美眼疾未平,不饮酒,故云。

颜萱

颜萱,字弘至,江南进士,中书舍人荛之弟。诗三首。

送羊振文归觐桂阳

高挂吴帆喜动容,问安归去指湘峰。悬鱼庭内芝兰秀,驭鹤门前薜荔封苏耽旧宅在桂州。红旆正怜棠影茂,彩衣偏带桂香浓。临岐独有沾襟恋,南巷当年共化龙先辈与拾遗叔父同年。

送圆载上人

师来一世恣经行,却泛沧波问去程。心静已能防渴鹿,鼙喧时为骇长鲸。师云:舟人遇鲸,则鸣鼓以恐之。禅林几结金桃重,日本金桃,一实重一斤。梵室重修铁瓦轻。以铁为瓦,轻于陶者。料得还乡无别利,只应先见日华生。

过张祜处士丹阳故居有序

萱与故张处士祜,世家通旧,尚忆孩稚之岁,与伯氏尝承处士抚抱之仁。目管辂为神童,期孔融于伟器。光阴徂谢,二纪于兹。适经其故居,已易他主。访遗孤之所止,则距故居之右二十余步,荆榛之下,草门启焉。处士有四男一女,男曰椿儿、桂子、椅儿、杞儿,问之,三已物故。唯杞为遗孳,与其女尚存。欲摄杞与言,则又求食于汝坟矣。但有霜鬓而黄冠者,杖策迎门,乃昔时爱姬崔氏也。与之话旧,历然可听。嗟乎!葛帔练裙,兼非所有;琴书图籍,尽属他人。又云:横塘之西,有故田数百亩,力既贫窭,十年不耕,唯岁赋万钱,求免无所。呜呼!昔为穆生置醴,郑公立乡者,复何人哉?因吟五十六字,以闻好事者。

忆昔为儿逐我兄,曾抛竹马拜先生。书斋已换当时主,诗壁空题故友名。岂是争权留怨敌,可怜当路尽公卿。柴扉草屋无人问,犹向荒田责地征。

郑璧

郑璧,唐末江南进士。诗四首。

和袭美伤顾道士

斜汉银澜一夜东,飘飘何处五云中。空留华表千年约,才毕丹炉九转功。形蜕远山孤圹月,影寒深院晓松风。门人不睹飞升去,犹与浮生哭恨同。

奉和陆鲁望白菊

白艳轻明带露痕,始知佳色重难群。终朝疑笑梁王雪,尽日慵飞蜀帝魂。燕雨似翻瑶渚

浪,雁风疑卷玉绡纹。琼妃若会宽裁剪,堪作蟾宫夜舞裙。

和袭美索友人酒

乘兴闲来小谢家,便裁诗句乞榴花。邴原虽不无端醉,也爱临风从鹿车。

文燕润卿不至

已知羽驾朝金阙,不用烧兰望玉京。应是易迁明月好,玉皇留看舞双成。

全唐诗卷六百三十二

司空图

司空图,字表圣,河中虞乡人。咸通末,擢进士第,由宣歙幕历礼部郎中,僖宗行在用为知制诰、中书舍人,归隐中条山王官谷。龙纪、乾宁间,征拜旧官,及以户、兵二部侍郎召,皆不起。迁洛后,被诏入朝,以野耄丐归。朱全忠受禅,召为礼部尚书,不食而卒。图少有俊才,晚年避世栖遁,自号知非子、耐辱居士,有先世别墅,泉石林亭,颇惬幽趣,日与名僧、高士游咏其中。有《一鸣集》三十卷,内诗十卷,今编诗三卷。

塞上

万里隋城在,三边虏气衰。沙填孤障角,烧断故关碑。马色经寒惨,雕声带晚悲—作饥。将军正闲暇,留客换歌辞。

寄永嘉崔道融

旅寓虽难定,乘闲是胜游。碧云萧寺霁,红树谢村秋。戍鼓和潮暗,船灯照岛幽。诗家多滞此,风景似相留。

下方

三十年来往,中间京洛尘。倦行今白首,归卧已清神。坡暖冬抽—作生笋,松凉夏健人。更惭征诏起,避世迹非真。

华下

日炙旱云裂,迸为千道血。天地沸一镬,竟自烹妖孽。尧汤遇灾数,灾数还中辍。何事奸与邪,古来难扑灭。

僧舍贻友

笑破人间事,吾徒莫自欺。解吟僧亦俗,爱舞鹤终卑。竹上题幽梦,溪边约敌棋。旧山归有阻,不是故迟迟。

下方

昏旦松轩下,怡然对一瓢。雨微吟思—作春未足,花落梦无聊。细事当棋遣,衰容喜镜饶。溪僧有深趣,书至又相邀。

华下送文浦—作涓

郊居谢名利,《旧史》云:河北乱,图寓华阴。何事最相亲。渐与论诗久,皆知得句新。川明虹照雨,树密鸟冲人。应念从今去,还来岳下频。

自诫

我祖铭座右,嘉谋贻厥孙。勤此苟不怠,令名日可存。媒衒士所耻,慈俭道所尊。松柏岂不茂,桃李亦自繁。众人皆察察,而我独昏昏。取训于老氏,大辩欲讷言。

郊陈拾遗子昂感遇二首

高燕飞何捷,啄害恣群雏。人岂玩其暴,华轩容尔居。强欺自天禀,刚吐信吾徒。乃知不平者,矫世道终孤。

阳和含煦润,卉木竞纷华。当为众所悦,私已汝何夸。北里秘秾艳,东园锁名花。豪夺乃常理,笑君徒咄嗟。

郊陈拾遗子昂

丑妇竞簪花,花多映愈丑。邻女恃其姿,掇之不盈手。量已苟自私,招损乃谁咎。宠禄既非安,于吾竟何有?

感时

好鸟无恶声,仁兽肯狂噬。宁教鹦鹉哑,不遣麒麟细—作吠。人人语与默,唯观利与势。爱毁亦自遭,掩谤终失计。

秋思

身病时亦危,逢秋多恸哭。风波一摇荡,天地几翻覆。孤萤出荒池,落叶穿破屋。势利长草草,何人访幽独?

早春

伤怀同—作伤客处,病眼却花朝。草嫩侵沙短—作长,冰轻著雨消。风光知可爱,容发不相饶。早晚丹丘去—作伴,飞书肯—作首见招。

上陌梯寺怀旧僧二首

云根禅客居,皆说旧无—作吾庐。松日明金像,山风—作苔龛向木鱼。依栖应不阻,名利本来疏。纵有人相问,林间懒拆书。

高鸦隔谷见,路转寺西门。塔影荫泉脉,山苗侵烧痕。钟疏含杳霭,阁—作阁迥亘黄昏。更待他僧到,长如前信存。

寄怀元秀上人

悠悠干禄利,草草废渔樵。身世堪惆怅,风骚顿—作颇寂寥。高秋期步野,积雨放趋朝。得句如相忆,莎斋且见招。

次韵和秀上人游南五台

中峰曾到处,题记没苍苔。振锡传深谷,翻经想旧台。危松临砌偃,惊鹿蓦溪来。内殿御—作评诗切师以文章应制,身回心未回。

赠圆昉公昉,蜀僧。僖宗幸蜀,昉坚免紫衣。

天阶让紫衣,冷格鹤犹卑。道胜嫌名出,身闲觉老迟。晓—作晚香延宿火,寒磬度高枝。每说长松寺,他年与我期。

赠信美寺岑上人

巡礼诸方遍,湘南频有缘。焚香老山寺,乞食向江船。纱碧笼名画,灯寒照净禅。我来能永日,莲漏滴寒泉—作阶前。

江行二首

地阔分吴塞,枫高映楚天。曲—作回塘春尽雨,方响夜深船。《旧唐书》:方响以铁为之,长九寸,广二寸,员上方下。行纪添新梦,羁愁甚往年。何时京洛路,马上见人烟。

初程风信好,回望失津楼。日带潮声晚,烟含楚色秋。戍旗当远客,岛树转惊鸥。此去非名利,孤帆任白头。

长安赠王注一作法

正下搜贤诏,多君独避名。客来当意惬,花发遇歌成。乐地留高趣,权门让后生。东方御闲驷一作东风闲小驷,园外好同行。

赠步寄李员外

危桥转溪路,经雨石丛荒。幽瀑下仙果,孤巢悬夕阳。病辞青琐秘,心在紫芝房。更喜谐招隐,诗家有望郎。

寄郑仁规

清才郑小戎,标的贵游中。万里云无侣,三山鹤不笼。香和丹地暖,晚着彩衣风。荣路期经济,唯应在至公。

寄考功王员外

喜闻三字耗,闲客是陪游。白鸟闲疏索,青山日滞留。琴如高韵称,诗愧逸才酬。更勉匡君志,论思在献谋。

杂言一作短歌行

乌飞飞,兔矆矆,朝来暮去驱时节。女娲只解补青天,不解煎胶粘日月。

陈疾

自怜旅舍亦酣歌,世路无机奈尔何?霄汉逼一作碧来心不动,鬓毛白尽兴犹多。残阳暂照乡关近,远鸟因投岳庙过。闲得此身归来得,磬声深夏隔烟萝。

浙上一作江浙上,是今郧阳府,地在秦楚之交,故有秦云楚雨之句

华下支离已隔河,又来此地避干戈。山田渐广猿时一作频到,村舍新添燕亦多。丹桂石楠宜并长,秦云楚雨暗相和。儿童栗熟迷归路一作新径,归得一作去仍随牧竖歌。

西北乡关近帝京,烟尘一片正伤情。愁看地色连空色,静听歌声似哭声。红蓼满一作遍村人不在一作见,青山绕槛路难平。从他烟棹更南去,休向津头问去程。

山中

全家与一作为我恋孤岑,蹋得苍苔一径深。逃难人多分隙地,放生麋一作鹿大出寒林。名应不朽轻仙一作山骨,理到忘机近佛心。昨夜前溪骤雷一作云,又作风雨,晚晴闲一作独步数峰吟一作溪禽。

寄赠诗僧秀公

灵一心传清塞心,可公吟后础公吟。近来雅道相亲少,惟仰吾师所得深。好句未停无暇日,旧山归老有东林。冷曹孤宦甘寥落,多谢携筇数访寻。

重阳日访元秀上人

红叶黄花秋景宽,醉吟朝夕在樊川。却嫌今日登山俗,且共一作共与高僧对榻眠。别画长怀吴寺壁,宜茶偏赏雪溪泉。归来童稚争相笑,何事无人与酒船。

丁未岁归王官谷

家山牢落战尘西,匹马偷归路已迷。冢上卷旗人簇立,花边移寨鸟惊啼。本来薄俗轻文字,却致中原动鼓鼙。将一作时取一壶闲日月,长歌深入武陵溪。

书怀

病来犹强引雏行,力上东原欲试耕。几处马嘶春麦长,一川人喜雪峰晴。闲知有味心难肯,道贵谋安迹易平。陶令若能兼不饮,无弦琴亦是沽名。

退栖

宦游萧索为无能,移住中条最上层。得剑乍如添健仆,亡书久似失一作忆良朋。燕昭不是空怜马,支遁何妨亦爱鹰。自此致身绳检外,肯教世路日兢兢。

五十

闲身事少只题诗,五十今来觉陡衰。清秩偶叨非养望,丹方频试更堪疑。髭须强染三分

折,弦管遥听一半悲。漉酒有巾无黍酿,负他黄菊满东篱。

新岁对写真

得见明时下寿身,须甘岁酒更移巡。生情暗结—作隔千重恨,寒势常欺一半春。文武轻销丹灶火,市朝偏贵黑头人。自伤衰飒慵开镜,拟与儿童别写真。

华下

箨冠新带步池塘,逸韵偏宜夏景长。扶起绿荷承早露,惊回白鸟入残阳。久无书去干时贵,时有僧来自故乡。不用名山访真诀,退休便是养生方。

重阳山居

诗人自古恨难穷,暮节登临且喜同。四望交亲—作座宾朋兵乱后,一川风物笛声中。菊残深处回幽蝶,陂动晴光下早鸿。明日更期来此醉,不堪寂寞对衰翁。

争名

争名岂在更搜奇,不朽才消一句诗。穷辱未甘英气阻,乖疏还有正人知。荷香浥露侵衣润,松影和风傍枕移。只此共栖尘外境,无妨亦恋好文时。

光启四年春戊申—作归王官次年作

乱后烧残数—作满架书,峰前犹自恋吾庐。忘机渐喜逢人少,览镜空怜待鹤疏。孤屿池痕春涨满,小阑花韵午晴初。酣歌自适逃名久,不必门多长者车。

丁巳重阳

重阳未到已登临,探得黄花且独斟。客舍喜逢连日雨,家山—作乡似响隔河砧。乱来已失耕桑计,病后休论济活心。已且病焉,安能活人?自贺逢时能自弃,归鞭唯拍马鞯吟。

喜王驾小仪重阳相访

白菊初开卧内明,闻君相访病身轻。樽前且拨伤心事,豁上还随觅句行。幽鹤傍人疑旧识,残蝉向日噪新晴。拟将寂寞同留住,且劝康时立大名。

酬张芬赦后见寄—作司空曙诗

紫凤朝衔五色书,阳春忽布网罗除。已将心变寒灰后,岂料光生腐草馀。建水风烟收客泪,杜陵花烛梦郊居。劳君故有诗相赠,欲报琼瑶愧不如。

上元放二雉

婴网虽皆困,搴笼喜共归。无心期尔报,相见莫惊飞。

中秋

闲吟秋景外,万事觉悠悠。此夜—作际若无月,一年虚—作空过秋。

偶题

水榭花繁处,春晴日午前。鸟窥临槛镜,马过隔墙鞭。

闲步

几处白烟断,一川红树时。坏桥侵辙水,残照背村碑。

春中

伏溜侵阶润,繁花隔竹香。娇莺方晓听,无事过南塘。

独望

绿树连村暗,黄花出陌—作入麦稀。远陂春草绿—作早渗,犹有水禽飞。

杂题

孤枕闻莺起,幽怀独悄然。地融春力润,花泛晓光鲜。

漫题三首

乱后他乡节,烧残故国春。自怜垂白首,犹伴踏青人。

齿落伤情久,心惊健忘频。蜗庐经岁客,

蚕市异乡人。

　　率怕人言谨,闲宜酒韵高。山林若无虑,名利不难逃。

河上二首
　　惨惨日将暮,驱羸独到庄。沙痕傍墟落,风色入牛羊。

　　新霁田园处,夕阳禾黍明。沙村平见水,深巷有鸥声。

早朝
　　白日新年好,青春上国多。街平双阙近,尘起五云和。

即事二首
　　茶爽添诗句,天清莹道心。只留鹤一只,此外是空林。

　　御礼征奇策,人心注盛时。从来留振滞,只待济临危。

永夜
　　永夜疑无日,危时只赖山。旷怀休戚外,孤迹是非间。

秦关
　　形胜今虽在,荒凉恨不穷。虎狼秦国破,狐兔汉陵空。

渡江
　　秋江共僧渡,乡泪滴船回。一夜吴船梦,家书立马开。

退居漫题七首
　　花缺伤难缀,莺喧奈细听。惜春春已晚,珍重草青青。

　　堤柳自绵绵,幽人无恨牵。只忧诗病发,莫寄校书笺。

　　燕语曾来客,花催欲别人。莫愁春又过,看著又新春。

　　身外都无事,山中久避喧。破巢看乳燕,留果待啼猿。

　　诗家通籍美,工部与司勋。高贾虽难敌,微官偶胜君。

　　努力省前非,人生上寿稀。青云无直道,暗室有危机。

　　燕拙营巢苦,鱼贪触网惊。岂缘身外事,亦似我劳形。

即事九首
　　宿雨川原霁,凭高景物新。陂痕侵牧马,云影带耕人。

　　十年深隐地,一雨太平心。匣涩休看剑,窗明复上琴。

　　明时那弃置,多病自迟留。疏磬和吟断,残灯照卧幽。

　　衰鬓闲生少,丹梯望觉危。松须依石长,鹤不傍人卑。

　　落叶频惊鹿,连峰欲映雕。此生诗病苦,此病更萧条。

　　旅思又惊夏,庭前长小松。远峰生贵气,残月敛衰容。

　　林鸟频窥静,家人亦笑慵。旧居留稳枕,归卧听秋钟。

　　华宇知难保,烧来又却修。只应巢燕惜,未必主人留。

　　幽鸟穿篱去,邻翁采药回。云从潭底出,花向佛前开。

松滋渡二首
　　步上短亭久,看回官渡船。江乡宜晚霁,楚老语丰年。

　　楚岫接乡思,茫茫归路迷。更堪斑竹驿,初听鹧鸪啼。

华清宫
　　帝业山河固,离宫宴幸频。岂知驱战马,

只是太平人。

牛头寺
终南最佳处,禅诵出青霄。群木澄幽寂,疏烟泛沈寥。

感时上卢相
兵待皇威振,人随国步安。万方休望幸,封岳始鸣銮。

乱后三首
丧乱家难保,艰虞病懒医。空将忧国泪,犹拟洒丹墀。

流芳能见日,惆怅又闻蝉。行在多新贵,幽栖独长年。

世事尝艰险,僧居惯寂寥。美香闻夜合,清景见寅朝。

秋景
景物皆难驻,伤春复怨秋。旋书红叶落,拟画碧云收。

避乱
离乱一作乱离身偶在,窜迹任浮沈。虎暴荒居迥,萤孤黑夜深。

长亭
梅雨和乡泪,终年共酒衣。殷勤华表鹤,羡尔亦曾归。

村西杏花二首
薄腻力偏羸,看看怆别时。东风狂不惜,西子病难医。

肌细分红脉,香浓破紫苞。无因留得玩,争忍折来抛?

独坐
幽径入桑麻,坞西逢一家。编篱薪带茧,补屋草和花。

借居
借住郊园久,仍逢夏景新。绿苔行屐稳,黄鸟傍窗频。

重阳
菊开犹阻雨,蝶意切于人。亦应知暮节,不比惜残春。

偶书五首
衰谢当何忏,惟应悔壮图。磬声花外远,人影塔前孤。

色变莺雏长,竿齐笋箨垂。白头身偶在,清夏景还移。

蜀妓轻成妙,吴娃狎共纤。晚妆留拜月,卷上水精帘。

独步荒郊暮,沉思远墅幽。平生多少事,弹指一时休。

掩谤知迎吠,欺心见强颜。有名人易困,无契债难还。

杂题九首
病来胜未病,名缚便忘名。今日甘为客,当时注憨征。《图集》有注憨征赋述。赋,卢献卿撰。

暑湿深山雨,荒居破屋灯。此生无忤处,此去作高僧。

不须频怅望,且喜脱喧嚣。亦有终焉意,陂南看稻苗。

楼带猿吟迥,庭容鹤舞宽。煞书因阅画,封药偶和丹。

宴罢论诗久,亭高拜表频。岸香蕃舶月,洲色海烟春。

驿步堤萦阁,军城鼓振桥。鸥和湖雁下,雪隔岭梅飘。

带雪南山道,和钟北阙明。太平当共贺,开化喝来声。

舴艋猿偷上,蜻蜓燕竞飞。樵香烧桂子,苔湿挂莎衣。

溪涨渔家近,烟收鸟道高。松花飘可惜,

睡里洒离骚。

古乐府
一叶随西风,君行亦向东。知妾飞书意,无劳待早鸿。

有感
灯影看须黑,墙阴惜草青。岁阑悲物我,同是冒霜萤。

休休亭
且喜安能保,那堪病更忧。可怜藜杖者,真个种瓜侯。

漫书二首
剩欲逢花折,须判冒雨频。晴明开渐少,莫怕湿新巾。

小蝶尔何竟,追飞不惮劳。远教群雀见,宁悟祸梯高?

岁尽二首
明日添一岁,端忧奈尔何?冲寒出洞口,犹校夕阳多。

莫话伤心事,投春满鬓霜。殷勤共尊酒,今岁只残阳。

牡丹
得地牡丹盛,晓添龙麝香。主人犹自惜,锦幕护春霜。

乱后
羽书传栈道,风火隔乡关。病眼那堪泣,伤心不到间。

春山
可是武陵溪,春芳著路迷。花明催曙早,云腻惹空低。

乐府
宝马跋尘光,双驰照路旁。喧传报戚里,明日幸长杨。

乱前上卢相
庞黷虽多变,兵骄即易乘。犹须劳斥候,勿遣大河冰。

全唐诗卷六百三十三

司空图

有感

国事皆须救未然,汉家高阁漫凌烟。功臣尽遣词人赞,不省沧洲画鲁连。

歌

处处亭台只坏墙,军营人学内人妆。太平故事因君唱,马上曾听隔教坊。

偈

人若憎时我亦憎,逃名最要是无能。后生乞汝残风月,自作深林不语僧。

鹂

不是流莺独占春,林间彩翠四时新。应知拟上屏风画,偏坐横枝亦向人。

白菊杂书四首

黄昏寒立更披襟,露泡清香悦道心。却笑谁家扃绣户,正薰龙麝暖鸳衾。

四面云屏一带天,是非断得自翛然。此生只是偿诗债,白菊开时最不眠。

狂才不足自英雄,仆妾驱令学贩春。侯印几人封万户,侬家只办买孤峰。

黄鹂啭处谁同听,白菊开时且剩过。漫道南朝足流品,由来叔宝不宜多。

漫题一作歌

经乱年年厌别离,歌声喜一作似太平时。词臣更有中兴颂,磨取莲峰便作碑。

率题

宦路前衔闲不记,醉乡佳境兴方浓。一林高竹长遮日,四壁寒山更闻冬。

硐户
硐户芳烟接水村,乱来归得道仍存。数竿新竹当轩上,不羡侯家立戟门。

故乡杏花
寄花寄酒喜新开,左把花枝右把杯。欲问花枝与杯酒,故人何得不同来?

华一作花下二首
故国春归未有涯,小栏高槛别人家。五更惆怅回孤枕,犹自残灯照落花。

关外风昏欲雨天,荠花耕倒枕河堧。村南寂寞时回望,一只鸳鸯下渡船。

梦中
几多亲一作新爱在人间,上彻霞一作云梯会却还。须是蓬瀛长买得,一家同占作家山。

榜下
三十功名志未伸,初将文字竞通津。春风漫折一枝桂,烟阁英雄笑杀人。

浐阳渡
楚田人立带残晖,驿迥村幽客路微。两岸芦花正萧飒,渚烟深处白牛归。

偶作
索得身归未保闲,乱来道在辱来顽。留侯万户虽无分,病骨应消一片山。

寓居有感三首
亦知世路薄忠贞,不忍残年负圣明。只待东封沾庆赐,碑阴别刻老臣名。

不放残年却到家,衔杯懒更问生涯。河堤往往人相送,一曲晴川隔蓼花。

黑须寄在白须生,一度秋风减几茎。客处不堪频送别,无多情绪更伤情。

淮西
鳌冠三山安海浪,龙盘九鼎镇皇都。莫夸十万兵威盛,消个忠良效顺无。

河湟有感
一自萧关起战尘,河湟隔断异乡春。汉儿尽作胡儿语,却向城头骂汉人。

自邠乡北归
巴烟幂幂久萦恨,楚柳绵绵今送归。回避江边同去雁,莫教惊起错南飞。

青龙师安上人
灾曜偏临许国人,雨中衰菊病中身。清香一炷知师意,应为昭陵惜老臣。

山中
凡鸟爱喧人静处,闲云似妒月明时。世间万事非吾事,只愧秋来未有诗。

有感二首
自古经纶足是非,阴谋最忌夺天机。留侯却粒商翁去,甲第何人意气归?

古来贤俊共悲辛,长是豪家拒要津。从此当歌唯痛饮,不须经世为闲人。

闲夜二首
道侣难留为虐棋,邻家闻说厌吟诗。前峰月照分明见,夜合香中露卧时。

此身闲得易为家,业是吟诗与看花。若使他生抛笔砚,更应无事老烟霞。

雨中
维摩居士陶居士,尽说高情未足夸。檐外莲峰阶下菊,碧莲黄菊是吾家。

送道者二首
洞天真侣昔曾逢,西岳今居第几峰?峰顶他时教我认,相招须把碧芙蓉。

殷勤不为学烧金,道侣惟应识此心。雪里千山访君易,微微鹿迹入深林。

重阳阻雨
重阳阻雨独衔杯,移得山家菊未开。犹胜

登高闲望断,孤烟残照马嘶回。

省试
粉闱深锁唱同人,正是终南雪霁春。闲系长安千匹马,今朝似减六街尘。

有赠
有诗有酒有高歌,春色年年奈我何。试问羲和能驻否,不劳频借鲁阳戈。

证因亭
峰北幽亭愿证因,他生此地却容身。上方僧在时应到,笑认前衔记写真。

顷年陪恩地赴甘棠之召感动留题
去时憔悴青衫在,归路凄凉绛帐空。无限酬恩心未展,又将孤剑别从公。

九月八日
已是人间寂寞花,解怜寂寞傍贫家。老来不得登高看,更甚残春惜岁花。

敷溪桥院有感
昔岁攀游景物同,药炉今在鹤归空。青山满眼泪堪碧,绛帐无人花自红。

寺阁
昔岁登临未衰飒,不知何事爱伤情。今来揽镜翻堪喜,乱后霜须长几茎。

武陵路
橘岸舟间罾网挂,茶坡日暖鹧鸪啼。女郎指点行人笑,知向花间路已迷。

南北史感遇十首
雨淋麟阁名臣画,雪卧龙庭猛将碑。不用黄金铸侯印,尽输公子买蛾眉。

汉世频封万户侯,云台空峻谢风流。江南不有名儒相,齿冷中原笑未休。

天风翰海怒长鲸,永固南来百万兵。若向沧洲犹笑傲,江山虚有石头城。

花迷公子玉楼恩,镜弄佳人红粉春。不信关山劳远戍,绮罗香外任行尘。

兵围梁殿金瓯破,火发陈宫玉树摧。奸佞岂能惭误国,空令怀古更徘徊。

行乐最宜连夜景,太平方觉有春风。千金尽把酬歌舞,犹胜三边赏战功。

桃芳李艳年年发,羌管蛮弦处处多。海上应无三岛路,人间惟有一声歌。

佳人自折一枝红,把唱新词曲未终。惟向眼前怜易落,不如抛掷任春风。

景阳楼下花钿镜,玄武湖边锦绣旗。昔日繁华今日恨,雉媒声晚草芳时。

乱后人间尽不平,秦川花木最伤情。无穷红艳红尘里,骤马分香散入营。

狂题二首
草堂旧隐犹招我,烟阁英才不见君。惆怅故山归未得,酒狂叫断暮天云。

须知世乱身难保,莫喜天晴菊并开。长短此身长是客,黄花更助白头催。

红茶花
景物诗人见即夸,岂怜高韵说红茶。牡丹枉用三春力,开得方知不是花。

秋燕
从扑香尘拂面飞,怜渠只为解相依。经冬好近深炉暖,何必千岩万水归?

见后雁有感
笑尔穷通亦似人,高飞偶滞莫悲辛。却缘风雪频相阻,只向关中待得春。

移桃栽
独临官路易伤摧,从遣春风恣意开。禅客笑移山上看,流莺直到槛前来。

忆中条
燕辞旅舍人空在,萤出疏篱菊正芳。堪恨

昔年联句地,念经僧扫过重阳。

乐府
五更窗下簇妆台,已怕堂前阿母催。满鸭香薰鹦鹉睡,隔帘灯照牡丹开。

放龟二首
却为多知自不灵,今朝教—作放汝卜长生。若求深处无深处,只有依人会有情。

世外犹迷不死庭,人间莫恃自无营。本期沧海堪投迹,却向朱门待放生。

灯花三首
蜀柳丝丝罩画楼,窗尘满镜不梳头。几时金雁传归信,剪断香魂一缕愁。

姊妹教人且抱儿,逐他女伴卸头迟。明朝斗草多应喜,剪得灯花自扫眉。

闻前小雪过经旬,犹自依依向主人。开尽菊花怜强舞,与教弟子待新春。

偶题三首
浮世悠悠旋一空,多情偏解挫英雄。风光只在歌声里,不必楼前万树红。

小池随事有风荷,烧酎倾壶一曲歌。欲待秋塘擎露看,自怜生意已无多。

辽阳音信近来稀,纵有虚传逼节归。永日无人新睡觉,小窗晴暖蝎虫飞。

华下对菊
清香裛露对高斋,泛酒偏能浣旅怀。不似春风逞红艳,镜前空坠玉人钗。

与都统参谋书有感
惊鸾迸鹭尽归林,弱羽低垂分独沈。带病深山犹草檄,昭陵应识老臣心。

漫题
无宦无名拘逸兴,有歌有酒任他乡。看看万里休征戍,莫向新词寄断肠。

商山二首
清溪一路照羸身,不似云台画像人。国史数行犹有志,只将谈笑继英尘。

马上搜奇已数篇,籍中犹愧是顽仙。关头传说开元事,指点多疑孟浩然。

与伏牛长老偈二首
不算菩提与阐提,惟应执著便生迷。无端指个清凉地,冻杀胡僧雪岭西。

长绳不见系空虚,半偈传心亦未疏。推倒我山无一事,莫将文字缚真如。

客中重九
楚老相逢泪满衣,片名薄宦已知非。他乡不似人间路,应共东流更不归。

柳二首
谁家按舞傍池塘,已见繁枝嫩眼黄。漫说早梅先得意,不知春力暗分张。

似拟凌寒妒早梅,无端弄色傍高台。折来未有新枝长,莫遣佳人更折来。

光启丁未别山
草堂琴画已判烧,犹托邻僧护燕巢。此去不缘名利去,若逢遝客莫相嘲。

石楠
客处偷闲未是闲,石楠虽好懒频攀。如何风叶西归路,吹断寒云见故山。

力疾马上走笔
酿黍长添不尽杯,只忧花尽客空回。垂杨且为晴遮日,留遇重阳即放开。

华阴县楼
丹霄能有几层梯,懒更扬鞭耸翠蜺。偶凭危栏—作楼且南望,不劳高掌欲相携。

南至四首
今冬腊后无残日,故国烧来有几家。却恨

早梅添旅思,强偷春力报年华。

　　花时不是偏愁我,好事应难总取他。已被诗魔长役思,眼中莫厌早梅多。

　　年华乱后偏堪惜,世路抛来已自生。犹有玉真长命缕,樽前时唱缓羁情。

　　一任喧阗绕四邻,闲忙皆是自由身。人来客去还须议,莫遣他人作主人。

莲峰前轩

　　人间上寿若能添,只向人间也不嫌。看著四邻花竞发,高楼从此莫垂帘。

步虚一本题下有词字

　　阿母亲教学步虚,三元长遣下蓬壶。云韶韵俗停瑶瑟,鸾鹤飞低拂宝炉。

剑器

　　楼下公孙昔擅场,空教女子爱军装。潼关一败吴一作胡儿喜,簇马骊山看御汤。

乙丑人日

　　自怪扶持七十身,归来又见故乡春。今朝人日逢人喜,不料偷生作老人。

携仙箓九首

　　岳北秋空渭北川,晴云渐薄薄如烟。坐来还见微风起,吹散残阳一片蝉。

　　一半晴空一半云,远笼仙掌日初曛。洞天有路不知处,绝顶异香难更闻。

　　决事还须更事酬,清谭妙理一时休。渔翁亦被机心误,眼暗汀边结钓钩。

　　迹不趋时分不侯,功名身外最悠悠。听君总画麒麟阁,还我闲眠舴艋舟。

　　仙凡路阻两难留,烟树人间一片秋。若道阴功能济活,且将方寸自焚修。

　　若有阴功救未然,玉皇品籍亦搜贤。应知谭笑还高谢,别就沧洲赞上仙。

　　英名何用苦搜奇,不朽才销一句诗。却赖风波阻三岛,老臣犹得恋明时。起句与争名一首同。

　　剪取红云剩写诗,年年高会趁花时。水精楼阁分明见,只欠霞浆别著旗。

　　此生得作太平人,只向尘中便出尘。移取碧桃花万树,年年自乐故乡春。

浪淘沙

　　不必长漂玉洞花,曲中偏爱浪淘沙。黄河却胜天河水,万里萦纡入汉家。

赠日东鉴禅师

　　故国无心度一作渡海潮,老禅方丈倚中条。夜深雨绝松堂静,一点飞一作山萤照寂寥。

暮春对柳二首

　　萦愁惹恨奈杨花,闭户垂帘亦满家。恼得闲人作酒病,刚须又扑越溪茶。

　　洞中犹说看桃花,轻絮狂飞自俗家。正是阶前开远信,小娥旋拂碾新茶。

戊午三月晦二首

　　随风逐浪剧蓬萍,圆首何曾解最灵。笔砚近来多自弃,不关妖气暗文星。

　　牛夸棋品无勍敌,谢占诗家作上流。岂似小敷春水涨,年年鸾鹤待仙舟。

偶书五首

　　情知了得未如僧,客处高楼莫强登。莺也解啼花也发,不关心事最堪憎。

　　自有池荷作扇摇,不关风动爱芭蕉。只怜直上抽红蕊,似我丹心向本朝。

　　曾看轻舟渡远津,无风著岸不经旬。只缘命蹇须知命,却是人争阻得人。

　　上谷何曾解有情,有情人自惜君行。证因池上今生愿,的的他生作化生。

　　新店南原后夜程,黄河风浪信难平。渡头杨柳知人意,为惹官船莫放行。

喜山鹊初归三首
　　翠衿红觜便知机,久避重罗稳处飞。只为从来偏护惜,窗前今贺主人归。

　　山中只是惜珍禽,语不分明识尔心。若使解言天下事,燕台今筑几千金。

　　阻他罗网到柴扉,不奈偷仓雀转肥。赖尔林塘添景趣,剩留山果引教归。

虞乡北原
　　泽北村贫烟火狞,稚田冬旱倩牛耕。老人惆怅逢人诉,开尽黄花麦未金。

洛中三首
　　秋风团扇未惊心,笑看妆台落叶侵。绣凤不教金缕暗,青楼何处有寒砧?

　　不用频嗟世路难,浮生各自系悲欢。风霜一夜添羁思,罗绮谁家待早寒?

　　燕巢空后谁相伴,鸳被缝来不忍薰。薄命敢辞长滴泪,倡家未必肯留君。

寓笔
　　年年镊鬓到花飘,依旧花繁鬓易凋。撩乱一场人更恨,春风谁道胜轻飙。

戏题试衫
　　朝班尽说人宜紫,洞府应无鹤着绯。从此玉皇须破例,染霞裁赐地仙衣。

汴柳半枯因悲柳中隐
　　行人莫叹前朝树,已占河堤几百春。惆怅题诗柳中隐,柳衰犹在自无身。

上方
　　花落更同悲木落,莺声相续即蝉声。荣枯了得无多事,只是闲人漫系情。

寄王赞学
　　黄卷不关兼济业一作美,青山自保老闲身。一行万里纤尘静,可要张仪更入秦。

新节
　　转悲新岁重于山,不似轻鸥肯复还。朱绂纵教金印换,青云未胜白头闲。

自河西归山二首
　　一水悠悠一叶危,往来长恨阻归期。乡关不是无华表,自为多惊独上迟。

　　水阔风惊去路危,孤舟欲上更迟迟。鹤群长扰三珠树,《山海经》曰:在厌火国北,生赤水上,树上有柏叶,皆为珠。不借人间一只骑。

王官二首
　　风荷似醉和花舞,沙鸟无情伴客闲。总是此中皆有恨,更堪微雨半遮山。

　　荷塘烟罩小斋虚,景物皆宜入画图。尽日无人只高卧,一双白鸟隔纱厨。

贺翰林侍郎二首
　　太白东归鹤背吟,镜湖空在酒船沈。今朝忽见银台事,早晚重征入翰林。

　　玉版征书洞里看,沈羲新拜侍郎官。文星喜气连台曜,圣主方知四海安。

寄王十四舍人
　　几年汶上约同游,拟为莲峰别置楼。今日凤凰池畔客,五千仞雪不回头。

纶阁有感
　　风涛曾阻化鳞来,谁料蓬瀛路却开?欲去迟迟还自笑,狂才应不是仙才。

全唐诗卷六百三十四

司空图

狂题十八首

莫恨艰危日日多,时情其奈幸门何?貔貅睡稳蛟龙渴,犹把烧残朽铁磨。

别鹤凄凉指法存,戴逵能耻近王门。世间第一风流事,借得王公玉枕痕。

交疏自古戒言深,肝胆徒倾致铄金。不是史迁书与说,谁知孤负李陵心?

南华落笔似荒唐,若肯经纶亦不狂。偶作客星侵帝座,却应虚薄是严光。

不劳世路更相猜,忍到须休惜得材。几度懒乘风水便,拗船折舵恐难回。

由来相爱只诗僧,怪石长松自得朋。却怕他生还识字,依前日下作孤灯。

老禅乘仗一作杖莫过身,远岫孤云见亦频。应是佛边犹怕闹,信缘须作且闲人。

止竟闲人不爱闲,只偷无事闭柴关。轰霆搅破蛟龙窟,也被狂风卷出山。

地下修文著作郎,生前饥处倒空墙。何如神爽骑星去,犹自研几助玉皇。

雨洗芭蕉叶上诗,独来凭槛晚晴时。故园虽恨风荷腻,新句闲题亦满池。

初时拄杖向邻村,渐到清明亦杜门。三十年来辞病表,今朝卧病感皇恩。

来时虽恨失青毡,自见芭蕉几十篇。应是阿刘还宿债,剩挤才思折供钱。

芭蕉丛畔碧婵娟,免更悠悠扰蜀川。应到去时题不尽,不劳分寄校书笺。

自伤衰病渐难平,永夜禅床雨滴声。闻道虎疮仍带镞,吼来和痛亦横行。

昨日流莺今日蝉,起来又是夕阳天。六龙飞辔长相窘,更忍乘危自一作何忍临岐更著鞭。

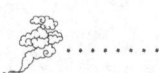

有是有非还有虑,无心无迹亦无猜。不平便激风波险,莫向安时稔祸胎。

十年三署让官频,认得无才又索身。莫道太行同一路,大都安稳属闲人。

曾闻劫火到蓬壶,缩尽鳌头海亦枯。今日家山同此恨,人归未得鹤归无。

游仙二首

蛾眉新画觉婵娟,斗走将花阿母边。仙曲教成慵不理,玉阶相簇打金钱。

刘郎相约事难谐,雨散云飞自此乖。月姊殷勤留不住,碧空遗下水精钗。

漫书五首

长拟求闲未得闲,又劳行役出秦关。逢人渐觉乡音异,却恨莺声似故山。

溪边随事有桑麻,尽日山程十数家。莫怪行人频怅望,杜鹃不是故乡花。

海上昔闻麋爱鹤,山中今日鹿憎龟。爱憎止竟须关分,莫把微才望所知。

世路快心无好事,恩门嘉话合书绅。神藏鬼伏能千变,亦胜忘机避要津。

四翁识势保安闲,须为生灵暂出山。一种老人能算度,磻溪心迹愧商颜。

偶诗五首

闲韵虽高不衔才,偶抛猿鸟乍归来。夕阳照个新红叶,似要题诗落砚台。

芙蓉骚客空留怨,芍药诗家只寄情。谁似天才李山甫,牡丹属思亦纵横。

贤豪出处尽沉吟,白日高悬只照心。一掬信陵坟上土,便如碣石累千金。

声貌由来固绝伦,今朝共许占残春。当歌莫怪频垂泪,得地翻惭早失身。

中宵茶鼎沸时惊,正是寒窗竹雪明。甘得寂寥能到老,一生心地亦应平。

杂题二首

先知左祖始同行,须待龙楼羽翼成。若使只凭三杰力,犹应汉鼎一毫轻。

鱼在枯池鸟在林,四时无奈雪霜侵。若教激劝由一作田真宰,亦奖青松径寸心。

光化踏青有感

引得车回莫认恩,却成寂寞与谁论。到头不是君王意,羞插垂杨更傍门。

丑年冬

醉日昔闻都下酒,何处今喜折新茶。不堪病渴仍多虑,好向漉湖便出家。

白菊三首

人间万恨已难平,栽得垂杨更系情。犹喜闻前霜未下,菊边依旧舞身轻。

莫惜西风又起来,犹能婀娜傍池台。不辞暂被霜寒挫,舞袖招香即却回。

为报繁霜且莫催,穷秋须到自低垂。横拖长袖招人别,只待春风却舞来。

扇

珍重逢秋莫弃捐,依依只仰故人怜。有时池上遮残日,承得霜林几个蝉。

修史亭三首

山前邻叟去纷纷,独强衰羸爱杜门。渐觉一家看冷落,地炉生火自温存。

甘心七十且酣歌,自算平生幸已多。不似香山白居士,晚将心地著禅魔。

乌纱巾上是青天,检束酬知四十年。谁料平生擘鹰手,挑灯自送佛前钱。图为王文公凝所知,后分司,又为卢携所知。

力疾山下吴村看杏花十九首

春来渐觉一川明,马上繁花作阵迎。掉臂只将诗酒敌,不劳金鼓助横行。

闾阖曾排捧御炉,犹看晓月认金铺。羸形不画凌烟阁,只为微才激壮图。

镜留雪鬓暖消无,春到梨花日又晡。移取扶桑阶下种,年年看长碍金乌。

折来未尽不须休,年少争来莫与留。更愿狂风知我意,一时吹向海西头。

才情百巧斗风光,却笑雕花刻叶忙。熨贴新巾来与裹,犹看腾踏少年场。

浮世荣枯总不知,且忧花阵被风欺。侬家自有麒麟阁,第一功名只赏诗。

白衫裁袖本教宽,朱紫由来亦一般。王老小儿吹笛看,我侬试舞尔侬看。

单床薄被又羁栖,待到花开亦甚迷。若道折多还有罪,只应莺啭是金鸡。

近来桃李半烧枯,归卧乡园只老夫。莫算明年人在否,不知花得更开无?

汉王何事损精神,花满深宫不见春。秾艳三千临粉镜,独悲掩面李夫人。

能艳能芳自一家,胜鸾胜凤胜烟霞。客来须共醒醒看,碾尽明昌几角茶。

造化无端欲自神,裁红剪翠为新春。不如分减闲心力,更助英豪济活人。

徘徊自劝莫沾缨,分付年年谷口莺。却赖无情容易别,有情早个不胜情。

闲步偏宜舞袖迎,春光何事独无情。垂杨合是诗家物,只爱敷溪道北生。

亦知王大是昌龄,杜二其如律韵清。还有酸寒堪笑处,拟夸朱绂更峥嵘。

潘郎爱说是诗家,枉占河阳一县花。千载几人搜警句,补方金字爱晴霞。

行乐溪边步转迟,出山渐减探花期。去年四度今三度,恐到凭人折去时。

此身衰病转堪嗟,长忍春寒独惜花。更恨新诗无纸写,蜀笺堆积是谁家?

昨日黄昏始看回,梦中相约又衔杯。起来闻道风飘却,犹拟教人扫取来。

少仪

昨日登班缀柏台,更惭起草属微才。锦窠不是寻常锦,兼向丘迟夺得来。

重阳四首

檐前减燕菊添芳,燕尽庭前菊又荒。老大比他年少少,每逢佳节更悲凉。

雨寒莫待菊花催,须怕晴空暖并开。开却一枝开却尽,且随幽蝶更徘徊。

青蛾懒唱无衣换,黄菊新开乞酒难。长有长亭惆怅事,隔河更得对凭栏。

白发怕寒梳更懒,黄花晴日照初开。篱头应是蝶相报,已被邻家携酒来。

长命缕

他乡处处堪悲事,残照依依惜别天。此去知名长命缕,殷勤为我唱花前。

柏东

冥得机心岂在僧,柏东闲步爱腾腾。免教世路人相忌,逢著村醪亦不憎。

歌者十二首

追逐翻嫌傍管弦,金钗击节自当筵。风霜一夜燕鸿断,唱作江南被禊天。

玉树花飘凤失栖,一声初压管弦低。清回烦暑成潇洒,艳逐寒云变惨凄。

十斛明珠亦易拚,欲兼人艺古来难。五云合是新声染,熔作琼浆洒露盘。

不似新声唱亦新,旋调玉管旋生春。愁肠隔断珠帘外,只为今宵共听人。

十年逃难别云林,暂辍狂歌且听琴。转觉淡交言有味,此声知是古人心。

五柳先生自识微,无言共笑手空挥。胸中免被风波挠,肯为螳螂动杀机。

风霜寒水旅人心,几处笙歌绣户深。分泊一场云散后,未胜初夜便听琴。

自怜眼暗难求药,莫恨花繁便有风。桃李更开须强看,明年兼恐听歌声。

白云深处寄生涯,岁暮生情赖此花。蜂蝶绕来忙绕袖,似知教折送邻家。

重九仍重岁渐阑,强开病眼更登攀。年年认得酣歌处,犹恐招魂葬故山。

绕壁依稀认写真,更须粉绘饰赢身。凄凉不道身无寿,九日还无旧会人。

鹤氅花香搭槿篱。枕前蛮进酒醒时。夕阳似照陶家菊,黄蝶无穷压故枝。

题裴晋公华岳庙题名

岳前大队赴淮西,从此中原息鼓一作战鼙。石阙莫教苔藓上,分明认取晋公题。

杨柳枝寿杯词十八首

乐府翻来占太平,风光无处不含情。千门万户喧歌吹,富贵人间只此声。

撼晚梳空不自持,与君同折上楼时。春风还有常情处,系得人心免别离。

灞亭东去彻隋堤,赠割何须醉似泥。万里往来无一事,便帆轻拂乱莺啼。

台城细仗晓初移,诏赐千官禊饮时。绿帐远笼清珮响,更曛晴日上龙旗。

桃源仙子不须夸,闻道惟栽一片花。何似浣纱溪畔住,绿阴相间两三家。

偶然楼上卷珠帘,往往长条拂枕函。恰值小娥初学舞,拟偷金缕押春衫。

池边影动散鸳鸯,更引微风乱绣床。直待玉窗尘不起,始应金雁得成行。

稻畦分影向江村,憔悴经霜只半存。昨日流莺今不见,乱萤飞出照黄昏。

客泪休沾汉水滨,舞腰羞杀汉宫人。狂风更与回烟寻,扫尽繁花独占春。

游人莫叹易凋衰,长乐荣枯自有期。看取明年春意动,更于何处最先知。

昔年行乐及芳时,一上丹梯桂一枝。笑问江头醉公子,饶君满把曲尘丝。

渡头残照一行新,独自依依向北人。莫恨乡程千里远,眼中从此故乡春。

絮惹轻枝雪未飘,小溪烟束带危桥。邻家女伴频攀折,不觉回身胃翠翘。

处处萦空百万枝,一枝枝好更题诗。隔城远岫招行客,便与朱楼当酒旗。

锦城分得映金沟,两岸年年引胜游。若似松篁须带雪,人间何处认风流。

日暖津头絮已飞,看看还是送君归。莫言万绪牵愁思,缉取长绳系落晖。

大堤时节近清明,霞衬烟笼绕郡城。好是梨花相映处,更胜松雪日初晴。

圣主千年乐未央,御沟金翠满垂杨。年年织作升平字,高映南山献寿觞。

山鹊

多惊本为好毛衣,只赖人怜始却归。众鸟自知颜色减,妒他偏向眼前飞。

李居士

高风只在五峰前,应是精灵一作星降作贤。万里无云惟一鹤,乡一作即中同看却升天。

杏花

诗家偏为此伤情,品韵由来莫与争。解笑亦应兼解语,只应慵语倩莺声。

白菊三首

不疑陶令是狂生,作赋其如有定情。犹胜江南隐居士,诗魔终嬾负孤名。

自古诗人少显荣,逃名何用更题名。诗中有虑犹须戒,莫向诗中著不平。

登高可羡少年场,白菊堆边鬓似霜。益算更希沾上药,今朝第七十重阳。

听雨 一作王建诗

半夜思家睡里愁,雨声落落屋檐头。照泥星出依前黑,淹烂庭花不肯休。

杨柳枝二首

陶家五柳簇衡门,还有高情爱此君。何处更添诗境好,新蝉鼓枕每先闻。

数枝珍重蘸沧浪,无限尘心暂免忙。烦暑若和烟露裛,便同佛手洒清凉。

修史亭二首

少年已惯掷年光,时节催驱独不忙。今日无疑亦无病,前程无事扰医王。

篱落轻寒整顿新,雪晴步屟会诸邻。自从南至歌风顶,始见人烟外有人。

漫书

乐退安贫知是分,成家报国亦何惭。到还僧院心期在,瑟瑟澄鲜百丈潭。

杂题二首

棋局长携上钓船,杀中棋杀胜丝牵。洪炉任铸千钧鼎,只在磻溪一缕悬。

晓镜高窗气象深,自怜清格笑尘心。世间不为蛾眉误,海上方应鹤背吟。

题休休亭 一作耐辱居士歌

咄,诺,休休休,莫莫莫,伎俩虽多性灵恶,赖是长教闲处著。休休休,莫莫莫,一局棋,一炉药,天意时情可料度。白日偏催快活人,黄金难买堪骑鹤。若曰尔何能,答言耐辱莫。

冯燕歌 一作沈下贤诗。据《唐音统签》云:《丽情集》以此歌为沈下贤作,注《文苑英华》者误采之,下贤有传,未尝作歌也,集可考。

魏中义士有冯燕,游侠幽并最少年。避仇偶作滑台客,嘶风跃马来翩翩。此时恰遇莺花月,堤上轩车昼不绝。两面高楼语笑声,指点行人情暗结。掷果潘郎谁不慕,朱门别见红妆露。故故推门掩不开,似教欧轧传言语。冯生敲镫袖笼鞭,半拂垂杨半惹烟。树间春鸟知人意,的的心期暗与传。传道张婴偏嗜酒,从此香闺为我有。梁间客燕正相欺,屋上鸣鸠空自斗。婴归醉卧非仇汝,岂知负过人怀惧。燕依户扇欲潜逃,巾在枕傍指令取。谁言狼戾心能忍,待我情深情不隐。回身本谓取巾难,倒柄方知授霜刃。冯君抚剑即迟疑,自顾平生心不欺。尔能负彼必相负,假手他人复在谁?窗间红艳犹可掬,熟视花钿情不足。唯将大义断胸襟,粉颈初回如切玉。凤皇钗碎各分飞,怨魄娇魂何处追 一作归。凌波如唤游金谷,羞彼揶揄泪满衣。新人藏匿旧人起,白昼喧呼骇邻里。诬执张婴不自明,贵免生前遭考棰。官将赴市拥红尘,掉臂人来擗看人。传声莫遣有冤滥,盗杀婴家即我身。初闻僚吏翻疑叹,呵叱风狂词不变。缧囚解缚犹自疑,疑是梦中方 一作云脱免。未死劝君莫浪言,临危不顾始知难。已为不平能割爱,更将身命救深冤。白马贤侯贾相公,长悬金帛募才雄。拜章请赎冯燕罪,千古三河激义风。黄河东注无时歇,注尽波澜名不灭。为感词人沈下贤,长歌更与分明说。此君精爽知犹在,长与人间留炯诫。铸作金燕香作堆,焚香酹酒听歌来。

寄薛起居

小域 一作城 新衔 一作役 贺圣朝,亦知蹇分巧难抛。麤才自合无岐路,不破工夫漫解嘲。

月下留丹灶有序

诗题五字,乃真仙之词也。邵阳某县人,或闻其山实异,斋祷积稔,果有蹈空而至者,涉笔附槛,久之,乃罢去。既而熟视木文,则字皆隐起成列矣。某年中,廉帅上闻,且命镵其逸迹,藏于郡廨。其后为刺史李岫所得,今传于君孙,岂精契之所感致耶?光启三年秋八月既望,愚获睹于王官别业。噫!迹虽显奇,道必体正,故为物怪之所中者,见之莫不洗然,欲盖其事,目击可数也。吾知挟邪佞以冒进者,亦当胆栗自废,岂俟图鼎毁犀而后辨奸妖之诡态哉!缀之全篇,以志诚敬,且期自警。泗水司空氏记。

月下留丹灶,坛边树羽衣。异香人不觉,残夜鹤分飞。朝会初元盛,蓬瀛旧侣稀。瑶函真迹在,妖魅敢扬威。

元日

甲子今重数,生涯只自怜。殷勤元日日,敨午又明年。

洛阳咏古 一作胡曾诗

石勒童年有战机,洛阳长啸倚门时。晋朝不是王夷甫,大智何由得预知。

诗品二十四则 附录

雄浑

大用外腓,真体内充。返虚入浑,积健为雄。具备万物,横绝太空,荒荒油云,寥寥长风。超以象外,得其环中。持之匪强,来之无穷。

冲淡

素处以默,妙机其微。饮之太和,独鹤与飞。犹之惠风,苒苒在衣。阅音修篁,美曰载归。遇之匪深,即之愈稀。脱有形似,握手已违。

纤秾

采采流水,蓬蓬远春。窈窕深谷,时见美人。碧桃满树,风日水滨。柳阴路曲,流莺比邻。乘之愈往,识之愈真。如将不尽,与古为新。

沈著

绿杉野屋,落日气清。脱巾独步,时闻鸟声。鸿雁不来,之子远行。所思不远,若为平生。海风碧云,夜渚月明。如有佳语,大河前横。

高古

畸人乘真,手把芙蓉。泛彼浩劫,窅然空纵。月出东斗,好风相从。太华夜碧,人闻清钟。虚伫神素,脱然畦封。黄唐在独,落落玄宗。

典雅

玉壶买春,赏雨茆屋。坐中佳士,左右修竹。白云初晴,幽鸟相逐。眠琴绿阴,上有飞瀑。落花无言,人淡如菊。书之岁华,其曰可读。

洗炼

犹矿出金,如铅出银。超心炼冶,绝爱淄磷。空潭泻春,古镜照神。体素储洁,乘月返真。载瞻星辰,载歌幽人。流水今日,明月前身。

劲健

行神如空,行气如虹。巫峡千寻,走云连风。饮真茹强,蓄素守中。喻彼行健,是谓存雄。天地与立,神化攸同。期之以实,御之以终。

绮丽

神存富贵,始轻黄金。浓尽必枯,浅者屡深。露余山青,红杏在林。月明华屋,画桥碧阴。金尊酒满,共客弹琴。取之自足,良殚美襟。

自然

俯拾即是,不取诸邻。俱道适往,著手成春。如逢花开,如瞻岁新。真予不夺,强得易贫。幽人空山,过水采蘋。薄言情晤,悠悠天钧。

含蓄

不著一字,尽得风流。语不涉难,已不堪忧。是有真宰,与之沈浮。如渌满酒,花时返秋。悠悠空尘,忽忽海沤。浅深聚散,万取一收。

豪放

观花匪禁,吞吐大荒。由道返气,处得以

狂。天风浪浪,海山苍苍。真力弥满,万象在旁。前招三辰,后引凤皇。晓策六鳌,濯足扶桑。

精神
　　欲返不尽,相期与来。明漪绝底,奇花初胎。青春鹦鹉,杨柳池台。碧山人来,清酒满杯。生气远出,不著死灰。妙造自然,伊谁与裁?

缜密
　　是有真迹,如不可知。意象欲生,造化已奇。水流花开,清露未晞。要路愈远,幽行为迟。语不欲犯,思不欲痴。犹春于绿,明月雪时。

疏野
　　惟性所宅,真取弗羁。拾物自富,与率为期。筑屋松下,脱帽看诗。但知旦暮,不辨何时。倘然适意,岂必有为。若其天放,如是得之。

清奇
　　娟娟群松,下有漪流。晴雪满汀,隔溪渔舟。可人如玉,步屟寻幽。载行载止,空碧悠悠。神出古异,淡不可收。如月之曙,如气之秋。

委曲
　　登彼太行,翠绕羊肠。杳霭流玉,悠悠花香。力之于时,声之于羌。似往已回,如幽匪藏。水理漩洑,鹏风翱翔。道不自器,与之圆方。

实境
　　取语甚直,计思匪深。忽逢幽人,如见道心。晴涧之曲,碧松之阴。一客荷樵,一客听琴。情性所至,妙不自寻。遇之自天,冷然希音。

悲慨
　　大风卷水,林木为摧。意苦若死,招憩不来。百岁如流,富贵冷灰。大道日往,若为雄才。壮士拂剑,浩然弥哀。萧萧落叶,漏雨苍苔。

形容
　　绝伫灵素,少回清真。如觅水影,如写阳春。风云变态,花草精神。海之波澜,山之嶙峋。俱似大道,妙契同尘。离形得似,庶几斯人。

超诣
　　匪神之灵,匪机之微。如将白云,清风与归。远引若至,临之已非。少有道契,终与俗违。乱山高木,碧苔芳晖。诵之思之,其声愈稀。

飘逸
　　落落欲往,矫矫不群。猴山之鹤,华顶之云。高人画中,令色絪缊。御风蓬叶,泛彼无垠。如不可执,如将有闻。识者已领,期之愈分。

旷达
　　生者百岁,相去几何?欢乐苦短,忧愁实多。何如尊酒,日往烟萝。花覆茆檐,疏雨相过。倒酒既尽,杖藜行过。孰不有古,南山峨峨。

流动
　　若纳水䩄,如转丸珠。夫岂可道,假体遗愚。荒荒坤轴,悠悠天枢。载要其端,载同其符。超超神明,返反冥无。来往千载,是之谓乎。

句
　　忍事敌灾星。以下见《困学纪闻》。

　　物望倾心久,凶渠破胆频。咏房太尉。自注:初琯建亲王分镇天下议,明皇从之,肃宗以是疑琯,受谮废。先是禄山见分镇诏书,附膺叹曰:"吾不得天下矣!"

　　鼎饪和方济,台阶润欲平。《纬略》。

夜短猿悲减,风和鹊喜虚—作灵。

骅骝思故第,鹦鹉失佳人。

鲸鲵人海涸,魑魅棘林幽。

棋声花院闭,幡影石坛高。

地凉清鹤梦,林静肃僧仪。

晚妆留拜月,春睡更生香。

隔谷见鸡犬,山苗接楚田。人家寒食月,花影午时天。见图与人论诗,举得意者二十二联,无全什者,附记于此。

官路好禽声,轩车驻晚程。南楼山最秀,北路邑偏清。虞乡县楼。

多病形容五十三,谁怜借笏趁朝参?华下乞归,见《摭言》。

十年太华无知己,只得虚中两首诗。王禹偁云:人多以四皓、二疏目图,惟僧虚中赠图诗云:道装汀鹤识,春醉野人扶。言其操履检身,非傲世也。又云:有时看御札,特地挂朝衣。言其尊戴存诚,非邀君也。故图诗云云,言得其意趣。

看师逸迹两师宜,高适歌行李白诗。赠䛒光,见《宣和书谱》。

全唐诗卷六百三十五

周繇

周繇,字为宪,池州人,咸通十二年登第,调建德令,辟襄阳徐商幕府,检校御史中丞。诗一卷。

送边上从事

戎装佩镆铘,走马逐轻车。衰草城边路,残阳垄上笳。黄河穿汉界,青冢山胡沙。提笔男儿事,功名立可夸。

送洛阳崔员外

塞诏除嵩洛,观图见废兴。城迁周古鼎,地列汉诸陵。日送归朝客,时招住岳僧。郡斋台阁满,公退即吟登。

送人尉黔中

盘山行几驿,水路复通巴。峡涨三川雪,园开四季花。公庭飞白鸟,官俸请丹砂。知尉黔中后,高吟采物华。

送宇文虞

此别欲何往,未言归故林。行车新岁近,落日乱山深。野店寒无客,风巢—作窠动有禽。潜知经目事,大半是愁吟。

题东林寺虎掊泉

胜致通幽感,灵泉有虎掊。爪抬山脉断,掌托石心拗。竹蓠疑相近,松阴盖亦交。转令栖遁者,真境逾难抛。

登甘露寺

盘江—作山上几层,峭壁半垂藤。殿锁南朝像,龛禅外国僧。海涛椿砌槛,山雨洒窗灯。日暮疏钟起,声声彻广陵。

甘露寺东轩

每日怜晴眺,闲吟只自娱。山从平地有,水到远天无。老树多封楚,轻烟暗染吴。虽居此廊下,入户亦踌躇。

甘露寺北轩

晓色宜闲望,山风远益清。白云连晋阁,碧树尽芜城。水静沙痕出,烟消野火平。最堪佳此境,为我长诗情。

咏萤

熠熠与娟娟,池塘竹树边。乱飞同曳火,成聚却无烟。微雨洒不灭,轻风吹欲燃。旧曾书案上,频把作囊悬。

望海

苍茫空泛日,四顾绝人烟。半浸中华岸,旁通异域船。岛间应有国,波外恐无天。欲作乘槎客,翻愁去隔年。

送杨环校书归广南

天南行李半波涛,滩树枝枝拂戏猱。初著蓝衫从远峤,乍辞云署泊轻艚。山村象踏桄榔叶,海外人妆翡翠毛。名宦两成归旧隐,遍寻亲友兴何饶。

经故宅有感

身没南荒雨露赊,朱门空锁旧繁华。池塘凿就方通水,桃杏栽成未见花。异代图书藏几箧,倾城罗绮散谁家？昔年埏埴生灵地,今日生人为叹嗟。

送入蕃使

猎猎旗旛过大荒,敕书犹带御烟一作炉香。漘沱河冻军回探,逻逤城孤雁著行。远寨风一作烧狂移帐幕,平沙日晚卧牛羊。早终册礼朝天阙,莫遣虬髭染塞霜。

白石潭秋霁作

潭心烟雾破斜晖,殷殷雷声隔翠微。崖蹙盘涡翻蜃窟,滩吹白石上渔矶。陵风胙舣伛哑去,出水鸬鹚薄泊飞。秋霁更谁同此望,远钟时见一僧归。

题金陵栖霞寺赠月公

明家不要买山钱,施作清池一作花宫种白莲。松桧老依云外地,楼台深锁洞中天。风经绝顶回疏雨,石倚危屏挂落泉。欲结茅庵伴师住,肯饶多少薜萝烟。

嘲段成式 一作广阳公宴。段柯古速罢驰骋,坐观花艳,或有眼饱之嘲,因赋此诗。

蹙鞠且徒为,宁如目送时。报仇惭选耎,存想恨透迟。促坐疑辟咡,衔杯强朵颐。恣情窥窈窕,曾恃好风姿。色授应难夺,神交愿莫辞。请君看曲谱,不负少年期。

送江州薛尚书 一作郎中

匡庐千万峰,影匝郡城中。忽佩虎符去,遥疑鸟道通。烟霞时满郭,波浪暮连空。树翳楼台月,帆飞鼓角风。郡斋多岳客,乡户半渔翁。王事行春外,题诗寄远公。

津头望白水

晴江暗涨岸吹沙,山畔船冲树杪斜。城郭半淹桥市闹,鹭鸶缭绕入人家。

公子行

青山薄薄漏春风,日暮鸣鞭柳影中。回望玉楼人不见,酒旗深处勒花骢。

看牡丹赠段成式 柯古前看客酒

金蕊霞英叠彩香,初疑少女出兰房。逡巡又是一年别,寄语集仙呼索郎。

以人参遗段成式

人形上品传方志,我得真英自一作白紫团。惭非叔子空持药,更请伯言审细看。

和段成式

回簪转黛喜猜防,粉署裁诗助酒狂。若遇仙丹偕羽化,便随萧史亦何伤。

玉树琼筵映彩霞,澄虚楼阁一作澄波楼阁似仙家。只缘存想归兰室,不向春风看夜花。此首题一作和段柯古不赴光风亭夜宴。

全唐诗卷六百三十六

聂夷中

聂夷中,字坦之,河东人。咸通十二年登第,官华阴尉。诗一卷。

杂兴

两叶能蔽目,双豆能塞聪。理身不知道,将为天地聋。扰扰造化内,茫茫天地中。苟或有所愿,毛发亦不容。

杂怨一作孟郊诗,题云征妇怨。

生在绮罗下,岂识渔阳道。良人自戍来,夜夜梦中到。渔阳万里远,近于中门限。中门逾有时,渔阳常在眼。孟郊诗生在绮罗下四句在后,渔阳万里远四句在前。

君泪濡罗巾,妾泪滴路尘。罗巾今在手,日得随妾身。路尘如因风,得上君车轮。孟郊诗君泪濡罗巾上尚有四句。

行路难

莫言行路难,夷狄如中国。谓言骨肉亲,中门如异域。出处全在人,路亦无通塞。门前两条辙,何处去不得。

大垂手

金刀剪轻云,盘用黄金缕。装束赵飞燕,教来掌上舞。舞罢飞燕死,片片随风去。

空城雀一作孟郊诗

一雀入官仓,所食能损几。所虑往复频,官仓乃害尔。鱼网不在天,鸟网不在水。饮啄要自然,何必空城里?

胡无人行

男儿徇大义,立节不沽名。腰间悬陆离,大歌胡无行。不读战国书,不览黄石经。醉卧咸阳楼,梦入受降城。更愿生羽翼,飞身入青冥。请携天子剑,斫下旄头星。自然胡无人,虽有无战争。悠哉典属国,驱羊老一生。

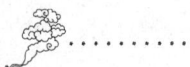

咏田家一作伤田家

二月卖新丝,五月粜新谷。医得眼前疮,剜却心头肉。我愿君王心,化作光明烛。不照绮罗筵,只照逃亡屋。

燕台二首

燕台累黄金,上欲招儒雅。贵得贤士来,更下于隗者。自然乐毅徒,趋风走天下。何必驰凤书,旁求向林野。

燕台高百尺,燕灭台亦平。一种是亡国,犹得礼贤名。何似章华畔,空余禾黍生。

古兴

片玉一尘轻,粒粟山丘重。唐虞贵民食,只是勤播种。前圣后圣同,今人古人共。一岁如苦饥,金玉何所—作将何用?

劝酒二首

白日无定影,清江无定波。人无百年寿,百年复如何?堂上陈美酒,堂下列笙歌。与君入醉乡,醉乡乐天和。岁岁松柏茂,日日丘陵多。君看终南山,万古青峨峨。

灞上送行客,听唱行客歌。适来桥下水,已作渭川波。人间荣乐少,四海别离多。但恐别离泪,自成苦—作浩水河。劝尔一杯酒,所赠无余多。

饮酒乐

日月似有事,一夜行一周。草木犹须老,人生得无愁。一饮解百结,再饮破百忧。白发欺贫贱,不入醉人头。我愿东海水,尽向杯中流。安得阮步兵,同入醉乡游。

公子行二首

汉代多豪族,恩深益骄逸。走马踏杀人,街吏不敢诘。红楼宴青春,数里望云蔚。金缸焰—作艳胜昼,不畏落晖疾。美人尽如月,南威莫能—作不敢匹。芙蓉自天来,不向水中出。飞琼奏—作绮席夏云和,碧箫吹凤质。唯恨鲁阳死,无人驻白日。

花树出墙头,花里谁家楼?一行书不读,身封万户侯。美人楼上歌,不是古凉州。

短歌

八月木阴—作荫薄,十叶三堕枝。人生过五十,亦已同此时。朝出东郭门,嘉树郁参差。暮出西郭门,原草已离披。南邻好台榭,北邻善歌吹。荣华忽销歇—作散,四顾令人悲。生死与荣辱,四者乃常期。古人耻其名,没世无人知。无言鬓似霜,勿谓事—作发如丝。耆年无一善,何殊食乳儿。

过比干墓

殷辛帝天下,厌为天下尊。乾纲既一断,贤愚无二门。佞是福身本,忠作丧己源。饿虎不食子,人无骨肉恩。日影不入地,下埋冤死魂。腐骨—作肉不为土,应作石—作直木根。余来过此乡,下马吊此坟。静念君臣间,有道谁敢—作有谁敢抗论?

住京寄同志

在京如在道,日日—作夜夜先鸡起。不离十二街,日行一百里。役役大块上,周朝复秦市。贵贱与贤愚,古今同一轨。白兔落天西,赤鸦飞海底。一日复一日,日日无终始。自嫌性如石,不达荣辱理。试问九十翁,吾今尚如此。

赠农—作孟郊诗

劝尔勤耕田,盈尔仓中粟。劝尔无伐桑,减尔身上服。清霜一委地,万草色不绿。狂风一飘林,万叶不著木。青春如不耕,何以自拘束?

客有追叹后时者作诗勉之

后达多晚荣,速得多疾倾。君看构大厦,何曾一日成?在暖须在桑,在饱须在耕。君子贵弘道,道弘无不亨。太阳垂好光,毛发悉见形。我亦二十年,直似戴盆行。荆山产美玉,石万皆坚贞。未必尽有玉,玉且间石生。精卫一微物,犹恐填海平。

访嵩阳道士不遇
先生五岳游,文焰灭—作藏金鼎。日—作月下鹤过时,人间空落影。常言一粒药,不随死生境。何当列御寇,去问仙人请。

早发邺北经古城
微月东南明,双牛耕古城。但耕古城地,不知古城名。当昔置此城,岂料今日—作人耕。蔓草已离披,狐兔何纵横?秋云零落散,秋风—作风雨萧条生。对古良可叹,念今转伤情。古人已冥冥,今人又营营。不知马蹄下,谁家旧台亭?

题贾氏林泉
市朝束名利,林泉系清通。岂知黄尘内,迥有白云踪。轻流逗密筱,直干入宽—作高空。高吟五君咏,疑对九华峰。我知种竹心,欲扇清凉风。我知决泉意,将—作欲明济物功。有琴不张弦,众星列—作落梧桐。须知淡泊听,声在无声中。地非樵者路,武陵又可逢。只虑迷所归,池上日西东。

送友人归江南
泉州五更鼓,月落西南维。此时有行客,别我孤舟归。上国身无主,下第诚可悲。

秋夕
日往无复见,秋堂暮仍学。玄发不知白,晓入寒铜觉。为材未离群—作辞树,有玉犹在璞。谁把碧桐枝,刻作云门乐。

哭刘驾博士
出门四顾望,此日何徘徊。终南旧山色,夫子安在哉!君诗如门户,夕闭昼还开。君名如四时,春尽夏复来。原野多丘陵,累累如高台。君坟须数尺,谁与夫子偕?

公子家—作长安花,一作公子行
种花满西—作田园,花发青楼道。花下

禾生,去之为恶草。

田家二首
父耕原上田,子劚山下荒。六月禾未秀,官家已修仓。

锄田当日午,汗滴禾下土。谁念盘中餐,粒粒皆辛苦。此篇一作李绅诗。

杂怨
良人昨日去,明月—作日又不圆—作还。别时各有泪,零落青楼前。

乌夜啼
众鸟各归枝,乌乌尔不栖。还应知妾恨,故向绿窗啼。

起夜来
念远心如烧,不觉中夜起。桃花带露泛—作滋,立在月明里。

古别离—作孟郊诗
欲别牵郎衣,问郎游何处?不恨归日迟,莫向临邛去。

长安道
此地无驻马,夜中犹走轮。所以路傍草,少于衣上尘。

游子行—作吟
萱草生堂阶,游子行天涯。慈亲倚门望,不见萱草花。

闻人说海北事有感
故乡归路隔高雷,见说年来事可哀。村落日中眠虎豹,田园雨后长蒿莱。海隅久已无春色,地底真成有劫灰。荆棘满山行不得,不知当日是谁栽?

全唐诗卷六百三十七

顾云

顾云,字垂象,池州人。风韵详整,与杜荀鹤、殷文圭友善,同肄业九华。咸通十五年登第,为高骈淮南从事。毕师铎之乱,退居霅川,杜门著书。大顺中,与羊昭业、卢知猷、陆希声、钱珝、冯渥、司空图等分修宣懿僖三朝实录,书成,加虞部员外郎。乾宁初卒。存诗一卷。

华清词

祥云皓鹤盘碧空,乔松稍稍韵微风。绛节影来,朱旛响丁东,相公清斋朝蕊宫。太上符箓龙蛇踪,散花天女侍香童。隔烟遥望见云水,弹璈吹凤清珑珑。丹砂黄金世可度,愿启一言告仙翁。道门弟子山中客,长向山中礼空碧。九色真龙上汉时,愿把霓幢引烟策。

天威行

蛮岭高,蛮海阔,去舸回艘投此歇。一夜舟人得梦间,草草相呼一时发。飓风忽起云颠狂,波涛摆掣鱼龙僵。海神怕急上岸走,山燕股栗入石藏。金蛇飞状霍闪过,白日倒挂银绳长。轰轰砢砢雷车转,霹雳一声天地战。风定云开始望看,万里青山分两片。车遥遥,马阛阛,平如砥,直如弦。云南八国万部落,皆知此路来朝天。耿恭拜出井底水,广利刺开山上泉。若论终古济物意,二将之功皆小焉。

筑城篇

三十六里西川地,围绕城郭峨天横。一家人率一口甓,版筑才兴城已成。役夫登登无倦色,馈饱餼餬方暂息。不假神龟出指踪,尽凭心匠为筹画。画阁团团真铁瓮,堵隅巉岩—作巉巉齐石壁。风吹四面旌旗动,火焰相烧满天赤。散花楼晚挂残虹,濯锦秋江澄倒碧。西川父老贺子孙,从兹始是中华人。

苏君厅观韩干马障歌

　　杜甫歌诗吟不足,可怜曹霸丹青曲。直言弟子韩干马〖一作画〗,画马无骨但有肉。今日披图见笔迹〖一作踪〗,始知甫也真凡目。秦王学士居武功,六印名家声价雄。乃孙屈迹宁百里,好奇学古有祖风。竹厅斜日弈棋散,延我直入书斋中。屹然六幅古屏上,歘见胡人牵入天厩之神龙。麟鬐凤臆真相似,秋竹惨惨披两耳。轻匀杏蕊糁皮毛,细捻银丝插鬃尾。思量动步应千里,谁见初离渥洼水?眼前只欠燕雪飞,蹄下如闻朔风起。朱崖谪掾从亡殁,更有何人鉴奇物。当时若遇燕昭王,肯把千金买枯骨。

苔歌

　　槛前溪夺秋空色,百丈潭心数砂砾。松筠〖一作籁〗条条长碧苔,苔色碧于溪水碧。波回梳开孔雀尾,根细贴著盘陀石。拨浪轻拾出少时,一髻浓烟三四尺。山光日华乱相射,静缕蓝鬐匀襞积。试把临流〖一作风〗抖擞看,琉璃珠子泪双〖一作双双〗滴。如看玉女洗头处,解破云鬟收未得。即是仙宫欲制六铢衣,染丝未倩鲛人织。采之不敢盈筐箧,苦怕龙神河伯惜。琼苏玉盐烂漫煮,咽入丹田续灵液。会待功成插翅飞,蓬莱顶上寻仙客。

池阳醉歌赠匡庐处士姚岩杰

　　九华太守行春罢〖一作暇〗,高绛红筵压花树。四面繁英拂槛开,帖雪团霞坠枝亚。空中焰若烧蓝天,万里滑静无纤烟。弦索紧快管声脆,急曲碎拍声相连。主人怜才多倾兴,许客酣歌露真性。春酎香浓枝盏粘,一醉有时三日病。鼋潭鳞粉解不去,鸦岭蕊花浇不醒。肺枯似著炉韝煽,脑热如遭追凿钉。蒙溪先生梁公孙,忽然示我十轴文。展开一卷读一首,四顾特地无涯垠。又开一轴读一帙,酒病豁若风驱云。文锋斡破造化窟,心刃掘出兴亡根。经疾史恙万片恨,墨炙笔针如有神。呵叱潘陆鄙琐屑,提挈扬孟归孔门。时时说及开元理,家风飒飒吹人耳。吴兢纂出升平源,十事分明铺在纸。裔孙才业今如此,谁人为奏明天子?銮驾何当猎左冯,神鹰一掷望千里。戏操狂翰涴蛮笺,傍人莫笑我率然。

咏柳二首

　　带露含烟处处垂,绽黄摇绿嫩参差。长堤未见风飘絮,广陌初怜日映丝。斜傍画筵偷舞态,低临妆阁学愁眉。离亭不放到春暮,折尽拂檐千万枝。

　　闲花野草总争新,眉皱丝干独不匀。乞取〖一作与〗东风残气力,莫教虚度一年春。

全唐诗卷六百三十八

张乔

张乔,池州人,咸通中进士。黄巢之乱,罢举,隐九华。诗二卷。

宴边将

一曲梁州金石清,边风萧飒动江城。座中有老沙场客,横笛休吹塞上声。

郢州即事

孤城临远水,千里见寒山。白雪无人唱,沧洲尽日闲。鸟归残烧外,帆出断云间。此地秋风起,应随计吏还。

送宾贡金夷吾—作鱼奉使归本国

渡海登仙籍,还家备汉仪。孤舟无岸泊,万里有星随。积水浮魂梦,流年半别离。东风未回日,音信杳难期—作知。

华山

谁将倚天剑,削出倚天峰。众水背流急,他山相向重。树粘青霭合,崖夹白云浓。一夜盆倾雨,前湫起毒龙。

滕王阁—本下有写望二字

昔人登览处,遗阁大江隅—作刱来人世殊,几度绕汀芦。叠浪有时有,闲云无日无。早凉先燕去,返照后帆孤。未得营归计,菱歌满旧湖。

寄处士梁烛

贤哉君子风,讽—作诵与古人同。采药楚云里,移家湘水东。星霜秋野阔,雨雹夜山空。早晚相招隐,深耕老此中。

送许棠下第游蜀

天下猿多处,西南是蜀关。马登青壁瘦,人宿—作度翠微闲。带雨逢残日—作火,因江见断山。行歌风月好,莫老锦城间。

题终南山白鹤观

上彻炼丹峰,求玄意未穷。古坛青草合,往事白云空。仙境日月外,帝乡—作城烟雾中。人间足烦暑,欲去恋松—作清风。

赠边将

将军夸胆气,功在杀人多。对酒擎钟饮,临风拔剑歌。翻师平碎叶,掠地取交河。应笑孔门客,年年羡四科。

吊建州李员外

铭旌归故里,猿鸟亦凄然。已葬桐江月,空回建水船。客传为郡日—作政,僧说读书年。恐有吟魂在,深山古木边。

送许棠及第归宣州

雅调一生吟,谁为晚达心?傍人贺及第,独自却沾襟。宴别喧天乐,家归碍日岑。青门许攀送,故里接云林。

送庞百篇之任青阳县尉

都堂公试日,词翰独超群。品秩台庭与,篇章圣主闻。乡连三楚树,县封九华云。多少青门客,临岐共羡君。

曲江春

寻春与送春,多绕曲江滨。一片凫鹥水,千秋辇毂尘。岸凉随众木,波影逐—作送游人。自是游人老,年年管吹新。

秦原春望

无穷名利尘,轩盖逐年新。北阙东堂路,千山万水人。云离僧榻曙,燕远凤楼春。荏苒文明代,难归钓艇身。

游华山云际寺—作游少华山甘露寺

少华中峰寺,高秋众景归。地连秦塞起,河隔晋山微。晚木蝉相应,凉天雁并飞。殷勤记岩石,只恐再来稀。

送棋待诏朴球归新罗

海东谁敌手,归去道应孤。阙下传新势,船中覆旧图。穷荒回日月,积水载寰区。故国多年别,桑田复在无?

送郑谷先辈赴汝州辟命

看花兴未休,已散曲江游。载笔离秦甸,从军过洛州。嵩云将雨去,汝水背城流。应念依门客,蒿莱满径—作日秋。

赠敬亭清越上人

海上独随缘—作海畔与穷边,归来二十年。久闲时得句,渐老不离禅。砌木欹临水,窗峰—作莲直倚天。犹期向云里,别扫石床眠。

题—作游灵山寺

树凉清岛寺,虚阁敞禅扉。四面闲云入,中流独岛归。湖平幽径近,船泊夜灯—作香微。一宿秋风里,烟波隔捣衣。

吊栖白上人

今古递相送,几时无逝波。篇章名不朽,寂灭理如何?内殿留真影,闲房落贝多。从兹高塔寺,惆怅懒经过。

北山书事

黄河一曲山,天半锁重关。圣日雄藩静,秋风老将闲。车舆穿—作寄谷口,市井响云间。大野无飞鸟,元戎校猎还。

长安书事

出送乡人尽,沧洲未得还。秋风五陵树,晴日六街山。有景终年住,无机是处闲。何当向云外,免老别离间。

送郑侍御赴汴州辟命

官从谏署清,暂去佐戎旌。朝客多相恋—作送,吟僧欲伴行。河冰天际白,岳雪眼前明。即见东风起,梁园听早莺。

吊造微上人

至人随化往,遗路自堪伤。白塔收真骨,青山闭影堂。钟残含细韵,烟—作印灭有余香。松上斋乌在,迟迟立夕阳。

经隐岩旧居—作怀旧游

夜久村落静,徘徊杨柳津。青山犹有路,明月已无人。梦寐空—作生前事,星霜倦此身。尝期结茅处,来往蹑遗尘。

再题敬亭清越上人山房

重来访惠休,已是十年游。向水千松老,空山一磬秋。石窗清吹入,河汉夜光流。久别多新作,长吟洗俗愁。

浮汴东归

日暖泗滨西,无穷岸草齐。薄烟衰草树,微月迥城鸡。水近沧浪急,山随绿野低。羞将旧名姓,还向旧游题。

雨中宿僧院

千灯有宿因,长老许相亲。夜永楼台雨,更深江海人。劳生无了日,妄念起微尘。不是真如理,何门静此身?

江行至沙浦

烟霞接杳冥,旅泊寄回汀。夜雨雷电歇,春江蛟蜃腥。城侵潮影白,峤截鸟行青。遍欲探泉石,南须过洞庭。

送友人归江南

辛勤同失意,迢递独还家。落日江边笛,残春岛上花。亲安诚可喜,道在亦何嗟。谁伴高吟处,晴天望九华。

刘补阙自九华山拜官因以寄献

冥鸿久不群,征拜动天文。地主迎过郡,山僧送出云。登车残月在,宿馆乱流分。若更思林下,还须共致君。

岳阳即事

远色岳阳楼,湘帆数片愁。竹风山上路,沙月水中洲。力学桑田废,思归鬓发秋。功名如不立,岂易狎汀鸥。

题兴善寺僧道深院

江峰峰顶人,受法老西秦。法本无前业,禅非为后身。院栽他国树,堂展祖师真。甚愿依宗旨,求闲未有因。

送龙门令刘沧

去宰龙门县,应思变化年。还将鲁儒政,又与晋人传。峭壁开中古,长河落半天。几乡因劝勉,耕稼满云烟。

送友人往—作归宜春—作江南

落花兼柳絮,无处不纷纷。远道空归去,流莺独自闻。野桥喧砲水,山郭入楼云。故里南陵—作陵曲,秋期更送君。

书边事

调角断清秋,征人倚戍楼。春风对青冢,白日落梁州。大汉—作漠无兵阻,穷边有客游。蕃情似—作如此水,长愿向南流。

送僧雅觉归东海—作海东

山川心地内,一念即千重。老别关中寺,禅—作秋归海外峰。鸟行来有路,帆影去无踪。几夜波涛息,先闻本国钟。

和薛监察题兴善寺古松薛—作崔

种在法王城,前朝古寺名。瘦根盘地远,香吹入云清。鹤动池台影,僧禅雨雪声。看来人旋老,因此叹浮生。

听琴

清月转瑶轸,弄中湘水寒。能令坐来客,不语自相看。静恐鬼神出,急疑风雨残。几时归岭峤,更过洞庭弹。

送友人游蜀

此心知者稀,欲别倍相依。无食拟同去,有家还未归。巴山开国远,剑道入天微。必恐临邛客,疑君学赋非。

闻仰山禅师往曹溪因赠

曹溪松下路,猿鸟重相亲。四海求玄理,千峰绕定身。异花天上堕,灵草雪中春。自惜经行处,焚香礼旧真。

蓝溪夜坐

　　蓝水警尘梦，夜吟开草堂。月临山霭薄，松滴露花香。诗外真风远，人间静兴长。明朝访禅侣，更上翠微房。

题郑侍御蓝田别业

　　秋山清若水，吟客静于僧。小径通商岭，高窗见杜陵。云霞朝入镜，猿鸟夜窥灯。许作前峰侣，终来寄上层。

送友人进士许棠一本无进士二字

　　离乡积岁年，归路远依然。夜火山头市，春江树杪船。干戈愁鬓改，瘴疠喜家一作身全。何处营甘旨，潮一作波涛浸薄田。

秘省伴直

　　乔枝聚暝禽，叠阁锁遥岑。待月当秋直，看书废夜吟。残薪留火细，古井下一作汲瓶深。纵欲抄前史，贫难遂此心。

宿昭应

　　夜忆开元寺，凄凉里巷间。薄烟通魏阙，明月照骊山。半壁空宫闭，连天白道闲。清晨更回首，独向灞陵还。

送陆处士

　　樽前放浩歌，便起一作处泛烟波。舟楫故人少，江湖明月多。孤峰经宿上，僻寺共云过。若向仙岩住，还应著薜萝。

送韩处士归少室山

　　江外历千岑，还归少室吟。地闲缑岭月，窗迥洛城砧。石窦垂寒一作新乳，松枝长别琴。他年瀑泉下，亦拟置家林。

赠初上人

　　竹色覆禅栖，幽禽绕院啼。空门无去住，行客自东西。井气春来歇，庭枝雪后低。相看念山水，尽日话曹溪。

送新罗僧

　　东来此学禅，多病念佛缘。把锡离岩寺，收经上海船。落一作卷帆敲石火，宿岛汲瓶泉。永向扶桑老，知无再少年。

题山僧院

　　溪路曾来日，年多与旧同。地寒松影里，僧老磬声中。远水清风落，闲云别院通。心源若无碍，何必更论空？

书梅福殿壁二首

　　梅真从羽化，万古是须臾。此地名空在，西山云亦孤。井痕平野水，坛级上春芜。纵有双飞鹤，年多松已枯。

　　一自白云去，千秋坛月明。我来思往事，谁更得长生？雅韵磬钟远，真风楼殿清。今来为尉者，天下有仙名。

荆楚道中

　　前程曾未到，岐路拟何一作已奚为。返照行人急，荒郊去鸟迟。春宵多旅梦，夏闰远秋期。处处牵愁绪，无穷是柳丝。

送南陵尉李频

　　重作东南尉，生涯尚似僧。客程淮馆月，乡思海船灯。晚雾看春穀，晴天见朗陵。不应三考足，先授诏书徵。

将归江淮书一作冬归有感

　　东风摇众木，即有看花期。紫陌频来日，沧洲独去时。郡因兵役苦，家为海翻移。未老多如此，那堪鬓不衰。

沿汉东归

　　北去穷秦塞，南归绕汉川。深山逢古迹，远道见新年。绝壁云衔寺，空江雪洒船。萦回还此景，多坐夜灯一作烟前。

送蜀客

　　剑阁缘空去，西南转一作过第几州？丹霄行客语，明月杜鹃愁。露带山花落，云随野水流。相如曾醉地，莫滞少年游。

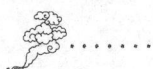

塞下—作塞下曲

勒兵辽水边，风急卷旌旟。绝塞寒—作阴无树—作草，平沙势尽—作去盖天。雪晴回探骑，月落控鸣弦。永定山河誓，南归改汉年。—作下营看斗建，传号信狼烟。圣代垂青史，当书破虏年。

送友人归袁州

袁江猿鸟清，曾向此中行。才子登科去，诸侯扫榻迎。山藏明月浦，树绕白云城。远想安亲后，秋风梦不惊。

赠别李山人

分—作未合老西秦，年年梦白蘋。曾为洞庭客，还送洞庭人。语别惜残夜，思归愁见春。遥知泊舟处，沙月自相亲—作沧浪濯缨处，应念满衣尘。

思宜春寄友人

胜游虽隔年，魂梦亦依然。瀑水喧秋思，孤灯动夜船。断虹全岭雨，斜月半溪烟。旧日吟诗侣，何人更不眠？

江行夜雨

江风木落天，游子感流年。万里波连蜀，三更雨到船。梦残灯影外，愁积苇丛边。不及樵渔客，全家住岛田—作不是贪名利，家无负郭田。

赠仰大师

仰山因久住，天下仰山名。井邑身虽到，林泉性本清。野—作岭云居—作看处尽，江月定中—作时明。仿佛曾相识，今来隔几生。

江南逢洛下友人

洛下吟诗侣，南游只有君。波涛归路见，蟋蟀在船闻。晓月江城出，晴霞岛树分。无穷怀古意，岂独绕湘云。

东湖赠僧子兰—作题兰上人

名利了无时，何人暂访师？道情闲外见，心地语来知。竹落穿窗—作急穿叶，松寒荫井枝。匡山许同社，愿卜挂帆期。

隐岩陪郑少师夜坐

幸喜陪驺驭，频来向此宵。砚磨清涧石，厨爨白云樵。竹外村烟细，灯中禁漏遥。衣冠与文理，静语—作话对前朝。

送三传赴长城尉—作送前辈读三传任长城尉

登科精鲁史，为尉及良时。高论穷诸国，长才并几司。地倾流水疾，山叠过云迟。暇日琴书畔，何人对手棋？

送李道士归南岳

千峰隔湘水，迢递挂帆归。扫月眠苍壁，和云著褐衣。洞虚悬溜滴，径狭长松围。只恐相寻日，人间旧识稀。

延福里秋怀

终年九陌行，要路迹皆生。苦学犹难至，甘贫岂有成。病携秋卷重，闲著暑衣轻。一别林泉久，中宵御水声。

题玄哲禅师影堂

吾师视化身，一念即遗尘。岩谷藏虚塔，江湖散学人。云迷禅处石，院掩写来真。寂寞焚香后，闲阶细草生。

登慈恩寺塔

窗户几—作响层风，清凉碧落中。世人往别，烟景古今同。列岫横秦断，长河极塞空。斜阳越乡思，天末见归鸿。

送友人东归

远涉期秋卷，将行不废吟。故乡芳草路，来往别离心。挂席春风尽，开斋夏景深。子规谁共听，江月上清岑。

送僧鸾归蜀宁亲

歌诗精外学，天子是知音。坐夏宫钟近，宁亲剑阁深。高名彻西国，旧迹寄东林。自此栖禅者，因师满蜀今。

送人归江南

贫归无定程，水宿与山行。未有安亲计，

难为去国情。岛烟孤寺磬,江月远船筝。思苦秋回日,多应吟更清。

将离江上作

白衣归树下,青草恋江边。三楚足深隐,五陵多少年。寂寥闻蜀魄,清绝怨湘弦。岐路在何处,西行心渺然。

别李参军

王孙游不遇,况我五湖人。野店难投宿,渔家独问津。岭分中夜月,江隔两乡春。静想青云路,还应寄此身。

送睦州张参军

重禄轻身日,清资近故乡。因知送君后,转自惜年芳。远水分林影,层峰起鸟行。扁舟此中去,溪月有馀光。

赠棋僧侣

机谋时未有,多向弈棋销。已与山僧敌,无令海客饶。静驱云阵起-作出,疏点雁行遥。夜雨如相忆,松窗更见招。

题湖上友人居

岂得恋樵渔,全家湖畔居。远无潮客信,闲寄岳僧书。野白梅繁后,山明雨散初。逍遥向云水,莫与宦情疏。

送友人归宣州

失计复离愁,君归我独游。乱花藏道发,春水绕乡流。暝火丛桥市,晴山叠郡楼。无为谢公恋,吟过晓-作晚蝉秋。

题古观

急景递衰老,此经谁养真?松留千载鹤,碑隔六朝人。洞水流花早,壶天闭雪春。其如为名利,归踏五陵尘。

送友人及第归江南

岂易及归荣,辛勤致此名。登车思往事,回首勉诸生。路绕山光晓-作曙,帆通海气清。秋期却闲坐,林下听江声。

送朴充侍御归海东

天涯离二纪,阙下历三朝。涨海虽然阔,归帆不觉遥。惊波时失侣,举火夜相招。来往寻遗事,秦皇有断桥。

吊前水部贾员外

笼中江海禽,日夕有归心。魏阙长谣久,吴山独往深。别时群木落,终处乱猿吟。李白坟前路,溪僧送入林。

题一作移小松

松子落何年,纤枝长水边。劚开深-作新涧雪,移出远林烟。带月栖幽鸟,兼花灌冷泉。微风动清韵,闲听罢琴眠。

寄中岳颐顼先生

先生颐顼后,得道自何人?松柏卑于寿,儿孙老却身。夜窗峰顶曙,寒涧洞中春。恋此逍遥境,云间不可亲。

送沈先辈尉昭应

余才不废诗,佐邑喜闲司。丹陛终须去,青山未可期。叶雕温谷晚,云出古宫迟。若草东封疏,君王到有时。

送友人游湖南

所投非旧知,亦似有前期。路向长江上,帆扬细雨时。春生南岳早,日转大荒迟。尽采潇湘句,重来会近期。

江上送友人南游

何处积乡愁,天涯聚乱流。岸长群岫晚,湖阔片帆秋。买酒过渔舍,分灯与钓舟。潇湘见来雁,应念独边游。

江南别友人

劳生故白头,头白未应休。阙下难孤立,天涯尚旅游。听猿吟岛寺,待月上江楼。醉别醒惆怅,云帆满乱流。

商山道中

春去计秋期,长安在梦思。多逢山好处,

少值客行时。云起争峰势,花交隐涧枝。停骖一惆怅,应只岭猿知。

吴江旅次

行人愁落日,去鸟倦遥林。旷野鸣流水,空山响暮砧。旅途归计晚,乡树别年深。寂寞逢村酒,渔家一醉吟。

寄南中友人

相梦如相见,相思去后频。旧时行处断,华发别来新。浪动三湘月,烟藏五岭春。又无归北客,书札寄何人?

寄绩溪陈明府

古邑猿声里,空城只半存。岸移无旧路,沙涨虽成村。鼓角喧京口,江山尽汝渍。六朝兴废地,行子一销魂。

试月中桂

与月转洪蒙,扶疏万古同。根非生下土,叶不坠秋风。每以一作向圆时足,还随缺处空。影高群木外,香满一轮中。未种丹霄日,应虚玉一作白兔宫。何当因一作如何当羽化,细得问玄一作神功。

游歙州兴唐寺

山桥通绝境,到此忆天台。竹里寻幽径,云边上古台。鸟归残照出,钟断细泉来。为爱澄溪月,因成隔宿回。

题诠律师院

院凉松雨声,相对有山情。未许溪边老,犹一作还思岳顶行。纱灯留火细,石井灌瓶清。欲问吾师外,何人得此生?

金山寺空上人院

已老金山顶,无心上石桥。讲移三楚遍,梵译五天遥。板阁禅秋月,铜瓶汲夜潮。自惭昏醉客,来坐亦通宵。

题广信寺

亭北敞灵溪,林梢与槛齐。野云来影远,沙鸟去行低。晚渡明村火,晴山响郡鼙。思乡值摇落,赖不有猿啼。

全唐诗卷六百三十九

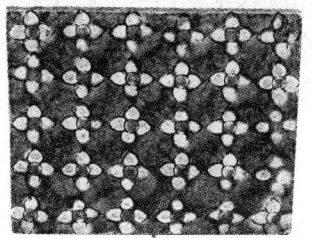

张乔

兴善寺贝多树

还应毫末长,始见拂丹霄。得子从西国,成阴见昔朝。势随双刹直,寒出四墙遥。带月啼春鸟,连空噪暝蜩。远根穿古井,高顶起凉飙。影动悬灯夜,声繁过雨朝。静迟松桂老,坚任雪霜雕。永共终南在,应随劫火烧。

华山

青苍河一隅,气状杳难图。卓杰三峰出,高奇四岳无。力疑擎上界,势独压中区。众水东西走,群山远近趋。天回诸宿照,地耸百灵扶。石壁烟霞丽一作藤萝细,龙潭雨雹粗。澄凝一作清凉临甸服,险固束神都。浅觉川原异,深应日月殊。鹤归青霭合,仙去白云孤。瀑漏斜飞冻,松长倒挂枯。每来寻一作探洞穴,不拟返江湖。倪有芝田种,岩间一作商岩老一一作寄野夫。

送何道士归山

身非绝粒本清羸,束挂仙经杖一枝。落叶独寻一作远路自随流水去,深山长与白云期。树临丹灶寒花疾,坛近清岚夜月迟。樵客若能随一作过洞里,回归人世始应悲。

城东寓居寄知己

花木闲门苔藓生,浐川特去得吟情。病来久绝洞庭信,年长却思庐岳耕。落日独归林下宿,暮云多绕水边行。干时退出长如此,频愧相忧道姓名。

再书边事

万里沙西寇已平,犬羊群外筑空城。分营夜火烧云远,校猎秋雕掠草轻。秦将力随胡马竭,蕃河流入汉家清。羌戎不识干戈老,须贺当一作今时圣主明。

游边感怀二首

贫游缭绕困边沙,却被辽阳战士嗟。不是无家归不得,有家归去似无家。

兄弟江南身塞北,雁飞犹自半年余。夜来因得思乡梦,重读前秋转海书。

无题—作赠友人

九霄无诏下,何事触清尘?宅带松萝僻,身惟猿鸟亲。吟看仙掌月,期有洞庭人。莫问烟霞句,悬知见岳神。

蝉

先秋蝉一悲,长是客行时。曾感去年者,又鸣何处枝?细听残韵在,回望旧声迟。断续谁家树,凉风送别离。

江上逢进士许棠

诗人推上第,新榜又无君。鹤发他乡老,渔歌故国闻。平江流晓月,独鸟伴—作鸟绊余云。且了鬓年志,沙鸥未可群。

送河西从事

结束佐戎旃,河西住几年?陇头随日去,碛里寄星眠。水近沙连帐,程遥马入天。圣朝思上策,重待奏安边。

河湟旧卒

少年随将讨河湟,头白时清返故乡。十万汉军零落尽,独吹边曲向残阳。

促织

念尔无机自有情,迎寒辛苦弄梭声。椒房金屋何曾识,偏向贫家壁下鸣。

猿—作长安赠猿

挂月栖云向楚林,取来全是为清音。谁知系在黄金索—作锁,翻畏侯家不敢吟。

寄荐福寺栖白大师 第三句缺一字,第四句缺二字。

高塔六街无不见,塔边名出只吾师。尝闻朝客多相□,记得□□数句诗。

越中赠别

东越相逢几醉眠,满楼明月镜湖边。别离吟断西陵渡,杨柳秋风两岸蝉。

寄清越上人—作寄山僧

大道—作真性本来无所染,白云那得有心期。远公独—作犹刻莲花漏,犹—作独向空山—作青山,—作山中礼六时。

宿齐山僧舍

一宿经窗卧白波,万重归梦隔—作晚随山月出烟萝。若言不得南宗要,长在禅床事更多。

春日游曲江

日暖鸳鸯拍浪春,蒹葭浦际聚青蘋。若论来往乡心切,须是烟波岛上人。

渔家

拥棹思—作钓艇去悠悠,更深泛积流—作烟波春复秋。唯将一星—作点火,何处宿芦洲?

送人及第归海东

东风日边起,草木一时春。自笑中华路,年年送远人。

题河中鹳雀楼

高楼怀古动悲歌,鹳雀今无野燕—作雀过。树隔五陵秋色早,水连三晋夕阳多。渔人遗火成寒烧,牧笛吹风起夜波。十载重来值摇落,天涯归计欲如何?

宿洛都门

山川马上度边禽,一宿都门永夜吟。客路不归秋又晚,西风吹动洛阳砧。

对月二首

圆魄上寒空,皆言四海—作远同。安知千里外,不有雨兼风。

盈缺青冥外,东风万古—作里吹。何人种丹桂,不长出轮枝。

赠友人

自说安贫归未得,竹边门掩小池冰。典琴赊酒吟过寺,送客思乡上灞陵。待月夜留烟岛客,忆云闲访翠微僧。几时献了相如赋,共一作去向嵩山采茯苓。

笛

剪雨裁烟一节秋,落梅杨柳曲中愁。尊前暂借殷勤看,明日曾闻向陇头。

渔者

首戴圆荷发不梳,叶舟为宅水为居。沙头聚着人如市,钓得澄江一丈鱼。

宿潺湲亭

走月流烟叠树西,听来愁甚听猿啼。几时御水声边住,却梦潺湲宿此溪。

台城

宫殿余基长草花,景阳宫树噪村鸦。云屯雉堞依然在,空绕渔樵四五家。

寄山僧

闲倚蒲团向日眠,不能归老岳云边。旧时僧侣无人在,惟有长松见少年。

题上元许棠所任王昌龄厅

琉璃堂里当时客,久绝吟声继后尘。百四十年庭树老,如今重得见诗人。

自诮

每到花时恨道穷,一生光景半成空。只应抱璞非良玉,岂得年年不至公。

赠河南诗友

山东令族玉无尘,裁剪烟花笔下春。不把瑶华借风月,洛阳才子更何人。

寄维扬故人

离别河边绾柳条,千山万水玉人遥。月明记得相寻处,城锁东风十五桥。

孤云

舒卷因风何所之,碧天孤影势迟迟。莫言长是无心物,还有随龙作雨时。

咏棋子赠弈僧

黑白谁能用入玄,千回生死体方圆。空门说得恒沙劫,应笑终年为一先。

谷口作

巴客青冥过岭尘,雪崖交映一川春。晴朝采药寻源去,必恐云深见异人。

寄弟

故里行人战后疏,青崖萍寄白云居。那堪又是伤春日,把得长安落第书。

春日有怀

高下寻花春景迟,汾阳台榭白云诗。看山怀古翻惆怅,未胜遥传不到时。

鹭鸶障子

剪得机中如雪素,画为江上带丝禽。闲来相对茅堂下,引出烟波万里心。

甘露寺僧房

临水登山路,重寻旅思劳。竹阴行处密,僧腊别来高。远岫明寒火,危楼响夜涛。悲秋不成寐,明月上千舠。

宿江叟岛居

一家烟岛隈一作上,竹里夜窗开。数派分潮去,千樯聚月来。石楼云断续,涧渚雁徘徊。了得平生志,还归筑钓台。

江村

贫游无定踪,乡信转难逢。寒渚暮烟阔,去帆归思重。潮平低戍火,木落远山钟。况是渔家宿,疏篱响夜舂。

赠进士顾云第二句缺二字,第六句缺一字。

潮槛烟波别钓津,西京同□获□贫。不知

守道归何日,相对无言尽几春。晴景远山花外暮,云边高盖水边□。与君愁寂无消处,赊酒青门送楚人。

赠头陀僧

自说年深别石桥,遍游灵迹熟南朝。已知世路皆虚幻,不觉空门是寂寥。沧海附船浮浪久,碧山寻塔上云遥。如今竹院藏衰老,一点寒灯弟子烧。

寻阳村舍

荒林寄远居,坐卧见樵渔。夜火随船远,寒更出郡疏。雪迷登岳路,风阻转江书。寂寞高窗下,思乡岁欲除。

江楼作

凭槛见天涯,非秋亦可悲。晚天帆去疾,春雪燕来迟。山水分乡县,干戈足别离。南人废耕织,早晚罢王师。

回鸾阁写望

古阁上空半,寥寥千里心。多年为客路,尽日倚栏吟。山压秦川重,河来虏塞深。回銮今不见,烟雾杳沉沉。

题宣州开元寺

谁家烟径长莓苔,金碧虚栏竹上开。流水远分山色断,清猿时带角声来。六朝明月唯诗在,三楚空山有雁回。达理始应尽惆怅,僧闲应得话天台。此篇一本题作谢公亭怀古云:谢家烟径长莓苔,牢落虚檐竹上开。流水不将山色去,闲云时带竹声来。六朝旧迹遗诗在,三楚空江有雁回。达理始应惆怅尽,因僧清话忆天台。

题友人草堂

空山卜隐初,生计亦无余。三亩水边竹,一床琴畔书。深林收晚果,绝顶拾秋蔬。坚话长如此,何年献子虚?

七松亭

七松亭上望秦川,高鸟闲云满目前。已比子真耕谷口,岂同陶令卧江边?临崖把卷惊回烧,扫石留僧听远泉。明月影中宫漏近,珮声应宿使朝天。

题友人林斋

乔木带凉蝉,来吟暑雨天。不离高枕上,似宿远山边。簟冷窗中月,茶香竹里泉—作烟。吾庐近溪岛,忆别动经年。

经宣城元员外山居

无人袭仙隐,石室闭空山。避烧猿犹到,随云鹤不还。涧荒岩影在,桥断树阴闲。但有黄河赋,长留在世间。

经九华山费徵君故居

草堂芜没后,来往问樵翁。断石荒林外,孤坟晚照中。数溪分大野,九子立寒空。烟壁曾行处,青云路不通。

题贾岛吟诗台

吟魂不复游,台亦似荒丘。一径草中出,长江天外流。暝烟寒鸟集,残月夜虫愁。愿得生禾黍,锄平恨即休。

游南岳

入岩仙境清,行尽复重行。若得闲无事,长来寄此生。涧松闲易老,笼烛晚生明。一宿泉声里,思乡梦不成。

寻桃源

武林春草齐,花影隔澄溪。路远无人去,山空有鸟啼。水垂青霭断,松偃绿萝低。世上迷途客,经兹尽不迷。

青鸟泉

只此沉仙翼,瑶池似不遥。有声悬翠壁,无势下丹霄。净濑烟霞古,寒原草木雕。山河几更变,幽咽到唐朝。

望巫山

溪叠云深转谷迟,暝投孤店草虫悲。愁连远水波涛夜,梦断空山雨雹时。边海故园荒后卖,入关玄发夜来衰。东归未必胜羁旅,况是东归未有期。

省中偶作

　　二转郎曹自勉旃,莎阶吟步想前贤。不一作未如何逊无佳句,若比冯唐是壮年。捧制名题黄纸尾,约僧心在白云边。乳毛松雪春来好,直夜清闲且学禅。

秋夕

　　春恨复秋悲,秋悲难到时。每逢明月夜,长起故山思。巷僻行吟远,蛩多独卧迟。溪僧与樵客,动别十年期。

山中冬夜

　　寒叶风摇尽,空林鸟宿稀。涧冰妨鹿饮,山雪阻僧归。夜坐尘心定,长吟语力微。人间去多事,何处梦柴扉?

宿刘温书斋

　　不掩盈窗月,天然格调高。凉风移蟋蟀,落叶在离骚。回笔挑灯烬,悬图见海涛。因论三国志,空载几英豪。

归旧山

　　昔年山下结茅茨,村落重来野径移。樵客相逢悲往事,林僧闲坐问归期。异藤遍树无空处,幽草缘溪少歇时。此景一抛吟欲老,可能文字圣朝知。

潭上作

　　竹岛残阳映翠微,雪翎禽过碧潭飞。人间未有关身事,每到渔家不欲归。

杨花落

　　北斗南回春物老,红英落尽绿尚早。韶风澹荡无所依,偏惜垂杨作春好。此时可怜杨柳花,萦盈艳曳满人家。人家女儿出罗幕,净扫玉除看花落。宝环纤手捧更飞,翠羽轻裙承不著。历历瑶琴舞袖陈,飞红拂黛怜玉人。东园桃李芳已歇,犹有杨花娇暮春。

九华楼晴望

　　一夜江潭风雨后,九华晴望倚天秋。重来此地知何日,欲别殷勤更上楼。

终南山

　　带雪复衔春,横天占半秦。势奇看不定,景变写难真。洞远皆通岳,川多更有神。白云幽绝处,自古属樵人。

哭陈陶

　　先生抱衰疾,不起茂陵间。夕临诸孤少,荒居吊客还。遗文禅东岳,留语葬乡山。多雨铭旌故,残灯素帐闲。乐章谁与集,陇树即堪攀。神理今难问,予将叫帝关。

长门怨

　　御泉长绕凤皇楼,自是恩波别处流。闲揲舞衣归未得,夜来砧杵六宫秋。

全唐诗卷六百四十

曹唐

曹唐,字尧宾,桂州人。初为道士,后举进士不第。咸通中,累为使府从事。诗三卷,今编二卷。

升平词五首—作薛能诗

瑞气绕宫楼,皇居上苑游。远冈连圣祚,平地载神州。会合兼重译,潺湲近八流。中兴岂假问,据此自千秋。

寥沈敞延英,朝班立位横。宣传无草动,拜舞有衣声。鸳瓦霜消湿,虫丝日照明。辛勤自不到,遥见似前程。

处处是欢心,时康岁已深。不同三尺剑,应似五弦琴。寿笑山犹尽,明嫌日有阴。何当怜一物,亦遣断愁吟。

日日听歌谣,区中尽祝尧。虫蝗初不害,夷狄近全销。史笔唯书瑞,天台绝见妖。因令匹夫志,转欲事清朝。

五帝三皇主,萧曹魏邴臣。文章唯返朴,戈甲尽生尘。谏纸应无用,朝纲自有伦。升平不可记,所见是闲人。

洛东兰若归

一衲老禅床,吾生半异乡。管弦愁里老,书剑梦中忙。鸟急山初暝,蝉稀树正凉。又归何处去,尘路月苍苍。

仙都即景

黄帝登真处,青青不记年。孤峰应碍日,一柱自擎天。石怪长栖鹤,云闲若有仙。鼎湖看不见,零落数枝莲。

汉武帝将候西王母下降

昆仑凝想最高峰,王母来乘五色龙。歌听紫鸾犹缥缈,语来青鸟许从容。风回水落三清月,漏苦霜传五夜钟。树影悠悠花悄悄,若闻箫管是行踪。

汉武帝于宫中宴西王母
　　鳌岫云低太一坛,武皇斋洁不胜欢。长生
碧字期亲署,延寿丹泉许细看。剑佩有声宫树
静,星河无影禁花寒。秋风袅袅月朗朗,玉女
清歌一夜阑。

刘晨阮肇游天台
　　树入天台石路新,云和草静迥一作细云和雨
动无尘。烟霞不省一作是生前事,水木空疑梦后
一作里身。往往鸡鸣岩下月,时时犬吠洞中春。
不知此一作何地归何一作依处,须就桃源问主人。

刘阮洞中遇一作偶仙子
　　天和树色霭苍苍,霞重岚深路渺茫。云实
一作窦满山无鸟雀,水声沿洞有笙簧。碧沙洞
里乾坤别,红树枝前日月长。愿得花间有人
出,免一作不令仙犬吠刘郎。

仙子送刘阮出洞
　　殷勤相送出天台,仙境那能却再来。云液
每一作既归须强饮,玉书无事莫频开。花当洞
口应长在,水到人间定不回。惆怅溪头从此
别,碧山明月闭苍苔。

仙子洞中有怀刘阮
　　不将清瑟理霓裳,尘梦那知鹤梦长。洞里
有天春寂寂,人间无路月茫茫。玉沙瑶草连溪
碧,流水桃花满涧香。晓露风灯零落尽,此生
无处访刘郎。

刘阮再到天台不复见仙子
　　再到天台访玉真,青苔白石已成尘。笙歌
冥寞闲深洞,云鹤萧条绝旧邻。草树总非前度
色,烟霞不似昔年春。桃花流水依然一作前在,
不见当时劝酒人。

织女怀牵牛
　　北斗佳人双泪流,眼穿肠断为牵牛。封题
锦字凝新恨一作思,抛掷金梭织一作结旧愁。桂
树三春烟一作天云漠漠,银河一水夜一作带水悠
悠。欲将心向一作就仙郎说,借问榆花早晚秋。

王远宴麻姑蔡经宅
　　好风吹树杏花香,花下真人道姓王。大篆
龙蛇随笔札,小天星斗满衣裳。闲抛南极归期
晚,笑指东溟饮兴长。要唤麻姑同一醉,使人
沽酒向一作下余杭。

萼绿华将归九疑留别许真人
　　九点秋烟黛色空,绿华归思颇无穷。每悲
驭鹤身难任一作住,长恨临霞语未终。河影暗
吹云梦月,花声闲落洞庭风。蓝丝重勒金条
脱,留与人间许侍中。

穆王宴王母于九光流霞馆
　　桑叶扶疏闭日华,穆王邀命宴流霞。霓旌
著地云初驻,金奏掀天月欲斜。歌咽细风吹粉
蕊一作藻,饮余一作酣清露湿瑶砂。不知白马红
缰解,偷吃东田碧玉花。

紫河张休真
　　琪树扶疏压瑞烟,玉皇朝客满花前。山川
到处成三月,丝竹经时即万年。树石冥茫初缩
地,杯盘狼籍未朝天。东风小饮人皆醉,从听
黄龙枕一作抛水眠。

张硕重寄杜兰香
　　碧落香销兰露秋,星河无梦夜悠悠。灵妃
不降三清驾,仙鹤空成万古一作里愁。皓月隔
花追欸一作叹别,瑞一作飞烟笼树省淹留。人间
何一作有事堪惆怅一作遗恨,海色西风十二楼。

玉女杜兰香下嫁于张硕
　　天上人间两渺茫,不知谁识杜兰香?来经
玉树三山远,去隔银河一水长。怨入清尘愁锦
瑟,酒倾玄露醉瑶觞。遗情更说何珍重,擘破
云鬟金凤皇。

萧史携弄玉上升
　　岂是丹台归路遥,紫鸾烟驾不同飘。一声
洛水传幽咽,万片宫花共寂寥。红粉美人愁未

散,清华公子笑相邀。缑山碧树青楼月,肠断春风为玉箫。

皇—作黄初平将入金华山

莫道真游烟景赊,潇湘有路入京华。溪头鹤树春常在,洞口人家—作间日易—作自斜。一水暗鸣—作回闲绕涧,五云长往不还家。白羊成队难收拾,吃尽溪边巨胜花。

汉武帝思李夫人

惆怅冰—作朱颜不复归,晚秋黄叶满天飞。迎风细荇传香粉,隔水残霞见画衣。白玉帐寒鸳梦绝,紫阳宫远雁书稀。夜深池上兰桡歇,断续歌声彻—作接太微。

送羽人王锡归罗浮

风前整顿紫荷—作霞巾,常—作归向罗浮保—作报养神。石磴倚天行带月,铁桥通海入无尘—作津。龙蛇出洞闲邀雨,犀象眠花不避人。最爱葛洪寻药处,露苗烟蕊—作雨满山春。

送刘尊师祗诏阙庭三首

海风叶叶驾霓旌,天路悠悠接上清。锦诰凄凉遗去恨,玉箫哀绝醉离情。五湖夜月幡幢湿,双阙清风剑佩轻。从此—作莫道暂辞华表柱,便—作已应千载是归程。

五峰已—作此别隔人间,双阙何年许再还。既扫—作拂山川收地脉,须留日月驻天颜。霞觞共饮身虽在,风驭难—作今陪迹—作路未闲。从此枕中唯—作虽有梦—作记,梦魂何处访三山?

仙老闲眠碧草堂,帝书征入白云乡。龟台欲署长生籍,鸾殿还论不死方。红露想倾延命酒,素烟思爇降真香。五千言外无文字,更有何词赠武皇。

三年冬大礼五首

皇帝斋心洁素诚,自朝真祖报升平。华山秋草多归马,沧海寒波绝洗兵。银箭水残河势—作影断,玉炉烟尽日华生。千官整肃三天夜,剑佩初闻入太清。

海日西飞度禁林,太清宫殿月沉沉。不闻北斗倾尧酒,空觉南风入舜琴。歌压钧天闲梦尽,诏归秋水道情深。雪风更起古杉叶,时送步虚清磬音。

太一天坛降紫—作大君,属车龙鹤夜成群。春浮玉藻寒初落,露拂金茎曙欲分。三代乐回风入津,四溟歌驻水成文。千官不动旌旗下,日照南山万树云。

山拥飞云海水清,天坛未夕仗先成。千官不起金縢议,万国空瞻玉藻声。禁火曙然烟—作香焰袅,宫衣寒拂雪花轻。侧闻左右皆周吕,看取从容致太平。

太和琴暖发南薰,水阔风高得细闻。沧海举歌夔是相,历山回禅舜为君。翠微呼处生丹障,清净封中起白云。今日病身惭小隐,欲将泉石勒移文。

暮春戏赠吴端公

年少英雄好丈夫,大家望拜执—作从,又作汉金吾。闲眠晓日听鹍鸠,笑倚春风仗—作杖辘轳。深院吹笙闻—作从汉婢,静街调马任奚奴。牡丹花下—作外帘钩外—作下,独凭红肌—作阑捋虎须。

奉送严大夫再领容府二首

海风卷树冻岚消,忧国宁辞岭外遥。自顾勤劳甘百战,不将功业负三朝。剑澄黑水曾芟虎,箭劈黄云惯射雕。代北天南尽成事,肯将心许霍嫖姚。

日照双旌射火山,《岭表录》云:梧州西有火山,下有澄潭无底,山头夜见火三尺,如野烧然,广十余丈。或言水中有宝珠也,焰如火。山产荔枝,四月子丹,以其地热,故曰火山。笑迎宾从却南还。风云暗发谈谐外,感会潜生气概间。蕲竹水翻台树湿,刺桐花落管弦闲。无因得报真珠履,亲从新侯定八蛮。

赠南岳冯处士二首

白石溪边自结庐,风泉满院称幽居。鸟啼深树剧灵药,花落闲窗看道书。烟岚晚过鹿裘湿,水月夜明山舍虚。支颐冷笑缘名出,终日王门强曳裾。

　　寂寥深木闭烟霞,洞里相知有几家。笑看潭鱼吹水沫,醉喷溪鹿吃蕉花。穿厨历历泉声细,绕屋悠悠树影斜。夜静著灰封釜灶,自添文武养丹砂。

题子侄书院双松

　　自种双松费几钱,顿令院落似秋天。能藏此地新晴雨,却惹空山旧烧烟。枝压细风过枕上,影笼残月到窗前。莫教取次成闲梦,使汝悠悠十八年。

羽林贾中丞

　　四十年前百战身,曾驱虎队扫胡尘。风悲鼓角榆关暮,日暖旌旗陇草春。铁马惯牵邀上客,金鱼多解乞佳人。胸中别有安边计,谁睬髭须白似银?

送康祭酒赴轮台

　　灞水桥边酒一杯,送君千里赴轮台。霜粘海眼旗声冻,风射犀文甲缝开。断碛簇烟山似米—作火,野营轩地鼓如雷。分明会得将军意,不斩楼兰不拟回。

南游

　　尽兴南游卒未回,水工舟子不须催。政思碧树关心句,难放红螺蘸甲杯。涨海潮生阴火灭,苍梧风暖瘴云开。芦花寂寂月如练,何处笛声江上来?

哭陷边许兵马使

　　北风裂地黯边霜,战败桑乾日色黄。故国暗回残士卒,新坟空葬旧衣裳。散牵细马嘶青草,任去佳人吊白杨。除却阴符与兵法,更无一—作异物在仪床。

和周侍御买剑

　　将军溢价买吴钩,要与中原静寇仇。试挂窗前惊电转,略抛床下怕泉流。青天露拔云霓泣,黑地潜擎鬼魅愁。见说夜深星斗畔,等闲期克月支头。

病马五首呈郑校书章三吴十五先辈

　　骏骅—作绿耳何年别—作到渥洼,病来颜色半泥—作尘沙。四啼不凿金—作银砧裂,双眼慵开玉箸—作烛斜。堕月兔毛干瞉㲉—作轻斛㲉,失云龙骨瘦牙槎—作查牙。平原好放—作牧无人放,嘶向秋风苜蓿花。

　　陇上沙葱叶正齐,腾黄犹自跼羸啼。尾蟠夜雨红丝脆,头掉—作捧秋风白练低。力惫未思金络脑,影寒空望锦障泥。阶前莫怪—作错垂双泪—作耳,不遇孙阳不敢—作肯,又作嘶。

　　不剪焦毛鬣半翻,何人别—作识是古龙孙。霜侵—作风吹病骨无骄气,土蚀骢花见卧痕。未喷断—作得喷云归汉苑,曾追轻—作已曾飞练过—作适吴门。一朝千里心犹在,争—作谁肯潜忘—作施秣饲恩?

　　空被秋风吹病毛,无因濯浪刷洪涛。卧来总怪龙蹄跙—作阻,瘦尽谁惊虎口高?追电有心犹款段,逢人相骨强嘶号。欲将鬐—作鬃鬣重裁剪,乞借新成—作城利铰刀。

　　病久无人著意看,玉—作五华衫—作毛色欲雕残。饮惊白露泉花冷,吃怕清秋—作风豆叶寒。长襜敢辞红锦重,旧缰宁畏紫丝蟠。王良若许相抬策,千里追风也不难。

长安客舍叙—作怀邵陵旧宴,寄永州萧使君五首

　　邵陵佳—作楼树碧葱茏,河汉西沈—作星流宴未终。残漏五更传—作揪海月,清筝三会揭天风。香熏舞席云鬟绿,光射头—作骰盘蜡烛红。今日却怀—作思行乐处,两床丝竹水—作小楼中。

　　不知何路却—作学飞翻,虚受贤侯郑重恩。五—作午夜清歌敲玉树—作著,三年洪饮倒—作竭金尊。招携永—作每感双鱼在—作远,报答空知—作思一剑存。狼籍梨花满城月,当时长醉信陵门。

粉堞—作雉,又作叠彤—作丹轩画障西,水云红树窣璇题。鹧鸪欲—作影绝歌声定,鹦鹉初惊—作身翻舞袖—作翅齐。坐对玉山空—作难匍线,细听金石怕低迷。东风夜月—作月下三年饮,不省非时—作未有归时不似泥。

木鱼金—作铜钥锁春—作重城,夜上红—作江楼纵酒情。竹叶—作箭水繁更漏促,桐花风软管弦清。百分散打银船溢,十指宽催玉箸轻。星斗渐稀宾客散,碧云犹恋艳歌声。

三年身逐汉诸—作楚公侯,宾榻容居最上头。饱听笙歌陪痛—作夜饮,熟寻云水—作树纵闲游。朱门锁闭烟岚暮,铃—作紫阁清泠—作凉水木秋。月满前山圆—作风不动,更邀诗客上高—作醉南楼。

勘剑

古物神光雪见羞,未能擎出恐泉流。暗临黑水蛟螭泣,潜倚空山鬼魅愁。生怕雷霆号涧底,长闻风雨在床头。垂情不用将闲—作縻,注云:此移切气,恼乱司空犯斗牛。

仙都即景

蟠桃花老华阳东,轩后登真谢六宫。旌节暗迎归碧落,笙歌遥听隔崆峒。衣冠留葬桥山月,剑履将随浪海风。看却龙髯攀不得,红霞零落鼎湖空。

望九华寄池阳杜员外

戴月早辞三秀馆,迟明初识九华峰。差差王剑寒铓利,袅袅青莲翠叶重。奇状却疑人画出,岚光如为客添浓。行春若到五溪上,此处寨帷正面逢。

全唐诗卷六百四十一

曹唐

小游仙诗九十八首

玉箫金瑟发商声,桑叶枯干海水清。净扫蓬莱山下路—作上地,略邀王母话长生。

上元元日豁明堂,五帝望空拜玉皇。万树琪花千圃药,心知不敢辄形相。

骑龙重过玉溪头,红叶还春碧水流。省得壶中见天地,壶中天地不曾秋。

真王未许久从容,立在花前别宁封。手把玉箫头不举,自愁如醉倚黄龙。

金殿无人锁绛烟,玉郎并不赏丹田。白龙蹀躞难回跋,争下红绡碧玉鞭。

玄洲草木不知黄,甲子初开浩劫长。无限万年年少女,手攀红树满残阳。

宫阙重重闭玉林,昆仑高辟彩云深。黄龙掉尾引郎去,使妾月明何处寻?

风满涂山玉蕊—作叶稀,赤龙闲卧鹤东—作闲飞。紫梨烂尽无人吃,何事韩—作苏君去不归?

武帝徒劳厌暮年,不曾清净不精专。上元少女绝还往,满灶丹成白玉烟。

百辟朝回闭玉除,露风清宴桂花疏。西归使者骑金虎,弹鞚垂鞭唱步虚。

南斗阑珊北斗稀,茅君夜著紫霞衣。朝骑白—作独乘青鹿趁朝去,凤押笙歌逐—作随后飞。

焚香独自上天坛,桂树风吹玉简寒。长怕嵇康乏仙骨,与将仙籍再寻看。

冰屋朱扉晓未开,谁将金策扣琼台?碧花红尾小仙犬,闲吠五云噇客来。

酒酽—作泚春浓琼—作瑶草齐,真公饮散醉如泥。朱—作玉轮轧轧入云去,行到半天闻马嘶。

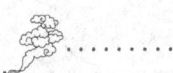

白石山中自有天，竹花藤叶隔－作满溪烟。朝来洞口－作里围棋了，赌得青龙直几钱？

海水西飞照柏林，青云斜倚锦云深。水风暗入古山叶，吹断步虚清磬音。

玉诏新除沈侍郎，便分茅土镇东方。不知今夕游何处，侍从皆骑白凤凰。

洞里烟霞无歇时，洞中天地足金芝。月明朗朗溪头树，白发老人相对棋。

饥即餐霞闷即行，一声长啸万山青。穿花渡水来－作能相访，珍重多才阮步兵。

东妃闲著翠霞裙，自领笙歌出五云。清思密谈谁第一，不过邀取小茅君。

月影悠悠秋树明，露吹犀簟象床轻。嫔妃久立帐门外，暗笑夫人推酒声。

九天天路入云长，燕使何由到上方。玉女暗来花下立，手授裙带问昭王。

玉皇赐妾紫衣裳，教向桃源嫁阮郎。烂煮琼花劝君吃，恐君毛鬓暗成霜。

花底休倾绿玉卮，云中含笑向安期。穷阳有数不知数，大似人间年少儿。

玉色雌龙金络头，真妃骑出纵闲游。昆仑山上桃花底，一曲商歌天地秋。

偷－作闲来洞口访－作等刘君，缓步轻抬玉线－作绿绣裙。细擘－作细拍，又作旋擘桃花逐流水，更无言语倚彤云。

西汉夫人下太虚，九霞裙幅五云舆。欲将碧字相教示，自解盘囊出素书。

天上鸡鸣海日红，青腰侍女扫朱宫。洗－作酒花蒸叶滤清酒，待与夫人邀五翁。

汗漫真游实可奇，人间天上几－作与人知。周王不信长生话，空使苌弘碧泪垂。

青锦缝裳绿－作白玉珰－作裆，满身新带五云香。闲依碧海攀鸾驾，笑就苏君觅橘尝。

鹤不西飞龙不行，露干云破洞箫清。少年仙子说闲事，遥隔彩云闻笑声。

洞里烟深木叶粗，乘风使者降玄都。隔花相见遥相贺，擎出怀中赤玉符。

芝蕙－作草芸花烂漫春，瑞香烟露湿衣巾。玉童私地夸书札，偷写云谣暗赠人。

天上邀来不肯来，人间双鹤又空回。秦皇汉武死何处，海畔红桑花自开。

紫羽麾幢下玉京，却邀真母入三清。白龙久住浑相恋，斜倚祥云不肯行。

鹤叫风悲竹叶疏，谁来五岭拜云车？人间肉马无轻步，踏破先生一卷书。

夜降西坛宴已终，花残月榭雾朦胧。谁游八海门前过，空洞一声风雨中。

忘却教人锁后宫，还丹失尽玉壶空。嫦娥若不偷灵药，争得长生在月中？

旸谷先生下宴时，月光初冷紫琼枝。凄清金石揭天地，事在世间人不知。

共爱初平住九霞，焚香不出闭金华。白羊成队难收拾，吃尽溪头巨胜花。

酒尽香残夜欲分，青童拜问紫阳君。月光悄悄笙歌远，马影龙声归五云。

海树灵风吹彩烟，丹陵朝客欲升天。无央公子停鸾辔，笑泥娇妃索玉鞭。

八景风回五凤车，昆仑山上看桃花。若教使者沽春酒，须觅余杭阿母家。

叔卿遍览九天春，不见人间故旧人。怪得蓬莱山下水，半成沙土半成尘。

欲饮尊中云母浆，月明花里合笙簧。更教小奈将龙去，便向金坛取阮郎。

海上桃花千树开，麻姑一去不知来。辽东老鹤应慵惰，教探桑田便不回。

昨夜相邀宴杏坛，等闲乘醉走青鸾。红云塞路东风紧，吹破芙蓉碧玉冠。

云鹤冥冥去不分，落花流水恨空存。不知玉女无期信，道与留门却闭门。

　　采女平明受事回，暗交丹契锦囊开。欲书密诏防人见，佯喝青虬使莫来。

　　太一元君昨夜过，碧云高髻绾婆娑。手抬玉策红于火，敲断金鸾使唱歌。

　　碧瓦彤轩月殿开，九天花落瑞风来。玉皇欲著红龙衮，亲唤金妃下手裁。

　　长房自贵解飞翻，五色云中独闭门。看却桑田欲成海，不知还往几人存。

　　赤龙一作紫云停步彩云飞，共道真王一作皇海上归。千岁红桃一作千载桃花香破鼻，玉盘盛出与金妃。

　　碧海灵童夜到时，徒劳相唤上琼池。因循天子能闲事，纵与青龙不解骑。

　　且欲留君饮桂浆，九天无事莫推忙。青龙举步行千里，休道蓬莱归路长。

　　侍女亲擎玉酒卮，满卮倾酒劝安期。等闲相别三千岁，长忆水边分枣时。

　　万岁蛾眉不解愁，旋弹清瑟旋闲游。忽闻下界笙箫曲，斜倚红鸾笑不休。

　　去住楼台一任风，十三天洞暗相通。行厨侍女炊何物，满灶无烟玉炭红。

　　风动闲一作寒天清桂阴，水精帘箔一作外冷沉沉。西妃少女多春思一作春思乱，斜倚彤云尽日吟。

　　王母相留不放回，偶然沉醉卧瑶台。凭君与向萧郎道，教著青龙取妾来。

　　绛节笙歌绕殿飞，紫皇欲到五云归。细腰侍女瑶花外，争向红房报玉妃。

　　闻君新领八霞司，此别相逢是几时。妾有一觥云母酒，请君终宴莫推辞。

　　方士飞轩驻一作住碧霞，酒寒一作香风冷月初斜。不知谁唱归春一作春归曲，落尽溪头白葛一作玉花。

　　方朔朝来到我家，欲将灵树出丹霞。三千年后知谁在，拟种红桃待放花。

　　水满桑田白日沈，冻云干霰湿重阴。辽东归客闲相过，因话尧年雪更深。

　　朝回相引看红鸾一作泉，不觉风吹鹤氅偏。好是兴来一作好见上清骑白鹤一作鹤，文妃为伴上重天一作旋驱旌节旋升天。

　　公子闲吟八景文，花南拜别上阳君。金鞭遥指玉清路，龙影马嘶归五云。

　　一百年中是一春，不教日月辄移轮。金鳌头上蓬莱殿，唯有人间炼骨人。

　　笑擎云液紫瑶觥，共请云和碧玉笙。花下偶然吹一曲，人间因识董双成。

　　东皇长女没多年，从洗一作洒金芝到水边。无事伴他棋一局，等闲输却卖花钱。

　　红草青林日半斜，闲乘一作随小凤出彤霞。略一作路寻旧路一作故旧过西国一作谷，因得冰园一尺一作颗瓜。

　　树下星沉月欲高，前溪水影湿龙毛。洞天云冷玉一作五花发，公子尽披双锦袍。

　　紫水风吹剑树寒，水边年少下红鸾。未知百一穷阳数，略请先生止的看。

　　武皇含笑把金觥，更请霓裳一两声。护帐宫人最年少，舞腰时挈绣裙轻。

　　琼树扶疏压瑞烟，玉皇朝客满花前。东风小饮人皆醉，短尾青龙枕水眠。

　　彤阁钟鸣碧鹭飞，皇君催熨紫霞衣。丹房玉女心慵甚，贪看投壶不肯归。

　　昆仑山上自一作白鸡啼，羽客争升碧玉梯。因驾五龙看较艺，白鸾功用不如妻。

　　沙野先生闭玉虚，焚香夜写紫微书。供承童子闲无事，教剉琼花喂白驴。

　　云陇琼花满地香，碧沙红水遍朱堂。外人

欲压长生籍,拜请飞琼报玉皇。

　　玉洞长春风景鲜,丈人私宴就芝田。笙歌暂向花间尽,便是人间一万年。

　　青童传语便须回,报道麻姑玉蕊开。沧海成尘等闲事,且乘龙鹤看花来。

　　绛树彤云户半开,守花童子怪人来。青牛卧地吃琼草,知道先生朝未回。

　　石洞沙溪二十年,向明杭日夜朝天。白攀烟尽（一作里）水银冷,不觉小龙床下眠。

　　紫微深锁敞丹轩,太帝亲谈不死门。从此百寮俱拜后,走龙鞭虎下昆仑。

　　云衫玉带好威仪,三洞真人入奏时。频着金鞭打龙角,为嗔西去上天迟。

　　太子真娥相领行,当天合曲玉箫清。梨花新折东风软,犹在缑山乐笑声。

　　洞里月明琼树风,画帘青室影朦胧。香残酒冷玉妃睡,不觉七真归海中。

　　青苑红堂压瑞云,月明闲宴九阳君。不知昨夜谁先醉,书破明霞八幅裙。

　　东溟两度作尘飞,一万年来会面稀。千树梨花百壶酒,共君论饮莫论诗。

　　沧海令抛即未能,且缘鸾鹤立相仍。蔡家新妇莫嫌少,领取真珠三五升。

　　溪影沉沙树影清,人家皆踏五音行。可怜三十六天路,星月满空琼草青。

　　北斗西风吹白榆,穆公相笑夜投壶。花前玉女来相问,赌得青龙许赎无。

　　九天王母皱蛾眉,惆怅无言倚桂枝。悔不长留穆天子,任将妻妾住瑶池。

　　暂随鬼伯纵闲游,饮鹿因过翠水头。宫殿寂寥人不见,碧花菱角满潭秋。

　　新授金书八素章,玉皇教妾主扶桑。与君一别三千岁,却厌仙家日月长。

　　八海风凉水影高,上卿教制赤霜袍。蛟丝玉线难裁割,须借玉妃金剪刀。

　　海上风来吹杏枝,昆仑山上看花时。红龙锦襜黄金勒,不是元君不得骑。

　　绛阙夫人下北方,细环清佩响丁当。攀花笑入春风里,偷折红桃寄阮郎。

又游仙诗一绝见《唐诗纪事》

　　靖节先生几代孙,青娥曾接玉郎魂。春风流水还无赖,偷放桃花出洞门。

题武陵洞五首

　　此生终使此身闲,不是春时且要还。寄语桃花与流水,莫辞相送到人间。

　　溪口回舟日已昏,却听鸡犬隔前村。殷勤重与秦人别,莫使桃花闭洞门。

　　却恐重来路不通,殷勤回首谢春风。白鸡黄犬不将去,且寄桃花深洞中。

　　桃花夹岸杏何之,花满春山水去迟。三宿武陵溪上月,始知人世有秦时。

　　渡水傍山寻绝壁,白云飞处洞天开。仙人来往无行迹,石径春风长绿苔。

句

　　斩蛟青海上,射虎黑山头。见《纪事》。

　　箫声欲尽月色苦,依旧汉家宫树秋。

　　一曲哀歌茂陵道,汉家天子葬秋风。

　　谁知汉武无仙骨,满灶黄金成白烟。以上见张为《主客图》。

全唐诗卷六百四十二

来鹄—作鹏

来鹄,豫章人,诗思清丽。咸通中,举进士,不第。诗一卷。

圣政纪颂并序

穆宗皇帝临大朝,与群臣言奏政事。群臣退而宰臣奏曰:"陛下问及乎政事,此三皇五帝之所徽美也。陛下不问及史臣,此三皇五帝之所弇已也。徽美者,将有乎闻也;弇已者,将有乎亡也。以闻之而又亡之,则陛下徒有宵衣旰食之名,规天条地之绩,与群臣言后,若飚然拂冠过冕,湮时销日,无得用于后。譬如十夫树杨,一夫拔之,无得以成其大也。政事群臣得陛下日问之,是十夫树杨也;史官执笔为陛下日远之,是一夫拔杨也。使后之人讦圣朝空晨虚夕,闲殿旷廷,无君臣咨谋洋溢之言,乏社稷安危强谠之说,是不亦远史臣,致不载其事,如拔去其杨,将弇已之谓乎?臣伏念贞观、永徽之代,百官之有耳目,但听视天子而已。故言事者,安论纡词,无疑权虑势。史官执笔于阶之下;天子侧疏于殿之上,奏者发诚于廷之中。是以正衔一开,则臣诚前而启之,帝疏近而镇之,史笔随而络之。由是君臣谋国图政之事,俞机都要之言,诧业发神,丰编照物,偕籍于尧典,差光于天阳,至今见太宗文德,若三皇五帝之所徽美也。自永徽之后,宰执不正,窥伺是忌,针棘前后,阻越对敆,狼噬虎餮,持膏衔肉,盖以言多为己,曾不致君,内荏失中,畏使人听,乃奏史官与百僚俱退,然后宰臣请事。由是君有问而宰臣知之,史官不得与于闻;君有举而宰臣谋之,史官不得记其事。次第周行,检录制诰,与冗吏同工而已。臣尝涕泣以叹,岂有以一己之细,一性之忌,于黍暑圭景之间,苟嗜急须,回天遮上,使圣绪神绩,嘉敫善讽,罔得闻于千万年,枉有谓明朝空晨虚夕,闲殿旷廷,无君臣咨谋洋溢之言,乏社稷安危强谠之说。若今踵而承之,则不唯臣有障聪蔽睿之刺,抑陛下虽有三皇五帝之所徽美,而若远史臣,则三皇五帝之所弇已也,抑又有一夫拔杨之谓欤?臣请史官执笔,当群臣奏事,随日撰录,号为圣政纪。臣立朝荷禄,幸甚。"穆宗皇帝动戾领疏,怃然叹曰:"吁,朕罔敢粉名厥后,乃罔知厥后,然圣人存简策者,亦非以粉名也,盖存乎大国之典,鸿祖之业。我国有典,我祖有业,业有于典,典在于史,曷厥史不书,是尸余于祖、涸业于典也。朕缵承圣绪，恭惟怛思，将念厥政，未尝不离安废酣，驰荒骛远。是以每与宰臣言，如簇天下一巡省；每见宰臣退，而展天下尽闻知。岂图臣蓄猾谋，公无同事，欲弄尾舌，先卫岩穴，隔斥史臣，占佞明后，致懿搜嘉访，不存衮典之书；善讽名献，莫出清庙之什。史臣负我，不举其官；宰辅尽忠，厥闻有此。"由是诏史职，执史笔，立于廷之下，录君臣胪句之必行，载刚毅进退之敢议，题其篇目曰圣政纪也。至上之即位三年，有乡校小臣来鹄居山泽间，常私心重惜史臣，以其史臣者，是当国之镜，千亿代之眉目也。因窥穆宗实录，得解愤释嫉于立史官为圣政纪者，追而诵出其事，以鉴今之廷列，故拜献颂曰：

三皇不书，五帝不纪。有圣有神，风销日已。何教何师，生来死止。无典无法，顽肩夐比。三皇实作，五帝实治。成天造地，不昏不坯。言得非排，文得圣齿。表表如见者，莫若乎史。是知朴绳休结，正简斯若。君诰臣箴，觚编毫络。前书后经，规善鉴恶。国之大章，如何寝略。呜呼！贞观多吁，永徽多俞。廷日发论，殿日发谟。牙孽不作，鸟鼠不除。论出不盖，谟行不纡。槛然史臣，蛇然史裾。瞠瞠而视，逶逶而婆。翘笔当面，决防纳污。不梏尔智，不息我愚。执言直注，史文直敷。故得粲粲朝典，落落廷謩。圣牍既多，尧风不浅。颂编坦轴，君出臣显。若俨见旒，若俯见冕。无闲殿旷廷，无尸安素宴。三皇不亡，五帝不剪。太宗得之，史焉斯展。暨乎后相图身，天子专问。我独以言，史不得近。丘明见嫌，倚相在摈。秉笔如今，随班不进。班退史归，惘然畴依。奏问莫睹，嘉谟固稀。取彼诰命，禄为国肥。炯哉时皇，言必成章。德宣五帝，道奥三皇。如何翌臣，龁肉嗜盎。觜距磨抉，福衡拘长。控截僚位，占护阳光。垣私藩已，远史廋唐。俾德音嘉访，默缩暗亡。咽典噤法，盖圣笼昌。易以致此，史文不张。后必非笑，将来否臧。谓乎殿空辰逸，朝懵廷荒。不知奸蔽，文失汪洋。有贞观业，有永徽纲。亦匿匿见，亦寝匿彰。赖有后臣，斯言不佞。伊尹直心，太甲须圣。事既可书，史何不命。乃具前欺，大陈不敬。曰逐史之喻，请以物并。且十夫树杨，一夫欲竞。栽既未牢，撅岂能盛！帝业似栽，逐史似撅。穆宗怃然，若疚若茜。昔何臣斯，隐我祖正。不传亲问，不写密诤。孰示来朝，以光神政。由是天呼震吸，徽奔召急。史题笔来，叱廷而入。端耳抗目，不拗不挹。獬豸侧头，螭虬摆湿。握管绝怡，当殿而立。君也尽问，臣也倒诚。磊磊其事，铿铿其声。大何不显，细何不明。语未绝绪，史已录成。谓之何书，以政纪名。伊纪清芬，史已录成。谓之何书，以政纪名。伊纪清芬，可昭典坟。古师官鸟，昔圣官云。方之我后，录里书分。录有君法，书有君文。君法君文，在圣政纪云。殿无闲时，廷无旷日。云诹波访，倦编刊笔。君勖臣劳，上讨下述。惟勤惟明，在圣政纪出。至德何比，至教焉如？孰窥孰测，外夷内储。谓君有道乎，臣有谟欤？有道有谟，在圣政纪书。一体列秩，同力翼戴。祈福去邪，绝防无碍。国章可披，唐文可爱。善咨不偷，嘉论不盖。不偷不盖，在圣政纪载。谅夫！总斯不朽，可悬魏阙。愚得是言，非讪非伐。实谓医臣浑沌，开君日月。妖物雾死。天文光发。惟我之有颂分，奚斯跃而董狐蹙。

宛陵送李明府罢任归江州

菊花村晚雁来天，共把离觞—作杯向水边。官满便寻垂钓侣，家贫已用卖琴钱。浪生溢浦千层雪，云起炉峰一炷烟。倘见吾乡旧知己，为言憔悴过年年。

清明日与友人游玉粒—本无粒字塘庄

几宿—作度春山逐—作共陆郎，袁术常呼陆绩为陆郎，清明时节好烟—作风光。归—作细穿细—作绿荇船头滑，醉踏残花屐齿香。风急岭云飘—作翻迥野，雨余田水落方塘。不堪吟罢东—作重回首，满耳蛙声正夕阳。

寒食山馆书情

独把一杯山馆中，每经时节恨飘蓬。侵阶草色连朝雨，满地梨花昨夜风。蜀魄啼来春寂寞，楚魂吟后月朦胧。分明记得还家梦，徐孺宅前湖水东。

病起

春初一卧到秋深,不见红芳与绿阴。窗下展书难久读,池边扶杖欲闲吟。藕穿平地生荷叶,笋过东家作竹林。在舍浑如远乡客,诗僧酒伴镇相寻。

鄂渚除夜书怀

鹦鹉洲头夜泊船,此时形影共凄然。难归故国干戈后,欲告何人雨雪天。箸拨冷灰书闷字,枕陪寒席带愁眠。自嗟落魄一作拓无成事,明日春风又一年。

鄂渚清明日与乡友登头陀山

冷酒一杯相劝频,异乡相遇转相亲。落花风里数声笛,芳草烟中无限人。都大此时深怅望,岂堪高处一作境更逡巡。思量费子真仙子,不作头陀山下尘。

蚕妇

晓夕采桑多苦辛,好花时节不闲身。若教解爱繁华事,冻杀黄金屋里人。

题庐山双剑峰

倚天双剑古今闲,三尺高于四面山。若使火云烧得动,始应农器满人间。

云

千形万象竟还空,映水藏山片复重。无限旱苗枯欲尽,悠悠闲处作奇峰。

金钱花

也无梭郭也无神,露洗还同铸出新。青帝若教花里用,牡丹应是得钱人。

晓鸡

黯黯严城罢鼓鼙,数声相续出寒栖。不嫌惊破纱窗梦,却怕为妖半夜啼。

山中避难作

山头烽火水边营,鬼哭人悲夜夜声。唯有碧天无一事,日还西下月还明。

早春

新历才将半纸开,小庭犹聚爆竿灰。偏憎杨柳难钤辖,又惹东风意绪来。

鹭鸶

袅丝翘足傍澄澜,消尽年光伫思间。若使见鱼无羡意,向人姿态更应闲。

子规

两恨花愁同此冤,啼时闻处正春繁。千声万血谁哀尔,争得如花笑不言。

新安官舍闲坐

寂寞空阶草乱生,簟凉风动若为情。不知独坐闲多少,看得蜘蛛结网成。

除夜

事关休戚已成空,万里相思一夜中。愁到晓鸡声绝后,又将憔悴见春风。

游鱼

弄萍隈荇思夷犹,掉尾扬鬐逐慢流。应怕碧岩岩下水,浮藤如线月如钩。

鹦鹉

色白还应及雪衣,嘴红毛绿语仍奇。年年锁在金笼里,何似陇山闲处飞。

偶题二首

近来灵鹊语何疏,独凭栏干恨有殊。一夜绿荷霜剪破,赚他秋雨不成珠。

水边箕踞静书空,欲解愁肠酒不浓。可惜青天好雷雹,只能驱趁懒蛟龙。

惜花

东风渐急夕阳斜,一树夭桃数日花。为惜红芳今夜里,不知和月落谁家?

洞庭隐

高卧洞庭三十春,芰荷香里独垂纶。莫嫌

无事闲销日,有事始怜无事人。

古剑池
秋水莲花三四枝,我来慷慨步迟迟。不决浮云斩邪佞,直成龙去欲何为。

梅花
枝枝倚槛照池冰,粉薄香残恨不胜。占得早芳何所利,与他霜雪助威棱。

闻蝉
绿槐阴里一声新,雾薄风轻力未匀。莫道闻时总惆怅,有愁人有不愁人。

卖花谣
紫艳红苞价不同,匝街罗列起香风。无言无语呈颜色,知落谁家池馆中?

子规
月落空山闻数声,此时孤馆酒初醒。投人语若似伊泪,口畔血流应始听。

句
回眸绿水波初起,合掌白莲花未开。观忏会夫人,见《墨庄漫录》。

全唐诗卷六百四十三

李山甫

李山甫,咸通中累举不第,依魏博幕府为从事。尝逮事乐彦祯、罗弘信父子,文笔雄健,名著一方。诗一卷。

菊

篱下霜前偶得存,忍教迟晚避兰荪。也销造化无多力,未受阳和一点恩。栽处不容依玉砌,要时还许上金尊。陶潜殁后谁知己,露滴幽丛见泪痕。

风

喜怒寒暄直不匀,终无形状始无因。能将尘土平欺客,爱把波澜枉陷人。飘乐递香随日在,绽花开柳逐年新。深知造化由君力,试为吹嘘借与春。

月

狡兔顽蟾死复生,度云经汉澹还明。夜长虽耐对君坐,年少不禁随尔行。玉桂影摇乌鹊动,金波寒注鬼神惊。人间半被虚抛掷,唯向孤吟客有情。

秋

傍雨依风冷渐匀,更凭青女事精神。来时将得几多雁,到处愁他无限人。能被绿杨深懊恼,漫倩黄菊送殷勤。邹家不用偏吹律,到底荣枯也自均。

松

地耸苍龙势抱云,天教青共众材分。孤标百尺雪中见,长啸一声风里闻。桃李傍他真是佞,藤萝攀尔亦非群。平生相爱应相识,谁道修篁胜此君?

读汉史

四百年间反覆寻,汉家兴替好沾襟。每逢

奸诈须援手,真一作直遇英雄始醒心。王莽弄来曾半破,曹公将去便平沈。当时虚受君恩者,漫向青编作鬼林。

上元怀古二首

南朝天子爱风流,尽守江山不到头。总是战争收拾得,却因歌舞破除休。尧行一作将道德终无敌,秦把金汤可自由。试问繁华何处有一作在,雨苔烟草古一作石城秋。

争帝图王一作皇德尽衰,骤兴一作王驰霸亦何为。君臣都是一场笑,家国共一作同成千载悲。排岸远樯森似槊,落波残照赫如旗。今朝城上难回首,不见楼船索战时。

隋堤柳

曾傍龙舟拂翠华,至今凝恨倚天涯。但经春色还秋色,不觉杨家是李家。背日古阴从北朽,逐波疏影向南斜。年年只有晴风便,遥为雷塘送雪花。

蒲关西道中作

国东王气凝蒲关,楼台帖出晴空间。紫烟横捧大舜庙,黄河直打中条山。地锁咽喉千古壮,风传歌吹万家闲。来来去去身依旧,未及潘年鬓已斑。

送李秀才入军

弱柳贞松一地栽,不因霜霰自难媒。书生只是平时物,男子争无乱世才。铁马已随红斾去,同人犹著白衣来。到头功业须如此,莫为初心首重回。

送蕲州裴员外

正作南宫第一人,暂随霓斾怆离群。晓从阙下辞天子,春向江头待使君。五马尚迷青琐路,双鱼犹惹翠兰芬。明朝无路寻归处,禁树参差隔紫云。

代孔明哭先主

忆昔南阳顾草庐,便乘雷电捧乘舆。酌量诸夏须平取,期刻群雄待遍锄。南面未能成帝业,西陵那忍送宫车。九疑山下频惆怅,曾许微臣水共鱼。

送职方王郎中吏部刘员外自太原郑相公幕继奉征书归省署

双凤衔书次第飞,玉皇催促列仙归。云开日月临青琐,风卷烟霞上紫微。莲影一时空俭府,兰香同处扑尧衣。此生长扫朱门者,每向人间梦粉围。

寒食二首 第二首缺六字

柳带东风一向斜,春阴淡淡蔽人家。有时三点两点雨,到处十枝五枝花。万井楼台疑绣画,九原珠翠似烟霞。年年今日谁相问,独卧长安泣岁华。

风烟放荡花披猖,秋千女儿飞短一作出墙。绣袍驰马拾遗翠,锦袖斗鸡喧广场。天地气和融霁色,池台日暖烧春光。自怜尘土无他事,空脱荷衣泥醉乡。

又代孔明哭先主

鲸鬣翻腾四海波,始将天意用干戈。尽驱神鬼随鞭策,全罩英雄入网罗。提剑尚残吴郡国,垂衣犹欠魏山河。鼎湖无路追仙驾,空使群臣泣血多。

贫女

平生不识绣衣裳,闲把荆钗一作簪亦自伤。镜里只应谙素貌,人间多自信一作重红妆。当年未嫁还忧老,终日求媒即道狂。两意定知无说处,暗垂珠泪湿蚕筐。

寓怀

万古交驰一片尘,思量名利孰如身?长疑好事皆虚事,却恐闲人是贵人。老逐少来一作年终不放,辱随荣后直一作定须匀。劝君不用一作莫漫夸头角,梦里输赢总未真。

蜀中寓怀

千里烟霞锦水头,五丁开得也风流。春装

宝阙一作钿重重树,日照仙州万万楼。蛙似公孙虽不守,龙如诸葛亦须休。此中无限英雄鬼,应对江山各自羞。

下第卧疾卢员外召游曲江

眼前何事不伤神,忍向江头更弄春。桂树既能欺贱子,杏花争肯采闲人。麻衣未掉浑身雪,皂盖难遮满面尘。珍重列星相借问,嵇康慵病也天真。

司天台

拂云朱槛捧昭回,静对铜浑水镜开。太史只知频奏瑞,苍生无计可防灾。景公进德星曾退,汉帝推诚日为回。何事旷官全不语,好天良月锁高台。

落花

落拓东风不藉春,吹开吹谢两何因。当时曾见笑筵主,今日自为行路尘。颜色却还天上女,馨香留与世间人。明年寒食重相见,零泪无端又满一作湿,一作沾巾。

赴举别所知

腰剑囊书出户迟,壮心奇命两相疑。麻衣尽举一双手,桂树只生三两一作十枝。黄祖不怜鹦鹉客,志公偏赏麒麟儿。叔牙忧一作知我应相痛,回首天涯寄所思。

贺邢州卢员外

紫泥飞诏下金銮,列象分明世仰观。北省谏书藏旧草,南宫郎署握新兰。春归凤沼恩波暖,晓入鸳行瑞气寒。偏是此生栖息者,满衣零泪一时干。

方干隐居

咬咬嘎嘎水禽声,露洗松阴满院清。溪畔印沙多鹤迹,槛前题竹有僧名。问人远岫千重意,对客闲云一片情。早晚尘埃得休去,且将书剑事先生。

早春微雨

怪来莺蝶似凝愁,不觉看花暂湿头。疏影未藏千里树,远阴微翳万家楼。青罗舞袖纷纷转,红脸啼珠旋旋收。岁旱且须教济物,为霖何事爱风流?

谒翰林刘学士不遇

梦绕清华宴地深,洞宫横锁晓沈沈。鹏飞碧海终难见,鹤入青霄岂易寻!六尺羁魂迷定止,两行愁血谢知音。平生只耻凌风冀,随得鸣珂上禁林。

答刘书记见赠

吟近秋光思不穷,酷探骚雅愧无功。茫然心苦千篇拙,暝坐神凝万象空。月上开襟当北户,竹边回首揖西风。知音频有新诗赠,白雪纷纷落郢中。

贺友人及第

得水蛟龙失水鱼,此心相对两何如?敢辞今日须行卷,犹喜他年待荐书。松桂也应情未改,萍蓬争奈迹还疏。春风不见寻花伴,遥向青云泥子虚。

雨后过华岳庙第二句缺两字

华山黑影霄崔嵬,金天□□门未开。雨淋鬼火灭不灭,风送神香来不来。墙外素钱飘似雪,殿前阴柏吼如雷。知君暗宰人间事,休把苍生梦里裁。

赠弹琴李处士

情知此事少知音,自是先生枉用心。世上几时曾好古,人前何必更沾襟。致身不似笙竽一作篁巧,悦耳宁如郑卫淫。三尺焦桐七条线,子期师旷两沈沈。

刘员外寄移菊

秋来缘树复缘墙,怕共平芜一例荒。颜色不能随地变,风流唯解逐人香。烟含细叶交加碧,露拆寒英次第黄。深谢栽培与知赏,但惭终岁待重阳。

南山

钝碧顽青几万秋,直无天地始应休。莫嫌

尘土佯遮面,能向楼台强出头。霁色陡添千尺翠,夕阳闲放一堆愁。假饶不是神仙骨,终抱琴书向此游。

山中览刘书记新诗

记室新诗相寄我,蔼然清绝更无过。溪风满袖吹骚雅,岩瀑无时滴薜萝。云外山高寒色重,雪中松苦夜声多。静酬嘉唱对幽景,苍鹤羸栖古木柯。

早秋山中作

荣枯无路入千峰,肥遁谁谐此志同?司寇亦曾曹鲁黜,步兵何事哭途穷。桧松瘦健滴秋露,户牖虚明生晚风。山思更清人影绝,陇云飞入草堂中。

赋得寒月寄齐己

松下清风吹我襟,上方钟磬夜沈沈。已知庐岳尘埃绝,更忆寒山雪月深。高谢万缘消祖意,朗吟千首亦师心。岂知名出遍一作遍出诸夏,石上栖禅竹影侵。

曲江二首

南山低对紫云楼,翠影红阴瑞气浮。一种是春长富贵,大都为水也风流。争攀柳带千千手,间插花枝万万头。独向江边最惆怅,满衣尘土避王侯。

江色沈天万草齐,暖烟晴霭自相迷。蜂怜杏蕊细香落,莺坠柳条浓翠低。千队国娥轻似雪,一群公子醉如泥。斜阳怪得长安动,陌上分飞万马蹄。

迁居清溪和刘书记见示

担锡归来竹绕溪,过津曾笑鲁儒迷。端居味道尘劳息,扣寂眠云心境一作行齐。还似村家无宠禄,时将邻叟话幽栖。山衣毳烂唯添野,石井源清不贮泥。祖意岂从年腊得,松枝肯为雪霜低?晚天吟望秋光重,雨阵横空蔽断霓。

阴地关崇徽公主手迹

一拓一作搯纤痕更不收,翠微苍藓几经秋。谁陈帝子和番策,我是男儿为国羞。寒雨洗来香已尽,淡烟笼著恨长留。可怜汾水知人意,旁与吞声未忍休。

题李员外厅

石砌蛩吟响,草堂人语稀。道孤思绝唱,年长渐知非。名利终成患,烟霞亦可依。高丘松盖古,闲地药苗肥。猿鸟啼嘉景,牛羊傍晚晖。幽栖还自得,清啸坐忘机。爱彼人深处,白云相伴归。

山中寄梁判官

归卧东林计偶谐,柴门深向翠微开。更无尘事心头起,还有诗情象外来。康乐公应频结社,寒山子亦患多才。星郎雅是道中侣,六艺拘牵在隗台。

禅林寺作寄刘书记

坐近松风骨自寒,茅斋直拶白云边。玄关不闭何人到,此事谁论在佛先?天竺老师留一句,曹溪行者答全篇。今朝林下忘言说,强把新诗寄谪仙。

山中病后作

卧病厌厌三伏尽,商飙初自水边来。高峰柏槚骨偏峭,野树扶疏叶未摧。时序追牵从鬓改,蝉声酸急是谁催?云门不闭全无事,心外沈然一聚灰。

寄卫别驾

晓屐归来岳寺深,尝思道侣会东林。昏沈天竺着经眼,萧索净名老病心。云盖数重横陇首,苔花千点遍松阴。知君超达悟空旨,三径闲行抱素琴。

遣怀

老松埋涧底,郁郁未出原。孤云飞陇首,高洁不可攀。古道贵拙直,时事不足言。莫饮盗泉水,无为天下先。智者与愚者,尽归北邙山。唯有东流水,年光不暂闲。

酬刘书记一二知己见寄

见说金台客,相逢只论诗。坐来残暑退,吟许野僧—作人知。自喜幽栖僻,唯惭道义亏。身闲偏好古,句冷不求奇。晦迹全无累,安贫自得宜。同人终念我,莲社有归期。

山中依韵答刘书记见赠

幽居少人事,三径草不开。隐几虚室静,闲云入坐来。至道非内外,讵言才不才。宝月当秋空,高洁无纤埃。心灭—作减百虑减—作灭,诗成万象回。亦有吾庐在,寂寞旧山隈。从容未归去,满地生青苔。谢公寄我诗,清奇不可陪。白雪飞不尽,碧云欲成堆。惊风出地户,虢虢似震雷。吟哦山岳动,令人心胆摧。思君览章句,还复如望梅。慷慨追古意,旷望登高台。何当陶渊明,远师劝倾杯。流年将老来,华发自相催。野寺连屏障,左右相萦回。

山中答刘书记寓怀

贵门多冠冕,日与荣辱并。山中有独夫,笑傲出衰盛。正直任天真,鬼神亦相敬。之子贲丘园,户牖松萝映。骨将槁木齐,心同止水净。笔头指金波,座上横玉柄。芙蓉出秋渚,绣段流清咏。高古不称时,沈默岂相竞!穷搜万籁息,危坐千峰静。林僧继嘉唱,风前亦为幸。

项羽庙

为虏为王尽偶然,有何羞见汉江船。停分天下犹嫌少,可要行人赠纸钱。

春日商山道中作

一径春光里,扬鞭入翠微。风来花落帽,云过雨沾衣。谷鸟衔枝去,巴人负笈归。残阳更惆怅,前路客亭稀。

古石砚

追琢他山石,方圆一勺深。抱真唯守墨,

求用每虚心。波浪因文起,尘埃为废侵。凭君更研究,何啻直千金!

惜花

未会春风意,开君又落君。一年今烂漫,几日便缤纷。别艳那堪赏,余香不忍闻。尊前恨无语,应解—作得作朝云。

别杨秀才

因乱与君别,相逢悲且惊。开襟魂自慰,拭泪眼空明。故国已无业,旧交多不生。如何又分袂,难话别离情。

自叹拙

自怜心计拙,欲语更悲辛。世乱僮欺主,年衰鬼弄人。镜中颜欲老,江上业长贫。不是刘公乐—作药,何由变此身?

乱后途中

乱离寻故园,朝市不如村。恸哭翻无泪,颠狂觉少魂。诸侯贪割据,群盗恣并吞。为问登坛者,何年答汉恩?

燕

每岁同辛苦,看人似有情。乱飞春得意,幽语夜闻声。整羽庄姜恨,回身汉后轻。豪家足金弹,不用污雕楹。

题慈云寺僧院

帝城深处寺,楼殿压秋江。红叶去寒树,碧峰来晓窗。烟霞生净土,苔藓上高幢。欲问吾师语,心猿不肯降。

闻子规末句缺二字

冤禽名杜宇,此事更难知。昔帝一时恨,后人千古悲。断肠思故国,啼血溅芳枝。况是天涯客,那堪□□眉。

送刘将军入关讨贼

世人多恃武,何者是真雄?欲灭黄巾贼,须凭黑矟公。指星忧国计,望气识天风。明日凌云上,期君第一功。

陪郑先辈华山罗谷访张隐者

白云闲洞口,飞盖入岚光。好鸟共人语,异花迎客香。谷风闻鼓吹,苔石见文章。不是陪仙侣,无因访阮郎。

兵后寻边三首

千里烟沙尽日昏,战余烧罢闭重门。新成剑戟皆农器,旧著衣裳尽血痕。卷地朔风吹白骨,柱一作桂天青气泣幽魂。自怜长策无人问,羞戴儒冠傍塞垣。

旗头指处见黄埃,万马横驰鹘翅回。剑戟远腥凝血在,山河先暗阵云来。角声恶杀悲于哭,鼓势争强怒若雷。日暮却登寒垒望,饱鸱清啸伏尸堆。

风怒边沙迸铁衣,胡儿胡马正骄肥。将军对阵谁教入,战士辞营不道归。新血溅红粘蔓草,旧骸堆白映寒晖。胸中纵有销兵术,欲向何门说是非?

沧浪峡

走毂飞蹄过此傍,几人留意问沧浪。烟波莫笑趋名客,为爱朝宗日夜忙。

公子家二首

曾是皇家几世侯,入云高第照神州。柳遮门户横金锁,花拥弦歌咽画楼。锦袖妪姬争巧笑,玉衔骄马索闲游。麻衣酷献平生业,醉倚春风不点头。

柳底花阴压露尘,醉一作瑞烟轻罩一团春。鸳鸯占水能嗔客,鹦鹉嫌笼解骂人。骁褭似龙随日换,轻盈如燕逐年新。不知买尽长安笑,活得苍生几户贫?

山下一作中残夏偶作

等闲三伏后,独卧此高丘。残暑炎于火,林风爽带秋。声名何要出,吟咏亦堪休。自许红尘外,云溪好漱流。

夜吟

除却闲吟外,人间事事慵。更深成一句,月冷上孤峰。穷理多瞑目,含毫静倚松。终篇浑不寐,危坐到晨钟。

代崇徽公主意

金钗坠地鬓堆云,自别朝一作昭阳帝岂闻。遣妾一身安社稷,不知何处用将军?

下第献所知三首

偶向江头别钓矶,等闲经岁与心违。虚教六尺受辛苦,枉把一身忧是非。青桂本来无欠负,碧霄何处有因依?春风不用相催促,回避花时也解归。

不识人间巧路岐,只将端拙泥神祇。与他名利本无分,却共水云曾有期。大抵物情应莫料,近来天意也须疑。自怜心计今如此,凭仗春醪为解颐。

十年磨镞事锋铓,始逐朱旗入战场。四海风云难际会,一生肝胆易开张。退飞鹢谷春零落,倒卓龙门路渺茫。今日惭知也惭命,笑余歌罢忽一作总凄凉。

寄太常王少卿

别后西风起,新蝉坐卧闻。秋天静如水,远岫碧侵云。雅饮纯和气,清吟冰雪文。想思重回首,梧叶下纷纷。

游侠儿

好把雄姿浑世尘,一场闲事莫因循。荆轲只为闲言语,不与燕丹了得人。

下第出春明门

曾和秋雨驱愁入,却向春风领恨回。深谢灞陵堤畔柳,与人头上拂尘埃。

望思台

君父昏蒙死不回,谩将平地筑高台。九层黄土是何物,销得向前冤恨来。

病中答刘书记见赠

病来双树下,云脚上禅袍。频有琼瑶赠,空瞻雪月高。已知捐俗态,时许话风骚。衰疾一作病未能起,相思徒自劳。

早秋山中作

谁到山中语,雨余风气秋。烟岚出涧底,瀑布落床头。至道亦非远,僻诗须苦求。千峰有嘉景,拄杖独巡游。

别墅

此地可求息,开门足野情。窗明雨初歇,日落风更清。苍藓槎根匝,碧烟水面生。玩奇心自乐,暑月听蝉声。

柳十首

灞岸江头腊雪消,东风偷软入纤条。春来不忍登楼望,万架金丝著地娇。

受尽风霜得到春,一条条是逐年新。寻常送别无余事,争忍攀将过与人。

长恨阳和也世情,把香和艳与红英。家家只是栽桃李,独自无根到处生。

只为遮楼又拂桥,被人摧折好枝条。假饶张绪如今在,须把风流暗里销。

弱带低垂可自由,傍他门户倚他楼。金风不解相抬举,露压烟欺直到秋。

终日堂前学画眉,几人曾道胜花枝。试看三月春残后,门外青阴是阿谁?

也曾飞絮谢家庭,从此风流别有名。不是向人无用处,一枝愁杀别离情。

从来只是爱花人,杨柳何曾占得春?多向客亭门外立,与他迎送往来尘。

强扶柔态酒难醒,殢著一作漠漠春风别有情。公子王孙且相伴,与君俱得几时荣?

无赖秋风斗觉一作送寒,万条烟草一作罩一时干。游人若要春消息,直向江头腊后看。

酬刘书记见赠 第七句缺一字,第十五句缺。

独在西峰末,怜君和气多。劳生同朽索,急景似倾波。禅者行担锡,樵师语隔坡。早□生赤藓,古木架青萝。石涧新蝉脱,茅檐旧燕窠。篇章蒙见许,松月好相过。思苦通真理,吟清合大和。□□□□□,风起送渔歌。

赠徐三十一 本题缺,一本作酬刘书记见赠第二首。

春满南宫白日长,夜来新值锦衣郎。朱排六相一作戟助神耸,玉衬一厅侵骨凉。砌竹拂袍争草色,庭花飘艳妒兰香。从今不羡乘槎客,曾到三星列宿傍。

牡丹

邀勒春风不早开,众芳飘后上楼台。数苞仙艳火中出,一片异香天上来。晓露精神妖欲动,暮烟情态恨成堆。知君也解相轻薄,斜倚阑干首重回。

赠宿将

校猎燕山经几春,雕弓白羽不离身。年来马上浑无力,望见飞鸿指似人。

全唐诗卷六百四十四

李咸用

李咸用,与来鹏同时,工诗,不第,尝应辟为推官。有《披沙集》六卷,今编为三卷。

水仙操

大波相拍流水鸣,蓬山鸟兽多奇形。琴心不喜亦不惊,安弦缓爪何泠泠?水仙缥缈来相迎,伯牙从此留嘉名。峄阳散木虚且轻,重华斧下知其声。庣丝相纠成凄清,调和引得薰风生。指底先王长养情,曲终天下称太平。后人好事传其曲,有时声足意不足。始峨峨兮复洋洋,但见山青兼水绿。成连入海移人情,岂是本来无嗜欲!琴兮琴兮在自然,不在徽金将轸玉。

鸡鸣曲

海树相扶乌影翘,戴红拍翠声胶胶。鸳瓦冻危金距趏,夸雄斗气争相高。漏残雨急风萧萧,患乱忠臣欺宝刀。霜浓月薄星昭昭,太平才子能歌谣。山翁梦断出衡茅,谷口雾中饥虎号。离人枕上心忉忉。

西门行

劳禽不择枝,饥虎不畏槛。君子当固穷,无为仲由滥。尔奋空拳彼击剑,水纵长澜火飞焰。汉高偶试神蛇验,武王龟筮惊人险。四龙或跃犹依泉,小狐勿恃冲波胆。

轻薄怨

花骢蹀躞游龙骄,连连宝节挥长鞘,凤雏麟子皆至交,春风相逐垂杨桥。捻笙软玉开素苞,画楼闪闪红裾摇。碧蹄偃蹇连金镳,狂情十里飞相烧。西母青禽轻飘飘,分环破璧来往劳。黄金千镒新一宵,少年心事风中毛。明朝何处逢娇饶,门前桃树空夭夭。

长歌行

要衣须破束,欲炙须解牛。当年不快意,

徒为他人留。百岁之约何悠悠,华发星星稀满头。蛾眉蝤首聊我仇,圆红阙白令人愁。何不夕引清奏,朝登翠楼,逢花便折,闻胜即游？鼓腕腾棍睛雷收,舞腰因衮垂杨柔。象箸击折歌勿休,玉山未到非风流。眼前有物俱是梦,莫将身作黄金仇。死生同域不用惧,富贵在天何足忧！

巫山高
通蜀连秦山十二,中有妖灵会人意。斗艳传情世不知,楚王魂梦春风里。雨态云容多似是,包荒见物皆成媚。露泫烟愁岩上花,至今犹滴相思泪。西眉南脸人中美,或者皆闻无所利。忍听凭虚巧佞言,不求万寿翻求死。

公无渡河
有叟有叟何清狂,行摇短发提壶浆。乱流直涉神洋洋,妻止不听追沈湘。偕老不偕死,箜篌遗凄凉。剧松轻稳琅玕长,连呼急榜庸何妨。见溺不援能语狼,忍听丽玉传悲伤。

春雨
大帝闲吹破冻风,青云融液流长空。天人醉引玄酒注,倾香旋入花根土。湿尘轻舞唐唐春,神娥无迹莓苔新。老农私与牧童论,纷纷便是仓箱本。

石版歌
云根劈裂雷斧痕,龙泉切璞青皮皴。直方挺质贞且真,当庭卓立凝顽神。春雨流膏成立文,主人性静看长新。明月夜来回短影,何如照冷太湖滨。

春宫词
风和气淑宫殿春,感阳体解思君恩。眼光滴滴心振振,重瞳不转忧生民。女当为妾男当臣,男力百岁在,女色片时新。用不用,唯一人。敢放一作徼天宠私微身,六宫万国教谁宾？

富贵曲
画藻雕山金碧彩,鸳鸯叠翠眠晴霭。编珠影里醉春庭,团红片下攒歌黛。革咽丝烦欢不改,繳绛垂缇忽如晦。活花起舞夜春来,蜡焰煌煌天日在。雪暖瑶杯凤髓融,红拖象箸猩唇细。空中汉转星移盖,火城拥出随朝会。车如雷兮马如龙,鬼神辟易不敢害。冠峨剑重锵环佩,步入天门相真宰。开口长为爵禄筌,回眸便是公卿罪。珍珠索得龙宫贫,膏腴刮下苍生背。九野干戈指著心,威福满拳犹未快。我闻周公贵为天子弟,富有半四海,蔑有骄奢贻后悔。红锦障收,珊瑚树碎,至今笑石崇王恺。

独鹄吟
碧玉喙长丹顶圆,亭亭危立风松间。啄萍吞鳞意已阑,举头咫尺轻重天。黑翎白本排云烟,离群脱侣孤如仙。披霜唳月惊婢娟,逍遥忘却还青田。鸢寒鸦晚空相喧,时时侧耳清泠泉。

煌煌京洛行
长安近甸巡游遍,洛阳寻有黄龙见。千乘万骑如雷转,差差清跸祥云卷。百司旧分当玉殿,太平官属无遗彦。歌钟沸激香尘散,晨旗隐隐罗轩冕。周公旧迹生红藓,瀍涧波光春照晚。但听嵩山万岁声,将军旗鼓何时偃。

升天行
堂堂削玉青蝇喧,寒鸦啄鼠愁飞鸾。梳玄洗白逡巡间,兰言花笑俄衰残。盘金束紫身属官,强仁小德终无端。不如服取长流丹,潜神却入黄庭闲。志定功成飞九关,逍遥长揖辞人寰。空中龙驾时回旋,左云右鹤翔翩联。双童树节当风翻,常娥倚桂开朱颜。河边牛子星郎牵,三清宫殿浮晴烟。玉皇据案方凝然,仙官立仗森幢幡。引余再拜归仙班,清声妙色视听安。餐和饮顺中肠宽,虚无之乐不可言。

绯桃花歌
上帝春宫思丽绝,夭桃变态求新悦。便是花中倾国容,牡丹露泣长门月。野树滴残龙战血。曦车碾下朝霞屑。惆怅东风未解狂,争教此物芳菲歇。

短歌行

一樽绿酒绿于染,拍手高歌天地险。上得青云下不难,下在黄埃上须渐。少年欢乐须及时,莫学懦夫长泣岐。白日欲沈犹未沈,片月已来天半垂。坎鼓铿钟杀愁贼,按碎—作满眼是非伴不识。长短高卑不可求,莫叹人生头雪色。

小松歌

幽人不喜凡草生,秋锄剧得寒青青。庭闲土瘦根脚狞,风摇雨拂精神醒。短影月斜不满尺,清声细入鸣蛮翼。天人戏剪苍龙髯,参差簇在瑶阶侧。金精水鬼欺不得,长与东皇逗颜色。劲节暂因君子移,贞心不为麻中直。

大雪歌

同云惨惨如天怒,寒龙振鬣飞乾雨。玉圃花飘朵不匀,银河风急惊砂度。谢客凭轩吟未住,望中顿失纵横路。应是羲和倦晓昏,暂反元元归太素。归太素,不知归得人心否?

塘上行

横塘日淡秋云隔,浪织轻飔罗幂幂。红绡撇水荡舟人,画桡掺掺柔黄白。鲤鱼虚掷无消息,花老莲疏愁未摘。却把金钗打绿荷,懊恼露珠穿不得。

寓意

直道荆棘生,斜径红尘起。苍苍杳无言,麒麟回瑞趾。东风如未来,飞雪终不已。不知姜子牙,何处钓流水?

剑喻

黯黯秋水寒,至刚非可缺。风胡不出来,摄履人相蔑。纵挺倚天形,谁是躬—作的提挈?愿将百炼身,助我王臣节。

苍颉台

先贤忧民诈,观迹成纲纪。自有书契来,争及结绳理。

荆山

良工指君疑,真玉却非玉。寄言怀宝人,不须伤手足。

自君之出矣

自君之出矣,鸾镜空尘生。思君如明月,明月逐君行。

妾薄命

妾命何太薄,不及宫中水。时时对天颜,声声入君耳。

君子行

君子慎所履,小人多所疑。尼甫至圣贤,犹为匡所縻。

铜雀台

但见西陵惨明月,女妓无因更相悦。有虞曾不有遗言,滴尽湘妃眼中血。

健儿怨

莫恃芙蓉开满面,更有身轻似飞燕。不得团圆长近君,珪月钗时泣秋扇。

悲哉行

云色阴沈弄秋气,危叶高枝恨深翠。用却春风力几多,微霜逼迫何容易。

携手曲

携手春复春,未尝渐离别。夭夭风前花,纤纤日中雪。不敢怨于天,唯惊添岁月。不敢怨于君,只怕芳菲歇。芳菲若长然,君恩应不绝。

空城雀

啾啾空城雀,一啄数跳跃。宁寻覆辙余,岂比巢危幕。茫茫九万鹏,百雉且为乐。

放歌行

蠢蠢茶蓼虫,薨薨避葵荠。悠悠狷者心,

寂寂厌清世。如何不食甘,命合苦其噬。如何不趣时,分合辱其体。至哉先哲言,于物不凝滞。

猛虎行

猛虎不怯敌,烈士无虚言。怯敌辱其班,虚言负其恩。爪牙欺白刃,果敢无前阵。须知易水歌,至死无悔吝。

陇头行 一作吟

行人何彷徨,陇头水呜咽。寒沙战鬼愁,白骨风霜切。薄日朦胧秋,怨气阴云结。杀成边将名,名著生灵灭。

关山月

离离天际云,皎皎关山月。羌笛一声来,白尽征人发。嘹唳孤鸿高,萧索悲风发。雪压塞尘清,雕落沙场阔。何当胡无人,荷戈朝凤阙。

览友生古风

伯牙鸣玉琴,幽音随指发。不是钟期听,俗耳安能别。高山闲巍峨,流水声呜咽。一卷冰雪言,清泠泠心骨。分明古雅声,讽谕成凄切。皴皵音碛,又音鹊老松根,晃朗骊龙窟。荆璞且深藏,珉石方如雪。金多丑女妍,木朽良工拙。奸宄欺雷霆,魑魅嫌日月。蝶迷桃李香,鲋惘江湖阔。不寐孤灯前,舒卷忘饥渴。

题友生丛竹

菊花寒露浓,兰愁晓霜重。指佞不长生,蒲荛今无种。安如植丛篁,他年待栖凤。大则化龙骑,小可钓璜用。留烟伴独醒,回阴冷闲梦。何妨积雪凌,但为清风动。乃知子猷心,不与常人共。

石版

高人好自然,移得它山碧。不磨如版平,大巧非因力。古藓小青钱,尘中看野色。冷倚砌花春,静伴疏篁直。山僧若转头,如逢旧相识。

江南曲

江南四月薰风低,江南女儿芳步齐。晚云接水共渺渺,远沙叠草空萋萋。白苎不堪论古意,数花犹可醉前溪。孤舟有客归未得,乡梦欲成山鸟啼。

临川逢陈百年

麻姑山下逢真士,玄肤碧眼方瞳子。自言混沌凿不死,大笑老彭非久视。强争龙虎是狂人,不保元和虚叩齿。桃花雨过春光腻,劝我一杯灵液味。教我无为礼乐拘,利路名场多忌讳。不如含德反婴儿,金玉满堂真可贵。

寄修睦上人

衣服田方无内客,一入庐云断消息。应为山中胜概偏,惠持惠远多踪迹。寻阳有个虚舟子,相忆由来无 一作无 事。江边月色到岩前,此际心情必相似。似不似,寄数字。

读修睦上人歌篇

李白亡,李贺死,陈陶赵睦寻相次。须知代不乏骚人,贯休之后,惟修睦而已矣。睦公睦公真可畏,开口向人无所忌。才似烟霞生则媚,直如屈轶佞则指。意下纷纷造化机,笔头滴滴文章髓。明月清风三十年,被君驱使如奴婢。劝君休,莫容易,世俗由来稀则贵。珊瑚高架五云 一作色 毫,小小不须烦藻思。

远公亭牡丹

雁门禅客吟春亭,牡丹独逞花中英。双成腻脸偎云屏,百般姿态因风生。延年不敢歌倾城,朝云暮雨愁娉婷。蕊繁蚁脚粘不行,甜迷蜂醉飞无声。庐山根脚含精灵,发妍吐秀丛君庭。溢江太守多闲情,栏朱绕绛留轻盈。潺潺绿醴当风倾,平头奴子啾银笙。红葩艳艳交童星,左文右武怜君荣,白铜鞮上惭清明。

谢僧寄茶

空门少年初志 一作地 坚,摘芳为药除睡眠。匡山茗树朝阳偏,暖萌如爪拿飞鸢。枝枝膏露凝滴圆,参差失向兜罗绵。倾筐短甑蒸新鲜,白纻眼细匀于研。砖排古砌春苔干,殷勤寄我清明前。金槽无声飞碧烟,赤兽呵冰急铁喧。林风夕和真珠泉,半匙青粉搅潺湲。绿云轻绾湘娥鬟,尝来纵使重支枕,胡蝶寂寥空掩关。

送人

　　少暤开宫行帝业,无刃金风剪红叶。雁别边沙入暖云,蛩辞败草鸣香阁。有客为儒二十霜,酣歌鄠雪时飘扬。不甘长在诸生下,束书携剑离家乡。利爪鞲上鹰,雄文雾中豹。可堪长与乌鸢噪,是宜摩碧汉以遐飞,出南山而远蹈。况今大朝公道,天子文明,团团月树悬青青。燕中有马如龙行,不换黄金无骏名。荆山有玉犹在璞,未遇良工虚掷鹊。一壶清酒酌离情,休向蒿中随雀跃。

古意论交

　　择友如淘金,沙尽不得宝。结交如乾银,产竭不成道。我生四十年,相识苦草草。多为势利朋,少有岁寒操。通财能几何,闻善宁相告。茫然同夜行,中路自不保。常恐管鲍情,参差忽终老。今来既见君,青天无片云。语直瑟弦急,行高山桂芬。约我为交友,不觉心醺醺。见义必许死,临危当指囷。无令后世士,重广孝标文。

全唐诗卷六百四十五

李咸用

春风
青帝使和气,吹嘘万国中。发生宁有异,先后自难同。辇草不消力,岩花应费功。年年三十骑,飘入玉蟾宫。

自愧
多负悬弧礼,危时隐薜萝。有心明俎豆,无力执干戈。壮士难移节,贞松不改柯。缨尘徒自满,欲濯待清波。

夜吟
白兔轮当午,儒家业敢慵。竹轩吟未已,锦帐梦应重。落笔思成虎,悬梭待化龙。景清神自爽,风递远楼钟。

昭君
古帝修文德,蛮夷莫敢侵。不知桃李貌,能转虎狼心。日暮边风急,程遥碛雪深。千秋青冢骨,留怨在胡琴。

秋夕
寥廓秋云薄,空庭月影微。树寒栖鸟密,砌冷夜蛩稀。晓鼓军容肃,疏钟客梦归。吟余何所忆,圣主尚宵衣。

秋日与友生言别
利名心未已,离别恨难休。为个文儒业,致多岐路愁。数花篱菊晚,片叶井梧秋。又决出门计,一尊期少留。

边城听角
戍楼鸣画角,寒露滴金枪。细引云成阵,高催雁著行。唤回边将梦,吹薄晓蟾光。未遂终军志,何劳思故乡?

秋日访同人
忽忆金兰友,携琴去自由。远寻寒涧碧,深入乱山秋。见后却无语,别来长独愁。幸逢三五夕,露坐对冥搜。

寄楚琼上人
遥知无事日,静对五峰秋。鸟隔寒烟语,泉和夕照流。凭栏疏磬尽,瞑目远云收。几句出人意,风高白雪浮。

游寺
无家身自在,时得到莲宫。秋觉暑衣薄,老知尘世空。幽情怜水石,野性任萍蓬。是处堪闲坐,与僧行止同。

春日
浩荡东风里,裴回无所亲。危城三面水,古树一边春。衰世难修道,花时不称贫。滔滔天下者,何处问通津?

论交
行亏何必富,节在不妨贫。易得笑言友,难逢终始人。松篁贞管鲍,桃李艳张陈。少见岁寒后,免为霜雪尘。

秋兴
木叶乱飞尽,故人犹未还。心虽游紫阙,时合在青山。近寺僧邻静,临池鹤对闲。兵戈如未息,名位莫相关。

山居
草堂书一架,苔径竹千竿。难世投谁是,清贫且自安。邻居皆学稼,客至亦无官。焦尾何人听,凉宵对月弹。

遣兴
风细酒初醒,凭栏别有情。蝉稀秋树瘦,雨尽晚云轻。旅鬓一丝出,乡心寸火生。子牟魂欲断,何日是升平?

待旦
檐静燕雏语,窗虚蟾影过。时情因客老,归梦入秋多。蔽日群山雾,滔天四海波。吾皇思壮士,谁应大风歌?

送从兄坤载
忍泪不敢下,恐兄情更伤。别离当乱世,骨肉在他乡。语尽意不尽,路长愁更长。那堪回首处,残照满衣裳。

惜别
细雨妆行色,霏霏入户来。须知相识喜,却是别愁媒。白刃方盈国,黄金不上台。俱为邹鲁士,何处免尘埃。

早秋游山寺
闲卧云岩稳,攀缘笑戏猱。静于诸境静,高却众山高。至理无言了,浮生一梦劳。清风朝复暮,四海自波涛。

秋日疾中寄诸同志
闲居无胜事,公干卧来心。门静秋风晚,人稀古巷深。花疏篱菊色,叶减井梧阴。赖有斯文在,时时得强寻。

赠山僧
荣枯虽在目,名利不关身。高出城隍寺,野为云鹤邻。松声寒后远,潭色雨余新。岂住空空里,空空亦是尘。

宿隐者居
永日连清夜,因君识躁君。竹扉难掩月,岩树易延云。曙鸟枕前起,寒泉梦里闻。又须随计吏,鸡鹤迥然分。

送钱契明尊师归庐山
瘦倚青竹杖,炉峰指欲归。霜粘行日屦,风暖到时衣。凭槛云还在,攀松鹤不飞。何曾有别恨,杨柳自依依。

送进士刘松
滔滔皆鲁客,难得是心知。到寺多同步,游山未失期。云低春雨后,风细暮钟时。忽别垂杨岸,遥遥望所之。

赠任肃
玄发难姑息,青云有路岐。莫言多事日,

虚掷少年时。松色雪中出,人情难后知。圣朝公道在,中鹄勿差池。

题陈正字山居

怪来忘禄位,习学近潇湘。见处云山好,吟中岁月长。花光笼晚雨,树影浸寒塘。几日凭栏望,归心自不忙。

赠来进士鹏

语玄人不到,星汉在灵空。若使无良遇,虚言有至公。月明千峤雪,滩急五更风。此际苦吟力,分将造化功。

送曹税

掺袂向春风,何时约再逢。若教相见密,肯恨别离重。芳草渔家路,残阳水寺钟。落帆当此处,吟兴不应慵。

赠来鹏

默坐非关闷,凝情只在诗。庭闲花落后,山静月明时。答客言多简,寻僧步稍迟。既同和氏璧,终有玉人知。

途中作

瘦马倦行役,斜阳劝著鞭。野桥寒树亚,山店暮云连。退鹢风虽急,攀龙志已坚。路人休莫笑,百里有时贤。

秋晚

斜阳山雨外,秋色思无穷。柳叶飘干翠,枫枝撼碎红。鬓毛看似雪,生计尚如蓬。不及樵童乐,兼霞一笛风。

晓望

露惊松上鹤,晓色动扶桑。碧浪催人老,红轮照物忙。世情随日变,利路与天长。好驾鹢船去,陶陶入醉乡。

寄友生

交情应不变,何事久离群?圆月思同步,寒泉忆共闻。雪霜松色在,风雨雁行分。每见人来说,窗前改旧文。

江行

潇湘无事后,征棹复呕哑。高岫留斜照,归鸿背落霞。鱼残一作依沙岸草,蝶寄㳄流槎。共说干戈苦,汀洲减钓家。

题王氏山居

檐有烟岚色,地多松竹风。自言离乱后,不到鼓鼙中。径柳拂云绿,山樱带雪红。南一作雨边青嶂下,时见采芝翁。

送别

别意说难尽,离怀深莫辞。长歌终此席,一笑又何时。棹入寒潭急,帆当落照迟。远书如不寄,无以慰相思。

览文僧卷

虽无先圣耳,异代得闻韶。怪石难为古,奇花不敢妖。调高非郢雪,思静碍箕瓢。未可重吟过,云山兴转饶。

望仰山忆玄泰上人

晴岚凝片碧,知在此中禅。见面定何日,无书已一年。高秋关静梦,良夜入新篇。仰德心如是,清风不我传。

闻泉

浙浙梦初惊,幽窗枕簟清。更无人共听,只有月空明。急想穿岩曲,低应过石平。欲将琴强写,不是自然声。

酬郑进士九江新居见寄

蹑屦一作履扣柴关,因成尽日闲。独听黄鸟语,深似白云间。萍沼宽于井,莎城绿当山。前期招我作,此景得吟还。

九江和人赠陈生

天畏斯文坠,凭君助素风。意深皆可补,句逸不因功。暮替云愁远,秋惊月古空。寄家当瀑布,时得笑言同。

登楼值雨二首

共讶高楼望,匡庐色已空。白云横野阔,

遮岳与天同。数点雨入酒,满襟香在风。远江吟得出,方下郡斋东。

江徼多佳景,秋吟兴未穷。送来松槛雨,半是蓼花风。浪猛惊翘鹭,烟昏叫断鸿。不知今夜客,几处卧鸣篷?

送赵舒处士归庐山
归岫香炉碧,行吟步益迟。诸侯师不得,樵客偶相随。思旧江云断,谈玄岳月移。只应张野辈,异代作心知。

僧院蔷薇
客引擎茶看,离披晒锦红。不缘开净域,争忍负春风?小片当吟落,清香入定空。何人来此植,应固恼休公。

友生携修睦上人诗见访
雪中敲竹户,袖出岳僧诗。语尽景皆活,吟阑角独吹。意如将俗背,业必少人知。共约冰销日,云边访所思。

冬夕喜友生至
天涯行欲遍,此夜故人情。乡国别来久,干戈还未平。灯残偏有焰,雪甚却无声。多少新闻见,应须语到明。

牡丹
少见南人识,识来嗟复惊。始知春有色,不信尔无情。恐是天地媚,暂随云雨生。缘何绝尤物,更可比妍明。

送春
四时为第一,一岁一重来。好景应难胜,余花虚自开。相思九个月,得信数枝梅。不向东门送,还成负酒杯。

送边将
天骄频犯塞,铁骑又征西。臣节轻乡土,雄心生鼓鼙。地寒花不艳,沙远日难低。渐喜秋弓健,雕翻白草齐。

春晴
檐滴春膏绝,凭栏晚吹生。良朋在何处,高树忽流莺。游寺期应定,寻芳步已轻。新诗吟未稳,迟日又西倾。

冬夜与修睦上人宿远公亭,寄南岳玄泰禅师
丈室掩孤灯,更深霰雹增。相看云梦客,共忆祝融僧。语合茶忘味,吟敲卷有棱。楚南山水秀,行止岂无凭一作朋。

落花
拾得移时看,重思造化功。如何飘丽景,不似遇春风。满地余香在,繁枝一夜空。只应公子见,先忆坠楼红。

寄嵩阳隐者
昔年江上别,初入乱离中。我住匡山北,君之少室东。信来经险道,诗半忆皇风。何事犹高卧,岩边梦未通。

早蝉
门柳不连野,乍闻为早蝉。游人无定处,入耳更应先。暂默斜阳雨,重吟远岸烟。前年湘竹里,风激绕离筵。

酬蕴微
白衣经乱世,相遇一开颜。得句禅思外,论交野步间。举朝无旧识,入眼只青山。几度斜阳寺,访君一作师还独还。

萱草
芳草比君子,诗人情有由。只应怜雅态,未必解忘忧。积雨莎庭小,微风薜砌幽。莫言开太晚,犹胜菊花秋。

访友人不遇
出门无至友,动即到君家。空掩一庭竹,去看何寺花。短僮应捧杖,稚女学擎茶。吟罢留题处,苔阶日影斜。

苔
几年风雨迹,叠在石屏颜。生处景长静,

看来情尽闲。吟亭侵坏壁,药院掩空关。每忆东行径,移筇独自还。

红蔷

春雨有五色,洒来花旋成。欲留池上景,别染草中英。画出看还欠,薖为插未轻。王孙多好事,携酒寄吟倾。

别所知

有路有西东,天涯自恨同。却须深酌酒,况不比飘蓬。帆冒新秋雨,鼓传微浪风。闰牵寒气早,何浦值宾鸿。

小雪

散漫阴风里,天涯不可收。压松犹未得,扑石暂能留。阁静萦吟思,途长拂旅愁。崆峒山北面,早想玉成丘。

和修睦上人听猿

禅客闻犹苦,是声应是啼。自然无稳梦,何必到巴溪?疏雨洒不歇,回风吹暂低。此宵秋欲半,山在二林西。

庭竹

嫩绿与老碧,森然庭砌中。坐销三伏景,吟起数竿风。叶影重还密,梢声远或通。更期春共看,桃映小花红。

早行

家国三千里,中宵算去程。困才成蝶梦,行不待鸡鸣。马首摇残月,鸦群起古城。发来经几堠,村寺远钟声。

哭所知

朝作青云士,暮为玄夜人。风灯无定度,露薤亦逡巡。乘马惊新冢,书帷摆旧尘。只应从此去,何处福生民?

分题雪霁望炉峰 末二句缺

雪霁上庭除,炉峰势转孤。略无烟作带,独有影沈湖。冷触归鸿急,明凝落照俱。□□□□□,□□□□□。

雪十二韵

六出凝阴气,同云指上天。结时风乍急,集处霰长先。草穗翘祥燕,陂桩吐白莲。犬狂南陌上,竹醉小池前。樵径花粘屐,渔舟玉帖舷。阵经旸谷薄,势想朔方偏。楼面光摇锡,篱头晓列钱。石苔青鹿卧,殿网素蛾穿。嘶马应思塞,蹲乌似为燕。童痴为兽捏,僧爱用茶煎。念物希周穆,含毫愧惠连。吟阑余兴逸,还忆剡溪船。

庐山

非岳不言岳,此山通岳言。高人居乱世,几处满前轩。秀作神仙宅,灵为风雨根。余阴铺楚甸,一柱表吴门。静得八公侣,雄临九子尊。对犹青熨眼,到必冷凝魂。势重湖让,形难七泽吞。黑岩藏昼电,紫雾泛朝暾。莲堕宁唯华,玉焚堪小昆。倒松微发虆,飞瀑远成痕。叠见云容衬,棱收雪气昏。裁诗曾困谢,作赋偶无孙。流碍星光撒,惊冲雁阵翻。峰奇寒倚剑,泉曲旋如盆。草短分雏雉,林明露掷猿。秋枫红叶 一作蝶 散,春石谷雷奔。月好虎溪路,烟深栗里源。醉吟长易醒,梦去亦销烦。有觉南方重,无疑厚地掀。轻扬闻旧俗,端用镇元元。

和吴处士题村叟壁

因阅乡居景,归心寸火然。吾家依碧嶂,小槛枕清川。远雨笼孤戍,斜阳隔断烟。沙虚遗虎迹,水泆聚蛟涎。粝曲芝汀蓼,甘茶挈石泉。霜朝巡栗树,风夜探渔船。戏日鱼呈腹,翘滩鹭并肩。棋寻盘石净,酒傍野花妍。器以锄为利,家惟竹直钱。饭香同豆熟,汤暖摘松煎。睡岛凫藏足,攀藤狄冻拳。浅茅鸣斗雉,曲桥啸寒鸢。秋果櫅梨涩,晨羞笋蕨鲜。衣褰留冷阁,席草种闲田。椎髻担铺饷,庞眉识稔年。吓鹰乌戴笠,驱犊篾充鞭。不重官于社,常尊食作天。谷深青霭蔽,峰迥白云缠。每忆关魂梦,长夸表爱怜。览君书壁句,诱我率成篇。

谢友生遗端溪砚瓦末联缺一句

寻常濡翰次,恨不到端溪。得自新知己,如逢旧解携。玩余轻照乘,谢欲等悬黎。静对胜凡客,闲窥忆好题。娲天补剩石,昆剑切来泥。著指痕犹湿,停旬水未低。呵云润柱础,笔彩饮虹霓。鸲眼工谐谬,羊肝士乍刲。连渐光比镜,囚墨腻于磬。书信成池黑,吟须到日西。正夸忧盗窃,将隐怯攀跻。捧受同交印,矜持过秉珪。草颠终近旭,懒癖必无嵇。用合缘鹦鹉,珍应负会稽。贞姿还落落,寒韵或凄凄。风月情相半,烟花思岂迷!宜从方袋挈,枉把短行批。浅小金为斗,泓澄玉作堤。遇人依我惜,想尔与天齐。□□□□,行时只独赍。

和殷衙推春霖即事

东风吹暖雨,润下不能休。古道云横白,移时客共愁。绿沈莎似藻,红泛叶为舟。忽起江湖兴,疑邻畎浍流。此时无胜会,何处滞奇游?阵急如酣战,点粗成乱沤。竹因添洒落,松得长飕飗。花惨闲庭晚,兰深曲径幽。丝牵汀鸟足,线挂岳猿头。天地昏同醉,寰区浩欲浮。柳眉低带泣,蒲剑锐初抽。石燕翻空重,虫罗缀滴稠。荷倾蛟泪尽,岩拆电鞭收。岂直望尧喜,却怀微禹忧。树滋堪采菌,矶没懒垂钩。腥觉闻龙气,寒宜拥豹裘。名膏那作渗,思稔必通侯。蚌鹬徒喧竞,笙歌罢献酬。山川藏秀媚,草木逞调柔。极目非吾意,行吟独下楼。

全唐诗卷六百四十六

李咸用

题陈将军别墅

明王猎士犹疏在,岩谷安居最有才。高虎壮言知鬼伏,葛龙闲卧待时来。云藏山色晴还媚,风约溪声静又回。不独春光堪醉客,庭除长见好花开。

湘浦有怀

鸿雁哀哀背朔方,余霞倒影画潇湘。长汀细草愁春浪,古渡寒花倚夕阳。鬼树夜分千炬火,渔舟朝卷一蓬霜。侬家本是持竿者,为爱明时入帝乡。

题陈处士山居

莲绕闲亭柳绕池,蝉吟暮色一枝枝。未逢皇泽搜遗逸,赢得青山避乱离。花圃春风邀客醉,茅檐秋雨对僧棋。樵童牧竖劳相问,岩穴从来出帝师。

和蒋进士秋日

晚雨霏微思杪秋,不堪才子尚羁游。尘随别骑东西急,波促年华日夜流。凉月云开光自远,古松风在韵难休。男儿但得功名立,纵是深恩亦易酬。

陈正字山居

一叶闲飞斜照里,江南仲蔚在蓬蒿。天衢云险驽骀蹇,月桂风和梦想劳。绕枕泉声秋雨细,对门山色古屏高。此中即是神仙地,引手何妨一钓鳌。

与刘三礼陈孝廉言志

真宰无私造化均,年年分散月中春。皆期早蹑青云路,谁肯长为白社人?宋国高风休敛翼,圣朝公道易酬身。大须审固穿杨箭,莫遣参差鬓雪新。

秋日送严湘侍御归京

蟾影珪圆湖始波，楚人相别恨偏多。知君有路升霄汉，独我无由出薜萝。虽道危时难进取，到逢清世又如何。谁听甯戚敲牛角，月落星稀一曲歌。

题王处士山居

云木沈沈夏亦寒，此中幽隐几经年。无多别业供王税，大半生涯在钓船。蜀魄叫回芳草色，鹭鸶飞破夕阳烟。干戈猬起能高卧，只个逍遥是谪仙。

谢所知

狂歌狂舞慰风尘，心下多端亦懒言。早是乱离轻岁月，谁能愁悴过朝昏？圣朝公道如长在，贱子谋身自有门。却愧此时叨厚遇，他年何以报深恩？

秋望

云阴惨淡柳阴稀，游子天涯一望时。风闪雁行疏又密，地回江势急还迟。荣枯物理终难测，贵贱人生自不知。未达谁能多叹息，尘埃争损得男儿。

送谭孝廉赴举

鼓鼙声里寻诗礼，戈戟林间入镐京。好事尽从难处得，少年无向易中轻。也知贵贱皆前定，未见疏慵遂有成。吾道近来稀后进，善开金口答公卿。

途中逢友人

大道将穷阮籍哀，红尘深翳步迟回。皇天有意自寒暑，白日无情空往来。霄汉何年征赋客，烟花随处作愁媒。相逢且快眼前事，莫厌狂歌酒百杯。

和人湘中作

湘川湘岸两荒凉，孤雁号空动旅肠。一棹寒波思范蠡，满尊醇酒忆陶唐。年华蒲柳雕衰鬓，身迹萍蓬滞别乡。不及东流趋广汉，臣心日夜与天长。

赠陈望尧

若说精通事艺长，词人争及孝廉郎。秋萤短焰难盈案，邻烛余光不满行。鹄箭亲疏虽异的，桂花高下一般香。明时公道还堪信，莫遣锥锋久在囊。

宿渔家

促杼声繁萤影多，江边秋兴独难过。云遮月桂几枝恨，烟罩渔舟一曲歌。难世斯人虽隐遁，明时公道复如何？陶家壁上精灵物，风雨未来终是梭。

旅馆秋夕

牢落生涯在水乡，只思归去泛沧浪。秋风萤影随高柳，夜雨蛩声上短墙。百岁易为成苒苒，丹霄谁肯借梯航？若教名路无知己，匹马尘中是自忙。

悼范摅处士

家在五云溪畔住，身游巫峡作闲人。安车未至柴关外，片玉已藏坟土新。虽有公卿闻姓字，惜无知己脱风尘。到头积善成何事，天地茫茫秋又春。

送人

一轴烟花满口香，诸侯相见肯相忘。未闻珪璧为人弃，莫倦江山去路长。盈耳暮蝉催别骑，数杯浮蚁咽离肠。眼前（一作头）多少难甘事，自古男儿当自强。

春暮途中

细雨如尘散暖空，数峰春色在云中。须知触目皆成恨，纵道多文争那穷。飞燕有情依旧阁，垂杨无力受东风。谁能会得乾坤意，九土枯荣自不同。

题陈正字林亭

晓烟轻翠拂帘飞，黄叶飘零弄所思。正是低摧吾道日，不堪惆怅异乡时。家林蛇豕方群起,宫沼龟龙未有期。赖有平原怜贱子,满亭山色惜吟诗。

送从兄入京
柳转春心梅艳香,相看江上恨何长?多情流水引归思,无赖严风促别觞。大抵男儿须振奋,近来时事懒思量。云帆高挂一挥手,目送烟霄雁断行。

秋夕书怀寄所知
秋萤一点雨中飞,独立黄昏思所知。三岛路遥身汨没,九天风急羽差池。年华逐浪催霜发,旅恨和云拂桂枝。不向故人言此事,异乡谁更念栖迟。

酬进士秦颙若
莺默平林燕别轩,相逢相笑话生前。低飞旅恨看霜叶,曲写归情向暮川。在野孤云终捧日,朝宗高浪本蒙泉。何劳怅望风雷便,且混鱼龙黩武年。

山中夜坐寄故里友生
展转檐前睡不成,一床山月竹风清。虫声促促催乡梦,桂影高高挂旅情。祸福既能知倚伏,行藏争不要分明。可怜任永真坚白,净洗双眸看太平。

物情
谁分万类二仪间,禀性高卑各自然。野鹤不栖葱蒨树,流莺长喜艳阳天。李斯溷鼠心应动,庄叟泥龟意已坚。成是败非如赋命,更教何处认愚贤。

金谷园
石家旧地聊登望,宠辱从兹信可惊。鸟度野花迷锦障,蝉吟古树想歌声。虽将玉貌同时死,却羡苍头此日生。多积黄金买刑戮,千秋成得绿珠名。

投所知
手欠东堂桂一枝,家书不敢便言归。挂檐晚雨思山阁,拂岸烟岚忆钓矶。公道甚平才自薄,丹霄好上力犹微。谁能借与抟扶势,万里飘飘试一飞。

赠友弟
萤焰烧心雪眼劳,未逢佳梦见三刀。他时讵有盐梅味,今日犹疑腹背毛。金埒晓羁千里骏,玉轮寒养一枝高。谁能终岁摇颏尾,唯唯洋洋向碧涛。

春日喜逢乡人刘松
故人不见五春风,异地相逢岳影中。旧业久抛耕钓侣,新闻多说战争功。生民有恨将谁诉,花木无情只自红。莫把少年愁过日,一尊须对夕阳空。

夏日别余秀才
岳麓云深麦雨秋,满倾杯酒对湘流。沙边细柳牵行色,水面轻烟画别愁。敢待傅岩成好梦,任从磻石挂纤钩。镜机冲漠非吾事,自要青云识五侯。

庐陵九日
菊花山在碧江东,冷酒清吟兴莫穷。四十三年秋里过,几多般事乱来空。虽惊故国音书绝,犹喜新知语笑同。竟日开门无客至,笛声迢递夕阳中。

和人游东林
一从张野卧云林,胜概谁人更解寻?黄鸟不能言往事,白莲虚发至如今。年年上国荣华梦,世世高流水石心。始欲共君重怅望,紫霄峰外日沈沈。

和彭进士秋日游靖居山寺
秋山入望已无尘,况得闲游谢事频。问著尽能言祖祖,见时应不是真真。添瓶野水遮还急,伴塔幽花落又新。自笑未曾同逸步,终非宗炳社中人。

和彭进士感怀
人生谁肯便甘休,遇酒逢花且共游。若向

云衢陪骥尾，直须天畔落凫头。三编大雅曾关兴，一册南华旋解忧。四海英雄多独断，不知何者是长筹？

寄题从兄坤载村居

邻并无非樵钓者，庄生物论宛然齐。雨中寒树愁鸥立，江上残阳瘦马嘶。说与众佣同版筑，吕将群叟共磻溪。覆巢破卵方堪惧，取次梧桐凤且栖。

送黄宾于赴举

秋风昨夜满潇湘，衰柳残蝉思客肠。早是乱来无胜事，更堪江上挹离觞。澄潭跃鲤摇轻浪，落日飞凫趁远樯。渔父不须探去意，一枝春衮月中央。

冬日喜逢吴价

垂杨烟薄井梧空，千里游人驻断蓬。志意不因多事改，鬓毛难与别时同。莺迁犹待销冰日，鹏起还思动海风。穷达他年如赋命，且陶真性一杯中。

题刘处士居

压破岚光半亩余，竹轩兰砌共清虚。泉经小槛声长急，月过修篁影旋疏。溪鸟时时窥户牖，山云往往宿庭除。干戈漫道因天意，渭水高人自钓鱼。

送李尊师归临川

蟠桃一别几千春，谪下人间作至人。尘外烟霞吟不尽，鼎中龙虎伏初驯。除存紫府无他意，终向青冥举此身。辞我麻姑山畔去，蔡经踪迹必相亲。

投知

西望长安路几千，迟回不为别家难。酌量才地心虽动，占检囊装意又阑。自是远人多蹇滞，近来仙榜半孤寒。嘶风重诉牵盐耻，伯乐何妨转眼看。

吴处士寄香兼劝入道

谢寄精专一捻香，劝予朝礼仕虚皇。须知十极皆臣妾，岂止遗生奉混茫。空挂黄衣宁续寿，曾闻玄教在知常。但居平易俟天命，便是长生不死乡。

草虫

如缫如织暮啾啾，应节催年使我愁。行客语停孤店月，高人梦断一床秋。风低藓径疑偏急，雨咽槐亭得暂休。须付画堂兰烛畔，歌怀醉耳两悠悠。

咏柳

日近烟饶还有意，东垣西掖几千株。牵仍（一作连）别恨知难尽，夸衔春光恐更无。解引人情长婉约，巧随风势强盘纡。天应绣出繁华景，处处茸丝惹路衢。

寄所知

曾将俎豆为儿戏，争奈干戈阻素心。遁去不同秦客逐，病来还作越人吟。名流古集典衣买，僻寺奇花贳酒寻。从道趣时身计拙，如非所好肯开襟。

雪

上帝无私意甚微，欲教霖雨更光辉。也知出处花相似，可到贫家影便稀。云汉风多银浪溅，昆山火后玉灰飞。高楼四望吟魂敛，却忆明皇月殿归。

绯桃花

茫茫天意为谁留，深染夭桃备胜游。未醉已知醒后忆，欲开先为落时愁。疾蛾乱扑灯难灭，跃鲤傍惊电不收。何事梨花空似雪，也称春色是悠悠。

同友人秋日登庾楼

兰摧菊暗不胜秋，倚著高楼思莫收。六代风光无问处，九条烟水但凝愁。谁能百岁长闲去，只个孤帆岂自由。欲学仲宣知是否，臂弓腰剑逐时流。

和人咏雪

轻轻玉叠向风加，襟袖谁能认六葩。高岫

人迷千尺布,平林天与一般花。横空络绎云遗屑,扑浪翩联蝶寄槎。公子樽前流远思,不知何处客程赊?

和友人喜相遇十首

为儒自愧已多年,文赋歌诗路不专。肯信披沙难见宝,只怜苦草易成编。燕昭寤寐常救骏,郭隗寻思未是贤。且固初心希一试,箭穿正鹄岂无缘。

揣情摩意已无功,只把篇章助国风。宋玉谩夸云雨会,谢连宁许梦魂通。愁成旅鬓千丝乱,吟得寒缸短焰终。难世好居郊野地,出门常喜与人同。

惠子休惊学五车,沛公方起斩长蛇。六雄互欲吞诸国,四海终须作一家。自古经纶成世务,暂时朱绿比朝霞。人生心口宜相副,莫使尧阶草势斜。

不傍江烟访所思,更应无处展愁眉。数杯竹阁花残酒,一局松窗日午棋。多病却疑天与便,自愚潜喜众相欺。非穷非达非高尚,冷笑行藏只独知。

闲吟闲坐道相应,远想南华亦自矜。抛掷家乡轻似梦,寻常心地冷于僧。和羹使用非胥靡,忆鲙言词小季鹰。唯仗十篇金玉韵,此中高旨莫阶升。

已向丘门老此躯,可堪空作小人儒。吟中景象千般有,书外囊装一物无。润屋必能知早散,辉山应是不轻沽。短衣宁倦重修谒,谁识高阳旧酒徒?

松桂寒多众木分,轻浮如叶自纷纭。韶咸古曲教谁爱,山水清音喜独闻。上国共知传大宝,旧交宁复在青云?相逢莫厌杯中酒,同醉同醒只有君。

还淳反朴已难期,依德依仁敢暂违。寡欲自应刚正立,无私翻觉友朋稀。虱头影莫侵黄道,傅说星终近紫微。年纪少他蘧伯玉,幸因多难早知非。

麻衣未识帝城尘,四十为儒是病身。有恨不关衔国耻,无愁直为倚家贫。齐轻东海二高士,汉重商山四老人。一种爱闲闲不得,混时行止却应真。

任说天长海影沈,友朋情比未为深。唯应乐处无虚日,大半危时得道心。命达夭殇同白首,价高砖瓦即黄金。他年有要玄珠者,赤水紫纡试一寻。

依韵修睦上人山居十首

生身便在乱离间,遇柳寻花作麽看。老去转谙无是事,本来何处有多般。长怜蟏蟀能随暖,独笑梧桐不耐寒。覆载我徒争会得,大鹏飞尚未知宽。

云泉日日长松寺,丝管年年细柳营。静躁殊途知自识,荣枯一贯亦何争。道傍病树人从老,溪上新苔我独行。若见净名居士语,逍遥全不让庄生。

莫言天道终难定,须信人心尽自轻,宣室三千虽有恨,成周八百岂无情?柏缘执性长时瘦,梅为多知两番生。不是不同明主意,懒将唇舌与齐烹。

不论轩冕及渔樵,性与情违渐渐遥。季子祸从怜富贵,颜生道在乐箪瓢。清闲自可齐三寿,忿恨还须戒一朝。好学尧民偎舜日,短裁孤竹理云韶。

春风春雨一何频,望极空江觉损神。莺有来由重入谷,柳无情绪强依人。汉庭谒者休言事,鲁国诸生莫问津。赖是水乡樗栎贱,满炉红焰且相亲。

三十年来要自观,履春冰恐未为难。自于南国同埋剑,谁向东门便挂冠?早是人情飞絮薄,可堪时令太行寒。多惭幸住匡山下,偷行秾岚坐卧看。

畹兰未必因香折,湖象多应为齿焚。兼济直饶同巨楫,自由何似学孤云。秋深栎菌樵来得,木末山鼯梦断闻。闲凭竹轩游子过,替他愁见日西曛。

何事深山啸复歌,短弓长剑不如他。且图青史垂名稳,从道前贤自滞多。鸱鹦敢辞栖短棘,凤凰犹解怯高罗。人生若得逢尧舜,便是巢由亦易过。

太玄太易小窗明,古义寻来醉复醒。西伯纵逢头已白,步兵如在眼应青。寒猿断后云为槛,宿鸟惊时月满庭。此景得闲闲去得,人间无事不曾经。

壮气虽同德不同,项王何似王江东。乡歌寂寂荒丘月,渔艇年年古渡风。难世斯人犹不达,此时吾道岂能通! 吟君十首山中作,方觉多端总是空。

同友生春夜闻雨

春雨三更洗物华,乱和丝竹响豪家。滴繁知在长条柳,点重愁看破朵花。檐静尚疑兼雾细,灯摇应是逐风斜。此时童叟浑无梦,为喜流膏润谷芽。

同友生题僧院杜鹃花得春字

若比众芳应有在,难同上品是中春。牡丹为性疏南国,朱槿操心不满旬。留得却缘真达者,见来宁作独醒人。鹤林太盛今空地,莫放枝条出四邻。

春日题陈正字林亭

周回胜异似仙乡,稍减愁人日月长。幕绕虚檐高岫色,镜临危槛小池光。丝垂杨柳当风软,玉折含桃倚径香。南北近来多少事,数声横笛怨斜阳。

送河南韦主簿归京

岩风爱日泪阑干,去住情途各万端。世乱敢言离别易,时清犹道路行难。舟维晚雨湘川暗,袖拂晴岚岘首寒。见说满朝亲友在,肯教憔悴出长安。

喻道

汉武秦皇漫苦辛,那思俗骨本含真。不知流水潜催老,未悟三山也是尘。牢落沙丘终古恨,寂寥函谷万年春。长生客待仙桃饵,月里婵娟笑煞人。

山中

一簇烟霞荣辱外,秋山留得傍檐楹。朝钟暮鼓不到耳,明月孤云长挂情。世上路岐何缭绕,水边蓑笠称平生。寻思阮籍当时意,岂是途穷泣利名。

同玄昶上人观山榴

病随支遁偶行行,正见榴花独满庭。瘦竹成林人不看,却应著得强青青。

别李将军

一拜虬髯便受恩,宫门细柳五摇春。男儿自古多离别,懒对英雄泪满巾。

早鸡

锦翅朱冠惊四邻,稻粱恩重职司晨。不知下土兵难戢,但报明时向国人。

别友

北吹微微动旅情,不堪分手在平明。寒鸡不待东方曙,唤起征人踏月行。

全唐诗卷六百四十七

胡曾

胡曾,邵阳人。咸通中举进士,不第,尝为汉南从事。《安定集》十卷,《咏史诗》三卷,今合编诗一卷。

草檄答南蛮有咏

辞天出塞阵云空,雾卷霞开万里通。亲受虎符安宇宙,誓将龙剑定英雄。残霜敢冒高悬日,秋叶争禁大段风。为报南蛮须屏迹,不同蜀将武侯功。

寒食都门作

二年寒食住京华,寓目春风万万家。金络马衔原上草,玉颜一作钗人折路傍花。轩车竞倍出红尘合,冠盖争回白日斜。谁念都门两行泪,故园寥落在长沙。

薄命妾

阿娇初失汉皇恩,旧赐罗衣亦罢薰。倚枕夜悲金屋雨,卷帘朝泣玉楼云。宫前叶落鸳鸯瓦,架上尘生翡翠裙。龙骑不巡时渐久,长门空一作长掩绿苔纹。

独不见

玉阑一自有氛埃,年少从军竟未回。门外尘凝张乐榭,水边香灭按歌台。窗残夜月人何处,帘卷春风燕复来。万里寂寥音信绝一作断,寸心争忍不成灰。

交河塞下曲

交河冰薄日迟迟,汉将思家感别离。塞北草生苏武泣,陇西云起李陵悲。晓侵雉堞乌先觉,春入关山雁独知。何处疲兵心最苦,夕阳楼上笛声时。

车遥遥

自从车马出门朝,便入空房守寂寥。玉枕

夜残—作寒鱼信绝—作断，金钿秋尽雁书遥。脸边楚雨临风落，头上春—作秦云向日销。芳草又衰还不至，碧天霜冷转无憀。

早发潜水驿谒郎中员外

半床秋月一声鸡，万里行人费马蹄。青野雾销凝晋洞，碧山烟散避秦溪。楼台稍辨乌城外，更漏微闻鹤柱西。已是大仙怜后进，不应来向武陵迷。

赠渔者

不愧人间万户侯，子孙相继老扁舟。往来南越谙鲛室，生长东吴识蜃楼。自为钓竿能遣闷，不因萱草解销忧。羡君独得逃名趣，身外无机任白头。

自岭下泛鹢到清远峡作

乘船浮鹢下韶水，绝境方知在岭南。薜荔—作萝薜雨余山自黛。蒹葭烟尽岛如蓝。旦游萧帝新松寺，夜宿嫦娥桂影—作旧桂潭。不为箧中书未献，便来兹地结茅庵。

题周瑜将军庙

共说生前国步难，山川龙战血漫漫。交稀魏帝旌旆退，委任君—作质吴王社稷安。庭际雨余春草长，庙前风起晚光残。功勋碑碣今何在，不得当时一字看。

咏史诗

乌江

争帝图王势已倾，八千兵散楚歌声。乌江不是无船渡，耻向东吴再起兵。

章华台

茫茫衰草没章华，因笑灵王昔好奢。台土未干箫管绝，可怜身死野人家。

细腰宫

楚王辛苦战无功，国破城荒霸业空。唯有青春花上露，至今犹泣细腰宫。

沙苑

冯翊南边宿雾开，行人一步一裴回。谁知此地雕残柳，尽是高欢败后栽。

石城

古郢云开白雪楼，汉江还绕石城流。何人知道寥天月，曾向朱门送莫愁。

荆山

抱玉岩前桂叶稠，碧溪寒水至今流。空山落日猿声叫，疑是荆人哭未休。

阳台

楚国城池飒已空，阳台云雨过—作去无踪。何人更有襄王梦，寂寂巫山十二重。

居延

漠漠平沙际碧天，问人云此是居延。停骖一顾犹魂断，苏武争禁十九年。

沛宫

汉高辛苦事干戈，帝业兴隆俊杰多。犹恨四方无壮士，还乡悲唱大风歌。

金谷园

一自佳人坠玉楼，繁华东逐洛河流。唯余金谷园中树，残日蝉声送客愁。

湘川

虞舜南捐万乘君，灵妃挥涕竹成纹。不知精魄游何处，落日潇湘空白云。

夷门

六龙冉冉骤朝昏，魏国贤才杳不存。唯有侯嬴在时月，夜来空—作尚自照夷门。

黄金台

北乘嬴马到燕然，此地何人复礼贤？若问昭王无处所，黄金台上草连天。

夷陵

夷陵城阙倚朝云，战败秦师纵火焚。何事

三千珠履客,不能西御武安君。

汉江
汉江一带碧流长,两岸春风起绿杨。借问胶船何处没,欲停兰棹祀昭王。

苍梧
有虞龙驾不西还,空委箫韶洞壑—作府间。无计得知陵寝处,愁云长满九疑山。

陈宫
陈国机权未可—作有涯,如何后主恣娇奢。不知即入宫中—作前井,犹自听吹玉树花。

南阳
世乱英雄百战余,孔明方此乐耕锄。蜀王不自垂三顾,争得先生出旧—作草庐?

即墨
即墨门开纵火牛,燕师营里血波流。固存不得田单术,齐国寻成一土丘。

渭滨
岸草青青渭水流,子牙曾此独垂钩。当时未入非熊兆,几向斜阳叹白头!

五湖
东上高山望五湖,雪涛烟浪起天隅。不知范蠡乘舟后,更有功臣继踵无?

易水
一旦秦皇马角生,燕丹归北送荆卿。行人欲识无穷恨,听取东流易水声。

长平
长平瓦震武安初,赵卒俄成戏鼎鱼。四十万人俱下世,元戎何用读兵书!

西园
月满西园夜未央,金风不动邺天凉。高情公子多秋兴,更领诗人入醉乡。

长沙
江上南风起白蘋,长沙城郭异咸秦。故乡犹自嫌卑湿,何况当时赋鹏人。

圯桥
庙算张良独有余,少年逃难下邳初。逡巡不进泥中履,争得先生一卷书。

铜雀台
魏武龙舆逐逝波,高台空按望陵歌。遏云声绝悲风起,翻向樽前泣翠娥。

东晋
石头城下浪崔嵬,风起声疑出地雷。何事苻坚太相小,欲投鞭策过江来。

吴江
子胥今日委东流,吴国明朝亦古丘。大笑夫差诸将相,更无人解守苏州。

函谷关
寂寂函关锁未开,田文车马出秦来。朱门不养三千客,谁为鸡鸣得放回?

武关
战国相持竟不休,武关才掩楚王忧。出门若取灵均语,岂作咸阳一死囚?

垓下
拔山力尽霸图隳,倚剑空歌不逝骓。明月满营天似水,那堪回首别虞姬。

郴县
义帝南迁路入郴,国亡身死乱山深。不知埋恨穷泉后,几度西陵片月沉。

东海
东巡玉辇委泉台,徐福楼船尚未回。自是祖龙先下世,不关无路到蓬莱。

故宜城
武安南伐勒秦兵,疏凿功将夏禹并。谁谓

长渠千载后,水流犹入故宜城。

成都
杜宇曾为蜀帝王,化禽飞去旧城荒。年年来叫桃花月,似向春风诉国亡。

檀溪
三月襄阳绿草齐,王孙相引到檀溪。的卢何处埋龙骨,流水依前绕大堤。

青冢
玉貌元期汉帝招,谁知西嫁怨天骄?至今青冢愁云起,疑是佳人恨未销。

李陵台
北入单于万里疆,五千兵败滞穷荒。英雄不伏蛮夷死,更筑高台望故乡。

河梁
汉家英杰出皇都,携手河梁话入胡。不是子卿全大节,也应低首拜单于。

轵道
汉祖西来秉白旄,子婴宗庙委波涛。谁怜君有翻身术,解向秦宫杀赵高。

汉宫
明妃远嫁泣西风,玉箸双垂出汉宫。何事将军封万户,却令红粉为和戎。

豫让桥
豫让酬恩岁已深,高名不朽到如今。年年桥上行人过,谁有当时国士心?

华亭
陆机西没洛阳城,吴国春风草又青。惆怅月中千岁鹤,夜来犹唳华亭。

东山
五马南浮一化龙,谢安入相此山空。不知携妓重来日,几树莺啼谷口风。

杀子谷
举国贤良尽泪垂,扶苏屈死树边时。至今谷口泉呜咽,犹似秦人—作当时恨李斯。

马陵
坠叶萧萧九月天,驱兵—作赢独过马陵前。路傍古木虫书处,记得将军破敌年。

玉门关
西戎不敢过天山,定远功成白马闲。半夜帐中停烛坐,唯思生入玉门关。

滹沱河
光武经营业未兴,王郎兵革正凭陵。须知后汉功臣力,不及滹沱一片冰。

黄河
博望沉埋不复旋,黄河依旧水茫然。沿流欲共牛郎语,只得—作待灵槎送上天。

凤皇台
秦娥一别凤皇台,东入青冥更不回。空有玉箫千载后,遗声时到世间来。

五丈原
蜀相西驱十万来,秋风原下久裴回。长星不为英雄住,半夜流光落九垓。

平城
汉帝西征陷虏尘,一朝围解议和亲。当时已有吹毛剑,何事无人杀奉春。

汴水
千里长河一旦开,亡隋波浪九天来。锦帆未落干戈起,惆怅龙舟更不回。

兰台宫
迟迟春日满长空,亡国离宫蔓草中。宋玉不忧人事变,从游那赋大王风。

金牛驿
山岭千重拥蜀门,成都别是一乾坤。五丁

不凿金牛路,秦惠何由得并吞。

望思台
太子衔冤去不回,临皋一作高从筑望思台。至今汉武销魂处,犹有悲风木一作水上来。

邯郸
晓入邯郸十里春,东风吹下玉楼尘。青娥莫怪频含笑,记得当年失步人。

箕山
寂寂箕山春复秋,更无人到此溪头。叶瓢岩畔中宵月,千古空闻属许由。

会稽山
越王兵败已山栖,岂望全生出会稽。何事夫差无远虑,更一作便开罗网放鲸鲵。

不周山
共工争帝力穷秋,因此捐生触不周。遂使世间多感客,至今哀怨水东流。

虞坂
悠悠虞坂路敧斜,迟日和风簇野花。未省孙阳身没后,几多骐骥困盐车。

秦庭
楚国君臣草莽间,吴王戈甲未东还。包胥不动咸阳哭,争得秦兵出武关。

延平津
延平津路水溶溶,峭壁巍一作危岑一万重。昨夜七星潭底见,分明神剑化为龙。

瑶池
阿母瑶池宴穆王,九天仙乐送琼浆。漫矜八骏行如电,归到人间国已亡。

铜柱
一柱高标险塞垣,南蛮不敢犯中原。功成自合分茅土,何事翻衔薏苡冤。

关西
杨震幽魂下北邙,关西踪迹遂荒凉。四知美誉留人世,应与乾坤共久长。

高阳池
古人未遇即衔杯,所贵愁肠得酒开。何事山公持玉节,等闲深入醉乡来。

泸水
五月驱兵入不毛,月明泸水瘴烟高。誓将雄略酬三顾,岂惮征蛮七纵劳。

细柳营
文帝銮舆劳北征,条侯此地整严兵。辕门不峻将国令,今日争知细柳营。

叶县
叶公丘墓已尘埃,云矗崇墉亦半摧。借问往年龙见日,几多风雨送将来。

杜邮
自古功成祸亦侵,武安冤向杜邮深。五湖烟月无穷水,何事迁延到陆沉?

柯亭
一宿柯亭月满天,笛亡人没事空传。中郎在世无甄别,争得名垂尔许年。

葛陂
长房回到葛陂中,人已登真竹化龙。莫道神仙难顿学,嵇生自是不遭逢。

博浪沙
嬴政鲸吞六合秋,削平天下虏诸侯。山东不是无公子,何事张良独报仇。

陇西
乘春来到陇山西,隗氏城荒碧草齐。好笑王元不量力,函关那受一丸泥。

白帝城
蜀江一带向东倾,江上巍峨白帝城。自古

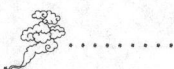

山河归圣主,子阳虚共汉家争。

牛渚

温峤南归辍棹晨,燃犀牛渚照通津。谁知万丈洪流下,更有朱衣跃马人。

朝歌

长嗟墨翟少风流,急管繁弦似寇仇。若解闻韶知肉味,朝歌欲到肯回头。

谷口

一旦天真逐水流,虎争龙战为诸侯。子真独有烟霞趣,谷口耕锄到白头。

武陵溪

一溪春水彻云根,流出桃花片片新。若道长生是虚语,洞中争得有秦人。

大泽

白蛇初断路人通,汉祖龙泉血刃红。不是咸阳将瓦解,素灵那哭月明中。

渑池

日照荒城芳草新,相如曾此挫强秦。能令百二山河主,便作樽前击缶人。

岘山

晓日登临感晋臣,古碑零落岘山春。松间残露频频滴,酷似当时一作初堕泪人。

荥阳

汉祖东征屈未伸,荥阳失律纪生焚。当时天下方龙战,谁为将军作诔文?

长城

祖舜宗尧自太平,秦皇何事一作用苦苍生?不知祸起萧墙内,虚筑防胡万里城。

赤壁

烈火西焚魏帝旗,周郎开国虎争时。交兵不假挥长剑,已挫英雄百万师。

田横墓

古墓崔巍约路岐,歌传薤露到今时。也知不去朝黄屋,只为曾烹郦食其。

青门

汉皇提剑灭咸秦,亡国诸侯尽是臣。唯有东陵守高节,青门甘作种瓜人。

姑苏台

吴王恃霸弃雄才,贪向姑苏醉醁醅。不觉钱塘江上月,一宵西送越兵来。

息城

息亡身入楚王家,回首春风一面花。感旧不言长掩泪,只应翻恨有容华。

上蔡

上蔡东门狡兔肥,李斯何事忘南归。功成不解谋身退,直待云阳血染衣。

武昌

王浚戈铤发上流,武昌鸿业土崩秋。思量铁锁真儿戏,谁为吴王画此筹?

鸿沟

虎倦龙疲白刃秋。两分天下指鸿沟。项王不觉英雄挫,欲向彭门醉玉楼。

褒城

恃宠娇多得自由,骊山举火戏诸侯。只知一笑倾人国,不觉胡尘满玉楼。

金陵

侯景长驱十万人,可怜梁武坐蒙尘。生前不得空王力,徒向金田自舍身。

洛阳一作司空图诗

石勒童年有战机,洛阳长啸倚门时。晋朝不是王夷甫,大智何由得预知。

番禺

重冈复岭势崔巍,一卒当关万卒回。不是

大夫多辨说,尉他争肯筑朝台。

汨罗

襄王不用直臣筹,放逐南来泽国秋。自向波间葬鱼腹,楚人徒倚济川舟。

彭泽

英杰那堪屈下僚,便栽门柳事萧条。凤皇不共鸡争食,莫怪先生懒折腰。

涿鹿

涿鹿茫茫白草秋,轩辕曾此破蚩尤。丹霞遥映祠前水,疑是成川血尚流。

洞庭

五月扁舟过洞庭,鱼龙吹浪水云腥。轩辕黄帝今何在,回首巴山芦叶青。

嶓冢

夏禹崩来一万秋,水从嶓冢至今流。当时若诉胼胝苦,更使何人别九州?

涂山

大禹涂山御座开,诸侯玉帛走如雷。防风谩有专车骨,何事兹辰最后来?

商郊

莺啭商郊百草新,殷汤遗迹在荒榛。谁知继桀为天子,便是当初祝网人。

傅岩

岩前版筑不求伸,方寸那希据要津。自是武丁安寝夜,一宵宫里梦贤人。

钜桥

积粟成尘竟不开,谁知拒谏剖贤才?武王兵起无人敌,遂作商郊一聚灰。

首阳山

孤竹夷齐耻战争,望尘遮道请休兵。首阳山倒为平地,应始无人说姓名。

孟津

秋风飒飒孟津头,立马沙边看水流。见说武王东渡日,戎衣曾此叱阳侯。

流沙

七雄戈戟乱如麻,四海无人得坐家。老氏却思天竺住,便将徐甲去流沙。

邓城

邓侯城垒汉江干,自谓深根百世安。不用三甥谋楚计,临危方觉噬脐难。

召陵

小白匡周入楚郊,楚王雄霸亦咆哮。不思管仲为谋主,争取言徵缩酒茅。

绵山

亲在要君召不来,乱山重叠使空回。如何坚执尤人意,甘向岩前作死灰。

鲁城

鲁公城阙已丘墟,荒草无由认玉除。因笑臧孙才智少,东门钟鼓祀鶢鶋。

骓骊陂

行行西至一荒陂,因笑唐公不见机。莫惜骓骊输令尹,汉东宫阙早时归。

夹谷

夹谷莺啼三月天,野花芳草整相鲜。来时不见侏儒死,空笑齐人失措年。

吴宫

草长黄池千里余,归来宗庙已丘墟。出师不听忠臣谏,徒耻穷泉见子胥。

摩笄山

春草绵绵岱日低,山边立马看摩笄。黄莺也解追前事,来向夫人死处啼。

房陵

赵王一旦到房陵,国破家亡百恨增。魂断

丛台归不得，夜来明月为谁升？

濮水

青春行役思悠悠，一曲汀蒲濮水流。正见涂中龟曳尾，令人特地感庄周。

柏举

野田极目草茫茫，吴楚交兵此路傍。谁料伍员入郢后，大开陵寝挞平王。

望夫山

一上青山便化身，不知何代怨离人。古来节妇皆销朽，独尔不为泉下尘。

金义岭

凿开山岭引湘波，上去昭回不较多。无限鹊临桥畔立，适来天道过天河。

云云亭

一上高亭日正晡，青山重叠片云无。万年松树不知数，若个虬枝是大夫。

阿房宫

新建阿房壁未干，沛公兵已入长安。帝王苦竭生灵力，大业沙崩固不难。

沙丘

年年游览不曾停，天下山川欲遍经。堪笑沙丘才过处，銮舆风过鲍鱼腥。

咸阳

一朝阎乐统君凶，二世朝廷扫地空。唯有渭川流不尽，至今犹绕望夷宫。

废丘山

此水虽非禹凿开，废丘山下重萦回。莫言只解东流去，曾使章邯自杀来。

广武山

数罪楚师应夺气，底须多论破深艰。仓皇斗智成何语，遗笑当时广武山。

长安

关东新破项王归，赤帜悠扬日月旗。从此汉家无敌国，争教彭越受诛夷。

鸿门

项籍鹰扬六合晨，鸿门开宴贺亡秦。樽前若取谋臣计，岂作阴陵失路人。

汉中

荆棘苍苍汉水湄，将坛烟草覆余基。适来投石空江上，犹似龙颜纳谏时。

泜水

韩信经营按镆铘，临戎叱咤有谁加。犹疑转战逢劲敌，更向军中问左车。

云梦

汉祖听谗不可防，伪游韩信果罹殃。十年辛苦平天下，何事生擒入帝乡？

高阳

路入高阳感郦生，逢时长揖便论兵。最怜伏轼东游日，下尽齐王七十城。

四皓庙

四皓忘机饮碧松，石岩云殿隐高踪。不知俱出龙楼后，多在商山第几重。

霸陵

原头日落雪边云，犹放韩卢逐兔群。况是四方无事日，霸陵谁识旧将军？

昆明池

欲出昆明万里师，汉皇习战此穿池。如何一面图攻取，不念生灵气力疲。

回中

武皇无路及昆丘，青鸟西沈陇树秋。欲问生前躬祀日，几烦龙驾到泾州。

东门

何人知足反田庐，玉管东门饯二疏。岂是

不荣天子禄,后贤那使久闲居。

射熊馆

汉帝荒唐不解忧,大夸田猎废农收。子云徒献长杨赋,肯念高皇沐雨秋。

昆阳

师克由来在协和,萧王兵马固无多,谁知大敌昆阳败,却笑前朝困楚歌。

七里滩

七里青滩映碧层,九天星象感严陵。钓鱼台上无丝竹,不是高人谁解登?

颍川

古贤高尚不争名,行止由来动杳冥。今日浪为千里客,看花惭上德星亭。

江夏

黄祖才非长者俦,祢衡珠碎此江头。今来鹦鹉洲边过,惟有无情碧水流。

官渡

本初屈指定中华,官渡相持勒虎牙。若使许攸财用足,山河争得属曹家?

灞岸

长安城外白云秋,萧索悲风灞水流。因想汉朝离乱日,仲宣从此向荆州。

濡须桥

徒向濡须欲受降,英雄才略独无双。天心不与金陵便,高步何由得渡江。

豫州

策马行行到豫州,祖生寂寞水空流。当时更有三年寿,石勒寻为关下囚。

八公山

苻坚举国出西秦,东晋危如累卵晨。谁料此山诸草木,尽能排难化为人。

下第

翰苑何时休嫁女,文昌早晚罢生儿。上林新桂年年发,不许平人折一枝。

赠薛涛一作王建诗

万里桥边女校书,枇杷花下闭门居。扫眉才子知多少,管领春风总不如。

全唐诗卷六百四十八

方干

方干,字雄飞,新定人。徐凝一见器之,授以诗律,始举进士。谒钱塘太守姚合,合视其貌陋,甚卑之。坐定览卷,乃骇目变容,馆之数日,登山临水,无不与焉。咸通中,一举不得志,遂遁会稽,渔于鉴湖。太守王龟以其亢直,宜在谏署,欲荐之,不果。干自咸通得名,迨文德,江之南无有及者。殁后十余年,宰臣张文蔚奏名儒不第者五人,请赐一官,以慰其魂,干其一也。后进私谥曰玄英先生。门人杨弇与释子居远收得诗三百七十余篇,集十卷,今编诗六卷。

采莲

采莲女儿避残热,隔夜相期侵早发。指剥春葱腕似雪,画桡轻拨蒲根月。兰舟迟速有输赢,先到河湾赌何物。才到河湾分首去,散在花间不知处。

寄李频

众木又摇落,望君还不—一作犹未还。轩车在何处—一作何处去,雨雪满前山。思苦文星动,乡遥钓渚闲。明年见名姓—一作字,唯我独何颜。

东溪别业寄吉州段郎中

前山含远翠—一作翠晓,罗列在窗中。尽日—一作昼夜人不到,一尊谁与同?凉随莲叶雨,暑避柳条风。岂分长岑—一作孤寂,明时有至公。

怀州客舍

误饮覃怀酒,谁知滞去程?朝昏太行色,坐卧沁河声。白道穿秦甸,严鼙似戍城。邻鸡莫相促,游子自晨征。

中路寄喻凫先辈

求名如未遂,白首亦难归。送我尊前—一作中酒,典君身上衣。寒芜随楚尽—一作阔,落叶渡淮稀。莫叹—一作笑干时晚,前心岂便非。

送赵明府还北
　　故园—作林终不住,剑鹤在扁舟。尽室无余俸,还家得白头。钟催吴岫晓—作晚,月绕—作照渭河流。曾是栖安邑,恩期异日酬。

过朱协律故山
　　地下无余恨,人间得盛名。残篇续大雅,稚子托诸生。度日山空暮,缘溪鹤自鸣。难收故交意,寒笛一声声。

途中寄刘沆—作寄朱特
　　登车误相远,谈笑亦何因。路入潇湘树,书随巴蜀人。敛衣寒犯雪,倾箧病看春。莫负髫年志,清朝作—作有献臣。

送班主簿—作少府入谒荆南韦常侍—作卢尚书
　　束书成远去,还计莫经春。倒箧唯求醉,登舟自笑贫。波移彭蠡月,树没汉陵人。试吏曾趋府,旌幢自可—作易得亲。

夏日登灵隐寺后峰
　　绝顶无烦暑,登临三伏中。深萝难透日,乔木更含风。山叠云霞际,川倾世界东。那知兹夕兴,不与古人同。

听新蝉寄张昼
　　细声频断续,审听亦难分。仿佛应移处,从容却不闻。兰栖朝咽露,树隐暝吟云。莫—作若遣乡愁起,吾怀只是—作似君。

送喻坦之下第还江东
　　文战偶未胜,无令移壮心。风尘辞帝里,舟楫到家林。过楚寒方尽,浮淮月正沈。持杯话来日,不听洞庭砧。

送姚舒下第游蜀
　　蜀路何迢递,怜君独去游。风烟连北虏,山水似—作胜东瓯。九折盘荒坂,重江绕汉州。临邛一壶酒,能遣—作浣长卿愁。

旅次钱塘
　　此地似乡国,堪为朝夕吟。云藏吴相庙,树引越山禽。潮落海人散,钟迟秋寺深。我来无旧识,谁见寂寥心?

别喻凫
　　知心似古人,岁久分弥亲。离别波涛阔,留连槐柳新。蟆陵寒—作武陵闲贳酒,渔浦夜垂纶。自此星居后,音书岂厌频?

送相里烛
　　相逢未作期,相送定何之。不得长年少,那堪远别离。泛湖乘月早,践雪过山迟。永望多时立,翻如在梦思。

君不来
　　闲花未零落,心绪已纷纷。久客无人见,新禽何处闻。舟随一水远,路出万山分。夜月生愁望,孤光必照君。

将谒商州吕—作李郎中,道出楚州,留献章—作韦中丞
　　江流盘复直,浮棹出家林。商洛路犹远,山阳春已深。青云应有—作可望,白发未相侵。才小知难荐,终劳许郭心。

金州客舍
　　卷箔群—作云峰暮,萧条未掩关。江流蟠冢雨,路—作帆入汉家—作阴山。落叶敧眠后,孤砧倚望间。此情偏耐醉,难遣酒罍闲。

途中逢孙辂因得李频消息
　　灞上寒仍在,柔条亦自新。山河虽度腊,雨雪未知春。正忆同袍者,堪逢共国人。衔杯益—作亦无语,与尔转相亲。

送从兄郜—作韦郜,一作途中别孙璐
　　道路本无限,又—作更应何处逢。流年莫虚掷,华发不相容。野渡波摇月,空—作寒城雨翳钟。此心随去马—作去鸟,迢递过千—作重峰。

送许温—作浑
　　壮岁分采—作弥切,少—作髫年心正—作即

同。当闻千里去,难遣一尊空。翳烛兼葭雨,吹帆橘柚风。明年见亲族,尽一作冬集在怀中。

镜中别业二首一作镜湖西岛闲居

寒山一作居压镜心,此处是家林。梁燕窥一作欺春醉,岩猿学夜吟。云连平地起,月向白波沈。犹自闻钟角,栖身可在深。

世人如不容,吾自纵天慵。落叶凭风扫,香秔倩水春。花期连郭雾,雪夜隔湖钟。身外一作在无能事,头宜白此峰。

经周处士故居

愁吟与独行,何事不伤一作关情?久立钓鱼处,唯闻啼鸟声。山蔬和草嫩一作雨歇,海树入篱一作云生。吾在兹溪上,怀君恨不平。

赠喻凫

所得非众语,众人那得知。才吟五字句,又白几茎髭。月阁欹眠夜,霜轩正坐时。沈思心更苦,恐作满头丝。

早发洞庭

长天接广泽,二气共含秋。举目无平地,何心恋直钩。孤钟鸣大岸,片月落中流。却忆鸱夷子,当时此泛舟。

贻钱塘县路明府一作感怀

志业一作至学不得力,到一作至今犹苦吟。唫成五字句,用破一生心。世路屈声远一作满,寒一作云溪怨一作冤气深。前贤多晚达,莫怕鬓霜侵。

湖上言事寄长城喻明府

吟霜与卧云,此兴亦甘贫。吹筓落翠羽,垂丝牵锦鳞一作燕苇蒸菰米,垂丝约锦鳞。满湖风撼月,半日雨藏春。却笑萦簪组,劳心字远人。

涵碧亭洋州于中丞宰东阳日置

高低竹杂松,积翠复留风。路极一作剧阴溪里,寒生暑气中。闲云低覆草,片水静涵空。方见洋源牧,心侔造化功。

除夜

永怀难自问,此夕众愁兴。晓韵侵春角,寒光隔岁灯。心燃一寸火,泪结两行冰。煦育诚非远,阳和又欲升。

赠许牍山人

才子醉更逸,一吟倾一觞。支颐忍有得,摇笔便成章。王粲实可重,祢衡争不狂。何时应会面,梦里是潇湘。

赠功成将

定难在明略,何曾劳战争。飞书谕强寇,计日下重城。深雪移军一作营夜,寒箭一作沙出塞情。苦心殊易老,新发早年生。

白一作自艾原客

原上桑柘瘦,再来还见贫。沧州几年隐,白发一茎新。败叶平空堑,残阳满近邻。闲言说知己,半是学禅人。

朔管

寥寥落何处,一夜过胡天。送苦秋风外,吹愁白发边。望乡皆下泪,久戍尽休眠。寂寞空沙晓,开眸片月悬。

忆故山

旧山长系念,终日卧边亭。道路知已远,梦魂空再经。秋泉凉好引,乳鹤静宜听。独上高楼望,蓬身且未一作保宁。

冬夜泊僧舍

江东寒近腊,野寺水天昏。无酒能消夜,随僧早闭门。照墙灯焰细,著瓦雨声繁。漂泊仍千里,清吟欲断魂。

新秋独夜寄戴叔伦

遥夜独不卧,寂寥庭户中。河明五陵上,月满九门东。万里亲朋散,故园沧海空。归怀正南望,此夕起秋风。

送沛县司马丞之任

举酒一相劝,逢春聊尽欢。羁游故交少,

远别后期难。路上野花发,雨中青草寒。悠悠两都梦,小沛与长安。

送卢评事东归—作戴叔伦诗,题云送友人东归

万里杨柳色,出关随故人。轻烟覆—作拂流水,落日照行尘。积梦江湖阔,忆家兄弟贫。裴回灞亭上,不语共伤春。

清明日送邓芮还乡—作戴叔伦诗

钟鼓喧离室,车徒促—作役夜装。晓榆—作厨新变火,轻柳暗飞霜。转镜看华发,传杯话故乡。每嫌儿女泪,今日自沾裳。

全唐诗卷六百四十九

方干

送崔拾遗出使江东
九门思谏诤,万里采风谣。关外逢秋月,天涯过晚潮。雁飞云杳杳,木落浦萧萧。空怨他乡别,回舟暮寂寥。

重阳日送洛阳李丞之任
为文通绝境,从宦及良辰。洛下知名早,腰边结绶新。且倾浮菊酒,聊拂染衣尘。独恨沧州侣,愁来别故人。

江州送李侍御归东洛
独乘骢马去,不并旅人还。中外名卿贵,田园高步闲。暮春经楚县,新月上淮山。道路空瞻望,轩车不敢攀。

送郭太祝归江东
乡人去欲尽,北雁又南飞。京洛风尘久,江淮音信稀。旧山知独往,一醉莫相违。未得解羁旅,无劳问是非。

送李恬及第后还贝州
成名年少日,就业圣人书。擢桂谁相比,簪金已不如。东城送归客,秋日待征车。若到清潭畔,儒风变里闾。

收两京后还上都兼访一二亲故
离堂千里客,归骑五陵人。路转函关晚,烟开上苑新。天涯将野服,阙下见乡亲。问得存亡事,裁诗寄海滨。

送汶上王明府之任
何时到故乡,归去佩铜章。亲友移家尽,闾阎百战伤。背关余草木,出塞足风霜。遗老应相贺,知君不下堂。

湖南使院遣情送江夏贺侍郎
云雨一消散,悠悠关复河。俱从泛舟役,遂隔洞庭波。楚水去不尽,秋风今更过。无由

得相见,却恨寄书多。

过申州作
万人曾死战,几户免刀兵——作几处见休兵。井邑初安堵,儿童未长成。凉风吹古木,野火烧——作入残营。寥落千余里,山高水复清。

汝南过访田评事
移家近汉阴,不复问华簪。买酒宜城远,烧田梦泽深。暮山逢鸟入,寒水见鱼沈。与物皆无累,终年惬本心。

送道上人游方
律仪通外学,诗思入玄关。烟景随人别,风姿与物闲。贯花留静室,咒水度空山。谁识浮云意,悠悠天地间。

送饶州王司法之任兼寄朱处士
莫辞——作愁还作吏,且喜速回车。留醉悲残岁,含情寄远书。共看衰老近,转觉宦名虚。遥想清溪畔,幽人得自如。

詹碏山居
爱此栖心静,风尘路已赊。十余茎野竹,一两树山花。绕石开泉细,穿罗引径斜。无人会幽意,来往在烟霞。

晓角
画角吹残月,寒声发戍楼。立霜嘶马怨,攒碛泣兵愁。燕雁鸣云畔,胡风冷草头。罢闻三会后,天迥晓星流。

冬日
烧火掩关坐,穷居客访稀。冻云愁暮色,寒日淡斜晖。穿牖竹风满,绕庭云叶飞。已嗟周一岁,羁寓尚何依。

残秋送友
早为千里别,况复是秋残。木叶怨先老,江云愁暮寒。交情如水淡,离酒泛杯宽。料想还家后,休吟行路难。

客行
藕叶缀为衣,东西泣路岐。乡心日落后,身计酒醒时。触目多添感,凝情足所思。羁愁难尽遣,行坐一低眉。

秋夜
度鸿惊睡醒,欹枕已三更。梦破寂寥思,灯残零落明。空窗闲月色,幽壁静虫声。况是离乡久,依然无限情。

新月
入夜天西见,蛾眉冷素光。潭鱼惊钓落,云雁怯弓张。隐隐临珠箔,微微上粉墙。更怜三五夕,仙桂满轮芳。

滁上怀周贺
就枕忽不寐,孤怀兴叹初。南谯收旧历,上苑绝来书——作已经天目岁,未寄汉阳书。暝雪细——作雨乱声积,晨钟寒韵疏。侯门昔弹铗,曾共食江——作无鱼。

寄石溢清越上人
寺处唯高僻,云生石枕——作枕石前。静吟因——作应得句,独夜不妨禅。窗接停猿树,岩飞浴鹤泉。相思有书札,俱倩猎人传。

陈式水墨山水
造化有功力,平分归笔端。溪如冰后听,山似烧来看。立意雪髯——作霜髯出,支颐烟汗——作汗干。世间从尔后,应觉致名难。

陈秀才亭际木兰
昔见初栽日,今逢成树时。存思心更感,绕看步还迟。蝶舞摇风蕊,莺啼含露枝。裴回不忍去,应与醉相宜。

赠镜公——作旅次钱塘
幽独度遥夜,夜清神更闲。高风吹越树——作国,细露湿——作雨暗湖山。月皎微吟后,钟鸣不寐间。如教累簪组,此兴岂相关?

登雪窦僧家—作书窦云禅者壁

登寺寻盘道,人烟远更微。石窗秋见海,山霭暮侵衣。众木随僧老,高泉尽日飞。谁能厌轩冕,来此便忘机。

途中逢进士许巢

声望—作价去已远,门—作问人无不知。义行相识处,贫过少年时。妨寐夜吟苦,爱闲身达迟。难求似君者,我去更逢谁?

赠玛瑙山禅者—作赠玛瑙禅师归京

芴—作蒲草不停兽,因师山更灵。村林朝乞食,风雨夜开扃。井味兼松粉,云根着净瓶。尘劳如醉梦,对此暂能醒。

酬故人陈义都

远别那无梦,重游自有期。半年乡信到,两地赤—作客心知。坐久吟移调,更长砚结澌。文人才力薄,终怕阿戎欺。

闰春—作月

幂幂复苍苍,微和傍早阳。前春寒—作惜寒春已尽,待闰日犹长。柳变虽因雨,花迟岂为霜?自兹延圣历,谁不驻年光!

方著作画竹

叠叶与高节,俱从毫末生。流—作留传千古誉,研炼十年情。向月本无影,临风疑有声。吾家钓台畔—作矶侧,似此两三茎。

题友人山花

平明—作葳蕤方发尽—作尽坼,为待—作得好风吹。不见移来日,先愁落—作花去时。浓香薰叠叶,繁朵压卑—作欹枝。坐—作来看皆终夕,游蜂似—作自有期。

赠诗僧怀静—作观

几—作多生余习在,时复作—作却微吟。坐夏莓苔合—作匝,行禅桧柏深。入山成白首,学道是初心。心地不移变,徒云—作劳寒暑侵。

赠许牍秀才

理论与妙用,皆从人外来。山河澄正气,雪月助宏才。傲世寄渔艇,藏名归酒杯。升沈在方寸,即恐起风雷。

送于丹

至业是至宝,莫过心自知。时情如甚畅,天道即无私。入洛霜霰苦,离家兰菊衰。焚舟—作营州不回顾,薄暮又何之。

送人游—作之日本国

苍茫大荒外,风教—作势即难知。连夜扬帆去,经年到岸迟。波涛含—作吞左界,星斗定东维—作证东夷。或有归风便,当为相见期。

东溪言事寄于丹

日月昼夜转,年光难驻留。轩窗才过雨,枕簟即知秋。草—作天际鸟—作雁行出,溪中虹影收。唯君壮心在,应笑卧沧洲。

暮发七里滩夜泊严光台下

一瞬即七里,箭驰犹是难。樯边走岚翠,枕底失风湍。但讶猿鸟定,不知霜月寒。前贤竟何益,此地误垂竿。

处州洞溪

气象四时清,无人画得成。众山寒叠翠,两派绿分声。坐月何曾夜,听松不似晴。混元融结后,便有此溪名。

称心寺中岛

水木深不极,似将星汉连。中州唯此地,上界别无天。雪折停猿树,花藏浴鹤泉。师为终老意,日日复年年。

岁晚苦寒

地气寒不畅,严风无定时。挑灯青烬少,呵笔尺书迟。白兔没已久,晨鸡僵未知。伫看开圣历,喧煦立为期。

杜鹃花

未问移栽日,先愁落地时。疏中从间叶,

密处莫烧枝。郢客教谁探,胡蜂是自知。周回两三步,常有醉乡期。

山中

散拙亦自遂,粗将猿鸟同。飞泉高泻月,独树迥含风。果落盘盂上,云生箧笥中。未甘明圣日,终作钓渔翁。

路支使小池

儿童戏穿凿,咫尺见津涯。藓岸和纤草,松泉溅浅沙。光含半床月,影入一枝花。到此无醒日,当时有习家。

清源标公

师为众人重,始得众人师。年到白头日,行如新戒时。瓶添放鱼涧,窗迥裛猿枝。此地堪终老,迷痴自不知。

题雪窦禅师壁—作赠雪窦峰禅师

飞泉—作流溅禅石,瓶注—作屦屦亦—作每生苔。海上山不浅,天边人自来。长年随桧柏,独夜任风雷。猎者闻疏磬,知师入定回。

重寄金山寺僧

风涛匝山寺,磬韵达渔船。此处别师久,远怀无信传。月华妨静烛,鸟语答幽禅。已见如如理,灰心应不然。

哭胡珪

才高登上第,孝极殁庐茔。一命何无定,片言徒有声。故园花自发,新冢月初明。寂寞重泉里,岂知春物荣。

与清溪赵明府

清规暂趋府,独立与谁亲?遂性无非酒—作醉,求闲却爱贫。林泉应入梦,印绶莫留人。王事闻多暇,吟来几首—作句新。

送剡县陈永秩满归越

俸禄三年后,程途一月间。舟中非客路,镜里是家山。密雪沾行袂,离—作丛杯变别颜。古人唯贺满,今挈解由还。

示乡叟

暮齿甘衰谢,逢人惜别离。青山前代业,老树此身移。买药将衣尽,寻方见字迟。如何镊残鬓,览镜变成丝。

游竹林寺

得路到深寺,幽虚曾识名。藓浓阴砌古,烟起暮香生。曙月落松翠,石泉流梵声。闻僧说真理,烦恼自然轻。

陆处士别业

问道远相访,无人觉路长。夜深回钓楫,月影出书床。蝉噪蓼花发,禽来山果香。多时欲归去,西望又斜阳。

赠中岳僧

坐来蘖木大,谁见入岩年?多病长留药,无忧亦是禅。搘床移片石,春粟引高泉。尽愿求心法,逢谁即拟传。—作老去唯多病,寒来忽废禅。夜云侵静烛,枯叶落澄泉。尽拟求心法,当期早晚传。

寄普州贾司仓岛

乱山重复叠,何路—作处访先生。岂料多才者,空垂不世—作不第名。—作思归应病成,普掾我先生。冤气终不散,嘉言徒擅名。闲曹犹得醉,薄俸亦胜耕。莫问吟诗石,年年芳草平。

送镜空上人游江南

去住如云鹤,飘然不可留。何山逢后夏,一食在孤舟。细雨莲塘晚,疏蝉橘岸秋。—作细雨隋宫晚,蝉声汉树秋。应怀旧溪月,夜过石窗流。

新正

荜门惆怅内—作日,时节暗来频。每见新正雪,长思故国春。云西斜去雁,江上未归人。又一年为客,何媒得到秦?

夜听步虚

寂寂永宫里,天师朝礼声。步虚闻一曲,浑欲到三清。瑞草秋风起,仙阶夜月明。多年远尘意,此地欲铺平。

题碧溪山禅老—作赠鹤隐寺僧

师步有云随,师情唯鹤知。萝迷收茶即术也路,雪隔出溪时。竹狭窥沙井,岩禽停桧枝。由来傲卿相,卧稳答书迟。

寒食宿先天寺无可上人房

双扉桧下开,寄宿石房苔。幡北灯花动,城西雪霰来。收棋想云梦,罢茗议天台。同忆前年腊,师初白阁回。

中秋月

凉霄烟霭外,三五玉蟾秋。列野星辰正,当空鬼魅愁。泉澄寒魄莹,露滴冷光浮。未折青青桂,吟看不忍休。

暮冬书怀呈友人—作喻凫诗

空为梁甫吟,谁竟是知音?风雪生寒夜,乡园来旧心。沧江孤棹迥,白阁一钟深。君子久忘我,此怀甘自沈。

赠江南僧

忘机室亦空,禅与沃州同。唯有半庭竹,能生竟日风。思山海月上,出定印香终。继后传衣者,还须立雪中。

柳

摇曳惹风吹,临堤软胜丝。态浓谁为—作解识,力弱自难持。学舞枝翻袖,呈妆叶展眉。如何一攀折,怀友又题诗。

送姚合员外赴金州

受诏从华省,开旗发帝州。野烟新驿曙,残照古山秋。树势连巴没,江声入楚流。唯应化行—作行化后,吟句上闲楼。

送江阴霍明府之任

遥遥去舸新,浸郭苇兼蘋。树列巢滩鹤,乡多钓浦人。虹分阳羡雨,浪隔广陵春。知竟三年秋,琴书外是贫。

送友及第归浙东—作送王羽登科后归江东。又见《戴叔伦集》,题作送王翁信及第后归江东旧隐。

南行无俗侣,秋雁与寒云。野趣—作性自多惬,乡名—作名香人共闻。吴山中路断,浙水半江分。此地登临惯,摅—作含情一送君。

山中即事

趋世非身事,山中适性情。野花多异色,幽鸟少凡声。树影搜凉卧,苔光破碧行。闲寻采药处,仙路渐分明。

过黄州作

弭节齐安郡,孤城百战残。傍村林有虎,带郭县无官。暮角梅花怨,清江桂影寒。黍离缘底事,撩我起长欢。

全唐诗卷六百五十

方干

元日

晨鸡两遍报更阑,刁斗无声晓漏干。暖日映山调正气,东风入树舞残寒。轩车欲识人间感,献岁须来帝里看。才酌屠苏定年齿,坐中惟笑鬓毛斑。

别从兄郜

展翅开帆只待风,吹嘘成事古今同。已呼断雁归行里,全胜枯鳞在辙中。若许死前恩少报,终期言下命潜通。临岐再拜无余事,愿取文章达圣聪。

寄江陵王少府

分手频曾变寒暑,迢迢远意各何如。波涛一阻两乡梦,岁月无过双鲤鱼。吟处落花藏笔砚,睡时斜雨湿图书。此一作比来俗辈皆疏我,唯有故人心不疏。

题睦州乌龙山禅居

曙后一作暑夜月华犹冷湿,自知坐卧逼天一作星宫。晨鸡未暇鸣山底,早日先来照屋东。人世驱驰方丈内,海波摇动一杯中。伴师长住应难住,归去仍须入俗笼。

寄杭州于郎中

虽云圣代识贤明一作名,自是山河应数生。大雅篇章无弟子,高门世业有公卿。入楼早月中秋色,绕郭寒潮半夜声。白屋青云至悬阔,愚儒肝胆若为倾。

寄灵武胡常侍

青云直上路初通,已在明君倚注中。欲遣为霖安九有,先令作相赞东宫。自从忠说承天眷,更有文篇续国风。最是何人感恩德,谢敷星下钓渔翁。

上张舍人

海内芳声谁可并,承家三代相门深。剖符已副东人望,援笔曾传圣主心。此地清廉惟饮水,四方焦热待为霖。他年莫学鸱夷子,远泛扁舟用铸金。

题慈溪张丞壁

因君贰邑蓝溪上,遣我维舟红叶时。共向乡中非半面,俱惊鬓里有新丝。亿看孤—作廉洁成三考,应笑愚疏舍一枝。貌似故人心尚喜,相逢况是旧相知。

赠邻居袁明府

隔竹每呼皆得应,二心亲熟更如何?文章锻炼犹相似,年齿参差不较多。雨后卷帘看越岭,更深欹枕听湖波。朝昏幸得同醒醉,遮莫光阴自下坡。

孙氏林亭

池亭才有二三亩,风景胜于千万家。瑟瑟林排全巷竹,猩猩血染半园花。并床欹枕逢春尽,援笔持杯到日斜。卯角相知成白首,而今欢笑莫咨嗟。

漳州阳亭言事寄于使君

谢守登城对远峰,金英泛泛满金钟。楼头风景八九月,床下水云千万重。红旆朝昏虽许近,清才今古定难逢。鲤鱼纵是凡鳞鬣,得在膺门合作龙。

别胡中丞

二年朝夜见双旌,心魄知恩梦亦惊。幽贱粗能分菽麦,从容岂合遇公卿。吹嘘若自毫端出,羽翼应从肉上生。却恨此身唯一死,空将一死报犹轻。

游张公洞寄陶校书

步步势穿江底去,此中危滑转身难。下蒸阴气松萝湿,外制温风杖屦—作履寒。数里烟云方觉异,前程世界更应宽。由来委曲寻仙路,不似先生换骨丹。

题睦州郡中千峰榭

岂知平地似天台,朱户深沈别径开。曳响露蝉穿树去,斜行沙鸟向池来。窗中早月当琴榻,墙上秋山入酒杯。何事此中如世外,应缘羊祜是仙才。

登新城县楼赠蔡明府

杨震东来是宦游,政成登此自消忧。草中白道穿村去,树里清溪照郭流。纵目四山宜永日,开襟五月似高秋。不知县籍添新户,但见川原桑柘稠。

和于中丞登扶风亭

避石攀萝去不迷,行时举步似丹梯。东轩海日已先照,下界晨鸡犹未啼。郭里云山全占寺,村前竹树半藏溪。谢公吟望多来此,此地应将岘首齐。

赠信州高员外

溪势盘回绕郡流,饶阳—作晓光春色满溪楼。岂唯啼鸟催人醉,更有繁花笑容愁。蹇拙命中迷直道,仁慈风里驻扁舟。膺门若感深恩去,终杀微躯未足—作是酬。

漳州于使君罢郡如之任漳南去上国二十四州,使君无非亲故

漳南罢郡如之任,二十四州相次迎。泊岸旗幡邮吏拜,连山风雨探人行。月中倚棹吟渔浦,花底垂鞭醉凤城。圣主此时思共理,又应何处救苍生?

送弟子伍秀才赴举

天遣相门延积庆,今同太庙荐嘉宾。柳条此日同谁折,桂树明年为尔春。倚棹寒吟渔浦月,垂鞭醉入凤城尘。由来不要文章得,要且文章出众人。

贻高说

都缘相府有宗兄,却恐妨君正路行。石上

长松自森秀,雪中孤玉更凝明。西陵晓月中秋色,北固军鼙半夜声。幸有清才与洪笔,何愁高节不公卿。

题长洲陈明府小亭

坐看孤蜻却劳神,还是微吟到日曛。松鹤认名呼得下,沙蝉飞处听犹闻。夜阑亦似深山月,雨后唯关满屋云。便此逍遥应不易,朱衣红旆未容君。

送朱二十赴涟水

到县却应嫌水阔,离家终是见山疏。笙歌不驻难辞酒,舟楫将行负担书。为政必能安楚老,向公犹可钓淮鱼。鸾凰取便多如此,掠地斜飞上太虚。

德政上睦州胡中丞

上德由来合动天,旌旗到日是丰年。群书已熟无人似,五字研成举世传。莫道政声同宇宙,须知紫气满山川。岂唯是巷皆苏息,犹有恩波及钓船。

袁明府以家酝寄余,余以山梅答赠,非唯四韵兼亦双关

封匏寄酒提携远,织笼盛梅答赠迟。九度搅和谁用法,四边窥摘自攀枝。罇罍泛蚁堪尝日,童稚驱禽欲熟时。毕卓醉狂潘氏少,倾来掷去恰相宜。

上杭州姚郎中

能除—作消疾瘵似良医,一郡乡风当日移。身贵久离行药—作乐伴,才高独作后人师。春游下马皆成宴,吏散看山即有诗。借问公方与文道,而今中夏更传谁?

送叶秀才赴举兼呈吕—作李少监

君辞旧—作万里一年期,艺至心亦自知。尊尽离人看北斗,月寒惊鹊绕南枝。书回册市砧应绝,棹出村潭菊未衰。与尔相逢终不远,昨闻秘监在台墀。

自缙云赴郡,溪流百里,轻棹一发,曾不崇朝,叙事四韵寄献段郎中

激箭溪湍势莫凭,飘然一叶若为乘。仰瞻青壁开天罅,斗转寒湾避石棱。巢鸟夜惊离岛树,啼猿昼怯下岩藤。此中明日寻知己,恐似龙门不易登。

胡中丞早梅

不独闲花不共时,一株寒艳尚参差。凌晨未喷含霜朵,应候先开亚水枝。芬郁合将兰井茂,凝明应与雪相宜—作散。谢公吟赏愁飘落,可得更拈长笛吹。

牡丹

借问庭芳早晚栽,座中疑展画屏开。花分浅浅胭脂脸,叶堕殷殷腻粉腮。红砌不须夸芍药,白蘋何用逞重台。殷勤为报看花客,莫学游蜂日日来。

观项信水墨

险峭虽从笔下成,精能皆自意中生。倚云孤桧知无朽,挂壁高泉似有声。转扇惊波连岸动,回灯落日向山明。小年师祖过今祖,异域应传项信名。

书桃花坞周处士壁

醉吟雪—作云月思深苦,思苦神劳华—作新,又作白发生。自学古贤修静节,唯应野鹤识高情。细泉出石飞难尽,孤烛—作竹和云湿不明—作鸣。何事懒于嵇叔夜,更无书札—作信答公卿。

题桐庐谢逸人—作题庐峰谢山人江居

少小—作清世高眠—作民无一事,五侯勋盛欲如何?湖边倚杖—作竹寒吟苦,石上横琴夜醉多。鸟自树梢随果落,人从窗外卸帆过。由来朝市为真隐,可要栖身向薜萝?

叙雪寄喻凫

密片无声急复迟,纷纷犹胜落花时。从容—作逡巡不觉藏苔径—作莎渚,宛转偏宜旁柳丝。

透室虚明非月照,满空回—作飞散是风吹。高人坐卧才方逸,援笔应成六出词。

又—作杜荀鹤

密片繁声旋不—作久未销,萦风杂霰转飘飘。澄江莫蔽长流色,衰柳难粘自动—作折条。湿气添寒—作阴森酤酒夜,素花迎曙—作晶耀卷帘朝。此时明—作行径无行—作人迹,唯望徽之问寂寥。

哭秘书姚少监—作姚丞

寒空此夜落文星,星落文留—作存万古名。入室几人成弟子,为儒是处哭先生。家无谏草逢明代,国有遗篇续正声。晓向平—作临晓向原陈葬礼,悲风吹雨湿铭旌。

送人宰永泰

北人虽泛南流水,称意南行莫恨赊。道路先经毛竹岭,风烟渐—作已近刺桐花。舟停渔浦犹为客,县入樵溪似到家。下马政声—作成王事少,应容闲吏日高衙。

旅次洋—作扬州寓居郝氏林亭

举目纵然非我有,思量似—作如在故山时。鹤盘远势投孤屿,蝉曳残声过别枝。凉月照窗—作床欹枕倦,澄泉绕石泛觞迟。青云未得平行去,梦到江南身旅羁—作梦到江头身在兹。

茅山赠洪—作赠高洪拾遗

圣代谏臣停谏舌,求归—作还故里傲云霞。溪头讲树缆—作尽渔艇,箧里朝衣输—作尽酒家。但爱身闲辞禄俸,那嫌岁计在桑麻。我来幸与诸生异,问答时容近绛纱。

睦州—作题陆州吕郎中郡中—作内环溪亭

为是仙才登望处,风光便似武陵春。闲花半落犹迷蝶,白鸟双飞不避人。树影兴余侵枕簟,荷香坐久著衣巾。暂来此地非多日,明主那容借寇恂。

赠华阴—作山隐者

少微夜夜当仙掌,更有何人在此居。花月

旧应—作交看浴鹤。松萝本自—作主伴删书。素琴醉去—作后经宵枕,衰发寒—作闲来向日梳。故国多年归未遂,因逢此地忆吾庐。

上杭州杜中丞

昔用雄才登上第,今将重德合明君。苦心多为安民术,援笔皆成出世文。寒角细吹孤峤月,秋涛横卷半江云。掠天逸势应非久,一鹗那栖众鸟群。

赠—作上处州段郎中

幸见仙才邻群初,郡城孤峭似仙居。杉—作林萝色里游亭榭—作登台阁,瀑布声中阅簿书。德重自将天子合,情高元与世人疏。寒潭是处清连底,宾席何心望食鱼。

书法华寺上方禅—作禅师,一作僧壁

砌下松巅有鹤栖,孤猿亦在鹤边啼。卧闻雷雨归岩早,坐见—作觉星辰去地低。一径穿缘应就—作在郭,千花掩映似无溪。是非生死多忧恼,此日蒙—作凭师为破迷。

书吴道隐林亭

薜榭莎亭萝繁阴,依稀气象似山林。橘枝亚路黄—作树香苞重,井脉牵湖碧甃深。稚子遮门留熟客,惊蝉入座避游—作饥禽。四邻不见孤高处,翻笑腾腾只醉吟。

陪王大夫泛湖

去去凌晨回见星,木兰舟稳画桡轻。白波潭上鱼龙气,红树林中鸡犬声。密炬烧残银汉艮,羽觞飞急玉山倾。此时检点诸名士,却是渔翁无姓名。

赠会稽张少府

高节何曾似任官,药苗香洁备常餐。一分酒户添犹—作应得,五字诗句隐即难。笑我无媒生鹤发,知君有意—作梦忆—作借渔竿。明年莫便还家去,镜里云山且共看。

送郑台处士归绛岩

荣启先生挟琴去,厌寻灵胜忆岩栖。白猿

垂树窗边月,红鲤惊钩竹外溪。惯采药苗供野_{一作资豢}馔,曾书蕉叶寄新题。古贤犹怆河梁别,未可匆匆便解携。

因话天台胜异仍送罗道士

积翠千层一径开,遥盘_{一作盘纡}山腹到琼台。藕花飘落前岩去,桂子流从别洞来。石上丛林碍星斗,窗边瀑布走风雷。纵云孤鹤无留滞,定_{一作亦}恐烟萝不放回。

哭喻凫行辈

日夜役神多损寿,先生下世未中年。撰碑纵托登龙伴,营奠应支卖鹤钱。孤垄阴风吹细草,空窗湿气渍残篇。人间别更无冤事,到此_{一作此事谁能}与问天?

湖北有茅斋,湖西有松岛,轻棹往返,颇谐素心,因成四韵

湖北湖西往复还,朝昏只处自由间。暑天移榻就深竹,月夜乘舟归浅山。绕砌紫鳞攲枕钓,垂檐野果隔窗攀。古贤暮齿方如此,多笑愚儒鬓未斑。

鉴湖西岛言事

慵拙幸便荒僻地,纵听猿鸟亦何愁。偶斟药酒欺梅雨,却著寒衣过麦秋。岁计有时添橡实,生涯一半在渔舟。世人若便无知己,应向此溪成白头。

山中言事

攲枕亦吟行亦醉,卧吟行醉更何营。贫来犹有故琴在,老去不过新发生。山鸟踏枝红果落,家童引钓白鱼惊。潜夫自有孤云侣,可要王侯知姓名。

赠萧山彭少府

作尉孜孜更寒苦,操心至癖不为清。虽将剑鹤支残债,犹有歌篇取盛名。尽拟勤求为弟子,皆将疑义问先生。与君相识因儒术,岁月弥多别有情。

赠式上人

纵居鏊角_{一作尘市}喧阗处,亦共云溪邃僻同。万虑全离方寸内,一生多在_{一作多生半在}五言中。芰荷叶上难停_{一作留}雨,松桧_{一作桂}枝间自有风。莫笑旅人终日醉,吾将大醉与禅通。

赠钱塘湖上唐处士

我爱君家似洞庭,冲湾泼岸夜波声。蟾蜍影里清吟苦,舴艋舟中白发生。常共酒杯为伴侣,复闻纱帽见公卿。莫言举世无知己,自有孤云_{一作烟霞}识此情。

全唐诗卷六百五十一

方干

山中言事
日与村家事渐同,烧松—作畲啜茗学邻翁。池塘月撼芙蕖浪,窗户凉生薜荔风,书幌昼昏岚气里,巢枝俯—作夜折雪声中。山阴钓叟无知己,窥镜捋多鬓欲空。

题陶详校书阳羡隐居
芸香署里从容步,阳羡山中啸傲情。竿底紫鳞输钓伴,花边白犬吠流莺。长潭五月含冰气,孤桧中宵学—作带雨声。便泛扁舟应未得,鸱夷弃相始垂名。

秋晚林中寄宾幕
八月萧条九月时,沙蝉海燕各分飞。杯盂未称尝生酒,砧杵先催试熟衣。泉漱玉声冲石窦,橘垂朱实压荆扉。无过纵有家山思,印绶留连争得归。

与乡人鉴休上人别
此日因师话乡里,故乡风土我偏谙。一枝—作厄竹叶如溪北,半树梅花似岭南。山夜猎徒多信犬,雨天村舍未催蚕。如今休作还家意,两须垂丝已不堪。

送王霖赴举
自古主司看—作堪荐士,明年应是不参差。须凭吉梦为先兆,必恐长才偶盛时。北阙上书冲雪早,西陵中酒趁潮迟。郄诜可要真消息,只向春前便得知。

思越中旧游寄友
甸外山川无越国,依稀只似剑门西。镜中叠浪摇星斗,城上繁花咽鼓鼙。断臂青猿啼玉笋,成行白鸟下耶溪。此中—作早年曾是同游处,迢递寻君梦不迷。

陪胡中丞泛湖

仙舟仙乐醉行春，上界稀逢下界人。绮绣峰前闻野鹤，旌旗影里见游鳞。澄潭彻底齐心镜，杂树含芳让锦茵。凡许从容谁不幸，就中光显是州民。

叙雪献员外

纷纭宛转更堪看，压竹摧巢井径漫。风柳细条粘不得，春溪绿色蔽应难。清辉直认中庭月，湿气偏添半夜寒。谢守来吟才更逸，郤词先至彩毫端。

王将军

大志无心守章句，终怀上略致殊功。保宁帝业青萍在，投弃儒书绛帐空。密雪曙连葱岭道，青松夜起柳营风。将星依旧当文座，应念愚儒命未通。

阳亭言事献漳州于使君

重叠山前对酒樽，腾腾兀兀度朝昏。平明疏磬白云寺，遥夜孤砧红叶村。去鸟岂知烟树远，惊鱼应觉露荷翻。旅人寄食逢黄菊，每见故一作乡人一作北辰思故园。

海石榴

亭际天妍日日看，每朝颜色一般般。满枝犹待春风力，数朵先欺腊雪寒。舞蝶似随歌拍转，游人只怕酒杯干。久长年少应难得，忍不丛边到夜观一作欢。

嘉兴许明府

檇李转闻风教好，重门夜不上重关。腰悬墨绶三年外，身去青云一步间。勤苦字人酬帝力，从容对客问家山。升沉路别情犹在，不忘乡中旧往还。

再题路支使南亭

行处避松兼碍石，即须门径落斜开。爱邀旧友看渔钓，贪听新禽驻酒杯。树影不随明月去，溪声一作流常送落花来。睡时分得江淹梦，五色毫端弄逸才。

路支使小池

广狭偶然非制定，犹将方寸像沧溟。一泓春水无多浪，数尺晴天几个星。露满玉盘当半夜，匣开金镜在中庭。主人垂钓常来此，虽把鱼竿醉未醒。

哭江西处士陈陶

寿尽天年命不通，钓溪吟月便成翁。虽云挂剑来坟上，亦恐藏书在壁中。巢父精灵归大夜，客儿才调振遗风，南华至理须齐物，生死即应无异同。

越中言事二首咸通八年琅琊公到任后作

异术闲和合圣明，湖光浩气共澄清。郭中云吐啼猿寺，山上花藏调角城。香起荷湾停棹饮，丝垂柳陌约鞭行。游人今日又明日，不觉镜中新发生。

云霞水木共苍苍，元化分功秀一方。百里湖波轻撼月，五更军角慢吹霜。沙边贾客喧鱼市，鸟上潜夫醉笋庄，终岁逍遥仁术内，无名甘老买臣乡。

题龙瑞观兼呈徐尊师

或雨或云常不定，地灵云雨自无时。世人莫识神方字，仙岛偏栖药树枝。远一作深壑度年如晦螟，阴溪入夏有凌澌。此中唯有一作是师知我，未得寻师即梦师。

送陈秀才将游岭上便议北归

婆娑恋酒山花尽，绕缭还家水路通。转楫拟从一作投青草岸，吹帆犹是白蘋风。淮边欲暝军鼙急，洛下先寒苑树空。诗句因余更孤峭，书题不合忘江东。

送吴彦融赴举

用心精至自无疑，千万人中似汝稀。上国才将五字去，全家便待一作望一枝归。西陵柳路摇鞭尽，北固潮程挂席飞。想见明年榜前事，当时分散著来衣。

同萧山陈长官—作明府县楼登望

坐看南北与西东,远近无非礼义中。一县繁花香送雨,五株垂柳绿牵风。寒涛—作昼潮背海—作郭喧还静,驿路穿林断复通。仲叔受恩多感恋,裴回却怕酒壶空。

送何道者

何事忽来还忽去,孤云不定鹤情高。真经与术添年寿,灵药分功入鬓毛。必拟一身生羽翼,终着陆地作波涛。遍寻岩洞求仙者,即恐无人似尔曹。

酬将作于少监

由来至宝出毫端,五色炎光照室寒。仰望孤峰知耸峻,前临积水见波澜。冰丝织络经心久,瑞玉雕磨措手难。不是散斋兼拭目,寻常未便借人看。

雪中寄殷道士

大片纷纷小片轻,雨和风击更—作乱纵横。园林入夜寒光动,窗户凌晨湿气生。蔽野吞村飘未歇,摧巢压竹密无声。山阴道—作高士吟多—作多吟兴,六出花边五字成。

宋从事

出众仙才是谪仙,裁霞曳绣一篇篇。虽将洁白酬知己,自有风流助少年。攲枕卧吟荷叶雨,持杯坐醉菊花天。冥搜太苦神应乏,心在虚无更那边。

出山寄苏从事

寸心似火频求荐,两鬓如霜始息机。隔岸鸡鸣春耨去,邻家犬吠夜渔归。倚松长啸宜疏拙,拂石攲眠绝是非。多谢元瑜怜野贱,时回车马发光辉。

送杭州李员外

政成何用满三年,上界群仙待谪仙。便赴—作副新恩归紫禁,还从旧路上青天。笙歌怨咽当离席,更漏丁东在画船。必恐—作正殿驻班留立位,前程一步—作前头咫尺是炉烟。

赠李支使

药成平地是寥天,三十人中最少年。白雪振声来辇下,青云开路到床前。公乡位近应翘足,荀宋才微可拍肩。一等孔门为弟子,愚儒独自赋归田。

卢卓—作阜山人画水

常闻画石不画水,画水至难君得名。海色未将蓝汁染,笔锋犹旁墨花—作土堆行。散吞高下应无岸,斜蹙东南势欲倾。坐久神迷不能决,却疑身在小蓬瀛。

废宅

主人何处独裴回,流水自流花自开。若见故交皆散去,即应新燕不归来。入门缭绕穿荒竹,坐石逡巡染绿苔。应是曾经恶风雨,修桐半折损琴材。

题宝林山禅院

山捧亭台郭绕山,遥盘苍翠到山巅。岩中古井虽通海,窟里阴云不上天。罗列众星依木末,周回—作围万室在檐前。我来可要归—作师禅老,一寸寒灰已达玄。

题越州—作南郭袁秀才林亭

清邃林亭指画开,幽岩别派像天台。坐牵蕉叶题诗句,醉触藤花落酒杯。白鸟不归山里去,红鳞多自镜中来。终年此地为吟伴—作侣,早起寻君薄暮回。

题龟山穆上人院

修持百法—作白发过半百,日往月来心更坚。床上水云随坐夏,林西山月伴行禅。寒蜩远韵来窗里,白鸟斜行起砌边。我爱寻师师访我,只应寻访是因缘。

赠美人四首

直缘多艺用心劳,心路玲珑格调高。舞袖低徊真蛱蝶,朱唇深浅假樱桃。粉胸半掩疑晴雪,醉眼斜回小样刀。才会雨云须别去,语惭不及琵琶槽。

　　严冬忽作看花日,盛暑翻为见雪时。坐上弄娇声不转,尊前掩笑意难知。含歌媚盼如桃叶,妙舞轻盈似柳枝。年岁未多犹怯在,些些私语怕人疑。

　　酒蕴天然自性灵,人间有艺总关情。剥葱十指转筹疾,舞柳细腰随拍轻。常恐胸前春雪释,惟愁座上庆云生。若教梅尉无仙骨,争得仙娥驻玉京。

　　昔日仙人今玉人,深冬相见亦如春。倍酬金价微含笑,才发歌声早动尘。昔岁曾为萧史伴,今朝应作宋家邻。百年别后知谁在,须遣丹青画取真。

听段处士弹琴

　　几年调弄—作化作七条丝,元化分功十指知。泉迸幽音离石底,松含细韵在霜枝。窗中顾兔初圆夜,竹上寒蝉尽散时。唯有些时心更静,声声可—作堪作后人师。

初归镜中寄陈端公

　　去岁离家今岁归,孤帆梦向鸟前飞。必知芦笋侵沙井,兼被藤花占石矶。云岛采茶常失路,雪斋—作斋中酒不关—作开扉。故交若问逍遥事,玄晏何曾胜苇衣。

再题龙泉寺上方

　　牛斗正齐群木末,鸟行横截众山腰。路盘砌下兼穿竹,井在岩头亦统潮。海岸四更看日出,石房三月任花烧。未能割得繁华去,难向此中甘寂寥。

于秀才小池

　　一泓潋滟复澄明,半日功夫剧小庭。占地未过四五尺,浸天—作侵山唯—作应入两三星。鹢舟草际浮霜叶,渔火沙边驻小—作水萤。才见规模识方寸,知君—作知始立意象沧溟。

叙钱塘异胜

　　暖景融融寒景清,越台风送晓钟声。四郊远火烧烟月,一道惊波撼郡城。夜雪未知东岸绿,春风犹放半江晴。谢公吟处依稀在,千古无人继盛名。

赠中岩王处士

　　垂杨袅袅草芊芊,气象清深—作虚似洞天。援笔便成鹦鹉赋,洗花须用桔橰泉。商于避世堪同日,渭曲逢时必有年。直恐刚肠闲未得,醉吟争奈被才牵。

初归故里献侯郎中

　　常思旧里欲归难,已作归心即自宽。此日早知无爵位,当时便合把渔竿。朝昏入闰春将逼,城邑多山夏却寒。不是幽愚望荣忝,君侯异礼亦何安？

归睦州中路寄侯郎中

　　颜巷萧条知命后,膺门感激受恩初。却容鹤发还蜗舍,犹梦渔竿从隼旟。新定暮云吞故国,会稽春草入贫居。乡中自古为儒者,谁得公侯降尺书？

题报恩寺上方

　　来来先上上方看,眼界无穷世界宽。岩溜喷空晴似雨,林萝碍日夏多寒。众山迢递皆相叠,一路高低不记盘。清峭关心惜归去,他时梦到亦难判。

送永嘉王令—作明府之任二首

　　定拟孜孜化海边—作堧,须判素发悔流年。波涛不应双溪水,分野长如二月天。浮客若容开荻地,钓翁应免税苔田。前贤未必全堪学,莫读当时归去篇。

　　虽展县图如到县,五程犹入缙云东。山间阁道盘岩—作花底,海界孤峰—作村在浪中。礼法未闻离汉制,土宜多说似吴风。字人若用非常术,唯要旬时便立功。

盐官王长官新创瑞隐亭

指画便分元化力,周回秀绝自清机。孤云恋石一作树寻常住,落絮萦风特地飞。雏鸟啼花催酿酒,惊鱼溅水误沾衣。明年秩满难将去,何似先教画取归。

李户曹小妓天得善击越器以成曲章

越一作白器敲来曲调成,腕头匀滑一作细自轻清。随风摇曳有余韵,测水浅深多泛声。昼漏丁当相续滴一作次发,寒蝉计会一时鸣。若教进上梨园去一作从今已得佳声出,众乐无由更擅名。

岁晚言事寄乡中亲友

急景苍茫昼若昏,夜风干峭触前轩。寒威半入龙蛇窟,暖气全归草树根。蜡烬凝来多碧焰,香醪滴处有冰痕。尺书未达年应老,先初新春入故园。

赠孙百篇

御题百首思纵横,半日功夫举世名。羽翼便从吟处出,珠玑续向笔头一作端生。莫嫌黄绶官资小一作少,必料青云道路平。才子风流复年少,无愁高卧不公卿。

赠夏侯评事

傍窥盛德与高节,缅想应无前后人。讲论参同深到骨,停腾姹女立成银。棋功过却杨玄宝,易义精于梅子真。朱紫侯门犹不见,可知岐路有风尘。

送郑端公

圣主伫知宣室事,岂容才子滞长沙。随一作隋珠此去方酬德,赵璧当时一作前时误指瑕。骢马将离江浦月,绣衣却照禁中一作锦林花。应怜寂寞沧洲客,烟汉一作霄壤尘泥相云赊。

题故人废宅二首

举目凄凉入破门,鲛人一饭尚知恩。闲花旧识犹含笑,怪石无情更不言。樵叟和巢伐桃李,牧童兼草踏兰荪。壶觞笑咏随风去,唯有声声蜀帝魂。

寒莎野树入荒庭,风雨萧萧不掩扃。旧径已知无孟竹,前溪应不浸荀星。精灵消散归寥廓,功业传留在志铭。薄暮停车更凄怆,山阳邻笛若为听。

寄于少监

修持清一作精苦振佳一作家声,众鸟那知一鹗情。蹑履三千皆后学,抟风九万即前程。名将日月同时朽,身是山河应数生一作世生。从此云泥更悬阔,渔翁一作演公不合见公卿。

和剡县陈明府登县楼

郭里人家如掌上,檐前树木映窗棂。烟霞若接天台地,分野应侵婺女星。驿路古今通北阙,仙溪日夜入东溟。彩衣才子多吟啸,公退时时见画屏。

项洙处士画水墨钓台

画石画松无两般,犹嫌瀑布画声难。虽云智惠生灵府,要且功夫在笔端。泼处便连阴洞黑,添来先向朽枝干。我家曾寄双台下,往往开图尽日看。

全唐诗卷六百五十二

方干

赠天台叶尊师

莫-作难见平明离少室,须知-作犹须薄暮入天台。常时爱缩山川去,有夜自-作曾携星月来。灵药不知何代得,古松应是长-作少年栽。先生暗笑看-作观棋者,半局棋边白发催。

寄台州孙从事百篇登第初授华亭尉

圣世-作代科名酬志业,仙州-作山川秀色-作绝助神机。梅真入仕提雄笔,阮瑀从军著彩衣。昼寝不知山雪积,春游应趁-作趣夜潮归。相思莫讶音书晚-作绝,鸟去犹须叠-作累日飞。

送睦州侯郎中赴阙

昔著政声闻国外,今留儒术化江东。青云旧路归仙掖,白凤-作雪新词入圣聪。弦管未知银烛晓,旌旗-作旗幡已侍-作待锦帆风。郡人难议-作谁识酬恩德,遍在三年礼遇中。

朱秀才庭际蔷薇

绣难相似画难真-作成,明媚鲜妍绝比伦。露压盘条方到地,风吹艳色欲烧春。断霞转影侵西壁,浓麝分香入四邻。看取后时归故里,庭花应让-作烂花须让锦衣新。

登龙瑞观觉北岩

纵目下看浮世事,方知峭崿与天通。湖边风力归帆上,岭顶云根在雪中。促韵寒钟催落照,斜行白鸟入遥空。前人去后后人至,今古异时登眺同。

送婺州许录事

之官便是还乡路,白日堂堂著锦衣。八咏遗风资逸兴,二溪寒色助清威。曙星没尽提纲去,螟角吹残锁印归。笑我中年更愚僻,醉醒多在钓渔矶。

题龙泉寺绝顶

未明先见海底日,良久远鸡方报晨。古树含风长带雨,寒岩四月始知春。中天气爽星河近,下界时丰雷雨匀。前后登临思无尽,年年改换去—作往来人。

赠上虞胡少府百篇

求仙不在炼金丹,轻举由来别有门。日暮未移三十刻,风骚已及四千言。宠才尚遣居卑位,公道何曾雪至冤!敛板尘中无恨色,应缘利禄副晨昏。

上郑员外

为郡至公兼至察,古今能有几多人?忧民一作亦似清吟苦,守节还如未达贫。利刃从前堪切玉,澄潭到底不容尘。潜夫岂合于旌旆,甘棹渔舟下钓纶。

桐庐江阁

风烟百变无定态,缅想画人虚损心。卷箔槛前沙鸟散,垂钩床下锦鳞沈。白云野寺凌晨磬,红树孤村遥夜砧。此地四时抛不得,非唯盛暑事开襟。

题澄圣塔院上方

地灵直是饶风雨,杉桧老于云雨间。只讶窗中—作前常见海,方知砌下更多—作不离山。远泉势曲犹须引,野果枝低可要攀。若把重门谕玄寂,何妨善闭却无关。

僧院小泉井

亦恐浅深同禹穴,兼云制度象污樽。窥寻未见泉来路,缅想应穿石裂痕。片段似冰犹可把,澄清如镜不曾昏。欲知到底无尘染,堪与吾师比性源。

过姚监故居—作经陆补阙故居

不敢要君征亦起,致君全得似唐虞。说言昨叹离天听,新冢今闻入县图。琴锁坏窗风自触,鹤归乔木月—作日难呼。学书—作诗弟子何人在,检点犹逢谏草无。

陪李郎中夜宴

间世星郎夜宴时,丁丁寒漏滴声稀—作微。琵琶弦促—作急千般语—作调,鹦鹉杯深四散飞。遍请玉容歌白雪,高烧红蜡—作烛照朱衣。人间有此荣华事—作人间盛事犹如此,争遣渔翁恋钓矶。

狂寇后上刘尚书

孙武倾心与万夫,削平妖孽在斯须。才施偃月行军令,便见台星逼座隅。独柱捂天寰海正,雄名盖世古今无。圣君争不酬功业,仗下高悬破贼图。

尚书新创敌楼二首

下马政成无一事,应须胜地过朝昏。笙歌引出桃花洞,罗绣拥来金谷园。十里水云吞半郭,九秋山月入千门。常闻大厦堪栖息,燕雀心知不敢言。

异境永为欢乐地,歌钟夜夜复年年。平明旭日生床底,薄暮残霞落酒边。虽向槛前窥下界,不知窗里是中天。直须分付丹青手,画出旌幢绕谪仙。

赠李郢端公

非唯孤峭与世绝—作飞动,吟处斯须能变通。物外搜罗归—作添大雅,毫端剪削有余功。山川正气侵灵府,雪月清辉引思风,别得人间上升术,丹霄路在五言中。

送孙百篇游天台

东南云—作去路落斜行,入树穿村见赤城。远近常时—作闻皆药气,高低无处不泉声。映岩日—作月向床头没,湿烛云从柱底生。更有仙花与灵鸟—作草,恐君多半未—作不知名。

陆山—作睦上人画水

毫末用功成一水,水源山脉固难寻。逡巡便可见波浪,咫尺不能知浅深。但在片云生海口,终无明月在潭心。我来拟学磻溪叟,白首钓璜非陆沈。

郭中山居

莫见一瓢离树上,犹须四壁在林间。沈吟不寐先闻角,屈曲登高自有山。溅石迸泉听未足,亚窗红果臣堪攀。公卿若便遗名姓,却与禽鱼作往还。

雪中寄李知诲判官

聚散联翩急复迟,解将华发两相欺。虽云竹重先藏路,却讶巢颂不损枝。入户便从风起后,照窗翻似月明时。此时门巷无行迹,尘满尊罍谁得知?

途中言事寄居远上人

举目时时—作看似故园,乡心自动向谁言?白云晓湿寒山寺,红叶夜飞明月村。震泽风帆归橘岸,钱塘水府抵城根。羡师了达无牵束,竹径生苔掩竹门。

雪中寄薛郎中

野禽未觉巢枝仄,稚子先忧径竹摧。半夜忽前非月午,前庭旋释被春催。碎花若入樽中去,清气应归笔底来。深拥红炉听仙乐,忍教愁坐画寒灰。

题盛令新亭

举目岂知新智慧,存思便是小天台。偶尝嘉果求枝去,因问名花寄种—作子来。春物诱才归健笔,夜歌牵醉入丛杯。此中难遇逍遥事,计日应为印绶催。

赠郑仁规

一石雄才独占难,应分二斗借人寰。澄心不出风骚外,落笔全归教化间。莲幕未来须更聘,桂枝才去即先攀。可怜丽句能飞动,荀宋精灵亦厚颜。

送缙—作晋陵王少府赴举—作选

相看不忍尽离筋,五两牵风速云樯。远驿新砧应弄月,初程残角未吹霜。越山直下分吴苑,淮水横流入楚乡。珍重郄家好兄弟,明年禄位在何方?

路入剡中作

截湾冲濑片帆通,高枕微吟到剡中。掠草并飞怜燕子,停桡独饮学渔翁。波涛漫撼长潭月,杨柳斜牵一岸风。便拟乘槎应去得,仙源直恐接星东。

东山瀑布

遥夜看来疑月照,平明失去—作却被云迷。挂岩远势穿松岛—作坞,击石—作落地残声注稻畦。素色喷成三伏雪,余波流作万年溪。不缘—作若非真宰能开决,应向前山—作山前杂淤泥。

水墨松石

三世精能举世无,笔端狼藉见功夫。添来势逸阴崖黑。泼处痕轻灌木枯,垂地寒云吞大漠,过江春雨入全吴。兰堂坐久心弥惑,不道山川是画图。

献浙东王大夫二首

出镇当时移越俗,致君何日不尧年。到来唯饮长溪水,归去应将一个钱。吟处美人擎笔砚,行时飞鸟避旌旃。四方皆是分忧寄,独有东南戴二天。

王臣夷夏仰清名,领镇犹为失意行。已见玉璜曾上钓,何愁金鼎不和羹?誉将星月同时朽,身应山河满数生。泥滓云霄至悬阔,渔翁不合见公卿。

越州使院竹

莫见凌风—作云飘粉箨,须知碍石作盘根。细看枝上蝉吟处,犹是笋时虫蚀痕。月送绿阴斜上砌,露凝—作含寒色湿遮门。列仙终日逍遥地,鸟雀潜来不敢喧。

题赠李校书

名场失手一年年,月桂尝闻到手边。谁道高情偏似鹤,自云长啸不如蝉。众花交艳多成实,深井通潮半杂泉。却是偶然行未到,元来有路上寥天。

送王侍郎浙东入朝

自将苦节酬清秩,肯要庞眉一个钱。恩爱已苏句践国,程途却上大罗天。鱼池菊岛还公署,沙鹤松栽入画船。密奏无非经济术,从容几刻在炉烟。

赠黄处士

闭户先生无是非,竹湾松树—作榭藕苗—作丝衣。愁吟密雪思难尽,醉倒残—作落花扶不归。若出薜萝迎鹤简,应抛艖艋别渔矶。到头苦节终何益,空改文星作少微。

献王大夫二首

都缘声价振皇州,高卧中条不自由。早副—作赴急征来凤沼—作阙,常陪内宴醉龙楼。锵金五字能援笔,钓玉三年信直钩。必恐借留终—作应不遂—作得,越人相顾已先—作生愁。

功成犹自更行春,寒路旌旗十里尘。只用篇章为教化,不知夷夏望陶钧。金章照耀浮光动,玉面生狞细步匀。历任圣朝清峻地,至今依—作休是少年身。

赠五—作玉牙山人洗—作沈修白

变通唯在片时间,此事全由一粒丹。若取寿长延至易,如嫌地远缩何难。先生阔别能轻举,弟子才来学不餐。箧里生尘是闲药,外沾犹可救衰残—作颜。

处州献卢员外

才不辂车即岁丰,方知盛德与天通。清声渐出寰瀛外,喜气全归教化中。落地遗金终日在,经年滞狱当时空。直缘后学无功业,不虑文翁不至公。

石门瀑布

奔倾漱石亦喷苔,此是便随—作事皆从元化来。长片—作片影挂岩轻似练,远声离洞咽于雷。气含—作侵松桂—作树千枝润,势画云—作压烟霞一道开。直是银河分派落,兼闻碎滴溅天台。

题仙岩瀑布呈陈明府

方知激蹙与喷飞,直恐古今同一时。远壑流来多石脉,寒空扑碎作凌澌。谢公岩上冲云去,织女星边落地迟。聚向山前更谁测,深沉见底是澄漪。

赠山阴崔明府

用心何况两衙间,退食孜孜亦不闲。压酒晒书犹检点,修琴取药似交关。笙歌入夜舟中月,花木知春县里山。平叔正堪汤饼试,风流不合问年颜。

山井

滟滟湿光凌竹树,寥寥清气袭衣襟。不知测穴通潮信,却讶轻涟动镜心。夜久即疑星影过,早来犹见石痕深。辘轳用智终何益,抱瓮遗名亦至今。

偶作

直为篇章非动众,遂令轩盖不经—作轻过。未妨溪上泛渔艇,又为门前张雀罗。夜学事—作似须凭雪照,朝厨争奈绝烟何?若于岩洞求伦类,今古疏愚似我多。

贼退后赠刘将军

非唯吴起与穰苴,今古推排尽不如。白马知无髀上肉,黄巾泣向箭头书。二—作五年战地成桑茗,千里荒榛作比闾,功业更多身转贵,伫看幢节引戎车。

感时三首

不觉年华似箭流,朝看春色暮逢秋。正嗟新冢垂青草,便见故交梳白头。虽道了然皆是梦,应还达者即无愁。破除生死须齐物,谁向穹苍问事由?

日乌往返无休息,朝出扶桑暮却回。夜雨旋驱残热去,江风吹送早寒来。才怜饮处飞花片,又见书边聚雪堆。莫恃少年欺白首,须臾还被老相催。

世途扰扰复憧憧,真恐华夷事亦同。岁月自消寒暑内,荣枯尽在是非中。今朝犹作青襟子,明日还成白首翁。堪笑愚夫足纷竞,不知流水去无穷。

牡丹
不逢盛暑不冲寒,种子成丛用法难。醉眼若为抛去—作舍得,狂心更拟折来看。凌霜烈火吹无艳,裛露阴霞晒不干。莫道娇红怕风雨,经时犹自未凋残。

赠进士章碣
织锦虽云用旧机,抽梭起样更新奇。何如且破望中叶,未可便攀低处枝,藉地落花春半后,打窗斜雪夜深时。此时才子吟应苦,吟苦鬼神知不知。

与桐庐郑明府
字人心苦达神明,何止重门夜不扃。莫道耕田全种秫,兼闻退食亦逢星。映林顾兔停琴望,隔水寒猿驻笔听。却恐南山尽无石,南山有石合为铭。

谢王大夫奏表
非唯言下变荣衰,大海可倾山可移。如剖夜光归暗室,似驱春气入寒枝。死灰到底翻腾焰。朽骨随头却长肥。便杀微躬复何益,生成恩重报无期。

送道人归旧岩
旧岩终副却归期,岩下有人应识师。目睹婴孩成老叟,手栽松柏有枯枝。前山低校无多地,东海浅于初去时。若把古今相比类,姓丁仙鹤亦如斯。

送钱特卿赵职天台
路入仙溪气象清,垂鞭树石罅中行。雾昏不见西陵岸,风急先闻瀑布声。山下县寮张乐送,海边津吏棹舟迎。诗家弟子无多少,唯只于余别有情。

题新竹
青苔剗破植贞坚,细碧竿排郁眼鲜。小凤凰声吹嫩叶,短蛟龙尾裛轻烟。节环腻色端匀粉,根拔秋光暗长鞭。怪得入门肌骨冷,缀风粘月满庭前。

哭王大夫第二句缺三字
俗人皆嫉谢临川,果中常情□□□。为政旧规方利国,降生直性已归天。岘亭惋咽知无极,渭曲馨香莫计年。从此心丧应毕世,忍看坟草读残篇。

赠乾素上人
苦用贞心传弟子,即应低眼看公卿。水中明月无踪迹,风里浮云可计程。庭际孤松随鹤立,窗间清磬学蝉鸣。料师多劫长如此,岂算前生与后生。

题应天寺上方兼呈谦上人
中天坐卧见人寰,峭石垂藤不易攀。晴卷风雷归故壑,夜和猿鸟锁寒山。势横绿野苍茫外,影落平湖潋滟间。师在西岩最高处,路寻之字—作子见禅关。

题法华寺绝顶禅家壁
苍翠岧峣逼窅冥,下方雷雨上方晴。飞流便向础边挂,片月影从窗外行。驯鹿不知谁结侣,野禽都是自呼名。只应禅者无来去,坐看千山白发生。

春日
春去春来似有期,目高添睡是归时。虽将细雨催芦笋,却用东风染柳丝。重雾已应吞海色,轻霜犹自到花枝。此时野客因花醉,醉卧花间应不知。

上越州杨严中丞
连枝棣萼世无双,未秉鸿钧拥大邦。折桂早闻推独步,分忧暂辍过重江。晴寻凤沼云中树,思绕稽山枕上窗。试把十年辛苦志,问津求拜碧油幢。

月

桂轮秋半出东方,巢鹊惊飞夜未央。海上风云摇皓影,空中露气湿流光。斜临户牖通宵烛,回照阶墀到晓霜。庾亮恃才高更逸,方闻墨翰已成章。

早春

运行元化不参差,四极中华共一时。正气才随灰律变,残寒便被柳条_{一作野梅}欺。冰融大泽朝阳觉,草绿陈根夜雨知。不信风光疾于箭,年来年去变霜髭。

对花

清晓入花如步障,恋花行步步迟迟。含风欲绽中心朵,似火应烧外面枝。野客须拚终日醉,流莺自有隔年期。使君坐处笙歌合,便是列仙身不知。

除夜

玉漏斯须即达晨,四时吹转任风轮。寒灯短烬方烧腊,画角残声已报春。明日便为经岁客,昨朝犹是少年人。新正定数随年减,浮世惟应百遍新。

题松江驿

便向中流出太阳,兼疑大岸逼浮桑。门前_{一作树间}白道通丹阙,浪里青山占几乡。帆势落斜依浦溆,钟声断续在沧茫。古今悉不知天意,偏把云霞媚一方。

思桐庐旧居便送鉴上人

莫道东南路不赊,思归一步是天涯。林中夜半双台月,_{严光钓台渚有东西台。}洲上春深九里花。_{桐庐有九里洲。}绿树绕树含细雨,寒潮背郭卷平沙。闻师却到乡中去,为我殷勤谢酒家。

送僧归日本

四极虽云共二仪,晦明前后即难知。西方尚在星辰下,东域已过寅卯时。大海浪中分国界,扶桑树底是天涯。满帆若有归风便,到岸犹须隔岁期。

宁国寺_{新城县}

深僻孤高无四邻,白云明月自相亲。海中日出山先晓,世上寒轻谷未春。窗逼野溪闻唳鹤,林通村径见樵人。此时惟有雷居士,不厌篮舆去住频。

全唐诗卷六百五十三

方干

山中寄吴磻十韵

莫问终休否,林中事已成。盘餐怜火种,岁计付刀耕。掬水皆花气,听松似雨声。书空翘足卧,避险侧身行。果傍闲轩落,蒲连湿岸生。禅生知见理,妻子笑无名。更拟教诗—作书苦,何曾待酒清?石溪鱼不大,月树鹊多惊。砌下通樵路,窗间见县城。云山任重叠,难隔故交情。

嘉兴县内池阁

指画应心成,周回气象清。床前沙鸟语,案下锦鳞惊。细柳风吹旋,新荷露压倾。微芳缘岸落,进笋入波生。舴艋舟中醉,莓苔径上行。高人莫归去,此处胜蓬瀛。

镜湖西岛言事寄陶校书

樵猎两三户,雕疏是近邻。风雷前壑雨,花木后岩春。文字不得力,桑麻难救贫。山禽欺稚子,夜犬吠渔人。未必圣明代,长将云水亲。知音不延荐,何路出泥尘。

赠赵崇侍御—作赠赵常六韵

贵达合逢明圣日,风流又及少年时。才因出众人皆嫉,势欲摩霄自不知。正直—作逊逊早年闻苦节,从容此日见清规。却教鹦鹉呼桃叶,便遣婵娟唱竹枝。闲话篇章停烛久,醉迷歌舞出花迟。云鸿别有回翔便,应笑嘲啾—作嘌燕雀卑。

叙龙瑞观胜异寄于尊师

混元融结致功难,山下平湖湖上山。万顷涵虚寒潋滟,千寻耸翠秀孱颜—作阑斑。芰荷香入琴棋处,雷雨声离栎槲间。但有五云依鹤岭,曾无陆路向人寰。夜溪潄玉常堪听,仙树垂珠可要攀。若弃荣名便居此,自然浮—作清浊不相关。尊师前年三十,从评事弃官入道。

侯郎中新置西湖

远近利民因智力,周回润物像心源。菰蒲纵感生成惠,鳣鲔那知广大恩。潋滟清辉吞半郭,萦纡别派入遥村,砂泉绕石通山脉,岸木粘萍是浪痕。已见澄来连镜底。兼知极处浸云根。波涛不起时方泰,舟楫徐行日易昏。烟雾未应藏岛屿,凫鹥亦解避旌旟。虽云桃叶歌还醉,却被荷花笑不言。孤鹤必应思风沼—作沼,凡鱼岂合在龙门!能将盛事添元化,一夕机谟万古存。

许员外新阳别业—作墅

兰汀橘岛映亭—作高台,不是经心即手栽。满阁白云随雨去,一池寒—作明月逐潮来。小松出屋和巢长,新径通村避笋开。柳絮风前欹枕卧,荷花香里棹舟—作钓鱼回。园中认—作问叶封林—作分灵草,檐下攀枝落野梅。莫恣高情求逸思,须防急诏用长材。若—作苦因萤火终残卷,便把渔歌—作须把鱼竿送几杯。多谢郓中贤太守,常—作当时谈笑许追—作趋陪。

李侍御上虞别业

满目亭—作高台嘉木—作佳作繁,燕蝉吟语—作蝉吟燕语不为喧。昼潮势急吞诸岛,暑雨声回露半村,真—作直为援毫方掩卷,常因按曲便开尊。若将明月为俦侣,应把清风遗子孙。绣羽惊弓离—作篱果上,红鳞见饵出蒲根,寻君未要先敲竹,且棹渔舟入大门。

题悬溜岩隐者居

世人如要问生涯,满架堆床是五车。谷鸟暮蝉声四散,修篁灌林势交加。蒲葵细织团圆扇,藤叶平铺合遝花。却用水荷苞绿李,兼将寒井浸甘瓜。惯缘嵚崎收松粉,常趁芳鲜掇茗芽。池上树阴随浪动,窗前月影被巢遮。坐云独酌杯盘湿,穿竹微吟路径斜。见说公卿访遗逸,逢迎亦是戴乌纱。

山中言事八韵寄李支使

岂知经史深相误,两鬓垂丝百事休。受业几多为弟子,成名一半作公侯。前时射鹄徒抛箭,此日求鱼未上钩。竹里断云来枕上,岩边片月在床头。过庭急雨和花落,绕舍澄泉带叶流。缅想远书聆鹊喜,窥寻嘉果觉猿偷。旧诗改处空留韵,新酝尝来不满瓯。阮瑀如能问寒馁,风光当日入沧洲。

山中言事寄赠苏判官 集少执爨四句,作七言律

寸心似火频求荐,两鬓如霜始息机。隔岸鸡鸣春耨去,邻家犬吠夜渔归。倚松长啸成疏拙,拂石欹眠绝是非。执爨纵曾炊橡实,纫针曾解补荷衣。常凭早月来张烛,亦假清风为掩扉。多是—作谢元瑜怜野贱,时回车马发光辉。

献王大夫

高情不与俗人知,耻学诸生取桂枝。荀宋五言行世早,巢由三诏出溪迟。大夫佳句云:珠箔卷繁星,金樽泻明月。行于世。操心已在精微域,落笔皆成典诰词。一鹗难成燕雀伍,非熊本是帝王师。贤臣虽蕴经邦术,明主终无谏猎时。莫道百僚忧礼绝,兼闻七郡怕天移。直缘材力头头赡,专被文星步步随。不信重言通造化,须臾便可变荣衰。

浅井

夜入明河星似少,曙摇澄碧扇风翻。细泉细脉难来到,应觉添瓶耗旧痕。

与徐温话别

去去何时却见君,悠悠烟水似天津。明年今夜有明月,不是今年看月人。

出东阳道中作

马首寒山黛色浓,一重重尽一重重。醉醒已在他人界,犹忆东阳昨夜钟。

酬孙发

锦价转高花更巧,能将旧手弄新梭。从来

一字为褒贬,二十八言犹太多。

送乡中故人
少小与君情不疏,听君细话胜家书。如今若到乡中去,道我垂钩不钓鱼。

思江南
昨日草枯今日青,羁人又动望乡情。夜来有梦登归路,不到桐庐已及明。

题宝林寺禅者壁 山名飞来峰
邃岩乔木夏藏寒,床下云溪枕上看。台殿渐多山更重,却令飞云即应难。

过李群玉故居
讦直上书难遇主,衔冤下世未成翁。琴尊剑鹤谁将去,惟锁山斋一树风。

题玉笥山强处士
酒里藏身岩里居,删繁自是一家书。世人呼尔为渔叟,尔学钓璜非钓鱼。

君不来
远路东西欲问谁,寒来无处寄寒衣。去时初种庭前树,树已胜巢人未归。

经旷禅师旧院
谷鸟散啼如有恨,庭花含笑似无情。更名变貌难—作换面无休息,去去来来第几生。

江南闻新曲
席上新声花下杯,一声声被拍声摧。乐工不识长安道,尽是书中寄曲来。

经故侯郎中旧居
一朝寂寂与冥冥,垄树未长坟草青。高节雄才向何处,夜阑空锁满池星。

越中逢孙百篇
上才乘酒—作醉到山阴,日日成篇字字金。镜水周回千万顷,波澜倒泻入君心。

寄谢麟
越国云溪秀发时,蒋京词赋谢麟诗。后来若要知优劣,学圃无过老圃知。

与长洲陈子美长官
枕上愁多百绪牵,常时睡觉在溪前。人前尽是交亲力,莫道升沈总信天。

新安殷明府家乐方响
葛溪铁片梨园调,耳底丁东十六声。彭泽主人怜妙乐,玉杯春暖许同倾。

别殷时府
许教门馆久踟蹰,仲叔怀恩对玉壶。唯有离心欲销客,空垂双泪不成珠。

送水墨项处士归天台
仙峤倍分元化功,揉蓝翠色一重重。还家莫更寻山水,自有云山在笔峰。

赠会稽杨长官
直钩终日竟无鱼,钟鼓声中与世疏。若向湖边访幽拙,萧条四壁是闲居。

赠申长官
言下随机见物情,看看狱路草还生。旅人莫怪无鱼食,直为寒江水至清。

将归湖上留别陈宰
归去春山逗晚晴,萦回树石罅中行。明时不是无知己,自忆湖边钓与耕。

贻亮上人
秋水一泓常见底,涧松千尺不生枝。人间学佛知多少,净尽心花只有师。

赠曦上人
四十年来多少人,一分零落九成尘。与师犹得重相见,亦是枯株勉强春。

书原上鲍处士屋壁
水阔坐看千万里,青芜盖地接天津。祢衡

莫爱山中静,绕舍山多却碍人。

别孙蜀

吴越思君意易伤,别君添我鬓边霜。由来浙水偏堪恨,截断千山作两乡。

赠江上老人

潭底锦鳞多识钓,未投香饵即先知。欲教鱼目无分别,须学揉蓝染钓丝。

赠东溪贫道

非唯剑鹤独难留,触事皆闻被债收。赖是豪家念寒馁,却还渔岛与渔舟。

咏花

狂心醉眼共裴回,一半先开笑未开。此日不能偷折去,胡蜂直恐趁人来。

路入金州江中作

棹寻椒岸萦回去,数里时逢一两家。知是从来贡金处,江边牧竖亦披沙。

夜会郑氏昆季林亭

卷帘圆月照方塘,坐久尊空竹有霜。白犬吠风惊雁起,犹能一一旋成行。

题黄山人庭前孤桂

映窗孤桂非手植,子落月中—作明闻落时。仙客此时头不白,看来看去有枯枝。

送僧南游

三秋万里五溪行,风里孤云不计程。若念猩猩解言语,放生先合放猩猩。

惜花

可怜妍艳正当时,刚被狂风一夜吹。今日流莺来旧处,百般言语殢空枝。

题天柱观鱼尊师旧院

早识吾师频到此,芝童药犬亦相迎。今师一去无来日,花洞石坛空月明。

东阳道中作 一作寒食日

百花香气傍行人,花底垂鞭日易醺。野父不知寒食节,穿林转壑自烧云。

题画建溪图

六幅轻绡画建溪,刺桐花下路高低。分明记得曾行处,只欠猿声与鸟啼。

蜀中

游子去游多不归,春风酒味胜余时。闲来却伴巴儿醉,豆蔻花边唱竹枝。

衢州别李秀才

千山红树万山云,把酒相看日又曛。一曲骊歌两行泪,更知何处再逢君?

题君山

曾于方外见麻姑,闻说君山自古无。元是昆仑山顶石,海风吹落洞庭湖。

题严子陵祠二首

物色旁求至汉庭,一宵同寝见交情。先生不入云台像,赢得桐江万古名。

苍翠云峰开俗眼,泓澄烟水浸尘心。惟将道业为芳饵,钓得高名直到今。此首一作杜荀鹤诗。

失题

十六声中运手轻,一声声似自然声。不缘精妙过流辈,争得江南别有名。

句

弟子已攀桂,先生犹卧云。寄李频及第,见《鉴戒录》。

把得新诗草里论。于师徐凝,常刺凝云云,反语为村里老也。

枯井夜闻邻果落,废巢寒见别禽来。贻天目中峰客,以上见《纪事》。

全唐诗卷六百五十四

罗邺

罗邺。余杭人,累举进士不第。光化中,以韦庄奏,追赐进士及第,赠官补阙。诗一卷。

岁仗

玉帛朝元万国来,鸡人晓唱五门开。春排北极迎仙驭—作仗,日捧南山入寿杯。歌舜薰风铿剑佩,祝尧嘉气霭楼台。可怜四海车书共,重见萧曹佐汉材。

牡丹

落尽春红始著—作见花,花时比屋事豪奢。买栽池馆恐无地,看到子孙能几家?门倚长衢攒绣毂—作轭,喔笼轻日护香霞。歌钟满座—作对此争欢赏,肯信流年鬓有华。

长城

当时无德御乾坤,广筑徒劳万古存。谩役生民防极塞,不知血刃起中原。珠玑旋见陪陵寝,社稷何曾保子孙?降虏至今犹自说,冤声夜夜傍—作哭城根。

秋夕寄友人

秋夕苍茫一雁过,西风白露满宫莎。昨来京洛逢归客,犹说轩车未渡河。莫把少年空倚赖,须知孤立易蹉跎。想君怀抱哀吟夜,铜雀台前皓月多。

冬夕江上言事五首

叶落才悲草又生,看看少壮是衰形。关中秋雨书难到,江上春寒酒易醒。多少系心身未达,寻思举目泪堪零。几时抛得归山去,松下看云读道经。

喔喔晨鸡满树霜,喧喧晓渡簇舟航。数星昨夜寒炉火,一阵谁家腊瓮香。久别羁孤成潦倒,回看书剑更苍黄。逢人举止皆言命,至竟谋闲可胜忙。

野堂吟罢独行行,点水微微冻不鸣。十里溪山新雪后,千家襟袖晓寒生。只宜醉梦依华寝,可称羸蹄赴宿程。日苦几多心一作言下见,那堪岁晏又无成。

僻居多与懒相宜,吟拥寒炉过腊时。风柳欲生阳面叶,冻梅先绽岭头枝。山川自小抛耕钓,骨肉无因免别离。赖有陶情一尊酒,愁中相向展愁眉。

一带长溪渌浸门,数声幽鸟啄云根。松亭尽日唯空坐,难得儒翁共讨论。

春日宿崇贤里

柳暗榆飞春日深,水边门巷独来寻。旧山共是经年别,新句相逢竟夕吟。枕近禁街闻晓鼓,月当高竹见栖禽。劳歌莫问秋风计,恐起江河垂钓心。

征人

青楼一别戍金微,力尽秋来破虏围。锦字莫辞连夜织,塞鸿长是到春归。正怜汉月当空照,不奈胡沙满眼飞。唯有梦魂南去日,故乡山水路依稀。

莺

暖辞云谷背残阳,飞下东风翅渐长。却笑金笼是羁绊,岂知瑶草正芬芳?晓逢溪雨投红树,晚畤宫楼泣旧妆。何事离人不堪听,灞桥斜日袅垂杨。

槐花

行宫门外陌铜驼,两畔分栽此最多。欲到清秋近时节,争开金蕊向关河。层楼寄恨飘珠箔,骏马怜香撼玉珂。愁杀江湖随计者,年年为尔剩奔波。

自蜀入关

文战连输未息机,束书携剑定前非。近来从听事难得,休去且无山可归。匹马出门还怅望,孤云何处是因依。斜阳驿路西风紧,遥指人烟宿翠微。

上阳宫

春半上阳花满楼,太平天子昔巡游。千门虽对一作列嵩山在,一笑还随洛水流。深锁笙歌巢燕听,遥瞻金碧路人愁。翠华却自登一作返升仙去,肠断一作长使宫娥望不休。

旧侯家

台阁层层倚半空,绕轩澄碧御沟通。金钿座上歌春酒,画蜡尊前滴晓风。岁月不知成隙地。子孙谁更系殊功?人间若算无荣辱,却是扁舟一钓翁。

宿武安山有怀

野店暮来山畔逢,寒芜漠漠露华浓。窗间灯在犬惊吠,溪上月沈上罢春。远别只愁添雪鬓,此生何计隐云峰?离心却羡南飞翼,独过吴江更数重。

谒宁祠

春生溪岭雪初开,下马云亭酹一杯。好是精灵偏有感,能于乡里不为灾。九江贾客应遥祝,五夜神兵数此来。尽室唯求多降福,新年归去便风催。

经故洛城一本此下有有感二字

一片危墙势恐人,墙边日日走蹄轮。筑时驱尽千夫力,崩处空为数里坐。长恨往来经此地,每嗟兴废欲沾巾。那堪又向荒城过,锦雉惊飞麦陇春。

老将

百战辛勤归帝乡,南班班里最南行。弓欺猿臂秋无力,剑泣虬髯晓有霜。千古耻非书玉帛,一心犹自向河湟。年年宿卫天颜近,曾把功勋奏建章。

曲江春望

故国东归泽国遥,曲江晴望忆渔樵。都缘北阙春先到,不是南山雪易消。瑞影玉楼开组绣,欢声丹禁奏云韶。虽然未得陪鹓鹭,亦醉金觞祝帝尧。

帝里

喧喧蹄毂走红尘,南北东西暮与晨。谩道青云难得路,何曾紫陌有闲人?杯倾竹叶侯门月,马落桃花御水春。只合咏歌来大国,况逢文景化惟新。

新安城

若算防边久远名,新安岂更胜长城。谩兴他役悲荒垒,何似从今实取兵。圣德便应同险固,人心自不向忠贞。但将死节酬尧禹,版筑无劳寇已平。

自遣

四十年来诗酒徒,一生缘兴滞江湖。不愁世上无人识,唯怕村中没酒沽。春巷摘桑喧姹女,江船吹笛舞蛮奴。焚鱼酌醴醉尧代,吟向席门聊自娱。

流水

漾漾悠悠几派分,中浮短艇与鸥群。天衔带雨淹—作舍芳草,玉洞漂花下白云。静称一竿持处见,急宜—作愁孤馆觉来闻。隋家柳畔偏堪恨,东入长淮日又曛。

送张逸人

自说归山人事赊,素琴丹灶是生涯。床头残药鼠偷尽,溪上破门风摆斜。石井晴垂青葛叶,竹篱荒映白茅花。遥知此去应稀出,独卧晴窗梦晓霞。

春晚渡河有怀

烟收绿野远连空,戍垒依稀入望中。万里山河星拱北,百年人事水归东。扁舟晚济桃花浪,走马晴嘶柳絮风。乡思正多羁思苦,不须回首问渔翁。

春望梁石头城

柳碧桑黄破国春,残阳微雨望归人。江山不改兴亡地,冠盖自为前后尘。帆势挂风轻若翅,浪声吹岸叠如鳞。六朝无限悲愁事,欲下荒城回首频。

早发宜陵即事

霜白山村月落时,一声鸡后又登歧。居人犹自掩关在,行客已愁驱马迟。身事不堪空感激,鬓毛看著欲雕衰。青萍委匣休哮吼,未有恩仇拟报谁。

鸳鸯

红闲—作江云碧霁—作静瑞烟开,锦翅双飞—作双双,一作轻飞去又回。一种鸟怜名字好,尽—作只缘人恨别离来。暖依牛渚汀莎媚,夕宿龙池禁漏催。相对若教春—作秦女见,便须携向—作同上凤凰台。

春闺

愁坐兰闺日过迟,卷帘巢燕羡双飞。管弦楼上春应在,杨柳桥边人未归。玉笛岂能留舞态,金河犹自浣戎衣。梨花满院东风急,惆怅无言倚锦机。

赠东川梓桐县韦德孙长官

前代高门今宰邑,怀才重义古来无。笙歌厌听吟清句,京洛思归展画图。蜀酝天寒留客醉,陇禽山晓隔帘呼。何年期拜朱幡贵,马上论诗在九衢。

题水帘洞

乱泉飞下翠屏中,名共真珠巧缀同。一片长垂今与古,半山边听水兼风。虽无舒卷随人意,自有潺湲济物功。每向署天来往见,疑将仙子隔房栊。

野花

拂露丛开血色殷,枉无名字对空山。时逢舞蝶寻香至,少有行人辍棹攀。若在侯门看不足,为生江岸见如闲。结恨毕竟输桃李,长近都城紫陌间。

芦花

如练如霜干复轻,西风处处拂江城。长垂

钓叟看不足,暂泊王孙愁亦生。好傍翠楼装月色,枉随红叶舞秋声。最宜群鹭斜阳里,闲捕纤鳞傍尔行。

山阳贻友人

性僻多将云水便,山阳酒病动经年,行迟暖陌花拦马,睡重春江雨打船。闲弄玉琴双鹤舞,静窥庭树一猱悬。结茅更莫期深隐,声价如今满日边。

长安惜春

千门共惜放春回,半销楼台半复开。公子不能留落日,南山遮莫倚高台。残红似怨皇州雨,细绿犹藏画蜡灰。毕竟思量何足叹,明年时节又还来。

谢友人遗华阳巾

剪露裁烟胜角冠,来从玉洞五云端。醉宜薤叶攲斜影,稳称菱花子细看。野客爱留笼鹤发,溪翁争乞配渔竿。真仙首饰劳相寄,尘土翻惭戴去难。

早梅

缀雪枝条似有情,凌寒澹注笑妆成。冻香飘处宜春早,素艳开时混月明。迁客岭头悲衮衮,美人帘下妒盈盈。满园桃李虽堪赏,要且东风晚始生。

留题张逸人草堂—作杜牧诗

长悬青紫与芳枝,尘路无因免别离。马上多于在家日,尊前堪惜少年时。关河客梦还乡后,雨雪山程出店迟。却羡高人此中—作终此老,轩车过尽不知谁。

钟陵崔大夫罢镇攀随再经匡庐寺宿

一抛文战学从公,两逐旌旗宿梵宫。酒醒月移窗影畔,夜凉身在水声中。侯门聚散真如梦,花界登临转悟空。明发不堪山下路,几程愁雨又愁风。

留献彭门郭常侍

受得彭门拥信旗,一家将谓免羁离。到来门馆空归去,羞向交亲说受知。层构尚无容足地,尺波宁有跃鳞时。到头忍耻求名是,须向青云觅路岐。

洛水

一道潺湲溅暖莎,年年惆怅是春过。莫言行路听如此,流水深宫怅更多。桥畔月来清见底,柳边风紧—作去绿生波。纵然满眼添归思,未把渔竿奈尔何。

闻杜鹃

花时一宿碧山前,明月东风叫杜鹃。孤馆觉来听夜半,赢僮相对亦无眠。汝身哀怨犹如此,我泪纵横岂偶然。争得苍苍知有恨,汝身成鹤我成仙。

趁职单于留别阙下知己

职忝翩翩逐建牙,笺随征骑入胡沙。定将千里书凭雁,应看三春雪当花。年长有心终报国,时清到处便营家。逢秋不拟同张翰,为忆鲈鱼却叹嗟。

落第书怀寄友人

清世谁能便陆沈,相逢休作忆山吟。若教仙桂在平地,更有何人肯苦心。去国汉妃还似玉,亡家石氏岂无金?且安怀抱莫惆怅,瑶瑟调高尊酒深。

鹦鹉咏

玉槛瑶轩任所依,东风休忆岭头归。金笼共惜好毛羽,红觜莫教多是非。便向郄堂夸饮啄,还应祢笔发光辉。乘时得路何须贵,燕雀鸾凰各有机。

题沧浪峡

门向红尘日日开,入门襟袖远尘埃。暗—作晴香惹步涧花发,晚景逼檐溪鸟回。不为市朝行路近,有谁车马看山来?可怜严子持竿处,云水终年锁绿苔。

白角簟

叠玉骈珪巧思长,露华烟魄让清光。休摇

雉尾当三伏,似展龙鳞在一床。高价不唯标越绝,冷纹疑似卧潇湘。杜陵他日重归去,偏称醉眠松桂堂。

秋日怀江上友人

行子岂知烟水劳,西风独自泛征艘。酒醒孤馆秋帘卷,月满寒江夜笛高。黄叶梦余归朔塞,青山家在极波涛。去年今日逢君处,雁下芦花猿正号。

题笙

筠管参差排凤翅,月堂凄切胜龙吟。最宜轻动纤纤玉,醉送当观滟滟金。缑岭独能徵妙曲,嬴台相共吹清音。好将宫徵陪歌扇,莫遣新声郑卫侵。

下第

谩把青春酒一杯,愁襟未一作宁信酒一作洒能开。江边依旧空归去,帝里还如一作同不到来。门掩残阳鸣一作唯鸟雀,花飞何处好池台。此时惆怅便堪老,何用人间岁月催。

秋晚

残星残月一声钟,谷一作水际岩隈一作根爽气浓。不向碧台惊醉梦,但来清镜促愁容。繁金露洁黄笼一作泣荒篱菊,独翠烟凝远涧松。闲步幽林与苔径,渐移栖鸟及一作息鸣蛩。

长安春夕旅怀

几年栖旅寄西秦,不识花枝醉过春。短艇闲思五湖浪,嬴蹄愁傍九衢尘。关河风雨迷归梦,钟鼓朝昏老此身。忽向太平时节过,一竿持去老遗民。

洛阳春望

洛阳春霁绝尘埃,嵩少烟岚画障开。草色花光惹襟袖,箫声歌响隔楼台。人心便觉闲多少,马足方知倦往来。愁上中桥桥上望,碧波东去夕阳催。

惜春

燕归巢后即离群,吟倚东风恨日曛。一别一年方见我,游来游去一作愁来愁去不禁君。莺花御苑看将尽,丝竹侯家亦少闻。独坐南楼正一作最惆怅,柳塘花一作飞絮更纷纷。

冬日旅怀

乌焰才沈桂魄生,霜阶拥褐暂吟行。闲思江市白醪满,静忆僧窗绿椅横。尘土自怜长失计,云帆尤觉有归情。几多怅望无穷事,空画炉灰坐到明。

春夕寄友人时有与歌者南北

芳径春归花半开,碧山波暖雁初回。满楼月色还依旧,昨夜歌声自不来。愁眼向谁零玉箸,征蹄何处驻红埃。中宵吟罢正惆怅,从此兰堂锁绿苔。

春夜赤水驿旅怀

一星残烛照离堂,失计游心归渺茫。不自寻思无道路,为谁辛苦竞时光?九衢春色休回首,半夜溪声正梦乡。却羡去年买山侣,月斜渔艇倚潇湘。

春山一作夜山馆旅怀

山馆吟余山月斜,东风摇曳拂窗华。岂知驱马无闲日,长在他人后到家。孤剑向谁开壮节,流年催我自堪嗟。灯前结束又前去,晓出石林啼乱鸦。

秋夕旅怀

阶前月色与蛩声,阶上愁人坐复行。秦谷入霜空有梦,越山无计可归耕。穷途若遣长堪恸,华发无因肯晚生。不似扁舟钓鱼者,免将心事算浮荣。

春过白遥岭

鸟道穿云望峡遥,嬴蹄经宿在岩峤。到来山下春将半,上得林端雪未消。反驾王尊何足叹,哭途阮籍漫无聊。未知遇此凄惶者,泣向东风鬓浴雕。洪迈取前四句为绝句。

别夜第七句缺三字

秋入江天河汉清,迢迢钟漏出孤城。金波

千里别来夜,玉箸两行流到明。若在人间须有恨。除非禅伴始无情。人间谁有□□□,聚散自然惆怅生。

费拾遗书堂

满袖归来天桂香,紫泥重降旧书堂。自怜苇带同巢许,不驾蒲轮佐禹汤。怪石尽含千古秀,奇花多吐四时芳。何人更肯追高躅,唯有樵童戏藓床。

溪上春望

无端溪上看兰桡,又是东风断柳条。双鬓多于愁里镊,四时须向醉中销。行人骏马嘶香陌,独我残阳倚野桥。吟水咏山心未已,可能终不胜渔樵。

献池州庾员外

曾降瑶缄荐姓名,攀云几合到蓬瀛。须存彭寿千年在,终见茅公九转成。鲲海已知劳鹤使,萤窗不那梦霓旌。琪花玉蔓应相笑,未得歌吟从酒行。

春风

每岁东来助发生,舞空悠扬遍寰瀛。暗添芳草池塘色,远递高楼箫管声。帘透骊宫偏带恨,花催上苑剩多情。如何一瑞车书日,吹取青云道路平。

冬日寄献庾员外

曾谒仙宫最上仙,西风许醉桂花前,争欢酒蚁浮金爵,从听歌尘扑翠蝉。秋霁卷帘凝锦席,夜阑吹笛称江天。却思紫陌觥筹地,免缺乌沈欲半年。

钓翁一作郑谷诗

来往烟波非定居,生涯蓑褐一作笠外无余。闲垂两鬓任如鹤,只系一作只把一竿时得一作钓鱼。月浦扣船歌皎洁,雨蓬隈岸卧萧疏。行人误话金张贵,笑指北邙丘与墟。

闻友人入越幕因以诗赠

稽岭春生酒冻销,烟鬟红一作旧袖恃娇饶。

岸一作峰边丛雪晴香老,波上长虹晚影遥一作摇。正哭阮途归未得,更闻江笔赴嘉招。人间荣瘁真堪恨,坐想征轩鬓欲一作未雕。

东归

日日唯忧行役迟,东归可是有家归。都缘桂玉无门住,不算山川去路危一作非。秦树梦愁黄一作春鸟啭,吴江钓忆一作重锦鳞肥。桃夭李一作杏艳清明近,惆怅当年一作时意尽违。

入关

古道槐花满树开,入关时节一蝉催。出门唯恐不先到,当路有谁长待来?似箭年光还可惜,如蓬生计更堪哀。故园若有渔舟在,应挂云帆早个回。

览陈丕卷

雪宫词客燕宫游,一轴烟花象外搜。谩把蜀纹当昼展,徒夸湘碧带春流。吟时致我寒侵骨,得处疑君白尽头。从北南归明月夜,岭猿滩鸟更悠悠。

巴南旅舍言怀

万浪千岩首未回,无憀相倚上高台。家山如画不归去,客舍似仇谁遣来?红泪罢窥连晓烛,碧波休引向春一作风杯。后时若有青云望,何事偏教羽翼摧。

登凌歊台

高台今日一作古竟一作境长闲,因想兴亡自惨颜。四海已归新雨露,六朝空认旧江山。槎翘独鸟沙汀一作汀洲畔,风递连樯雪浪间一作风亚荒榛雨雪间。好是轮蹄来往便,谁人不向此跻攀?

仆射陂晚望

离人到此倍堪伤,陂水芦花似故乡。身事未知何日了,马蹄唯觉到秋忙。田园牢落东归晚,道路辛勤北去长。却羡无愁是沙鸟,双双相趁下斜一作残阳。

芳草

废苑墙南残—作浅雨中,似袍颜色正蒙茸。微香暗惹游人步,远绿才分斗雉踪。三楚渡头长恨见,五侯门外却难逢。年年纵有春风便,马迹车轮一万重。

秋日留题蒋亭—作山

西风才起一蝉鸣,便算关河马上程。碧流鹢舟从此别,丹霄鹄箭忍—作怠无成。二年芳思随云雨,几日—作夕离歌恋—作怨,—作旆旌。回首横塘更东望,露荷烟菊倍伤情。

早发

一点灯残鲁酒醒,已携孤剑事离程。愁看飞雪闻鸡唱,独向长空背雁行。白草近关微有路—作露,浊河连底冻无声。此中来往本迢递,况是驱羸客塞城。

雁二首

暮天新雁起汀洲,红蓼花开水国愁。想得故园今夜月,几人相忆在江楼?

早背胡霜过戍楼,又随寒日下汀洲。江南江北多离别,忍报年年两地愁。

萤二首

水殿清风玉户开,飞光千点去还来。无风无月长门夜,偏到阶前点绿苔。

裴回无烛冷无烟,秋径莎庭入夜天。休向书窗来照字,近来红蜡满歌筵。

看花

花开只恐看来迟,及到愁如未看时。家在楚乡身在蜀,一年春色负归期。

柳絮

处处东风扑晚阳,轻轻醉粉落无香。就中堪恨隋堤上,曾惹龙舟舞凤凰。

云

纷纷霭霭遍江湖,得路为霖岂合无?莫使

悠扬只如此,帝乡还更暖苍梧。

芳草

曲江岸上天街里,两地纵生车马多。不似—作是萋萋南浦见,晚来烟雨半相和。

出都门

青门春色一花开,长到花时把酒杯。自觉无家似潮水,不知归处去还来。

宫中二首

芳草长含玉辇尘,君王游幸此中频。今朝别有承恩处,鹦鹉飞来说似人。

虽然自小属梨园,不识先皇玉殿门。还是当时歌舞曲,今来何处最承恩?

河湟

河湟何计绝烽烟,免使征人更戍边。尽放农桑无一事,遣教知有太平年。

闻子规

蜀魄千年尚怨谁,声声啼血向花枝。满山明月东风夜,正是愁人不寐时。

望仙—作有台字

千金垒土望三山,云—作望鹤无踪羽卫还。若说神仙求便得,茂陵何事在—作隔人间?

放鹧鸪

好傍青山与碧溪,刺桐毛竹—作羽待双栖。花时迁客伤离别,莫向相思树上啼。

骊山

风摇岩桂露闻香,白鹿惊时出绕墙。不向骊山锁宫殿,可知仙去是明皇。

梅花

繁如瑞雪压枝开,越岭吴溪免用栽。却是五侯家未识,春风不放过江来。

鸡冠花

一枝秋艳对秋光,露滴风摇倚砌傍。晓景

乍看何处似,谢家新染紫罗裳。

汴河
炀帝开河鬼亦悲,生民不独力空疲。至今呜咽东流水,似向清平怨昔时。

渡江有感
岸落残红锦雉飞,渡江船上夕阳微。一枝犹负平生意,归去何曾胜不归。

题终南山僧堂
九衢终日见南山,名利何人肯掩关?唯有吾师达真理,坐看霜树老云间。

大散岭
过往长逢日色稀,雪花如掌扑行衣。岭头却望人来处,特地身疑是鸟飞。

嘉陵江
嘉陵南岸雨初收,江似秋岚不煞流。此地终朝有行客,无人一为棹扁舟。

早行
雨洒江声风又吹,扁舟正与睡相宜。无端戍鼓催前去,别却青山向晓村。

黄河晓渡
大河平野正穷秋,羸马羸僮古渡头。昨夜莲花峰下月,隔帘相伴到明愁。

温泉
一条青水漱莓苔,几绕玄宗浴殿回。此水贵妃曾照影,不堪流入旧宫来。

秋怨
梦断南窗啼晓乌,新霜昨夜下庭梧。不知帘外如珪月,还照边城到晓无。

叹别
北来南去几时休,人在光阴似箭流。直待江山尽无路,始因抛得别离愁。

送春
欲别东风剩黯然,亦知春去有明年。世间争那人先老,更对残花一醉眼。

蜡烛
暖香红焰一时燃,缇幕初垂月落天。堪恨兰堂别离夜,如珠似泪滴樽前。

陈宫
白玉尊前紫桂香,迎春阁上燕双双。陈王半醉贵妃舞,不觉隋兵夜渡江。

水帘
万点飞泉下白云,似帘悬处望疑真。若将此水为霖雨,更胜长垂隔路尘。

赏春一作芳草,一作春游郁然有怀赋。
芳草和烟暖更青,闲门要路一时生。年年点检人间事,唯有春风不世情。

叹平泉一作伤平泉庄
生前几到此亭台,寻叹投荒去不回。若遣春风会人意,花枝尽合向南开。

长安春雨
兼风飒飒洒皇州,能滞轻一作春寒阻胜游。半夜五侯池馆里,美人惊起为花愁。

驾蜀回
上皇西幸却归秦,花木依然满禁春。唯有贵妃歌舞地,月明空殿锁香尘。

吴王古宫井二首
古宫荒井曾平后,见说耕人又凿开。拾得玉钗携敕宇,当时恩泽赐谁来?含青薜荔随金甃,碧砌磷磷生绿苔。莫言数尺无波水,曾与如花并照来。

江帆
别离不独恨蹄轮,渡口风帆发更频。何处青楼方凭槛,半江斜日认归人。

为人感赠
歌舞从来最得名,如今老寄洛阳城。当时醉送龙骧曲,留与谁家唱月明?

春江恨别
望断长川一叶舟,可堪归路更沿流。重来别处无人见,芳草斜阳满渡头。

叹流水二首
人间莫—作虚漫惜花落,花落明年依旧开。却最堪悲是流水,便同人事去—作更无回。

龙跃虬蟠旋作潭,绕红溅绿下东南。春风散入侯家去,漱齿花前酒半酣。

落第东归
年年春色独怀羞,强向东归懒举头。莫道还家便容易,人间多少事堪愁!

镜
昔岁相知—作宜别有情,几—作千回磨拭始将行。如今老去—作渐老愁无限,抱—作把向闲窗却怕明。

南行
腊晴江暖鹧鸪飞,梅雪香粘越女衣。鱼市酒村相识遍,短船歌月醉方归。

公子行
金—作雕鞍玉勒照花明,过后春—作香风特地生。半醉五侯门里出,月高犹在禁街行。

春日偶题城南韦曲
韦曲城南锦绣堆,千金不惜买花栽。谁知豪贵多羁束,落尽春红不见来。

上东川顾尚书
轻财重义真公子,长策沈机继武侯。龙节坐持兵十万,可怜三蜀尽无忧。

过王浚墓
埋骨千年近路尘,路傍碑号晋将军。当时若使无功业,早个耕桑到此坟。

灞上感别
灞水何人不别离,无家南北倚空悲。十年此路花时节,立马沾襟酒一卮。

春日与友人话别
酌坐对芳草,东风吹旅衣。最嫌驱马倦,自未有山归。华发将时逼,青云计又非。离襟一沾洒,回首正残晖。

竹
翠叶才分细细枝,清阴犹未上阶墀。蕙兰虽许相依日,桃李还应笑后时。抱节不为霜霰—作雪改,成林终与凤凰期。渭滨若更徵贤相,好作渔竿击钓丝。

边将
马上乘秋欲建勋,飞狐夜斗出师频。若无紫塞烟尘事,谁识青楼歌舞人?战骨沙中金镞在,贺筵花畔玉盘新。由来边卒皆如此,只是君门合杀身。

巴南旅泊
巴山惨别魂,巴水彻荆门。此地若重到,居人谁复存?落帆红叶渡,驻马白云村。却羡南飞雁,年年到故园。

河上逢友人
知君意不浅,立马问生涯。薄业无归地,他乡便是家。宵吟怜桂魄,朝起怯菱花。语尽黄河上,西风日又斜。

偶题离亭
万般名利不关身,况待山平海变尘。五月波涛争下峡,满堂金玉为何人?谩夸浮世青云贵,未尽离杯白发新。谁似雨蓬蓬底客,渚花汀鸟自相亲。

夏晚望嵩亭有怀
正怜云水与心违,湖上亭高对翠微。尽日不妨凭槛望,终年未必有家归。青蝉渐傍幽丛噪,白鸟时穿返照飞。此地又愁无计在,一香何处是因依?

途中寄友人
秋庭怅望别君初,折柳分襟十载余。相见或因中夜梦,寄来多是隔年书。携樽座外花空老,垂钓江头柳渐疏。裁得诗凭千里雁,吟来宁不忆吾庐?

伤侯第
世间荣辱半相和,昨日权门今雀罗。万古明君方纳谏,九江迁客更应多。碧池草熟人偷钓,画戟春闲莺乱过,几许乐僮无主后,不离邻巷教笙歌。

春日过寿安山馆
旧国多将泉石亲,西游爱此拂行尘。帘开山色离亭午,步入松香别岛春。谁肯暂安耕钓地,相逢谩叹路岐身。归期不及桃花水,江上何曾鲙雪鳞。

吴门再逢方干处士
天上高名一作才世上身,垂纶何不驾蒲轮?一朝卿相俱前席,千古篇章冠后人。稽岭不归空挂梦,吴一作燕宫相值欲沾巾。吾王若致升平化,可独成周只渭滨。

蝉
才入新秋百感生,就中蝉噪最堪惊。能催时节凋双鬓,愁到一作对江山听一声。不傍管弦拘醉态,偏依杨柳挠一作引离情。故园闻处犹惆怅,况是经年万里行。

秋日留别义初上人
塞寺穷秋别远师,西风一雁倍伤悲。每嗟尘世长多事,重到禅斋是几时。霜岭自添红叶恨,月溪休和碧云词。关河回首便千里,飞锡南归讵可知。

夏日宿灵岩寺宗公院
寺入千岩石路长,孤吟一宿远公房。卧听半夜杉坛雨,转觉中峰枕簟凉。花界已无悲喜念,尘襟自足是非防。他年纵使重来此,息得心猿鬓已霜。

冬日庙中书事呈栖白上人
日高荒庙掩双扉,杉径无人鸟雀悲。昨日江潮一作湖起归思,满窗风雨觉来时。何堪身计长如此,闲尽炉灰却是疑。赖有碧云吟句客,禅余相访说新诗。

夏日题远公北阁
危阁压山冈,晴空疑鸟行。胜搜花界尽,响益梵音长。有月堪先到,无风亦自凉。人烟纷绕绕,诸树共苍苍。榻恋高楼语,瓯怜昼茗香。此身闲未得,驱马入残阳。

秋蝶二首
秦楼花发时,秦女笑相随。及到秋风日,飞来欲问谁?

似厌栖寒菊,翩翩占晚阳。愁人如见此,应下泪千行。

秋别
别路垂阳柳,秋风凄管弦。青楼君去后,明月为谁圆?

共友人看花
愁将万里身,来伴看花人。何事独惆怅,故园还又春。

行次
终日长程复短程,一山行尽一山青。路傍君子莫相笑,天上由来有客星。

凤州北楼
城上层楼北望时,闲云远水自相宜。人人尽道堪图画,枉遣山翁醉习池。

赠僧
繁华举世皆如梦,今古何人肯暂闲。唯有东林学禅客,白头闲坐对青山。

全唐诗卷六百五十五

罗隐

罗隐,字昭谏,余杭人,本名横,十上不中第,遂更名。从事湖南淮润,无所合,久之,归投钱镠。累官钱塘令、镇海军掌书记、节度判官、盐铁发运副使、著作佐郎,奏授司勋郎。朱全忠以谏议大夫召,不行。魏博罗绍威推为叔父,表荐给事中。年七十七卒。隐少聪敏,既不得志,其诗以讽刺为主。有《歌诗集》十四卷,《甲乙集》三卷,《外集》一卷,今编诗十一卷。

曲江春感 一题作归五湖

江头日暖花又开,江东行客心悠哉。高阳酒徒半凋落,终南山色空崔嵬。圣代也知无弃物,侯门未必用非才。一船明月一竿竹,家住 一作在 五湖归去来。

皇陂

皇陂潋滟深复深,陂西下马聊登临。垂杨风轻弄翠带,鲤鱼日暖跳黄金。三月穷途无胜事,十年流水见归心。输他谷口郑夫子,偷得闲名说 一作直 至今。

寄郑补阙

夫子门前数仞墙,每经过处忆游梁。路从青琐无因见,恩在丹心不可忘。未必便为谗口隔,只应 一作因 贪草谏书忙。别来愁悴知多少,两度槐花马上黄。

牡丹花

似共东风 一作君 别有因,绛罗高卷不胜春。若教解语应倾国,任是无情亦 一作也 动人。芍药与君为近侍,芙蓉何处避芳尘。可怜韩令功成后,辜负秾华过此身。

黄河

莫把阿胶向此倾,此中天意固难明。解通

银汉应须曲,才出昆仑便不清。高祖誓功衣带小,仙人占斗客槎轻。三千年后知谁在,何必劳君报太平。

汴河

当时天子是闲游,今日行人特地愁。柳色纵饶妆故国,水声何忍到扬州？乾坤有意终难会,黎庶无情岂自由！应笑秦皇用心错,谩驱神鬼海东头。

西京崇德里居

进乏梯媒退又难,强随豪贵骑长安。风从昨夜吹银汉,泪拟何门落玉盘。抛掷红尘应有恨,思量仙桂也无端。锦鳞赪尾平生事,却被闲人把钓竿。

投所思

憔悴长安何所为,旅魂穷命自相疑。满川碧嶂无归日,一榻红尘有泪时。雕琢只应劳郢匠,膏肓终恐误秦医。浮生七十今三十,从此凄惶未可知。

经张舍人旧居——题作河中经故翰林张舍人所居

行尘不是昔时尘,谩向朱门忆侍臣。一榻已无开眼处,九泉应有爱才人。文余吐凤他一作当年诏,树想栖鸾旧日春。从此恩深转一作恩更难报,夕阳衰草泪一作独沾巾。

雒城作

大卤旌旗出洛滨,此中烟月已埃尘。更无楼阁寻行处,只有山川识野人。早得铸金夸范蠡,旋闻垂钓哭平津。旧游难得时难遇,回首空城百草春。

姑苏城南湖陪曹使君游

水蓼花红稻穗黄,使君兰棹泛回塘。倚风荇藻先开路,迎筛凫鹭尽著行。手里一作内兵符神与术,腰间金印彩为囊。少年太守勋庸盛,应笑燕台两鬓霜。

秋日有寄姑苏曹使君

多病无因棹小舟,阖闾城下谒名侯。水寒不见双鱼信,风便唯闻五裤讴。早说用兵长暗合,近传观稼亦闲游。须知谢奕依前醉,闲阻清谈又一秋。

送章碣赴举

苹鹿歌中别酒催,粉闱星彩动昭回。久经罹一作离乱心应破,乍睹升平眼渐开。顾我昔年悲玉石,怜君今日蕴风雷。龙门盛事无因见,费尽黄金老隗台。

寄杨秘书

湖水平来见鲤鱼,偶因烹处得琼琚。披寻藻思千重后,吟想水光万里余。漳浦病来情转薄,赤城吟苦意何如。锦衣公子怜君在,十载兵戈从板舆。

往年进士赵能卿尝话金庭胜事,见示叙

会稽诗客赵能卿,往岁相逢话石城。正恨故人无上寿,喜闻良宰有高情。山朝佐命层层耸,水接飞流步步清。两火一刀罹乱后,会须乘兴雪中行。

得宣州窦尚书书因投寄二首

双鱼迢递到江滨,伤感南陵一作南感陵阳旧主人。万里朝台劳寄梦,十年侯国阻趋尘。寻知乱后尝辞禄,共喜闲来得养神。时见齐山敬亭客,不堪戎马战征频。

曾逐旌旗过板桥,世途多难竟蓬飘。步兵校尉辞公府,车骑将军忆本朝。醉里旧游还历历,病中衰鬓奈萧萧。遗簪堕履应留念,门客如今只下僚。

雪

细玉罗纹下碧霄,杜门颜一作倾巷落偏饶。巢居只恐高柯折,旅客愁闻去路遥。撅冻野蔬和粉重,扫庭松叶带酥烧。寒窗呵笔寻诗句,一片飞来纸上销。

暇日有寄姑苏曹使君兼呈张郎中郡中宾僚

嘉植一作树阴阳覆剑池,此中能政动神祇。

湖边观稼雨迎马,城外犒军风满旗。融酒徒夸无算爵,俭莲还少最高枝。珊瑚笔架真珠履,曾和陈王几首诗。

寄右省王谏议

耳边要静不得静,心里欲闲终未闲。自是宿缘应有累,可能时—作蜗世事更相关。鱼惭张翰辞东府,鹤怨周颙负北山。看却金庭芝术老,又驱车入七人班。

焚书坑

千载遗踪一窖尘,路傍耕者亦伤神。祖龙算事浑乖角,将谓诗书活得人。

始皇陵

荒堆无草树无枝,懒向行人问昔时。六国英雄漫多事,到头徐福是男儿。

送沈先辈归送—作宋上嘉礼—题作送沈先及第后东归兼赴嘉礼

青青月—作仙桂触人香,白苎衫轻称沈郎。好继马卿归故里,况闻山简在襄阳。杯倾别岸应—作终须醉,花—作草傍征车渐欲芳。拟把金钱赠—作助嘉礼,不堪栖屑困名场。

春日叶秀才曲江

江花江草暖相限—作偎,也向江边把酒杯。春色恼人遮不得,别愁如疟避还来。安排贱迹无良策,裨补明时望重才。一曲吴歌齐拍手,十年尘眼未曾开。

西京道德里

秦树团团夕结阴,此中庄舄动悲吟。一枝丹桂未入手,万里苍波长负心。老去渐知时态薄,愁来唯愿酒杯深。七雄三杰今何在,休为闲人泪满襟。

忆夏口

汉阳—作江渡口兰为舟,汉阳—作江城下多酒楼。当—作芳年不得尽一醉,别梦有时还重游。襟带可怜吞楚塞—作塞雁,风烟只好狎—作好是冷江鸥。月明更想曾行处,吹笛桥边木叶秋。

武牢关

楚人曾此限封疆,不见清阴六里长。一壑暮声何怨望,数峰秋势自颠狂。由来四皓须神伏,大抵秦皇谩气强。欲学鸡鸣试关吏,太平时节懒思量。

途中献晋州孟中丞

太平天子念蒲东,又委星郎养育功。昨日隼旟辞阙下,今朝珠履在河中。楼移庾亮千山月,树待袁宏一扇风。不及政成应入拜,晋州何足展清通。

长安秋夜

远闻天子似羲皇,偶舍渔乡入帝乡。五等列侯无故旧,一枝仙桂有风霜。灯敧短焰烧离鬓,漏转寒更滴旅肠。归计未知身已老,九衢双阙夜苍苍。

春晚寄钟尚书

宰府初开忝末尘,四年谈笑隔通津。官资肯便矜中路,酒盏还应忆故人。江畔旧游秦望月,槛前公事镜湖春。如今莫问西禅—作城坞,一炷寒香老病身。

秋晓—作晚寄友人

洞庭霜落水云秋,又泛轻涟任去留。世界高谈今已得,宦途清贵旧曾游。手中彩笔夸题凤,天上泥封奖狎鸥。更见南来钓翁说,醉吟还上木兰舟。

秋日有酬—题作感德叙怀寄上罗邺王三首,余二在七卷,一作寄王师范。

旧—作盛业传家有宝—作佩刀,近闻余力—作挥刃更挥毫。腰间印佩—作绶黄金重—作枢贵,卷里—作内诗裁—作文章白雪高。宴罢嘉宾迎凤藻,猎归—作回诸将问龙韬。分茅列土—作登坛甲子才三十,犹拟回头赌—作夺锦袍。

所思

梁王兔苑荆榛里,炀帝鸡台梦想中。只觉惘然悲谢傅,未知何以报文翁。生灵不幸台星拆,造化无情世界空。划尽寒灰始堪叹,满庭霜叶一窗风。

送魏校书兼呈曹使君

乱离—作雁无计驻生涯,又事东游惜岁华。村店酒旗沽竹叶,野桥梅雨泊芦花。雠书发迹官虽屈,负米安亲路不赊。应见使君论世旧,扫门重得向曹家。

四皓庙

汉惠秦皇事已闻,庙前高木眼前云。楚王谩费闲心力,六里青山尽属君。

浮云—本题上无浮字

溶溶曳曳自舒张,不向苍梧即帝乡。莫道无心便无事,也曾愁杀楚襄王。

早发—作行

北去南来无定居,此生生计竟何如。酷怜一觉平明睡,长被鸡声恶破除—作邻鸡半夜啼。

香—本题上有咏字

沈水良材食柏珍,博山烟—作炉暖玉楼春。怜君亦是无端物,贪作馨香忘却身。

邺城—本作铜雀台之二

台上年年掅翠蛾,台前高树夹漳河。英雄亦到分香处,能共常人较几多。

罗隐

七夕

络角星河菡萏天,一家欢笑设红筵。应倾谢女珠玑箧,尽写檀郎锦绣篇。香帐簇成排窈窕,金针穿罢拜婵娟。铜壶漏报天将晓,惆怅佳期一作人又一年。

送臧濆下第谒窦鄜州

赋得长杨不直钱,却来京口看莺迁。也知绛灌轻才子,好谒尤一作元常醉少年。万里故乡云缥缈,一春生计泪澜汍。多情柱史应相问,与话归心正浩然。

清明日曲江怀友

君与田苏即旧游,我于交分亦绸缪。二年隔绝黄一作重泉下,尽日悲凉曲水头。鸥鸟似一作自能齐物理,杏花疑欲伴人愁。寡妻稚子应寒食,遥望江陵一泪流。

送郑州严员外

欲将刀笔润玉猷,东去先分圣主忧。满扇好风吹郑圃,一车甘雨别皇州。尚书碛冷鸿声晚,仆射陂寒树影秋。从此文星在何处,武牢关外庾公楼。

孙员外赴阙后重到三衢

远山高树思悠哉,重倚危楼尽一杯。谢守已随征诏入,鲁儒犹逐断蓬莱。地寒谩忆移暄手,时急方须济世才。宣室夜阑如有问,可能全忘未然灰。

衡阳泊木居士庙下作一题作题木居士庙

乌一作鸟噪残阳草满庭,此中枯木似人形。只应神一作鬼物长为主,未必浮槎即有灵。八月风波飘不去,四时黍稷荐惟馨。南朝庾信无因赋,牢落祠前水气腥。

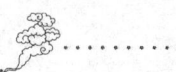

钟陵见杨秀才 一题作见进士杨寻

孺亭滕阁少踟蹰，三度南游一事无。只觉流年如鸟逝，不知何处有龙屠一作图。云归洪井枝柯敛，水下漳一作章江气色粗。赖得与君同此醉，醒来一作醒愁被鬼揶揄。

自湘川东下立春泊夏口阻风登孙权城

吴门此去逾千里，湘浦离来想数旬。只见风师长占路，不知青帝已行春。危怜坏堞犹遮水，狂爱寒梅欲傍人。事往时移何足问，且凭村酒暖精神。

春日忆湖南旧游寄卢校书

旅榜前年过洞庭，曾提刀笔事甘宁。玳筵离隔将军幕，朱履频窥处士星校书自处士受命尔。恩重匣中孤剑在，梦余江畔数峰青。金貂见服嘉宾散，回首昭丘一涕零。

贺淮南节度卢员外赐绯

俭莲高贵九霄闻，粲粲朱衣降五云。骢马早年曾避路，银鱼今日且从军。御题彩一作绯服垂天眷，袍展花心透縠纹。应笑当年老莱子，鲜华都自降明君。

春日独游禅智寺

树远连天水接空，几年行乐旧隋宫。花开花谢一作落还一作长如此，人去人来自不同。鸾一作楚凤调高何处酒，吴牛蹄健满车风。思量只合腾腾醉，煮海平陈一一作尽梦中。

和淮南李司空同转运员外 本题下有送韦士赴四字，一作同转运卢员外赐绯

层层高阁旧瀛洲，此地须征第一流。丞相近年紫一作荣倚望，重才今日喜遨游。荣持健笔金黄贵，恨咽离筵管吹秋。谁继伊皋送行句，梁王诗好郢人愁。

后土庙

四海兵一作干戈尚未宁，始于云外学一作漫劳淮海写仪形。九天玄女犹无圣，后土夫人岂有灵。一带好云侵鬓绿，两层一作行危岫拂眉青。韦郎年少知何在一作耽闲事，端坐思量一作案上休看太白经。

金陵夜泊

冷烟轻淡一作霭，一作雨傍衰丛，此夕秦淮驻断蓬。栖雁一作鸟远惊沽酒火，乱鸦高避落帆风。地销王气波声急，山带秋阴树影空。六一作数代精灵人不见，思量应在月明中。

上江州陈员外

寒江九派转城楼，东下钟陵第一州。人自中一作钟台方贵盛，地从西晋即风流。旧班久望鹓晴翥，余力犹闻虎夜浮。应恨属官无健令，异时佳节阻闲游。

广陵开元寺阁上作

满槛山川漾落晖，槛前前事去如飞。云中鸡犬刘安过，月里笙歌炀帝归。江蹙海门帆散去，地吞淮口树相依。红楼翠幕知多少，长向东风有是非。

上鄂州韦尚书

往岁先皇驭九州，侍臣才业最风流。文穷典诰虽余力，俗致雍熙尽密谋。兰省换班青作绶，柏台前引绛为驿。都缘未负江山兴，开济生灵校一秋。

早春巴陵道中

远雪亭亭望未销，岳阳春浅似相饶。短芦冒土初生笋，高柳偷风已弄条。波泛洞庭猿獭健，谷连荆楚鬼神妖。中流菱唱泊何处，一只画船兰作桡。

广陵秋日酬进士臧渍见寄

驿西斜日满窗前一作蝉，独凭秋栏思渺绵一作然。数尺断蓬惭故国，一轮清镜泣流年。已知世事真徒尔，纵有心期亦偶然。空愧荀家好兄弟，雁来鱼去是因缘。

淮南送李司空朝觐

圣君宵旰望时雍，丹诏西来雨露浓。宣父

道高一作楚客狂歌休叹凤,武侯才大本吟一作犹龙。九州似鼎终须负,万物为铜只待熔,腊后春前更何事,便看经度奏东封。

秋日禅智寺见裴郎中题名寄韦瞻

野寺疏钟万木秋,偶寻题处认名侯。官离南郡应闲暇,地胜东山想驻留。百盏浓醪成别梦,两行垂露浣羁愁。心知只有韦公在,更对真踪话旧游。

广陵春日忆池阳有寄

烟水濛濛接板桥,数年经历驻征桡。醉凭危槛波千顷,愁倚长亭柳万条。别后故人冠獬豸,病来知己赏鹪鹩。清流夹宅千家住,会待闲乘一信潮。

春中一作日湘中题岳麓寺僧舍一作院

蟾宫虎穴两皆休,来凭危栏送远愁一作秋。多事林莺还谩语,薄情边雁不回头。春融只待一作恐乾坤醉,水阔深知世界浮。欲共高僧话心迹,野花芳一作荒草奈相尤。

出试后投所知

此日一作去蓬壶两日程,当时消息甚分明。桃须曼倩催方熟,橘待洪崖遣始行。岛外音书应有意,眼前尘土渐无情。莫教一作交更似山西鼠,啮破愁肠恨一生。

湘南春日怀古

晴江春暖兰蕙薰,凫鹥苒苒鸥著群。洛阳贾谊自无命,少陵杜甫兼一作偏有文。空阔远帆遮落日,苍茫野树碍归云。松醪酒好昭潭静,闲过中流一吊君。

江州望庐山

东南苍翠何崔嵬,横流一望幽抱开。影寒已令水底去,脚阔欲过湖心来。深处不唯容鬼怪,暗中兼恐有风雷。仙人往往今谁在,红杏花香重首回。

金陵寄窦尚书

二年岐路有西东,长忆优游楚驿中。虎帐谈高无客继,马卿官傲少人同。世危肯使依刘表,山好犹能忆谢公。此去此恩言不得,谩将闲泪对春风。

清溪江令公宅

蛮笺象管夜深时,曾赋陈宫第一诗。宴罢风流人不见,废来踪迹草应知一作何宜。莺怜胜事啼空巷一作谷,蝶恋余香舞好枝。还有往年金氆井,牧童樵叟等闲窥。

郑州献卢舍人 时本官王令公收复两京后

海槎闲暇阆风轻,不是安流肯不行。鸡省露浓汤饼熟,凤池烟暖诏书成。渔筹已合光儒梦一作学,尧印何妨且治兵。会待两都收复后,右图仪表左题名。

别池阳所居

黄尘初起此留连,火耨刀耕六七年。雨夜老农伤水旱,雪晴渔父共舟船。已悲世乱身须去,肯愧途危迹屡迁。却是九华山有意,列行相送到江边。

送内使周大夫自杭州朝贡

八一作入都上将近平戎,便附辎轩奏圣聪。三接一作变驾前朝觐礼,一函江表战征功。云间阆苑何时见,水底瑶池触处通。知有殿庭余力在,莫辞消息寄西风。

酬黄从事怀旧见寄

旧游不合到心中,把得君诗意亦同。水馆酒阑清夜月,香街人散白杨风。长绳系日虽难绊,辨口谈天不易穷。世事自随蓬转在,思量何处是飞蓬?

绣 第一句缺三字

一片丝罗□□□,洞房西室女工劳。花随玉指添春色,鸟逐金针长羽毛。蜀锦谩夸声自贵,越绫虚说价功高。可中用作鸳鸯被,红叶枝枝不碍刀。

西施

家国兴亡自有时,吴人何苦怨一作进西施。

西施若解倾吴国,越国亡来又是谁?

自遣
　　得即高歌失即休,多愁多恨亦悠悠。今朝有酒今朝醉,明日愁来明日愁。

白角篦
　　白似琼瑶滑似苔,随梳伴镜拂尘埃。莫言此个尖头物,几度撩人恶发来。

铜雀台
　　强歌强舞竟难胜,花落花开泪满膺。只合当年伴君死,免交憔悴望西陵。

鹦鹉
　　莫恨雕笼翠羽残,江南地暖陇西寒。劝君不用分明语,语得分明出转难。

金钱花
　　占得佳名绕树芳,依依相伴向秋光。若教此物堪收贮,应被豪门尽劚将。<small>一作交　一作也　一作剧</small>

梅<small>一本题上有红字</small>
　　天赐胭脂一抹腮,盘中磊落笛中哀。虽然未得和羹便,曾与将军止渴来。

全唐诗卷六百五十七

罗隐

钱尚父生日

大昴分光降斗牛,兴唐宗社作诸侯。伊夔事业扶千载,韩白机谋冠九州。贵盛上持龙节钺,延长应续鹤春秋。锦衣玉食将何报—作补,更俟庄椿一举头。

寄前户部陆郎中

出驯桑雉入朝簪,萧洒清名映士林。近日篇章欺—作期白雪,早年词赋得黄金。桂堂纵道探龙颔,兰省何曾驻鹤心。离乱事多人不会,酒浓花暖且闲吟。

登瓦棺寺阁

下盘空迹上云浮,偶逐僧行步步愁。暂憩已知须用意,渐来争忍不回头。烟中—作钟树老重江晚,铎外风轻四境秋。懒指台城更东望,鹊飞龙斗尽荒丘。

九华山费徵君所居

草堂何处试徘徊,见说遗踪向此开。蟾桂自归—作啼三径后,鹤书曾降九天来。白云事迹依前在,青琐光阴竟不回。尽夕为君思曩日—作昔,野泉鸣咽路莓苔。

途中寄怀

不知何处是前程,合眼腾腾信马行。两鬓已衰时未遇—作与,数峰虽在病相撄。尘埃巩洛虚光景,诗酒江湖漫姓名。试哭军门看谁问,旧来还似祢先生。

京口见李侍郎

傞傞江柳欲矜春,铁瓮城边见故人。屈指不堪言甲子,披风常记是庚申。别来且喜身俱健,乱后休悲业尽贫。还有杖头沽酒物,待寻山寺话逡巡。

秋日酬张特玄

病寄南徐两度秋,故人依约亦扬州。偶因雁足思闲事,拟棹孤舟访旧游。风急几闻江上笛,月高谁共酒家楼?平生意气消磨尽,甘露轩前看水流。

登高咏菊尽—作李山甫诗

篱畔霜前偶得存,苦教迟晚避兰荪。能销造化几多力,不受阳和一点恩。生处岂容依玉砌,要时还许上金樽。陶公没后无知己,露滴幽丛见泪痕。

登夏州城楼

寒城猎猎戍旗风,独倚危楼怅望中。万里山河—作川唐土地,千年魂魄晋英雄。离心不忍听边马,往事应须问塞鸿。好脱儒冠从校尉,一枝长戟六钧弓。

水边偶题

野水无情去不—作早回,水边花好为谁开?只知事逐眼前去—作过,不觉老从头上来。穷似丘轲休叹息,达如周召亦尘埃。思量此理何人会,蒙邑先生最有才。

故洛阳公镇大梁时隐得游门下,今之经历,事往人非,聊抒所怀,以伤以谢

孤舟欲泊思何穷,曾忆西来值雪中。珠履少年初满座,白衣游子也从公。狂抛赋笔琉璃冷,醉倚歌筵玳瑁红。今日斯文向谁说,泪碑棠树两成空。

杜陵秋思

南望商于北帝都,两堪栖托两无图。只闻斥逐张公子,不觉悲同楚大夫。岸畔早凉生紫桂,井边疏影落高梧。一杯渌酒他年忆,沥向清波寄五湖。

隐尝在江陵悉故中令白公,叨蒙知遇,今复重过渚宫,感事悲身,遂成长句

往岁郢侯镇渚宫,曾将清律暖孤蓬。才怜曼倩三冬后,艺许由基一箭中。言重不能轻薄命,地寒终是泣春风。凤凰池涸—作也合台星拆,回首岐山忆至公。

夜泊毗陵无锡县有寄

草虫幽咽树—作露初团,独系孤舟夜已阑。浊浪势奔吴苑急,疏钟声彻惠山寒。愁催鬓发凋何易,贫恋家乡别渐难。他日亲朋应大笑,始知书剑是无端。

桃花—作杏花

暖触衣襟漠漠香,间梅遮柳不胜芳。数枝艳拂文君酒,半里红敧宋玉墙。尽日无人疑怅望,有时经雨乍—作更凄凉。旧山山下还如此,回首东风—断肠。

筹笔驿

抛掷南阳—作乡为主忧,北征东讨尽良筹。时来天地皆同力,运去英雄不自由。千里山河轻孺子,两朝冠剑恨谯周。唯余岩下多情水,犹解年年傍驿流。

重过随州故兵部李侍郎恩知因抒长句—本随州下有忆字

庄周高论伯牙琴,闲夜思量泪满襟。四海共谁言近事,九原从此负初心。鸥翻汉浦风波急,雁下郧溪雾雨深。惭愧苍生还有意,解歌襦袴至如今。

商于驿楼东望有感

山川去接汉江东,曾伴隋侯醉此中。歌绕夜梁珠宛转,舞娇春席雪朦胧。棠遗善政阴犹在,薤送哀声事已空。惆怅知音竟难得,两行清泪白杨风。

寄南城韦逸人

杜甫诗中韦曲花,至今无赖尚—作向豪—作家家。美人晓折露沾袖,公子醉时香满车。万里丹青传不得,二年风雨恨无涯。羡他南涧高眠客,春去春来任物华。

梅花

吴王醉处十余里,照野拂衣今正繁。经雨不随山鸟散,倚风疑—作如共路人言。悉怜粉艳飘歌席,静爱寒香扑酒樽。欲寄所思无好信,为人—作君惆怅又黄昏。

淮南高骈所造迎仙楼

鸾音鹤信杳难回,凤驾龙车早晚来。仙境是谁知处所,人间空自造楼台。云侵朱槛应难到,虫—作尘网闲窗永不开。子细思量成底事,露凝风摆作尘埃。

和禅月大师见赠

高僧惠我七言诗,顿豁尘心展白眉。秀似谷中花媚日,清如潭底月圆时。应观法界莲千叶,肯折人间桂一枝。漂荡秦吴十余载,因循犹恨识师迟。

谒文宣王庙

晚来乘兴谒先师,松柏凄凄人不知。九仞萧墙堆瓦砾,三间茅殿走狐狸。雨淋状似悲麟泣,露滴还同叹凤悲。倪使小儒名稍—作粗立,岂教吾道受栖迟。

代文宣王答

三教之中儒最尊,止戈为武武尊文。吾今尚自披蓑笠,你等何须读典坟。释氏宝楼侵碧汉,道家宫殿拂青云。若教颜闵英灵在,终不羞他李老君。

重送朗—作阆州张员外

朱轮此去正春风,且驻青云—作门,一作骢听断蓬。一榻早年容孺子,双旌今日别文翁。诚知汲—作与善心长在,争奈干时迹转穷。酬德酬恩两无路,谩劳惆怅凤城东。

广陵秋夜读进士常修三篇因题

入蜀归吴三首诗,藏于笥箧重于师。剑关夜读相如听,瓜步秋吟炀帝悲。景物也知输健笔,时情谁不许高枝?明年二月春风里,江岛闲人慰所思。

逼试投所知—作思

桃在仙翁旧苑傍,暖烟轻霭扑人香。十年此地频偷眼,二月春风最断肠。曾恨梦中无好事,也知囊里有仙方。寻思仙骨终难得,始与回头问玉皇。

汉江上作

汉江波浪渌于苔,每到江边病眼开。半雨半风终日恨,无名无迹几时回。云生岸谷秋阴合,树接帆樯晚思来。对此空惭圣明代,忍教缨上有尘埃。

秋夜寄进士顾荣

秋河耿耿夜沈沈,往事三更尽到心。多病谩劳窥圣代,薄才终是费知音。家山梦后帆千尺,尘土搔来发一簪。空羡良朋尽高价,可怜东箭与南金。

寄渭北徐从事

暖云慵堕柳垂条,骢马徐郎过渭桥。官秩旧参荀秘监,樽罍今伴霍嫖姚。科随鹄箭频曾中,礼向侯弓以重招。莫恨东风促行李,不多时节却归朝。

徐寇南逼感事献江南知已次韵

酒阑离思浩无穷,西望维扬忆数—作次公。万里飘零身未了,一家知奖意曾同。云横—作遮晋国尘应暗,路转吴江信不通。今日便成卢子谅,满襟珠泪堕霜风。

寄三衢孙员外

小敷文伯见何时,南望三衢渴复饥。天子未能崇典诰,诸生徒欲恋旌旗。风高绿野苗千顷,露冷平楼酒满卮。尽是数旬陪奉处,使君争肯不相思。

淮南送卢端公归台

凤鸾势逸九霄宽,北去南来任羽翰。朱绂两参—作骖王俭府,绣衣三领杜林官。道从上—

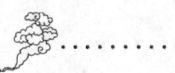

作泽国曾匡济,才向牢盆始重难。应笑张纲谩生事,埋轮不得在长安。

炀帝陵

入郭登桥出郭船,红楼日日柳年年。君王忍把平陈业,只博一作换雷塘数亩田。

马嵬坡

佛屋前头野草春,贵妃轻一作香骨此为尘。从来绝色知难得,不破一作得中原未是人。

柳

灞岸晴来送别频,相偎相倚不胜春。自家飞絮犹无定,争解垂丝绊路人一作争把长条绊得人。

隋堤柳

夹路一作岸依依千一作十里遥,路人回首认隋朝。春风未借一作惜宣华意,犹费工夫长绿条。

孟浩然墓

数步荒榛一作村接旧蹊,寒江一作郊漠漠草一作雨凄凄一作萋萋。鹿门黄土无多少,恰到书一作先生冢便低。

秦纪

长策东鞭及海隅,鼋鼍奔走鬼神趋。怜君未到沙丘日,肯信人间有死无。

仙掌

掌前流水驻无尘一作痕,一作日,掌下轩车日日新。谩向山头高举手,何曾招得路行人?

全唐诗卷六百五十八

罗隐

咏月 一本题上无咏字，一本月上有中秋二字

湖上风高动自蘋，暂延清景此逡巡。隔年违一作为别成一作因何事，半夜相看似故人。蟾向静中矜爪距，兔隈一作于明处弄精神。嫦娥老大应惆怅，倚泣一作独倚苍苍桂一轮。

宿荆州江陵驿 一作馆

西游象阙愧一作迹阙知音，东下荆溪称越吟。风动芰荷香四散，月明一作高楼阁影相侵。闲敧别枕千般梦，醉送征帆万里心。薜荔衣裳木兰楫，异时烟雨好追寻。

抚州别阮兵曹

雪晴天外见诸峰，幽轧行轮有去踪。内史宅边今独恨，步兵厨畔旧相容。十年别鬓疑朝镜，千里归心著晚钟。若不他时更青眼，未知谁肯荐临邛？

新安投所知

少年容易舍樵渔，曾辱明公荐子虚。汉殿夜寒时不食，宋都风急命何疏。云埋野艇吟归去，草没山田赋遂初。长剑一寻歌一奏，此心争肯为鲈鱼。

江边有寄

江边旧业半雕残，每轸归心即万端。狂折野梅山店暖，醉吹村笛酒楼寒。只言圣代谋身易，争奈贫儒得路难。同病同忧更何事，为君提笔画渔竿。

送友人归夷门

二年流落大梁城，每送君归即有情。别路算来成底事，旧游言著似前生。苑一作坛荒懒认词人会，门在空怜烈士名。至竟男儿分应定，不须惆怅谷中莺。

湘中见进士乔诩

吴公台下别经秋,破房城边暂驻留。一笑有情堪解梦,数年无故一作处不同游。云牵楚思横鱼艇,柳送乡心入酒楼。且酌松醪依旧醉,谁能相见向春愁?

上雪川一作赠湖州裴郎中

贵提金印出咸秦,潇洒江城两度春。一派水清疑见胆,数重山翠欲留人。望崇早合归黄阁,诗好何妨恋白蘋。自是受恩心未足,却垂双翅羡吴均。

钱塘江潮

怒声汹汹势悠悠,罗刹江边地欲浮。漫道往来存大信,也知反覆向平流。任一作狂抛巨浸疑无一作倾底,猛过西陵只一作似有头。至竟朝昏谁主掌,好骑赪鲤问阳侯。

送人赴职任褒中

物态时情难重陈,夫君此去莫伤春。男儿只要有知己,才子何堪更问津?万转江山通蜀国,两行珠翠见褒人。海棠花谢东风老,应念京都共苦辛。

临川投穆中丞

试将生计问蓬根,心委寒灰首戴盆。翅弱未知三岛路,舌顽虚掉五侯门。啸烟白狄沈高木,捣月清砧触旅魂。家在碧江归不得,十年鱼艇长苔痕。

早春送张坤归大梁一题作早春送大梁卢从事,一作送处士张坤归汴州

萧萧羸马正一作立尘埃,又送辀一作归轩向吹台。别酒莫辞今夜醉一作酌,故人知是几时回一作来。泉经华岳犹应冻,花到梁园始合开。为谢一作若见东门抱关吏一作者,不堪一作为言惆怅满离杯。

东归途中作

松一作村橘苍黄覆钓矶,早年生计近年违。老知风月终堪恨,贫觉家山不易归。别岸客帆和雁落,晚程霜叶向人飞。买臣严助精灵在,应笑无成一布衣。

送进士臧濆下第后归池州

赋成无处换黄金,却向春风一作东游动越吟。天子爱才虽后席,诸生多病又沾襟。柳攀灞岸狂遮袂,水忆池阳渌满心。珍重彩衣归正好,莫将闲事系升沈。

湘中赠范郞

丹桂无心彼此谙,二年疏懒共江潭。愁知酒盏终难舍,老觉人情转不堪。云外鸳鸯一作鸩鸾非故旧,眼前胶漆似烟岚。劳歌一曲一作奏霜风暮,击折湘妃白玉簪。

寄张侍郎

衰羸岂合话荆州,争奈思一作恩多不自由。无路重趋恒典马,有诗曾上仲宣楼。尘销别迹堪垂泪,树拂他门懒举头。一种人间太平日,独教零落忆沧洲。

渚宫秋一作愁思

楚城日暮烟霭深,楚人驻马还登临。襄王台下水无赖,神女庙前云有心。千载是非难重问,一江风雨好闲吟。欲招屈宋当时魄,兰败荷枯不可寻。

闲居早秋

槐杪清蝉烟一作咽雨余,萧萧凉叶堕衣裾。噪槎乌散沈苍岭,弄杵风高上碧虚。百岁梦生悲蛱蝶,一朝香死泣芙蕖。六宫谁买相如赋,团扇恩情日日疏。

建康一作台城

潮平远岸草侵沙,东晋衰来最可嗟。庾舅已能窥帝室,王都一作郞还是预人家。山寒老树啼风曲,泉暖枯骸动芷一作齿牙。欲起九原看一遍,秦淮声争日西斜。

送舒州宿松县傅少府一题作送宿松傅少府

　　江蓠一作离江漠漠树重重,东过清淮到宿松。县好也知临浣水,官闲应得看灊峰。春生绿野一作吴歌怨,雪霁平郊楚酒浓。留取余杯待张翰,明年归棹一从容。

经故洛阳城

　　败垣危堞迹依稀,试驻羸骖吊落晖。跋扈以成梁冀在,简书难问杜乔归。由来世事须翻覆,未必余才解是非。千载昆阳好功业,与君门下作恩威。

夏州胡常侍

　　百尺高台勃勃州,大刀长戟汉诸侯。征鸿过尽边云阔,战马闲来塞草秋。国计已推肝胆许,家财不为子孙谋。仍闻陇蜀由多事,深喜将军未白头。

寄进士卢休

　　半年池口恨萍蓬,今日思量已梦中。游子马蹄难重到,故人尊酒与谁同?山横翠后千重绿,蜡想歌时一烬红。从此客程君不见,麦秋梅雨遍江东。

赠一作漏先辈令狐补阙

　　中间一作年声迹早薰然,阻避钧衡过十年。碧海浪高终济物,苍梧云好已归天。花迎彩服离莺谷,柳傍东风触马鞭。应念凄凉洞庭客,夜深双泪忆渔船。

送秦州从事

　　一枝何足解人愁,抛却还随定远侯。紫陌红尘今别恨,九衢双阙夜同游。芳时易失劳行止,良会难期且驻留。若到边庭有来使,试批书尾话梁州。

湖州裴郎中赴阙后投简寄友生

　　锦帐郎官塞一作奉诏年,汀洲曾驻木兰船。祢衡酒醒春瓶倒,柳恽诗成海月圆。歌蹙远山珠滴滴,漏催香烛泪涟涟。使君入拜吾徒在,宣室他时岂偶然?

秋日泊平望驿寄太常裴郎中

　　蓣洲重到杳一作宵难期,西一作徙倚邮亭忆往时。北海尊中常有酒,东阳楼上岂无诗。地清每负生灵望,官重方升礼乐司。闻说江南旧歌曲,至今犹自一作是唱吴姬。

西塞山在武昌界,孙吴以之为西塞。

　　吴塞当时指此山,吴都亡后绿一作水孱颜。岭梅乍暖残妆恨,沙鸟初晴小队闲。波阔鱼龙应混杂,壁危猿狖奈一作正奸一作骄顽。会将一副寒蓑笠,来与渔翁作往还。

秋日汴河客舍酬友人一作汴州客舍有酬

　　梁宋追游早岁同,偶然违一作为别事皆空。年如流水催何急,道似危途动即穷。醉舞且欣连夜月,狂吟还聚上楼风。烦君更枉骚人句,白凤灵蛇满袖中。

东归

　　仙桂高高似有神,貂裘敝尽取无因。难一作惟,一作只将白发期公道,不觉丹枝属别人。双阙往来惭请一作聘谒,五湖归后耻交亲。盈盘紫蟹千卮酒,添得临岐泪满巾。

广陵李仆射借示近诗因投献

　　朝论国计暮论兵,余力犹随风藻生。语继盘盂抛俗格,气兼河岳带商声。闲寻绮思千花丽,静想高吟六义清。天一作文柄已持尧典在,更堪回首问缘情。

三衢哭孙员外

　　燕恋雕梁马恋轩,此心从此更何言。直将尘外三生命,未敌君侯一日恩。红蜡有时还入梦,片帆何处独销魂。忍看明发衣襟上,珠泪痕中见酒痕。

箧中得故王郎中书

　　凤里前年别望郎,丁宁唯恐滞吴乡。劝疏

杯酒知妨事,乞与书题作裹粮。苹鹿未能移海曲,县花寻已落河阳。九原自此无因见,反覆遗踪泪万行。

泪

逼脸横颐咽复匀,也曾谗毁也伤神。自从鲁国潸然后,不是奸人即妇人。

子规

铜梁路远草青青,此恨那堪枕上听。一种有冤犹—作无可报,不如衔石叠沧溟。

姑苏台

让高泰伯开基日,贤见延陵复命时。未会子孙因底事,解崇台榭为西施。

王浚墓

男儿未必尽英雄,但到时来即命—作命即通。若使吴都犹—作有王气,将军何处立殊功?

京中晚望

心如野鹿迹如萍,谩向人间性一灵。往事不知多少梦,夜来和酒一时醒。

寄窦泽处士二首

兰亭醉客旧知闻,欲问平安隔海云。不是金陵钱太尉,世间谁肯更容身?

鳌背楼台拂白榆,此中槎客亦踟蹰。牢山道士无仙骨,却向人间作酒徒。

全唐诗卷六百五十九

罗隐

省试秋风生桂枝

凉吹从何起,中宵景象清。漫随云叶动,高傍桂枝生。漠漠看无际,萧萧别有声。远吹斜汉转,低拂白榆轻。寥沴工夫大,乾坤岁序更。因悲远—作未归客,长望一枝荣。

思故人

故人不可见,聊复拂鸣琴。鹊绕风枝急,萤藏露草深。平生四方志,此夜五湖心。惆怅友朋尽,洋洋漫好音。

寄陆龟蒙 李相公在淮南征陆龟蒙诗

龙楼李丞相,昔岁仰高文。黄阁寻无主,青山竟未焚。夜船乘海月,秋寺伴江云。却恐尘埃里,浮名点污君。

题方干诗

中间李建州,夏沥偶同游。顾我论佳句,推君最上流。九霄无鹤板,双鬓老渔舟。世难方如此,何当浣旅愁。

秋江

秋江待晚潮,客思旆旌摇—作遥。细雨翻芦叶,高风却—作怯柳条。兵戈村落破,饥俭虎狼骄。吾土兼连此,离魂望里消。

寄制诰李舍人

梁王握豹韬,雪里见枚皋。上客趋丹陛,游人叹二毛。门闲知待诏,星动想濡毫。一首长杨赋,应嫌索价高。

秋日怀孟夷庚

秋日—作叶黄陂下,孤舟忆共谁?江山三楚分,风雨二妃祠。知己秦貂没,流年贾鹏悲。中原正兵马,相见是何时?

送李右丞分司 一本题下有东城二字

分漕—作曹得洛川,谠议更昭然。在一作左省曾批敕,中台肯避权。所悲时渐薄,共贺道由—作尤全。卖与清平代,相兼直几钱。

郴江迁客

不是逢清世,何由见皂囊？事虽危虎尾,名胜泊—作泊鹓行。毒雾郴江阔,愁云楚驿长。归时有诗赋,一为吊沉湘。

感旧

剑佩孙弘阁,戈铤太尉—作大将营。重言虚有位,孤立竟无成。丘陇箝箫咽,池台岁月平。此恩何以报,归处—作底事是柴荆。

鹰

越海霜天暮,辞韬野草干。俊通司隶职,严奉武夫官。眼恶藏蜂—作锋在,心粗逐物殚。近来脂腻足,驱遣不妨难。

秋日寄狄补阙

红尘扰扰间,立马看南山。谩道经年往,何妨逐日闲。病中霜叶赤,愁里鬓毛斑。不为良知在,驱车已出关。

寄易定公乘亿侍郎 侍郎有明皇再见阿蛮舞及龙池柳赋,时称冠绝也。一本题下无侍郎二字。

谢舞仍宫柳,高奇世少双。侍中生不到,园令死须降。班秩通乌府,樽罍奉碧幢。昭王有余烈,试为祷迷邦。

寄大理徐郎中 一本大理下有寺字

佐棘竟谁同,因思证圣中。事虽—作难忘—作亡显报,理合有阴功。官序诜枝老,幽尘—作生涯范甑空。几时潘好礼,重与话清风。证圣中,徐有功为大理少卿,执法平恕,鹿城主簿潘好礼著论以美之也。

寄苏拾遗 拾遗,许公之后,今犹居开元中旧第。

早岁长杨赋,当年—作今谏猎书。格高时辈伏,言数宦情疏。慷慨传丹桂,艰难保旧居。退朝观—作焚藁草—作应课草,能望—作忘马相如。

寄许融 一题作与于韫玉话别

多病仍疏拙,唯君与我同。帝乡年共老,江徼—作外业俱空。燕冷辞华屋,蛩—作蝉凉恨—作咽晓丛。白云高几许,全属采芝翁。

寄礼部郑员外

栾郤门风大,裴王礼乐优。班资冠鸡舌,人品压龙头。夜直炉香细,晴编疏草稠。近闻潘散骑,三十二悲秋。

菊

篱落岁云暮,数枝聊自芳。雪裁纤蕊密,金拆小苞香。千载白衣酒,一生青女霜。春丛莫轻薄,彼此有行藏。

台城

水国春常在,台城夜未寒。丽华承宠渥,江令捧杯盘。宴罢明堂烂,诗成宝炬残。兵来吾有计,金井玉钩栏。

旧游

良时不复再,渐老更难言。远水犹经眼,高楼似断魂。依依宋玉宅,历历长卿村。今日空江畔,相于只酒樽。

寄虔州薛大夫

祝融峰下别,三载梦魂劳。地转南康重,官兼亚相高。海鹏终负日,神马背眠槽。会得窥成绩,幽窗染兔毫。

苏小小墓

魂兮楢李城,犹未有人耕。好月当年事,残花触处情。向谁曾艳冶,随分得声名。应侍吴王宴—作日,兰桡暗送迎。

寒食日早出 一作春城东

青门欲曙天,车马已喧阗。禁柳疏—作摇风雨—作细,墙花拆露鲜。向谁夸丽景,只—作此是叹流年。不得高飞便,回头望纸鸢。

秋日怀贾随进士

边寇日骚动,故人音信稀。长缨惭贾谊,

孤愤—作家忆韩非。晓匣鱼肠冷,春园鸭掌肥。知君安未得,聊且示忘机。

乱后逢友人

沧海去未得,倚舟聊问津。生灵寇盗尽,方镇改更贫—作频。梦里旧行处,眼前新贵人。从来事如此,君莫独沾巾。

残花—作杨发诗

已叹良时晚,仍悲别酒催。暖芳随日薄,轻片逐风回。黛敛愁歌扇,妆残泣镜台。繁阴莫矜衒,终是共尘埃。

秋日富春江行

远岸平如剪,澄江静似锦。紫鳞仙客驭,金颗李衡奴。冷叠群—作千山阔,清涵万象殊。严陵亦高见,归卧是良图。

寄侯博士

规谏扬雄赋,遭回贾谊官。久贫还往少,孤立转迁难。清镜流年急,高槐旅舍寒。侏儒亦何有,饱食向长安。

送沈光侍御赴职闽中

未至应居右,全家出帝乡。礼优逢苑雪,官重带台霜。夜浦吴潮吼—作乱,春滩建水狂。延平有风雨,从此是腾骧。

寄袁皓侍郎

东台—作堂失路岐,荣辱事堪悲。我寝牛衣敝,君居豸角危。风尘惭上品,才业愧明时。千里芙蓉幕,何由话所思?

寄金吾李荪常侍

西班掌禁兵,兰锜最分明。晓色严天仗,春寒避火城。安危虽已任,韬略即嘉声。请问何功德,壶关寇始平。

商于驿与于蕴玉话别

南朝徐庾流,洛下忆同游。酒采闲坊菊,山登远寺楼。相思劳寄梦,偶别已经秋。还被青青桂,催君不自由。

封禅寺居

盛礼何由睹,嘉名偶寄居。周南太史泪,蛮徼长卿书。砌竹摇风直,庭花泣—作滴露疏。谁能赋秋兴,千里隔吾庐。

钱

志士不敢道,贮之成祸胎。小人无事艺,假尔作梯媒。解释愁肠结,能分睡眼开。朱门狼虎性,一半逐君回。

投寄韦右—作左丞

赤壁征文聘,中台拜郄诜。官—作班资参令仆,曹署辖—作翳星辰。幞被从谁起,持纲自此新。举朝明典教—作举明朝典数,封纳诏书频。禁树曾摘藻,台乌旧避尘。便应酬倚注,何处话—作活穷鳞。

红叶

不奈荒城畔,那堪晚照中。野晴霜浥绿,山冷雨催红。游子灞陵道,美人长信宫。等闲居—作俱岁暮,摇落意无穷。

期徐道者不至

辽鹤虚空语,冥鸿未易亲。偶然来即是,必拟见无因。霜霰穷冬令—作冷,杯盘旅舍贫。只应苏子训,醉后懒分身。

岁除夜—本题上无岁字

官历行将尽,村醪强自倾。厌寒思暖律,畏老惜残更。岁月已如此,寇戎犹未平。儿童不谙事,歌吹待天明。

雪

尽道丰年瑞,丰年事若何。长安有贫者,为瑞不宜多。

旅梦

旅梦思—作无迁次,穷愁有叹嗟。子鹅京口远,粳米会稽赊。漏涩才成滴,灯寒不作花。出门聊一望,蟾桂向人斜。

秋寄张坤

庭树已黄落,闭门俱寂寥。未知栖托处,空羡圣明朝。酒醒乡心阔,云晴客思遥。吾徒自多感,颜子只箪瓢。

伤华发

旧国迢迢远,清秋种种新。已衰曾轸虑,初见忽沾巾。日薄梳兼懒,根危镊恐频。青铜不自见,只拟老他人。

九江早秋

雨过晚凉生,楼中枕簟清。海风吹乱木,岩磬落孤城。百岁几多日,四蹄无限程一作尘。西邻莫高唱,俱是别离情。

初秋寄友人

九华曾屏迹,瞿乱与心违。是处堪终老,新秋又未归。病中芳草歇,愁里白云飞。樵侣兼同志,音书近亦稀。

秋居有寄

端居湖岸东,生计有无中。魇处千般鬼,寒时百种风。性灵从道拙,心事奈成空。多谢金台客,何当一笑同。

雪霁

南山雪乍晴,寒气转峥嵘。锁却闲门出,随他骏马行。一竿如有计,五鼎岂须烹。愁见天街草,青青又欲生。

哽子

终日路岐旁,前程亦可量。未能惭面黑,只是恨头方。雅旨逾千里,高文近两行。君知不识字,第一莫形相。

初夏寄顾绍宗

江上偶分袂,四回寒暑更。青山无路人,白发满头生。郢浦雁寻过,镜湖蝉又鸣。怜君未归日,杯酒若为情。

寄第五尊师

苕溪烟月久因循,野鹤衣裘独茧纶。只说泊船无定处,不知携手是何人?朱黄拣日因尸鬼,青白临时注脑神。欲访先生问经诀,世间难得不一作自由身。

寄西华黄炼师

西华有路入中华,依约山川认永嘉。羽客昔时留筱筜,故人今又种烟霞。坛高已降三清鹤,海近应通八月槎。盛事两般君总得,老莱衣服戴颙家。

所思一题作西上

西上青云未有期,东归沧海一作去何迟。酒阑梦觉不称意,花落月一作眼明空所思。长恐病侵多事日,可堪贫过少年时。斗鸡走狗一作犬五陵道,惆怅输他轻薄儿。

全唐诗卷六百六十

罗隐

送支使萧中丞赴阙

八年刀笔到京华,归去青冥路未赊。今日风流卿相客,旧时基业帝王家。彤庭彩凤虽添瑞,望府红莲已减花。从此常僚如有问,海边麋鹿斗边槎。

送人归湘中兼寄旧知

青溪烟雨九华山,乱后应同梦寐间。万里分飞休掩袂,两旬相见且开颜。君依宰相—作府貂蝉贵,我恋王门鬓发斑。为谢伏波筵上客,几时金印拟西还?

自贻

衰老应难更进趋,药畦经卷自朝晡。纵无显效—作职亦藏拙,若有所成甘守株。汉武巡游虚轧轧,秦皇吞并谩驱驱。如何只见丁家鹤,依旧辽东叹绿芜。

暇日感怀因寄同院吴蜕拾遗

璧池清秩访燕台,曾捧瀛洲札翰来。今日二难俱大夜,当时三幅谩高才。戏悲槐市便便笥,狂忆樟亭满满杯。犹幸小兰同舍在,每因相见即衔哀。

偶兴

逐队随行二十春,曲江池畔避车尘。如今赢得将衰老,闲看人间得意人。

题靖石山僧院

日夜潮声送是非,一回登眺一忘机。怜师好事无人见,不把兰芽染褐衣。

围城偶作

东望陈留日欲曛,每因刀笔想夫君。自从郭泰碑铭后,只见黄金不见文。

乌程

两府攀陪十五年,郡中甘雨幕中莲。一瓶犹是乌程酒,须对霜风度—作泪泫然。

送杨炼师却归贞浩—作诰岩

宦—作官途不复更经营,归去东南任意行。别后几回思会面,到来相见似前生。久居竹盖知勤苦,旧业莲峰想变更。为谢佯狂吴道士,耳中时有铁船声。

暇日投钱尚父

牛斗星边女宿间,栋梁虚敞丽江关。望高汉相东西阁,名重淮王大小山。醴设斗倾金罍落,马归争撼玉连环。自惭麋鹿无能事,未报深恩鬓已斑。

览晋史张翰思吴中鲈鲙莼羹

齐王僚属好男儿,偶觅东归便得归。满目路岐抛似梦,一船风雨去如飞。盘擎紫线莼初熟,箸拨红丝鲙正肥。惆怅途中无限事,与君千载两忘机。

感别元帅尚父—题作病中上钱尚父

玉函瑶检下台司,记得当时—作年捧领时。半壁龙蛇蟠造化,满筐山岳动神祇。疲牛舐犊心犹切,阴鹤鸣雏力已衰。稚子不才身抱疾,日窥贞—作真迹泪双垂。

尚父偶建小楼,特摛丽藻绝句,不敢称扬三首

结构叨冯柱石才,敢期幢盖此装回。阳春曲调高谁—作难和,尽日焚香倚隗台。

玳簪珠履愧非才,时凭阑干首重回。只待淮妖剪除后,别倾卮酒贺行台。

阑槛初成愧楚才,不知星彩尚迂回。风流孔令陶钧外,犹记山妖逼小台。

题玄同先生草堂三首

杳杳诸天路,苍苍大涤山。景舆留不得,毛节去应闲。相府旧知己,教门新启关。太平匡济术,流落在人间。

先生诀行日,曾奉数行书。意密寻难会,情深恨有余。石桥春暖后,句漏药成初。珍重云兼鹤,从来不定居。

常时忆讨论,历历事犹存。酒向余杭尽,云从大涤昏。往来无道侣,归去有台恩。自此玄言绝,长应闭洞门。

城西作

从军无一事,终日掩空斋。道薄交游少,才疏进取乖。野禽鸣聒耳,庭草绿侵阶。幸自同樗栎,何妨惬所怀。

冬暮城西晚眺

谬忝莲华幕,虚沾柏署官。鼓危长抱疾,衰老不禁寒。时事已日过,世途行转难。千崖兼万壑,只向望中看。

秋霁后

净碧山光冷,圆明露点匀。渚莲丹脸恨,堤柳翠眉颦。蝉已送行客,雁应辞主人。蝇蚊渐无况,日晚自相亲。

茅斋

从事不从事,养生非养生。职为尸禄本,官是受恩名。时态已相失,岁华徒自惊。西斋一卮酒,衰老与谁倾?

使者

使者衔中旨,崎岖万里行。人心犹未革,天意似难明。四海霍光第,六宫张奉营。陪臣无以报,西望不胜情。

途中逢刘知远

吴楚烟波里,巢由季孟间。只言无事贵,不道致身闲。别渚莲根断,归心桂树顽。空劳钟璞意,尘世隔函关。

遁迹

遁迹知安住,沾襟欲奈何?朝廷犹礼乐,

郡邑忍干戈。华马凭谁问,胡尘自此多。因思汉明一作文帝,中夜忆廉颇。

陇头水

借问陇头水,年年恨何事?全疑鸣咽声,中有征人泪。自古无长策,况我非深智。何计谢潺湲,一宵空不寐。

秦中富人

高高起华堂,区区引流水。粪土金玉珍,犹嫌未奢侈。陋巷满蓬蒿,谁知有颜子?

思归行一作于濆诗

不耕南亩田,为爱东堂桂。身同树上花,一落又经岁。交亲亦一作益相薄,知己恩潜替。日开十二门,自是无归计。

即事中元甲子一作韦庄诗

三秦流血已成川,塞上黄云战间闲。只有赢兵填渭水,终无奇事一作士出商山。田园已没红尘内,弟侄相逢白刃间。惆怅翠华犹未返,泪痕空滴剑文斑。

魏城逢故人一题作绵谷回寄蔡氏昆仲

一年两度锦江一作城游,前值东风后值秋。芳草有情皆碍马,好云无处不遮楼。山将别恨和心断,水带离声入梦流。今日因君试回首一作不堪回首望,淡一作古烟乔一作高木隔绵州。

游江夏口

醉别江东酒一杯,往年曾此驻尘埃。鱼听建业歌声过,水看瞿塘雪影来。黄祖不能容贱客,费祎终是负仙才。平生胆气平生恨,今日江边首懒回。

春思

荡漾春风渌似波,惹情摇恨去傞傞。燕翻永日音声好,柳舞空城意绪多。蜀国暖回溪一作浮峡浪,卫娘清转遏云歌。可怜户外桃兼李,仲蔚蓬蒿奈尔何。

黄鹤驿寓一作偶题

野云芳草绕离鞭,敢对青楼倚少年。秋色未一作来催榆塞雁,人心先下洞庭船。高歌酒市非狂者,大嚼屠门亦偶然。车马同归莫同恨,古人头白尽林泉。

安陆赠徐砺

灵蛇桥下水声声,曾向桥边话别情。一榻偶依陈太宁,三一作二年深忆祢先生。尘欺鬓色非前事,火爇蓬根有去程。还把余杯重相劝,不堪秋色背郧城。

寄钟常侍

一从朱履步金台,蘖苦冰寒奉上台。峻节不由人学得,远途终是自将来。风高渐展摩天翼,干耸方呈构厦材。应笑樟亭旧同舍,九州无验满炉灰。

中秋夜不见月

阴云薄暮上空虚,此夕清光已破除。只恐异时开霁后,玉轮依旧养蟾蜍。

魏博罗令公附卷有回

寒门虽得在诸宗,栖北巢南恨不同。马上固惭消髀肉,幄中由羡愈头风。蹉跎岁月心仍切,迢递江山梦未通。深荷吾宗有知己,好将刀笔一作笔力为一作当英雄。

寄处默师

甘露卷帘看雨脚,樟亭倚柱望潮头。十年顾我醉中过,两地与师方外游。久隔兵戈常寄梦,近无书信更堪忧。香炉烟霭虎溪月,终棹铁船寻惠休。

病中上钱尚父

左脚方行右臂挛,每惭名迹污宾筵。纵饶吴土容衰病,争奈燕台费料钱。藜杖已干难更把,竹舆虽在不堪悬。深恩重德无言处,回首浮生泪泫然。

全唐诗卷六百六十一

罗隐

送梅处士归宁国

十五年前即别君,别时天下未纷纭。乱罹—作离且喜身俱在,存没那堪耳更闻。良会谩劳悲曩迹,旧交谁去吊荒坟?殷勤为谢逃名客,想望千秋岭上云。

经故友所居—题上有琼华观三字

槐花漠漠向人黄,此地追游迹已荒。清论不知庄叟达,死交空叹赵岐忙—作亡。病来未忍言闲事,老去唯知觅醉乡。日暮街东策羸马,一声横笛似山阳。

大梁从事居汜水—题作赠卢从事

前年帝里望—作从行尘,记得仙家第四人。泉暖旧谙龙偃息,露寒初见鹤精神。歌声上榻梁园晚,梦绕残钟汜水春。知有箧中编集在,只应从此是经纶。

杜处士新居

翠敛王孙草,荒诛宋玉茅。寇余无故物,时薄少深交。迸笋穿—作侵行径,饥雏出坏巢。小园吾亦有,多病近来抛。

绝境

绝境非身事,流年但物华。水梳苔发直,风引蕙心斜。凡客从题凤,肤音未胜蛙。小船兼有桨,始与问渔家。

雪中怀友人

腊酒复腊雪,故人今越乡。所思谁把盏,端坐恨无航。兔苑旧游尽,龟台仙路长。未知邹孟子,何以奉梁王?

秋晚

宰邑惭良术,为文愧壮图。纵饶长委命,争奈渐非夫。杯酒有时有,乱罹—作离无处无。金庭在何域,回首一踟蹰。

升仙一作迁桥

危梁枕路岐，驻马问前时。价自友朋得，名因妇女知。直须论运命，不得逞文词。执戟君乡里，荣华竟若为。

姑苏贞娘墓 墓在虎丘西寺内

春草荒坟墓，萋萋向虎丘。死犹嫌寂寞，生肯不风流。皎镜山泉冷，轻裾一作裙海雾秋。还应伴西子，香径夜深游。

灵山寺

晚景聊摅抱，凭栏几荡魂。槛虚从四面，江阔奈孤根。幽径薜萝色，小山苔藓痕。欲依师问道，何处系心猿？

倚棹

倚棹听邻笛，沾衣认酒垆。自缘悲巨室，谁复为穷途？树解将军梦，城遗御史乌。直应齐始了，倾酌向寒芜。

秋夕对月

夜月色可掬，倚楼聊解颜。未能分寇盗，徒欲满关山。背冷金蟾滑，毛寒玉兔顽。姮娥谩偷一作九药，长寡一作短老中闲。

寄徵士魏员外

家一作嘉遁苏门节，清贫粉署官。不矜朝命重，只恨路行难。窗晓鸡谭倦，庭秋蝶梦阑。羡君归未得，还有钓鱼竿。

宿彭蠡馆

孤馆少行旅，解鞍增别愁。远山矜薄暮，高柳怯清秋。病里见时态，醉中思旧游。所怀今已矣，何必恨东流！

萤

空庭一作秋夜未央，点点一作度西墙。抱影何微一作卑细，乘时忽发扬。不思因一作曾腐草，便拟倚孤光。若道能通照一作通文翰，车公业肯长。

早秋宿叶堕所居

池荷叶正圆，长历报时殚。旷野云蒸热，空庭雨始寒。蝇蚁犹得志，簟席若为安。浮世知谁是，劳歌共一欢。

蝶

汉一作滕王刀笔精，写尔逼天生。舞巧何妨急，飞高所恨轻。野田黄雀虑，山馆主人情。此物那堪作，庄周梦不一作未成。

春居

春一作东风百卉摇，旧国路迢迢。偶病成疏散，因贫得寂寥。倚帘一作檐高柳弱，乘露小桃夭。春色常无处，村醪更一瓢。

轻飙

轻飙掠晚莎，秋物惨关河。战垒平时少，斋坛上处多。楚虽屈子重，汉亦忆廉颇。不及云台议，空山老薜萝。

燕

不必嫌漂露，何妨养羽毛。汉妃金屋远，卢女杏梁高。野迥双飞急，烟晴对语劳。犹胜黄雀在，栖息是蓬蒿。

陕西晚思

长途已自穷，此去更西东。树色荣衰里，人心往返中。别情流水急，归梦故山空。莫忘交游分，从来事一同。

除夜寄张达

梅花已著眼，竹叶况粘唇。只此留残岁，那堪忆故人。乱罹一作离书不远一作达，衰病日相亲。江浦思归意，明朝又一春。

寄酬邠王罗令公五首 一本前三首题作感德叙怀寄上罗邠王

营室东回廊斥丘，少年承袭拥青油。坐调金鼎尊明主，横把雕戈拜一作做列侯。书札二王争巧拙，篇章七子避风流。西园旧迹今应在，衰老无因奉胜游。

脉散源分历几朝,纵然官宦只卑—作宾僚。正忧末派沦沧海,忽见高枝拂绛霄。十万貔貅趋玉帐,三千宾客珥金貂。良时难得吾宗少,应念寒—作衰门更—作久寂寥。

敢将衰弱附强宗,细算还缘血脉同。湘浦烟波无旧迹,邺都兰菊有遗风。每怜罹—作离乱书犹达,所恨云泥路不通。珍重珠玑兼绣段,草玄堂下寄扬雄。

水云开霁立高亭,依约黎阳对福星。只见篇章矜镂管,不知勋业柱青冥。早缘入梦金方砺,晚为传家鼎始铭。鹤发四垂烟阁远,此生何—作处处拜仪形。

锦笈朱囊—作琼箱连复连,紫鸾飞下—作衔到浙江边。绡从海室夺烟雾,乐奏帝宫胜管弦。长笑应刘悲—作非显达,每嫌伊霍少诗篇。戴湾老圃根基薄,虚费工夫八十年。

春日投钱塘元帅尚父二首

正忧衰老—作耄辱金台,敢望昭王顾问来。门外旌旗屯豹虎,壁间章句动风雷。三都节已联翩降,两地花应次第开。若比紫髯分鼎足,未闻余力有琼瑰。

征东幕府十三州,敢望非才忝上游。官秩已叨吴品职,姓名兼显鲁春秋。盐车顾后声方重,火井窥来焰始浮。一句黄河千载事,麦城王粲谩登楼。

钱塘府亭

新恩别启馆娃宫,还拜吴王向此中。九牧土田周制在,两藩茅社汉仪同。春生旧苑芳洲雨,香入高台小径风。更有宠光人未见,问安调膳尽三公?

野狐泉

在百丈山后,昔怀海禅师说法,有老人来听经,曰:"坠落此山,今大幸矣。"明日,一老狐毙崖下。百丈山在江西南昌府奉新县。

潏潏寒光溅路尘,相传妖物此潜身。又应改换皮毛后,何处人间作好人。

宿纪南驿

策蹇南游忆楚朝,阴风淅淅树萧萧。不知无忌奸邪骨,又作何山野葛苗。

赠无相禅师

人人尽道事空王,心里忙于市井忙。惟有马当山上客,死门生路两相忘。

遣兴

青云路不通,归计奈长蒙。老恐医方误,穷忧酒盏空。何堪罹—作离乱后,更入是非中。长短遭讥笑,回头避钓翁。

江夏酬高崇节

腊雪都堂试,春风汴水行。十年虽抱疾,何处不无情?群盗正当路,此游应隔生。劳君问流落,山下已躬耕。

莺声

井上梧桐暗,花间雾露晞。一枝晴复暖,百啭是兼非。金屋梦初觉,玉关人未归。不堪闲日听,因尔又沾衣。

仿—作效玉台体

青楼枕路隅,壁甃复椒涂。晚梦通帘柙,春寒逼酒垆。解吟怜芍药,难见恨菖蒲。试问年多少,邻姬亦姓胡。

全唐诗卷六百六十二

罗隐

夜泊义兴戏呈邑宰
溪畔维舟问戴星,此中三害有—作在图经。长桥可避南山远,却恐难防是最—作醉灵。

听琵琶
香筵酒散思朝散,偶向梧桐暗处闻。大底曲中皆有恨,满楼人自—作是不知君。

经耒阳杜工部墓
紫菊馨香覆楚醪,奠君江畔雨萧骚。旅魂自是才相累,闲骨何妨冢更高。骐骥丧来空蹇蹶,芝兰衰后长—作远蓬蒿。屈原宋玉邻君—作怜居处,几驾青螭缓郁陶。

题袁溪张逸人所居
蒲梢猎猎燕差差—作池,数里溪光日落时。芳树—作草文君机上锦,远山孙寿镜中眉。鸡窗夜静开书卷,鱼槛春深展钓丝。若使浮名拘绊得,世间何处有男儿。

升平公主旧第
乘凤仙人降此时,玉篇才罢到文词。两轮水碾光明照,百尺鲛绡换好诗。带砺山河今尽在,风流樽俎见无期。坛场客散香街暝,惆怅齐竽取次吹。

寄黔中王从事
故人刀笔事军书,南转黔江半月余。别后乡关情几许,近来诗酒兴何如?贪将醉袖矜莺谷,不把瑶缄附鲤鱼。今日举觞—作场君莫问,生涯牢落鬓萧疏。

关亭春望
关畔春—作风云拂马头,马前春事共悠悠。风摇—作欺岸柳长条困,露裛山花小朵愁。信越功名高似狗,裴王气力大于牛。未知至竟将何用,渭水泾川一向流。

寄徐济进士—本题下无进士二字

往年疏懒共江湖,月满花香记得无?霜压楚莲秋后折,雨催蛮酒夜深酤。红尘偶别—作到迷前事,丹桂相倾—作轻愧后徒—作图。出得函关抽得手,从来不及阮元瑜。

寄韦赡

石城蓑笠阻心期,落尽山花有所思。羸马二年蓬转后,故人何处月明时?风催晓雁—作燕看看别,雨胁秋蝇渐渐痴。禅智阑干市桥酒,纵然相见只相悲。

雪溪晚泊寄裴庶子

溪风如扇雨如丝,闲步闲吟—作行柳恽诗。杯酒疏狂非曩日,野花狼藉似当时。道穷谩有依刘感,才急应无借寇期。满眼云山莫相笑,与君俱是受深知。

送姚安之赴任秋浦

官罢春坊地象雷,片帆高指贵池开。五侯水暖鱼鳞去,九子山晴雁叙来。江夏黄童徒逞辩,广都庞令恐非才。到头称意须年少,赢得时光向酒杯。

寄乔逸人

南经湘浦—作水北扬州,别后风帆几度游。春酒谁家禁烂熳,野花何处最淹留。欲凭尺素边鸿懒,未定雕梁海燕愁。长短此行须入手,更饶君占一年秋。

塞外

塞外偷儿塞内兵,圣君宵旰望升平。碧幢未作朝廷计,白梃犹驱妇女行。可使御戎无上策,只应忧国是虚声。汉王—作皇第宅秦田土,今日将军已自荣。

裴庶子除太仆卿因贺

楚珪班序未为轻,莫惜良途副圣明。宫省旧推皇甫谧,寺曹今得夏侯婴。秩随科第临时贵,官逐簪裾到处清。应笑马安虚巧宦,四回迁转始为卿。

咏史

蠹简遗编试一寻,寂寥前事似如今。徐陵笔砚珊瑚架,赵胜宾朋玳瑁簪。未必片言资国计,只应邪说动人心。九原郝泚何由起,虚误西蕃八—作入尺金。

中元夜泊淮口

木叶回飘—作迎飘水面平,偶因—作停孤棹已三更。秋凉雾露侵灯下,夜静鱼龙逼岸行。敧枕正牵题柱思,隔楼谁转绕梁声?锦帆天子狂魂魄,应过扬州看月明。

寄池州郑员外

兽绕朱轮酒满船,郡城萧洒贵池边。衣同莱子曾分笔,扇似袁宏别有天。九点好山楼上客,两行高柳雨中烟。陵阳百姓将何福,社舞村歌又一年。

归梦

陆海波涛渐渐深,一回归梦抵千金。路傍草色休多事,墙外莺声肯有心。日晚向隅悲断梗,夜阑浇酒哭知音。贪财败阵谁相悉,鲍叔如今不可寻。

送溪州使君

兵寇伤残国力衰,就中南土藉良医。风衔泥诏辞丹阙,雕倚霜风上画旗。官职不须轻远地,生灵只是计临时。灞桥酒盏黔巫月,从此江心两所思—作地悲。

送雪川郑员外

明时塞诏列分麾,东拥朱轮出帝畿。铜虎贵提天子印,银鱼荣傍老莱衣。歌听茗坞春山暖,诗咏蘋洲暮鸟飞。知有掖垣南步在,可能须待政成归。

酬寄右司李员外

当年忆见桂枝春,自此清途未四旬。左省望高推健笔,右曹官重得名人。闲摘丽藻嫌秋兴,静猎遗编笑过秦。犹把随和向泥滓,应怜疏散任天真。

莲塘驿

莲塘馆东初日明,莲塘馆西行人行。隔林啼鸟似相应,当路好花疑有情。一梦不须追往事,数杯犹可慰劳生。莫言来去只如此,君看鬓边霜几茎。

甘露寺火后

六朝胜事已尘埃,犹有闲人怅望来。只道鬼神能护物,不知龙象自成灰。犀惭水府浑非怪,燕说吴宫未是灾。还识平泉故侯否,一生踪迹比—作此楼台。

春日登上元石头故城

万里伤心极目春,东南王气只逡巡。野花相笑落满地,山鸟自惊—作怜啼傍人。漫道城池须险阻,可知豪杰亦埃尘。太平寺主惟轻薄,却把三公与贼臣。

送宣武徐巡官

傲睨公卿二十年,东来西去只悠然。白知关畔元非马,玄觉壶中别有天。汉帝诏衔应异日,梁王风雪是初筵。临行不惜刀圭便,愁杀长安买笑钱。

冬暮寄裴郎中

晓发星星入镜—作鬓宜,早年容易近年悲。敢言得事时将晚,只恐酬恩日渐迟。南国倾心应望速,东堂开口欲从谁?仙郎旧有黄金约,沥胆隳肝更祷祈。

中元甲子以辛丑驾幸蜀四首

子仪不起浑瑊亡,西幸谁人从武皇?四海为家虽未远,九州多事竟难防。已闻旰食思真将,会待畋游致假王。应感两朝巡狩迹,绿槐端正驿荒凉。

爪牙柱石两俱销,一点渝尘九土摇。敢恨甲兵为弃物,所嗟流品误清朝。几时睿算歼张角,何处愚人戴隗嚣?跪望峻—作峻山重启告,可能余烈不胜妖。

邪气奔屯瑞气移,清平过尽到艰危。纵饶犬戎迷常理,不奈豺狼幸此时。九庙有灵思李令,三川悲忆恨张仪。可怜一曲还京乐,重对红蕉教蜀儿。

白丁攘臂犯长安,翠辇苍黄路屈盘。丹凤有情尘—作怀云外远,玉龙无迹—作主渡头寒。静怜—作思贵族谋身易,危惜—作觉文皇创业难。不将不侯何计是,钓鱼船上泪阑干。此一首题一本作偶怀。

题润州妙善前石羊 《传》云:吴主孙权与蜀主刘备尝此置会云。

紫髯桑盖此沈吟,很石犹存事可寻。汉鼎未安聊把手,楚醪虽满肯同心。英雄已往时难问,苔藓何知日渐深。还有市鄽沽酒客,雀喧鸠聚话蹄涔。

登宛陵条风楼寄窦常侍

乱罹—作离时节懒登临,试借条风半日吟。只有远山含暖律,不知高阁动归心。溪喧晚棹千声浪,云护寒郊数丈阴。自笑疏慵似麋鹿,也教台上费黄金。

台城

晚云阴映下空城,六代累累夕照明。玉井已干龙不起,金瓯虽破虎曾争。亦知霸世才难得,却是蒙尘事最平。深谷作陵山作海,茂弘流辈莫伤情。

甘露寺看雪上周相公—本题上有润州二字

筛寒洒白乱溟濛,祷请功兼造化功。光薄乍迷京口月,影交初转海门风。细粘谢客衣裾—作襟上,轻堕—作拂梁王酒盏中。一种为祥君看取,半禳灾沴半年丰。

寄京阙陆郎中昆仲

柏台兰署四周旋,宾榻何妨雁影连。才见玳簪歆—作歌细柳,便知油幕胜红莲。家从入洛声名大,迹为依刘事分偏。争奈乱罹—作离人渐少,麦城一作成新赋许谁传。

偶题一题作嘲钟陵妓云英

钟陵醉别十余春,重见云英掌上身。我未成名君未嫁,可能俱是不如人。

故都

江南江北两风流,一作迷津一拜侯。至竟不如隋炀帝,破家犹得到扬州。

董仲舒

灾变儒生不合闻,漫将刀笔指乾坤。偶然留得阴阳术,闭却南门又北门。

献尚父大王

数年铁甲定东瓯,夜渡江山瞻斗牛。今日朱方平殄后,虎符龙节十三州。

蜂

不论平地与山尖,无限风光尽被占。采得百花成蜜后,为谁一作不知辛苦为谁甜?

帘二首

叠影重纹映画堂,玉钩银烛共荧煌。会应得见神仙在,休下真珠十二行。

翡翠佳名世共稀,玉堂一作皇高下巧相宜。殷勤为嘱纤纤手,卷上银钩莫放垂。

全唐诗卷六百六十三

罗隐

送顾云下第

行行杯酒莫辞频,怨叹劳歌两未伸。汉帝后宫犹识字,楚王前殿更无人。年深旅舍衣裳敝,潮打村田活计贫。百岁都来多几日,不堪相别又伤春。

村桥

村桥酒旆月明楼,偶逐渔舟系叶舟。莫学鲁人疑海鸟,须知庄叟恶牺牛。心寒已分灰无焰,事往曾将水共流。除却思量太平在,肯抛疏散换公侯。

送刘校书之新安寄吴常侍

野云如火照行尘,会绩溪边去问津。才子省衔非幕客,楚君科第是同人。狂思下国千场醉,病负东堂两度春。他日酒筵应见问,鹿裘渔艇隔朱轮。

官池秋夕

池边月影闲婆娑,池上醉来成短歌。芙蕖一作蓉抵死怨珠露,蟋蟀苦口嫌金波。往事向人言不得,旧游临老恨空多。松醪一作胶作酒兰为棹,十载烟尘奈尔何。

奉使宛陵别二三从事

梁王雪里有深知,偶别家乡隔路岐。官品共传胜曩日,酒杯争肯忍一作忘当时。豫章地暖矜千尺,越峤天寒愧一枝。还有钓鱼蓑笠在,不堪风雨失归期。

金陵思古

杜秋在时花解言,杜秋死后花更繁。柔姿曼态葬何处,天红腻白愁荒原。高洞紫箫吹梦想,小窗残雨湿精魂。绮筵金缕无消息,一阵征帆过海门。

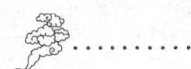

送王使君赴苏台

东南一望可长吁,犹忆王孙领虎符。两地干戈连越绝,数年麋鹿卧姑苏。疲氓赋重全家尽,旧族兵侵太半无。料得伍员兼旅寓,不妨招取好揶揄。

忆九华

九华巉崒庙柴扉,长忆前时此息机。黄菊倚风村酒熟,绿蒲低雨钓鱼归。干戈已是三年别,尘土那堪万事违。回首佳期恨多少,夜阑霜露又沾衣。

送裴饶归会稽

金庭路指剡川隈,珍重良朋自此来。两鬓不堪悲岁月,一卮犹得话尘埃。家通曩分心空在,世逼横流眼未开。笑杀山阴雪中客,等闲乘兴又须回。

送程尊师之晋陵

栋间云出认行轩,郊外阴阴夏木繁。高道乍为张翰侣,使君兼是世龙孙。溪含句曲清连—作流底,酒贯余杭渌满樽。莫见时危便乘兴,人来何处不桃源。

吴门晚泊寄句曲道友

采香径在人不留,采香径下停—作停一叶舟。桃花李花斗红白,山鸟水鸟自献酬。十万梅铞空寸土,三分孙策竟荒丘。未知到了关身否,笑杀雷平许远游。

贵池晓望

稂莠参天剪未平,且乘孤棹且行行。计疏狡兔无三窟,羁甚宾鸿欲一生。合眼亦知非本意,伤心其奈是多情。前溪好泊谁为主,昨夜沙禽占月明。

寄崔庆孙

故人何处又留连,月冷风高镜水边。文阵解围才昨日,醉乡分袂已三年。交情淡泊应长在,俗态流离且勉旃。还拟山阴一乘兴,雪寒难得渡江船。

寄杨秘书

萧萧檐雪打窗声,因忆江东阮步兵。两信海潮书不达,数峰稽岭眼长明。梅繁和处垂鞭看,酒好何人倚槛倾?会待与君开秫瓮,满船般载镜中行。

酬章处士见寄

中原甲马未曾安,今日逢君事万端。乱后几回乡梦隔,别来何处路行难。霜鳞共落三门浪,雪鬓同归七里滩。何必新诗更相戏,小楼吟罢暮天寒。

送丁明府赴紫溪—作唐山任

金徽玉轸肯踌躅,偶滞良—作长途半月余。楼上酒阑梅拆后,马前山好雪晴初。栾公社在怜乡树,潘令花繁贺版舆。县谱莫辞留旧本,异时量度更何如。

寄前宣州窦常侍—作尚书

往年西谒谢玄晖,樽酒留欢醉始归。曲槛柳浓莺未老,小园花暖—作嫩,一作艳蝶初飞。喷香瑞兽金三尺,舞雪佳人玉一围。今日乱罹—作离寻不得,满蓑风雨钓鱼矶。

秦望山僧院

巉巉危岫倚沧洲,闻说秦皇亦此游。霸主卷衣才二世,老僧传锡已千秋。阴崖水赖—作溅松梢直,藓壁苔侵画像愁。各是病来俱未了,莫将烦恼问汤休。

送光禄崔卿赴阙

一年极目—作目断望西辕,此日殷勤圣主恩。上国已留虞寄命,中朝应听范汪言。官从府幕归卿寺,路向干戈见禁门。鹓侣寂寥曹署冷,更堪呜咽问田园。

寄程尊师

鹤信虽然到五湖,烟波迢递路崎岖。玉书分薄花生眼,金鼎功迟雪满须—作颅。三秀紫芝劳梦寐,一番红槿恨朝晡。未知朽败凡间骨,中授先生指教无。

定远楼
前年上将定妖氛,曾筑岩城驻大军。近日关防虽弛柝,旧时栏槛尚侵云。蛮兵绩盛人皆伏,坐石名高世共闻。唯恐乱来良吏少,不知谁解叙功勋?

送程尊师东游有寄
华盖峰前拟卜耕,主人无奈又闲行。且凭鹤驾寻沧海,又恐犀轩过赤城。绛简便应朝右弼,紫庭兼合见东卿。劝君莫忘归时节,芝似萤光处处生。

江亭别裴饶
行杯且待怨歌终,多病怜君事事同。衰鬓别来光景一作昔里,故乡归去乱罹一作离中。乾坤垫裂三分在,井邑摧残一半空。日晚长亭问西使,不堪车马尚萍蓬。

江南寄所知周仆射
曾陪公子醉西园,岘首碑前事懒言。世乱共嗟王粲老,时危俱受信陵恩。潮怜把盏吟江徼,雨忆凭阑望海门。飞盖寂寥清宴罢,不知簪履更谁存?

钱唐见芮逢
蔡伦池北雁峰前,罹一作离乱相兼十九年。所喜故人犹会面,不堪良牧已重泉。醉思把箠一作鼓歌席,狂忆判身入酒船。今日与君赢得在,戴家湾里两皤然。

江都
淮王高宴动江都,曾忆狂生亦坐隅。九里楼台牵翡翠,两行鸳鹭踏真珠。歌听丽句秦云咽,诗转新题蜀锦铺。惆怅晋阳星拆后,世间兵革地荒芜。

湖上岁暮感怀有寄友人
雪天萤席几辛勤,同志当时四五人。兰版

地寒俱受露,桂堂风恶独伤春。音书久绝应埋玉,编简难言竟委尘。唯有广都庞令在,白头樽酒忆交亲。

送张绾游钟陵
南忆龙沙一作砂两岸行,当时天下尚清平。醉眠野寺花方落,吟倚江楼月欲明。老去亦知难重到,乱来争肯不牵情。西山十二真人在,从此烦君语姓名。

送誓光大师师以草书应制
禹祠分首戴湾逢,健笔寻知达九重。圣主赐衣怜绝艺,侍臣摘藻许高踪。宁亲久别街西寺,待诏初离海一作江上峰。一种苦心师得了,不须回首笑龙钟。

息夫人庙
百雉摧残连野青,庙门犹见昔朝廷。一生虽抱楚王恨,千载终为息地灵。虫网翠环终缥缈,风吹宝瑟助微冥。玉颜浑似羞来客,依旧无言照画屏。

漂母冢
寂寂荒坟一水滨,芦洲绝岛自相亲。青娥已落淮边月,白骨甘为泉下尘。原上荻花飘素发,道傍菰叶碎罗巾。虽然寂寞千秋魄,犹是韩侯旧主人。

感怀
石径松轩亦自由,谩随浮世逐飘流。驽骀路结前一作千程恨,蟋蟀床生半夜秋。掩耳恶闻宫妾语,低颜须向路人羞。虽一作谁教小事相催逼,未到青云拟白头。

扇上画牡丹
为爱红芳满砌阶,教人扇上画将来。叶随彩笔参差长,花逐轻风次第开。闲挂几曾停蛱蝶,频摇不怕落莓苔。根生无地如仙桂,疑是姮娥月里栽。

书怀
钓船抛却异乡来,拟向何门用不才。日晚

独登楼上望，马蹄车辙满尘埃。

七夕
月帐星房次第开，两情惟恐曙光催。时人不用穿针待，没得心情送巧来。

柳
一簇青烟锁玉楼，半垂阑畔半垂沟。明年更有新条在，绕乱春风卒未休。

罗敷水
雉声角角野田春，试驻征车问水滨。数树枯桑虽不语，思量应合识秦人。

京中正月七日立春
一二三四五六七，万木生芽（一作涯）是今日。远天归雁拂云飞，近水游鱼迸冰出。

贵游
馆陶园外雨初晴，绣毂香车入凤城。八尺家僮三尺棰，何知高祖要苍生？

严陵滩
中都九鼎勤（一作动）英髦，渔钓牛蓑且遁逃。世祖升遐夫子死，原陵不及钓台高。

全唐诗卷六百六十四

罗隐

虚白堂前牡丹相传云太傅手植在钱塘

欲询往事奈无言,六十年来托此—作此托根。香暖几飘袁虎扇,格高长对孔融樽。曾忧世乱阴难合,且喜春残色上—作尚存。莫背阑干便相笑,与君俱受主人恩。

县斋秋晚酬友人朱瓒见寄

中和节后捧琼瑰,坐读行吟数月来。只叹雕龙方擅价,不知颣尾竟空回。千枝白露陶潜柳,百尺黄金郭隗台。惆怅报君无玉案,水天东望一裴回。

第五将军于余杭天柱宫—作观入道因题寄

交梨火枣味何如,闻说苕川已下车—作卜车。瓦槛尚携京口酒,草堂应写颍阳书。亦知得意须乘鹤,未必忘机便钓鱼。却—作即恐武皇还望祀—作祝,软轮征入问玄虚。

寄无相禅师

老住西峰第几层,为师回首忆南能。有缘有相应非佛,无我无人始是僧。烂椹作袍名复利,铄金为讲爱兼憎。何如一衲尘埃外,日日香烟夜夜灯。

秋日有寄

丹青未合便回头,见尽人间事始休。只有百神朝宝镜,永无纤浪犯虚舟。曾临铁瓮虽分职,近得金陵亦偶游。东去西来人不会,上卿踪迹本玄洲。

送前南昌崔令替任映摄新城县—作崔令映替任

五年苛政甚虫螟,深喜夫君已—作几戴星。大族不唯专礼乐,上才终是惜生灵。亦知单父琴犹在,莫厌东归酒未醒。二月春风何处好,亚夫营畔柳青青。

下第作

年年模样一般般，何似东归把钓竿。岩谷谩劳思雨露，彩云终是逐鹓鸾。尘迷魏阙身应老，水到吴门叶欲残。至竟穷途—作才多也须达，不能长与世人看。

丁亥岁作中元甲子

病想医门渴望梅，十年心地仅成灰。早知世事长如此，自是孤寒不合来。谷畔气浓高蔽日，蛰边声暖乍闻雷。满城桃李君看取，一一还从旧处开。

北邙山

一种山前路入秦，嵩山堪爱此伤神。魏明未死虚留意，庄叟虽生酹—作满巾。何必更寻无主骨，也知曾有弄权人。羡他缑岭吹箫客，闲访云头看俗尘。

重过三衢哭孙员外

烂柯山下忍重到，双桧楼前日欲残。华屋未移春照灼，故侯何在泪汍澜。不唯济物工夫大，长忆容才尺度宽。一恸旁人莫相笑，知音衰尽路行难。

送蕲州裴员外

六枝仙桂最先春，萧洒高辞九陌尘。两晋家声须有主，六朝文雅别无人。荣驱豹尾抛同辈，贵上螭头见近臣。蕲水苍生莫相羡，早看归去掌丝纶。

重九日广陵道中

秋山抱病何处登，前时韦曲今广陵。广陵大醉不解闷，韦曲旧游堪拊膺。佳节纵饶随分过，流年无奈得人憎。却驱羸马向前去，牢落路岐非所能。

东归别所知

芙蓉宫阙二妃坛，两处因依五岁寒。邹律有风吹不变，郄枝无分住应难。愁心似火还烧鬓，别泪非珠谩落盘。却羡淮南好鸡犬，也能终始逐刘安。

旅舍书怀寄所知二首

思量前事不堪寻，牢落余情满素琴。四海岂无腾跃路，一家长有别离心。道从汩没甘雌伏，迹恐因循更陆沈。寂寞谁应吊空馆，异乡时节独沾襟。

簟卷两—作雨床琴瑟秋，暂凭前计奈相尤—作留。尘飘马尾甘蓬转，酒忆江边有梦留—作休，一作游。隋帝旧祠虽寂寞，楚妃清唱亦风流。可怜别恨无人见，独背残阳下寺楼。此首《江东集》作汉东秋思。

西京道中

半夜秋声触断蓬，百年身事算成空。祢生词赋抛江夏，汉祖精神—作灵忆沛中。未必他时能富贵，只应从此见穷通。边禽陇水休相笑，自有沧洲一棹风。

粉

每持纤白助君时，霜自无惭雪自疑。郎若姓何应解傅，女能窥宋不劳施。妆成丽色唯花妒，落尽啼痕只镜知。最好玉京仙署里，更和秋月照琼枝。

赠渔翁

叶艇悠扬鹤发垂，生涯空托一纶丝。是非不向眼前起，寒暑任从波上移。风漾长歌笼—作秋月里，梦和春雨昼眠时。逍遥此意谁人会，应有青山渌水知。

下第寄张坤

谩费精神掉五侯，破琴孤剑是身仇。九衢双阙拟何去，玉垒铜梁空旧游。蝴蝶有情牵晚梦，杜鹃无赖伴春愁。思量不及张公子，经岁沲江倚酒楼。

东归别常修

六载辛勤九陌中，却寻归路五湖东。名惭桂苑一枝绿，鲙忆松江两箸红。浮世到头须适性，男儿何必尽成功。唯惭鲍叔深知我，他日蒲帆百尺风。

言

珪玷由来尚可磨，似簧终日复如何。成名成事皆因慎，亡国亡家只为多。须信祸胎生利口，莫将讥思逞悬河。猩猩鹦鹉无端解，长向人间被网罗。

简 一作荀令生日

祥烟霭霭拂楼台，庆积一作绩玄元节后来。已向青阳摽四序，便从嵩岳应三台。龟衔玉柄增年算，鹤舞琼筵献寿杯。自顾下儒何以祝，柱天功业济时才。

晚眺

凭古城边眺晚晴，远村高树转分明。天如镜面都来静，地似人心总不平。云向岭头闲不彻，水流溪里太忙生。谁人得及庄居老，免被荣枯宠辱惊。

野花 一作罗邺诗

万点红芳血色殷，为无名字对空山。多因戏蝶寻香住，少有行人辍棹攀。若在侯门看不足，为生江岸见如闲。结根必竟输桃李，长向春城紫陌间。

病骢马

枥上病骢蹄衮衮，江边废宅路迢迢。自经梅雨长垂耳，乍食菰浆欲折腰。金络衔头光未灭，玉花毛色瘦来焦。曾听禁漏惊街鼓，惯踏康庄怕小桥。夜半雄声心尚壮，日中高卧尾还摇。龙媒落地天池远，何事牵牛在碧霄？

狄 一作秋浦

晴川倚落晖，极目思依依。野色寒来浅，人家乱后稀。久贫一作游身不达，多病意长违。还有渔舟在，时时梦里归。

南康道中

弱冠负文翰，此中听鹿鸣。使君延上榻，时辈仰前程，丹桂竟多故，白云空有情。唯余路旁泪，沾洒向尘缨。

北固亭东望寄默师

高亭暮色中，往事更谁同？水谩矜天阔，山应到此穷。病怜京口酒，老怯海门风。唯有言堪解，何由见远公？

华清宫

楼殿层层佳气多，开元时节好笙歌。也知道德胜尧舜，争奈杨妃解笑何。

韩信庙

剪项移秦势自一作已雄，布衣还是负深功。寡妻稚女一作懦夫女子俱堪恨，却一作休把余一作闲杯奠蒯通。

韦公子

击柱狂歌惨别颜，百年人事梦魂间。李将军自嘉一作家声在，不得封侯亦自一作是闲。

望思台

芳草台边魂不归，野烟乔木弄残晖。可怜高祖清平业，留与闲人作是非。

帝幸蜀 乾符岁，一作狄归昌诗。

马嵬山色翠一作烟柳正依依，又见銮舆幸蜀归。泉下阿蛮应有语，这回休更怨杨妃。

王夷甫

把得闲书坐水滨，读来前事亦酸辛。莫言尘尾清谭柄，坏却淳风是此人。

鹭鸶

斜阳淡淡柳阴阴，风袅寒丝映水深。不要向人夸素白，也知常有羡鱼心。

书淮阴侯传

寒灯挑尽见遗尘，试沥椒浆合有神。莫恨高皇不终始，灭秦谋项是何人？

青山庙 子胥庙

市箫声咽迹崎岖，雪耻酬恩此丈夫。霸主

两亡时亦异,不知魂魄更无归。

小松一作杜荀鹤诗,非。

已有清阴逼座隅,爱声仙客肯过无。陵迁谷变须高节,莫向人间作大夫。

竹

篱外清阴接药阑,晓一作晚风交戛碧琅玕。子猷死一作殁后知音少,粉节霜筠漫岁寒。

谩天岭

西去休言蜀道难,此中危峻已多端。到头未会苍苍色,争得禁他两度谩。岭有大谩天,小谩天,故云。

全唐诗卷六百六十五

罗隐 补遗

秋虫赋 并序

秋虫,蜘蛛也,致身网罗间,实腹亦网罗间。愚感其理有得丧,因以言赋之。

物之小兮,迎网而毙。物之大兮,兼网而逝。网也者,绳其小而不绳其大。吾不知尔身之危兮,腹之馁兮,吁!

蟋蟀诗

顽飔毙芳,吹愁夕长。屑戍有动,歌离吊梦。如诉如言,绪引虚宽。周隙伺榻,繁咽贪缘。范睡蝉老,冠峨绥好。不冠不绥,尔奚以悲。蚊蚋有毒,食人肌肉。苍蝇多端,黑白偷安。尔也出处,物兮莫累。坏舍啼衰,虚堂泣曙。勿徇谊诽,鼠岂无牙。勿学萋菲,垣亦有耳。危条槁飞,抽恨咿咿。别帐缸冷,柔魂不定。美人在何,夜影流波。与子伫立,裴回思多。

西川与蔡十九同别子超

相欢虽则不多时,相别那能不敛眉。蜀客赋高君解爱,楚宫腰细我还知。百年恩爱无终始,万里因缘有梦思。肠断门前旧行处,不堪全属五陵儿。

龙泉—作丘东下却寄孙员外

縠江东下几多程,每泊孤舟即有情。山色已随游子远,水纹犹认主人清。恩如海岳何时报,恨似烟花触处生。百尺风帆两行泪,不堪回首望峥嵘。

牡丹

艳多烟重欲开难,红蕊当心一抹檀。公子醉归灯下见,美人朝插镜中看。当庭始觉春风贵,带雨方知国色寒。日晚更将何所似,太真无力凭阑干。

巫山高

下压重泉上千仞,香云结梦西风紧。纵有精灵得往来,狄轭齵轩亦颠陨。岚光双双雷隐隐,愁为衣裳恨为鬓。暮酒朝行何所之,江边日月情无尽。珠零冷露丹堕枫,细腰长脸愁满宫。人生对面犹异同,况在千岩万壑中。

江南行

江烟湿雨蛟绡软,漠漠小—作远山眉黛浅。水国多愁又有情,夜槽压酒银船满。细丝摇柳凝晓空,吴王台榭春梦中。鸳鸯鸂鶒唤不起,平铺绿水眠东风。西陵路边月悄悄,油碧轻车苏小小—作嫁苏小。

空城雀

雀入官仓中,所食能损几。所恨往复频,官仓乃害尔。鱼网不在天,鸟网不张水。饮啄要自然,何必空城里。

芳树

细萼—作蕊慢逐风,暖香闲破鼻。青帝固有心,时时漏天—作动人意。去年高枝犹堕地,今年低枝已憔悴。吾所以见造化之权,变通之理,春夏作头,秋冬为尾,循环反覆无终—作穷已。人生长短同一轨,若使威可以制,力可以止,则秦皇不宵敛手下沙丘,孟贲不合低头入蒿里。伊人强猛犹如此,顾我劳生何足恃。但愿我开素袍,倾绿蚁,陶陶兀兀大醉于清宵—作青冥白昼间,任他上是天,下是地。

听琴

寒雨萧萧落井梧,夜深何处怨啼乌。不知一盏临邛酒,救得相如渴病无。

大梁见乔诩

湘水春浮岸,淮灯夜满桥。六年悲梗断,两地各萍漂。刀笔依三事,篇章奏珥貂。迹卑甘汨没,名散称逍遥。好寺松为径,空江桂作桡。野香花伴落,缸暖酒和烧。晋沼寻游凤,秦冠竟叹鹗。骨凡鸡犬薄,魂断蕙兰招。怅望添燕琯,蹉跎厌鲁瓢。败桐方委爨,冤匦正冲霄。战代安酆国,封崇孝影朝。千年非有限,一醉解无聊。漏永灯花暗,炉红雪片销。久游家共远,相对鬓俱凋。运命从难合,光阴奈不饶。到头蓑笠契,两信钓鱼潮。

寄洪正师

寄蹇浑成迹,经年滞杜南。价轻犹有二,足用已过三。鸡肋曹公忿,猪肝仲叔惭。会应谋避地,依约近禅庵。

圣真观刘真师院十韵

帘下严君卜,窗间少室峰。摄生门已尽,混迹世犹逢。山数师王烈,簪缨友戴颙。鱼跳介象见《三国·吴书·十八卷》注:象字元则,会稽人,有仙术鲙,饭吐葛玄蜂。紫饱垂新椹,黄轻堕小松。尘埃金谷路,楼阁上阳钟。野耗—作鹤鸢肩寄,仙书鸟爪封。支床龟纵老,取箭鹤何慵。别久曾牵念,闲来宵压重。尚余青竹在,试为剪—作谁为未成龙。

寄聂尊师

欲芟荆棘种交梨,指画城中日恐迟。安得紫青磨镜石,与君闲处看荣衰。

金山僧院

根盘蛟蜃路藤萝,四面无尘辍棹过。得似吾师始惆怅,眼前终日有风波。

酬高崇节

旧游虽一梦,别绪忽千般。败草汤陵晚,衰槐楚寺寒。数奇常自愧,时薄欲何干。犹赖君相勉,殷勤贡禹冠。

送汝州李中丞十二韵

群盗方为梗,分符奏未宁。黄巾攻郡邑,白挺掠生灵。尘土周畿暗,疮痍汝水腥。一凶虽剪灭,数县尚凋零。理必资宽猛,谋须藉典刑。与能才物论,慎选忽天庭。官品尊台秩,山河拥福星。虎知应去境,牛在肯全形。旧政穷人瘦,新衔展武经。关防秋草白,城壁晚峰青。破胆期来复，迷魂想待醒。鲁山行县后，聊为奠惟馨。

淮南送节度卢端公将命之汴州，端公常为汴州相公从事

吹台高倚圃田东，此去轺车事不同。珠履旧参萧相国，采衣今佐晋司空。醉离淮甸寒星下，吟指梁园密雪中。到彼的知宣室语，几时徵拜黑头公。

送卢端公归台卢校书之夏县

绵绵堤草拂征轮，龙虎俱辞楚水滨。只见胜之为御史，不知梅福是仙人。地推八米源流盛，才笑三张事业贫。一种西归一般达，柏台霜冷夏城春。

送朗州张员外

圣朝纶阁最延才，须牧生民始入来。凤藻已期他日用，隼旟应是隔年回。旗飘岘首岗光重，酒奠湘江杜魄哀。肠断秦原二三月，好花全为使君开。

淮南送工部卢员外赴阙一作任

始从豸角曳长裾，又吐鸡香奏玉除。隋邸旧僚推谢掾，汉廷高议得相如。贵分赤笔升兰署，荣著绯衣从板舆。遥想到时秋欲尽，禁城凉冷露槐疏。

淮南送司勋李郎中赴阙

中朝品秩重文章，双笔依前赐望郎。五夜星辰归帝座，半年樽俎奉梁王。南都水暖莲分影，北极天寒雁著行。不必恋恩多感激，过淮应合见徵黄。

送陆郎中赴阙

幕下留连两月强，炉边侍史旧焚香。不关雨露偏垂意，自是鸳鸯合著行。三署履声通建礼，九霄星彩映一作应明光。少瑜镂管兵迟锦，从此西垣使凤凰。

途中送人东游有寄

离骖莫惜暂逡巡，君向池阳我入秦。岁月易抛非曩日，酒杯难得是同人。路经隋苑桥灯夜，江转台城岸草春。此处故交谁见问，为言霜鬓压风尘。

过废江宁县 王昌龄曾尉此县

县前水色细鳞鳞，一为夫君吊水滨。漫把文章矜后代，可知荣贵是他人。莺偷旧韵还成曲，草赖余吟尽解春。我亦有心无处说，等闲停棹似迷津。

边夜

光景漂如水，生涯转似萍。雁门穷朔路，牛斗故乡星。句尽人一作书罢愁谁切，歌终泪自零。夜阑回首算，何处不长亭。

哭张博士太常

前辈倏云殁，愧君曾比一作北方。格卑虽不称，言重亦难忘。谏草犹青琐，悲风已白杨。只应移理窟，泉下对真长。

淮口军葬

一阵孤军不复回，更无分别只荒堆。莫言赋分须如此，曾作文皇赤子来。

燕昭王墓

战国苍茫难重寻，此中踪迹想知音。强停别骑山花晓，欲吊遗魂野草深。浮世近来轻骏骨，高台何处有黄金？思量郭隗平生事，不殉昭王是负心。

江南

玉树歌声泽国春，累累辎重忆亡陈。垂衣端拱浑闲事，忍把江山乞与人。

江北

废宫荒苑莫闲愁，成败终须要彻头。一种风流一种死，朝歌争得似扬州。

早登新安县楼

关城树色齐，往事未全迷。塞路真人气，封门壮士泥。草浓延蝶舞，花密教莺啼。若以鸣为德，鸾皇不及鸡。

干越亭

楚水萧萧多病身,强凭危槛送残春。高城自有陵兼谷,流水那知越与秦?岸下藤萝阴作怪,桥边蛟蜃夜欺人。琵琶洲远江村阔,回首征途一作帆泪满巾。

南园题一本少起四句,注云阙题。

搏击路终迷,南园且灌畦。敢言逃俗态,自是乐幽栖。叶长春松阔,科圆早薤齐。雨沾虚槛冷,雪压远山低。竹好还成径,桃夭亦有蹊。小窗奔野马,闲瓮养醯鸡。水石心逾切,烟霄分已暌。病怜王猛奋,愚笑隗嚣泥。泽国潮平岸,江村柳覆堤。到头乘兴是,谁手好提携?

人日新安道中见梅花其年以徐寇停举

长途酒醒腊春寒,嫩蕊香英扑马鞍。不上寿阳公主面,怜君开得却无端。

许由庙

高挂风瓢濯汉滨,土阶三尺愧清尘。可怜比屋堪封日,若到人间是众人。

题段太尉庙

近甸蒙尘日,南梁反正年。飘流茂陵碗,零落太官椽。建蘖非降楚,披图异录燕。堪嗟侍中血,不及御衣前。

湘妃庙

刘表荒碑断水滨,庙前幽草闭残春。已将怨泪流斑竹,又感悲风入白蘋。八族未来谁北拱,四凶犹在莫南巡。九峰相似堪疑处,望见苍梧不见人。

八骏图

穆满当年物外程,电腰风脚一何轻。如今纵有骅骝在,不得长鞭不肯行。

庭花

昨日芳艳浓,开尊几同醉。今朝风雨恶,惆怅人生事。南威病不起,西子老兼至。向晚寂无人,相偎堕红泪。

病中题主人庭鹤

辽水华亭旧所闻,病中毛羽最怜君。稻粱且足身兼健,何必青云与白云?

蝉

天地工夫一不遗,与君声调借君绥。风栖露饱今如此,应忘当年浑浊时。

薛阳陶觱篥歌

平泉上相东征日,曾为阳陶歌觱篥。乌江太守会稽侯,平泉为李德裕,曾作薛阳陶觱篥歌。苏州刺史白居易、越州刺史元稹并有和篇。此言乌江,恐是吴江,乃苏州也。相次三篇皆俊逸。桥山殡葬衣冠后,金印苍黄南去疾。龙楼冷落夏口寒,从此风流为废物。人闲至艺难得主,怀抱差池恨星律。邗沟仆射戎政闲,试渡瓜洲吐伊郁。西风九月草树秋,万喧沈寂登高楼。左一作老篁揭指徵羽叫,炀帝起坐淮王愁。高飘咽灭出滞气,下感知己时横流。穿空激远不可遏,仿佛似向伊水头。伊水林泉今已矣,因取遗编认前事。武宗皇帝御宇时,四海恬一作怡然知所自。扫除桀黠似提帚,制压群豪若穿鼻。九鼎调和各有门,谢安空俭真儿戏。功高近代竟谁知,艺小似君犹不弃。勿惜喑呜更一吹,与君共下难逢泪。

酬丘光庭

正月十一日书札,五月十六日到来。柳吟秦望咫尺地,鲤鱼何处闲裴回。故人情意未疏索,次第序述眉眼开。上言二年隔烟水,下有数幅真琼瑰。行吟坐读口不倦,瀑泉激射琅玕摧。壁池兰蕙日已老,村酒醅甲时几杯。鹤龄鸿算不复见,雨后蓑笠空莓苔。自从黄寇扰中土,人心波荡犹未回。道一作起殷合眼拜九列,张浚掉舌升三台。朝廷济济百揆序,宁将对面容奸回。祸生有基妖有渐,翠华西幸蒙尘埃。三川梗塞两河闭,大明宫殿生蒿莱。儒夫早岁不量力,策蹇仰北高崔嵬。千门万户扃锁密,良匠不肯雕散材。君今得意尚如此,况我麋鹿悠悠哉！荣衰贵贱目所睹,莫嫌头白黄金台。

投宣武郑尚书二十韵

　　汉代簪缨盛,梁园雉堞雄。物情须重德,时论在明公。族大逾开魏,神高本降嵩。世家惟謇谔,官业即清通。翰苑论思外,纶闱啸傲中。健豪惊彩凤,高步出冥鸿。履历虽吾道,行藏必圣聪。绛霄无系滞,淛水忽西东。庾监高楼月,袁郎满扇风。四年将故事,两地有全功。去去才须展,行行道益隆。避权辞宪署,仗节出南宫。雁影相承接,龙图共始终。自然须作砺,不必恨临戎。幕下莲花盛,竿头貙佩红。骑儿逢郭伋,战士得文翁。人地应无比,簟瓢奈屡空。因思一枝桂,已作断根蓬。往事应归捷,劳歌且责躬。殷勤信陵馆,今日自途穷。

投浙东王大夫二十韵

　　越岭千峰秀,淮流一派长。暂凭开物手,来展济时方。旧迹兰亭在,高风桂树香。地清无等级,天阔任徊翔。麈尾谈何胜,螭头笔更狂。直曾批凤诏,高已冠鹓行。啸傲辞民部,雍容出帝乡。赵尧推印绶,句践与封疆。水占仙人吹,城留御史床。嘉宾邹润甫,百姓贺知章。席暖飞鹦鹉,尘轻驻骕骦。夜歌珠断续,晴舞雪悠扬。化向棠阴布,春随棣萼芳。盛名韬不得,雄略晦弥彰。自愧三冬学,来窥数仞墙。感深惟刻骨,时去欲沾裳。想望鱼烧尾,咨嗟鼠啮肠。可能因蹇拙,便合老沧浪。题柱心犹壮,移山志不忘。深惭百般病,今日问医王。

寄剡县主簿

　　金庭养真地,珠篆会稽官。境胜堪长往,时危喜暂安。洞连沧海阔,山拥赤城寒。他日抛尘土,因君拟炼丹。

中秋不见月

　　风帘渐渐漏灯痕,一半秋光此夕分。天为素娥媚怨苦,并教西北起浮云。

答宗人衮

　　昆仑水色九般流,饮即神仙憩即休。敢恨守株曾失意,始知缘木更难求。鸰原漫欲均余力,鹤发那堪问旧游？遥望北辰当上国,羡君归棹五诸侯。

早行

　　雨洒江声风又吹,扁舟正与睡相宜。无端戍鼓催前去,别却青山向晓时。

咏白菊一作罗绍威诗

　　虽被风霜竞欲催,皎然颜色不低摧。已疑素手能妆出,又似金钱未染来。香散自宜飘渌酒,叶交仍得荫香苔。寻思闭户中宵见,应认寒窗雪一堆。

晚泊宿松

　　解缆随江流,晚泊古淮岸。归云送春和,繁星丽云汉。春深胡雁飞,人喧水禽散。仰君邈难亲,沈思夜将旦。

钱塘遇默师忆润州旧游

　　歌敲玉唾壶,醉击珊瑚枝。石羊妙善街,甘露平泉碑。扪苔想豪杰,剔藓看文词。归来北固山,水槛光参差。

江南别

　　去年今夜江南别,鸳鸯翅冷飞蓬蓺。今年今夜江北边,鲤鱼肠断音书绝。男儿心事无了时,出门上马不自知。

四顶山

　　胜景天然别,精神入画图。一山分四顶,三面瞰平湖。过夏僧无热,凌冬草不枯。游人来至此,愿剃发和须。

姥山

　　临塘古庙一神仙,绣幌花容色俨然。为逐朝云来此地,因随暮雨不归天。眉分初月湖中鉴,香散余风竹上烟。借问邑人沈水事,已经秦汉几千年。

岐王宅

朱邸平台隔禁闱,贵游陈迹尚依稀。云低雍畤祈年去,雨细长杨从猎归。申白宾朋传道义,应刘文彩寄音徽。承平旧物惟君—作名尽,犹写雕鞍伴六飞。

长明灯

破暗长明世代深,烟和香气两沈沈。不知初点人何在,只见当年火至今。晓似红莲开沼面,夜如寒月镇潭心。孤光自有龙神护,雀戏蛾飞不敢侵。

埚口逢人

艰难别离久,中外往还深。已改当时发,空余旧日心。

遇边使

累年无的信,每夜望边城。袖掩千行泪,书封一尺金。

移住别友

自到西川住,惟君别有情。常逢对门远,又隔一重城。

宫词

巧画蛾眉独出群,当时人道便承恩。经年不见君王面,落日黄昏空掩门。

泾溪

泾溪石险人竞惧,终岁不闻倾覆人。却是平流无石处,时时闻说有沈沦。

题杜甫集

楚水悠悠浸楚—作缺此字亭,楚南天地两无情。忍交孙武重泉下,不见时人说用兵。

感弄猴人赐朱绂

《幕府燕闲录》云:唐昭宗播迁,随驾伎艺人止有弄猴者,猴颇驯,能随班起居,昭宗赐以绯袍,号孙供奉。故罗隐有诗云云。朱梁篡位,取此猴,令殿下起居。猴望殿陛,见全忠,径趣其所,跳跃奋击。遂令杀之。

十二三年就试期,五湖烟月奈相违。何如买取胡孙弄—作学取孙供奉,一笑君王便著绯。

题磻溪垂钓图

钱氏有国,西湖渔者日纳鱼数斤,谓之使宅鱼,隐题此图,遂蠲其征。

吕望当年展庙谟,直钩钓国更谁如?若教生在西湖上,也是须供使宅鱼。

春风

也知有意吹嘘切,争奈人间善恶分。但是秕糠微细物,等闲抬举到青云。

竹下残雪

墙下浓阴对此君,小山尖险玉为群。夜来解冻风虽急,不向寒城减一分。

杏花

暖气潜催次第春,梅花已谢杏花新。半开半落闲园里,何异荣枯世上人?

镇海军所贡 题不全

檐前飞雪扇前尘,千里移添上苑春。他日丁宁柿林院,莫宣恩泽与闲人。

席上歌水调

余声宛宛拂庭梅,通济渠边去又回。若使炀皇魂魄在,为君应合过江来。

题新榜

在浙幕,沈崧得新榜示,题其末

黄土原边狡兔肥,犬如流电马如飞。灞陵老将无功业,犹忆当时夜猎归。

句

夏窗七叶连阴暗。《游城南记》:杜佑有别墅,为城南之最,有树每朵七叶,因以为名,隐诗纪之。

赖家桥上瀗河边。隐又有城南杂感诗,其题有景星观、姚家园、叶家林及此句,今杂感诗亡。

细看月轮真有意,已知青桂近嫦娥。《曾公类苑》:裴筠娶萧楚公女,便擢进士,隐诗云云。

一个祢衡容不得,思量黄祖谩英雄。《吴越备史》:隐初见钱,惧不见,用遂以所为夏口诗标于卷末云云,镠览之大笑,因加殊遇。

张华谩出如丹语,不及刘侯一纸书。《鉴戒录》云:郑畋女喜隐此诗。

山雨霏微宿上亭,雨中因想雨淋铃。上亭驿。《天中记》。

老僧斋罢关门睡,不管波涛四面生。金山僧院。《诗话总龟》。

全唐诗卷六百六十六

罗虬

罗虬,台州人,词藻富赡,与隐、邺齐名,世号三罗。累举不第,为鄜州从事,比红儿诗百首。编为一卷。

比红儿诗 并序

比红者,为雕阴官妓杜红儿作也。美貌年少,机智慧悟,不与群辈妓女等。余知红者,乃择古之美色灼然于史传三数十辈,优劣于章句间,遂题比红诗。广明中,虬为李孝恭从事,籍中有善歌者杜红儿,虬令之歌,赠以彩,孝恭以红儿为副戎所盼,不令受。虬怒,手刃红儿,既而追其冤,作比红诗。

姓字看侵尺五天,芳菲—作名占断百花鲜。马嵬好笑当时事,虚赚明皇幸蜀川。

金谷园中花正繁,坠楼从道感深恩。齐奴却是来东市,不为红儿死更冤。

陷却平阳为小怜,周师百万战长川。更教乞与红儿貌,举国山川—作河不值钱。

一曲都缘张丽华,六宫齐唱后庭花。若教比并红儿貌,枉破当年国与家。

乐营门外柳如阴,中有佳人画阁深。若是五陵公子见,买时应不惜—作惜千金。

青丝高绾石榴裙,肠断当筵酒半醺。置向汉宫图画里,入胡应不数昭君。

斜凭栏杆醉态新,敛眸微盼不胜春。当时若遇东昏主,金叶莲花是此人。

匼匝千山与万山,碧桃花下景长闲。神仙得似红儿貌,应免刘郎忆世间。

越山重叠越溪斜,西子休怜解浣纱。得似红儿今日貌,肯教将去与—作见夫差。

诏下人间觅—作选好花,月眉云髻选人—作尽名家。红儿若向当时见,系臂先封第一纱。

锋镝纵横不敢看,泪垂玉箸正汍澜。应缘近似红儿貌,始得深宫奉五官。

金缕浓薰百和香,脸红眉黛入时妆。当时便向乔家见,未敢将心在窈娘。

通宵甲帐散香尘,汉帝精神礼百神。若见红儿醉中态,也应休忆李夫人。

拔得芙蓉出水新,魏家公子信才人。若教瞥见红儿貌,不肯留情付洛神。

芳姿不合并常人,云在遥天玉在尘。因事爱思苟奉倩,一生闲坐枉伤神。

笔底如风思涌泉,赋中休谩说婵娟。红儿若在东家住,不得登墙尔许年。

一抹浓红傍脸斜,妆成不语独攀花。当时若是逢韩寿,未必埋踪在贾家。

树袅西风日半沉,地无人迹转伤心。阿娇得似红儿貌,不费长门买赋金。

五云高捧紫金堂,花下投壶侍玉皇。从到一作道世人都不识,也应知有杜兰香。

戏水源头指旧踪,当时一笑也难逢。红儿若为回桃脸,岂比连催举五烽。

虢国夫人照夜玑,若为求得与红儿。醉和香态浓春睡一作里,一树繁花偃绣帏。

知有持盈玉叶冠,剪云裁月照人寒。若使红儿风帽一作貌戴,直使瑶池会上看。

明媚何曾让玉环,破瓜年几百花颜。若教貌向南朝见,定却梅妆似等闲。

世事悠悠未足称,肯将闲事更争能?自从命向红儿去一作断,不欲留心在裂缯。

自隐新从梦里来,岭云微步下阳台。含情一向春风笑,羞杀凡花尽不开。

舍却青娥换玉鞍,古来公子苦无端。莫言一匹追风马,天骥牵来也不看。

槛外花低瑞露浓,梦魂惊觉晕春容。凭君细看红儿貌,最称严妆待晓钟。

薄罗轻剪越溪纹,鸦翅低垂两鬓分。料得相如偷见面,不应琴里挑文君。

南国东邻各一时,后来惟有杜红儿。若教楚国宫人见,羞把腰身并柳枝。

照耀金钗簇腻鬟,见时直向画屏间。黄姑阿母能判剖,十斛明珠也是闲。

轻小休夸似燕身,生来占断紫宫春。汉皇若遇红儿貌,掌上无因著别人。

鹦鹉娥如裛露红,镜前眉样自深宫。稍教得似红儿貌,不嫁南朝沈侍中。

拟将心地学安禅,争奈红儿笑靥圆。何物把来堪比并,野塘初绽一枝莲。

浸草漂花绕槛香,最怜穿度乐营墙。殷勤留滞缘何事,曾照红儿一面妆。

雕阴旧俗一作似骋婵娟,有个红儿赛洛川。常笑世人语虚一作多谁诞,今朝自见火中莲。

渡口诸侬乐未休,竟陵西望路悠悠。石城有个红儿貌,两桨无因迎莫愁。

谁向深山识大仙,劝人山上引春泉。定知不及红儿貌,枉却工夫溉玉田。

倾国倾城总绝伦,红儿花下认真身。十年东北看燕赵,眼冷何曾见一人?

今时自是一作谓不谙知,前代由来岂一作事见遗一作为。一笑阳城人便惑,何堪教见杜红儿。

京口喧喧百万人,竞传河鼓谢星津。奈花似雪簪云髻,今日夭容是后身。

青史书时未是真,可能纤手一作智却强秦。再三为谢齐皇后,要解连环别与人。

绣帐鸳鸯对刺纹,博山微暖麝微曛。诗成一作人若有红儿貌,悔道当时月坠云。

薄粉轻朱取次施,大都端正亦相宜。只如花下红儿态,不藉城中半额眉。

妆成浑欲认前朝,金凤双钗逐步摇。未必慕容宫里伴,舞风歌月胜纤腰。

琥珀钗成恩正深,玉儿妖惑荡君心。莫教

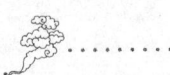

回首看妆面,始觉曾虚掷万金。

　　自有闲花一面春,脸檀眉黛一时新。殷勤为报梁家妇,休把啼妆赚后人。

　　轻梳小髻号慵来,巧中君心不用媒。可得红儿抛醉眼,汉皇恩泽一时回。

　　千里长江旦暮潮,吴都风俗尚纤腰。周郎若见红儿貌,料得无心念小乔。

　　月落潜奔暗解携,本心谁道独单栖。还缘交甫非良偶,不肯终身作羿妻。

　　汉皇曾识许飞琼,写向人间作画屏。昨日红儿花—作帘下见,大都相似更娉婷。

　　魏帝休夸薛夜来,雾绡云縠称身裁。红儿秀—作笑发君知否,倚槛繁花带露开。

　　晓月雕梁燕语频,见花难可比他人。年年媚景归何处,长作红儿面上春。

　　逗玉溅盆冬殿开,邀恩先赐夜明苔。红儿若是三千数,多少芳心似死灰。

　　画帘垂地紫金床,暗引羊车驻七香。若见红儿此中住,不劳盐篆洒宫廊。

　　苏小空匀—作轻匀一面妆,便留名字在—作著钱塘。藏鸦门外诸年少,不识红儿未是狂。

　　一首长歌万恨来,惹愁漂泊水难回。崔徽有底多头面,费得微之尔许才。

　　昔年黄阁识奇章,爱说真珠似窈娘。若见红儿深夜—作夜深态,便应休说绣衣裳。

　　凤折鸾—作鸾离恨转深,此身难负百年心。红儿若向隋朝见,破镜无因更重寻。

　　行绾秾云立暗—作曙轩,我来犹爱不成冤。当时若见红儿貌,未必邢—作形相有此言。

　　总似—作是红儿媚态新,莫论千度笑争春。任伊孙武心如铁,不辨军前杀此人。

　　暖塘争赴荡舟期,行唱菱歌著艳词。为问东山谢丞相,可能诸妓胜红儿。

　　吴兴皇后欲辞家,泽国重台展曙华。今日红儿貌倾国,恐须真宰别开花。

　　陌上行人歌黍离,三千门客欲何之。若教粗及红儿貌,争取楼前斩爱姬。

　　休话如皋一笑时,金髇—作骹中臆锦离披。陋容枉把雕弓射,射尽春禽未展眉。

　　长恨西风送早秋,低眉深恨—作念嫁牵牛。若同人世长相对,争作夫妻得到头。

　　谢娘休漫逞风姿,未必娉婷胜柳枝。闻道只因嘲落絮,何曾得似杜红儿。

　　总传桃叶渡江时,只为王家一首诗。今日红儿自堪赋,不须重唱旧来词。

　　巫山洛浦本无情,总为佳人便得名。今日雕阴有神艳,后来公子莫相轻。

　　几抛云髻恨金墉,泪洗花颜百战中。应有红儿些子貌,却言皇后长深宫。

　　倚槛还应有所思,半开东—作香阁见娇姿。可中得似红儿貌,若遇韩朋好杀伊。

　　晓向妆台—作纱窗与画眉,镜中长欲助娇姿。若教得似红儿貌,走马章台任道迟。

　　练得霜华助翠钿,相期朝谒玉皇前。依稀有似红儿貌,方得吹箫引上天。

　　重门深掩几枝花,未胜红儿莫大夸。王相—作玉柄不能探物理,可能虚上短辕车。

　　前代休怜事可奇,后来还出有光辉。争知昼卧纱窗里,不见—作有神人覆玉衣。

　　化羽—作羽化尝闻赴九天,只疑尘世是虚传。自从一见红儿貌,始信人间有谪仙。

　　从道长陵小市东,巧将花貌占春风。红儿若是同时见,未必伊先入紫宫。

　　人间难免是深情,命断红儿向此生。不似—作何似前时李丞相,枉抛才力为莺莺。

　　凤舞香飘绣幕风,暖穿驰道百花中。还缘有似红儿貌,始道迎将入汉宫。

休道将军出世才,尽驱诸妓下歌台。都缘没个红儿貌,致使轻教后阁开。

冯媛须知住汉宫,将身只是解当熊。不闻有貌倾人国,争得今朝更似—作比红。

能将一笑使人迷,花艳何须上大堤。疏属便同巫峡路,洛川真是武陵溪。

辞辇当时意可知,宠深还恐宠先衰。若教得似红儿貌,占却君恩自不疑。

三吴时俗重风光,未见红儿一面妆。好写妖娆与教看,便应休更话真娘。

波平楚泽浸星辰,台上君王宴早春。毕竟章华会中客,冠缨虚绝为何人?

红儿不向汉宫生,便使双成谩得名。疑是麻姑恼尘世,暂教微步下层城。

天碧轻纱只六铢,宛如—作风含露透肌肤。便教汉曲争明媚,应没心情更弄珠。

共嗟含恨向衡阳,方寸花笺寄沈郎。不似红儿些子貌,当时争得少年狂。

浅色桃花亚短墙,不因风送也闻香。凝情尽日君知否,还似红儿淡薄妆。

火色樱桃摘得初,仙宫只有世间无。凝情尽日君知否,直似红儿口上朱。

宿雨初晴春日长,入帘花气静难忘。凝情尽日君知否,真似红儿舞袖香。

初月纤纤映碧池,池波不动独看时。凝情尽日君知否,真似红儿罢舞眉。

浓艳浓香雪压枝,袅烟和露晓风吹。红儿被掩妆成后,含笑无人独立时。

楼上娇歌袅夜霜,近来休数踏歌娘。红儿谩唱伊州遍,认取轻敲玉韵长。

金粟妆成扼臂环,舞腰轻薄—作转瑞云间。红儿生在开元末,羞杀新丰谢阿蛮。

君看红儿学醉妆,夸裁宫襦研裙长。谁能更把闲心力,比并当时武媚娘。

栀子同心裛露垂,折来深恐没人知。花前醉客频相问,不赠红儿赠阿谁。

云间翡翠一双飞,水上鸳鸯不暂离。写向人间百般态,与君题作比红诗。

旧恨长怀不语中,几回偷泣向春风。还缘不及红儿貌,却得生教入楚宫。

一舸春深指鄂君,好风从度水成纹。越人若见红儿貌,绣被应羞彻夜薰。

花落尘中玉堕泥,香魂应上窈娘堤。欲知此恨无穷处,长倩城乌夜夜啼。

句

窗前远岫悬生碧,帘外残霞挂熟红—作桃花燃熟红。见《语林》。

全唐诗卷六百六十七

郑损

郑损,僖宗时中书舍人。诗六首。

星精亭

《通江志》:玄妙观有星精石,唐人刻篆甚多,损诗尚存,时书衔为推官。

星沈万古痕,孤绝势无邻—作群。地窄少留竹,空多剩占云。钓篷和雨看,樵斧带霜闻。莫惜寻常到,清风不负人。

钓阁

小阁惬幽寻,周遭万竹森。谁知一沼内,亦有五湖心。钓直鱼应笑,身闲乐自深。晚来春醉熟,香饵任浮沈。

玉声亭

世间泉石本无价,那更天然落景中。汉佩琮琤寒溜雨,秦箫缥缈夜敲风。一方清气群阴伏,半局闲棋万虑空。借问主人能住久,后来好事有谁同?

艺堂

堂开冻石千年翠,艺讲秋胶百步威。揖让未能忘曲礼,英雄孰不惯戎衣。风波险似金机骇,日月忙如雪羽飞。莫怪尊前频浩叹,男儿志愿与时违。

星精石

突险呀空龙虎蹲,由来英气蓄寒根。苍苔点染云生靥,老雨淋漓铁渍痕。松韵远趋疑认祖,山阴轻覆似怜孙。孤岩恰恰容幽构,可爱江南释子园。

泛香亭

流杯处处称佳致,何似斯亭出自然。山溜穿云来几里,石盘和藓凿何年?声交鸣玉歌沈板,色幌寒金酒满船。莫怪坐中难得醉,醒人心骨有潺湲。

张祎

张祎,字冠章,南阳人,官中书舍人。从僖宗幸蜀,终兵部尚书。诗二首。

巴州寒食晚眺

东望青天周与秦,杏花榆叶故园春。野寺一倾寒食酒,晚来风景重愁人。

题击瓯楼

驻旌元帅遗风在,击缶高人逸兴酬。水转巴文清溜急,山连蒙岫翠光涵。

卢携

卢携,字子升,范阳人。擢进士第,由台省历户部侍郎、翰林学士。乾符中,拜门下侍郎同平章事。黄巢入关,仰药死。诗一首。

题司空图壁

姓氏司空贵,官班御史卑。老夫如且在,不用叹屯奇。

李廷璧

李廷璧,僖宗朝登进士第。诗一首。

愁诗

到来难遣去难留,著骨粘心万事休。潘岳愁丝生鬓里,婕妤悲色上眉头。长途诗尽空骑马,远雁声初独倚楼。更有相思不相见,酒醒灯背月如钩。

许三畏

许三畏,僖宗时进士。诗一首。

题菖蒲废观

本是安期烧药处,今来改作坐禅宫。数僧梵响满楼月,深谷猿声半夜风。金简事移松阁迥,采云影散阆山空。我来不见修真客,却得真如问远公。

卢嗣业

卢嗣业,范阳人,纶之孙也。乾符五年,登进士第。广明初,以长安尉直昭文馆,累迁右补阙,后辟都统判官,检校礼部郎中。诗一首。

致孙状元诉醵罚钱

《北里志》云:曲内妓之头角者为都知,分管诸妓。俾追召匀齐,曲中常价,一席四钚,见烛即倍,新郎君更倍其数,云复分钱。郑举举者,善令章,与绛真互为席纠,皆都知也。是年,孙偓为状元,颇惑举举,与同年侯潜、杜彦殊、崔昭愿、赵光逢、卢择、李茂勋数人,多在其舍,他人不得预。嗣业与同年非旧知闻,多称力穷,不遵醵罚,故有此篇。

未识都知面,频输复分钱。苦心事笔砚,得志助花钿。徒步求秋赋,持杯给暮馔。力微多谢病,非不奉同年。

牛峤

牛峤,字松卿,一字延峰,陇西人,自云僧孺之孙。乾符五年,登进士第,历官尚书郎。王建镇蜀,辟判官,及僭位,为给事中。歌诗三卷,今存六首。

红蔷薇

晓啼珠露浑无力,绣簇罗襦不著行。若缀寿阳公主额,六宫争肯学梅妆。

杨柳枝五首

解冻风来末上青,解垂罗袖拜卿卿。无端袅娜临官路,舞送行人过一生。

吴王宫里色偏深,一簇纤条万缕金。不愤钱塘苏小小,引郎松—作枝下结同心。

桥北桥南千万条,恨伊张绪不相饶。金羁白马临风望,认得羊家静婉腰。

狂雪随风扑马飞,惹烟无力被春欺。莫交移入灵和殿,宫女三千又妒伊。

袅翠笼烟拂暖波,舞裙新染曲尘罗。章华台畔隋堤上,傍得春风尔许多。

郑合 一作郑合敬

郑合,乾符三年登第,终谏议大夫。诗一首。

及第后宿平康里诗

春来无处不闲行,楚润相看别有情。好是五更残酒醒,时时闻唤状头声。

李搏

李搏,登乾符进士第。诗二首。

贺裴廷裕蜀中登第诗

铜梁千里曙云开,仙箓新从紫府来。天上已张新羽翼,世间无复旧尘埃。嘉祯果中君平卜,贺喜须斟卓氏杯。应笑戎藩刀笔吏,至今泥滓曝鱼鳃。

复谑廷裕

曾随风水化凡鳞,安上门前一字新。闻道蜀江风景好,不知何似杏园春。

李克 一作允恭

李克恭,乾符中举子。诗一首。

吊贾岛

一一玄微缥缈成,尽吟方便爽神情。宣宗谪去为闲事,韩愈知来已振名。海底也应搜得净,月轮常被玩教倾。如何未隔四十载,不遇论量向此生。

程贺

程贺,中和二年,登进士第。诗一首。

君山

曾游方外见麻姑,说道君山此本无。云是昆仑山顶石,海风吹落洞庭湖。

卢尚卿

卢尚卿,中和二年登第。诗一首。

东归诗

九重丹诏下尘埃,深锁文闱罢选才。桂树放教遮月长,杏园终待隔年开。自从玉帐论兵后,不许金门谏猎来。今日灞陵桥上过,路人应笑腊前回。

顾在镕

顾在镕,苏州人,光启二年进士第。诗三首。

题玉芝双奉院

入门如洞府,花木与时稀。夜坐山当户,秋吟叶满衣。犬随童子出,鸟避俗人飞。至药应将熟,年年火气微。

宿麻平驿

及到怡情处,暂忘登陟劳。青山看不厌,明月坐来高。犬为孤村吠,猿因冷木号。微吟还独酌,多兴忆同袍。

题光福上方塔

苍岛孤生白浪中,倚天高塔势翻空。烟凝远岫列寒翠,霜染疏林堕碎红。汀沼或栖彭泽雁,楼台深贮洞庭风。六时金磬落何处,偏傍芦苇惊钓翁。

翁洮

翁洮,字子平,睦州人。光启三年进士第,官主客员外郎,归隐青山,徵召不起。诗十三首。

枯木诗辞召命作

枯木傍溪崖,由来岁月赊。有根盘水石,无叶接烟霞。二月苔为色,三冬雪作花。不因星使至,谁识是灵槎?

赠进士王雄

河清海晏少波涛,几载垂钩不得鳌。空向人间修谏草,又来江上咏离骚。笛吹古堞边声远,岳倚晴空楚色高。何事明廷有徐庶,总教三径卧蓬蒿。

渔者

一叶飘然任浪吹,雨蓑烟笠肯忘机。只贪浊水张罗众,却笑清流把钓稀。苇岸夜依明月宿,柴门晴棹白云归。到头得丧终须达,谁道渔樵有是非?

上子男寿昌宰

陶公为政卓潘齐,入县看花柳满堤。百里江山聊展骥,九皋云月怪驱鸡。高楼野色迎襟袖,比屋歌声远鼓鼙。只恐攀辕留不住,明时霄汉有丹梯。

赠方干先生

由来箕踞任天真,别有诗名出世尘。不爱春宫分桂树,欲教天子枉蒲轮。城头鼙鼓三声晓,岛外湖山一簇春。独向若耶溪上住,谁知不是钓鳌人?

赠进士李德新接海棠梨

蜀人犹说种难成,何事江东见接生?席上若微桃李伴,花中堪作牡丹兄。高轩日午争浓艳,小径风移旋落英。一种呈妍今得地,剑峰梨岭漫纵横。

春日题航头桥

故园桥上绝埃尘,此日凭栏兴自新。云影晚将仙掌曙,水光迷得武陵春。薜萝烟里高低路,杨柳风前去住人。莫怪马卿题姓字,终朝云雨化龙津。

和方干题李频庄

高情度日非无事,自是高情不觉喧。海气暗蒸莲叶沼,山光晴逗苇花村。吟时胜概题诗板,静处繁华付酒尊。闲伴白云收桂子,每寻流水斸桐孙。犹凭律吕传心曲,岂虑星霜到鬓根。多少清风归此地,十年虚打五侯门。

苇丛

得地自成丛,那因种植功。有花皆吐雪,无韵不含风。倒影翘沙鸟,幽根立水虫。萧萧寒雨夜,江汉思无穷。

春

漠漠烟花处处通,游人南北思无穷。林间鸟奏笙簧月,野外花含锦绣风。鸾抱云霞朝凤阙,鱼翻波浪化龙宫。此时谁羡神仙客,车马悠扬九陌中。

夏

触目皆因长养功,浮生何处问穷通?柳长北阙丝千缕,云簇南山火万笼。大野烟尘飘赫日,高楼帘幕逗薰风。身心已在喧阗处,惟羡沧浪把钓翁。

秋 第七句缺一字

宋玉高吟思万重,澄澄寰宇振金风。云闲日月浮虚白,木落山川叠碎红。寥狖雁多宫漏永,河渠烟敛塞天空。侯门处处槐花□,献赋何时遇至公?

冬

寂寂栖心向杳冥,苦吟寒律名偏清。云凝止水鱼龙蛰,雪点遥峰草木荣。迥夜炉翻埃烬色,天河冰辗辘轳声。归飞未得东风力,魂断三山九万程。

李峤

李峤,光启三年进士第。诗一首。

过洞庭

浩渺注横流,千潭合万湫。半洪侵楚翼,一汊属吴头。动轴当新霁,漫空正仲秋。势翻荆口连,声拥岳阳浮。远脉滋衡岳,微凉散橘洲。星辰连影动,岚翠逐隅收。渐落分行雁,旋添趁伴舟。升腾人莫测,安稳路何忧?气与尘中别,言堪象外搜。此身如粗了,来把一竿休。

郑启

郑启,宜春人,谷之兄也。诗三首。

严塘经乱书事

尘生宫阙雾蒙蒙,万骑龙飞幸蜀中。在野傅岩君不梦,乘轩卫懿鹤何功?虽知四海同盟久,未合中原武备空。星落夜原妖气满,汉家麟阁待英雄。

梁园皓色月如珪,清景伤时一惨凄。未见山前归牧马,犹闻江上带征鼙。鲲为鱼队潜鳞困,鹤处鸡群病翅低。正是四郊多垒日,波涛早晚静鲸鲵。

邓表山

白日三清此上时,观开山下彩云飞。仙坛丹灶灵犹在,鹤驾清朝去不归。晋末几迁陵谷改,尘中空换子孙非。松花落尽无消息,半夜疏钟彻翠微。

韩仪

韩仪,字羽光,京兆万年人,偓之兄也。以翰林学士为御史中丞,朱全忠贬为棣州司马。诗一首。

记知闻近过关试

短行轴了付三铨,休把新衔恼必先。今日便称前进士,好留春色与明年。

温宪

温宪,庭筠之子,登进士第。光启中,为山南从事。诗四首。

郊居

村前村后树,寓赏有余情。青麦路初断,紫花田未耕。雉声闻不到,山势望犹横。寂寞春风里,吟酣信马行。

杏花

团雪上晴梢,红明映碧寥。店香风起夜,村白雨休朝。静落犹和—作频沾蒂,繁开正蔽条。澹然闲赏久,无以破妖娆。

春鸠

村南微雨新,平绿净无尘。散睡桑条暖,闲鸣屋脊春。远闻和晓梦,相应在诸邻。行乐花时节,追飞见亦频。

题崇庆寺壁

十口沟隍侍一身,半年千里绝音尘。鬓毛如雪心如死,犹作长安下第人。

姚岩杰

姚岩杰,梁公崇裔孙,以诗酒放游江左。《象溪子》二十卷,今存诗一首。

报颜标

为报颜公识我么,我心唯只与天和。眼前俗物关情少,醉后青山入意多。田子莫嫌弹铗恨,甯生休唱饭牛歌。圣朝若为苍生计,也合公车到薜萝。

全唐诗卷六百六十八

高蟾

高蟾,河朔人。乾符三年,登进士第。乾宁间,为御史中丞。诗一卷。

途中除夜

南北浮萍迹,年华又暗催。残灯和腊尽,晓角带春来。鬓欲渐侵雪,心仍未肯灰。金门旧知己,谁为脱尘埃?

长门怨

天上何劳万古春,君前谁是百年人?魂销尚愧金炉烬,思起犹惭玉辇尘。烟翠薄情攀不得,星茫浮艳采无因。可怜明镜来相向,何似恩光朝夕新。

秋日寄华阳山人

云木送秋何草草,风波凝冷太星星。银鞍公子魂俱一作堪断,玉弩将军涕自零。茅洞白龙和雨看。荆溪黄鹄带霜听。人间不见清凉事,犹向溪翁乞画屏。

感事

浊河从北下,清洛向东流。清浊皆如此,何人不白头?

楚思

叠浪与云急,翠兰和一作如意香。风流化为雨,日暮下巫阳。

雪中

金阁倚云开,朱轩犯雪来。三冬辛苦样,天意似难裁。

道中有感

一醉六十日,一裘三十年。年华经一作禁几日,日日掉征鞭。

宋汴道中

平野有千里,居人无一家。甲兵年正少,

日久成天涯。

秋思

天地太萧索,山川何渺茫。不堪星斗柄,犹把岁寒量。

即事

三年离水石,一旦隐樵渔。为问青云上,何人识卷舒?

渔家

野水千年在,闲花一夕空,近来浮世狭,何似钓船中?

关中

风雨去愁晚,关河归思凉。西游无紫气,一夕九回肠。

归思

紫府归期断,芳洲别思迢。黄金作人世,只被岁寒消。

下第出春明门

曾和秋雨驱愁入,却向春风领恨回。深谢灞陵堤畔柳,与人头上拂尘埃。

华清宫

何事金舆不再游,翠鬟丹脸岂胜愁?重门深锁禁钟后,月满骊山宫树秋。

秋日北固晚望二首

风含远思翛翛晚,日照高情的的秋。何事满江惆怅水,年年无语向东流。

泽国路岐当面苦,江城砧杵入心寒。不知白发谁医得,为问无情岁月看。

送张道士

因将岁月离三岛,闲贮风烟在一壶。为问金乌头白后,人间流水却回无。

吴门春雨

吴甸落花春漫漫,吴宫芳树晚沈沈。王孙不耐如丝雨,罥断春风一寸心。

旅夕一作食

风散古陂惊宿雁,月临荒戍起啼鸦。不堪吟断无人见,时复寒灯落一花。

瓜洲夜泊

偶为芳草无情客,况是青山有事身。一夕瓜洲渡头宿,天风吹尽广陵尘。

金陵晚望

曾伴浮云归一作悲晚翠,犹一作旋陪落日泛秋声。世间无限丹青手,一片一作段伤心画不成。

晚思

虞泉冬恨由来短,杨叶春期分外长。惆怅浮生不知处,明朝依旧出沧浪。

长信宫二首

天上梦魂何杳杳,日宫消息太沈沈。君恩不似黄金井,一处团圆万丈深。

天上凤皇休寄梦,人间鹦鹉旧堪悲。平生心绪无人识,一只金梭万丈丝。此首题一作长门怨。

长安旅怀

马嘶九陌年年苦,人语千门日日新。唯有终南寂无事,寒光不入帝乡尘。

春

天柱几一作月桂数条擂白日,天门几扇锁明时。阳春发处无根蒂,凭仗东风分外吹。

明月断魂清霭霭,平芜归思绿迢迢。人生莫遣头如雪,纵得春一作东风亦不消。

秋

阳羡溪声冷骇人,洞庭山翠晚凝神。天将金玉为风露,曾为高秋几度贫。

灞陵亭

一条归梦一作路朱弦直,一片离心白羽轻。

明日灞陵新霁后,马头烟树绿相迎。

偶作二首

丁当玉佩三更雨,平帖金闺一觉云。明日薄情何处去,风流春水不知君。

霞衣重叠红蝉暖,云髻葱笼紫凤寒,天上少年分散后,一条烟水若为看。

永夕

云鸿宿处江村冷,独狖啼时海国阴。不会残灯无一事,觉来犹有向隅心。

落花

一叶落时空下泪,三春归尽复何情。无人共得东风语,半日尊前计不成。

下第后上永崇高侍郎

天上碧桃和露种,日边红杏倚云栽。芙蓉生在秋江上,不向东风怨未开。

句

君恩秋后叶,日日向人疏。《宫词》。

全唐诗卷六百六十九

章碣

章碣,孝标之子,登乾符进士第,后流落不知所终。诗一卷。

城南偶题

谁家朱阁道边开,竹拂栏干满壁苔。野水不知何处去,游人却是等闲来。南山气耸分红树,北阙风高隔紫苔。可惜登临好光景,五门须听鼓声回。

赠边将

千千铁骑拥尘红,去去平吞万里空。宛转龙蟠金剑雪,连钱豹躩绣旗风。行收部落归天阙,旋进封疆入帝聪。只有河源与辽海,如今全属指麾中。

桃源

绝壁相敧是洞门,昔人从此入仙源。数株花下逢珠翠,半曲歌中老子孙。别后自疑园吏梦,归来谁信钓翁言?山前空有无情水,犹绕当时碧树村。

曲江

日照香尘逐马蹄,风吹浪溅几回堤。无穷罗绮填花径,大半笙歌占麦畦。落絮却笼他树白,娇莺更学别禽啼。只缘频燕蓬洲客,引得游人去似迷。

送韦岫郎中典泗洲一作癸丑岁毗会中贻同老

玉皇恩诏别星班,去压徐方分野间。有鸟尽巢垂汴柳,无楼不到一作对隔淮山。旌旗渐向行时拥,案牍应从到日闲。想忆朝天独吟坐,旋飞一作携新作过秦关。

赠婺州苏员外

帝念琼枝欲并芳,星分婺女寄仙郎。鸾从阙下虽辞侣,雁到江都却续行。员外弟冲时任衢州。烟月一时搜古句,山川两地植甘棠。即看龙虎西归去,便佐羲轩活万方。

寄友人

　　谢家山水属君家,曾共持钩掷岁华。竹里竹鸡眠藓石,溪头鸂鶒踏金沙。登楼夜坐三层月,接果春看五色花。昨日西风动归思,满船凉叶在天涯。

雨

　　低着烟花漠漠轻。正堪吟坐掩柴扃,乱沾细网垂穷巷,斜送阴云入古厅。锁却暮愁终不散,添成春醉转难醒。霁来还有风流事,重染南山一遍青。

观锡宴

　　倾朝朱紫正骈阗,红杏青莎映广筵。不道楼台无锦绣,只愁尘土扑神仙。鱼衔嫩草浮池面,蝶趁飞花到酒边。日暮骅骝相拥去,几人沉醉失金鞭。

城东即事

　　闲寻香陌凤城东,时暂开襟向远风。玉笛一声芳草外,锦鸳双起碧流中。苑边花竹浓如绣,渭北山川淡似空。回首汉宫烟霭里,天河金阁未央宫。

夏日湖上即事寄晋陵萧明府

　　亭午羲和驻火轮,开门嘉树庇湖濆。行来宾客奇茶味,睡起儿童带簟纹。屋小有时投树影,舟轻不觉入鸥群。陶家岂是无诗酒,公退堪惊日已曛。

对月

　　残霞卷尽出东溟,万古难消一片冰。公子踏开香径藓,美人吹灭画堂灯。琼轮正辗丹霄去,银箭休催皓露凝。别有洞天三十六,水晶台殿冷层层一作难登。

浙西送杜晦侍御入关

　　紫诏征贤发帝聪,绣衣行处扑香风。鹗归秦树幽禽散,星出吴天列舍空。捧日思驰仙掌外,朝宗势动海门中。鞭鞘所拂三千里,多少诸侯合避骢。

寄江东道友

　　野亭歌罢指西秦,避俗争名兴各新。碧带黄麻呈缥缈,短竿长线弄因循。夜潮分卷三江月,晓骑齐驱九陌尘。可惜人间好声势,片帆羸马不相亲。

下第有怀

　　故乡朝夕有人还,欲作家书下笔难。灭烛何曾妨夜坐,倾壶不独为春寒。迁来莺语虽堪听,落了杨花也怕看。但使他年遇公道,月轮长在桂珊珊。

春日经湖上友人别业

　　何处狂歌破积愁,携觞共下木兰舟。绿泉溅石银屏湿,黄鸟逢人玉笛休。天借烟霞装岛屿,春铺锦绣作汀洲。一年一电逡巡事,不合花前不醉游。

长安春日

　　春日皇家瑞景迟,东风无力雨微微。六宫罗绮同时泊,九陌烟花一样飞。暖著柳丝金蕊重,冷开山翠雪棱稀。输他得路蓬洲客,红绿山头烂醉归。

陪浙西王侍郎夜宴

　　深锁雷门宴上才,旋看歌舞旋传杯。黄金鸂鶒当筵睡,红锦蔷薇映烛开。稽岭好风吹玉佩,镜湖残月照楼台。小儒末座频倾耳,只怕城头画角催。

春别

　　掷下离觞指乱山,趋程不待凤笙残。花边马嚼金衔去,楼上人垂玉箸看。柳陌虽然风袅袅,葱河犹自雪漫漫。殷勤莫厌貂裘重,恐犯三边五月寒。

送谢进士还闽

　　百越风烟接巨鳌,还乡心壮不知劳。雷霆

入地建溪险,星斗逼人梨岭高。却拥木绵吟丽句,便攀龙眼醉香醪。名场声利喧喧在,莫向林泉改鬓毛。

焚书坑

竹帛烟销帝业虚,关河空锁祖龙居。坑灰未冷山东乱,刘项元来不读书。

东都望幸

《纪事》云:高湘侍郎南迁归阙,途次连江,连州邵安石以所业献,遂挈至辇下。《湘主》文:安石擢第,碣赋东都望幸刺之。

懒修珠翠上高台,眉月连娟恨不开。纵使东巡也无益,君王自领美人来。

旅舍早起

迹暗心多感,神疲梦不游。惊舟同厌夜,独树对悲秋。晚角和人战,残星入汉流。门前早行子,敲镫唱离忧。

癸卯岁毗陵登高会中贻同志

流落常嗟胜会稀,故人相遇菊花时。凤笙龙笛数巡酒,红树碧山无限诗。尘土十分归举子,乾坤大半属偷儿。长榻羽猎须留本,开济重为阙下期。

上元夜建元寺观灯呈智通上人

建元看别—作列上元灯,处处回廊斗火层。珠玉乱抛高殿佛,绮罗深拜远山僧。临风走笔思呈惠,到晓行禅合伴能。无限喧阗留不得,月华西下露华凝。

变体诗 蔡宽夫《诗话》:碣诗平侧各一韵,自号变体。

东南路尽吴江畔,正是穷愁暮雨天。鸥鹭不嫌斜两岸,波涛欺得逆风船。偶逢岛寺停帆看,深羡渔翁下钓眠。今古若论英达算,鸱夷高兴固无边。